Mareike Schneider

ALTE ENGEL

Rowohlt Hundert Augen

1. Auflage März 2018

Die in diesem Buch erzählte Geschichte
ist fiktiv. Ähnlichkeiten mit realen Personen und
Ereignissen sind nicht beabsichtigt.
Umschlaggestaltung Anzinger und Rasp, München
Umschlagillustration Tali Yalonetzki/tushtush.etsy.com
Gesetzt aus der Diogenes
Gesamtherstellung CPI books GmbH, Leck, Germany
ISBN 978 3 498 06450 1

Denen gewidmet, die den steinigen Weg wähl(t)en.

Ich habe nur eine Großmutter. Die andere starb, ehe ich wusste, dass es sie gab. Ich erfuhr nicht am Tag ihres Todes von ihr, sondern etwa eine Woche später: Mein Vater war plötzlich merkwürdig abweisend, sah mit geröteten Augen über mich hinweg, strich mir nicht über den Kopf, als er an mir vorbei in seine Kammer ging, die immer gleiche Tasse Tee in der Hand, die Sohlen seiner Holzlatschen schlugen auf den Boden, es klang anders als sonst, irgendwie alt. Ich stand verwirrt im Flur und starrte auf die geschlossene Tür, bis meine Mutter mich zu sich in die Küche rief – Der Papa sei sehr traurig, er wolle allein sein, seine Mutter sei gestorben. Bis zu diesem Zeitpunkt war mir nicht klar gewesen, dass mein Vater überhaupt eine Mutter hatte.

Erst, als ich lernte, zum richtigen Zeitpunkt Fragen zu stellen, erzählte er manchmal von ihr. Sie, eine Arzttochter, sei nicht eben schön gewesen. Ein «spätes Mädchen». Ihre X-Beine hätten meinen Großvater auch lange nach ihrer Hochzeit noch oft dazu veranlasst, den Kopf zu schütteln: Wie könne ein Arzt seiner Tochter nur so etwas antun. Aber sie sei klug und gebildet gewesen. Zum Leid aller behandelnden Ärzte habe sie bei jeder Gelegenheit eigene Diagnosen gestellt, die häufig denen der Fachleute widersprachen. Der Hausarzt wurde oft gewechselt, nicht selten wechselte er sich selbst.

Als mein Vater sich in seiner Kammer einschloss, um dort mit dem Qualm seiner Pfeife innerhalb eines Tages alle noch halbwegs weißen Stellen gelb zu färben, weinte er nicht nur um seine tote Mutter, sondern mehr noch über die Art, wie sie gestorben war.

Sie hatte allein gelebt. Die Wohnung klein und ungepflegt, zwei Zimmer, Küche, kein Bad. Dort lud sie täglich die antiken Kakteen meines verstorbenen Großvaters mit morschen Kräften auf einen Speisewagen und suchte auf 40 qm nach günstigeren Standorten; sammelte leere Joghurtbecher, ohne erklären zu können, wozu; und wenn man anreisen musste, um sie zu besuchen, baute sie einem ein Nachtlager in der Küche, neben dem Kühlschrank. Sie bekam selten Besuch. Nicht unbedingt wegen der Übernachtungsmöglichkeiten, auch nicht wegen des mangelhaft anerzogenen Familiensinns ihrer insgesamt sieben Kinder, sondern hauptsächlich, weil sie nie darum bat, niemanden einlud und sich selbst im Falle eines tatsächlichen Besuchs immer so verhielt, als sehe man sich jeden Tag. Es dauerte deshalb eine Weile, bis man ihren Tod bemerkte; im Ganzen wohl etwa fünf Tage. Und da wir nicht in Zeiten und Landstrichen von allseits verbreiteten Telefonen lebten, wird es noch ein oder zwei Tage länger gedauert haben, bis all ihre Kinder informiert worden waren. Ob alle so trauerten wie mein Vater, kann ich nicht beurteilen – die Beerdigung fand ohne mich statt. Es scheint mir jedoch, dass mein Vater der Einzige war, der den Gedanken nicht ertragen konnte, dass sie allein gestorben war. Tagelang in der eigenen Kacke liegend, komplett gelähmt durch einen Schlaganfall. Wie lange war sie wohl noch bei Bewusstsein gewesen? Ich habe nie jemanden außer ihm über sie sprechen hören.

SOMMER

Ankunft, D., letzter Bahnsteig, Gleis drei. Die Sonne steht tief, aber brennt noch immer, Vaters Hemd ist nur zur Hälfte zugeknöpft, aus der Brusttasche ragen ein Kuli, der Stiel seiner Pfeife und etliche übersichtlich beschriebene Zettel. Aus seinen abgeschnittenen Jeans hängen die Zipfel der Hosentaschen. Seine Latschen, diese mit noppiger Innensohle, die er nach der Wende gegen das hölzerne Modell getauscht hat und selbst in seinem Sarg tragen wird, klatschen eilig auf die abgenutzten Steinplatten. Franka! Er nimmt mich in die Arme. Ich schlinge meine um seinen harten Hühnerbrustkorb. Mein Vater ist nicht sonderlich groß, sein faltiges Lächeln direkt vor meinem Gesicht, registriere ich seine grauen Bartstoppeln und drücke dann meine Lippen fest darauf.

Wen ich denn da mitgebracht hätte, bückt er sich vor den Katzenkorb zu meiner Linken.

Käthe, stelle ich vor. Dass sie ihm gerade ihr Hinterteil entgegenstrecke, habe nichts Schlechtes zu bedeuten, sie wolle nur, dass er an ihr rieche.

Ein anderes Mal, vertröstet er sie freundlich, richtet sich auf und greift nach meinem Koffer.

×

Der Bahnhof ist renoviert, gereinigter Sandstein, und hat einen neuen Parkplatz. Vorher war da eine unebene Fläche undefinierbaren Materials, im Zentrum befand sich ein Kiosk, stattdessen steht dort jetzt ein Penner. Nein, doch nicht, der Mann hat sich nur eine Zigarette angezündet und geht weiter. Vaters Auto steht im schmalen Schatten eines mageren Baumes, die Armaturen dünsten in der Sonne vor sich hin. Mit dem Öffnen der Türen schlägt uns eine Wand aus Plastikdämpfen entgegen. Ein Gestank, der mir schon immer verhasst ist. Ich fahre nicht gern Auto. Unter anderem des Geruchs wegen, aber wenn man mich fragt, fallen mir auch eine Menge anderer Gründe ein. Mit angehaltenem Atem kurbele ich hektisch das Fenster runter.

Wie die Fahrt gewesen sei?

Unangenehm. Hinter mir habe eine Frau mit Katzenallergie gesessen, die sich mit ihrer Nachbarin anschaulich und ausführlich darüber unterhalten habe, wie rücksichtslos Menschen doch sein können. Ich halte das Gesicht angestrengt aus dem Fenster.

Warum ich mich nicht einfach weggesetzt hätte.

Weil kein anderer Platz mehr frei gewesen sei.

Wir halten an einer Ampel. Da, nickt er in Richtung

der Fußgänger, laufe wieder ein trauriges Beispiel für die landesweit bekannte Hässlichkeit dieser Stadt. Die angebliche Repräsentantin landesweit bekannter Hässlichkeit bewegt sich mühsam über die Straße. Genetisch zugegebenermaßen benachteiligt, sind Halslosigkeit und Kurzarmigkeit zwei ihrer weniger vorteilhaften Merkmale. Seltene Ausnahmen von dieser Regel haben zugeheiratete Eltern und wirklich viel Glück gehabt. Abgestoßen und betroffen zugleich betrachtet er ihren klumpigen Gang.

Zumindest erkenne man, dass es eine Frau sei, bemerke ich. Er zuckt mitleidig mit den Achseln. Von der Rückbank kommt ein klägliches Miau.

×

Die Räder des Wagens knirschen auf dem unbefestigten Lehmweg, am Gartenzaun des Nachbarn kläfft sich der dreibeinige Hund in einen geifernden Rausch, am Gartenzaun des anderen Nachbarn steht der Nachbar selbst und wartet einsam darauf, dass jemand vorbeikommt. Vielleicht ein Nachbar; Freunde hat man hier eher nicht. Zwei Vorgärten weiter zuckt ein delliger Hintern, umspannt von einer Kittelschürze, auf krampfaderigen Beinen. Der dazugehörige Oberkörper ist nach vorn gebeugt und reißt energisch Unkraut aus. Hinter der Siedlung ragt der Berg der städtischen Mülldeponie empor, die angrenzende Kläranlage verbreitet ihren charakteristischen Duft.

Wir erreichen die rückseitige Garageneinfahrt, parken, steigen aus, ich lasse die Katze aus ihrem Korb. Skeptisch setzt sie sich neben mich und starrt. Ich hocke mich zu ihr, betrachte die Birnbäume – Unmengen holziger Früchte werden bald den Boden ersticken, Wespen anlocken, so viele, dass man sie nicht erschlagen kann. Das sei es, erkläre ich ihr und nicke in die entsprechende Richtung. Da hinter dem niedrigen Tor. Das Grundstück mit den Birnbäumen, das sei unseres. Warum das Tor ausgerechnet in diesem durchfallartigen Braun gestrichen sei, wisse ich nicht. Dort links lebe jedenfalls ein garstiger kleiner Terrier mit kurzen, wirklich spitzen Zähnen. Rechts ein freundlicher Schäferhund, der regelmäßig den Kater besteige, welcher ebenfalls zu seinem Haushalt gehöre. Ob die beiden an Gästen interessiert seien, könne ich allerdings nicht beurteilen, sie solle besser nichts überstürzen. Käthe blickt mich an, kneift die Augen zusammen, verrenkt sich dann abrupt und leckt ihre gepflegte Analöffnung.

Das quietschende Tor, die harten Birnen, Sauerkirschen, der Kompost. Nur an der Grenze vom Obstgarten zum Hof fehlt die alte Frau, die dort immer bereitstand, um uns zu begrüßen. Sie ist die einzige Großmutter, die ich je hatte, da ist man nicht wählerisch. Ich nenne sie Oma. Meine früheste Erinnerung handelt davon, wie sie mit ausgebreiteten Armen und geübtem Kindergartenlächeln an dieser Grenze steht, wie ich auf sie zulaufe, das Bild ist verwackelt, ich hatte wohl gerade erst laufen gelernt, und wie sie mich dann auffängt. Das macht sie heute nicht mehr, weder auffangen noch rumstehen. Aber das Kindergartenlächeln setzt sie manchmal noch auf, wenn ein Kleinkind in der Nähe ist, was selten passiert, sie bekommt kaum Besuch. Nicht, weil sie nie darum bittet oder niemanden einlädt, sondern weil sie so eine unangenehme Gesellschaft ist.

Jetzt muss ich also zu ihr, sie begrüßen, weil sich das so gehört, den Geruch des Rabenhauses atmen, den man auch durch Putzen nicht beseitigen kann. Den Geruch von Generationen und Tristesse. Ich will nicht. Die Katze ist da anderer Ansicht, läuft alle Ecken des Hofes ab und taucht dann zielstrebig durch den Fliegenvorhang ins Innere des Hauses. Ich sehe ihr nach, betrachte die Plastikstreifen des Vorhangs; das selbstgemachte Namensschild aus Ton unter der Klingel - ein gut gemeintes Geschenk meiner Cousine - mit dem missglückten Krähenvogel darauf, dessen viel zu große Augen jeden Besucher mit hervorstehenden Pupillen anglupschen wie irr. Vater tritt zu mir, legt den Arm um mich, reibt meine Schulter mit hornigem Daumen.

Ob ich Angst hätte?

Nein, es sei eher ein starker Unwille. Mit einer Begrüßung sei es ja nie getan, man müsse sich dann auch immer gleich unterhalten.

Er nickt verständnisvoll, Gespräche mit Menschen,

die man nicht mag, fühlten sich an wie Krankheiten, nicht wahr.

Ehe ich etwas darauf antworten kann, hört man aus dem Haus altbackene Beschimpfungen. Oma hat die Katze entdeckt, oder umgekehrt, jedenfalls sind Katzen ebenso erwünscht wie Silberfischchen: Naus solld's, des Viech! Itze glei! Un vorr oalln solld's itze von Disch noo, oaber fix! Diesen Dialekt nennt man Vogtländisch. Das ‹oa›, ein dumpf klingender Laut, der etwa zwischen dem hochdeutschen ‹o› in ‹offen› und dem ‹a› in ‹Mann› liegt, ist in herausragendem Maße dafür geeignet, sich auffällig von seiner Umwelt abzuheben, wenn diese Umwelt zufällig gerade nicht das Vogtland ist. Um diese Sprache als ungeübter Rezipient zu verstehen, reicht es manchmal schon, ein paar Vokale auszutauschen, bis ein Wort entsteht, das man kennt. Früher soll Oma ja mit großer Leidenschaft ein angestrengtes Hochdeutsch bemüht haben, dessen Betonung sich noch heute unterschwellig in der Sprachmelodie ihrer Töchter findet. Nur in Momenten großer Unbeherrschtheit soll sie plötzlich in ihren Dialekt geschlittert sein wie auf einem Stück Schmierseife. Inzwischen ist es genau andersherum, nur, dass sie nicht unversehens ins Hochdeutsche abschmiert, sondern in der Regel bewusst dazu greift, wie zu einer Waffe.

Etwas wird von innen gegen die Wohnzimmertür geworfen. Käthe verlässt das Haus fluchtartig.

Jetzt sei es wohl so weit. Es lasse sich nicht länger hinauszögern. Ich müsse es hinter mich bringen.

Vater streichelt mir freundlich die Wange: Sie werde

sicher nicht mehr allzu lange leben. Trotzdem solle ich die Schuhe besser ausziehen, ehe ich hineinginge – manchmal vergäße sie, dass sie nichts mehr sieht.

×

Das Haus ist wie eine Puppenstube. Eine von diesen selbstgebauten, die immer zu niedrige Decken haben und zu großes Geschirr, die Räume ausgelegt mit dicken Teppichresten und erfüllt vom Geruch der Kartons, in denen sich alle dazugehörigen Utensilien befinden. Was sich eben so ansammelt in einem Haushalt – hier eine Nähmaschine; da eine gerahmte, aufdringlich gehängte Weisheit (Alle Wünsche werden klein gegen den, gesund zu sein); dort im übergroßen Sessel eine Oma, die Hände im Schoß gefaltet, trotz der geschlossenen Augen in erwartungsvoller Haltung, die Rückenpolsterung bleibt ungenutzt, als säße sie in einem Wartezimmer. An ihrem Fuß fehlt ein Pantoffel.

Es tue mir leid, mir sei nicht aufgefallen, dass die Katze sich hineingeschlichen habe.

Ob des meine wär?

Ja.

Ob iech de Schuh aus hätt?

Ja.

Wie de Foahrd geween wär?

Erträglich.

Aus dem Radio dudelt es dreistimmig.

Ich sehe mich nach einem Gesprächsthema um. Ich möchte den Anforderungen entsprechen, Interesse vortäuschen, man soll mir nicht vorwerfen können, ich hätte es nicht versucht. Mein Blick streift bekannte Gegenstände, dort die Uhr auf dem Fernseher, deren katzengoldener Fuß sich im Sekundentakt nach links oder rechts dreht – ein Geschenk von der Schwester aus dem Westen. Seit seiner Platzierung erfüllt es den Raum mit hörbarer Zeit, sein mechanisches Klacken bei jedem Drehanschlag ist zur Mittagsruhe, neben den Schlafgeräuschen des jeweils Schlafenden, das einzige Zeichen dafür, dass in diesem Raum gerade nicht gestorben wird oder wurde. Als Kind setzte ich meine Schritte im Takt des Klackens auf den harten Teppichboden, wenn ich zur Mittagsruhe unerlaubt durchs Zimmer schlich, die Augen auf den schlafenden Opa gerichtet, welcher, wie um mich zu foltern, den Mittagsschlaf immer auf diesem Sofa verbrachte, mit offen keuchendem Mund, der Atem klang schlecht, sein Ausbleiben ließ mich erstarren, bis er mit wütendem Schnarch zurückkehrte. Der Schnarch, das Geräusch eines zornigen Kinderfressertieres. Trotz anhaltenden Zwanges habe ich das Leisesein nie ganz perfektioniert, es scheiterte immer an den Türklinken der zwei Wohnzimmertüren. Ich betrachte die nachkriegsdilettantische Hochzeitsfotografie auf dem Spitzendeckchen vorm Fenster, schwarzweiß und milchig. Opa darauf so ausgezehrt, dass man kein Hemd fand, dessen Kragen nicht zu weit war. Für das Foto klemmte man zwei Streichholzschachteln zwischen Nacken und Kragenstoff, gegen sein Entbehrungsgesicht war nichts auszurichten. Noch bedrückender wirkt das neben ihr, die sie kurz und drall seinen Arm hielt, dickbackig in die Kamera lachte und die mitleidigen Blicke der umstehenden Gäste nicht spürte: Doo hätt se doch enn Bessern krieng kenne. Umgekehrt hat man das Gleiche gedacht, als er sie endlich in seiner Heimat platzierte: Diese mopsige Spießbürgerin aus dem Vogtland, Franz, wat willste denn mit dea.

Wos iech moachng dät, fragt sie misstrauisch und richtet ihren geschlossenen Blick auf mich.

Mich umsehen, es habe sich ja doch einiges verändert, erwidere ich und trete an das verstellbare Bett im hinteren Teil des Raumes. Ein dreiwandiges Séparée, auf dessen Einrichtung sie für besondere Anlässe bestanden hatte. Sie nannte es das *gute* Zimmer, stopfte es mit Statussymbolen so voll wie möglich, aber auch ohne die wäre es zu klein gewesen, um darin wirklich Anlässe zu begehen. Inzwischen ist das Heiligtum entweiht, von der ursprünglichen Verstopfung sind nur zwei Vitrinen geblieben, die eine voller ausgedienter Bücher, ein von staubigen Zimmerpflanzen umwuchertes Dornröschendings, die andere präsentiert zukünftige Erbstücke. Daneben steht das Bett. Das neue Bett, verstellbar auf Knopfdruck, rechts ein Nachttisch aus den siebziger Jahren, links das Dialysegerät, in Schrittweite ein unansehnlicher Stuhl mit schwarzem Kunstlederbezug und einer abdeckbaren Öffnung in der Sitzfläche. Am Fußende des Bettes ein Pappschild mit handgeschriebenen Druckbuchstaben, das den Leser dazu auffordert, ein Kissen so unter das linke Bein der im Bett befindlichen Person zu platzieren, dass der entsprechende Fuß nicht auf dem Kissen aufliege. Wahrscheinlich ein Hinweis für den Pflegedienst, der bei Bedarf mit anpackt – Vater wiederholt sich nicht gern.

Es sei recht dunkel hier, ob sie nicht lieber rauswolle.

Joa, antwortet sie schwächelnd.

×

Der Flur ist kühl, ein quadratischer Raum von der Größe eines Neubaublockbadezimmers, den wir mühsam durchschlurfen, dicht vorbei an Käthe, die, unscheinbar auf braunen Fliesen, aus dem Untersetzer der Yuccapalme trinkt. Links vom Flur, hinter dem Türrahmen ohne Tür, hockt Vater in der Küche vorm Kühlschrank und passt Lebensmittel in die Lücken zwischen Käse und Wurst und Butter, die, statt in Frischhaltedosen, in abgewetzten Gefrierbeuteln schwitzen. Oma umklammert meinen Arm, stützt sich mit der anderen Hand auf ihr Stöckchen, keucht sich Richtung Hof. Vaters Blick belächelt sie als Simulantin. Als ich sie schließlich auf der Hollywoodschaukel ablade, ächzt sie, als wäre sie ganz bestimmt gleich tot.

Der Kaffee komme gleich, ruft Vater von drinnen.

Wos orr itze gesoochd hätt?

Dass er ihr gleich Kaffee bringe.

Un wos ze assn?

Sicher auch das.

Wu iech dee hiegeh dät?

Ich wolle den Koffer auspacken.

×

Das Zimmer unter dem Dach war früher ihr Schlafzimmer. Mäßig isoliert gegen Hitze und irgendwie dumpf. Die niedrigsten Winkel mit separaten Türen zu Abstellkammern gemacht, ist es eingebettet in den Ansammlungen eines Lebens, eine Speckschicht aus Wollresten, milbigem Bettzeug und Pelzkappen, Handtaschen, kratziger Unterwäsche, Kartons voller Knöpfe und Reißverschlüsse, hier und da ein Paar zerdrückter Schuhe.

In diesem Zimmer ist mein Opa gestorben, von der Herzmassage seiner Tochter in die Matratze gepresst, es war kein schöner Tod. Das gemeinsame Bett hat Oma danach noch alleine beschlafen, das letzte gemeinsame Foto in zigfacher Vergrößerung, gerahmt, auf seiner Seite des Bettes. Erst als sie die Stufen nicht mehr steigen konnte, wurde das Bett entfernt. Es war alt, es war hässlich (zu hässlich, um es zu verschenken) und unbequem, es machte Geräusche und roch, und der Tod meines Opas haftete ihm an wie ein schlechter Ruf. Sie bekam das neue dafür, im guten Zimmer, leicht zu reinigen und verstellbar mittels einer Fernbedienung, sodass sie niemanden mehr braucht, um sich aufzurichten oder hinzulegen. Die Fernbedienung findet sie immer nur dann, wenn es gar nicht anders geht.

Dieses Zimmer ist jetzt für Gäste und Staub, der sich auf die Kakteen legt, die Vater hier zum Überwintern auf einem Tisch ans Fenster gestellt und vergessen hat wie Weihnachtsbäume. Man hat ein Bett gekauft, ein schlichtes, schmales mit billiger Matratze, man hat neue Auslegware verlegt, man hat die Vorhänge ausgewechselt und die Gardinen so lange gewaschen, bis sie wieder weiß waren. Geblieben ist die Kleiderschrankfront an der dem Bett gegenüberliegenden Wand und die runzlige Tapete. Die Tapete erinnert an Talg. Ich öffne die Fenster weit, arrangiere einige Kakteen so auf dem Fensterbrett, dass sie nicht mehr zufallen können; das einfallende Licht wird durch die Fliegengitter gefiltert. Ich werfe den Koffer aufs Bett und sortiere meine Kleider in den Schrank, verwaschene Baumwollunterwäsche auf die alten Kunstseiden-Blusen von Oma und ihre Nylonstrümpfe, die seit über dreißig Jahren darauf warten, im guten Zimmer getragen zu werden.

Die Katze schiebt ihren Kopf durch den Türspalt, sieht mich an, riecht am Teppich.

Sie könne ruhig reinkommen, wir seien allein.

Ich schiebe die Kakteen auf dem Tisch enger zusammen und stapele Skizzenbücher in die entstandene Lücke, im Hintergrund hängt sich Käthe mit ganzem Gewicht an die Türklinke zum Dachaufstieg, lässt erst los, als die Klinke nachgibt, und schlüpft durch den Spalt. Dort gebe es Fledermäuse, sage ich noch.

×

Vom Fenster überblickt man das Grundstück weiträumig, den zementgrauen Hof, daran angrenzend den Garten, von einem alternden Holzzaun unterteilt in Obstbaum- und Beetareale, im kränkelnden Pfirsichbaum hängen noch die leeren Meisenringe vom letzten Winter und ein Strohstern, gebleicht von der Sonne. Rechts führt der Lehmweg am Haus vorbei, dessen tiefe Furchen, vom Regen ausgewaschen, die Anwohner in unregelmäßigen Abständen mit Schotter und Bauschutt auffüllen. Etwa fünfmal am Tag wird er knirschend befahren, ein Geräusch wie von Frühstücksflocken, die in dieser oder jener Werbung gekaut werden. Links auf dem Hof der zweckentfremdete Hühnerstall, bis in die kleinste Nische zugestapelt mit Holz, das dort mit jedem Jahr an Substanz verliert. Zwar gibt es im Stall keine Hühner mehr, aber dafür jede Menge anderes Leben mit mindestens sechs Beinen oder gar keinen.

Dieses Holz, hatte Opa berechnet, sollte bis zu seinem Tod reichen, 50 Kubikmeter für etwa zehn Jahre, länger sei unrealistisch. Also fuhr er in den Wald, fällte markierte Bäume, sägte, hackte und stapelte zum Trocknen, stapelte um, zwei Jahre wanderten die Holzmieten durch den Obstgarten, hinterließen chlorophyllarme Pflanzenflächen, einmal fand sich ein toter Igel darunter, niemand verstand, wie er dort hingelangt war. Bis das Holz schließlich trocken genug war, um im Hühnerstall eingelagert zu werden. Keinen Tag später ist er gestorben, und Oma ließ sich von ihrem Erbe noch vor dem nächsten Winter eine Zentralheizung einbauen.

Etwa ein Jahr später durchbrach das Regenwasser

die rostige Tonne, die schon seit Jahrzehnten unter dem Abfluss der Regenrinne stand und deren Inhalt trotz jeglicher Abdeckung im Sommer rot von Mückenlarven blühte. In dieser Tonne machen wir jetzt manchmal ein Feuer, stehen wie Penner davor, wärmen uns die Hände, auch wenn es nicht kalt ist, schweigen, rauchen und trinken Tetrapak-Wein.

×

Einen voll beladenen Teller in jeder Hand, betritt Vater das verrauchte Kabuff, das wir nur aus alter Gewohnheit so nennen. Ich folge mit Wein und ausgewaschenen Senfgläsern. Die Katze riecht in den verquarzten Raum hinein, wendet sich abrupt um und biegt kurzentschlossen nach rechts ins dunkle Bad ab. Das Kabuff hat etwa 25 qm und war mal der Ziegenstall. Der war überlebensnotwendig damals. Neben den Hühnern und Gänsen und Kaninchen gab es diese drei Ziegen, die lieferten Milch und mussten ihren harten Hals hinhalten, wenn Oma unglücklich war und weinte. Sie erzählt gern davon, sie hat oft geweint. Vielleicht hat sie ja schon beschlossen, später jedem davon zu erzählen, während sie die Tiere so fest umklammerte, dass sie sich ihr nicht entziehen konnten, und mit tränennassem Gesicht darauf hoffte, dass jemand zufällig in den Stall kommen würde

Als der Nachkrieg vorbei war, wurden die Ziegen geschlachtet, eins ihrer Felle befindet sich noch irgendwo auf dem Dachboden, der kurze Schwanz wie ein abgefressener Pinsel. Der Stall wurde umgenutzt für Kohlen und Holz, ein Regal mit Gartenschuhen stand dicht neben dem Eingang gegenüber der Klotür, in einen alten Küchenschrank wurden dellige Lackdosen aus dem Keller nach oben verlagert, deren eingetrocknete Reste schon damals hart genug gewesen wären, um jemanden damit zu bewerfen. An diesem Zustand änderte sich lange Zeit nichts. Dann wurde Oma alt.

Nachdem man beschlossen hatte, dass sie Hilfe im Haushalt benötigte, stellte man ihr gegen ihren Willen einen Zivi zur Verfügung. Den sprach sie aus wie ein spitzes Fremdwort, versteckte alle Wertgegenstände, die sich in den zu putzenden Räumen befanden, und wenn er von der Toilette kam, achtete sie darauf, dass er sich die Hände wusch. Ein halbes Jahr später war sie seinem Charme erlegen, nannte ihn bei seinem Vornamen, brühte Instantkaffee, noch ehe er kam, und stellte eine Blechdose mit drittklassigen Keksen auf den Tisch, die sie nur für ihn besorgen ließ. Statt zu putzen, wie es eigentlich seine Aufgabe gewesen wäre, hörte er sich ihre Geschichten an und beklagte sich nie darüber, dass sie sich kein einziges Mal nach seinem Leben erkundigte. Das Haus verkam schleichend, Kochtöpfe sahen immer aus wie benutzt, an den Fliesen der Küche klebten Essensreste, an den Fliesen der Waschküche, die gleichzeitig das Bad war und durchquert werden musste um sowohl zum Stall als auch zur Toilette zu gelangen, klebten Reste, die keiner identifizieren wollte.

Der Zivi wurde ausgewechselt. Aber Oma hatte sich

bereits derart an den Ablauf gewöhnt , dass sie die Person nicht als eine andere anerkannte. Der Zivi wurde weiterhin Martin genannt, in der zugeteilten Zeit mit Kaffee und Keksen und Anekdoten gefüttert, er beklagte sich ebenso wenig wie der erste darüber, und man beschloss letztlich, dass diese Lösung keine war. Eine neue musste her. Zum Beispiel in Form einer Person, die bei Oma einzog und sich neben der Hygiene des Hauses auch um die der Frau selbst kümmerte. Das war nötig, stellte man fest. Denn nicht nur der Teppich, auf welchem sich der Nachttopf befand, den sie im Halbdunkel und Halbschlaf häufig verfehlte, stank nach Urin, sondern auch ihr Nachthemd, mit dem sie sich den Schritt abwischte, ehe sie wieder ins Bett stieg, und welches sie auch in den darauffolgenden Nächten weiterhin trug. Eine Unsitte aus Kindertagen vielleicht. Darauf angesprochen, zuckte sie gleichgültig mit den Achseln.

Jemand müsse sie also betreuen, überlegte man. Naheliegend sei ja, dass die Töchter das täten, weil Töchter so was doch tun, nicht wahr. Entweder die eine, die in derselben Stadt wohnte und einer gesicherten Beamtentätigkeit nachging, oder eben die andere, die nicht in derselben Stadt wohnte und eine umständlich zu beschreibende Selbständigkeit pflegte. Oder eine dritte Person, jemand, der nicht von persönlicher Betroffenheit geplagt wurde, den man aber bezahlen müsste. Letzteres komme nicht in Frage, erklärte Oma, de Kinner voa oannere Leit dätn siech aa im orre Oalltn kimmern, un nooch oalln, wos se forr de Oannern gedoa hätt, wärs itze wuhl oa, dor Zeid un racht un billich un selbsvorschdändlich –

un wer itze nooch enner Bezohling froong dät, der wär wuhl net goanns bei Druusde –, dess aans von orrn Kinnern dessalbe dät.

Das Gleiche. Das Gleiche wie wer?

Dessalbe wie itze zen Beischbiel de Dochder voa denn endfarndn Kuseng, denn morr noch in Vuuchdloannd hoom dätn un miet denn se räglmäßch – jewoll, rä-gel-mä-ßich – delefoniern dät.

Aha, der Bernd und seine Brigitte. Sehr inniges Vater-Tochter-Verhältnis zwischen den beiden. Man macht sogar zusammen Urlaub. Sie hat ihren Job gekündigt, um ihn betreuen zu können, er überlässt ihr den größtmöglichen Teil der Zahlungen aus seiner Pflegeversicherung.

Oach wos, sagte meine Oma dazu, enwedder solld de Foammielje siech oahne Gald kimmern oder ähm goar kaaner, morr wärds ja sehe.

Wenig später sah mein Vater dann meine Mutter auf dem gemeinsamen Bett sitzen, neben ihr der halb gepackte Koffer, ein glattes Nachthemd in den Händen, die Hände im Schoß. Und weiter als bis zu diesem Nachthemd kam sie nicht. Dort zu leben hieße, sich immer volllaufen lassen zu müssen. Jede Nacht, die sie dort verbrächte, jede Nacht, sagte sie leise. Und er nahm ihr das Hemd aus der Hand, streichelte ihr die Wange, seine Werkstatt laufe nicht gut, sagte er nur, räumte ihre Sachen zurück in die Schränke und befüllte den Koffer mit seinen eigenen.

Als er ankam, wies Oma ihm die Kinderkammer meiner Mutter zu – ein acht Quadratmeter großer Raum neben dem guten Zimmer – mit Bett, Schreibtisch und Kleiderschrank. Die Bügel voller Kunstseidenblusen, dichtbefüllte Schubladen, einzig das Bett war noch nicht belegt. Zum Rauchen musste er in die Waschküche, lieber noch in den Hof. Es sei ganz praktisch, dass er dort schlafe, erklärte er meiner Mutter am Telefon, er könne nachts hören, wenn sie den Nachttopf umstoße, und er frage sich übrigens, wer von ihnen beiden wohl lauter schnarche. Sie habe endlich eine Wohnung gefunden, die sie sich leisten könnten, entgegnete meine Mutter. Sie sei nicht gerade hell, aber habe einen Balkon und es sei jetzt an der Zeit, dass man sich überlege, wo man seine Sachen unterbringe, Oma habe ja wohl nicht erwartet, dass er aus einem Koffer lebe. Eujoa, entgegnete Oma. Zwar nicht wörtlich, aber sinngemäß. Orr kennt ja oalls benitzn, wos doo wär, denn Klaaderschroank in dor Koammer kennt orr leer raime, in Gotts Nome, orr hätt e Bett, wos orr itze sons noch braung dät.

Ein bisschen Privatsphäre wäre sicher nicht schlecht, erklärte ihr meine Mutter am Telefon, durch die Wände und das Belüftungssystem des alten Ofens höre man jeden Furz. Außerdem sei er nun mal Raucher und für einen Raucher bedeute es Stress, jedes Mal einen diktierten Ort aufsuchen zu müssen, um zu rauchen. Sie schlage deshalb vor, mein Vater solle den Stall bekommen, um ihn ausbauen und seine persönliche Habe dort unterbringen zu können. Zweiteres sei vor allem deshalb nötig, fügte sie scharf hinzu, weil man zu zweit von einem verkümmerten Einkommen lebe und sich deshalb nur noch eine kleine Wohnung leisten könne, in welcher der Besitz meines Vaters leider keinen Platz mehr finde. Oma mit ihren immer geschlossenen Augen presste den Telefonhörer ans faltige Ohr und fragte, ze wos se itze ieberhabbd noch enne Wohning braung dätn, dohier wär doch Bloatz genuch forr oalle dreie, un dess dor Moa raang dät, doodorf-or kennt se ja nu goanns un goar nix, gelle. Meine Mutter hatte nicht die Geduld, mit ihr darüber zu streiten, weshalb mein Vater eine acht Quadratmeter große Kammer bewohnen müsse, wenn doch im Haus genügend Platz für drei Personen sei, geschweige denn, ihr erneut zu erklären, dass sie in einer anderen Stadt lebe, weil sich dort ihre Arbeit befände. Sie legte auf, ging zwei Wochen nicht ans Telefon, rief meinen Vater nur nach null Uhr an, bis er ihr schließlich mitteilte, dass er nun die Erlaubnis habe, den Stall auszubauen, er frage sich nur, wovon sie das Material bezahlen würden. Man müsse dann ja auch das Klo verlegen, am besten in die Waschküche, und wenn man das mache, dann sei es doch sinnvoll, gleich ein richtiges Bad daraus zu machen. Woher könne man das Geld dafür nehmen? Er solle Oma morgens bei Karstadt absetzen, vor ihr eine von ihren abgewetzten Pelzkappen auf den Boden stellen und sie abends wieder abholen. Aber Karstadt habe doch Pleite gemacht, entgegnete er.

In diesem ausgebauten Stall befinden wir uns also, nennen ihn Kabuff und essen Käsetoast. Die Neonlampe bannt die Dunkelheit vor den Fenstern. Das Sofa ist grün, aus Leder und stand mal im Wohnzimmer der ehemaligen Wohnung; er schläft darauf in Embryonalhaltung. An drei Wände hat er rohe Holzregale aus Dachlatten gezimmert, dicht bestapelt mit zahlreichen Lexika, ein abgegriffener Pschyrembel, die einzige Belletristik eine Gesamtausgabe von Karl May; daneben, dazwischen, dahinter, davor all seine Dinge. Material nennt er das. Müsse man irgendwann alles neu kaufen, wenn man es wegwerfe. Bei seinem Umzug nahm dieses Material die meisten Kisten in Anspruch, von meiner Mutter gepackt und beschriftet mit ausschweifenden Bezeichnungen: ‹Bauteile mit vielen Kabeln› etwa. Teilweise hat er diese Umzugskartons direkt ins Regal gestellt. Dazwischen Pflanzen, mehr noch vorm Fenster, keine sehr gepflegten Pflanzen, aber üppig und ziemlich gesund. In einer Nische zwischen Sofa und Regal findet sich ein unbequemer Computerplatz. Ein Tisch steht zentral und ist eigentlich keiner, sondern eine Werkbank, an deren Füße er feststellbare Rollen montiert hat, um ihn wahlweise als Arbeitsplatte oder als Esstisch benutzen zu können. Für Letzteres eignet er sich aufgrund seiner Höhe aber nicht – wir halten unsere Teller in den Händen, nur die Senfgläser parken auf Kinnhöhe neben dem montierten Schraubstock und einer eigentümlichen Lupenhalterung. Alle freien Flächen sind belegt mit Häufchen verschiedener Sortierungen, größtenteils Gebrauchsgegenstände wie Stifte oder Werkzeuge.

Er habe aufgeräumt, bemerke ich anerkennend.

Vater grinst nicht ohne Stolz, schiebt sich einen halben Toast in den Mund, kaut dreimal und kippt Wein nach, ohne vorher zu schlucken. Auch noch einen Schwapp Penner-Glück?, füllt er sein Glas auf, ehe es Gelegenheit hat, völlig geleert zu werden. Ich nicke.

Ob es mich störe, wenn er rauche, hält er die Pfeife schon in der Hand. Ich schüttele den Kopf. Der Qualm riecht nach mehr als nur Tabak.

Er sei nicht zu oft alleine, erklärt er ungefragt, mit

abschweifendem Blick und einer Art trauriger Zufriedenheit. Das Alleinsein sei ja generell nie sein Problem, sondern die Menschen, die es ihm verleideten. Er habe bereits im letzten Sommer drei kleine Areale gepachtet, auf denen er diverse exotische Pflanzen ansiedeln wollte – die Restaurants in B. würden ja Unsummen zahlen, man könne sich das kaum vorstellen. Aber die meisten dieser Pflanzen benötigten viel Pflege und er schaffe es kaum, einmal in der Woche nach den Süßkartoffeln zu sehen, die er inzwischen auf einem der Felder anbaue, weil er immer damit rechnen müsse, dass Oma sich unterzuckere. Er sei sich fast sicher, dass sie das mit Absicht tue. Vor etwa einem halben Jahr habe man Darmkrebs bei ihr diagnostiziert, direkt an der Bauhin'schen Klappe, das sei der Übergang vom Dünndarm zum Dickdarm. Man habe ihr eine Operation vorgeschlagen, mit künstlichem Darmausgang und späterer angeblicher Wiederherstellung der Funktionen, aber sie habe abgelehnt. Er halte das ehrlich gesagt für vernünftig – mit ihrer Diabetes, da heile doch nix mehr. Merkwürdigerweise behandele man ihn seither im Krankenhaus, als habe er sie zu dieser Entscheidung gezwungen. Dabei könne man sie zu überhaupt nichts zwingen. Der Tumor bereite ihr übrigens nur Schmerzen, wenn man sie danach frage.

Ob er sie eigentlich möge?

So sehr, wie man eine mögen könne, die immer mehr wolle, als ihr zustehe. Er habe versucht, sie dazu zu bringen, sich selbst zu beschäftigen, aber sie habe absichtlich verlernt, wie das gehe. Es sei eigentlich unfassbar, wie schamlos sie sei. Wie sehr sie sich von ihm abhängig mache, aber trotzdem glaube, sie habe Autorität. Wenn er sie wasche – und es sei unbestritten, dass sie das selber könne –, dann drücke er im Schritt ein wenig fester zu, weil er wisse, dass sie das möge.

Wieso er sich dafür nicht zu schade sei?

Das sei wie mit einem Hund, den man streichle, obwohl man ihn nicht leiden könne, zuckt er mit den Schultern.

Und der Tumor?

Der wachse sehr langsam und bilde bisher keine Metastasen. Vermutlich würde er erst in zehn Jahren wirklich Probleme machen, aber dann wolle sie ohnehin längst tot sein. Wie lange ich eigentlich vorhätte zu bleiben?

Bis ich wüsste, was ich wo als Nächstes tun würde.

××

Was zuletzt geschah: Ich in meiner Universitätsstadt, das Semester ging dem Ende zu, wie immer war ein Rundgang geplant, das Institut voller Kunst und Gäste, Etagen geordnet nach Fachklassen und Bekanntheitsgrad. Letzteres habe ich mir vielleicht eingebildet. Vielleicht ist die Präsentation auch eigentlich gar nicht so wichtig, und vielleicht waren manche Räume auch gar nicht schlechter besucht als andere. Und wenn ich immer nur ambitionslos kritzele, mich weigere, mich zu professionalisieren, dann ist es ja auch kein Wunder, dass keine Sau weiß, wer ich bin, dachte ich, ging von Etage zu Etage, verglich nicht nur jedes Bild unwillig mit meinen, sondern auch die Installationen – und wollte doch eigentlich gar nicht vergleichen. Schon gar nicht mit den Unmengen verendender Fliegen in der Mitte eines Raums, ein schwarzer Haufen lahmer Insekten, die jemand extra gezüchtet hatte, erklärte man mir, die Maden gezüchtet und dann die Fliegen mit irgendwas eingesprüht, das sie im Scheinwerferlicht langsam verenden ließ, unfähig, die Flügel zu benutzen. Irgendwas Wichtiges sollte damit zweifelsohne zum Ausdruck gebracht werden, jeder außer mir wollte etwas sagen. Ich hockte lange davor, roch die Verwesung schon, obwohl noch nicht alle tot waren, und tat mir leid. Jemand klopfte mir auf die Schulter, fragte mich, wo meine Arbeit sei, und ich sagte, irgendwo auf den Fluren der dritten Etage, zwischen ein paar anderen, der Weg dahin sei schwer zu beschreiben. Und von Arbeit könne vielleicht auch nicht die Rede sein.

An diesem Tag wurde mir jedenfalls klar, dass ich mich um Aufmerksamkeit bemühen musste, wenn ich welche bekommen wollte – ja, dass ich mich generell mehr bemühen musste, auch wenn ich den Eindruck hatte, dass meine Kreativität durch wie auch immer geartete Mühen nicht unbedingt gefördert wurde. Zuerst, dachte ich, sollte ich mich also unnötiger Verpflichtungen entledigen, die mich davon abhielten, mich auf meine eigentliche Aufgabe zu konzentrieren. Dazu zählte, unter anderem, mein Job, den ich hasste, in einem geschmacklosen Lokal, mit geschmacklosem Essen und natürlich ebensolchen Gästen, dessen Wirt mir immer dann, wenn ich schlecht gelaunt zur Arbeit kam, vorschlug, ich könne ihm ja mal einen blasen, vielleicht käme ich dann besser drauf. Diese Entscheidung zu treffen fiel mir also grundsätzlich nicht schwer. Da ich aber das Geld benötigte, so wie ja jeder Student ständig Geld benötigt, brauchte ich demzufolge zuerst eine andere Einnahmequelle und begann, mich um Stipendien zu bewerben, wie sich ja jeder verzweifelte Künstler ständig um Stipendien bewirbt. Auch das hasste ich – Anträge, Formalia, Motivationsschreiben, Beteuerungen, dass man in der Lage sei, sich beim Erhalt eines etwaigen Aufenthaltsstipendiums in die künstlerische Gemeinschaft zu integrieren. Na klar. Nur um dann, wenn überhaupt, einen Haufen freundlicher Absagen zu bekommen, die in ihrer Formulierung durchscheinen ließen, dass man quasi im Finale gewesen sei, sich aber letztlich im Endausscheid nicht habe durchsetzen können. Die Wut über die unermessliche Zeitverschwendung, bei gleichzeitiger Kenntnis über die Funktionsweise der Maschinerie: Jährlich nehmen ungezählte Unis neue Kunststudenten auf, die meist alle direkt von der Schule kommen. Kinder mit dem festen Glauben an ihr Talent und der Überzeugung, die Aufnahme an diese Universität sei der Beweis für ihre Fähigkeit zum Erfolg. Die meisten von ihnen aus zu behüteten Verhältnissen, um auf die Idee zu kommen, dass sie nicht nur von semitalentierten Studenten umgeben sind (um die Unfähigkeit anderer zu erkennen, reicht unser Kunstverständnis ja durchaus), sondern dass sie in dieser Horde von Systemfutter auch nicht im Geringsten auffallen. Wie kann ich denn sicher sein, dass ich keiner von ihnen bin? Alle werden wir den großen Durchbruch schaffen. Und der große Durchbruch wird wodurch geebnet? Durch Auszeichnungen, Preise, Stipendien – alles Beweise dafür, dass jemand mit Rang und Namen der Ansicht ist, dass man etwas kann. Unglücklicherweise sind Rang und Namen kein Garant dafür, dass man mit der so erhaltenen Macht auch wirklich umzugehen weiß. Ebenso wie Rang und Namen kein Beweis dafür sind, dass man diese Attribute tatsächlich verdient. Und selbst wenn man sie verdient: Ist die Sichtung Tausender Bewerbungen nicht eigentlich so, als müsste man bei einem All-You-Can-Eat-Buffet *alles* essen, was da aufgetischt ist, sodass man letztlich gar nicht mehr in der Lage ist zu beurteilen, ob jetzt hier was nach Trüffel oder einfach nur nach Buffet schmeckt?

Dennoch bewerben wir uns alle, bewarb auch ich mich, spielte Stipendienlotto, wenn man so will, und versuchte, nicht auf die Antworten zu warten, versuchte, nicht die Liste der erwählten Stipendiaten zu überprüfen, versuchte, mich nicht mit jenen Kommilitonen zu vergleichen, die sich auch beworben hatten und genommen worden waren. Der Neid ist mein größtes Laster, und ich hielt es leidlich gut in Schach.

Bis zu dem Tag, an dem ich wieder eine dieser Absagen erhielt, diesmal für ein Stipendium, bei welchem ich mir ausnahmsweise gute Chancen ausgerechnet hatte, weil ich nicht nur alle notwendigen Bedingungen erfüllt, sondern sowohl eine wirklich gute Arbeitsprobe als auch ein darauf aufbauendes, innovatives Konzept eingereicht hatte. Außerdem saß, ich gestehe es, in der Jury ein Dozent, von welchem ich glaubte, er sei von meiner Arbeit angetan. Aber ich erhielt wieder eine Absage, die *wieder* andeutete, in der *letzten* Runde hätte ich die Sachverständigen leider *wieder* nicht *gänzlich* überzeugen können.

Nein, das allein wäre nicht wirklich so schlimm gewesen. Aber dann sah ich, trotz innerer Gegenwehr, auf die Gewinnerliste und entdeckte dort den Namen eines Kommilitonen, dem ich außer Läusen eigentlich gar nichts gönne: Konrad Sommer. Konrad. Sommer. Diese maskenhafte Lebensform, der ungerechterweise sogar namentlich die Sonne so sehr aus dem Arsch scheint, dass alle Umstehenden wie Rehe auf Scheinwerfer nur auf seine strahlende Kacke starren und so geblendet nicht bemerken, dass Konrad gerade seinen Kopf wirklich tief in ihr Rektum einführt, um ihn dort nie. wieder. herauszuziehen. Aber das kann er immerhin gut. Abgesehen davon finde ich eigentlich nichts interessant an ihm, außer der Tatsache, dass er überhaupt kein Schamgefühl hat. Das darf nicht falsch verstanden werden: Es ist nicht so, dass ich ihm sein künstlerisches Talent abspreche. Vielmehr ist dieses Talent eine Sache, deren Existenzbeweis bislang nicht erbracht wurde. Konrad besucht keine praktischen Seminare. Er liefert keine praktischen Arbeiten ab. Er stellt bei keinem Semesterrundgang etwas aus. Und wenn man ihn darauf anspricht, behauptet er, er stelle nur unter seinem Künstlernamen aus, verrät aber nicht, welchem. Und wenn man fragt, weshalb er diesen Namen nicht verrät, dann erklärt er zerknirscht, er male ja nicht unter einem anderen Namen, weil das so gut sei, was er da mache. Oh, Bescheidenheit, dein Name sei Konrad!

Leider hält ihn seine Bescheidenheit nicht davon ab,

sich mit allen Professoren anzufreunden und mit seinem Kopf so lange deren Prostata zu stimulieren, bis ihm die bezahlte Leitung der ein oder anderen Werkstatt übertragen wird, obwohl sich a) kein Student für diese Werkstatt ausgesprochen hat, weshalb b) auch niemand diese Werkstatt besucht, welche c) dennoch fortan wöchentlich stattfindet – ein nahezu leerer Raum, nur belegt mit dem sichtbar nachdenklichen Herrn Sommer und seinem Glanz – und d) die Befähigung zur Leitung einer solchen Arbeitswerkstatt üblicherweise ein herausragendes, künstlerisches Engagement an der Universität voraussetzt. Welches Herr Sommer bislang nachweislich nicht erbracht hat. Dass er allerdings einen geheimen Künstlernamen hat, weiß jeder. Das ist *so* schlau. Aber das können wir ja alle. Also, *mein* geheimer Künstlername ist übrigens Neo Rauch. Nicht, dass ich deshalb jetzt irgendwie privilegiert behandelt werden will. Ich dachte nur, ich sags mal.

Es wird mir ein ewiges Rätsel bleiben, wie man ein künstlerisches Arbeitsstipendium bekommen kann, wenn man doch eigentlich gar nicht künstlerisch arbeitet. Vielleicht hat er sich ja was von irgendwem geliehen. Oder er hat es, dank seiner tatsächlich vorhandenen Eloquenz, geschafft, der Jury zu verdeutlichen, dass seine Kunst genau darin besteht, sie nicht zu erschaffen. Da ich aber zu diesem Zeitpunkt schon beschlossen hatte, nicht mehr mit Herrn Sommer zu reden, um zu vermeiden, dass er hinterrücks auch meine Prostata stimuliert, konnte ich ihn leider nicht danach fragen. Und hätte ich jemand anderen gefragt, wäre meine unermessliche Missgunst, die ja bekanntermaßen niemandem sonderlich gut zu Gesicht steht, vermutlich nicht zu verbergen gewesen. Außerdem hätte Konrad Sommer ganz sicher aus einem seiner zahlreichen Wirtsarschlöcher Wind von der Sache bekommen und sich fortan zu jeder Stunde einen darauf runtergeholt, dass ich überhaupt einen Gedanken an ihn verschwendete. Also ließ ich das.

Am Tag dieser Absage also brach etwas in mir an, wie man sich mal einen Arm anbricht oder ein Bein. Nur, dass es diesmal meine Hoffnung war, oder so. Und durch den entstandenen Riss in dieser Hoffnung zwängte sich mein hässlicher Selbstzweifel. Ich hätte ihn vielleicht, eventuell doch zurückdrängen können, wenn nicht noch zwei weitere Ereignisse hinzugekommen wären.

1. Ich bin kein sonderlich geselliger Charakter. Ich fürchte, ich habe das geerbt. Aber hin und wieder begegne ich dennoch Menschen, deren Persönlichkeit mich so stark einnimmt, dass ich an einer Freundschaft interessiert bin. Wie sich beim anfänglich beschriebenen Rundgang herausstellte, entsprach eine meiner Kommilitoninnen aus dem ersten Semester dieser Beschreibung, worüber ich in Anbetracht meiner miesen Stimmung durchaus erfreut war. Wir waren vor dem besagten Haufen toter Fliegen gehässig ins Gespräch gekommen und leerten gemeinsam unsere mitgebrachten Flaschen Wein – beide die erschwinglichsten Biorotweine, die auch nach längerem Atmen nicht wirklich an Geschmack gewannen, was uns aber nach der ersten Flasche nicht mehr auffiel. Sie hieß Theresa. Ein entzückendes Wesen mit ellenlangen Beinen und großartigem Humor, das aktuell

ganz eigenartige Objekte aus Zeitungspapier anfertigte. Am Ende des Abends beschlossen wir, in jedem Fall in Kontakt zu bleiben, und schafften es tatsächlich irgendwann, uns zu verabreden. Bei dieser Gelegenheit stellte sich allerdings heraus, dass Theresa sich vor einer Weile verliebt hatte. In Konrad Sommer. Die beiden waren jetzt ein Paar. Ich konnte meine Erschütterung nicht verbergen und Theresa nicht ihr Unverständnis über meine Einstellung zu Konrad. Das Treffen verlief nicht so gut. Wir plauderten eine Weile über Kram, bis unsere Gläser leer waren, dann hatten wir beide noch was Dringendes zu tun. Vielleicht war das bei ihr tatsächlich der Fall. Ich wollte jedenfalls nur nach Hause, um unauffällig das Messer aus meiner Brust zu ziehen.

2. Der Dozent, der im Ausschuss zur Vergabe jenes Stipendiums gesessen hatte, dessen Sommer habhaft werden konnte, und auf den ich eigentlich recht große Stücke hielt, schrieb eine Hiwi-Stelle aus. Ich bewarb mich auf diese Stelle, um endlich meinem Kellner-Job zu entkommen, und unterließ es, ergänzend zu meiner schriftlichen Bewerbung persönlich bei ihm vorzusprechen, weil ich das irgendwie anstößig fand. Hätte ich gewusst, dass sich Sommer ebenfalls um diese Stelle bewarb, obwohl er schon eine derartige hatte, hätte ich mich vielleicht anders verhalten, zugegeben. Allerdings hätte ich mich dabei sehr vor mir geschämt und bin noch immer froh, dass mir zumindest das erspart geblieben ist. Jedenfalls saß die Studentenschaft in einer Studentenkneipe, und weil der besagte Dozent so irrsinnig cool war, saß er in unserer Mitte und trank Bier. Irgendwann kam die Rede

auf Bewerbungen und wie schwierig es nicht nur sei, sie zu verfassen. Er habe, erklärte er, sich neulich mit dem Lesen dieser Schreiben sehr schwergetan. Letztlich habe er sich dann eben für Konrad Sommer entschieden. Unerwähnt ließ er in diesem Zusammenhang, dass Konrad ihn häufig in seiner Sprechstunde besuchte, und zwar zu oft, als dass es sich bei diesen Besuchen um etwas wirklich Studentisches handeln konnte, höchstens um etwas Universitäres wie zum Beispiel die Frage, ob der Dozent vielleicht *heute zufällig* eine Idee habe, wie man als armer Student an einen guten Job kommen könne. Ob er ihm auch gleich eine Zigarette mit anzünden solle?

Er habe wirklich Konrad Sommer (der übrigens nicht anwesend war) diese Stelle gegeben??!! (Aber selbst wenn er anwesend gewesen wäre, hätte ich *genau so* gefragt.)

Ja, nickte der Dozent, in seiner Sichtweise bestätigt und teilnahmsvoll, er wisse, der habe es hier schwer.

WAS??!!! Das habe ich nicht gefragt. Ich habe dem Messer in meiner Brust nachgespürt. Und habe gelächelt. Ob er den schon kenne: Seine Mutter sei so fett, nicht mal Konrad Sommer wickele sie ein. Super Witz. Leider nicht von mir, sondern von einem anderen Kommilitonen, der meiner Ansicht nach massiv unterschätzt wird. Aber wie gesagt, man kann nie wissen, ob man nicht vielleicht doch auf der falschen Seite steht; einem Irrglauben anhängt; den Kopf so tief ins eigene Arschloch gesteckt hat, dass man seine Innereien für die Realität hält. Es gibt ja auch so verdammt viele Realitäten. Das dachte ich in dem Augenblick, als ich diesen Witz erzählt hatte und in das unerfreute Gesicht meines Dozenten sah; seitlich traf mich der enttäuschte Blick einer großleibigen Kommilitonin, deren mutmaßliche Sympathieanteile für mich soeben implodierten. Und das war er dann endgültig, der Moment, in dem ich dachte: O. k., ich gehöre hier einfach nicht her. Und vermutlich generell nicht in diesen Betrieb. Ich habe keine Beziehungen und bin auch unfähig, welche aufzubauen, geschweige denn, die bestehenden, mageren Ansätze zu pflegen – egal ob in diesem oder jedem anderen Umfeld. Und wenn ich trotzdem Kunst machen will, dann kann ich vielleicht abends auch einfach was aus Plastilin basteln. Ich muss doch hier nicht unbedingt mitspielen. Vor allem dann nicht, wenn ich es nicht ertrage zu verlieren.

Was mich dennoch eine Weile in dieser Stadt hielt, war das Haus, in dem ich lebte. Einer der Gründe, warum ich arbeiten musste, war das dringende Bedürfnis, dort zu wohnen. Das Haus, eine unsanierte Villa mit Vor- und Hintergarten, nach dem Krieg zu einem Mehrparteienhaus umgebaut, jede Wohnung versehen mit einem wohnzimmergroßen Balkon, die Räume 3,6 Meter hoch. Die Gärten wucherten ohne Bewirtschaftungszwang, es gab dort Vögel, die ich in keinem Vogelbuch fand, der Steinplattenweg im Vorgarten wurde von zwei Lindenbäumen gesäumt, deren Blütenduft mich jeweils im Juni fast zum Weinen brachte. Im Sommer schlief ich, wann immer es ging, auf dem Balkon, Käthe verbrachte ihre Nachmittage in den Pflanzkästen zwischen Katzen- und Erdbeerminze. Nachts kletterte sie am angrenzenden Baum in den Garten, fing Mäuse lebendig, brachte sie in die Wohnung, saß schnurrend neben mir, während ich auf Knien unter Schränken nach ihnen grapschte, bis sie zu erschöpft waren, um auszuweichen, sie einfing und im Garten am Komposthaufen freiließ.

Ich skizzierte das Haus von allen Seiten, saß auf dem Dach und zeichnete den Garten, kletterte in den Baum, schlang meine Beine um Äste und versuchte, mit dem Stift das Licht zwischen den Blättern einzufangen. Ich sammelte Äpfel vom Boden und presste Saft daraus, täglich zwei Liter, säte und erntete Bohnen und kochte Eintopf, bis ich den Geruch von Bohnenkraut nicht mehr ertragen konnte. Die Katze wurde mutiger und fing junge Ratten, die sich in ihrem Maul wehrten und deshalb den Transport bis in die Wohnung nicht überlebten. Sie lagen fast immer in der gleichen Position, wenn ich sie fand, als hätte sie sie drapiert: auf der Seite in Embryonalhaltung, mit angezogenen Beinen, die Hinterpfoten übermäßig groß und rosa – ich zeichnete auch das.

Die übrigen Hausbewohner waren keine Freunde von mir, ich habe eigentlich auch gar keine richtigen Freunde, aber manchmal traf man sich im Garten am Feuerkorb, verbrannte gemeinschaftlich Knüppelbrot, trank Bier, aß den bitteren Teig und lachte über die Kohlereste zwischen den Zähnen des anderen.

Passanten, die neidisch durch die Altstadt spazierten und vor unserem Haus mit weit offenem Mund erstarrten, luden wir ein, sich den Garten anzusehen, in dem einige daraufhin für Stunden verlorengingen.

Eines Tages stand dann ein Auto im Halteverbot vor dem Haus. So eine große, schwarze Allrad-Kutsche mit glänzenden Beschlägen. Aus der stieg eine dünne, überkosmetisierte Frau, durchwanderte zielstrebig unseren Garten, ohne um Erlaubnis zu fragen, begab sich dann wieder in das Luxusaroma ihrer lederbezogenen Autositze und blätterte ausgiebig in einer Modezeitschrift – Sonderformat, Hochglanz, LIMITED EDITION.

Nach einer halben Stunde auf ihre Anwesenheit angesprochen, erklärte sie beiläufig, sie warte hier auf ihren Sohn und es sei vielleicht etwas frech gewesen, sich unerlaubt umzusehen, aber von außen könne man so schlecht das Grundstück einsehen und sie habe wissen wollen, wie groß der Garten tatsächlich sei. Ob man den Vermieter kenne?

Ja, Wagner, anständiger Kerl.

Ob der in der Stadt wohne?

Nein.

Das sei ja ein sehr interessantes Objekt, in ganz hervorragender Lage.

Hm.

Ob es ein Mehrparteienhaus sei?

Durchaus, sechs Parteien, um genau zu sein.

Na, das könne man ja ändern.

Mein Blick reichte aus, um sie zu einer Ergänzung zu bewegen.

Man suche ein Haus.

Ich stand vor der offenen Tür des Wagens, bemerkte den hübschen Kontrast zwischen den weißen Lederbezügen und dem edlen, schwarzen Kostüm wie auch den auffallend lackschwarzen Haaren der Frau. Ihr faltiges Gesicht mit Make-up verspachtelt, sogar ihre Augenbrauen und Wimpern gefärbt, ihre Lippen unnatürlich voll neben dem alternden Rest. Ich müsse ihr natürlich sagen, dass ich sehr hoffe, dass sie dieses Haus nicht kaufe – wir seien alle sehr glücklich hier.

Ihre Antwort war geübtes Gelächter.

Drei Monate später wechselte das Haus den Besitzer. Sie hatte den richtigen Zeitpunkt erwischt, Wagner war seit einem Jahr unerklärlich krank, hatte keine Erben und erhielt von ihr ein Angebot, dessen Annahme ihm den Rest seines Lebens eine beschauliche Existenz garantierte.

Nächtelang lag ich wach und durchdachte Alternativen, bis mir klarwurde, dass es wirklich keinen Grund gab, noch länger in der Stadt zu bleiben. Drei Monate lang arrangierte ich meinen Haushalt im Vorgarten, verwies auf die schweren Möbel in meiner Wohnung und verscherbelte dennoch höchstens zwei Drittel meiner Habe – unglaublich, wie viel man besitzt, ohne es zu merken. Gegen Ende der Mietfrist hauste ich nur noch in den Überresten meiner Existenz, die letztlich dennoch haufenweise zur Sperrmüllabholung auf der Straße landeten, wo sie entzückt von Passanten weggepflückt wurden. Ehe ich die Wohnung verließ, in der einen Hand meinen Koffer, in der anderen den Katzenkorb, hätte ich gerne meine Hemmungen überwunden und in die Mitte des Wohnzimmers gekackt. Aber das hätte letztlich auch die Falschen getroffen.

×××

Der Tee, den Vater täglich kocht und literweise in sich hineinkippt, ist so dunkel wie Kaffee und eignet sich neben der Folter ungeliebter Mitmenschen mit ziemlicher Sicherheit zum Gerben von Leder. Ich pansche eine Mischung mit Wasser im Verhältnis 1:3 und tauche durch den Fliegenvorhang auf den Hof, wo heißer Dunst wie eine Welle über mich hereinbricht. Oma baumelt auf der Hollywoodschaukel, Vater steht in sicherer Entfernung gebeugt über den Beeten, ich erkenne nur seinen Rücken gut. Es ist bereits Mittag, mein ‹guten Morgen› wird mit einem garstigen ‹Ha› kommentiert.

Des wär ja nix Neies, dess de Madam erschd affstiehe dät, wenns orr grood boassn dät.

Selbstverständlich, die Madame sei ja mittlerweile auch 28, da wäre es äußerst kontraproduktiv, keinen eigenen Willen zu haben. Ob Oma auch eine Tasse Tee wolle?

Naa.

Sie solle ruhig Bescheid sagen, falls sie ihre Meinung ändere.

Ich setze mich zu Käthe in eine schattige Nische nahe am Haus. Die Katze liegt lang ausgestreckt und versucht, so große Teile ihres Körpers wie möglich mit den Steinplatten in Kontakt zu bringen. Sie könne ja nicht schwitzen, ach, arme Kleine. Ich streichle nur ihren Nasenrücken mit einem Finger, sie schnauft erschöpft und sieht mich mit fiebrigen Augen an.

Wos iech itze gesoochd hätt?

Der Katze mache die Hitze sehr zu schaffen.

Oach, des Viech. Des wär vurdn aafoach su nauf orrn Schoß gehuppt, se hätt geschrieorn vorr Schragg.

Käthe sei es nicht gewohnt, dass man sie nicht möge. In der Regel spreche man eher von Liebreiz, wenn man sie beschreibe.

Oma presst die Lippen zusammen und senkt den Kopf, ihre Hände auf dem orangegelben Stoff der Kittelschürze im Schoß verschränkt, die Knopflöcher bis aufs äußerste gespannt, es überrascht mich, dass sie nichts darunter trägt. Neben ihren dicken Knien lehnt wackelig ihr Stöckchen.

Wie das eigentlich mit ihrem Dialysegerät sei, ob sie das alleine bedienen könne?

De Schwesder dät des zen Oomd immer oahschließn un friehmorngs widder oh-, un dor Moa dät's iebervoachng. Der dät aa oft in dor Koammer nähm orrn Zimmer schloofm, dess orr heern kennt, wenn des Gerät biebsn dät. Oaber wenn orr itze ze viel gesiffld hätt, noocherd wirrd orr net woach wärrn, un noocherd däts de goannse Noacht biebsn.

Ob es nicht langsam an der Zeit sei, ihn nicht mehr den ‹Moa› zu nennen?

Oma versteht nicht.

Ich meinte, nach fast dreißig Jahren Ehe mit ihrer Tochter und fast zwei Jahren Pflege inklusive räumlicher Trennung der beiden?

Friehmorngs un oomds dät ja immer de Schwesder kumme.

Na dann. Ich schlürfe Tee und beobachte meinen Vater dabei, wie er selbstvergessen die Pflanzen versorgt und ihre lateinischen Namen vor sich hin murmelt, die Silben zu Liedern aneinanderreiht, ein leiser Sprechgesang, in dessen Rhythmus er Schädlinge mit spröden Fingerspitzen von Blattunterseiten klaubt, spielerisch zerquetscht und in geschmeidigem Automatismus an seinen Hosenbeinen abwischt. Mein Vater, das ewig kluge, aber schmutzige Kind. Eine Beschreibung, die schon in seinem Grundschulzeugnis stand und sich durch alle Beurteilungen seines Lebens zog – Wir schätzen Herrn Raben als engagierten, kreativen Mitarbeiter und wünschen ihm bei der Pflege seiner Garderobe weiterhin alles Gute. Ja, was denn nun, will mein Vater darauf gereizt gefragt haben. Wo gehobelt werde, da fielen eben Späne. Hätte man ihm wohl recht geben können, wenn er denn gehobelt hätte. Tatsächlich aber bewies er bei der Ausübung seiner ausgesprochen theorielastigen, universitären Lehrtätigkeit das bemerkenswerte Talent, sich im Laufe eines jeden Tages an den unmöglichsten Stellen mit allem zu beflecken, was sich nicht zufällig in einem anderen Raum-Zeit-Kontinuum befand, angefangen bei A wie Abszessflüssigkeit über S wie Sand bis hin zu Z wie Zentrifugalkraft.

Hätte man ihn seinen Kinderberufswunsch ausleben lassen, wäre ihm die Frage erspart geblieben, ob es sich bei dem weißen Fleck auf seiner Schulter wirklich um Z wie Zahnpasta oder vielleicht doch um V wie Vogelkacke handele. Denn dann wäre er Gärtner geworden, und da ist man bestenfalls den ganzen Tag draußen, und wenn einen ein Vogel bekotet, dann bringt das entweder Glück oder bleibt schlimmstenfalls unbemerkt. Aber der Junge war klug, und kluge Leute brauchte das Land, vor allem kluge Leute, die an den Sozialismus glauben, so viele gabs davon ja nicht – wo kämen wir denn da hin, wenn jeder seine Talente zum Fenster rauswerfen würde. Also nahm man den Jungen bei jeder Gelegenheit beiseite, erklärte ihm die Notwendigkeit von Schlüsselpositionen, betraute ihn mit verantwortungsvollen Aufgaben und formte in Zusammenarbeit mit den Eltern ein regimetreues Kind, das seine romantischen Wünsche von Pflanzenkultivierung auf die Freizeit konzentrierte, weil es eingesehen hatte, dass ein solcher Beruf seinen Fähigkeiten nicht gerecht wurde. Zumindest, solange man unter diesem tatsächlich nichts anderes verstand, als tagein, tagaus mit den eigenen Händen in der Erde zu wühlen und dabei bitte ohne Kommunikationsverpflichtungen seinen vielfältigen Gedanken nachhängen zu dürfen. Was er also sonst tun wolle, fragte man den stolzen Thälmannpionier, der sein rotes Halstuch freiwillig auch zu Weihnachtsfeiern trug, ungefähr in der Mitte seines siebten Schuljahrs. Und der Junge, selbstverständlich bemüht, seiner Pflicht als angehender Genosse nachzukommen, versprach, sich darüber, wie ja generell über alles, Gedanken zu machen; aber grundsätzlich wolle er gern Abitur machen, so viel sei schon mal sicher. Gut, sagten seine Lehrer, einen wie ihn würde man gerne ab der achten Klasse auf die EOS schicken, wenn er denn wüsste, was er mit seinem Abitur anfangen wolle. Und Hagen dachte angestrengt nach, während er seine Pflanzen versorgte; mit seinem Kater spielte; Kleidung für seine Puppe Ambrosius nähte; nackt vorm Spiegel stand und nach neuen Körperhaaren suchte. Er führte alle Hausarbeiten nahezu unbewusst aus; reparierte ungezählten Hausrat, getrieben von der plötzlichen Idee, ihn wie neu aussehen zu lassen; ja, er überlegte sogar während er las. Als sich das Schuljahr dem Ende zuneigte, hatte er alles Gegenständliche in seinem Umfeld repariert, das auch nur ansatzweise Verschleißerscheinungen aufgewiesen hatte. Außerdem hatte er sich schon so sehr daran gewöhnt, darüber nachzudenken, was er beruflich machen wollte, dass er sich nicht mehr vorstellen konnte, eine endgültige Entscheidung zu treffen. Zumal die Endgültigkeit von was auch immer, dessen war er sich inzwischen sicher, ein kaum zu erreichender Zustand war. Freilich hätte er das so nicht formuliert. Aber im Grunde hatte man ihn vor eine unlösbare Aufgabe gestellt, der zu begegnen eigentlich nur einen Schluss zuließ: Er musste irgendeine Wahl treffen und zum Wohle der Deutschen Demokratischen Republik so tun, als nehme er sie ernst.

Also schrieb er alle Dinge, derer er fähig zu sein glaubte, auf kleine Fetzen Papier, faltete sie zu so winzigen Kugeln zusammen, dass sie alle gleich aussahen, mischte sie mit zwei Händen durcheinander, wählte dann eine von ihnen aus und entfaltete mühsam das etwas angeschwitzte Wort. Anschließend ging er damit zu seinem Vater und berichtete von seinem Vorhaben, worauf sein Vater überlegen mit dem Kopf schüttelte und zurückerklärte, dass er glaube, seinen Sohn zu kennen – der sei nämlich im Kern genau wie der andere Sohn: klug, aber lernfaul. Vielleicht noch nicht jetzt, zuckte er nur ein Mal mit dem Kinn in Richtung des überraschten Kindergesichts, aber spätestens mit dem Kippen der Stimme würde auch alles andere in ihm umkippen und von dem wissbegierigen Jungen sei für die kommenden Jahre nichts anderes mehr übrig als ein drüsenhöriger Junggockel, der jedes Huhn interessanter finde als seine Schulnoten. Und während er vorgebe, Abitur zu machen, liege er seinen Eltern auf der Tasche, statt sich eine anständige Arbeit zu suchen. Das sei rausgeschmissenes Geld. Hagen solle gefälligst eine Lehre machen. Und wenn er wirklich nach höherer Bildung strebe, dann müsse er sich seine Hochschulreife eben selbst verdienen.

Als Hagen seinen Lehrern die Botschaft im Ton höchster Verwunderung überbrachte, nickten diese verständnisvoll, wenn auch bedauernd, und berichteten ihm vom modernen Konzept der Berufsausbildung mit Abitur. Die trete man nach der zehnten Klasse an und nach drei Jahren sei man ausgebildeter Facharbeiter mit vollgültiger Hochschulreife. Dann könne man studieren, was man wolle, aber es biete sich natürlich an, die Ausbildung so zu wählen, dass man schon einen Einblick in die gewünschte Richtung bekäme. Welchen Beruf er sich denn ausgesucht habe? Hagen zögerte einen Moment, dann fischte er das fledderige Zettelchen aus seiner Hosentasche und reichte es dem Beratungslehrer. Der las die krakelige Kinderschrift mehrmals, ließ den Zettel dann sinken und sagte, nun ja, von einer solchen Berufsbezeichnung habe er noch nie etwas gehört, aber Hagen habe ja jetzt noch eine Weile Zeit, um darüber nachzudenken. Im Übrigen solle er doch zukünftig beim Essen darauf achten, dass die Zipfel seines Halstuchs nicht in der Soße hingen – wenn er das Symbol des Sozialismus beschmutze, beschmutze er den Sozialismus selbst.

Während der nächsten drei Jahre dachte Hagen also weiter über seine Berufswahl nach. Die Frage war nun allerdings nicht mehr, was er werde wollte, sondern wie er das nennen musste, was er werden wollte, damit man verstand, was er meinte. Er dachte darüber nach, während er seine Pflanzen versorgte; mit seinem Kater spielte; sich ein Hemd aus Fensterleder nähte; seinen Kameraden fasziniert dabei zuhörte, wie sie sich über die Mühen des Stimmbruchs beklagten, wohingegen er nach wie vor unverhältnismäßig gelassen auf erste Körperhaare wartete. Außerdem optimierte er instinktiv die Verrichtung seiner haushaltlichen Pflichten – außer jenen, die sein eigenes Zimmer betrafen –, und wenn er einen Kratzer in der Oberfläche eines Möbelstücks entdeckte, versuchte er, allein mit seinen Fingern zu erfühlen, welche Art von Versiegelung man benutzen müsste, um die Stelle vollkommen auszubessern.

Am Ende der zehnten Klasse hatte er sich damit abgefunden, dass das, was ihm an Möglichkeiten zur Verfügung stand, nur fast mit dem übereinstimmte, was er beschlossen hatte, ernst zu nehmen. Und wie sich zeigte, war jene Möglichkeit, die seiner Idee am nächsten kam, zwar als Beruf anerkannt, jedoch gab es keine gezielte Ausbildung geschweige denn ein Studium dafür: Restaurierung. Nein nein, es heißt nicht Restauration. Aber der restaurierende Mann heißt Restaurator, ja. Das ist durchaus unlogisch, aber egal – mein Vater suchte nach einer Berufsausbildung, die ihn seinem Ziel irgendwie näherbrächte, und entschied sich schließlich für die Berufsschule eines volkseigenen Möbelkombinats. Dort wurde er zum Tischler ausgebildet, fertigte deutsche demokratische Qualitätsware aus Sperrholz sowie ein kunstledergebundenes «Dokument des Lernens» (eine Art Muttiheft für Fortgeschrittene mit hohem Anteil an Eigenbefüllung, angefangen bei der schönschriftlichen Ausformulierung von sozialistischen Halbjahreszielen des Klassenverbandes bis zu nachlässig geführten Leistungsspiegeln; kommentiert von krakeligen Klassenlehrerermahnungen in rot (Rot?) und eleganten Füllfederantworten seiner Eltern, die aber mit Hagens Volljährigkeit gänzlich ausblieben); drückte parallel dazu die Schulbank und traf zum ersten Mal in seinem Leben auf einen Typ Mensch, der ihm bislang erspart geblieben war:

Der Konterrevolutionär.

Der Konterrevolutionär war kein Gespenst, nein, er war nicht nur der theoretische Gegenentwurf zum Guten, so wie alles Gute eben ein Gegengewicht hat, ganz gleich ob man ihm je begegnet und in welcher Ideologie man sich verortet. Der Konterrevolutionär war plötzlich mit Hagen in einem Lehrjahr, hieß Fritz, Paul, Klaus oder Anders, trank in der Pause Vollmilch aus der Flasche zu seinem Butterbrot und erklärte freimütig, der Sozialismus sei ein lahmer Fuß, der nur auf den ersten Blick so aussehe, als könne er genauso gehen wie die anderen. Wenn man ihm einen orthopädischen Schuh anziehen würde, könne er vielleicht noch eine Weile mithalten, aber dieser orthopädische Schuh solle aus dem Fell aller Menschen dieses Landes gefertigt werden – Fell, das man ihnen lebendig über die Ohren ziehen wolle, während sie im Chor stolze Arbeiterlieder singen müssten. Wer habe sich diesen Müll eigentlich ausgedacht? Ach, das sei Marx gewesen, der alte Weihnachtsmann …

So oder plumper, aber sinngemäß ähnlich. Mein Vater war so geschockt, dass er umgehend anfing, an seinem Glauben zu zweifeln. Davon war er so geschockt, dass er umgehend anfing, sich für seinen Zweifel zu schämen – er selbst sein härtester Richter –, dicht gefolgt von einer inneren Auseinandersetzung, die er rechtschaffen nicht vor der Außenwelt verbarg. Das Dokument des Lernens begleitet diesen Weg besorgt in krakeligem Rot. Die persönliche Urteilsfindung dauerte ungefähr bis zum Ende des zweiten Lehrjahres an und mündete abschließend in den Sieg der ideologischen Haltung, denn: Wenn zur Herstellung einer gerechten Ordnung ein System nötig war, dessen Errichtung Entbehrungen und Opfer verlangte, so waren diejenigen, die diese Opfer zu erbringen hatten, in logischer Konsequenz jene, die daran beteiligt waren, dieses System zu errichten. Anders gesagt: Lieber ließ er sich selbst das Fell über die Ohren ziehen, als pelzig von einem System zu profitieren, das Unbeteiligte häutete, während es stolz von freier Wirtschaft sang. Das war die Menschlichkeit, an die er glauben wollte. Und wer verhindern wollte, dass man ihm das Fell zum Wohle aller abzog, der musste es sich verdammt noch mal selbst abziehen. Und ja: Wenn man dabei Arbeiterlieder sang, dann tat es auch nicht so weh. So erkämpfte sich mein Vater seinen Glauben zurück. Aber nur temporär.

Wos iech dee su steehne dät?

Es sei zu heiß. Vor lauter Neid auf Omas Kittelschürze bin ich ein bisschen pampig. Irgendwo müsste sie doch noch so ein Ding rumliegen haben. Oder zumindest etwas in der Art. Die Katze erhebt sich so mühsam wie ich und folgt mir hoffnungsvoll ins Haus. Ich öffne ihr die Tür ins Bad, aus dem mir abgestandene Luft entgegenschlägt. Käthe zögert, ihr Blick fordert mich auf mitzukommen. Ich schüttele den Kopf, warte noch kurz, nachdem ihre Schwanzspitze in der Dunkelheit verschwunden ist, und werfe dann doch einen Blick in den kleinen Raum. Ihre Augen strahlen mich aus der Badewanne an.

In meinem Koffer befand sich ausschließlich Kleidung, deren Stoff zu dick ist für so viel Temperatur. Ich wühle mich in der niedrigen Dachkammer neben meinem Zimmer durch Tüten und Säcke, auf der Suche nach Omas Unterkleidern. Die sechziger Modelle, durchsichtiger, steifer Perlon wie Bonbonpapier.

Ich finde einen Strohhut mit rotem Rand, ein Fernglas, einen Sonnenschirm, einen alten Fotoapparat, schließlich die Unterkleider in einer Kiste. Ich wähle ein gelbes mit weißer Spitze, die senkrecht vor meiner Brust absteht, als sei sie aus Draht.

In der Küche füllt Vater farbarmes Essen aus einer Assiette auf einen Teller, lacht und zeigt mit dem Löffel auf den Fotoapparat: Ob da ein Film drin sei?

Ich zucke mit den Achseln.

Ich solle mich auf den Schirm stützen, erklärt er, während er den Apparat aus meiner Hand nimmt und den Löffel hineinlegt.

Wenn da ein Film drin sei, dann sei der schon längst abgelaufen. Ich lecke den Löffel ab. Das Essen schmeckt nach Brühwürfel.

Jaja, nickt er, das ergäbe oft interessante Effekte, nimmt mir den Löffel wieder aus der Hand, legt seine Pfeife hinein, deutet eine Pose an, die ich ungeschickt imitiere, hält den Apparat ans Auge und drückt ab.

Ob man noch eins von Oma machen sollte? Oder ein Gruppenfoto? Es befände sich auch ein Selbstauslöser an der linken Seite.

Gute Idee, nickt er verschwörerisch und hebt bekräftigend einen Finger.

Oma sitzt im Hof inzwischen auf einem grünen Plastikstuhl, neben ihr ein blauer Müllsack. Der aufklaffende Stoff zwischen den Knöpfen ihrer Kittelschürze legt bleichen Altfrauenspeck frei. Einen BH trägt sie auch nicht, ihre Brüste sind lang.

Hoffentlich sei da ein Schwarz-Weiß-Film drin. Ich schiebe ihr den Hut ein bisschen verwegen in die Stirn.

Wos?

Wir würden ein Foto machen. Vater geht in Position. Erst mit ihr alleine und dann noch mal eins mit Selbstauslöser.

Ob se itze noch ewos moachng solld?

Wenn sie vielleicht eine Grimasse schneiden könnte, das wäre sehr nett.

Wos dee forr enne Grimasse?

Die Zunge rausstrecken oder so.

Oma streckt folgsam die Zunge raus, Vater knipst, es surrt, der Film ist voll und wird automatisch zurückgespult.

Das sei aber dann gar kein so altes Modell, untersucht er stirnrunzelnd den Apparat.

Wos iech itze do oa hätt, fragt sie mich mit schief gestelltem Kopf.

Eins von ihren alten Unterkleidern. Hätte ich auf dem Dachboden gefunden und würde es wieder zurücklegen, wenn ich es nicht mehr bräuchte. Ob das o. k. sei?

Naa. Wenn miech itze Aaner su sehe dät!

Wer denn, es komme doch sowieso nie jemand zu Besuch.

Nu, de Leit!

Ach, die Leute. Die trügen auch Kittelschürzen ohne was drunter und das Unterhemd des Nachbarn sehe übrigens aus, als besitze er nur das eine.

××

Schweiß fühlt sich nicht wie Wasser an. Ich sitze in einer salzig dünnen Pfütze und spüre die Haut an meinem Po in kleinen Pusteln blühen. Im Skizzenbuch auf meinem Schoß wachsen Zeichnungen von Pflanzen, krakelige Wucherungen an Zäunen, aus dem Astloch einer Zaunlatte starrt heimlich ein geädertes Auge. Mit einem unanständigen Geräusch löse ich mich aus dem Gartenstuhl, tauche durch den Fliegenvorhang, weiche Streifen Plastik streicheln meine Schultern, ich nehme ein Handtuch aus dem Badezimmerschrank, wische den Schweiß ab, zupfe das Bonbonkleid zurecht und binde die Haare im Gehen zu einem filzigen Knoten im Nacken.

Wu iech itze hiegeh dät?

Baden.

Suu?!

Wie, so?

Nu! Su kennt iech net nausgeh, morr kennt ja oalls sehe!

Hä?

In denn Näglischee.

Ach so, Mensch, das sei doch fast blickdicht, außerdem hätte ich was drunter.

Des kennt se bis dohier sehe, dess des net blickdicht wär.

Es überrasche mich, dass sie überhaupt etwas sehen könne.

✕

Das Handtuch liegt über der Schulter, der Strand beginnt schon am Waldrand, ich setze die Füße tief in den Sand, die untere Schicht ist kühl. Zwischen den Körnern lauern scharfkantige Stücke von Rinde und Ästen, kleine, trockene Zapfen, viele der Bäume sind Kiefern. Der Wald atmet tief, zwischen den Baumwipfeln sattes Blau, die Sonne erreicht kaum den Boden. Dann ist da das Wasser und sonst kein Mensch, nicht weit entfernt hat ein Erlebnisbad eröffnet. Früher gab es nur diesen tümpeligen See und einen schlammigen Fluss am anderen Ende der Stadt. Alle guten Badestellen waren immer von Jugendlichen in hässlichen Badehosen besetzt, Dutzende Bierflaschen zum Kühlen ins Wasser gestellt. Das waren nie Freunde von mir. Die hatten Spaß, und ich war mir peinlich, ich trug keinen Badeanzug und fand mich dick. Nacktheit ist natürlich, sagten meine Eltern, so oft, dass ich es auch während meiner Pubertät glaubte. Ich kann es heute noch immer nicht anders sehen. Jeder Bikini ist zu viel Stoff, die Bänder schneiden ins Fleisch, bei jeder Bewegung verrutscht irgendwas, man ist die Hälfte der Zeit mit Zurechtzupfen beschäftigt, die andere Hälfte wünscht man sich, man wäre nackt. Irgendwann, als ich vierzehn war, hat mal ein Junge für mich Partei ergriffen, ich allein auf der einen Seite des Sees, er in Gesellschaft auf der anderen, hielt meinen Blick und zog seine Badehose herunter. Da die großfellige Stelle, dunkel und dicht und dazwischen der fleischige Penis, ich kann das noch sehen, über zehn Jahre später erinnere ich mich nicht wirklich an sein Gesicht, aber der Penis war unbeschnitten, dick und baumelte aufdringlich. Der Junge war vielleicht siebzehn und männlich, mit breiten Schultern, seine Freunde johlten, als er ‹Moby Dick, Moby Dick› rief, sich wiederholt ins Wasser warf, mit angewinkelten Beinen die Fußsohlen aneinanderpresste und eine Schwanzflosse formte, sich dadurch so weit wie nur möglich entblößte, die dichte Behaarung zog sich weit auf seine Schenkel. Ich ekelte mich, aber sah nicht weg.

Ich streife das Kleid ab, den Slip, ich sprinte ins Wasser und forme im Sprung die feste Körperlinie, Arme über dem Kopf mit spitzen Händen, tauche weit in die Seerosenstängel, streichle mich mit den glitschigen Hälsen, wickle sie um Fuß und Handgelenke, hänge fest in dem Wasserkraut, stelle mir vor, wie das aussieht, ein bisschen wie Folter, schmeicheln die Stängel meinen Flanken und Wangen und Scham, bis wirklich überhaupt keine Luft mehr übrig ist. Dann reiße ich mich los und stoße japsend nach außen, der See ist nicht tief. Ich schwimme von Ufer zu Ufer, das fühlt sich immer zu kurz an, bis meine Kraft sehr schnell verbraucht ist, erhebe ich mich aus dem Wasser und wünsche mir bitter, jemand stünde jetzt da, träte aus dem Schatten der Bäume zu mir und fände mich schön. Aber das dürfte niemand von hier sein, kein schlechtes Genmaterial, kein Moby Dick, und wer sollte sonst freiwillig herkommen, schüttele ich mich und den Kopf. Man muss darauf aufpassen, was man sich wünscht.

×

Vater baut wieder Gras an, begreife ich zwischen harzigen Pflanzen. Ein kleines Feld mit intensivem Geruch, umrandet von Tomaten und Sonnenblumen. An drei Seiten ist es symbolisch begrenzt von einem antiken Maschendrahtzaun; abgelegen zwischen Wald und Mülldeponie, leicht sumpfiges Gebiet, das kaum jemand betritt, zumindest die Bewässerung ist gesichert. Vermutlich bekämpft er nur ein Mal pro Woche etwaige Parasiten. Er hat die Vegetation abgetragen, dann Pferdemist und Komposthaufenerde aufgeschüttet. Das ist ein altes Prinzip, ich erinnere mich an andere Äcker, schon als ich noch klein war, Sommer für Sommer wechselnde Grundstücke, befruchtete er jeden Boden, Hauptsache, abgelegen. Meine Mutter briet am Rand in der Sonne und durchblätterte Kataloge von Auktionshäusern. Immer ging es um gute Tarnung, nicht für sie, sondern die Pflanzen. Vater experimentierte mit unterschiedlichen Manövern, je nach Umgebung kombinierte er Hanf und Gemüsepflanzen oder drahtete Kunstblumen an die dünnen Äste. Es gab nie eine Anzeige, stattdessen war kurz vor der Ernte die schwierigste Zeit, abhängig von der Bevölkerung der jeweiligen Stadtgebiete. Es gab Diebe, die nur die Blüten abrissen, andere gruben ganze Pflanzen aus. Vater schlug Zelte am Acker auf, eins für mich, eins für sich, es war Glühwürmchenzeit, wir machten ein Lagerfeuer, grillten Wurst am Spieß. Ich musste erst schlafen, wenn kein Tier mehr zu sehen war, er saß dann noch bis zum Morgen und hütete das Abenteuer. Erst mit meinem Eintritt ins drogenwillige Alter verstand ich, worum es eigentlich ging. In einem Jahr bastelte er eine Puppe von sich, der Schnauzbart aus schwarzem Gaffaband, man sah das erst, wenn man ganz nah ranging, die Puppe hielt eine Pfeife in der Hand, die Finger ausgestopft mit Heu. Die Täuschung hielt nur zwei Wochen an, dann fehlten fünf Pflanzen, und die Pfeife war auch weg. Nur hier hat er bislang keine Probleme gehabt. Vielleicht hat er das ja vorausgesehen und ist deshalb so bereitwillig hergekommen. Aber vielleicht hoffte er auch, dass er besser an einen Ort wie diesen passen würde – je geringer die Bevölkerungsdichte, desto größer die Anonymität, dachte er vielleicht und irrte sich damit gewaltig. Der Irrtum, sein vertrauter Feind.

Die rostigen Maschen des Zauns an meinem Rücken, sitze ich da am Feld, drehe mir eine Zigarette und höre dem Gesang des Sommers zu. Die Blätter der mannshohen Graspflanzen flattern leise im Wind wie Flügel, neigen sich in gleichmäßig sachtem Reigen, als warteten sie auf meinen Vater, darauf, dass er zwischen ihre Reihen tritt und mit ihnen tanzt. Ich stelle mir vor, wie er sie streichelt, am Harz ihrer jungen Blüten riecht und ihre Namen nennt; er wird sie nicht mit seinen Gedanken belasten. Kein Kompliment ist größer.

Vater hat im Gegensatz zu meiner Mutter nie unaufgefordert Anekdoten oder, wie Oma, detaillierte Chroniken erzählt. Alles, was man über ihn wissen will, muss man hartnäckig erfragen, man muss ihn möglichst betrunken machen, er antwortet sonst sehr kurz angebunden. Zeigt mal ein gelbes Foto. Oder sagt, wo man vielleicht Antworten findet (Frag deine Mutter). Stattdessen Wahrheiten, schau da, das Tier, die Pflanze, der Baum, komm, ich zeig dir, wie man Feuer macht, je älter ich wurde, desto mehr Realität. Es blieb nur die eine Geschichte vom klugen Kater. *Eines Tages sagte mein Vater, der kluge Kater, zu mir*, erzählte er tief und melodisch, der Tonfall war immer gleich. *Gehe nicht auf den hinteren Feldweg! Ich habe dort schwarz-weiß gestreifte Mäuse gesehen.* Dagegen kam nichts an, keine obligatorischen Gutenachtküsse, keine göttlichen Schlaflieder. Oma hat die auch nicht wirklich mir vorgesungen, sie hat nur am Bett gesessen und so getan, als hätte sie mich gern. In ihrer Vorstellung müssen Kinder ahnungslose Gefäße sein – wer hat ihr das eingeredet –, und ich wusste schon damals zu viel. Ich wusste, dass die eigenen Wohltaten nicht benannt werden müssen, um wahr zu sein. Ich hätte das nicht formulieren können, aber sooft sie die Beweise ihrer Güte aufzählte, dachte ich, dass sich das falsch anfühlte, dass das nicht liebenswert war, ich hätte nur nicht erklären können, warum. Sie muss mir das angesehen haben, den Widerwillen. Das war mir unangenehm, ich wollte trotzdem von ihr gemocht werden. Das geht mir noch heute so und ihr wohl auch. Nennen wir es eine mühsame Ambivalenz. Es wäre leichter, sich zu meiden, aber wie soll man, wenn man so nah zueinander gehört, und selbst die großen Abstände zwischen den Besuchen haben uns nicht voneinander gelöst. Es muss eine Zeit gegeben haben, in der wir uns nicht bewertet haben, in der ich ihre Worte noch nicht verstand und sie nicht meine Blicke. Vielleicht waren wir da irgendwie Freunde, und auch wenn wir das vergessen haben, klingt es noch nach in uns wie ein trauriges Lied: Ich erinnere mich an den Weg zum Haus, ich erinnere mich, wie sie dort gestanden hat, mit ausgebreiteten Armen, ich bin darauf zugelaufen, ich habe mich auffangen lassen von ihr. Rechtfertigt diese Erinnerung ihr Fordern nach Aufmerksamkeit irgendwie? Darf man verlangen, geliebt zu werden, weil man ja nicht immer ein Arschloch war, immerhin nur die 25 Jahre danach, die ersten drei waren doch nett, das musst du zugeben, Kind. Die Betonung dieses Wortes bekam früh einen unfreundlichen Klang:

Könne das Kind denn nicht leise sein, dem Kind schmecke es mal wieder nicht, das Kind sei wieder sehr ungezogen, Petra, das Kind brauche straffere Regeln, es müsse sich benehmen lernen, das Kind, es müsse sich unterordnen, das Kind solle still sein, wenn Erwachsene sich unterhielten, das Kind sei schon wieder ganz schmutzig. Hat sie eigentlich jemals meinen Namen verwendet, selbst wenn sie mich rief? Maadl, sagt sie jetzt. Ob des Maadl orr de Hoar moachng kennt. Immerhin gesteht sie mir ein Geschlecht zu. Keine Ahnung, ob sich überhaupt jemand von ihr geachtet fühlt. So eine Mutter, die immer nur Fremde gelobt hat, selbst wenn die ihre Töchter jetzt endlich ansähe, könnten sie darin keine Liebe erkennen, weil sie ihr die nicht zutrauen.

× × ×

Ob ick sowat schon ma jemacht hätte?

Ja. Sei schon eine Weile her, aber im Grunde sei ein Ofen ja wie der andere.

Jut. Also, die Teiglinge kämen für fuffzen Minuten inne Jare.

Okay.

Hier links inne Ecke sei 'n Wecka, den könne man nich benutzen, der sei futsch.

Okay.

Wemma die Teiglinge zu lange drinne lasse, würdn se zu jroß.

Okay.

Also fuffzen Minuten.

Okay.

Hier unten inne Jare sei dit Wassabecken, dit müsse jeden Tach uffjefüllt werden.

Okay.

Die Teiglinge kämen denn in 'n Ofen und müssten fuffzen Minuten uffe Stufe drei jebacken werden. Et sei wichtich, dass inne Hälfte vonne Zeit die Damftaste jedrückt würde, damit die Schrippen ans Ende schön jlänzten. Meine neue Kollegin sieht mich ernst an, ihr Blick verlangt einen gesonderten Beweis für mein Verständnis.

Verstehe. Ich drücke den Rücken durch und nicke mit Nachdruck.

Ob ick schomma kassiert hätte?

Klar.

Ooch anne Kasse?

Auch das.

Die hier sei janz neu. Man brauche in Jrunde nur die Anzahl und denn die Produkttaste drücken. Denn uff Jesamtsumme, denn den erhaltenen Betrach einjeben, denn uff Rückjabe. Denn jinge die Kasse uff. Manchma klemme se leida. Wemma hier unten den Punkt jedrückt halte, meine neue Kollegin verrenkt sich ein bisschen und entblößt dabei an der Innenseite ihres Unterarms eine Reihe mehr oder weniger paralleler Verbrennungen, denn könne man dit aba nachhelfen. Sie verharrt in dieser Haltung. Ich verrenke mich ebenfalls, spähe unter ihrem Arm hindurch und versuche, jenen Punkt an der Unterseite der Kasse zu lokalisieren, den sie mit drei leicht gespreizten Fingern unpräzise markiert.

Ob sie nicht eben gesagt habe, die Kasse sei neu?

Ja. Se sei ooch schonn ausjewechselt worden, aber et sei wohl 'n Produktionsfehler. Wenn inne Kasse zu ville Kleinjeld sei, senke sich irjendwie die Schublade ab.

Sei vielleicht eher für den amerikanischen Fastfood-Verkauf konzipiert.

Wat, wieso?

Wegen der Ein-Dollar-Scheine.

Äh, keene Ahnung.

Egal.

Ob ick mir zutrauen würde, die nächsten Kunden zu bedienen?

Klar.

Wir nehmen vor dem Brotregal nebeneinander Aufstellung, die Arme hinter dem Rücken verschränkt, unsere Schürzen leuchten rot und haben keine Taschen. Die Thekenauslage präsentiert hochpreisige Fließbandbackwaren: links insektenumschwärmter Überzuckerkram, rechts genormte Brötchen, sämtliche Zutaten aus garantiert unökologischem Anbau. Wir warten. Der Laden liegt im Eingangsbereich eines Rewe-Supermarktes, welcher sich in einer unbeliebten Wohngegend befindet und zudem selbst mit einer Backstation ausgestattet ist. Ein Baguette wie unseres bekommt man dort für die Hälfte des Geldes. Dass ich diesen Job nicht lange machen werde, ist naheliegend. Im Grunde könnte ich meine Schürze, deren Baumwolle übrigens so stark imprägniert ist, dass Kaffee einfach daran abperlt, bereits jetzt abnehmen und den Laden demonstrativ kopfschüttelnd verlassen. Es gibt sicher auch hier bessere Jobs. Sicher auch für jemanden ohne Ausbildung. Zumal ich ohnehin nicht gerade mittellos dastehe. Ziemlich besitzlos, ja, aber Besitz wird auch ziemlich überbewertet. Gibt es also einen Grund, weiterhin darauf zu warten, dass heute noch irgendein Kunde kommt?

Wat ick beruflich jelernt hätte?

Ich hätte studiert, allerdings keinen Abschluss gemacht.

Und wat studiat?

Kunst.

Wat denn für Kunst?

Brotlose, haha, lustig, nicht wahr, deshalb sei ich jetzt wohl auch hier gelandet. Interessant auch, dass sie mich eben jetzt danach frage, wo ich selber gerade darüber nachdächte, warum ich mich um diesen Job beworben hätte. Wenn ich spontan eine Antwort geben müsste, würde ich wohl im Rahmen meiner positiv orientierten Gesinnung vermuten, dass ich aus diesem Erlebnis lernen könne, dass Brot recht leicht verdient sei, wenn man seine Ideale außer Acht lasse. Wenn ich jetzt noch rausfände, ob ich zu Letzterem bereit sei, würde mir in absehbarer Zeit wohl auch klarwerden, was als Nächstes zu tun sei.

Meine neue Kollegin blickt sich suchend nach einem Kunden um.

×××

Der Friedhof liegt auf dem Heimweg, Opas Grab am Fuß einer Tanne, deren Nadeln in regelmäßigen Abständen fachmännisch vom Boden entfernt werden, wahrscheinlich geharkt. Letzteres muss erst vor kurzem geschehen sein, zwischen der Erde in meiner Hand finde ich die frische, leblose Hälfte eines Regenwurms. Die andere befindet sich vermutlich in den Zangen einiger Ameisen auf dem Weg durch die geleckten Nachbarparzellen, vorbei an geometrisch genormten Steinen und geklontem Efeu. Die Individualität wurde hier schon vor langer Zeit in der Ecke neben dem Komposthaufen verscharrt. Vereinzelt gibt es Bäume, die älter zu sein scheinen als jedes Grab hier, das ist der einzige Trost.

Abgesehen davon gibt es vieles zu sagen, das ich einleiten möchte mit einer Begrüßung, aber eben die fühlt sich albern an. Meinen Opa würde ich lieber Großvater nennen, nur habe ich das zu Lebzeiten nie getan, jetzt damit zu beginnen erscheint mir zu spät. Vielleicht wäre seine Beerdigung die letzte Gelegenheit gewesen. Als wir hier standen, der Sarg am Boden des Grabes und diese obligatorische Sandkiste am Rand, aus der wir uns dann bedienen sollten, war ich ein bisschen hysterisch und blockierte den Ablauf. Ich stand lange am Grab, die Leute wurden unruhig und der Sand feucht in meiner hohlen Hand. Es regnete, ich hatte keinen Schirm. Ich war 15 Jahre alt und wollte irgendetwas Besonderes machen, was Besseres als das fiel mir damals nicht ein. Inzwischen ist mir das nicht mehr peinlich.

Mein Opa, den ich also nur Opa nenne, weil ich es immer getan habe, starb knapp zwei Stunden nach seinem

75. Geburtstag und ziemlich genau zwei Wochen vor seiner goldenen Hochzeit. Abgesehen von der tragischen Existenz der immensen Klopapierrollentorte und den lustigen Reimen, die man für die goldene Feier bereits begonnen hatte zu basteln, wurde sein Tod von der Ironie überschattet, die sich daraus ergab, dass man lange geglaubt hatte, eine Jubiläumsfeier wie diese würde er wegen seiner TBC-Lunge ohnehin niemals erleben, und deshalb knapp 25 Jahre zuvor eine silberne Hochzeit gefeiert hatte, wie sie sich nur Staatsbeamte leisten würden. Nach seinem 74. Geburtstag aber gab man diesen Gedanken endlich auf, und seine Töchter begannen heimlich, eine Feier ohne Budget auszurichten, denn mein Opa hielt sich an seine Prinzipien, und wenn er sich einmal entschlossen hatte, für eine Feier kein Geld auszugeben, dann war dieser Entschluss unumstößlich. Man hatte also fast ein Jahr lang Nachbarn und Freunde akquiriert (im Gegensatz zu meiner Oma hatte mein Opa tatsächlich Freunde, die sie zu seinen Lebzeiten fälschlicherweise auch für ihre hielt), man hatte nebst allerhand Salaten ein Spanferkel organisiert, ein Partyzelt, eine Musikanlage, Biertische und -bänke. Es gab eine Jubiläumszeitung mit Fotos und lustigen Sprüchen, Tante Lena reimte eines ihrer dilettantischen Gedichte, welches man gedachte unter Verwendung diverser Requisiten vorzutragen, es sollte ein oder zwei neckische Spiele geben, bei denen sich die Gelegenheit böte, den einen oder anderen bunten Hut zu tragen, wie sie in der Feierkultur meiner Großeltern immer eine Rolle gespielt hatten. Alle haltbaren Requisiten dieser Aufzählung liegen noch heute ordentlich ver-

packt in Kisten, vermutlich auf dem Dachboden, mit Ausnahme der Klopapierrollentorte, welche nach längerem Zögern letztlich doch der ursprünglichen Bestimmung ihrer Einzelteile zugeführt wurde. Opa hätte es genauso gemacht. Trotzdem bedrückt mich die Vorstellung der familiären und befreundeten Ärsche, die kollektiv zur Entsorgung der Torte beitrugen. Möglicherweise jedoch ist dieser Gedanke nur eine Art Phantomschmerz, der dazu dient, die eigentliche Schuld zu deckeln. Die eigentliche Schuld an seinem Tod.

Opa starb knapp zwei Stunden nach seinem 75. Geburtstag und ziemlich genau zwei Wochen vor seiner goldenen Hochzeit an seinem zweiten Herzinfarkt. Den ersten hatte er knapp überstanden, lange Zeit im Krankenhaus zugebracht und die Herzen der Krankenschwestern mit charmanten Kumpeleien sehr schnell erweicht, um bitte nicht die Bettpfanne benutzen zu müssen, sondern entgegen ärztlicher Anordnung und mittels ihrer heimlichen Hilfe auf die Toilette gehen zu dürfen. Er war entlassen worden mit absolutem Schonungsgebot und dem ärztlichen Hinweis, dass er einen zweiten Infarkt nicht überleben würde. Letzteres erfuhren wir allerdings erst sehr viel später. Er hatte den Weg vom Krankenhaus bis nach Hause sehr bedächtig zu Fuß zurückgelegt und unterwegs jeden Bekannten namentlich angesprochen, ein kurzes, aber herzliches Gespräch geführt und sich sichtbar darüber gefreut, dass er am Leben war. Er war in sein Heim zurückgekehrt, hatte sich auch dort weiterhin über sein Leben gefreut und das folgende Jahr kein klagendes Wort darüber verloren, dass dieses Leben nun von starken Einschränkungen geprägt war. Er hatte nicht darüber gesprochen, dass er sich zuweilen nutzlos vorkam und dass es ihm schwerfiel, bei Tätigkeiten, die er früher quasi einhändig erledigt hatte, Hilfe zu erbitten. Er hatte sich bemüht, es wie das Normalste der Welt klingen zu lassen, wenn er um solche Hilfe bat, genauso, wie er übermäßig fröhlich auf die Frage, was er sich zu seinem 75. Geburtstag wünsche, antwortete, er wünsche sich, dass das Holz, welches vor über einem Jahr zum letzten Mal umgeschichtet worden und nun noch immer in Form von Holzmieten im Obstgarten gestapelt war, an seinem Geburtstag zur endgültigen Lagerung in den leeren Hühnerstall geschichtet würde. Er hätte das längst selber getan, könne es aber nicht, und wenn die ganze Familie mit anpacke, sei die Arbeit an einem Tag erledigt.

Die ganze einsatzfähige Familie bestand inklusive angeheirateter Mitglieder aus sieben Personen und hatte mehrheitlich gerade Sommerferien bzw. Urlaub. Mit Ausnahme meines Onkels und des Ehemanns meiner Cousine, von denen Letzterer sich noch während der Durchführungsdebatten für besagten Tag eine Krankschreibung besorgte. Alle anderen ergaben sich in ihr Schicksal, ohne jedoch, bei aller Liebe, zu verbergen, wie wenig begeistert sie von dieser Aufgabe waren. Ja, gut, hatte man in Abwesenheit des alten Mannes diskutiert, das Holz sei nun einmal da, es stecke bereits viel Arbeit darin und es verkommen zu lassen sei eine Schande, zugegeben. Aber es sei auch ziemlich unzeitgemäß von ihm, an diesem Ofen festzuhalten, außerdem ziemlich egoistisch, Oma wünsche sich schon lange eine Zentralheizung.

Na ja, das sei Quatsch, von wegen unzeitgemäß, ja, Oma wünsche sich eine Heizung, weil das bequemer sei, aber rein ökologisch betrachtet sei so ein Holzofen in Zeiten von Nachhaltigkeitsdebatten ziemlich zeitgemäß.

Wat für Debattn?

Wie auch immer, das Heizen sei auch eines der wenigen Dinge, die Opa noch aktiv leisten könne – Letzte Weihnachten habe man ihn jeden Morgen, wenn er mit dem Heizkorb das Haus betreten habe, summen hören.

Ja, genau, er begleite sich selbst beim Summen mit dem Pfeifen seiner Lunge – wenn er so weitermache, würde er nicht mal einen geringen Teil des Holzes verfeuern können, man könne die Mieten demnach ebenso gut dort verrotten lassen, wo sie jetzt waren.

Davon könne man doch nicht ausgehen.

Doch, könne man.

Das sei zynisch, man wolle davon nicht ausgehen – auf den Tod eines Menschen zu spekulieren, vor allem wenn es darum ginge, ihm seinen Geburtstagswunsch zu erfüllen, sei ein recht unwürdiges Verhalten. Man hätte ihn ja auch gern.

Außerdem, wenn man dieses Holz nicht in den Hühnerstall einlagerte, müsse man sich ja trotzdem irgendwann darum kümmern, immerhin blockiere es seit mehreren Jahren nicht unbeträchtliche Areale des Gartens.

Dit sei ja aba wohl nich dit Problem vonne janze Familie. Manche hättn da sicha 'n jrößaret Intaresse dranne als andare.

Genau, man habe schließlich nicht jeden Tag Ferien, und Sommer sei auch nicht das ganze Jahr.

Ach so? Der Urlaub des einen sei also mehr wert als der Urlaub des anderen? Oder der eine oder andere gehöre gar nicht richtig zur Familie, weil er ja auch vom Grund und Boden nichts erbe? Das sei allerdings wichtig zu wissen, man müsse derartige Informationen möglicherweise bei dieser oder jener Gelegenheit berücksichtigen.

Aber, aber, das alles führe doch gerade nirgendwohin. Man solle sich einfach an besagtem Morgen treffen, einen Tag lang schuften, man müsse ja nicht so tun, als hätte man Freude daran, dann hätte man dem alten Mann seinen Wunsch erfüllt und die Sache sei vom Tisch.

Solche Beschlüsse klingen immer wesentlich einfacher, als ihre Umsetzung dann tatsächlich ist. Fakt ist, dass der Gedanke, dem alten Mann eine Freude zu machen, keinem der Beteiligten in irgendeiner Weise das Herz zu wärmen schien. Ohnehin war Wärme gerade an diesem Tag aber auch das, was man am wenigsten gebrauchen konnte. Die Sonne brannte ganztägig höhnisch, Schweiß vermengte sich mit Sägemehlresten und Holzsplittern. Niemand hielt spaßeshalber mittels Gartenschlauch einen Wasserstrahl auf die arbeitende Gemeinschaft, denn das Holz durfte nicht feucht werden. In sicherer Entfernung saß Kai, der Mann meiner Cousine, auf der Bank im Hof, der Krankenschein steckte sichtbar in seiner Hemdbrusttasche, er trank Limonade und begrinste feist unsere Wut. Eine Wut, die so haltlos war, dass wir kein Wort sprachen während der Arbeit. Opa stand daneben und lächelte uns Kraft zu, man sah die Scham in seinem Gesicht, vielleicht war es auch Trauer, es war ihm jedenfalls nicht egal, was wir dachten, auch nicht unser Schweigen und das harte

Lächeln, das wir ihm zuwarfen, wenn er mit Blicken darum bat. Bis er es schließlich nicht mehr aushielt, sich mit an die Holzmiete stellte, Holz verlud und schichtete, letztlich sogar die schwere Schubkarre wuchtete, bis ihm Schweiß die Waden hinunterlief, und unsere Einwände mit einem scheuen Lachen an sich abprallen ließ. Erst da verflog die Wut und wurde unsererseits zu Scham, die uns antrieb, schneller zu arbeiten. Denn er würde nicht aufhören, bis alles getan war, so viel war sicher. Trotz aller Eile sammelten wir erst in der Dämmerung die letzten Scheite vom Boden auf, trugen sie in den Stall, der jetzt bis dicht unter das Dach zugeschichtet war, setzten uns dann in einer Runde um den Grill, wie wir es gewohnt waren, und stießen mit kellerkaltem Bier an. Sogar ich bekam eines, mit dem ich grimmig den Arbeitsstaub aus meiner Kehle spülte und wie ein vermeintlicher Kerl hinunterschluckte, weil mein Vater schon damals nur Wein trank, die Flasche aber bereits geöffnet war. Es wurde also gegrillt, fettes Schweinebauchfleisch, das Oma großzügig geprügelt und mariniert hatte, wir alle fraßen wie immer wie Tiere, und auch Opa aß so viel, wie sein Herz nie erlaubt hätte, wäre es gefragt worden, als käme es darauf schon nicht mehr an. Schließlich erhob er sich, um zu Bett zu gehen, das war früher als sonst, viel früher, und er hatte noch immer Geburtstag. Ein Foto, riefen wir alle, ein Foto von dir, nein von euch, auf der Hollywoodschaukel, da. Er setzte sich steif, lächelte verkrampft in die Kamera, und seine Frau trug einen Kranz aus gelben Hundeblumen.

In der Nacht weckte er sie dann. Schmerzen in der Brust, um nicht zu sagen Herz. Er wird die Hand an die

Stelle gelegt haben, die schmerzte, und Oma wird gewusst haben, was das bedeutet. Da ist sie geflohen und hat ihre Tochter geweckt, die den Krankenwagen rief, erst danach meinen fünffach schnarchenden Vater wach rüttelte und anschließend die Stufen zum Schlafzimmer erklomm, in dem mein Opa lag, das Gesicht schon ganz blau, unfähig, ihr zu sagen, dass jeder Rettungsversuch zwecklos wäre, unfähig, ihre Beatmung abzuwehren oder die dilettantische Herzmassage. Ob man bis fünf oder zehn zähle, ob er das wisse, fragte sie keuchend zwischen Beatmung und Massage, woraufhin er nur den Kopf zur Seite neigte, für ein Schütteln zu schwach, versuchte, ihre Hand zu nehmen, aber selbst dazu fehlte die Kraft. Es blieb ihm nichts übrig, als sich dem Kampf zu ergeben, den sie da mit Händen und Mund alleine führte, die Luft ging ihr aus, und sie fragte sich, wie lange es wohl noch dauerte, bis einer käme, um ihr zu helfen, einer nur.

Währenddessen saß ich im Nachbarhaus, in dem meine Tante damals noch wohnte und in welchem ich aus pubertären Gründen zu dieser Zeit lieber schlief. Ich saß in ihrem Wohnzimmer und kam nicht auf die Idee, mich der Aufenthaltsempfehlung meiner Tante zu widersetzen. Sie würden mich auf dem Laufenden halten, aber im Moment sei ich vor Ort eher fehl am Platz, der Krankenwagen komme auch gleich und das Haus sei zu eng für so viele Menschen. Diese vielen Menschen waren insgesamt fünf Personen, davon hielten sich zwei im Schlafzimmer auf und drei in der Küche vor der Treppe zu diesem Schlafzimmer. Meine Mutter hat nicht um Hilfe gerufen, dafür war keine Zeit, sie hat meinen Opa beatmet und rhythmisch in die Matratze gepresst, was, wie ihre Schwester ihr später mitteilte, einer Herzmassage nicht zuträglich ist. Als der Krankenwagen eintraf, erhöhte sich die Anzahl der Menschen im Haus um zwei Personen, die die Treppe erstürmten, meine Mutter beiseiteschoben und knapp ermunterten, den Raum zu verlassen. Also stieg sie die Treppe hinab, zu ihrer dort befindlichen Familie, die wenig mehr einte als ihre Furcht. Diese dicke, fette Furcht. Als wäre es leichter, sich zu fürchten. Meine Mutter hat nicht gewusst, dass das ein Irrtum ist. Wollte gerne dabei sein, Trost finden mit ihrer Furcht in der Furcht der anderen. Wollte ihre Mutter in den Arm nehmen und sich an sie klammern. Aber Oma wies sie zurück und ging eilig hinaus. Eine Verletzung, die so massiv war, dass die folgende Umarmung meines Vaters sie nie aufwiegen konnte. Und schon kurze Zeit später polterte es, als einer der Sanitäter die Treppe teilweise hinabrutschte, auf der untersten Stufe zum Stehen kam und erklärte, er brauche Kleidung für den Leichnam. Den Leichnam. Also nickte meine Mutter und stieg die Stufen wieder hinauf, vorbei an dem Sanitäter stieg sie hinauf, nie wollte sie ankommen, ihren Vater zu sehen, so alt plötzlich, nackt und tot auf dem Boden. Nie hatte er sich ihr unbekleidet gezeigt. Und sie kramte mechanisch nach Unterwäsche und einem Anzug, meine Mutter, schon lange so trainiert darauf zu funktionieren. Die Sanitäter ermunterten sie nicht, sich kurz ein wenig zu besinnen, sich Zeit zu nehmen für den blauen Leichnam, ihn zu streicheln, solange er noch warm war. Sie kniete neben ihm, wühlte nach Socken und dachte, alles andere gehöre sich nicht.

Die folgenden Tage saß sie in der Waschküche, weinte ihre Zigaretten nass und trank ein Glas Wein nach dem anderen. Sie konnte nicht in die Stube zu ihrer Mutter gehen, die dort eitel auf Kondolenzbekundungen wie auf Geschenke wartete, stolz auf ihre schwarze Garderobe.

Daraus haben wir bislang nichts gelernt. Was bleibt, ist nur dieses Grab, das von Fremden gepflegt wird, und diese traurige Geschichte, die meine Mutter mir nur ein Mal betrunken erzählt hat und anschließend, wie wahrscheinlich auch an anderen Tagen, zum Anlass nahm, viele knappe Schlucke hintereinander aus ihrem Weinglas zu nehmen, um es gleich darauf wieder zu füllen. Wir scheuen uns davor, von Alkoholismus zu sprechen, man sieht sich ja auch so selten.

Ich strecke meine steifen Knie durch, der Weg zum Ausgang führt unter den Bäumen entlang, ich stelle mir vor, Opa ginge ein Stück mit mir, die Arme hinter dem Rücken verschränkt, so wie früher, als ich noch klein war und in der Kinderkammer schlief, in welcher sich auch die Heizklappe des Hausofens befand. Dort weckte er mich, indem er schon zu heizen begann, wenn noch kein anderer wach war, und anschließend brachen wir auf – früh am Morgen ein Spaziergang im Wald, wenn die Luft noch feucht und trüb war und das Schweigen uns einte, den alten Mann und das Kind. Dort, der Baum, stelle ich mir vor zu sagen, denn eigentlich wollte ich doch immer sprechen, sei mit Moos bewachsen, als habe man ihn zugedeckt. Er lächelt und nickt, dass ich denke, gleich wird er antworten.

× ×

Joa, des dät stimme, des Maadl wär aa dohier. Des dät de goannse Zeit nacked rimlaafm, zegoar wenns itze nei dor Stoodt gehe dät.
Oma kauert über dem Telefon, hält den Hörer mit beiden Händen, eine Hand immer vor der Sprechmuschel, als gälte es zu flüstern, spricht aber weithin hörbar, sodass man sie auch im Hof noch mühelos verstehen kann. Gleichermaßen aber scheint sie meine Anwesenheit nicht zu bemerken. Ich stehe seit drei Minuten im Türrahmen, um sie zu begrüßen, und habe inzwischen erfahren, dass mein Vater gestern Nacht betrunken war, er stinke noch immer nach Bier und die Katze von denn Maadl hocke ständig im Keller und pinkele dort alles voll. Des kennt morr scho rieng, we' morr itze de Kellorkloapp bluuß e klaa weng affmoachng dät. Während ihr Gesprächspartner dann etwas erzählt, nickt sie anhaltend und nutzt jede Gelegenheit um so viele Silben wie möglich aneinanderzureihen. Joa, su wär des. Oach joa, gugg emol oa. Ja obs dee suwos geem dät. Ob des de Meechlichket wär! Diese Aussagen sind zudem untereinander kombinierbar.

Naa, se dät aa net wissn, wos dor Hagen itze grood moachng dät, eingdlich wär itze Oombruudzeit, se wär aa scho geschbritzt wor'n, is därft itze oallso aa net meh loang dauern, gell, oaber des wär ja aa nix Neies, dess morr aff denn Moa immer woarrdn misst.

Er befände sich gerade im Bad und fülle die Waschmaschine mit ihrer schmutzigen Unterwäsche, rufe ich in der Bemühung, auch beim Anrufer verständlich anzukommen. Und wenn ich mich nicht irrte, habe er das Abendbrot bereits vorbereitet.

Schon beim ersten Wort zuckt Oma zusammen, wendet mir aber nicht ihr Gesicht zu. Joa, des wär des Maadl geween. Schiene Grieß voa mein Muddl solld se morr ausrichdn.

Danke. Ob sie demnächst auch mal wieder nach D. komme?

Ob se geheert hätt? Joa, joa. Se solld mor soong, schbeedsdns ze Weihnoachdn.

Schön.

Vater erscheint mit einem Tablett in der Tür, stellt es auf dem Tisch ab, geht in den hinteren Teil des Raums und schaltet das Dialysegerät an, kommt zurück und beginnt, den Tisch für eine Person zu decken. Das Dialysegerät piept leise aus dem Off.

Ob ich auch etwas essen wolle? Er habe jetzt zwar nur für Oma Schnittchen gemacht, aber es sei noch Brot und Zubrot in der Küche.

Ja, warum nicht. Ob er auch mitessen würde?

Neenee, erwidert er lachend.

Nu, guud, itze missdn se affheern mied'n Delefoniern, is Assn wär fardich. Joa, schiene Grieß dät se nochemol ausrichdn. Aa dor Magdalena, joa. Joa, tschiss. Tschiss.

Oma schiebt den Hörer unsicher auf die Gabel, tastet mit einer Hand vorsichtig nach ihrem Stöckchen wie nach rohen Eiern, bewegt die andere Hand suchend durch die Luft nach einem eventuellen Halt, gibt sich dann mit der Armlehne des Sessels zufrieden, erhebt sich mühsam und ächzend daraus und schleppt sich mit Hilfe ihres Stöckchens die zwei Schritte zum Esstisch. Die Setzprozedur läuft ähnlich, nur rückwärts ab.

Während sie die Hände ineinander verhakt und ein stilles kurzes Gebet spricht, deckt Vater den Tisch weiter mit zwei Brettchen, zwei Tassen, zwei Schälchen mit Salat, der so klein geschnitten ist, dass man ihn kaum mit der Gabel essen kann, dazu also zwei kleine Löffel, und weil ich ebenfalls etwas essen soll, stehen noch Butter, gelber Käse und schmierige Wurst, verpackt in Gefrierbeutel, auf dem Tisch, die ich nicht genau untersuchen muss, um zu wissen, dass ihre ursprünglichen Verpackungen in grellen Buchstaben damit prahlten, besonders billig zu sein. Nein, nicht preiswert. Billig. Mein Vater legt, aus ungeklärten Gründen, kaum Wert auf wie auch immer geartete Qualität bei Lebensmitteln. Auf Omas Brettchen befinden sich bereits angerichtete Knäckebrothappen, welche allerdings mit extravaganten Wurstwaren von der örtlichen Fleischerei belegt sind, deren Güteklasse sie laut Aussage meiner Mutter schon lange nicht mehr schmeckt. Jeenfoalls wär die besunners moager, wird Oma nicht müde seit Jahrzehnten zu betonen, un we'morr orre Kroankid hätt, nooch'd kennt morr ja net oannerschd, wie itze de deiern Leemsmiddl ze kaafm, die aam zuggor- un feddreddeziert wärn. De Diabeedes dät des aam su vorrloange. Wos?! Morr wolld itze aa mol de Pudn-Soalloami brobiern? Ze wos dee?! Morr hätt doch net orre Kroankid, doo kennt morr doch aa des oannere assn, doo, de Mordedelloa un su.

Ich kaue auf einer Scheibe von Vaters fließbandproduziertem Steinofenbrot, dessen Konsistenz die Betonung der ersten Silbe sehr nahelegt. Das hat nichts mit Armut zu tun, Vater mag hartes Brot, vor allem, seit er wieder ein intaktes Gebiss hat. Jedes neue Brot wird in zwei Hälften geteilt, wovon die eine umgehend eingefroren und die andere zur Vorbereitung der gewünschten Konsistenz neben den noch zu verzehrenden Kanten auf ihre Schnittstelle gestellt wird. Sobald der besagte Kanten dann *endlich* zum Einsatz kommt, kann mein Vater es sich nicht nehmen lassen zu erklären, dass das der beste Teil am Brot sei, und zur Bekräftigung zählt er zärtlich weitere Bezeichnungen auf, die er dafür kennt. Knüstchen, Ärschle, Renftl, sagt er zwischen den Bissen und freut sich, wenn die Rinde beim Abbeißen kracht. Vermutlich auch dann, wenn er alleine ist.

Ich habe das Brot nur mit Butter bestrichen und mit Salz bestreut, löffele den Salat und sehe Oma dabei zu, wie sie dasselbe tut, sich den Löffel in ihren morschen Mund schiebt, ihn ablutscht, ein Knäckehäppchen hinterher, die spitze Warze über ihrer Lippe bewegt sich beim Kauen. Vater kommt noch mal ins Zimmer und stellt ein Glas neben ihre Tasse, das habe er fast vergessen, sie solle es am besten gleich austrinken. Er nimmt ihre Hand und führt sie an die richtige Stelle. Sie setzt das Glas mühsam an den Mund, kurz wirkt das, als wolle sie sich am Rand festsaugen und unauffällig Speichel absondern. Die Flüssigkeit im Glas verstärkt den Eindruck, so ein trübes Nährmittel von suppiger Konsistenz, ein schönes Glas Spucke zum Abend.

Wu iech itze denn goannsn Dooch geween wär?

Arbeiten. Ich hätte mich bei einer Bäckerei beworben und heute Probe gearbeitet

Ob iech genomme worrn wär?

Scheine so. Man habe mir zumindest nichts Gegenteiliges gesagt. Es sei aber auch nichts Wichtiges, nur ein kleiner Job ein paarmal die Woche, um halbwegs normale Strukturen beizubehalten.

Joa, des wär wichdich.

Hm.

Un des hätt denn goannsn Dooch gedauert? Iech wär doch scho goanns frieh naus'n Haus goange.

Ich sei zu Fuß gegangen und anschließend noch auf dem Friedhof gewesen.

Oach, joae?

Ja, das Grab sei gut gepflegt, sie brauche sich keine Sorgen machen.

Des wär guud. Se kennt des ja nimmer. Zegoar wenn se itze e Daxi nehme dät, wär des ze oaschdrenged, siech räglmäßch ze kimmern. Se kennt ja nix meh sehe.

Das sei allseits bekannt.

Un wenn se nooch'd emol unnorweechs wär, be'n Oarzd villeichd oder su, nooch'd wär des aa scho immer schwierich miet denn Assn un denn Schbritzn, gell, do misst morr ja enn goanns schdrenge Zeidbloan eihoalldn un ieberhabbd de goannsn Orrnährungsreechln, des wär oalls su oaschdrenged.

Hm. Aber ob sie nicht gelangweilt davon sei, immer zu Hause zu sitzen.

Joa, frieher wär des aa oannerschd geween, do wärn de Leit immer ze Besuch kumme. Oaber su wär des aam, we'morr oallt wärrn wirrd, do wär mor bletzlich enne Loasst forr de Oannern un kaaner dät meh vorbeikumme zen Hallo-soong.

Man müsse eine Freundschaft aber auch pflegen. Man müsse Einladungen aussprechen und auch mal annehmen.

Oach! Friehor wärn de Leit doch aa aafoach su vorbeikumme.

Vielleicht habe Opa ja früher die Einladungen ausgesprochen, ohne ihr Wissen.

Oach wat!

Da ist es wieder, das ‹Wat›. Eine der wenigen hörbaren Spuren, die das Leben hier bei ihr hinterlassen hat und in der Regel Ausdruck der Missbilligung einer Sache.

Wäre immerhin eine Erklärung, zucke ich mit den Achseln und lecke mein Messer ab. Aber wenn sie so genau wisse, dass das nicht der Fall gewesen sei, dann sei es jetzt natürlich besser, jeden Tag im Hof zu sitzen und darauf zu warten, dass vielleicht doch mal jemand ungeladen vorbeikomme. Ob sie mit Essen fertig sei?

Joa.

Auf dem Weg in die Küche kommt mir Vater bereits entgegen, das Senfglas noch in der Hand, kippt er im Gehen den letzten Schluck Wein zwischen seine gelbbraunen Zähne, schnalzt mit der Zunge und beginnt mit Motivierungsrufen, ehe er das Wohnzimmer überhaupt betreten hat.

So, Mutti, dann wolle man mal!

Ich mag es nicht, dass er sie Mutti nennt.

Man ginge erst aufn Topp und dann würde man sich waschen. Oder ob sie duschen wolle?

Naa, heit net, des wär su oaschdrenged un se wär ze mied.

Beschwerlich humpelt sie an seinem Arm zur Toilette, er zieht ihr die Hosen runter, schließt die Tür hinter ihr und nutzt die Wartezeit, um sich in seinem Kabuff Wein nachzugießen.

Ob ich den Abwasch übernähme?

Klar.

Das sei nett, platziert er strategisch günstig den Tetrapak Wein auf den Kühlschrank, lehnt sich an den Türrahmen und beobachtet meine Hände, bis er vom Klo dumpf seinen Namen hört. Wieder kippt er den Wein hinter, stellt das leere Glas zum Tetrapak, eilt zu ihr, ermuntert sie, sich selbst den Hintern abzuwischen, er würde sie ja festhalten. Nein, sie könne nicht umfallen, dafür sei das Bad doch auch viel zu eng.

Was nicht ganz stimmt. Zwar wurde die ehemalige Waschküche zu zwei kleinen Bädern mit jeweils einer Toilette umgebaut, was bedeutet, dass man beide Räume mit jeweils einem Schritt durchqueren kann. Aber wenn sich Oma von ihrer Toilette erheben würde und dabei ins Schwanken käme, dann könnte sie durchaus noch bequem umfallen und mit dem Gesicht wahlweise auf dem Waschbecken, der Waschmaschine oder der Duschkabinentür aufschlagen bzw. auf dem Boden der Duschkabine, sofern die Kabinentür gerade offen steht. Um das zu vermeiden, sind freilich an allen verfügbaren Flächen große weiße Plastikgriffe angebracht, deren Existenz sie allerdings bislang nicht anerkannt hat.

Während ich das Wasser aus der Spüle ablaufen lasse, höre ich, wie sich ihr Waschbecken füllt.

Ob sie bitte ein wenig mithelfen könne. Es sei schwer,

ihr das T-Shirt auszuziehen, wenn sie die Arme nicht hebe.

De Oarm wärn doch uum.

Nein, seien sie nicht. Sie habe die Hände auf ihre Schultern gelegt, das sei nicht dasselbe.

Käthe betritt schweigend die Küche, ich nehme sie auf den Arm, wir schmiegen uns aneinander, ihr Schnurren ist laut.

Ob sie Hunger habe, flüstere ich, fülle eines von Omas Salatschälchen mit Futter und setze sie davor auf den Boden. Während sie frisst, gehe ich zur Kellerklappe, hebe sie, übrigens nicht ohne beträchtlichen Kraftaufwand, um Armeslänge an und rieche kurz die feuchte Luft, die sofort in die Küche schwappt und ausschließlich an Kartoffeln erinnert. Ich bin nicht überrascht, nehme die Milchpackung aus dem Kühlschrank und gebe Käthe einen kleinen Schluck davon auf einem kleinen Teller.

Die Badezimmertür wird geöffnet, Käthe verharrt regungslos, bis Oma mit Vater an ihr vorbeigeschlurft ist, folgt mir dann bis zum Wohnzimmer, setzt sich zu mir in den Türrahmen und putzt sich lautlos, während ich zusehe, wie Vater Oma ins Bett bringt.

Wie er das Bett bis auf den Boden absenkt, sie aber trotzdem ächzt beim Hinsetzen. Wie er ihr die Füße eincremt und dass das fast zärtlich aussieht. Wie er ein Kissen so unter ihrem linken Bein platziert, dass der entsprechende Fuß nicht auf dem Kissen aufliegt. Wie er mit der flachen Hand überprüft, ob die Dialyseflüssigkeit in ihrem Plastikbeutel genügend angewärmt ist, und nebenbei Omas Medikamente auf Richtigkeit kontrolliert.

Ob sie etwas fernsehen wolle?

Wos itze do kumme dät?

Er blättert in der Fernsehzeitung nach dem richtigen Datum, beschränkt sich auf die Spalten, die für sie eine Rolle spielen, und verkündet, sie habe Glück, auf ZDF komme eine Musiksendung.

Er stellt ihr das richtige Programm ein, nimmt vom Nachttisch eine Dose Pullmoll und hält ihr ungefragt eine der roten Pastillen vor den Mund, nach der sie sofort schnappt wie ein Fisch.

Wenn etwas sei, solle sie rufen, wir würden uns in den Hof setzen, die Schwester müsse jeden Augenblick da sein. Im Vorbeigehen nimmt er den Wein vom Kühlschrank, die Katze schließt sich ihm an. Sie laufen an den Bädern entlang zum Kabuff, er vermutlich, um seine Pfeife zu holen. Sie hingegen verharrt an der zweiten Tür, macht einen Laut, den er versteht. Und ohne nachzufragen, lässt er sie ins Bad.

×××

Sommerferienatmosphäre schmeichelt den Straßen, malt eine Zufriedenheit in die offenen Fenster und reduziert die Geräuschkulisse auf Spielfilm-Qualität. In Ermangelung eines Künstlerbedarfsladens wollte ich vor etwa einer halben Stunde den stadtgrößten Schreibwarenladen aufsuchen, aber der ist wegen Urlaubs geschlossen. Am Marktplatz habe ich meine Füße in den verkommenen Löwenbrunnen gehalten, den Weg bis hierher dann barfuß zurückgelegt, der sonnenglühende Asphalt fühlt sich scharf an. Ich lasse meine Flipflops aus der Hand auf den Boden klatschen und gleite ungeschickt hinein, das Gesicht schon dem Geschäft zugewandt, vor dessen Tür ich gerade stehen geblieben bin. Um den Eingang offen zu halten, hat man einen Kunststofffuß zwischen Tür und Boden geklemmt, der meinem nicht unähnlich sieht. Die Assoziation, die daraus erwächst, finde ich unangenehm.

Das sei ja Franka! Die laufe also immer noch barfuß, begeistert sich da jemand unüberhörbar auf der anderen Straßenseite. So eine Überraschung, wie es komme, dass ick hier sei, fragt meine Cousine bereits, während sie noch in langen Sprüngen auf mich zueilt, den Wind der kleinstädtischen Superheldin im Haar, ein Kind an der Hand, das zweite auf dem Arm. Kind Nummer eins hebt aufgrund der Laufgeschwindigkeit seiner Mutter gerade vom Boden ab. Man habe sich ja schon ewich nich, mein Jott, wie lange sei das, 3?, 5?, drückt sie mich an sich und ignoriert dabei anatomische Gesetzmäßigkeiten wie zum Beispiel die Regel: Wenn beide Arme bereits in Benutzung sind, hat man sie nicht mehr frei, um etwas mit ihnen zu tun. Aber die kleine Anne würdick ja kennen, also seien es wohl nur 3 Jahre.

Hui, Bea sei ja ganz schön unter Strom. Sie vibriere wie ein Speed-Junkie – ob sie ihre Medikamente noch nehme? Innerhalb weniger Sekunden habe ich vor Überreizung begonnen, nervös an dem Rückholstreifen des Films zu fummeln, der sich in meiner Hosentasche befindet.

Nöö, strahlt sie das stolze Lachen einer Frau, deren leidenschaftlichstes Hobby der Ausbau ihres Selbstbewusstseins ist. Davon sei ihr Mund immer so ausjetrocknet, und mit den zwei Kindern könne sie ja ooch jeden Funken Enerjie jebrauchen. Es jebe zwar Menschen, die mit ihrer Art nicht jut klarkämen, aber sie selber habe eijentlich kein Problem mehr mit sich und sie sehe deswejen nich ein, irjendwelchen Kram zu schlucken, damit es anderen besser jehe – mal ehrlich, wenn man sich das jenau betrachte, stimme an dem Bild doch irjendwas nich.

Was denn ein Speed-Junkie sei, Mama?

Bea tätschelt Anne freundlich den Mund: Sie jehe mit den Kindern jerade ein Eis essen, ob ich nicht mitkommen wolle, es sei doch das perfekte Wetter und da vorne, weder zeigt noch sieht sie in eine bestimmte Richtung, sei eine wirklich hübsche Eisdiele. Anne wolle bestimmt auch, dass Tante Franka mitkomme, nich wahr, Anne?

Anne nickt.

Ob Anne dafür bezahlt werde zu nicken?

Haha, erwischt, für jedes Mal Nicken dürfe sie an einer Zigarette ziehen.

Umgehend wird mir wieder bewusst, warum ich meine Cousine doch immer so toll fand. Wir haben uns zwar nicht so viel zu sagen, wie wir gerne hätten, aber letztlich eint uns immer der Familienhumor.

Also, klar, ich sei nicht verplant, aber ich wolle vorher noch den Film zum Entwickeln geben, deswegen sei ich nämlich hergekommen.

Oh, sowat würde ich noch benutzen? Da würde sich der alte Foto-Schmidt aber freuen. Vermutlich habe den Laden schon seit zwei Wochen keiner mehr betreten, fixiert sie plötzlich einen Punkt hinter meinem Rücken, lächelt kindlich und winkt. Ich drehe mich um und erblicke im Inneren des Ladens, hinter der Theke, einen älteren Herren, der unbeholfen zurückwinkt.

×

Was es Neues gebe, frage ich, um gar nicht erst thematische Unschlüssigkeiten aufkommen zu lassen. Bea zaubert sich eine dritte Hand und füttert gleichzeitig sowohl ihre Kinder als auch sich selbst mit Eiscreme. Das Eis ist leider nicht besonders lecker, dafür aber extra bunt und wird in üppigen Portionen ausgeschenkt. Beas Welt ist heil, solange diese Kriterien erfüllt sind. Für Familien wie ihre wurden Backmischungen erfunden, auf deren Verpackungsrückseite eine lustige Maske zum Ausschneiden ist. Wenn man sie in solchen Zusammenhängen auf Themen wie Konsumismus oder Wohlstandsgesellschaften anspricht, lacht sie sehr charmant und erklärt, sie habe keine Zeit, sich darüber Gedanken zu machen, wie man die Übel der Welt bekämpfen könne, sie sei zu sehr damit beschäftigt, sich in ihr zurechtzufinden.

Was es Neues gebe, was ich mit neu wohl meine ... Janz aktuell werde sie in ein paar Taren wieder anfangen zu arbeiten, Anne jinge ja schon in den Kinderjarten und Theo sei seit einem Monat in der Krippe, das laufe sehr jut da, er jliedere sich schön in die Jruppendynamik ein und habe in der kurzen Zeit schon so ville jelernt, nicht wahr, Theo?

Theo lacht.

Sie freue sich aufs Arbeiten, man verblöde ja doch zunehmend, wenn man den janzen Tach nur mit Kindern zu tun habe. In den letzten Wochen habe sie sich mehrmals dabei ertappt, wie sie Kai in Babysprache jeantwortet habe. Und ick solle mir nur vorstellen, der Mann fände dit jut! Der lieje nachts neben ihr und äußere plötzlich janz irre Wünsche. Sie wisse noch nich, wie sie mit dieser Entdeckung umjehen solle. Auf jeden Fall sei es höchste Zeit, dass sie sich wieder mehr im Kreise Erwachsener aufhalte.

Wie gehe es denn Tante Lena?

Mutti? Och, also, Mutti habe ja, das wisse ich sicher schon, oder? Mutti habe ja ihr Haus vermietet und sei zu Achim jezogen.

Das sei ja jetzt sicher schon zwei Jahre her.

Hm, zwei Jahre, das komme wohl hin, etwas wenjer vielleicht. Auf jeden Fall sei der Mieter wohl ein bisschen unzuverlässich, abjesehen von der Miete, mit der er konstant einen Monat im Rückstand sei, kümmere er sich nicht, wie besprochen, um den Jarten. Tante Lena sei neulich mal auf dem Jrundstück jewesen und habe danach beinahe jeweint. Und mit Achim sei sie zwar jlücklich – er halte manchma immer noch die Ärmel zu, wenn er ihr in die Jacke helfe, und sie müsse immer noch darüber lachen –, aber in seinem Jarten wüchsen jroßflächig diese uralten Tannen, die seinem Haus das janze Licht nähmen, und Tante Lena habe neulich erklärt, sie habe nun eine Ahnung davon, was es bedeute, wenn Menschen von Depressionen sprächen. Das dürfe Bea aber bitte nich Achim sagen, der fühle sich dann schuldich und er liebe diese Tannen doch so.

Und in ihr Haus zurückzukehren käme nicht in Frage, weil?

Ach, ich wisse doch sicher ooch, wie das sei, wenn man etliche Kilometer voneinander entfernt wohne, in ihrem Fall wären es 40 km pro Strecke, jeden Tach diese Fahrerei, entweder zu ihr oder zu ihm, eijentlich brauche man aber doch nur ein Haus für zwei Personen und der Sprit und die Zeit, die das Janze fresse, das sei doch Verschwendung auf janzer Linie. Sicher hätten sie auch zusammen in Muttis Haus ziehen können, aber Achims sei doch viel schwerer zu vermieten, weil es so dunkel sei. Außerdem liebe er diese Tannen wirklich. Er sitze ständich mit nacktem Oberkörper in seinem völlich verschatteten Jarten und behaupte, es sei überhaupt nich zu kühl. Und die arme Mutti habe sich jetze ne Tareslichtlampe jekooft, die sie den janzen Tach über brennen lasse.

Irgendwie leuchte mir noch immer nicht ganz ein, warum man nicht einfach gemeinsam in Tante Lenas Haus ziehen könne. Immerhin sei massives Unglück doch ein wirklich triftiger Grund.

Bea liest angestrengt im Muster der Wachstuchtischdecke und erklärt schließlich, vielleicht male sie das ja auch jerade alles 'n bisschen schwärzer, als es tatsächlich sei. Ihre Mutter wisse sicher, was sie tue, und es jäbe bestimmt ooch nen *triftigen* Jrund dafür, dass sie sich entschlossen habe, bei Achim einzuziehen. Welcher auch immer dit sei. Hagen jedenfalls würde sie jedes Mal, wenn sie zu Besuch käme, mit den Worten bejrüßen, wie schön es doch sei, sie endlich mal wiederzusehen, und diese Bejrüßung mache Tante Lena janz verrückt, denn sie beinhalte nicht nur den Vorwurf, dass sie schon so lange nich da jewesen sei, sondern lasse jleichzeitig keinen Zweifel daran, dass mein Vater auf ihre Anwesenheit lieber vazichten würde.

Das sei doch egal, solange Oma sich freue, sie zu sehen.

Ja, sicha. Sofern man bei Omas Vahalten von Freude sprechen könne. Vermutlich habe ihre Mutter jerade deshalb so lange jezöjat, zu Achim zu ziehen, wejen all die Herzenswärme und Fröhlichkeit, die 24 Stunden am Tach von Omas Haus direkt auf ihres strahle. Tante Lena habe Bea einmal nachmittachs anjerufen und berichtet, sie sei jerade vonne Arbeit nach Hause jekommen; sie wisse jenau, dass Oma hinter dem Fenster jestanden und sie beobachtet habe, die Jardine habe sich bewegt; und sie wisse auch, dass sie jetzt eijentlich rüberjehen müsse; aber heute sei auf ihrer Arbeit wieder nüscht Berichtenswertes vorjefallen, sie habe nüscht zu saren oder zu erzählen und ehrlich jesacht wolle sie jerade ooch nüscht erzählen jeschweige denn etwas erzählt bekommen, sie wolle einfach nur ihre Ruhe; ob dit wirklich so schlimm sei? Ob sie deswejen eine schlechte Tochter sei, weil sie sich manchmal nur um sich selber kümman wolle? Weil sie nicht jeden Tach ihre Mutter sehen wolle? Weil sie es sogar problemlos eine Woche lang aushalten könne, ihre Mutter nich zu sehen? Ob et ihre Schuld sei, dass Oma sich nich alleine beschäftijen könne? Jeder wisse doch, dass sie nur deshalb nüscht mehr sehe, weil se ihre Augen einfach immer jeschlossen halte. Dit müsse man sich ab und zu ja ooch mal klar vor Augen führen, ereifert sich Bea, stutzt dann und kichert kopfschüttelnd.

Also, jetzt mal ganz sachlich betrachtet ... wenn man das einander gegenüberstelle, ja? Dann habe man die Wahl zwischen einem von Tannen verdunkelten Haus und einem von Oma verdunkelten Haus. Die Tannen seien offensichtlich unfällbar. Aber es müsse doch *irgendwie* möglich sein, Omas Stimmung aufzuhellen.

Oh, dit sei ja 'ne unglaubliche Idee, lacht Bea schrill. Dass darauf bislang noch niemand jekommen sei! Aba bloß jut, dass ick jetze da sei! Bei alla Liebe, Franka - ick wisse ja hoffentlich, dass se Oma imma jeliebt habe; se habe nich vajessen, wie ville Nachmittare se als Kind bei ihr verbracht habe und wie herzlich dit Vahältnis zwischen ihn' imma jewesen sei - aba selbst sie habe jetze Probleme, sich mit ihr zu befassen. Sie fahre trotzdem alle paar Wochen zu ihr, anfänglich habe sie et noch jede Woche jetan, weil se se nämich vamisse, echt, se vamisse ihre Omi, so wie se früha jewesen sei. Aba die Omi von früha habe mit die heutje Omma wirklich nich mehr ville jemeinsam! Sie habe den Eindruck, als Opa jestorben sei, habe se sich zusammen mit ihra schwarzen Trauakleidung 'ne Trauahaltung zujelecht, vielleicht inna Annahme, dit jehöre sich so, sie wisse ja ooch nich, und denn habe se diese Trauahaltung beibehalten, jenau wie se diese vadammten schwarzen Klamotten ville zu lange jetragen habe. Wie lange habe dit jedauat? 3 Jahre? 4? Nur dasse, als se die dann endlich wieda ausjezogen habe, und dit vamutlich ooch nur, weil se ihr zu eng jeworden warn, leida vajessen hätte, wie se vorher jewesen war; oda vielleicht jefalle se sich ja so, et solle ja ooch Teenies jeben, die ihre wundjeritzten Arme janz freimütich rumzeichten und globten, dit wäre schau. Natürlich, et jebe Jründe dafür, et jebe für allet Jründe, wa, und se wolle dit ooch nich kleen reden. Aba man könne nich für allet Vaantwortung übanehm, ooch wenn Omma jetze nur noch wie 'ne olle jraue Schachtel inna Ecke stehe und vor sich hin muffele. Ick könne mich ja jerne mal mit Tante Lena drüba untahalten, wie et sei, 'ne Mutta zu ham, die eenen immazu mit ihre anjeblichen Jebrechen erpresse, als ob ma selba keene Probleme ham würde. Oh Jott, dit habe se jetze aba nich so jemeint, wa. Dit wär klar, oda? Die arme Oma, Mensch, die könne ja ooch nüscht dafüa, ey. Niemand könne ja wat dafüa. Und natürlich wisse ich sowieso nüscht von dem, wat Bea mir jerade erzählt habe, wa, darauf könne se sich hoffentlich valassen.

Ich bräuchte jetzt eine Zigarette, erkläre ich und fingere nach meinem Tabak.

Ick könne eene von ihrn ham, wirft mir Bea eine Schachtel hin, während sie Theo und Anne den Mund abwischt.

×

Oma war kein Kind der Liebe. Vielleicht fing es damit an. Mit dem Moment, als meine damals 17-jährige Uroma meinen 18-jährigen Uropa auf einer Parkbank verführte, obwohl sie eigentlich in seinen zwei Jahre älteren Bruder verknallt war. Welcher ihr aber durch die Art, wie er sie stets mit «Ach, der Backfisch von gegenüber» begrüßte, zu verstehen gab, dass er kein ernstzunehmendes Interesse an ihr hatte.

Meine Uroma quälte sich nächtelang mit wütenden Schwärmereien und tüftelte an Strategien, die ihm beweisen sollten, dass sie eigentlich wesentlich älter war, als ihre Geburtsurkunde vorgab. Neben aufwendig frisierten Haaren und vor Spiegeln geübtem Gelächter begann sie, seinem jüngeren, linkischen Bruder schöne Augen zu machen. Was gar nicht so einfach war, weil dieser sich im Zuge seiner schlimmen Pubertätsakne angewöhnt hatte, seinen Blick überwiegend auf den Boden zu richten, um dem anderer Menschen zu entgehen. Es dauerte deshalb eine ganze Weile, bis er begriff, dass ihr auffälliges Zwinkern in seiner Gegenwart weder ein nervöser Tick war noch daher rührte, dass sie etwas im Auge hatte. Auch begriff er lange nicht, dass ihr Kichern ihn ermuntern sollte, mit ihr zu sprechen, da er derartige Verhaltensweisen während seiner angeblichen Mannwerdung gelernt hatte, anders zu interpretieren.

Meine Uroma wiederum war kein geduldiger Mensch, ihr Flirtverhalten ihm gegenüber wurde immer aggressiver, sie war so fixiert auf die Durchführung ihrer Strategie, dass sie an irgendeinem Punkt vorübergehend vergaß, was der Auslöser für ihr Handeln gewesen war, und am Abend ihrer tatsächlich endlich ersten Verabredung, bei welcher er erfreulich freundlich und zuvorkommend gewesen war, so weit ging, sich in einem öffentlichen Park auf seinen Schoß zu setzen und ihm, nach einigen anfänglich zaghaften Küssen und etlichen anschließend weniger zaghaften Küssen, ins Ohr zu flüstern, dass sie keine Unterwäsche trage.

Der Rest ist, wie oft in solchen Fällen, bedauerlich schnell erzählt. Mein Uropa war so überrascht von derartiger Zuwendung, dass er wahrscheinlich nicht mal auf die Idee kam zu widersprechen, als sie ihm die Hose öffnete. Und der Laut, den er von sich gab, als er nach nur wenigen Bewegungen ihrerseits in ihr kam, war sicher ebenso freundlich wie sein Verhalten zuvor, aber leider auch in erheblichem Maße zuvorkommend. Meine Uroma muss sehr enttäuscht gewesen sein. Und möglicherweise dachte sie in dem Moment, dass sein Bruder das besser gemacht hätte, und unmittelbar in diesem Zusammenhang fiel ihr dann vermutlich ein, was ursprünglicher Sinn und Zweck dieser Bekanntschaft gewesen war. Sie hat in diesem Moment sicher nicht gedacht, dass jetzt alles vorbei sei; dass dieses Ereignis in jedem Fall die üblichen Konsequenzen haben würde. Sie hat sich von meinem Uropa nach Hause begleiten lassen, sich dann höflich mit einem Knicks von ihm verabschiedet und fortan bei jeder Begegnung so getan, als sei nichts geschehen. Darauf vertrauend, dass dem jungen Mann keiner glauben würde, wenn er sich dazu hinreißen ließe, irgendetwas zu erzählen. Überflüssig zu erwähnen, dass dieses Verhalten besagtem jungen Mann das Herz und durchaus auch ein kleines Stück seines Verstandes brach. Wann immer er bei Bewusstsein war, muss er versucht haben zu verstehen, warum meine

Uroma sich so verhielt, wie sie sich verhielt. Was generell einen Menschen dazu befähigte, sich einem anderen so zu nähern und ihn anschließend derart roh von sich wegzustoßen. Die Antwort darauf ließe sich sicher irgendwo in der Vergangenheit meiner Uroma finden und würde den Gedanken nahelegen zu fragen, was wiederum dafür die Ursache sei, woraus man eine lange Kette von Ereignissen knüpfen könnte, die wiederum zu der Erkenntnis führen würde, dass es im eigentlichen Sinne keine Schuld gibt, nur Ereignisketten.

Das hat mein Uropa wahrscheinlich nicht gedacht. Stattdessen hat er Gott leise und schmerzverkrümmt darum gebeten, dass er ihm dieses Mädchen zurückgebe: Sie sei sicher gar kein schlechter Mensch, sie sei sicher seiner Liebe wert und er der ihren, er wolle gut für sie sorgen, er verspreche es. Er wolle ein besserer Mensch werden, mutig und gerade, er wolle immer zu seinem Wort und seinen Taten stehen, er wolle keinen Gedanken mehr daran verschwenden, dass dieser oder jener eine bessere Haut habe, er wolle immer mit dem zufrieden sein, was Gott ihm Gutes beschere, und nicht darüber klagen, wenn etwas nicht leicht sei, er wolle daraus lernen und jede dieser Lehren dankbar annehmen.

Er musste etwa zwei Monate beten, in denen er den Blick noch seltener hob als sonst, zu beschäftigt mit seinem inneren Monolog. Seine Lehre als Buchhalter litt darunter, er verrechnete sich häufig, fiel durch Nachlässigkeiten unangenehm auf und wäre beinahe entlassen worden.

Aber dann lehnte sie plötzlich neben dem Eingang,

als er gerade das städtische Verwaltungsgebäude verließ, und wartete mit merkwürdig entschlossenem Blick auf ihn. Es war zum ersten Mal warm in diesem Jahr, sie trug ein Sommerkleid und ihre Brille nicht, sah ihm tief in die Augen, die er fest auf sie gerichtet hielt, weil er sich vorgenommen hatte, das zu tun, wenn sie ihm noch einmal die Gelegenheit dazu böte. Ungeübt in festen Blicken, strengte ihn diese Handlung derart an, dass er in seinem Anzug und der prallen Sonne umgehend zu schwitzen begann, wie er, laut späterer Aussage, in seinem ganzen Leben noch nie und auch bis zum Tage des Erzählens dieser Geschichte nie wieder geschwitzt habe. Aber das nur nebenbei.

Meine Uroma bat ihn zu einem Spaziergang im Park, in welchem sie ihn zur erwähnten Bank führte, sich mit ihm daraufsetzte und ohne ein Wort der Entschuldigung erklärte, sie bekämen ein Kind.

Zwar wartete man mit der Hochzeit, bis Uroma einen Monat später ihre Volljährigkeit erlangt hatte, trotzdem sprach man in der relativ kleinen Gemeinde hinter vorgehaltener Hand nur von der Kinderhochzeit, die doch auffällig zügig organisiert worden war, ebenso wie man nicht umhinkonnte, den Bauch der Braut täglich per Auge zu vermessen. Man wollte sicher nicht mit Steinen werfen, man hielt sie nur gerne in der Hand, bis sie ganz warm waren. Wie um alle Beobachter Lügen zu strafen, wurde am 24. Dezember meine Oma geboren, dem Anlass entsprechend erhielt sie den Namen Maria.

Sie sei so winzig, behauptete meine Uroma, man solle nur diese kleinen Hände betrachten, deren Haut so durchsichtig sei, wie Pergament. Sie sei viel zu früh geboren, die arme Kleine, es sei fast ein Wunder, dass sie lebe. Aber Gott halte seine Hand über sie, nicht wahr, das sei ja mehr als deutlich. Manch einer beugte sich über das Bündel, das die junge Mutter wie eine Puppe herumzeigte, betrachtete das wohlgenährte Gesicht des Babys und bemühte sich wohl, in seinem Lob und seinen Glückwünschen mögliche Synonyme (reif, kräftig, mopsig, pausbäckig, pummelig, proper) nicht zu verwenden.

Abgesehen von der Art, wie sie das Baby präsentierte, war sie aber anscheinend nicht die Sorte Mutter, die ihr Kind mit Zärtlichkeiten und Liebkosungen überschüttete. Was diesem aber die ersten vier Jahre seines Lebens nicht unangenehm auffiel, denn es hatte ja Vaddel, dem man Oma einen Tag nach der Entbindung in die Arme legte. Dessen Weihnachtsgeschenk sie war. Der vorläufig nichts anderes mehr wollte, als dieses fest geschnürte Paket halten, aus dem einzig das gnomige Gesicht seiner Tochter rausschaute und ihn mit sehr dunklen Augen sehr ernst ansah. Der Kopf bereits bedeckt mit schwarzem Flaum, der sich wie bei einem Wolfskind bis zu den Augenbrauen zog und sich schon bald zu dichten Locken auswuchs, die er ihr unbeholfen streichelte, wenn er sie zärtlich sein Schneewittchen nannte.

Das entschädigte ihn ohne weiteres für seine gleichgültige Ehefrau, die ihm immer wieder zu verstehen gab, wie wenig sie an weiteren Körperlichkeiten mit ihm interessiert war, und ich frage mich durchaus, wie es in Anbetracht dieses Fakts überhaupt passieren konnte, dass sie etwa vier Jahre später eine zweite Tochter bekam.

Auffällig scheint mir jedoch, dass mit der Geburt dieses Kindes plötzlich eine Wandlung mit ihr vorging. Laut Omas Aussage liebte Uroma das zweite, das andere Kind. Es zeigte sich, dass sie das Mädchen bepuppte, als sei es aus Porzellan. Zwar hatte sie meine Oma nie wirklich schlecht behandelt, aber die Vierjährige erlebte von nun an hautnah, was es heißt, benachteiligt zu sein. Vor allem, weil ihr Vater den ganzen Tag arbeitete, während sie bis zum Beginn ihrer Schulzeit alleine an das selige Mutter-Tochter-Duo gekettet war. Das ist der Albtraum ihrer Kindheit. Wenn man sie danach fragt, nicht nur gezielt nach ihrer Mutter, sondern ganz allgemein nach ihrer Kindheit, dann ist das ihre Antwort - de Muddl hätt de Hanni immer vihrgezuung.

Die Hanni, das Püppchen, die Süße, die Hübsche, die bekam alles und durfte alles: Gib deiner Schwester doch auch etwas ab von deinen Kleidern, deinem Spielzeug, deiner Weihnachtsschokolade - nicht, dass sie keine eigene gehabt hätte.

Es ist in diesem Zusammenhang kein Wunder, dass Oma sich einer größeren Liebe zuwandte, welche sie zudem ihrem Vater näherbrachte, der ja ein sehr frommer Mensch war. Im Gegensatz zu meiner Uroma, welche Gott als eine Art Aufsichtsperson betrachtete, deren Strenge dazu Anlass gab, sich nach Möglichkeit außerhalb ihres Blickfeldes aufzuhalten. Aus mir unerfindlichen Gründen scheint Oma allerdings über die frühkindliche Lehre der Christlichkeit nicht hinausgekommen zu sein. Irgendjemand muss ihr mal gesagt haben, dass sie in den Himmel käme, wenn sie immer artig zu den vorgeschriebenen Anlässen bete und, unabhängig von ihren Gedanken, regelmäßig gute Taten vollbringe, als gebe es keine anderen Hobbys. Die Definition einer wirklich guten Tat jedoch scheint man ihr vorenthalten zu haben.

Abgesehen davon war ihre Religiosität sicher auch eine Möglichkeit, ihren Trotz zum Ausdruck zu bringen. So viel ist sicher: Wann immer sich die Gelegenheit bot, etwas *trotzdem* zu machen, war Oma auf jeden Fall ganz vorne dabei.

Etwa wenn ein Familienfoto gemacht wurde, alle in Reihe, die Mädchen links und rechts an der Hand, sie solle gerade stehen, hieß es, genau wie die Hanni, die Beine zusammen. Natürlich hat sie da das Bein abgespreizt. Und sie war es auch, die man dann zuerst ansah auf dem Bild, wenigstens da. Das Foto gibt es übrigens noch.

Und später, als Kirchgänge schon nicht mehr zeitgemäß waren, man das andere Kreuz auf dem Arm trug und sie *trotzdem* lieber zum Gottesdienst als zum BDM-Treffen ging. Jemand soll sie mal gesehen und ihr gedroht haben, er würde sie melden. Bitte schön, will sie da mit einem Achselzucken geantwortet haben, mir doch egal. Worauf sie kurze Zeit später wieder ganz vorne dabei war, diesmal aber nicht trotzdem, sondern weil. Ganz vorne auf der Liste verfügbarer Frauen für den Kriegsdienst nämlich. Aber das ist eine andere Geschichte, eine von so vielen, die sie so oft erzählt hat, dass für die Geschichten meines Opas fast kein Platz war. Was wir von ihm wissen, ist deshalb leidlich wenig:

Opa verbrachte seine Jugend in jener Arbeitersiedlung, in welcher er später auch meine Oma deplatzierte.

Er liebte seine Mutter, eine herzensgute Frau, welche in unregelmäßigen Abständen von ihrem Mann geschlagen wurde und dabei nicht selten zu Boden ging. Er hatte eine etwa ein Jahr ältere Schwester namens Hella, welche er ebenfalls liebte und ihr deshalb ihr leicht liederliches Verhalten nachsah. Hella heiratete schon mit siebzehn einen wesentlich älteren Nachbarn aus der Siedlung und wohnte zeit ihres Lebens nur ein paar Häuser vom Haus ihrer Kindheit entfernt. Als Opa fünfzehn Jahre alt war, die Familie versammelt beim Abendbrot saß und sein Vater gewohnheitsmäßig seine Mutter ohrfeigte, schlug mein Opa mit solcher Wucht zurück, dass mein Uropa unter den Esstisch rutschte und dort kurzzeitig benommen liegen blieb. Wenna seine Mutta noch een eenzijes Ma schlare, soll Opa sehr sachlich erklärt haben, denn würder ihn umbring'. Weitere körperliche Übergriffe sind nicht bekannt.

Opa machte eine Maurerlehre, arbeitete in seiner Freizeit auf dem Hof seiner Eltern, denen, wie vielen anderen Arbeitern, auch Haus und Hof zu niedrigem Zins überlassen worden war, um ihren Bedarf an Lebensmitteln selbst erzeugen zu können, und verbrachte die wenige verbliebene Zeit unter anderem damit, den Mädchen seiner Nachbarschaft auf dieser oder jener Wiese unter den Rock zu schleichen. Einer von ihnen ernsthaft verpflichtet zu sein, galt es dabei zu vermeiden, und am Sterbebett seiner Mutter versprach er letztlich sogar, ein anständiges Mädchen zu heiraten. Unausgesprochen blieb, dass damit alle Bewerberinnen vor Ort ausgeschlossen waren. Die verschmähten Frauen haben das seiner Auserwählten nie verziehen. Unverwunden bleibt bis heute der Ausruf, mit dem man Omas Eintreffen in der neuen Heimat am Gartenzaun stehend kommentierte: Wat denn, die sei et jetze? Da hätta ja ooch jenauso jut ihre Jerda heiraten könn'!

×××

Ich poliere die Frontscheiben der Theke, welche gerade von meinem bislang einzigen Kunden mit schmutzigen Kleinkindfingern ausgiebig beschmiert wurden. Seine Mutter hat ihm mehrmals erklärt, dass er sich von seinem Geld etwas kaufen könne, das nicht mehr koste als einen Euro, also das, das oder das, oder er könne auch ein Brötchen nehmen, die lägen dort drüben, dann hätte er vielleicht sogar noch ein bisschen Geld übrig für später. Der Junge kletterte umständlich von der Taschenablage, lief zur anderen Seite der Theke, kletterte mit Hilfe seiner Mutter wieder nach oben, drückte den getrockneten Rotz seiner Nase ans Glas, fand die Brötchenauslage doof, hangelte sich wieder zurück und zeigte auf ein Croissant, welches glücklicherweise 99 Cent kostet. Um mir das Geld mit eigenen Händen überreichen zu können, streckte sich das Kind entlang der gewölbten Scheibe nach oben, versuchte sogar, mit einem beschuhten Fuß daran Halt zu finden, atmete schwer und konzentriert, bis es endlich ein Stück angehoben wurde, um dann den Euro nicht in meine aufgehaltene Hand zu legen, sondern, ohne hinzusehen, mit offenem Mund fallen zu lassen. Während die Mutti ihrem Sohn das Croissant noch in eine Serviette wickelte, begann ich schon, die Scheiben mit Glasreiniger einzusprühen. Ich schiebe die Thekendekoration noch ein wenig zurecht, die aus einem Karton mit Baisers, einigen Packungen geschnittenem Brot und einem Tablett mit Kaffeeutensilien besteht, dessen zentraler Punkt der Würfelzuckerteller ist. Diesen habe ich gleich zu Beginn meines Dienstes mit einem kunstvoll geschichteten Schneckenturm versehen, dessen Mehrwert darin besteht, dass er in jeder Phase des Abgetragen-Werdens immer noch höchsten ästhetischen Ansprüchen genügt, wofür ich eine Stunde meiner Arbeitszeit aufwendete, ohne dabei auch nur ein einziges Mal unterbrochen zu werden. Der Schneckenturm zieht tatsächlich etliche Blicke auf sich, vor allem den der Rewe-Mitarbeiterin mit den fettigen Haaren, welche bei jedem Pendelgang zwischen Gemüseabteilung und Kasse in einem großen Bogen meiner Theke so nah wie möglich kommt, um im Vorbeigehen eines der Zuckerstücke vom Turm zu nehmen und in ihr krötiges Gesicht zu stecken. Durch die zerkratzten Gläser ihrer Brille sieht sie mich dabei keck an, als seien wir Verbündete. Womit sie wohl nicht ganz unrecht hat. Zwar bin ich im Gegensatz zu ihr, die sie offensichtlich die Anweisung hat, gleichzeitig sowohl die Obst- und Gemüseabteilung aufzuräumen, als auch an der Kasse zu sitzen, physikalisch nicht überfordert mit meiner Arbeit, mindestens jedoch ebenso schlechtbezahlt. Beide erhalten wir durch Audio-Werbung in Dauerschleife parallel zur Verheizung unserer Arbeitskraft eine

Gehirnwäsche, welche uns, wie auch die Kunden, glauben machen soll, dass Konsumieren an sich nicht nur eine unheimlich tolle Sache ist – Sammeln Sie mit Ihrer Payback-Karte bei JEDEM Einkauf PUNKTE und erhalten Sie dafür TOLLE PRÄMIEN!!! –, sondern dass wir nur dann vollwertige Mitglieder unserer Gesellschaft sind, wenn wir diese Maxime anerkennen, ganz gleich ob wir sie in Anbetracht unseres Gehalts umsetzen können oder nicht. Fairerweise muss ich zugeben, dass ich meine 4,50 Euro pro Stunde (abzüglich der unbezahlten Pause, welche ich nicht die Erlaubnis habe zu machen) heute noch nicht ansatzweise eingenommen habe. Man kann mir jedoch nicht vorwerfen, ich würde meine Arbeit nicht erledigen. Alle Flächen sind gereinigt und desinfiziert, ich habe die Fugen des Fliesenbodens gebleicht, ich habe das Wasser in der Gare zweimal aufgefüllt, die Chromstangen des Brotregals poliert, ab und zu backe ich gelangweilt aus einem der gefrosteten Teiglinge ein Brötchen und lege es zu den anderen in die Auslage, wo es wie seine Vorgänger im Laufe der Stunden splitterig hart und nicht verkauft wird. Das muss ich mir abgewöhnen, ist kein ökologisch sinnvolles Verhalten, aber bislang quält mich noch der Gedanke, dass eventuell doch ein Kunde kommt, sich von seinem mageren Geld eines der vermeintlichen Feinkostbrötchen leistet und mit dessen Frischegrad seinen Tag versaut. Die Leute, denen ich diese Backwaren hier gönne, kaufen so gut wie nie bei mir ein. Stattdessen parken sie in wohnzimmergroßen Autos vor meinem ehemaligen Haus, blicken ihm eilig ins Maul und überlegen, wem sie es zu Weihnachten schenken könnten – vielleicht sich selbst. Man bekommt selten die Gelegenheit zu einem Gespräch mit ihnen. Die Bonzin jedenfalls in lediglich einem Satz darauf hinzuweisen, dass die Bewohner des «interessanten Objekts» dort glücklich seien, war in diesem Zusammenhang eine arg vergeudete Gelegenheit ... Wahrscheinlich hätte sie mir ja auch gar nicht zugehört. Trotzdem wünsche ich mir in diesem Moment, ich hätte noch etwas zu ihr gesagt. Idealerweise was total Kluges, irgendwas mit ‹Verantwortung› vielleicht, das sie völlig überrascht und ihr Weltbild von Grund auf und so weiter. Aber mir fallen selbst jetzt in diesem selbstüberzeugten Moment nur Gandhi-Zitate ein, die mitleidig beschmunzelt werden, wenn sie nicht gerade Gandhi persönlich ausspricht. Schade, dass ich nicht total klug bin. Stattdessen stehe ich hier und biete Waren an, für die ich selbst keinen Cent ausgeben würde. Wenn ich Kunden hätte, würde ich denen ja gerne erzählen, wo und warum dieser Fresskram entstanden ist und wie es sich mit dessen umfassenden Auswirkungen verhält – der Kuchen auch, ja. Zucker, übrigens, ist völliger Scheiß. Sie können genauso gut täglich Leim schnüffeln. Aber es würde absolut niemanden interessieren, nicht wahr. Ehe ich am Ende dieses Gedankens final kotzen kann, tritt die Kassiererin mit den fettigen Haaren an meine Theke, nimmt mit wundgekauten Fingern das letzte Stück Würfelzucker vom Teller, steckt es in ihren hässlichen Mund und erklärt, so, jetze seia lea.

× ×

Ich komme durch den Obstgarten auf den Hof, Vater thront in einem zerkratzten Plastikgartenstuhl zwischen kränkelnden Nutzpflanzen in bescheidenen Blumentöpfen und -kübeln oder umgenutzten Gefäßen. Eine besondere Sorte Physalis, die Blätter dürften an den Rändern nicht so gelb sein, und hängen sollten sie vielleicht auch nicht, die Frucht ist klein, blau und angeblich besonders aromatisch. Letzterem würde ich nicht zustimmen, aber sie findet wohl reißenden Absatz. Das knappe Kilo, das im vorigen Jahr geerntet werden konnte, verkaufte Vater an den Höchstbietenden für 50 Euro, sortierte die schrumpligen Perlen in flache Pappkisten, wobei oberste Vorsicht geboten war – sehr schnell bekommen die Früchte Druckstellen, größer als sie selbst. Die unappetitlichsten schnitt er auf und pulte die Samen heraus, zog daraus die diesjährigen Pflanzen, um sie auf einem der drei gepachteten Areale zu kultivieren. Für Letzteres war wohl bislang keine Zeit.
Zehn Schritte weiter schiebt sich Oma an ihrem Stöckchen über den Plattenweg. Zwischenzeitlich tastet sie unsicher nach dem Zaun zu ihrer Linken.

Prima, Mutti, bis zum Gartentor und wieder zurück, die Hälfte habe sie fast schon geschafft!

Ob sie Auslauf habe?

Bewegungstherapie. Einmal am Tag den Hof rauf und runter, so viel müsse drin sein, erklärt er fröhlich und beißt grinsend auf seine Pfeife.
Ich lege mich auf die Gartenliege, sehe Oma zu, ihre zögerliche Art, sich fortzubewegen, erinnert an eine Parodie.

So zu gehen koste sie wahrscheinlich mehr Kraft als jede geläufige Art der Bewegung.

Ich nicke. Es sei auch ein enormer Akt der Selbstbeherrschung, ebenso wie die Sache mit den Augen, ob er das mal versucht habe, die ganze Zeit seine Augen geschlossen zu halten.

Wann denn? Die Lidmuskeln seien übrigens die einzigen im Körper, die gänzlich verkümmerten, wenn man sie nicht benutze.

Oma hat das Tor erreicht, dreht sich umständlich in die entgegengesetzte Richtung und tritt den Rückweg an. Ihr Gesicht ist völlig reglos.

Vater schwingt sich entschlossen von seinem Thron, holt den angefangenen Tetrapak aus dem Kabuff, wirft einen kritischen Blick in sein Senfglas von gestern, pustet einmal fest und entschlossen hinein und füllt es dann zu zwei Dritteln mit Wein. Mama habe geschrieben, läuft er mit dem Glas vier Schritte zu den Beeten und gießt eine knapp bemessene Menge aus - den ersten Schluck bekommt immer Mutter Erde.

Hm?

Sie könne erst zu Weihnachten kommen.

Ob sie oft Briefe schreibe?

Nur wenn sie ein Paket schicke.

Sie schicke Pakete? Wozu?

In der Regel wolle man in Paketen etwas transportieren.

Ja, haha, aber was?

Gegenstände, von denen sie der Ansicht sei, er könne sie wiederherrichten.

Was für Gegenstände?

Ob wir nie miteinander telefonierten?

Manchmal, immer seltener eigentlich. Sie dränge mir dann gnadenlos den aktuellen Familienklatsch auf, und aus dem Umfang der Wiederholungen lasse sich ihr Trinkverhalten ableiten.

Sie löse Haushalte auf, deren Besitzer verstorben seien und keine Hinterbliebenen hätten. Die Wertsachen bekomme der Staat, den Rest dürfe sie behalten oder müsse sie entsorgen. Oftmals sei das Müll, aber häufig seien Waschmaschinen und Kühlschränke darunter, die sie noch günstig verkaufen könne. Generell auch vieles von dem, was man auf Flohmärkten in den Wühlkisten finde.

Das wisse ich doch alles.

Und manchmal gerate ihr eben etwas in die Hände, das sie ihm schicke, weil sie glaube, es sei wert, von ihm gerettet zu werden. Diesmal habe sie ein altes Kofferradio geschickt, ein paarmal seien es auch Möbel gewesen.

Wie lange sie das schon mache?

Seit er hier lebe. Das erste Paket sei etwa zwei Wochen nach seinem Umzug hier eingetroffen.

Wo seien diese Gegenstände jetzt?

In der zweiten Garage hinter dem Obstgarten.

Wieso dort? Wieso benutze er sie nicht?

Es seien keine praktischen Gebrauchsgegenstände, teilweise nähmen sie auch zu viel Platz weg. Er wolle sie auch gar nicht unbedingt besitzen, sie seien aber gleichzeitig zu schade zum Verkaufen. Wenn ich es genau wissen wolle, habe er das Gefühl, dass sie entweiht würden, wenn er sie in dieses Haus stellen oder in diesem Haus benutzen würde. Da, wo sie jetzt ruhten, komme es ihm vor, als warteten sie mit ihm auf bessere Zeiten oder auf eine bessere Idee.

Ob ich mir die Sachen ansehen dürfe?

Natürlich – was für eine Frage.

Käthe springt mir ohne Ankündigung auf den Schoß, ich erschrecke nicht.

Käthe redet. Käthe ist aufgeregt, hält den Hintern hoch und reibt mit ihren Maulwinkeln knappe Botschaften an Bäume. Käthe läuft Schleifen, das Zentrum meine Füße, ich antworte ja, hm, sie freue sich, sie solle aufpassen, da komme ein Auto, Fein, das mache sie gut. Käthe antwortet Mau in verschiedenen Tonlagen, ich bilde mir ein, dass wir uns verstehen. Käthe ist stolz und bestimmt die Richtung, wir laufen zum Wald, Käthe springt Bäume hinauf und hinunter, suhlt sich im Sand, galoppiert fünf Meter vor und versteckt sich im Unterholz, entdeckt einen Ameisenhaufen und freut sich. Ich mich auch. Das ist leicht, und irgendwas muss ja auch leicht sein. Ich halte Ausschau nach einem ruhigen Platz zum Sitzen, entdecke stattdessen zwei Kinder, Mädchen mit nassen Haaren und Stoffbeuteln über der Schulter, die schneller bei uns sind, als wir weglaufen können.

Ob ich mit meine Katze spaziean jinge?

Ja.

Wie mit nem Hund?

Nee, nicht wie mit nem Hund, man müsse Geduld haben.

Warum?

Weil Katzen nicht auf Befehle hörten. Sie gingen nicht mit einem mit, es sei eher umgekehrt.

Ob ick keene Angst hätte, dasse weglaufe?

Nicht mehr, wir seien Freunde.

Wie se denn heiße?

Käthe. Aber man könne auch Frau Katze sagen, sie habe viele Namen.

Käthe, bücken sie sich sofort und locken die Katze, so wie sie es gelernt haben, strecken ihre Hände vor und reiben die Finger aneinander. Käthe guckt unbeteiligt.

Darauf falle sie nicht rein.

Ob se se ma streicheln dürften?

Wenn sie sich streicheln lasse.

In gebückter Haltung gehen sie auf die Katze zu, reiben die Finger aneinander, locken sie mit ihrem Namen und süßlichen Stimmen. Käthe guckt misstrauisch, weicht erst aus, als sie sehr nah dran sind, wartet, weicht aus, wartet, weicht. Ich grinse.

Warum se denn weglaufe?

Weil sie mit Kindern schlechte Erfahrungen gemacht habe.

Die Mädchen schweigen betroffen, eines sieht zu Boden.

Ob wir weitergingen, Käthe? Ich setze mich langsam in Bewegung, Käthe schließt in einem Bogen zu mir auf. Ich hebe die Hand zum Abschied, ohne mich umzusehen.

Wir folgen den sandigen Panzerfahrstrecken, der Wald war mal Übungsplatz eines angrenzenden sowjetischen Militärstützpunktes. Schon als das Gebiet noch offiziell gesperrt war, fuhren Minderjährige mit frisierten Mopeds hier heimliche Rennen und flohen johlend, sobald sie erwischt wurden. Manchmal war einer nicht schnell genug, dann wurde das Moped ganz unbürokratisch konfisziert.

Käthe sagt Mau.

Die Kinder hätten mit ihr gesprochen, wie Oma mit kleinen Kindern spreche, als habe sie keinen Verstand, nicht wahr.

Käthe schweigt. Ich zweifle an mir und schweige auch. Vor ein paar Jahren, als Bea mit der kleinen Anne zu Besuch kam, stand Oma ebenso gebückt vor ihr, wie eben die Kinder vor Käthe, wackelte mit gestrecktem Zeigefinger vor Annes Gesicht, machte typische Laute, kitzelte ihre Brust, und aus irgendeinem Grund reagierte Anne darauf, fand das lustig, wie Babys so was eben lustig finden. Vielleicht ist es ja eine Gabe, auf derartige Bedürfnisse eingehen zu können, eine Gabe, über die ich nicht verfüge und deshalb nicht verstehe. Vielleicht ist es Omas einzige Gabe, nur dass Menschen sich eben weiterentwickeln, und da kann sie dann nicht mehr mithalten; kann nur zeigen, dass sie einen lieb hat, indem sie wackelnde Finger in Grübchen bohrt, oder kann einen nur lieb haben, wenn man den wackelnden Finger lustig findet.

Käthe hat ein Loch entdeckt, dessen pelziger Bewohner vor unseren Augen darin verschwunden ist. Mit geweiteten Pupillen legt sie sich auf die Lauer, und ich lege mich neben sie. Gelegentlich verursache ich ein Geräusch, um das Tier in seinem Bau zu warnen, worauf Käthes Schwanz jeweils einige Male ungeduldig peitscht. Mein Blick ruht in den Baumwipfeln, der Wald ist eine Kathedrale.

× ×

Die Garagen befinden sich am Kopf eines unregelmäßigen Ovals, welches die Zufahrt zu den vier angrenzenden Grundstücken ermöglicht. Unseres verfügt als einziges über zwei Garagen, dessen Tore direkt auf den unbefestigten Vorplatz führen und von dort wie zwei große Augen über alles wachen. An der Rückseite befindet sich eine eiserne Tür, in deren Schloss, seit ich denken kann, ein Schlüssel steckt, welcher beim letzten Anstrich sogar mitlackiert wurde. Das Innere der Garage ist durch eine Wand unterteilt, die Tür ermöglicht also nur den Zugang zu einem der beiden Räume. In diesem Raum befanden sich neben den Sommer- oder Winterreifen schon immer Opas heilige Angelutensilien, Ruten von enormer Biegsamkeit nebst einem größeren Ruderboot, das meist auf seinem Anhänger thronte, mit welchem es bei Bedarf zum jeweiligen Gewässer transportiert wurde, jedoch zur Raumgewinnung mittels einer unübersichtlichen Konstruktion auch bis dicht an die Decke gezogen werden konnte. Im Herbst war das nötig, um die Äpfel einzulagern, die hier kistenweise gestapelt wurden. Vermutlich hat Oma diesen Raum nur selten betreten, eine der Apfelkisten stand immer im Keller, Opa trug ihr bei Bedarf eine neue ins Haus.

Ich ruckele am Griff des Garagentors, welches wie zu erwarten verschlossen ist, schwinge mich über das Gartentor und gehe zur rückseitigen Tür. Der Schlüssel erzeugt beim Umdrehen ein übles Geräusch, die Tür ebenso beim Aufschwingen, vor mir steht eine heiße Wand aus Gerüchen, welche schon immer unerklärlich stark von Gummi dominiert wurde. Ich taste nach dem Lichtschalter, der Raum hat nur ein kleines Dachfenster. Eine Neonlampe springt klimpernd an und stellt das Interieur bloß.

Das Boot ist nicht mehr da. Dafür wäre vermutlich auch kein Platz. Die Einrichtung, überwacht von einem Thermo-Hygrographen gleich unter dem Lichtschalter, ist eine dichte Installation des Vermissens, das Herzstück ein antikes Ehebett. Das Bettzeug mit weißer Bettwäsche bezogen, aufwendige Spitze an Paradekissen, die Initialen lauten P und H. Am Fußende sitzt Mamas alter Teddybär, eines dieser mit Holzwolle gefüllten Spieltiere mit beweglichen Gliedern, die niemals zum Kuscheln geeignet waren. Knapp über der Grenze zwischen Bärenschnauze und Stirn glänzt eine kahle Streichelstelle von der Größe zweier Fingerkuppen, und wenn man den Bären vornüberbeugt, brummt er, als müsse er gleich kotzen. Als ich ihn zum letzten Mal sah, fehlte ihm noch ein Ohr, und eines seiner Beine baumelte lose in einem Strampler am Körper, den Mama ihm aus ebendiesem Grund angezogen hatte. Über dem Bett hängen drei aufgespannte Damenschirme mit schlanken, lederbezogenen Griffen und anscheinend unbeschädigten Originalbespannungen von der Decke. Das Licht der Neonlampe strahlt wärmer durch ihre Blumenmuster. Daneben finden sich passend ein Nachtschrank mit Marmorplatte, eine Truhe, ein Stuhl, ein Kleiderschrank mit Spiegeltür. An die Wand gegenüber dem Bett hat Vater Kästen aus hellem Holz angebracht, geölt und poliert, in denen Gebrauchsgegenstände ausgestellt sind wie Kunst. Darunter eine cremeweiße Küchenwaage (Krups Ideal), ein Ventilator, eine dynamobetriebene Taschenlampe, eine Schatulle, gefüllt mit filigranen Glasknöpfen, Garn auf Holzspulen und einem handbestickten Nadelbuch. An der Rückseite des einen Kastens befindet sich ein Spiegel, auf der Ablage davor eine silberne Haarbürste, eine Nagelschere, ein Cremetiegel aus dickem, geriffeltem Glas und eine Pinzette mit breiten Zupfflächen für besonders borstige Haare, wie sie zum Beispiel üppig am Kinn meiner Mutter wachsen. Einige der Kästen stehen noch leer.

Im Schrank ungleiche Bügel, auf zweien je ein weißes Nachthemd, beide langärmelig mit kurzem Kragen und Knopfleiste. Auf der Truhe ein weißer Emaillekrug, in der Truhe Handtücher und eine Garnitur Buntkarierte – die Kopfkissenbezüge sind kaum ausgebleicht. Auf dem Stuhl eine Waschschüssel, passend zum Krug. Auf dem Nachttisch eine Öllampe mit unbenutztem Docht, ein silbriger Wecker, schwer genug, um jemanden ernstlich damit zu verletzen, und ein Buch über Botanik mit unglaublichen Kupferstichen. In der Ecke neben der Tür entdecke ich eine kleine Küchenhexe mit gereinigten Feuerluken. Auf den Kochplatten zwei pastellige Emailletöpfe, an emaillierten Haken darüber ein Schneidebrett, ein Messer und ein Schleifstab.

Ich setze mich in den Türrahmen, der vergilbte Thermo-Hygrograph flimmert leise mit seinen Nadeln übers Papier. Vater hat ihn sich ursprünglich nur zum Spaß zugelegt. Was solle man denn machen, wenn das Raumklima nicht stimme? Es sei unverhältnismäßig, die Gegebenheiten den Möbeln anzupassen – man lebe ja nicht in einem Museum. Dennoch ließ er ihn sich schenken, ein ungepflegtes Modell mit Fallschaden, setzte es wieder instand und stellte es in seiner Werkstatt auf – zu humoristischen Demonstrationszwecken. Wenn ihn jemand fragte, was das sei, benannte er das Gerät mit geschäftiger Ernsthaftigkeit, erklärte auf Anfrage die Funktion, öffnete währenddessen die Abdeckung, entnahm die gefalteten Mitschriften und warf sie vor den Augen seines Besuchs ungelesen in den Müll. Dann setzte er die Abdeckung sorgsam wieder auf, tätschelte das Plastikgehäuse und nickte feierlich.

Ich drehe mir eine Zigarette, rauche und bin traurig für zwei.

Meine Mutter wird diesen Raum nur mögen, weil er ihn für sie gemacht hat. Jedem anderen würde sie Ästhetizismus unterstellen – gleichwohl blind für ihren eigenen.

Ganz früher wollte sie ja eine Ballerina sein. Auf einem Kinderfoto, das sie immer peinlich beiseitelegt, wenn wir die dicken Stapel durchblättern, posiert sie im rüschigen Westpaketrock mit übergroßen Sandalen, die Beine überkreuzt, unsauber gebeugte Arme, die Kurzhaarfrisur wie ein Verweis auf die dicke Brille, die ein Drittel ihres Gesichts bedeckt. Knapp darunter das großzahnige Lächeln eines Mädchens, das noch nicht angefangen hat, sich mit anderen zu vergleichen. Bald darauf muss sie damit begonnen und letztlich mit der Erkenntnis geendet haben, dass erstens der ästhetische Anspruch meiner Oma an sie zu vergleichen war mit deren Bestrebungen, die Vitrine im guten Zimmer mit allerlei Kostbarkeiten auszustatten. Ganz gleich, ob diese in Farbe und Material zusammenpassten oder ob sie auch ohne alles Umstehende hässlich waren; als sei teuer ein ästhetisches Kriterium. Zweitens aber muss sie gedacht haben, dass die zweifelhaften Bestrebungen meiner Oma niemals wirklich etwas schlimmer machen könnten, ihr eigenes Streben nach Lieblichkeit hingegen eine bemitleidenswerte Aura schuf, welcher sie sich so schämte, dass sie fortan derartigen Bemühungen entsagte. Die Haare, die ihr meine Oma nach Vorbild der Westcousinen zum «Berliner Rundschnitt» schneiden ließ – eine Frisur, die ihr im Gegensatz zu ihren feenhaften Cousinen über alle Maßen schlecht stand (möglicherweise auch, weil man den Schnitt im Berliner Westen entwickelt hatte und also in der deutschen Ostprovinz erst etwa zehn Jahre später ästhetisch begreifen würde, so wie der Osten ja generell bei allem etwa zehn Jahre hinterherhinkte) –, schnitt sie sich unerlaubt kürzer, bis letztlich ein androgyner Seitenscheitel ihren Kopf dominierte, welchen sie Jahre später nur durch eine Komplettrasur ihres Schädels ausradieren konnte. Sie verweigerte alle Arten von Röcken, trug Blusen nur, wenn sie wie Hemden aussahen, Schuhe mussten generell Schnürsenkel haben. Sie steckte die Hände in die Taschen und übersah gelangweilt alles Niedliche. Als sich sehr früh schon ihre Brüste wölbten, nicht übermäßig üppig, aber doch so, dass eine Stütze angeraten schien, begegnete sie dem mit elastischen Verbänden, die ihr lieber waren als der übliche BH. Das hat sich inzwischen verändert, aber als hübsch kann man die Unterwäsche ihrer Wahl auch nicht bezeichnen: robuste Sport-BHs, passend zu ihrem aerodynamischen Haarschnitt. Meine Oma wurde fast wahnsinnig wegen all der ungetragenen Kleider, modisch und sehr gut verarbeitet, die, von den Cousinen im Westen abgelegt, halbjährlich in Paketen kamen. Sie stand vor dem Mädchen, das sie schon mit 13 Jahren weit überragte, und knallte ihr mit gestreckten Armen in schnellem Wechsel die Hände ins Gesicht für jeden Zentimeter, den man von ihren Ohren sah. Petra fletschte die Zähne, hielt aus, ohne zu zucken, und versicherte sich mit einem Blick der Zuneigung des Vaters, der seine Frau aus Loyalität nicht unterbrach, seine Tochter aber liebte wie einen Sohn. Nicht, dass sie einer sein wollte. Vielmehr fühlte sie sich sicher in ihrer ästhetischen Reduziertheit. Es interessierte sie nicht, ob man sie hässlich fand, weil sie über derartige Kategorien hinaus zu sein meinte. Selbst aus ihrer Kinderkammer, die so klein war, dass man kaum den Fußboden sah, entfernte sie alles, was nicht zweckmäßig war, ihre Bücher schlug sie in Zeitungspapier ein, über dem Schreibtisch hing ihr Stundenplan, eine Landkarte über dem Bett. Manchmal betrachtete sie die und dachte dabei an nichts, bis sie einschlief.

Eines Tages brachte ihre fünf Jahre ältere Schwester einen Mann mit nach Hause. Ein höflicher, zurückhaltender Jüngling mit beginnender Glatze, die er durch umständliches Umlagern seiner Haare zu kaschieren suchte. Magdalena nannte sich Lena, war 18, eine Verlobung war abzusehen, die implizierte Fleischlichkeit (ein Wort aus Omas Sprachschatz, dessen Unappetitlichkeit kopfschüttelnd belächelt wurde) war bislang unerklärt. Man schenkte ihr also ein Buch, diskret in braunem Papier verpackt, es war keine Schleife darum: «Mann und Frau intim.» Das kam zu spät, aber darüber wurde nicht gesprochen. Lena legte das Buch im Regal ihrer Schwester ab und fragte nie wieder danach. Das Mädchen Petra fand es gleich, es war das einzige, das nicht in Zeitung eingeschlagen war, sein grüner Einband stach ins Auge. Sie las es in einer Nacht durch, nicht ohne es vorher mit dem üblichen Umschlag versehen zu haben, und erfreute sich nach der Lektüre vor allem am neugewonnenen Wissen über Verhütungsmaßnahmen. Sie zweifelte nicht daran, es schon bald anwenden zu können, lag mit hinter dem Kopf verschränkten Armen auf ihrem Bett, betrachtete anscheinend die Weltkarte und dachte intensiv über körperliche Begegnungen nach.

In ihrer Klasse blieb ihr Verhalten nicht unbemerkt: Ein Mädchen mit unübersehbar weiblichen Attributen, mit denen es im Gegensatz zu anderen nicht prahlte. Ein Mädchen, das in den Pausen lieber bei den Jungs saß, Skat kloppte und anzügliche Witze riss. Das Schneebälle wie Kuchen aß. Das Matheaufgaben wie andere Kreuzworträtsel löste. Das Kunst nur geometrisch angehen wollte, und wenn sie eine Landschaft zeichnen musste, zog sie ihr Lineal. Fuhr man in einer Freistunde zusammen an den See, war sie die Erste, die sich auszog – wer braucht schon Badesachen. Sie legte ihre Brille ab, hechtete ins Wasser und tauchte bis zum Grund. Wenn sie herauskam, das Wasser bildete Rinnsale in ihrer Beinbehaarung, bewegte sie sich blind am Strand, bis sie getrocknet war, und bat dann mit gespreizten Fingern um die Brille. Das macht sie heute noch. Sie klaute Bier und brachte es zu Lagerfeuern mit, sie sang mit tiefer Stimme Arbeiterlieder, man lud sie ein zu Treffen, von denen andere Mädchen gar nicht erst erfuhren. Es dauerte nicht lange, bis sie den ersten Kuss bekam, weil sie nicht darauf wartete.

Eines Nachts, im Sommer, sie war gerade siebzehn und sollte vor elf Uhr zu Hause sein, war sie sich ihrer stolzen ‹Fleischlichkeit› bewusst und in ihr sicher, wie in einem oft gesungenen Lied. Sie wusste, dass ihre Rückkehr überwacht wurde, dass ihre Mutter im wattierten Morgenmantel im Wohnzimmer saß, bei geschlossenen Fensterläden und ausgeschaltetem Licht auf jedes Geräusch im Hof lauerte, knapp bemessene Schlucke aus ihrem Wasserglas trank, um nicht gerade dann auf der Toilette sein zu müssen, wenn ihre Tochter endlich nach Hause kam. Sie wusste, dass sie schon dort gesessen hatte, als es noch nicht mal halb elf gewesen war, und fand, dass es demnach eigentlich keinen Unterschied machte, ob sie pünktlich kam oder nicht. Sie blieb also liegen in den Armen des Jungen, der sich gerade mit ihr ausprobierte, roch an seinen Achseln und lachte über seine Witze, bis er eingeschlafen war. Erst dann zog sie sich an, um heimzugehen.

Als sie den Schlüssel ins Schloss steckte, rechnete sie damit, dass die Tür von innen auffliegen würde. Sie war vorbereitet auf den Teppichklopfer, mit dem ihre Mutter sie schon häufig erwartet hatte, und fand, dass es das wert war. Aber der Schlüssel drehte sich im Schloss, die Tür glitt auf, der Flur war schwarz und leer. Sie lauschte – kein Laut. Um in ihre Kammer zu gelangen, musste sie durchs Wohnzimmer, in dem ihre Mutter katzenäugig auf dem Sofa saß, sie wusste um ihren Blick voller Abscheu, ohne das Licht anzumachen, hörte, wie sich die dicke Frau schwer aus dem Ledermöbel erhob, sich vor sie hin tastete und zischte, sie schä-me sich fürr ihre Tochter. Sie sei kei-ne Jung-frrau mehrr, das könne sie rrie-chen. Meine Mutter überlegte kurz, ob es sich lohne, fand dann, es lohne sich wohl, und erklärte nüchtern, sie sei schon seit zwei Jahren keine Jungfrau mehr.

×

Die Katze ist nirgends zu sehen, ich rufe nach ihr und bekomme glucksend Antwort vom Nachbarskind. Das Nachbarskind ist 26, steht sommers wie winters am Gartenzaun und hat einen Lieblingsschuh, den es eng an die Brust drückt. Es spricht nur zwei Worte, aber könne schön singen, sagt man. Letzteres ist eine fromme Lüge. Ich winke, es winkt nicht zurück.

Vater hat endlich die Kakteen aus dem Dachzimmer auf den Hof geholt. Schartige Gebilde in Steinguttöpfen, den letzten hievt er gerade durch den Fliegenvorhang, platziert ihn halbschattig, greift seine Pfeife, zündet sie an: Ob ich auch einen Zug wolle?

Danke, nein, das sei einfach nicht mehr meine Droge. Er sinkt in den Plastikstuhl, legt die Hände auf seine Knie, wie man Hände auf schmerzende Stellen legt.

Ob er die Katze gesehen habe?

Vielleicht sitze sie wieder in der Badewanne? Vorhin habe sie sich jedenfalls ein paar Streicheleinheiten von ihm geholt.

Jajoa, des dät se braung, denn Geruch voa denn Moa. Oma gehässig, auf der Hollywoodschaukel, mit gefalteten Händen. Um ihr Gesicht schwirrt eine Fliege, Oma pustet ab und zu blind gegen sie an.

Ob sie inzwischen wohl Besuch gehabt habe, frage ich und falte die Hände ebenfalls. Sie presst die Lippen zusammen.

Also, jetzt habe sie welchen. Vaters Ton suggeriert ein ‹leider›, er nickt in Richtung des Lehmweges, den ein Auto herunterfährt, das vor dem Zaun in der Haltebucht parkt. Die Fahrertür schwingt auf: Tante Lena. Oma sinkt merklich in sich zusammen, die Fliege ist einen Moment irritiert und beginnt im Folgenden, Omas Hände zu belästigen.

Tante Lena, eine blondierte Dame, der man ihr Alter nicht ansieht, eilt den Weg zum Hof entlang, ihre Fröhlichkeit trifft ein bisschen eher ein als sie: Huhuu! Sie winkt, ihre Absätze klacken.

Wer dee des wär, fragt Oma im Ton ihrer Körperhaltung.

Das wisse sie doch, antworte ich.

Wie schön es sei, sie endlich einmal wiederzusehen, kommentiert Vater trocken. Tante Lena hat das nicht gehört.

Franka! Es sei so schön, dass ich zu Besuch sei! Wir umarmen uns, meine Tante ist recht spitz an einigen Stellen, das macht die Begrüßung immer ein bisschen vorsichtig.

Sie sehe gut aus, sie scheine gar nicht zu altern, ob sie sich liften lassen habe?

Tante Lena lacht stolz, beugt sich zu Oma, legt ihr die Hand auf die gefalteten Hände: Hallo, Mutti.

Magdalena?

Ja.

Oach su. Se hätt orre Stimm fei goar nimmer dorrkennd.

Sie komme gerade vom Einkaufen, es habe so viele Sonderangebote gegeben, ob wir vielleicht ein paar Erdbeeren wollten?

Aber gerne, Vater schenkt sich Wein ein, die ausm Garten würden ja nicht schmecken.

Tante Lena lächelt schief und verschränkt die Arme vor der Brust.

Es sei ja ohnehin Abendbrotzeit, wir könnten Erdbeerkompott machen und zusammen essen, ob sie dafür Zeit habe?

Sie trippelt nervös auf der Stelle: Achim erwarte sie bestimmt.

Sie könne ihn ja anrufen.

Sie nickt unsicher.

Schön, lächle ich und drücke ihre Hand. Vater geht schweigend in sein Kabuff, um irgendwas Vermeintliches zu tun. Tante Lena eilt zum Auto. Ich wende mich zum Haus, teile bereits den Vorhang mit den Händen, werfe noch einen Blick über die Schulter und sehe, wie Oma die Fliege erschlägt, die flache Hand lässt sie neben ihrem Schoß liegen. Es war bestimmt eine sehr kranke Fliege.

×

Wir essen im Hof, aus anderen Gärten hört man ähnliche Beschlüsse, der ein oder andere Grillgeruch macht neidisch. Wie es mir denn gehe; wie lange ich schon hier sei; wie lange ich bleiben wolle?

Ach, eigentlich gut, nur hätte ich mein Studium abgebrochen und hinge jetzt ein bisschen in der Luft.

Des Maadl hätt wos gemoachd?

Ihr Studium abgebrochen, wiederhole ich in seniorenfreundlicher Geschwindigkeit und beuge mich dafür über den Tisch zu Oma. Vater feixt.

Wienooch se dee des gemoachd hätt?

Weil sie zu stolz gewesen sei, sich den Regeln unterzuordnen, erkläre ich. Zumindest habe sie das geglaubt, aber vielleicht sei sie auch einfach nicht gut genug gewesen. Oder zu faul. Das gelte es jetzt herauszufinden. Das

Spiel macht keinen Spaß mehr, ich setze mich wieder gerade hin. Wie es denn bei Tante Lena aussehe?

Auch gut. Sie und Achim führen nächste Woche in Urlaub, also, sie flögen, um genau zu sein, Achim habe sich endlich überreden lassen.

Na, das habe sie sich aber verdient, erklärt Vater trocken.

Wo sie denn hinflögen?

An die Riviera.

So bescheiden! Er nickt anerkennend.

Vielleicht sollte er auch mal Urlaub machen, das würde ihm sicher guttun, lächelt Tante Lena angestrengt.

Aber ja, sie könne ihn ja in der Zeit vertreten.

Oma tastet lahm auf ihrem Teller herum. Die Brote seien alle, erklärt Vater, sie müsse noch ihre Nährlösung austrinken und sie habe auch Erdbeerkompott, das könne sie zusammen mit den Tabletten nehmen. Er stellt das Dessertschälchen vor sie hin, gibt ihr den Löffel in die Hand, sie tastet nach den Tabletten neben ihrem Teller, er führt ihre Finger an die richtige Stelle, sie tastet noch ein bisschen weiter.

Und, gebe es etwas Neues, wie gehe es ihr, wendet Tante Lena sich ihrer Mutter zu, die sich zögerlich eine Tablette nach der anderen zwischen die Lippen steckt und jeweils einen Löffel Erdbeerkompott dazunimmt. Erst nach der letzten Tablette, nachdem wir schon aufgehört haben, ihr Schweigen peinlich zu finden, entgegnet sie, es gehe. Ehe meine Tante ihr verzweifeltes Lächeln bemühen kann, kommt plötzlich die Katze vom Obstgarten auf den Hof und macht ein stolzes Geräusch, welches erahnen lässt, dass ihr Maul mit etwas Dickem verstopft ist. Dieses Etwas hat Federn, und sein Kopf baumelt seitlich, als hätte es niemals eine Halswirbelsäule gehabt.

Ei!

Oh nein.

Huch!

Wat?

Na, so eine Feine, ob sie auf der Jagd gewesen sei? Vater streichelt die Katze, die feierlich ihre Beute präsentiert, ein ausgesprochen hübsches Exemplar, etwas ramponiert zwar, aber deutlich bunter als der Durchschnittsvogel.

Käthe schnurrt.

Ich bin betroffen.

Wos se doo itze gefoange hätt? Edwoa orrn guudn Vuuchl?! Denn se immer beooboachdn dät? Der su schie singe dät?

Es sei nur ein Spatz.

Des wär doch kaa Schbaarg!

Doch, doch.

Des kennt se scho noch sehe, dess des kaa Schbaarg wär!

Nein, sie solle sich nichts vormachen, wir wüssten doch alle, dass sie völlig blind sei, sie bilde sich das jetzt vor Aufregung nur ein. Meine Stimme ist sehr belegt, ich nehme den Vogel in die Hand, er fühlt sich noch ein bisschen lebendig an, aber sein Herz schlägt nicht mehr. Die Katze ist nicht damit einverstanden, meckert, stellt sich auf ihre Hinterbeine, will ihre Trophäe zurück. Ich trage den Vogel in den Obstgarten, lege ihn dort ins Gras, Käthe ist mir gefolgt, platziert ihre Pfoten links und rechts des kleinen Körpers, beleckt innig das Gefieder. Ich lasse sie allein.

×

Ob Lenchen schon weg sei?

Er habe sie vertrieben.

Ohne sich zu verabschieden. Vater klingt zufrieden.

Was er denn von ihr erwarte?

Dass sie sich kümmere.

So wie ihre Schwester?

Die habe er freigekauft.

Da habe sie Glück gehabt.

Wer kein Glück habe, müsse eben selbst in den sauren Apfel beißen.

Es sei nicht leicht, sich um jemanden zu kümmern, den man nicht möge.

Das spiele keine Rolle, man habe Verpflichtungen. Ihm mache es ja auch keinen Spaß.

Vielleicht habe Oma es verdient, dass man sich ihr entziehe.

Das habe keine Mutter verdient.

Mir fallen keine Gegenargumente ein, aber ich habe auch nicht das Gefühl, dass er recht hat.

Käthe kommt über den Komposthaufen auf den Hof, maunzt eine Begrüßung und springt zu mir auf den Schoß.

Räuberin! Es fällt mir ein bisschen schwer, sie zu streicheln. Sie schließt ihre Augen, reibt ihre Maulwinkel fordernd an meinen Fingergelenken und schnurrt.

Dass sie die Tiere dann auch immer noch anschleppen müsse. Ob sie es diesmal wenigstens gefressen habe? Und warum sie eigentlich ausgerechnet die seltenen Vögel fange?

Käthe zeigt mir ihren weißen Bauch.

Es sei nicht leicht, jemanden liebzuhaben, der Dinge tut, die man nicht mag.

Käthe sieht mich tief an, schließt ihre Augen, öffnet sie, schließt sie wieder. Ich streichle ihren Bauch.

Was ich an ihr möge ... Was ich an ihr möge: Wie sie mit mir spreche. Dass ich das Gefühl hätte, dass sie mich verstehe. Dass sie so gern in der Badewanne sitze. Und wie sie einen ansehe, wenn man sie dabei entdecke. Dass sie morgens zu mir unter die Decke komme und sich an mich schmiege wie ein Kind. Wie sie mir zeige, dass sie unter die Decke wolle. Wie wir zusammen spazieren gingen. Wie schlau sie sei. Wie sie rieche, ich möge so sehr, wie sie rieche.

Käthe streckt mir ihre Vorderpfoten entgegen, bis ich mich so weit zu ihr beuge, dass die Tatzen mein Gesicht berühren und ich mir einbilden kann, das sei ihre Art, mich zu streicheln.

Vielleicht weiß Tante Lena nicht, wie so was geht. Lena gibt lieber, als zu nehmen. Und wenn sie gibt, gibt sie gern, aber sie mag es nicht, geben zu müssen. Einen Kuss etwa, oder die Hand – Liebesbeweise auf Abruf. Das soll ein Kampf gewesen sein zwischen Mutter und Tochter bei jedem Weg, den sie zurücklegten: Die an-de-rren Kinderr würr-den ih-re Mut-tis auch alle an derr Hand fassen. Das Mädchen war vier und wollte alleine laufen. Was sich nicht gut vertrug mit Omas Bedürfnissen. Schon mit der Namensgebung hatte sie eine Zugehörigkeit verordnet und wollte das Kind für sich, wollte das Kind ganz nah, so wie ihre Schwester der Mutter eine Gefährtin gewesen war. Aber Magdalena wollte nicht von ihr geführt werden.

Magdalena stand vor der Auslage des Obst- und Gemüseladens und starrte mit tropfendem Zahn die Süßkirschen an – pralle, dickfleischige Früchte mit fester Haut, die sie Knupperkirschen nannte und nicht erklären konnte, woher sie dieses Wort hatte. Sie bat ihre Mutter, welche zu kaufen, aber nicht, wie Kinder immer alles haben wollen. Dieser Wunsch war größer, dieser Wunsch war so groß, dass sie fand, ihre Mutter müsste das merken. Aber Oma wollte es nicht merken. Sie sol-le Kirr-schen kau-fen, wo sie doch das gannze Obst im Garr-ten hät-ten?! Ob ihr das nicht gut ge-nug sei?! Im Garten standen und stehen noch immer (neben drei Apfel- und zwei Birnbäumen) zwei Sauerkirschbäume. Die trugen dunkle, druckanfällige Früchte. Ließ man sie hängen, bis sie schwarz waren, schmeckten sie auch süß, aber wann immer man mehr als eine Handvoll aß, löste sich merklich der Zahlschmelz auf. Ihre Säure hielt die Vögel vom Verzehr ab – das funktionierte auch bei Menschen sehr gut.

Magdalena, fünf Jahre alt, schlich sich in den Garten zum Kükenstall. Der stand auf der Wiese zwischen den Obstbäumen, und man hörte schon von weitem die flauschigen, gelben Piepser, die immer zur Seite trippelten, wenn man die Finger durch den Maschendraht steckte. Es war ihr verboten, das Tor zum Gehege zu öffnen, um die Küken zu streicheln, denn das Tor war zu schwer, als dass sie es längere Zeit hätte festhalten können – ein Erwachsener konnte es mit einer Hand nach oben ziehen; ein Kind brauchte beide Hände. Sobald man das tat, drehten sich alle Küken wie auf Kommando um und rannten zur Öffnung. Das kann sehr erschreckend für ein Kind sein. Jedenfalls war es das für Magdalena, die wusste, dass die gelbe Flut nicht entkommen durfte, sonst wäre klar, was sie getan hatte. Also ließ sie das Tor los. Das Tor schlug auf dem Boden auf. Und auf das Genick eines Kükens. Das konnte dort natürlich nicht bleiben, es ließ sich aber auch nicht einfach unter dem Torrahmen hervorziehen. Sie musste also das Tor wieder anheben, dazu brauchte sie zwei Hände und einen Großteil ihrer Konzentration. Die verbliebenen Küken reagierten ebenso begeistert auf die Öffnung wie zuvor, sie rannten so schnell, dass Magdalena vor Angst keine Gelegenheit fand, das tote Küken aus dem Gehege zu ziehen, sie war zu sehr damit beschäftigt, das Tor zu schließen. Die Küken hingegen hatten keine Zeit, über die Gefahren ihres Handelns nachzudenken, sie waren zu sehr damit beschäftigt, schnell zu sein. Das Ganze wiederholte sich einige Male, dann klemmten mehr Küken zwischen Rasen und Tor, als Magdalena zählen konnte. Aber die sahen nicht niedlich aus. Der Schlachtruf, der in diesem oder im nächsten Moment erklang, kam von Oma, die mit einem verwöhnten Fünfmonatsbauch durch den Obstgarten auf ihre Tochter zuschnaubte wie eine wütende Lokomotive. Aber Magdalena war schneller, schlug einen Haken zum Tor, das damals nicht durchfallbraun, sondern moosgrün war, raus auf den Platz vor den späteren Garagen, die Gasse zwischen zwei anderen Höfen hindurch und weiter zum Feld, auf den Trampelpfad. Dort warf sie einen kurzen Blick über die Schulter, just in dem Moment, als ihre Mutter der Länge nach stürzte. Angeblich fallen Schwangere nie auf den Bauch, aber Oma soll es dennoch passiert sein. Es dauerte einen Moment, bis sie Luft fand, um zu schreien. Magdalena sah das, rannte aber, den Blick auf ihre Mutter gerichtet, weiter und spürte plötzlich, wie sich etwas lang in ihren Fuß bohrte, der Schmerz kam später. Da sah sie nach vorn, lass es zwei Sekunden gedauert haben, bis sie begriff, was da in ihrem Fuß steckte: ein so rostiger Nagel, wie die Zaunlatte morsch war, aus der er ragte. Dann stürzte sie selbst. Sie schrie lauter als ihre Mutter, ungewöhnlich laut hieß es später, winkelte die Beine an, legte je eine Hand auf ein Knie, alles, was weiter unten war, konnte nicht wahr sein.

Oma spürte, dass etwas kaputt war in ihr, die Schmerzen waren ihr neu, sie fand kaum Laute dafür. Man half ihr auf, war überrascht, dass sie stehen konnte, sie probierte einige zaghafte Schritte, und mit jedem Schritt wurden die Schmerzen flacher. Sie müsse ins Krankenhaus, meinten Umstehende, aber sie hatte nur Schmerzen, wenn sie saß oder lag – sie betete umsonst, dass das vorbeiginge. Erst als sie zu erschöpft war, um zu stehen, die Schlafenszeit war schon lange heran, gab sie nach und ließ sich ins Krankenhaus bringen. Dort wartete sie ungefähr eine weitere Stunde, spürte vor Müdigkeit nicht ihre Füße, lief dennoch gegen die Schmerzen am Arm ihres Mannes den Flur auf und ab, sah sich jedes Bild an den Wänden sehr genau an, auch die, die ihr nicht gefielen; bis man sie endlich ins Sprechzimmer rief, sie aufforderte, sich auf den Untersuchungsstuhl zu setzen, den man ihr umständlich tiefer stellen musste, damit sie hinaufkam. Als sie mit entblößtem Unterleib die Kniekehlen in die Halterungen legte, lief erst das Blut aus ihr, und sie fühlte keinen Schmerz mehr. Dann kam das tote Kind.

Magdalena würde dafür von Gott bestraft, sagte Oma und zeigte immer wieder auf den pochenden, roten Klumpfuß, den das Mädchen zwei Wochen hinter sich herzog und der so groß war, dass es einen alten Schuh der Mutter anziehen musste. Aber wirklich entschädigt fühlte sich Oma nicht – dieses zweite Kind wäre der Junge geworden, den sich ihr Mann so gewünscht hatte. Sie bauten ein unechtes Grab im Garten, das Holzkreuz nicht weit von den Küken unter einem Sauerkirschbaum. Doo, sagte sie, dät des Briederle lieng. 's bessde wär's wuhl, Magdalena dät's im Vorrzeihing biddn un denn Harrn Jesses glei miet. Das Kind hat trotzdem nicht geweint. Und wer war denn Herr Jesses.

×××

De Oannern dätn aa oalle scho de Ebbfl arrndn.

Jaja. Vater schultert die Leiter und trägt sie in den Obstgarten.

Des dät oa dor Sorde lieng, Jakob Lebel, die missd morr aam su frieh arrndn.

Soso.

Oaber we'morr des net moachng wolldn, kennt se aa denn Jens Siewand druum 'ne Bloatz froong. Der kennt beschdimmd e Doaschngald gebraung.

Moment mal, wie war das – der Siewand? Sie könne es sich leisten, den zu bezahlen? Meine Emailleeimer stoßen unsanft auf den Boden.

Jaja, es sei schon gut, positioniert Vater die Leiter konzentriert am Baum.

Aber wieso denn? Wenn sich der Jens so freue über ein Taschengeld. Da wollten wir ihm doch die Gelegenheit nicht verderben. Man dürfe ja nicht nur an sich denken.

Der Jens sei gerade zu einer Arbeitsamtmaßnahme verpflichtet worden, der habe keine Zeit.

Woher er das denn wisse?

Das wisse jeder, der den Fehler mache, sich Jens auf fünf Meter Entfernung zu nähern. Und eben deshalb wäre es ihm lieber, wir würden den um gar nichts bitten, ganz gleich, ob er Zeit habe oder nicht. Vater legt seine Finger fast zärtlich mit leichtem Zug um einen Apfel und lässt ihn dann wieder los. Die seien auf jeden Fall noch nicht reif, ruft er Oma zu.

Wos orr gesoochd hätt?

Die Äpfel seien noch nicht reif, sie würden noch zu fest am Ast hängen.

Des wär su bei denne. Un de Noachboarrn hättn se aa scho gearrnd.

Aha. Woher sie das denn wisse.

Des dät se … geheert hoamm.

Von?

Ich solle es gut sein lassen, es sei doch egal, wann wir sie pflückten, wir müssten sie ja nicht essen. Hauptsache, wir hätten unsere Ruhe.

Naa? Plötzlich steht da Frau Fischer in Kittelschürze am Zaun. Wo man hinsieht Grenzen, aber immer jemand, der dahinter lauert. Ob wa Äppl flückn würden?

Vater auf der Leiter, in der Hand einen Apfel. Ich unten, bereit, das Pflückgut entgegenzunehmen: Ja! Entgegne ich mit theatralem Enthusiasmus. Das Wetter sei ja auch herrlich, nicht wahr. Hoffentlich gebe es keinen Regen, sie habe doch sicher ihren Teller leer gegessen. So ein schöner Tag, perfektes Badewetter - ein Glück, dass sie ihren Pool hätten, da könnten sie jederzeit eine Runde schwimmen, wir würden dann nachher mal fix in die Kieskuten springen - ich wisse schon, da ginge ja niemand mehr gerne hin, aber so schmutzig sei es da eigentlich gar nicht, im Gegenteil, es sei sehr hübsch da, aber vielleicht sollte ich die Kieskuten auch lieber nicht so anpreisen, sonst sei es da ja auch gleich wieder weniger hübsch - huch, ich hätte damit natürlich nicht sagen wollen, dass ich mit ihr keinen See teilen wolle, das sei nur ein kleiner Witz gewesen, den habe sie doch sicher … nicht wahr, habe sie doch, haha, na ja, jetzt müssten wir aber mal an die Arbeit, sonst sei der Tag um, ehe wir richtig mit Pflücken begonnen hätten.

Frau Fischer lächelt nervös und tritt nickend den Rückzug an. Ich wende mich Vater zu, sein Blick auf mir voller Stolz, beugt er sich kurz entschlossen zu mir hinunter und legt seine raue Hand an meine Wange.

Wenn ich so die Fäuste in die Seiten gestemmt hätte, erinnerte ich ihn sehr an meine Mutter - dieses Rowdyhafte und überhaupt, richtet er sich wieder auf und den Blick in die Baumkrone, lächelt versonnen und beginnt, die grünen Äpfel von den Ästen zu rupfen. Ich warte am Fuß der Leiter darauf, dass er mir den ersten gefüllten Eimer übergibt, um die Äpfel dann sehr ordentlich nebeneinander in flache Holzstiegen zu sortieren. Auch das eine Familientradition - all diese sonnigen Nachmittage, die man als Kind bei der Ernte helfen musste. Während andere mit ihren Fahrrädern auf dem Lehmweg am Hof vorbeiklingelten und wie zum Hohn mit gespreizten Fingern winkten, während man selbst das Obst durch den Garten buckelte. Es gibt Fotos davon, unscharfe Schwarzweißbilder meiner übellaunigen Mutter, deren einzige Freude darin bestand, zu diesen Gelegenheiten die Arbeitskleidung ihres Vaters anziehen zu dürfen. Meine Mutter. Das dritte Kind meiner Oma. War trotz aller Gebete kein Junge, wenn sie sich zur Freude ihres Vaters auch oft wie einer benahm. Ehe sie sich allerdings an ihrer ästhetischen Abstinenz versuchte, welche sie freilich nie wirklich erreichen konnte, ehe sie den Berliner Rundschnitt und die monströseste aller Brillen verpasst bekam, trug sie lange, braune Zöpfe und Augen so dunkel wie Erde. Ihre Kleider waren dennoch oft schmutzig - sie erkletterte alles, was Vorsprünge hatte, fiel häufig runter und heulte, bis sie wieder oben war. Sie verbrachte Tage auf der Müllkippe, weil sie zum Petzen neigte und ihre

Schwester dies zu vermeiden suchte, indem sie sie gegen Bestechung stundenlang dort ablud. Diese Stunden vergingen auf der Müllkippe wie im Rausch.

Oma maßregelte Magdalena für Petras Verschmutzung: Die Aufsicht über das körperliche Wohl ihrer Schwester beinhalte auch deren Sauberkeit. Magdalena überredete ihre Schwester also zu einem neuen Spiel: Wenn sie sich an einen Baum fesseln ließe, bekäme sie dafür ihren Nachtisch. Petra, fünfjährig, stimmte zu, in der Annahme, man würde sie gleich wieder losbinden. Der Schock darüber, dass dem nicht so war, wurde erst vom Zorn abgelöst, als sie sich nach Stunden im Stehen auf die Schuhe pinkelte – weit und breit niemand, der ihr Rufen gehört hätte.

Magdalena hielt zwar Wort und überließ Petra ihren Nachtisch, welchen Petra auch mit Genuss verzehrte. Noch mehr genoss sie allerdings Magdalenas Gesichtsausdruck, als sie vom Spiel der Schwester zu berichten begann und dabei auch ihre nassen Strümpfe nicht unerwähnt ließ. Naheliegend, dass Magdalena auf Rache sann. So entstehen Kriege.

Magdalena war ja, das muss in diesem Zusammenhang erwähnt werden, im Besitz einer Geheimwaffe: dem *Wort*. Das *Wort* hatte sie sich, so erzählt die Legende, in einem kreativen Moment selbst ausgedacht und ihrer Schwester bei harmloser Gelegenheit zugeraunt, woraufhin diese wie irr zu lachen begann und sich nur schwer wieder beruhigen konnte. Dieses *Wort* war ziemlich lang, konnte nur von Magdalena ausgesprochen werden, und selbst wenn Petra die Aussprache gelungen wäre, hätte es wohl nie so lustig geklungen wie aus Magdalenas Mund. Es kam immer dann zum Einsatz, wenn Petra schrie und Magdalena daran schuld war. Es war außerdem so effektiv, dass es späterem Petzen vorbeugte. Es war quasi ein Zauberwort, von Magdalena gut behütet und sparsam eingesetzt.

Am Tag nach der großen Tracht Prügel, derer gab es mehrere, zugegeben, aber am Tag nach *dieser* Tracht Prügel, die es von Oma wegen des Fesselns gegeben hatte, waren Magdalena und Petra allein zu Hause, nicht lange, nur ein paar Stunden. Magdalena erduldete ihren Hausarrest, und die Schwester leistete ihr unbefangen Gesellschaft. Magdalena fiel beim Spielen ein Stück Schnur in die Hände. Es lag zwischen den Bausteinen. Ob sie wisse, wie man einen Seemannsknoten mache? Petra wusste es nicht und ließ es sich gerne demonstrieren, hielt ihre Beine bereitwillig still und sah zu, wie Magdalena ihr die Fußgelenke fesselte. Magdalena konnte natürlich auch keinen Seemannsknoten. Sie überlegte spontan ein paar kniffige Windungen, zog die Enden mehrmals so fest, dass kein Kinderfingernagel je in der Lage gewesen wäre, die Verknüpfung zu entwirren, und behauptete dann, wenn Petra den Knoten selbst aufbekäme, wüsste sie auch, wie man ihn bindet. Sie solle doch versuchen, in ganz kleinen Schritten zu laufen, um ihn ein bisschen zu lockern, vielleicht gelänge es ihr dann. Es gelang nicht. Weder der Knoten lockerte sich (natürlich nicht), noch war das Kind, wie eigentlich erhofft, bewegungsunfähig, denn es nutzte seine Hände, um sich links und rechts abzustützen, und gelangte auf diese Weise zum Beispiel problemlos zur

Toilette und wieder zurück. Dennoch, der Knoten hielt und wollte geöffnet werden. Nun gut, erklärte Magdalena, sie würde es ihr noch einmal zeigen, aber mit einem neuen Knoten – den alten müsse Petra schon selber aufbekommen, sonst sei es ja zu leicht. Petra stellte lernwillig ihre Handgelenke zur Verfügung, sah zu, wie Magdalena sie mit einem Halstuch ein weiteres Mal fesselte, fand, diesmal sehe es irgendwie anders aus als vorher, aber Magdalena beteuerte, dass sie sich irre, und forderte sie freundlich auf, sich erneut ein wenig zu bewegen, um die Knoten zu lockern. Meine Mutter soll ausgesehen haben wie eine Raupe, die versucht, aufrecht zu laufen, als sie sich von Magdalena weg Richtung Käffterle drehte.

Das «Käffterle» ist ein kleiner Stauraum in der Wohnzimmerwand, direkt neben der Kinderkammer, dessen Tür noch heute mit einem Schieberiegel verschlossen wird. Es ist gerade groß genug, um auf allen vieren hineinkriechen zu können. In der Regel befanden sich damals alle Spielzeuge darin, wenn sie von den Kindern nicht gerade hervorgekramt worden waren, um an Ort und Stelle benutzt zu werden. Das Käffterle wurde vor dem Spielen von außen wieder versperrt, denn es war unbeleuchtet, und egal, wie klein ein Raum ist bzw. egal, was er beinhaltet, je dunkler, desto unheimlicher ist er für ein Kind. Vor allem wenn er, so wie dieser hier, nach alten Tauben riecht. Das Käffterle also war verschlossen, und der kleine Schieberiegel aus Eisen lag frei, um jeden Sturz aufzufangen, etwa den meiner fünfjährigen Mutter, die mit einer Art Hüpfgang versuchte, sich durch die Spielzeugberge zu manövrieren, aber schon nach zwei missglückten Ansätzen völlig spannungslos hinfiel, wie kleinere Kinder dies zu tun pflegen. Wodurch sie in der Regel vor Schlimmerem verschont bleiben. Wenn sie nicht gerade mit ihrem Stirnbein auf das Griffstück eines Riegels aufschlagen und sich dabei den Knochen derart zertrümmern, dass man auch im Erwachsenenalter noch immer die Mulde ertasten kann. Schon während sie stürzte, begann meine Mutter zu schreien, Blut lief ihr dann dick ins Auge, was die Angst und das Geschrei verstärkte. Ehe man Hilfe holen konnte, musste sie entfesselt werden, dazu musste sie jedoch aufhören, sich hysterisch zu winden, und Magdalena wollte schnell das *Wort* sagen, es lag ihr schon auf der Zunge, aber in der Panik brauchte sie Anlauf, schluckte und schluckte das *Wort* herunter, und als sei es das einzige Exemplar gewesen, fiel es ihr von diesem Moment an nie wieder ein.

Damit hatte Magdalena den Krieg für immer verloren. Und wenn sie es in diesem Augenblick noch nicht wusste, dann doch spätestens im nächsten, als Oma und Opa nach Hause zurückkehrten und das Wohnzimmer betraten.

Dennoch, die Wunde heilte, so was geht schnell bei Kindern, das Auge selbst war nicht betroffen. Nach kurzer Zeit schon kam das Mädchen wie immer eingesaut vom Spielen und wurde wie immer von Oma mit den Worten begrüßt, Ooh Gott-ooh-gott! Es habe ja gannz schwarr-ze Knie-e! Und schwarr-ze RRän-der unterr den Nä-geln! Es habe ja gannz schwarr-ze Oh-rren! Die Reinigung sollte stets schnell gehen und diente auch als grobe Erziehungsmaßnahme, sodass sie früh lernte, sich selbst zu säubern, auch die Ohren – Oma nahm dafür eine Haarklammer mit sehr wenig Watte. In diesem Sommer muss dann auch die Feier in der Nachbarschaft gewesen sein, vielleicht eine Jugendweihe, zu der traditionell alle Anwohner eingeladen wurden. Es gab eine lange Tafel im Garten mit Kaffee und Kuchen und Saft für die Kinder; alle, die man nicht kannte, hießen Onkel und Tante. Petra war ein gerngesehener Gast, immer niedlich mit ihren Zöpfen, meist fröhlich und kontaktfreudig, setzte sie sich auf jeden Schoß, der gerade frei war, ließ sich mit Kuchen füttern und sonst wie bepuppen, noch einen kleinen Happen, kleines Fräulein, man wolle ihr mal den Mund abwischen, sie solle einen mal richtig ansehen, damit man erkennen könne, ob sie wirklich sauber sei, mein Gott, habe sie schwarze Augen.

Petra verstand diese Aussage nicht als Kompliment, stahl sich weg von der Feier, schlich durch die Gärten nach Hause in die Waschküche und schob, dort angekommen, sofort einen Hocker vors Waschbecken, wie sie das immer tat, um sich im Spiegel betrachten zu können. Dann rieb sie die Handbürste an der Seife und schrubbte sich mit gespreizten Lidern die Augäpfel, die bei jedem Kontrollblick röter wurden, aber nicht heller. Irgendwann gab sie auf. Die Augen brannten, sie konnte kaum etwas sehen. Sie setzte sich auf den Hocker, die Beine knapp über dem Boden, gnibbelte an ihrer Schürze und wartete, dass jemand käme. Lieber ja der Vater, der würde sie an der Hand nehmen und in ihr Zimmer führen, ohne sie anzuschreien. Zuerst kam aber die Schwester. Meine Mutter blickte in Richtung des Geräuschs, sah nur die Umrisse, die Schwester stand kurz wie gelähmt, war dann wohl froh, ein Alibi zu haben, wandte sich um und rannte, um Oma zu holen.

Himmel, Maadl! Wos is dee gemoachd hätt?!!

Sie habe sich gewaschen, die Tante hättes doch gesagt.

Oma hat ihr energisch die Augen gespült und gespült, mit warmem Wasser, dann mit Kamillentee. Am nächsten Tag war das Kind blind. Man rief also nach dem alten Landarzt, der sich das träge ansah und erklärte, man solle die Augen schonen, das würde von selbst wieder weggehen. Opa band einen Gummi an die Bügel einer alten Sonnenbrille, die viel zu groß war in dem kleinen Gesicht. Petra tastete sich durch die Wohnung, durfte ohne Besteck essen und rückte mit fettigen Fingern die Brille zurecht, die so groß war, dass sie zwischen den Gläsern hätte hindurchsehen können. Angestrengt riss sie die Lider auseinander und starrte ins vermeintliche Licht. Als man sie schließlich ins Krankenhaus brachte, war die Entzündung so stark, dass sie Fieber hatte. Zwei Wochen verband man ihr den Blick. Danach hatte sie fünfzehn Dioptrien.

Inzwischen hat sie sich ja die Augen lasern lassen, aber über die Jahre haben die sich hinter der Brille ein Stück in die Höhlen zurückgezogen und kommen nicht wieder richtig hervor. Dadurch wirkt sie immer ein bisschen eingefallen. Ausgleichend hat sie aber eine derart kräftige Haut, dass sie trotz ihres ungesunden Lebenswandels zehn Jahre jünger aussieht. Abgesehen davon ähnelt sie sehr ihrem grobknochigen Vater – mit jedem Jahr wächst ihre Nase mehr, und die Furchen links und rechts vom Mund waren schon immer so tief. Dazu ihr Haarschnitt, der fast zu kurz ist, um ihn als Frisur bezeichnen zu können. Und den Damenbart habe ich auch. Tante Lena schlägt da eher nach Oma, gibt sich allerdings generell große Mühe, Ähnlichkeiten zu vermeiden – dank ihres täglichen Fitnessprogramms gelingt ihr das außerordentlich gut; die Acht-Zentimeter-Absätze erledigen den Rest. Seit über zwanzig Jahren leidet sie an Schmerzen im Lendenwirbelbereich, die Schuhe trägt sie trotzdem – immer farblich auf ihre Gesamterscheinung abgestimmt. Die Auswahl ist entsprechend groß und wächst mit jedem Jahr an, nicht zu vergessen die dazugehörigen Taschen. Man könnte meinen, da zeige sich dann doch eine Gemeinsamkeit zwischen ihr und Oma. Aber Oma hat zwar auch immer alles Mögliche gesammelt, aber nicht, um es zu benutzen, sondern um es zu besitzen. Und jetzt liegt dieser über die Jahrzehnte gehortete Besitz in Kisten auf dem Dachboden und hat vom Lagern so viele Spuren, dass man sie nie wieder beseitigen kann.

×××

Guten Morgen.

Ha, Morng! Oma schüttelt herablassend den Kopf. Ihr Gartenstuhl steht zwischen den Jochelbeersträuchern, die Stuhlbeine sinken in die satte Erde, unsicher tastet sie Zweige nach schwarzen Beeren ab.

Morgen, Tochter. Vater hebt nur kurz die Hand zum Gruß und siebt dann weiter den Kompost. Ich sinke auf die Hollywoodschaukel, schlürfe Kaffee, die Katze döst in einer schattigen Nische neben der Treppe zum Flur. Der Tag ist erfüllt vom Spätsommergesang der Insekten und Rasenmäher, dem Klatschen ausgetretener Latschen auf Steinplatten, den Plastikstreifen des Fliegenvorhangs, die sich bei gelegentlichem Windhauch wispernd aneinanderreiben. Wenn ich früher in dieser jahreszeitlichen Idylle leise sein musste, weil die Bewohner aller Häuser bei offenem Fenster Mittagsschlaf hielten, eine alte Sitte, die hier beharrlich gepflegt wird, dann war das Geräusch der Plastikstreifen das einzige, was ich nicht verhindern konnte. Egal, wie langsam ich mich durch die Schleuse schob, barfüßig schlich, versuchte, die Streifen festzuhalten, einige flatterten immer geräuschvoll und verrieten meine Existenz. Seit ich denken kann, holen sie diesen Vorhang jeden Sommer aus der Garage, rote, blaue und graue Streifen, deren Farben leider kaum verblichen sind, zusammen mit den dünnen Matratzen für die Hollywoodschaukel, unter deren Bezügen der Schaumgummi über die Jahre braun geworden ist.

Ich war also leise, entfernte einsam Moos ohne Spachtel aus den Fugen der Steinplatten, tauschte, wenn überhaupt, dann nur flüsternd, wichtige Informationen mit meiner Mutter aus, die während der Mittagszeit zur Freude meines Vaters aufmüpfig nackt in der Sonne briet. Aber es gab ohnehin kaum je etwas zu besprechen, und Freunde hatte ich hier auch keine.

Vater wühlt im Bodensatz der Gartengerätekammer, legt Werkzeug um Werkzeug neben sich auf die Steinplatten, einen abgebrochenen Stiel von etwas. Dinge mit Zinken und so. Käthe, überrascht von dem unbekannten

Raum, strebt aus ihrer Ecke an seine Seite, setzt sich und begutachtet das einen Quadratmeter große Chaos.

Ob er nach etwas Bestimmtem suche?

Er zieht eine spinnenwebige Spule mit Draht hervor, hält sie ins Licht, pustet, reibt am Rost. Das Kompostsieb habe eben den Geist aufgegeben, prüft er konzentriert die Biegsamkeit des Drahts: Er müsse da mal was gywern. Nachdenklich stellt er sich in die Tür zum Kabuff, den Blick auf die Materialkartons, als könne er aus der Entfernung in sie hineinsehen.

Das Nachbarskind beginnt glücklich zu singen. Ein Lied ohne Text über seinen Lieblingsschuh und wie er sich anfühlt, wenn man ihn in den Mund nimmt. Es lehnt am Zaun und sieht uns zu, ohne uns zu bewerten. Daran angrenzend der Kartoffelacker, an dessen Rand Oma und die Jochelbeersträucher, zwei Schritte weiter die haushohe Antenne, die Opa dort vor Jahrzehnten trotz aller Risiken errichtet hat, um ZDF empfangen zu können. Es gab dafür einen Eintrag ins Parteibuch und einen Artikel in der Dorfrundschau, leider würden sich auch manch hochgeschätzte Mitbürger nicht an die Regeln halten. Wat denn für Rejeln, meinte Opa dazu. Er sei inne Partei und zahle den Beitrach, aber wenner Westfernsehn kieken wolle, denn mache er ditte, dit jinge keen' wat an. Dass die Mainzelmännchen nur Teil der Werbeblöcke waren, habe ich erst sehr spät verstanden.

Ich kritzele den Antennen-Gigant aus Froschperspektive, den Komposthaufen, den Zaun zum Lehmweg – singende Ödnis zwischen den Linien.

Ob iech widder de goannse Noachd affgeween wär?

Nicht die ganze Nacht, aber ziemlich lange.

Des hätt se siech emol orrlaum solln.

Es freue mich, dass sie das auch so sehe.

Iech dät de Noachd zen Dooch moachng.

Gleich sei ja wieder Zeit zum Mittagsschlaf, da mache sie dann den Mittag zur Nacht.

Wat?

Jeder halte immer genau das für richtig, was er selber tue, deshalb sei es wohl am klügsten, jeder mache weiterhin genau das, was er für richtig halte.

Morr kennt fei net immer des doa wos morr wolln dät.

Man könne aber auch nicht immer das machen, was andere wollten, und schon gar nicht nur deshalb, damit sie einen lieb hätten. Mir fielen spontan etliche Beispiele ein, die bewiesen, dass das nicht funktioniere.

Wie se in mein Oallder geween wär, do wär se in orre Freizet freiwillich zorr Grossmudder goange und hätt orr de Fannsder gebutzt.

Nee, in meinem Alter sei sie erwiesenermaßen verheiratet gewesen und die Fenster der Grossmudder hätten sich auf der anderen Seite Deutschlands befunden. Aber, apropos Fenster: Als Kind sei sie mal wochenlang von ihrer Freundin getrennt gewesen, weil das Mädchen an Typhus erkrankt war und der Arzt ein absolutes Besuchsverbot verhängt hatte. Sie erinnere sich? Wenn ich mich nicht irrte, habe sie die Freundin so sehr vermisst, dass sie nach der Schule Stellung in einem Gebüsch hinter dem Haus bezog, in dem ihre Freundin wohnte. Von dort aus habe sie zwei Wochen lang den Betrieb des Hofes beobachtet, um herauszufinden, wann die günstigste Zeit wäre, sich zum Fenster der Kranken zu schleichen. Sie habe ihre Hausaufgaben in diesem Gebüsch gemacht, die Zweige verfitzten sich in ihren Haaren, manchmal sei das ein oder andere Tier vorbeigekommen – in dieser Zeit habe sie wohl aufgehört, sich vor Spinnen zu ekeln. Gelegentlich, wenn es gar nicht mehr auszuhalten gewesen sei, habe sie mit ihrem Schuh eine Mulde gescharrt und ihre Notdurft darin verrichtet. Bei ihrer Rückkehr in das gutbürgerliche Heim habe sie jedes Mal Ärger bekommen, weil ihre Hände, Knie und Kleider unschicklich verdreckt gewesen seien. Trotz wiederholter Züchtigung habe sie nie verraten, wo sie sich aufgehalten hatte. Man habe versucht, sie dazu zu zwingen, eher nach Hause zu kommen, indem man sie mit der Beaufsichtigung ihrer kleinen Schwester beauftragte. Aber sie habe das sehr beliebte Kind als Gast bei den Nachbarn eingeschleust und sich mit der freundlichen Entschuldigung entfernt, sie habe kurz Wichtiges zu erledigen. Nach zwei Wochen sei sie sicher gewesen, dass die günstigste Besuchszeit kurz vor dem Abendbrot war – außer dienstags, da habe der Bruder ihrer Freundin Fußball gespielt und sei erst kurz vor dem Essen von hinten auf das Grundstück gekommen, vorbei am Fenster seiner Schwester, in welches er jedes Mal einen vorsichtigen Blick geworfen habe. Oma habe sich anfänglich nur ans Fenster gestellt und mit der Freundin getuschelt, beim zweiten Treffen hätten sie sich schon scheu die Hände gereicht und einander bis zum Abschied nicht losgelassen. Nach vier Tagen, in denen sie keine Symptome an sich beobachtet habe – wie sie sich auch später nie bei jemandem angesteckt hat;

ihre Krankheiten kamen immer aus ihr selber –, sei sie mutiger geworden und mit einem wilden Funkeln in der Brust ins Zimmer ihrer Freundin geklettert. Sie habe sich hinter der Tür positioniert, um nicht entdeckt zu werden, falls jemand nach dem Rechten sehen würde. Kaum hörbar hätten sie zweistimmig fromme Chorlieder gesungen, Kindergeheimnisse ausgetauscht und gelegentlich habe Oma berichtet, was sie in der Schule Neues gelernt hatte. Jeden Tag – außer dienstags – hätten beide der knappen Dreiviertelstunde entgegengefiebert und selbst den Abschied hätten sie aufregend gefunden. Es sei fast schade gewesen, als die Freundin wieder genesen war. Diese Maria aus den alten Geschichten, die hätte ich ja gerne mal kennengelernt – die sei bestimmt sympathisch gewesen.

Ich fixiere den Vogel auf einer Speiche der Antenne. Die Sonne blendet so stark, dass ich die Farbe seines Gefieders nicht genau erkennen kann, aber die Musterung kommt mir bekannt vor. Vielleicht ist er ja schlauer als der andere.

HERBST

Herzliches Beileid zum Tag der deutschen Einfalt! Vater bringt diesen Witz jedes Jahr am 3. Oktober, mit dem immer gleichen, überlegenen Lächeln. Gut, dass ich da bin, wem hätte er ihn sonst erzählen sollen. Ich komme gerade dazu, als er Oma zu ihrer täglichen Runde nach draußen verfrachten will.

Se kennt net laafm, 's Baa dät orr wih.

Welches Bein ihr weh tue?

Des.

Und wo genau?

Doohier. Sie bewegt und platziert ihre Hand auf eine Art, die den Eindruck erweckt, der schmerzende Bereich orientiere sich stark an ihrem oberen Bewegungsradius, welcher unter anderem durch die Bequemlichkeit ihres Sessels bestimmt wird.

Aha. Wie lange das schon so sei?

Seid gessdn.

Aber laufen habe sie gestern noch gekonnt.

Doo wär's noch net su schlimm geween.

Vater wirkt skeptisch; es ist nicht unwahrscheinlich, dass sie simuliert, um ihre tägliche Runde nicht laufen zu müssen – das Wetter ist wenig einladend.

Na gut, man werde sehen, wie sich das entwickle. Vielleicht täte es gut, das Bein hochzulegen. Er holt einen roten Kunstlederschemel aus der Kinderkammer, sie hebt ihr Bein, bekommt es aber nicht hoch genug, um den Schemel unter ihre Wade schieben lassen zu können. Ich helfe nach und bin erstaunt über das hohe Gewicht eines so kurzen Beins – Oma ist nur 1,48 m groß. In ihrem Personalausweis hat sie früher immer zwei Zentimeter dazugeschummelt, und wenn sie jemandem begegnete, der kleiner war als sie, war das ausreichender Anlass für eine Freundschaft. Ruth zum Beispiel: ein flachbrüstiges Mädchen mit roten Zöpfen bis zur Hüfte und riesigen Füßen, dabei nur 1,34 m groß – das verbindet. Aus den Fenstern des Wohnheims, in dem man während eines Kindergärtnerinnenlehrgangs untergebracht war, beäugten die Teilnehmerinnen den Neuankömmling im Hof und berieten sich lauthals, wer die da nehmen müsse. Ruth klingelte zögerlich an der Pforte, ihre Habe transportierte sie in einem Geigenkasten. Oma, damals 18, hatte die Diskussion mit angehört, ging der Fremden entgegen und bot ihr das zweite Bett in ihrem Zimmer an. So war sie, das lässt sich nicht leugnen. Scharte einen Kreis von Ausgestoßenen um sich und verteidigte ihn so, wie sie selbst gern verteidigt worden wäre. Es gibt viele Geschichten dieser Art, die noch schöner wären, wenn sie nicht immerfort von ihr selbst erzählt worden wären. Aber andererseits, wer hätte uns sonst davon erzählen sollen. Und vielleicht hätte sie sie selbst dann erzählt, wenn nicht sie die Protagonistin gewesen wäre. Über Ruth zum Beispiel wusste sie auch gern zu berichten, wie die junge Frau während des Krieges mit den ihr anvertrauten Kindern verwundete Soldaten im Lazarett besuchte, weil sie hoffte, der Kindergesang wäre ein Trost für das ein oder andere verlorene Körperteil. Sie gingen von Zimmer zu Zimmer und sangen das gesamte Repertoire rauf und runter; gelegentlich versuchte man, die junge Frau in ein Gespräch zu verwickeln, obwohl sie zwischen ihren Schützlingen nur verzögert als Erwachsene auszumachen war. Der Einzige aber, dem sie mehr als ein vertröstendes Lächeln schenkte, war ein Mann ohne Beine, der trotz Amputation fast so groß war wie sie selbst. Vielleicht war es seine zynische Übellaunigkeit, mit der er die Kinder bedachte, die sie nachfragen ließ, was ihm denn fehle. Außer seinen Beinen. Und der Soldat, wohl überrascht von ihrer Direktheit, erwiderte: eine Frau. Aber das könne er sich jetzt wohl abschminken. Weder könne er eine zum Tanzen ausführen noch zu einem Spaziergang einladen. Oder ob sie ihn etwa so nehmen würde, zeigte er vielleicht auf seinen Unterleib. Woraufhin Ruth geantwortet haben soll, das könne sie auf die Schnelle schlecht beurteilen, sie kenne ihn ja gerade mal drei Minuten. Dann solle sie doch wiederkommen, ohne die Kinder. Wenn sie unbedingt wolle, könne sie ihm ja selbst etwas vorsingen. Letzteres hat sie wohl nicht getan, aber sie kam wieder, bis er entlassen werden konnte. Bei ihrer Hochzeit trug er steife Prothesen, am Altar wirkte sie neben ihm unanständig klein; getanzt wurde nicht. Ein Jahr später starb sie fast bei der Geburt ihres Sohnes, der so groß war, dass er nicht durch den Geburtskanal passte. Der Kaiserschnitt wurde zu spät gemacht, das Kind überlebte nicht. Als sie zum zweiten Mal im siebten Monat war und der Bauch an ihr wieder so übermäßig groß wirkte, als wäre sie im neunten, beschloss man, das Kind gleich per Kaiserschnitt zu holen. Das Mädchen überragte die Mutter bereits mit neun Jahren.

Oma hat diese Freundschaft gepflegt, über Distanzen und Jahre hinweg – sie fand keine Vertraute in der Heimat ihres Mannes. Man schrieb sich wöchentlich Briefe und besuchte sich gegenseitig, verbrachte Campingurlaube zusammen, die Männer verstanden sich gut – beide mästeten stolz ihre Frauen –, und wenn die Familie ins Rabenhaus kam, schnallte Ruths Mann die Prothesen ab und lief auf seinen Händen umher.

Inzwischen aber vermeidet wohl selbst Ruth den Kontakt. Wenn Oma sie anrufe, sei Ruth meist ‹gerade nicht zu Hause›, heißt es. Und wenn sie denn mal zurückrufe, erzähle Oma ihr im immer selben Ton die immer selben Klagen, als hätte sie sie eingeübt. Hat sie vermutlich auch.

Ob des Viech widder nei's Zimmer kumme wär?

Was?

Des Viech! De Dier dät offmschdihe, se hätt aa ewos geheert.

Käthe. Sie heiße Käthe.

× × ×

Solange sie sich weigere, ihre Bahn zu absolvieren, würde er keinen Finger krumm machen. Halbtotale: Vater, im Plastikgartenstuhl, die Arme auf den Lehnen, gerade Körperhaltung, die Beine rechtwinklig, Knie eng beieinander, fixiert Oma mit entschlossenem Blick. Sie ihm gegenüber auf der Hollywoodschaukel, der Rollator vor ihr in Position gebracht, sobald sich die Schaukel ein Stück nach vorn bewegt, stößt sie mit den Knien an. Dementsprechend sitzt sie möglichst reglos, flache Atmung, die Hände mit gespreizten Fingern links und rechts vom Schoß. Soundtrack: «Lied vom Tod». Ich sitze am Rand und lasse im Hintergrund Steppenläufer durchs Bild rollen.

Wos dee des aane miet denn oannern ze doa hätt?

Auch wenn man Schmerzen habe, sei es wichtig, sich ein bisschen in Bewegung zu halten – sonst versteife man und mache alles nur schlimmer.

's dät oaber wihdoa, wenn se des Baa beweeng dät.

Es werde besser mit der Zeit, das wisse er aus Erfahrung. Er habe täglich Schmerzen in den Knien, aber die Bewegung halte sie wenigstens geschmeidig. Am Ende eines Tages merke er den Schmerz manchmal kaum noch.

Orr dät ja aa denn goannsn Dooch siffln, des dät 's Wihding bedeim.

Sie bekomme ja auch ihre Schmerztabletten.

Die dätn net oahschloong.

Dann müssten sie eben zum Arzt fahren. Der würde ihr dann aber Physiotherapie verordnen. Und wenn die einmal verordnet sei, dann würden sie ganz sicher nicht mehr hier sitzen und diskutieren, da könne sie aber Gift draufnehmen. Aber bitte, ihm sei es egal – er sei nicht wild drauf, die Birnen zu ernten und einzulagern. Die meisten seien ja ohnehin schon abgefallen, die paar hundert, die da jetzt noch am Baum hingen – die Krähen würden sich freuen. Dann würde man eben in die Stadt fahren und Stunden in Wartezimmern verbringen. Er wolle ohnehin gerne sein Wissenschafts-Magazin lesen, er komme so selten dazu in letzter Zeit. Die Hausärztin sei übrigens im Urlaub, sie würden dann also zur Vertretung müssen – mal sehen, wer das diesmal sei. Das letzte Mal hätten sie ja ein wenig Pech gehabt, nicht wahr, mit diesem jungschen Schnösel.

Was denn an dem so schlimm gewesen sei? Ich zünde mir eine Zigarette an und bekomme beschämende Lust auf einen monströsen Becher Cola mit Strohhalm und Popcorn.

Och, der habe Oma wie ein Kind behandelt. Wie ein dummes Kind, um genau zu sein. Eins, das er nicht habe leiden können. Er habe sie immer wieder Frau Ruben genannt, obwohl Vater ihn korrigiert habe. Jaja, habe er dann abwiegelnd genickt, ihre Akte liege ja vor ihm.

Se kenntn ja aa noch e bissl woarrdn miet denn Oarzd, villeichd däts ja voa salber widder besser wärrn.

Gute Idee. Aber bis es so weit sei, müsse sie dann wohl in den sauren Apfel beißen und ein bisschen Selbstheilungsinitiative zeigen. Maßvolle Bewegung biete sich da an.

Doo kennt orr siech nauf'n Kobbf stelln.

Bitte, wenn sie ihren Teil nicht tue, tue er eben auch nicht seinen.

Nooch'd dät 's Maadl dess aam ellaane moachng missn.

Der Anstand gebiete es wohl, mich in diese Sache nicht einzumischen.

Wallche Soach dee? De Berrne missdn gearrnd wärrn, des wär scho oalls.

Tach! Plötzlich steht Jens Siewand an der Gartenpforte, sein irrer Blick überwindet die zehn Meter bis zu unserem Schauplatz mühelos. Lied vom Tod: Orchestereinsatz.

Jutet Pilzwetta, wa? Ob wa heute schon 'ne Runde durchet Jehölz jemacht hätten?

Direkten Blickkontakt vermeiden, stößt Vater zwischen den Zähnen hervor, sieht konzentriert zu Oma, hebt aber abweisend eine knappe Hand zum Gruß.

Er würde da ja 'ne jute Stelle mit Fiffalinge kenn'n.

Jut für ihn, entgegnet Vater abschließend, ohne hinzusehen, und hebt so demonstrativ wie bedeutungsvoll an, dass es jedenfalls ... ähm ... ganz wichtig sei ... also ...

Oma legt ihre Hände an die Rollatorgriffe, erhebt sich und setzt sich, ohne zu zögern, in Gang: Jenss! Eigentlich sagt sie es mehr, als zu rufen. Aber Jens sehnt sich so sehr nach Gesprächspartnern, dass er seinen Namen auch geflüstert vernommen hätte. Die Katze hat den Klang des Namens ebenfalls als ungewöhnlich registriert, erhebt sich ganz ohne vorheriges Streckmanöver von ihrem Schattenlager, setzt sich ans Ende des Wegs und sieht Oma interessiert dabei zu, wie sie sich mit kleinen, aber gleichmäßigen Schritten die Platten entlangschiebt. Jens sieht ihr mit freudiger Erwartung entgegen.

Das gebe es doch nicht, Vater stößt geräuschvoll Luft

aus, schüttelt den Kopf, stößt sich aus dem Stuhl und verschwindet im Kabuff.

Oma ist bei Jens angelangt, gemäß ihrer Standardlautstärke ist nicht zu verstehen, was sie sagt. Ihre Hand legt sich auf seinen Unterarm, während er den Kopf zu ihr hinunterneigt und verständig nickt: Na klar, dit sei jar keen Problem, wa. Er habe ooch jerade nischt voa eijentlich. Noch während er ihrem wie auch immer gearteten Vorschlag zustimmt, zieht sie ihr Wägelchen von der Gartentür weg, um ihm den Zutritt zu ermöglichen. Gemeinsam kommen sie langsam zurück, sie leise erklärend, er emsig nickend – in diesem Moment bin ich unsicher, ob er von ihrer Blindheit Kenntnis hat. Mit hinter dem Rücken verschränkten Armen folgt er ihr zum alten Hühnerstall. Sie erklärt ihm in spitzem Hochdeutsch, wo die Leiter, die Eimer, der morsche Apfelpflücker stehen, und lässt sich währenddessen in der Mitte des Hofs vorsichtig auf der Sitzfläche des Rollators nieder: Die Biirr-nen müssten dann bit-tee in den Kel-ler gebrracht werr-denn. Eigentliich würden sie ja in derr Garraage ein-ge-la-gerrt, aber da habe Hagen leiiderr seine gan-zen Sach-en un-ter-gestelltt, desshalb könne man sie jetzt nicht mehr nut-zen. Das sei ssehr scha-de. Ssehr scha-de, faltet sie ihre Hände, aberr so sei es nun ein-mal. Sie hoffe, Jens könne die Situaatioon an-zi-pier-en.

Ja, das hat sie gerade wirklich gesagt.

Er könne allet, dit sei schonn in Ordnung, er würde jetze einfach ma loslejen.

Vater kommt genau in dem Moment wieder zum Vorschein, als Jens die Leiter in den Obstgarten trägt.

Also, da werde doch DER HUND IN DER **PFANNE VERRÜCKT**!!!

Das klingt irgendwie lustig, nicht wahr? Aber leider nur, wenn man der Situation nicht direkt beiwohnt. Wenn man hingegen mit ansehen muss, wie ihm die Entrüstung innerhalb eines Satzes aus allen Körperöffnungen zu quellen beginnt, bis sie sich in brandenden Zorn verwandelt hat und meterhohe Wellen schlägt, fürchtet man sich vor allem, was da noch kommen mag. Die Katze jedenfalls legt sich sehr flach auf den Boden und passt sich farblich ihrer Umgebung an.

Das sei doch prima - dann würden wir jetzt eben in die Pilze fahren. Jens sei ja da, wir könnten ihm unsere Nummer dalassen und wenn etwas nicht in Ordnung sei, könne er uns anrufen.

Diesem Verrückten unsere Handynummern geben? Ich müsse ja spinnen!!

Ob er lieber hierbleiben wolle?

Nein! Natürlich nicht!! Er wolle gerne in die Pilze!!! Schon seit einer Woche!!! Aber es sei ja schon fast Mittag, da kämen alle anderen gerade mit vollen Körben aus dem Wald zurück!

Es sei mitten in der Woche, vielleicht wären ja alle auf Arbeit.

Die seien hier doch fast alle verrentet oder arbeitslos!! Und selbst wenn nicht schon alles weggesammelt worden wäre, dann hätten sich die Maden in den letzten Stunden bereits durch alles gefressen, was in der Nacht gewachsen sei!!!

Jens kommt pfeifend zurück, um weiteres Equipment

zu holen. Seine Augen strahlen so aufdringlich wie seine unreine Haut. Ich weiche seinem Blick aus und konzentriere mich auf Vaters, der schon Herausforderung genug ist. Im Zentrum der Konstellation nach wie vor Oma, wie eine kleine verglühende Sonne.

Wir könnten ja zumindest mal nachsehen, ob überhaupt etwas wachse. Dann könnten wir zum Beispiel abschätzen, ob es sich vielleicht lohne, wenn einer von uns morgen früh noch mal losziehe.

Schön!! Vater schnaubt, kippt ein Viertel Glas Wein hinter, klopft seine Brusttaschen auf das Nötigste ab, marschiert ins Kabuff, kramt in der Werkzeugschublade, drückt mir bei seiner Rückkehr ein Taschenmesser in die Hand, stürzt an Oma vorbei in den Hühnerstall und angelt die Körbe von der Halterung.

Einer reiche vermutlich, bemerke ich vorsichtig in seinem Rücken.

Stimmt! hängt er den zweiten zurück an den Haken und schnaubt an mir vorbei in den Obstgarten, wo er wütende Schuhabdrücke im Gras hinterlässt, um den direktesten Weg zum Wald zu nehmen. Vorbei an Jens, der sich im Birnbaum bereits nach den schorfigen Früchten streckt. Vorbei an Frau Fischer, die am Zaun steht, als sei alles andere noch nicht schlimm genug.

Na? Ob er Birn'n flücke?, ruft sie Jens zu.

Nee! Er hänge sie auf!!, knallt Vater die eiserne Gartenpforte ins Schloss.

×

Als wir den Waldrand erreichen, bleibt Vater abrupt stehen, schließt die Augen, holt tief Luft, atmet laut aus und lässt sich Brust voran gegen den erstbesten Baum fallen. Er schlingt seine Arme um die scharfkantige Rinde und seufzt tief. Ich ziehe meine Schuhe aus, lege im Vorbeigehen eine Hand auf seine Schulter und setze die Füße vom Laub ins Moos. Es ist nur ein kleiner Fleck, ich stehe darin und lausche in den Wald. Wenn wir eine Weile schweigen, gewöhnt er sich an uns und verheimlicht seine Geräusche nicht länger. Vater schließt zu mir auf, da, zeige ich in eine Richtung.

Warum nicht, nickt er. Ich ziehe meine Schuhe wieder an, und wir lassen D. hinter uns, klettern über flechtige Baumleichen, schlagen Bögen um Brombeerranken, suchen nach wegweisenden Gerüchen.

So schlimm sei es schon lange nicht mehr gewesen, oder?

Was?

Sein Zorn?

Ach der. Ja, es sei eine Weile her.

Wie lange?

Letztes Jahr oder so. Da habe er bei der Sparkasse Geld abheben wollen, aber die hätten plötzlich – ohne Angabe von Gründen – für Kunden mit Konten bei anderen Kreditinstituten Auszahlungen auf bestimmte Uhrzeiten und Geldbeträge beschränkt. Da habe er die Kontrolle verloren.

Inwiefern?

Habe sich völlig um den Verstand geschrien. Und dabei habe er seine Zähne nicht drin gehabt – die seien nämlich gerade beim Zahntechniker in der Reparatur gewesen. Es sei ihm so peinlich gewesen, er habe wochenlang nur noch im Nachbarort Geld abgehoben. Er bückt sich zu einem Baumstumpf und untersucht eine Gruppe Hallimasch.

Ob die noch brauchbar seien?

Zu alt. Er klappt sein Messer zu und steckt es wieder in die Brusttasche.

Was habe er denn eigentlich gegen Jens?

Eigentlich nichts. Er wolle nur nichts mit ihm zu tun haben.

Er wolle mit niemandem etwas zu tun haben, aber dennoch vermeide er keinen Kontakt so angestrengt wie diesen.

Einmal habe er den Fehler gemacht, sich mit ihm zu unterhalten – dort hinten sehe es aus, als würde da etwas wachsen.

Er habe sich also mit ihm unterhalten.

Na ja. Das sei ganz am Anfang gewesen, als er gerade bei Oma eingezogen war. Da habe er ja noch versucht, sich einzugliedern ... wenn er nur daran denke. Später hätte er erkannt, dass sie einem immer dieselben Fragen stellten. Erst habe er das für eine Provokation gehalten. Dann habe er verstanden, dass sie gar nichts anderes fragen könnten.

Ob sie das zu schlechten Menschen mache?

Quark. Aber sie könnten genauso gut Muh sagen. Wenn er sie mit Gras füttern dürfte, wäre das ja nicht so schlimm. Aber leider erwarteten sie von ihm, dass er auch Muh sage – na, so komisch sei das aber auch wieder nicht. Ob es wohl gehe? Ob ich sein Taschentuch wolle?

Vielleicht habe Oma ja früher ein ganz ähnliches Problem gehabt, wische ich mir mit dem Ärmel die Augen trocken.

Möglicherweise. Aber vielleicht sei sie auch einfach nur eine Kuh mit weißer Schürze gewesen.

Na gut, das könnten wir jetzt nicht zurückverfolgen, aber was habe er denn nun gegen Jens? Wir halten betroffen an einem großen Haufen Pilzabfällen, Madenverschnitt, den einer hier gleich zurückgelassen hat. Maronen?

Ziegenlippen, greift er nach ein paar Stücken und befühlt ihre Schnittstellen. Von Leuten wie Jens halte man sich besser fern.

Weil?

Jens sei Verschwörungstheoretiker. Aber das sei nicht das Schlimmste - er könne ja glauben, woran er wolle. Wenn man anfange, sich mit ihm zu befassen, wolle er sich allerdings gleich an einem festsaugen und fortan ungebeten mit seinen Fanatismen füttern - es sei unerträglich.

Von welchen Fanatismen genau redeten wir denn?

Chemtrails. Am Anfang habe er gedacht, der habe sich das Wort selbst ausgedacht. Aber offenbar gebe es eine ganze Reihe von Bekloppten, die daran glaubten. Das müsse man sich mal vorstellen. Als ob es ausreichen würde, über kleinen Landstrichen völlig unsystematisch ein bisschen Gift auszuschütten, um sich einen ganzen Kontinent gefügig zu machen. Außerdem sei Jens der Überzeugung, dass alles Schulwissen nur dazu diene, uns von der Wahrheit abzulenken.

Der Geschichtsunterricht?

Auch die Geographie. Biologie. Alles.

Welche Wahrheit denn?

Ach, wir würden von Echsenwesen regiert. Die lebten im Inneren der Erde und stritten sich mit ein paar Außerirdischen um das Recht auf den Menschen. Aber die Amis hätten natürlich auch ihre Finger im Spiel. Er könne mir das nicht genau erklären, er habe möglichst schnell nicht mehr zugehört. Es sei übrigens sehr anstrengend, ihn wieder loszuwerden – Höflichkeit funktioniere nicht. Hoffentlich sei er nachher nicht mehr da, wenn wir zurückkämen.

Hm. Also, bei mir fliege die Sicherung ja meist schon raus, wenn ich das Wort Chemtrails hörte.

Eben.

Bezüglich 9/11 sei ich allerdings noch gesprächsbereit.

Ich solle ihn bitte verschonen.

Na ja, die Evolutionstheorie sei für manche Menschen auch völliger Humbug. Und wenn man denen mit Beweisen komme, dann hielten sie die für teuflische Propaganda. Es sei nicht ganz ungefährlich, grundsätzlich alle Thesen zu verweigern, die dem eigenen Weltbild widersprächen. Damit erzeuge man keinen Frieden. Wie könnten wir denn sicher sein, dass unsere Wahrheit wahrer sei als die Wahrheit der anderen?

Gar nicht. Der Irrtum lauere hinter jeder Hirnwindung. Vielleicht könne man sein Leben lang alle Wahrheiten miteinander vergleichen und versuchen, die gemeinsamen Nenner zu finden – vermutlich käme man damit *der* Wahrheit am nächsten. Aber wenn dem so wäre, dann sei er dafür nicht der Richtige.

Weshalb?

Unter anderem aus Mangel an Objektivität. Er misstraue jeder Art von Ideologie zutiefst. Kein Glauben könne stark genug sein, um das Wesen des Menschen zu korrigieren. Und dieses Wesen sei eben kein friedliches. Da könne man noch so sehr darauf hoffen, dass irgendwann der Heiland vom Himmel herabregne und uns bekehre. Die Wissenschaft hingegen erhebe diesen Anspruch gar nicht erst. Sie untersuche und benenne, Punkt.

Ihre Untersuchungen böten allerdings ebenso Gelegenheit zu Machtmissbrauch.

Der Mensch missbrauche die Wissenschaft, nicht umgekehrt.

Aber dennoch sei sie nicht frei von Irrtümern.

Weshalb man vom *gegenwärtigen* Stand der Erkenntnisse spreche. An die Bibel aber würden Aktualitätsanforderungen nicht gestellt. Denn die Bibel verkünde Gottes Stand der Erkenntnisse und dieser Stand sei ja nicht gegenwärtig, sondern *allgegenwärtig*. Wenn man nun einen bibeltreuen Christen in diesem Zusammenhang auf testamentarische Ungenauigkeiten anspreche, dann rechtfertige er die als Gleichnisse, die es zu entschlüsseln gelte. Aber wenn jemand tatsächlich *die Wahrheit* verkünden wolle, warum müsse er das dann ausgerechnet in Metaphern tun – er halte das für unseriös. Und einer unseriösen Quelle zu vertrauen, sei ... ohoo, was hätten wir denn da?

Ob er die immer noch rauche?

Schon lange nicht mehr! Ob er mir noch gar nicht davon erzählt habe?

Was denn? Er koche einen Sud daraus und verabreiche ihn sich intravenös?

Aber nein – Er bereite sie als Gericht zu!

Warum??

Sie würden ganz vorzüglich schmecken!

Das sei ein Witz, oder?

Er habe alles versucht, um einen Muscimol-Rausch zu bekommen, er habe es sogar mit Pantherpilzen versucht. Aber egal wie hoch er dosiere, er spüre nichts.

Nicht mal Übelkeit?

Überhaupt nichts, und Übelkeit schon gar nicht – deshalb müsse man Fliegenpilze ja erhitzen: damit sich die Ibotensäure in Muscimol umwandle, Muscimol verursache keine Übelkeit ... Irgendwann habe er sich dann eben ein komplettes Gericht daraus gekocht. Manchmal trockne er die Kappen auch im Ofen und esse sie wie Chips.

Also sei er immun dagegen oder was?

Das sei die eine Möglichkeit. Die andere Theorie sei, dass Fliegenpilze je nach Region einen unterschiedlichen Ibotensäuregehalt aufwiesen. Ob ich heute Abend mal probieren wolle? Dann würde er jetzt ein paar mehr einpacken.

Na ja, einerseits. Aber andererseits hätte ich morgen ein Bewerbungsgespräch.

Ich könne ja erst mal einen kleinen Happen probieren und dann ein Stündchen warten, bückt er sich eifrig und beginnt mit der Ernte.

Dazu vielleicht ein schöner Hanfsalat?

Ach – gut, dass ich ihn daran erinnerte, wir müssten auf dem Rückweg mal einen Schlenker übers Feld machen und nach dem Rechten sehen.

✕

Die Tomatenpflanzen am Rand des Feldes leiden an Braunfäule im Endstadium. Die Sonnenblumen hingegen gedeihen prächtig – ihre knorpligen Blütenblätter leuchten fast orange an den Rändern der samtbraunen Pollenteller. Vater seufzt aus tiefem Herzen und schlängelt sich durch den Sichtschutz ins Innere des Feldes.

Ob er nicht befürchte, dass ihn irgendwann mal jemand erwische?

Manchmal. Konzentriert untersucht er den Hanf auf Schimmelbildung – die anhaltende Luftfeuchtigkeit der letzten Tage gibt Anlass zur Sorge.

Hm?

Manchmal habe er schlimme Anfälle von Paranoia. Mehr als ein Mal habe er hier schon mit der Gartenschere gestanden und die Pflanzen abschneiden wollen.

Aber?

Aber dann hätten sie da so unschuldig auf ihn gewartet und ihn angesehen. Er habe es nicht übers Herz gebracht.

Wie denn momentan die Rechtslage sei?

Na ja, es seien ja gar nicht so viele. Die zehn Pflanzen. Das gehe vielleicht noch als Eigenbedarf durch. Und wenn er mal vor Gericht landen sollte, dann würde er aber Oma mitbringen. Jeder Richter mit ein bisschen Menschenkenntnis würde doch verstehen ... müsse er doch.

Vielleicht sei ein verschlossenes Areal ja dennoch sicherer?

Ach, es seien andere Zeiten als früher – die Leute streunten nicht mehr durch die Pampa und schnüffelten überall rum, die säßen heute alle den ganzen Tag vor ihren Computern. Oder nicht? Na ja, bisher habe er jedenfalls Glück gehabt, sagt er wie zu sich selbst und klopft beiläufig mit den Fingerknöcheln dreimal auf seinen Schädel.

Ob das eigentlich eine Rolle gespielt habe bei seiner Entscheidungsfindung, also dabei, hierherzukommen oder nicht?

Das? Nickt er den Pflanzen zu. Nein. Er sei nur für Petra hier. Oder nein, nicht ganz.

Sondern?

Jemand müsse hier sein. Er habe schon einmal geglaubt, dass das nicht nötig sei. Das bereue er noch immer. Mein Vater hat eine konkrete Mimik für Reue, die sein Gesicht mit bitteren Schamesfalten durchzieht. Seine Augenlider hängen tief und müde, als mache sie der Irrtum schwer. Mein Vater kann sich von keinem Fehler lösen. Er trägt sie wie nie verheilende Wunden mit sich herum, die mal mehr, mal weniger bluten, und ist deshalb immer bedacht darauf, sich keine weitere zuzuziehen.

An dem Tag, als mein Vater zum ersten Mal über den Irrtum stolperte und daraufhin für einen Moment an seiner Gesinnung zweifelte, konnte er sich noch aufrappeln, den Dreck abklopfen, die Steine aus den Schuhen kippen, das ein oder andere Loch flicken und annehmen, dass die verschorften Knie noch heilen würden. Eine Prüfung, die er ebenso wie alle anderen mit Bravour ablegte, daraus gestärkt hervorzugehen meinte und mit dieser neugewonnenen Stärke und dem soeben erlangten Abitur zum Wohle aller mit Heldenmut nach jeder Bildung strebte, die höher war als seine bisherige. Und weil er in seiner Studienbewerbung treuherzig argumentierte, er wolle mit seinen Möglichkeiten dem Land zu neuem Glanz verhelfen, und dazu sei es nötig zu erfahren, woraus der alte Glanz bestanden hatte und wie genau er dann verblasst war, bekam er einen Studienplatz für Kunstgeschichte zugewiesen.

Auch während dieses Studiums fiel er durch die kreative Befleckung seiner Kleidung auf, dennoch nahm man ihn gelegentlich und ungelegentlich beiseite, erinnerte ihn an die Notwendigkeit von Schlüsselpositionen, sprach eindringlich von Führungsqualitäten und wollte ihn mit verantwortungsvollen Aufgaben betrauen. Seine romantischen Bastelarbeiten könne er auf die Freizeit verlagern, er müsse doch einsehen, dass ein solcher Beruf seinen Fähigkeiten nicht gerecht werde. Mein Vater nickte verständig, will aber keine Ahnung gehabt haben, von welchen ominösen Fähigkeiten da eigentlich die Rede war. Er sei erst spät auf die Idee gekommen, dass *seine* Fähigkeiten sich vor allem dadurch von denen anderer unterschieden, nicht auf den Pfeilern *zweier* politischer Ansichten zu ruhen, von denen eine nur als Fassade diente. So viel sei aber klar gewesen: Mit Erhalt seines Diploms galt es, eine Doktorandenstelle zu besetzen, die erstens eine wissenschaftliche Mitarbeit im universitären Betrieb vorsah und zweitens die eine oder andere Studienreise in die Areale des großen roten Bruders beinhaltete. Zu dieser Zeit war es ja schon lange nicht mehr möglich, die DDR nach Herzenslust zu verlassen, die Gelegenheit zu reisen böte sich folglich so schnell nicht wieder. Weshalb mein Vater dem Angebot nicht widerstehen konnte und so offiziell wie nötig begann, sich ausnehmend für *die sozialistischen Wurzeln in der folkloristischen Kunst des alten Russlands* zu interessieren. Damit verbrachte er etliche Jahre, während derer er gelegentlich Provinzen der Sowjetunion besuchte; Vergleiche zwischen den verschiedenen Volkskulturen anstellte; inzwischen unmoderne Gedanken zu Möglichkeiten der Objektzustand-Wiederherstellung ausformulierte, die er lieber praktisch umgesetzt hätte; und ganz nebenbei natürlich auch meine Mutter kennenlernte. Sie heirateten aus pragmatischen Gründen recht schnell, weil sie ihn fragte, und bekamen ein Jahr später eine Tochter, weil er sich eine wünschte. Man übertrug ihm Lehrveranstaltungen, und er traute sich nicht, diese Ehre abzulehnen; er machte endlich seinen Doktor, als man ihm keinen Aufschub mehr gewährte, und litt heimlich darunter, dass er keine Zeit hatte, das zu tun, was er eigentlich tun wollte. Ersatzweise begann er, all das zu sammeln, was er gerne bebastelt hätte – lagerte es in einem alten Schuppen, den er liebevoll ‹Villa Bärenfett› nannte und der sich nach und nach mit Fahrrad- und Mopedleichen, wackeligen Stühlen und erblindeten Spiegeln füllte, bis die Dinge darin so ineinander verkeilt waren, dass man schlecht sagen konnte, wo das eine Fahrrad anfing und das andere aufhörte. Und während er erneut in der Sowjetunion weilte; wohingegen seine übellaunige Frau sich alleine um das Kind kümmern musste und dabei ein ums andere Mal davon träumte, es ihm per Eilsendung nach M. oder sonst wohin zu schicken; dachte er sehnsüchtig an seine Villa, deren Bretterpforte verheißungsvoll unter dem Druck der eingelagerten Gegenstände zu knarren schien, wenn er nur daran vorbeilief; ein Knarren wie ein lockender Gesang – Öffne mich, öffne mich, ich bin schon gänzlich reif. Und von den Apfelbäumen im Garten wollen wir erst gar nicht reden. Mein Vater hielt sich immer wieder die Ohren zu, packte seine Koffer und brach zu Reisen nach K., M., L. auf, um dort Zwiebeltürme oder andere Kulturgüter zu untersuchen, einen Vortrag zu halten, seine Studenten auf einer Studienfahrt zu betreuen – wer weiß. Und während er dort in der sehr beliebten Zeitschrift «Sputnik» einen gut recherchierten Artikel über die Massenmorde des Genossen Stalin las, wurde ebendiese beliebte Zeitschrift in der DDR verboten. Denn während Gorbatschow in der Sowjetunion eine Politik der Demokratisierung vorantrieb, die den Menschen seines Landes plötzlich die Freiheit bot, offen zu sagen, was sie *wirklich* dachten, befasste sich der kleine rote Bruder gerade mit den komplizierten Vorbereitungen zur pompösesten No-No-No-Budget-40-Jahr-Feier aller Zeiten. Und während mein Vater in M. etliche weitere kritische Artikel zum Thema Sozialismus las, die ihn in ihrer Eingängigkeit erneut zutiefst beschämten; Artikel, die ebenso wie Gorbatschow selbst eine revolutionäre Erneuerung des Systems ausriefen; Artikel, die er ausschnitt und meiner Mutter mit der Post zuschickte; Artikel aber, die sie nie erreichten; währenddessen beschloss die DDR, mit der Erneuerung und folglich dem Umtausch der SED-Mitglieds-Dokumente aufzuwarten und die Aushändigung dieser neuen, besseren Dokumente an ein erneutes, besseres Glaubensbekenntnis zu knüpfen – eine Praxis, die sich bereits einmal bewährt hatte. Wer dieser Situation entgehen wollte, der stimmte nicht selten mit den Füßen ab. Und als mein Vater nach seiner Rückkehr zum Einzelgespräch mit der Parteigruppenorganisatorin und dem Parteisekretär gebeten wurde, um ebendieses Glaubensbekenntnis auszusprechen, da sagte er endlich. Nein. Er wolle kein neues Parteibuch. Er mache diese Schizophrenie nicht mehr mit. Nahezu jeder im Land habe zwei politische Meinungen, die sich in der Regel auffallend voneinander unterschieden – eine für zu Hause, eine für alles andere. Und erst seit Gorbatschow an der Macht sei, solle man plötzlich nicht mehr von der Sowjetunion siegen lernen, dabei sei die Gewissheit dieses Sieges doch immer ausdrücklich an das Land selbst geknüpft gewesen und nicht an die jeweilige Regierungsspitze – eine Regierungsspitze übrigens, die der Mehrheit aus der Seele spreche. Und wer ernsthaft glaube, man könne diese Seele verbieten, der habe den Menschen als solchen nicht verstanden, ja, dessen Qualifikationen zur Regierung eines Landes seien eine Überprüfung wert, ehe man ihm neue Partei-Dokumente aushändige.

Die Kinnladen der beiden Zuhörenden sollen sichtbar offen gestanden haben, und mein Vater wird im Eifer der

Wahrheit einen inhaltlichen Endspurt nicht verhindert haben können:

In diesem Zusammenhang sei noch anzumerken, dass er seine Mitarbeit an der Hochschule nicht weiter fortsetzen wolle. Er habe diese Tätigkeit immer nur ausgeführt, weil man es zum Wohle des Landes von ihm verlangt habe. Aber seine Vorstellung vom Wohl dieses Landes weise außerordentliche Gemeinsamkeiten mit der Gorbatschows auf. Und da dergleichen nicht erwünscht sei, sehe er auch keinen Anlass mehr dazu, etwas zu tun, das er nicht wirklich tun wolle, so leid es ihm tue. Aber eigentlich tue es ihm gar nicht leid. Das Einzige, was er bedaure, sehr tief bedaure, sei, dass er sein Leben lang so ein unfassbarer Idiot gewesen sei und deshalb nun für immer einer sein werde. Wenigstens aber habe er in all den Jahren sein Berufsziel nicht aus den Augen verloren. Und nun, in dieser Sekunde, gehe ihm auf, dass sogar dieses Ziel etwas mit den Ideen Gorbatschows gemein habe - was für ein verrückter Zufall. Sicher verstünden sie jetzt nicht, wovon er spreche. Das sei nicht schlimm, erklärte er, während er sein Portemonnaie aus der Hemdtasche zog, denn er könne ihnen auf die Sprünge helfen. Er habe als Junge seine Wahl auf einen Zettel geschrieben - er könne selbst kaum glauben, dass er ihn all die Jahre aufgehoben habe, aber das hier sei er. Er hielt das zusammengefaltete Papier in die Höhe, sicher war es durchscheinend, mürbe und die Tinte verblasst. Er wollte es gerade auffalten, als er plötzlich die rauschhafte Lust verspürte, gemein zu sein. Wenn er es sich genau überlegte, würden sie es wahrscheinlich trotzdem nicht verstehen. Aber wenigstens ja Gorbatschow, der bestimmt. Er steckte das Papier wieder weg und winkte lachend ab.

Mein Vater fuhr nach Hause; küsste dort seine Frau, die seinem befreiten Blick entnahm, dass er getan hatte, worauf sie sich in ehelicher Absprache geeinigt hatten; küsste seine Tochter, die zu jung war, um zu bemerken, dass es etwas zu verstehen gab; wechselte gewohnheitsmäßig seine Kleider, goss sich Tee ein, biss in einen Zwieback und begab sich kauend in den Vorhof des Nachbarhauses, zu seiner Villa. Noch immer und immer rief sie nach ihm, bis er die Flügeltüren endlich öffnete, sich mit einem Hechtsprung gierig gegen die Wand aus antikem und anderem Sperrmüll warf und darin eintauchte wie ein Kind in Grießbrei. Einen Monat lang tauchte er eigentlich nicht wieder auf. Manchmal kam seine Frau vorbei, um einen kritischen Blick auf seine Kleidung zu werfen, die vom ersten Tag an in so herausragendem Maße fleckfrei blieb, dass meine Mutter sich bedroht fühlte wie von einer Affäre. Manchmal kam ich vorbei und warf einen Ball an seinen Kopf. Irgendwann standen wir wortlos vor dem offenen Tor, nicht Hand in Hand, aber doch recht nah beieinander, und starrten in das Chaos seiner Werkstatt, bis er sein Werkzeug weglegte, zum Essen kam und sich danach endlich wieder allabendlich auf den Balkon setzte; zärtlich die Mauersegler am Himmel beobachtete, und wenn ich mich neben ihn hockte, zählte er mir geduldig die Namen aller Kakteen auf, die in den Kästen am Geländer hingen, so zahlreich und lang, dass ich mir keine der lateinischen Bezeichnungen merken konnte. Gelegentlich – nicht der Rede wert, beträfe es einen anderen – bekleckerte er sich mit ein bisschen Tee. Ein paar Monate später fiel die Mauer.

Viel hat sich seither nicht mehr verändert. Man kann dieses Lebenskonzept wohl nahezu überall verfolgen. Auch hier, in D., könnte er wie damals die Türen seiner Garage öffnen, all die exakt aufgearbeiteten Dinge nach draußen stellen, wo sie trotz des abgelegenen Standorts sicher sehr schnell einen Käufer fänden, weil sich rumsprechen würde, dass mein Vater kein Geschäftsmann ist und sich bei der Festlegung von Preisen hauptsächlich an den gegenseitigen Sympathien orientiert. Geld bedeutet ihm nicht viel. Er ist durchaus gewillt, es zu verdienen. Aber wenn der Preis dafür ist, die eigenen Bedürfnisse zu ignorieren, dann verzichtet er lieber darauf. Mein Vater ist also nicht gerade das, was man eine gute Partie nennt. Meine Mutter hat sich aber nie darüber beklagt. Man schlug sich eben zusammen durch, weil man sich liebte. Und wenn meine Mutter zu unglücklich wurde, schlug sie eben mich. Aber nicht richtig, nur mit der flachen Hand; wie es sich gehörte. Bis zur Wende verdiente sie ein kleines Gehalt in einem Museum, bald danach stieg sie bei einem Unternehmen für Haushaltsauflösungen ein, das sie später komplett übernahm, während mein Vater Ideen hatte und naiv an ihnen herumbastelte. Das tut er bis heute. Es mangelt ihm nicht an Fleiß, sondern an Professionalisierungsgeschick. Immerhin sind seine Bedürfnisse seinem Verdienst angemessen. Abends saß er also rauchend auf dem Balkon, wickelte sich im Winter in so viele Decken wie nötig und beobachtete die Krähen in den kahlen Bäumen, während ich in der Küche durch das Glas der Balkontüren sah und den sichtbaren Unterschied zwischen dem Qualm der Pfeife und dem Dampf seines Atems bestimmte.

Die rostigen Maschen des Zauns an meinem Rücken sitze ich da am Feld, zünde mir eine Zigarette an und lasse den Rauch aus meinem Mund in den Abend quellen; es wird wohl bald dunkel. Die Blätter der mannshohen Graspflanzen flattern leise im Wind wie Flügel, ihre dicken Blütenköpfe in gleichmäßig sachtem Reigen, als forderten sie meinen Vater zum Tanz. Selbstvergessen steht er zwischen ihren Reihen, legt seine Handflächen an die fünffingrigen Blätter, neigt eine Wange zu geheimen Gesichtern, atmet den Duft des Harzes ein, murmelt ihre Namen.

× × ×

D. hat ein Kulturhaus, man will es kaum glauben. Hier werden Ausstellungen gezeigt, Laienschauspieler versuchen sich an Improvisationstheater, Gastaufführungen lädt man nur ein, wenn sie auf die kleine Bühne passen. Der Geschäftsführer der hauseigenen Kantine fragt mich nach meiner Berufserfahrung, ohne mich anzusehen. Ich berichte von meiner langjährigen Tätigkeit als Kellnerin und Küchenkraft, verschweige meine Unfähigkeit, mehrere Dinge gleichzeitig im Auge zu behalten und meine Neigung, mich von Gästen belästigt zu fühlen. Er nickt beiläufig, meine Bildung interessiert ihn nicht: Wann ich anfangen könne?

Morgen.

Die Einarbeitung werde nicht bezahlt.

Das sei nicht schön, aber wohl gängige Praxis.

Morgen um elf solle ich da sein.

Ich bin nicht sicher, ob er mir zugehört hat.

× ×

Es ist windig, aber warm genug, um Oma in einer dicken Jacke auf den Hof zu setzen. Dort hält sie Gesicht und Hände in die Sonne, um bei Gelegenheit verhalten stolz mit ihrer Bräune angeben zu können. Die Arzthelferinnen sind, wie Friseusen, bemüht um freundliches Geplänkel und sprechen sie immer darauf an, wenn sie zu den Routineuntersuchungen kommt. Käthe sitzt zwei Schritte von ihr entfernt und tut so, als würde sie nicht gestreichelt werden wollen. Es ist nur eine Frage der Zeit, bis sie versuchen wird, sich der garstigen Person zu nähern, weil sie zwar spürt, wenn man sie nicht mag, das aber auf Dauer einfach nicht gelten lässt. Ich hocke mich zu ihr, halte ihr meine Hand hin, sie reibt ihre Wange daran.

Ob Oma ein paar Fotos sehen wolle? Ich hätte gerade den Film abgeholt, der seit dem Sommer beim Entwickeln war.

Ob des itze su loang dauern dät?

Nee, ich hätte den einfach vergessen. Als ich vorhin beim Foto-Schmidt vorbeigekommen sei, sei es mir wieder eingefallen.

Dor oallde Foto-Schmidt? Der voa frieher? Denn gäbs itze noch?

Ja. Er sehe allerdings aus, als stamme er aus einem Stummfilm. Ob sie die Fotos jetzt sehen wolle? Sie seien nach Opas erstem Herzinfarkt aufgenommen worden.

Ob de junge Fraa se kenne dät?

Na ja, sie solle mal nicht so sein – ich würde ihr erklären, was exakt auf den Bildern zu sehen sei, die Umrisse könne sie ja sicher erahnen, wenn sie ihre Augen einen Spaltbreit öffne. Soziale Teilhabe nenne man das.

Ich packe die Bilder aus, obenauf liegt Silvester 1998, leicht erkennbar an der Standarddekoration, die in jedem Jahr aus leicht zerfledderten Girlanden, Papierschlangen und den bereits erwähnten Papphüten bestand. Konfetti warfen wir keins, weil es sich so schlecht wegsaugen ließ. Manchmal gab es den einen oder anderen Luftballon.

Also, hier sehe man das Wohnzimmer, es sei geschmückt wie immer zu Silvester, am Tisch säßen Oma und Opa, Vater, Tante Lena und Onkel Gustav, ach ja, der habe damals auch noch gelebt, außerdem Bea und Kai. Ob die da schon verheiratet gewesen seien? Na ja, egal. Ich sei nicht auf dem Bild, vermutlich befände ich mich gerade in der Waschküche und schminkte mich vor Langeweile mit den Make-up-Resten, die mir Bea immer geschenkt habe.

Oma greift hinter ihre Brillengläser und zieht die Augenlider ein Stück nach oben.

Was, so schlimm sei das schon bei ihr? Ob sie gewusst habe, dass die Lidmuskeln gänzlich verkümmerten, wenn man sie nicht benutze?

Dor Moa hätts dorrzehld

Obs da schon zu spät gewesen sei?

Naa.

Tja. Na ja, wie auch immer. Die Fotos seien im Grunde alle sehr ähnlich, es fehle eben immer ein anderer, je nachdem, wer die Aufnahme gemacht habe. Hier würden alle Bimbo spielen. Hier stoße man an – da sei ich auch endlich mal dabei und mein Gesicht ziemlich entstellt von dem ganzen Schminkkram, den ich mir da raufgepackt hätte. Außerdem trüge ich Mickymaus-Ohren, solche aus Plastik an einem Haarreifen. Oma habe übrigens diesen Chinesenhut auf, den mit dem falschen Zopf, der immer so zerkaut ausgesehen habe. Und hier, am Schluss, das seien die Fotos, die wir zuletzt gemacht hätten, sie erinnere sich? Die Aufnahmen von mir wirken wie Bilder aus einem Helge-Schneider-Film. Oma sieht auch scheiße aus. Schade, dass wir keins von Vater gemacht haben. Ich blättere noch mal zurück:

Silvester war ja immer die Hölle für mich. Entweder war ich noch zu klein und sollte in der Kinderkammer schlafen, während alle anderen im Wohnzimmer feierten, welches sich, um das noch mal zu veranschaulichen, direkt neben der Kinderkammer befand und von dieser nur durch eine schallundichte Tür getrennt war. Aber selbst wenn diese verdammte Tür mehr als ein Sichtschutz gewesen wäre, hätte das nichts daran geändert, dass alle Zimmer des Hauses durch ein akustisch nachteiliges Belüftungssystem miteinander verbunden waren, über das der einzige Ofen des Hauses sie mit Wärme versorgte. Das bedeutet, dass jede Feier pure Folter war, denn ich musste alles hören, aber durfte nichts sehen, geschweige denn dabei sein. Man könnte meinen, dass sich das mit meinem voranschreitenden Alter zu meinen Gunsten änderte. Aber als ich gerade groß genug war, um bis Mitternacht aufbleiben zu dürfen, erinnerten sich meine Eltern daran, wie gern sie doch früher zusammen getanzt hatten, damals, ganz am Anfang ihrer Beziehung. Also eigentlich, um genau zu sein, nur bei der ersten Verabredung und danach nie wieder, weil meine Mutter tatsächlich überhaupt nicht gerne tanzt, aber seis drum, war das nicht schön gewesen? Und lag es nicht nahe, dass man dieses Ereignis reenactete, an Silvester, dem einzigen Tag im Jahr, an dem sich meine Mutter feierwillig zeigte? Aber ja. Und lag es nicht noch näher, das Kind bei den Großeltern abzuladen, wo es einen Papphut aufgesetzt bekam, Schnittchen mit sauren Zwiebeln fraß und gelegentlich seine dicke Oma dazu überreden konnte, mit ihr zu einem der Fernsehschlager Polka durchs gute Zimmer zu tanzen – zwei Schritte hin, zwei Schritte her –, während Opa auf der Couch Bier trank und unbeteiligt schwitzte. Ein paar Jahre ging das gut. Bis das Kind in die Pubertät kam und feststellte, dass es Schlager ebenso scheiße fand wie die ollen Papphüte, vor allem, weil man sich in der Schule von orgiastischen Festen erzählte, mit Kindersekt und Spielen, bei denen man Preise gewinnen konnte, *Preise*, also quasi noch mal Geschenke nach Weihnachten und natürlich: Feuerwerk. Dieses Ereignis, zu dem ich früher nie geweckt worden war, obwohl man es mir immer versprochen hatte. Dieses Ereignis, für dessen Versäumnis man mich am nächsten Abend immer versuchte, mit ein paar lausigen Raketen zu entschädigen. Raketen, die einsam in die Luft pfiffen, ein bisschen bunt waren, aber nie bunt genug, weil alles drum herum schwarz blieb. Dieses Ereignis, das ich mit meinem Eintritt ins aufbleibfähige Alter mit meinen Großeltern vor dem Haus beobachten durfte und dabei eine klägliche Wunderkerze nach der anderen anzündete, während andere Kinder mit Knallern um sich warfen. Und in jedem Jahr kam die geschwätzige Nachbarin, deren Namen ich mir nie merken konnte, mit einem Tablett voller selbstgemachter Pfannkuchen vorbei; Pfannkuchen, gefüllt mit Pflaumenmus, außer dem einen obligatorischen Senfpfannkuchen, den immer der bekam, der sich gierig den größten griff, und das war meistens ich.

Mit zwölf begehrte ich also auf. Mir war klar, dass ich zum Tanzen nicht würde mitgehen können, weil meine Eltern wenigstens ein Mal im Jahr die Sau rauslassen wollten - das verstand ich, ohne es formulieren zu können. Aber ich dachte, es sollte doch zumindest möglich sein, den Ablauf der Feierlichkeit ein wenig abwechslungsreicher zu gestalten, und stellte Gesellschaftsspiele bereit, die man auch zu zweit spielen konnte. In der weisen Voraussicht, dass von meinen altersträgen Großeltern mindestens einer nicht würde mitspielen wollen. Womit ich jedoch nicht gerechnet hatte, war, dass sich beide ihrer Unterhaltungsverpflichtung entziehen wollten, mir lahm die Hand tätschelten und fanden, ich müsste mit unbegrenztem Fresskram zufrieden sein. Gegen zehn, nach hartnäckigen Überredungsversuchen, die sie, jetzt im Nachhinein betrachtet, beeindruckend ausdauernd weglächelten, wurde ich endlich zornig. Ob sie etwa dächten, ich sei gerne hier?! Danach war Stille, auch der laufende Fernseher änderte daran nichts. Mein Opa bedachte mich mit einem verletzten Blick, sah dann aber wieder auf den Bildschirm. Den Blick meiner Oma wollte ich nicht sehen. Ich stand auf, ging in die Waschküche und schminkte mich bis null Uhr mit den erwähnten Kosmetikutensilien, die meine Cousine bei jedem Besuch für mich aussortierte. Dann gingen wir vors Haus, meine Großeltern händigten mir eine Packung Wunderkerzen aus, nickten mitleidig, wenn die Sprache auf meine Aufmachung kam; ich griff mir wie immer den größten Pfannkuchen und tat so, als sei er nicht mit Senf gefüllt.

Die darauffolgenden zwei Silvester durfte ich im Haus meiner Tante allein vor dem Fernseher verbringen. Während Oma und Opa nebenan ihre Papphüte trugen, stopfte ich Chips in mich rein und zappte mich durch die Comedysendungen, die an Silvester wie an Weihnachten immer besonders zahlreich laufen, damit sich all die einsamen Loser nicht umbringen. Spätestens ab diesem Zeitpunkt war ich einer von ihnen. Als es null Uhr war, ging ich nicht vors Haus – ich sehnte mich nicht nach den jovialen Neujahrsglückwünschen, und die Pfannkuchen schmeckten mir eigentlich auch mit Pflaumenmus nicht besonders.

Im Sommer dann erlitt Opa seinen ersten Herzinfarkt und weil er dabei fast gestorben wäre, feierten wir das kommende Silvester noch einmal zusammen im Rabenhaus. Ich erinnere mich nur dunkel daran. Meine Cousine goss mir gelegentlich Bowle in mein Saftglas, wenn keiner hinsah, wir spielten alle Kartenspiele, die sich im Haushalt befanden, unter anderem Bimbo, ein Kartenspiel, das man sich als eine Kombination aus Rommé und Scrabble vorstellen kann. Und ich fragte ein ums andere Mal, warum, zum Teufel, *jetzt* alle spielten. Außer Opa natürlich, der wie immer nur dabeisaß, Bier trank und mit jeder Stunde breiter lächelte. Keiner verstand, was ich meinte. Irgendwann wurde mir schlecht, ich ging in die Waschküche, hielt meine Handgelenke unter kaltes Wasser, betrachtete mich im Spiegel, bis mir nicht mehr schwindlig war, und dachte zum letzten Mal in meinem Leben, dies sei doch eine gute Gelegenheit, mir pfundweise Schminke ins Gesicht zu hauen. Irgendwann kam Bea und holte mich zum Anstoßen. Ich sähe gut aus, meinte sie kumpelhaft. Ich fand, sie habe recht. Dann stießen wir an, gingen vors Haus, und diesmal bekam ich keinen Pfannkuchen, vielleicht weil man nicht damit gerechnet hatte, dass ich anwesend sein würde.

Ob sie sich an dieses Silvester erinnere? Das letzte Silvester mit Opa, als wir alle noch einmal zusammen gefeiert hätten?

Naa.

XXX

Nach wie vor ist Oma der Ansicht, nicht laufen zu können. Vater nimmt das zum Anlass, seine ohnehin hohe Einkaufgeschwindigkeit noch weiter steigern zu wollen, lockt mich in sein Auto, fährt kommentarlos an, tritt bei drei gelben Ampeln hart aufs Gas und kommt trotz meines Protests erst vorm Supermarkt zum Stehen.

Mir sei schlecht.

Jaja, das müsse heute alles sehr schnell gehen, nicht auszudenken, was Oma alles anstelle, jetzt, wo sie angeblich nicht laufen könne, erklärt er, während er mit einem Arm voller Plastikflaschen auf den Pfandautomaten zustrebt, darunter eine merkwürdig braun verschmutzte. Ich solle mir am besten schon mal einen eigenen Wagen holen, dann würden wir parallel laufen. Im Gehen zieht er die braune Flasche zwischen den anderen heraus und steckt sie beiläufig in einen Abfalleimer.

Ob ich einen Teil der Liste haben könne?

Nee, ich sei zu leicht abzulenken, er wolle mich im Auge behalten.

×

Wir beginnen in der Obst- und Gemüseabteilung, er bleibt gleich am Anfang stehen, hält die Liste hoch, ich gehe am anderen Ende in Position – Kilo Bananen –, packe ein, während er fast synchron seinen Wagen befüllt – Beutel Möhren –, und bestätige jeden abgeschlossenen Vorgang mit o.k. – Gurke –, um den nächsten Zuruf zügig entgegennehmen zu können. Dann rennen wir zu den Molkereiprodukten und wiederholen das Prinzip. Nach zwanzig Minuten sind wir mit einem Zweiwocheneinkauf für drei Personen wieder draußen. Nicht schlecht.

Ey, er greift in den Wagen, ich hätte ja Bio-Möhren eingepackt! Bei mir piepe es wohl!

Die seien ja gar nicht richtig Bio, allein die Plastikverpackung versaue die Öko-Bilanz gewaltig.

Umso schlimmer!

Ob wir Oma heute Abend eigentlich nicht mal irgendwas anderes machen wollten als den üblichen Schnittchenscheiß?

Das hätte ich mir eher überlegen sollen. Wir hätten jetzt genug Knäckebrot, um den nächsten Winter zu überstehen, aber Zutaten zum Kochen eher keine. Was ich mir denn so vorstelle? Man müsse da aufpassen wegen dem Zucker und es sollte auch nicht so fett sein.

Nudeln?

Seien da.

Tomatensoße?

Nicht da.

Ob man noch mal schnell reingehen sollte?

Lieber gleich ins Reformhaus, da sei das Angebot auf Omas Bedürfnisse zugeschnitten. Und ob ich Grillhahn wolle? Da vorne sei ein Stand.

Der Duft dieses Fleischs sei genauso perfide wie seine Existenz, verdammt, er solle mich gefälligst nicht in Versuchung führen! Wenn er sehe, wie ein Tier leide, fange er doch auch an zu heulen!

Tot sei aber tot. Er kaufe jetzt jedenfalls so ein Ding und wenn ichs nicht essen wolle, bliebe eben mehr für ihn.

Der Mann im Broiler-Wagen sieht ein bisschen aus wie seine Ware, nur weniger knusprig.

Vater ordert ein Ganzes, geteilt, klopft seine Taschen ab, wird unruhig, der Autoschlüssel fehle. Er müsse zurück, reicht er mir knapp sein abgewetztes Portemonnaie und lässt mich am Ort des Verbrechens zurück.

Komplizenkacke, ärgere ich mich laut.

Wat? Der Broiler-Verkäufer sieht mich verständnislos an.

Ach, das würde er vermutlich nicht verstehen. Ich blättere auf der Suche nach Geld in Vaters dicker Arschtaschensammlung: ein Haufen Kärtchen mit Notizen; Fotos von Mutti und mir; ein fledderiger Zettel vergilbten Papiers, durchscheinend, mürbe, darauf mit leicht verblasster Tinte in krakeliger Kinderschrift «Erneuern»; Visitenkarten aller Ärzte E.s, an etlichen Rändern Bemerkungen zur Behandlungsqualität – meine Großmutter wäre stolz auf ihn.

XX

Heute gäbs mal was Warmes zum Abendbrot, erkläre ich, während ich ihren Teller auf den Tisch stelle.

Wos'n itze?

Nudeln mit vegetarischer Bolognesesoße. Die sei zwar nicht selbstgemacht, aber die teuerste im Regal gewesen.

Ob morr des aa assn dätn?

Na ja, es sei nur ein kleines Glas Soße, das reiche nicht

für uns alle, und Vater habe außerdem zwei halbe Hähnchen gekauft. Ich sei unsicher, ob ich das essen könne, aber mir fehle heute auch die Motivation, mir irgendwas zu überlegen. Zur Not gäbs dann wohl Brot für mich und jede Menge Fleisch für ihn. Oder es bleibe was von ihrem Essen übrig, aber wenn ihr das gut schmecke, wolle ich es ihr auch nicht wegessen. Es sei ja extra 'ne Diabetikersoße.

Oma schweigt, ich werte das als Zustimmung.

Ob sie das allein hinbekomme? Es seien Spirelli, der Teller sei tief und nicht sehr voll. Hier liege der Löffel. Ich ginge mal eben zu Vater, der warte im Kabuff mit dem Hähnchen auf mich und das werde sicher schon kalt.

✕

Vater streckt seinen Kopf über die Tischkante und leckt an der Hähnchenhaut. Die Hälften liegen auf je einem Teller, der ganze Raum riecht, als könne man in absolut alles hineinbeißen, was sich darin befindet.

Da sei ich ja endlich, er hätte nicht mehr lange gewartet.

Ich setze mich und betrachte mit missmutig wässrigem Mund meinen Fleischanteil, der ein abstehendes Bein hat und fast gar nicht mehr wie ein Tier aussieht. Ich stelle mir ein lebendiges, halbes Huhn vor. Dann tauchen aus den Tiefen meines Hirns langsam die Bilder der zahlreichen Dokumentationen auf, die ich mir immer dann ansehe, wenn es mir besonders schlechtgeht, damit ich mich daran erinnere, dass es anderen viel schlechter geht. Hühnern zum Beispiel. Nur am Anfang werde ich meist noch trauriger, aber irgendwann schlägt die Trauer dann in Wut um. Das kann sehr belebend sein.

Dieses Tier habe 5 Euro gekostet. Es sei folglich davon auszugehen, dass es aus Kostengründen ein unwürdiges Leben in einem fensterlosen Stall gelebt habe, welcher so voll mit Viechern gewesen sei, dass man den Boden nicht mal habe erahnen können. Von Bodenhaltung dürfe demnach eigentlich nicht die Rede sein. Die Hühner stünden so nah beieinander, dass sie sich gegenseitig auf die Füße kacken müssten. Davon bekämen sie wahrscheinlich nur deshalb keine Ekzeme, weil sie nicht lange genug lebten, bis sich in ihren Körpern dank der andauernden Antibiotokaverabreichung multiresistente Keime entwickelt hätten.

Aha, ich wolle es also nicht essen. Das sei prima, ich solle mir keine Gedanken machen, er kümmere sich darum. Vater zieht den Teller zu sich heran und grinst fettig. Ich nehme einen Schluck Pennerglück, lehne mich zurück und denke darüber nach, was ich jetzt esse. In dem Moment bewegt sich die Türklinke langsam nach unten, und mit diesem Ereignis hört alles andere im Raum auf, Geräusche zu machen oder sonstwie präsent zu sein: Zoom auf die Tür. Klinke bis zum Anschlag gedrückt. Sehr langsame Verbreiterung des Türspalts. Ton: ausschließlich leises Schleifen der Türunterkante über den Fliesenboden vor Vaters Kabuff. Oma wird im Türrahmen sichtbar. Ohne Gehstock. Ton: drei Sekunden absolute Stille. Dann:

Wierr hät-ten hal-be Häähn-chen?

Mein Hals schnürt sich so fest zusammen, als sei ich Zeuge einer Schlachtung: Ähm, ja, hätten wir.

Drei Sekunden Stille.

Unt wir hät-ten ihrr nichtss mitt-ge-brachtt?!

Das ‹nichts› bleibt im Raum und schallt ein bisschen nach.

Sie ha-be das nurr mal sa-gen wolln.

Weitere zwei Sekunden verharrt sie in dieser Position und bestraft uns mit dem zornigen Glanz ihrer Pupillen aus schmalen Sehschlitzen. Aber vielleicht stehe ich ja auch unter Schock und bilde mir das nur ein. Dann tritt sie zwei Schritte zurück in den Flur und stützt sich mit einer Hand an der Seitenwand ab, während sie die Tür schließt, ohne den Blick von uns zu wenden. Sie klinkt sie ordentlich zu.

Jetzt sei mir schlecht.

Morgen habe sie das schon wieder vergessen.

Ich aber nicht.

Ich gehe ihr nach, sie ist entgegen ihrer sonstigen Strategie bereits in ihrem Zimmer angekommen, hält den Telefonhörer in der Hand und fragt die Person am anderen Ende, ob sie auch gerade en halbes Hähnchen essn dät. Ich bin nicht sicher, ob da überhaupt jemand in der Leitung ist.

Oma, verdammt noch mal, sie solle sich jetzt bitte mal einkriegen. Wir hätten ihr extra diese Soße im Reformhaus besorgt und so ein fettiges Hähnchen hätte sie heute doch gar nicht mehr essen dürfen.

Pah, enne Domoadnbrie! Un des Haanl hätt se siech aff e Deller geleechd un morng zen Middooch gessn.

Man, wenn sie so was essen wolle, könne sie das doch einfach sagen, dann würden wir ihr das auch mitbringen. Obwohl ich anmerken wolle, dass bei ihrem Bewegungspensum eher eine gegrillte Salatgurke angemessen sei. Wir würden uns aus genau diesem Grund jeden Tag bemühen, ihr irgendwelche kalorienarmen Gerichte zu basteln, die noch bis zu ihren Geschmacksnerven vordrängen. Vor allem in Anbetracht der Tatsache, dass in jeder Nische dieses Zimmers angefressene Schokoladentafeln versteckt seien.

Sie kneift die Lippen zusammen, den Hörer hat sie immer noch in der Hand. Se hätt suu viiel gedoa forr de oannern, spuckt sie dann aus, su viel, un des wär itze dor Doank!

Alles, was man tue, komme zu einem zurück, spucke ich selbst. In diesem Moment tut es mir nicht leid.

×

Vater hat sie ins Bett gebracht und ihren Ärger dabei fröhlich ignoriert. Er betritt das Kabuff, reibt sich die Hände und betrachtet begehrlich die zweite Hähnchenhälfte.

Ich wolle es in den Kühlschrank stellen und morgen an Oma verfüttern.

Nach kurzem Zögern nickt er enttäuscht.

Ich wolle ihr danach auch gerne noch ein Dessert servieren, einen Becher Sahneeis vielleicht.

Nana, ich solle mich mal nicht hineinsteigern. Da, die Katze habe großes Interesse an den Abfällen.
Ich greife nach einem abgefressenen Rippenteil, halte es Käthe hin – Käthe beginnt, gleichzeitig zu schnurren und zu lecken.

Wenigstens sie sei leicht zufriedenzustellen.

× ×

Da schläft sie den Schlaf der Gerechten, schnarcht unterdrückt, ihr Brustkorb hebt sich nur bei genauem Hinsehen erkennbar, ihr drapierter Körper wie ein zugedeckter Hefeteig. Ganz von nahem ist ihr Gesicht noch viel älter. Die Art von Alter, das nur Personen erlangen, die zu oft Dinge getan haben, die sie nicht wirklich hatten tun wollen.

Also, flüstere ich. Sie oder irgendwer anders habe mir mal von diesem Flüchtling oder Kriegsrückkehrer oder wer weiß was erzählt. Eines Tages habe der im Hof gestanden, Magdalena sei gerade erst zwei gewesen und habe ihn erstaunt angestarrt. Seine Augen hätten so tief in den Höhlen gelegen, der Schmutz von allen Fronten auch an den weichen Körperstellen, dass man nicht gewusst habe, wie man ihn ansehen sollte. Er habe höflich geklingelt und um Arbeit gebeten, man habe ungefragt verstanden, dass er zum Arbeiten nicht in der Lage war. Man habe Mitleid gehabt, ihn hereingebeten, er solle sich setzen, hier habe er Brot, er solle sich richtig satt essen. Die erste

Scheibe habe ihm noch der Hausherr geschnitten, für die nächste habe er selbst gesorgt. Zwischen den Bissen die wilden Geschichten von einem, der immer nur halb überlebt hatte. Wenn man nach Arbeit fragte, wurde man zumindest nicht fortgejagt, aber Arbeit gab es doch auch fast nie. Er habe kauend erzählt und immer noch eine Scheibe geschnitten, sie in den Tee getunkt, die tropfende Rinde sorgsam am Tassenrand abgestrichen, im Garten spielte das Kind mit den Hühnern. Er habe ganz langsam gegessen, bis der Laib alle gewesen sei. Dann habe er sich erschöpft an der Tischkante hochgestemmt, artig gedankt und sei gegangen. Zum Abendbrot habe es Kartoffeln gegeben, die Reste der eigenen Ernte.

Sie sei ja schon damals sehr sparsam gewesen, die Zeiten hatten nichts anderes erlaubt. Gesammelte Pilze, die angefressen waren, habe sie in Salzwasser eingelegt, um das Ungeziefer herauszutreiben, und dann so oder so zubereitet. Manchmal sei der Boden der eingeweckten Gläser mit den Maden bedeckt gewesen, die es nicht bis ins Salzwasser geschafft hatten. Aber erst später habe sich ihre Sparsamkeit in Geiz gewandelt, habe sie Zwiebeln so lange gelagert, bis die neue Ernte eingebracht war; bis die alten Zwiebeln vom Lagern bis ins Herz verfault waren, und erst dann habe sie ihren erwachsenen Kindern etwas davon zum Mitnehmen angeboten. Das sei nach dem Beginn ihrer Krankheit gewesen. Aber vielleicht habe ja auch Opa ihr das Teilen schon vorher ausgetrieben. Der habe in regelmäßigen Abständen Konfektschachteln nach Hause gebracht, groß genug, um damit eine Betriebsfeier zu bestreiten, die sie entschädigen sollten für seine Sauferei. Er habe diese Schachteln auf den Tisch gestellt, sie davorgesetzt und sich neben sie. Er habe den Deckel abgehoben, das Schutzpapier knisternd beiseitegeschoben und sie aufgefordert zuzugreifen. Er habe ihr zusehen wollen, wie sie den Inhalt der Schachtel aufaß. Anfangs habe sie noch widersprochen: Man könne die doch aufheben und nur ab und zu eine essen. Es sei vielleicht auch schön, etwas zum Anbieten zu haben. Dann habe Opa geschrien. Die genauen Worte seien nicht überliefert, vielleicht seien es ja auch nur Laute gewesen. Irgendwann habe sie nicht mehr gewagt, etwas zu sagen. Sie habe sich mit jeder neuen Schachtel eine Praline nach der anderen in ihren Gebetsmund geschoben, bis es schon längst keine Rolle mehr spielte, ob sie schmeckten. Er habe ihr zugesehen und sei sichtbar stolz gewesen. Und ob sie sich noch an den Urlaub erinnere? Als er zwei Schlachteplatten bestellt hatte, obwohl eine Platte locker für zwei Personen gereicht hätte? Sie habe das vorsichtig vorgetragen, aber er sei nicht darauf eingegangen, sie habe all diese Wurst aufessen müssen, weil er der Ansicht war, sie müsse das wollen. Und dann, ein paar Jahre später, sei das Wirtschaftswunder letztlich auch im Osten angekommen und habe ergänzend zu den gelegentlichen Zwangsbeschenkungen einen Alltagskonsum mit sich gebracht, der dazu geführt habe, dass sich Oma innerhalb von zwei Jahren komplett neu einkleiden musste. Sie sei so dick geworden, dass sie mit ihrem kleinen Kopf ausgesehen habe wie ein misslungener Schneemann. Die einzigen Körperteile, an denen sich keine prallen Falten gebildet hätten, seien ihre Waden gewesen – auffällig wohlgeformt, als gehörten sie zu einem anderen Körper. Überall sonst habe sie Teile ihrer Haut nach oben klappen und wunde Furchen freilegen können. Opa störte das übrigens nicht; ebenso wie sie betrachtete er Wohlstand in jeder erkennbaren Form als ästhetisches Element, dessen er sich gern bediente. Er ließ ihr einen steifen Pelzmantel nähen, der ihre Venuswaden gut zur Geltung brachte, und wenn man sich heute das Foto davon ansieht – eine ungelenke Mutter, die mit ihren Kindern fürs Album eine Schneeballschlacht inszeniert und zu ihrem Wintermantel unerklärlicherweise ein Sommerhütchen trägt –, kann man für einen Moment den Eindruck gewinnen, da trage jemand einen Pavillon mit sich herum. Jedenfalls habe sie manchmal Furunkel an Körperstellen gehabt, die sie weder sehen noch berühren konnte. Wunden seien generell schlecht verheilt, vor allem die des eitrigen Zahns, den sie sich zwar habe ziehen lassen, der aber auch ein Jahr danach noch so weh getan habe, als sei er nach wie vor an Ort und Stelle. Immer wieder habe sie im Wartezimmer gesessen, ihre Oberlippe beulig über dem entzündeten Fleisch, und sich vermutlich gewünscht, dass sie mal jemand darauf anspricht, wie oft sie doch schon hier gewesen sei. Sicher hätte ihr das gutgetan, nicht konkret von dem Schmerz zu erzählen, sondern von den vielen Tagen, die das alles schon dauere, und was sie schon alles versucht habe; morgens der prüfende Blick in den Spiegel, manches Mal sei die Schwellung so stark, dass sie das Auge verschließe; die Regelmäßigkeit, mit der sie Fieber bekomme, immer nachmittags für ein paar Stunden; dass sie Buch führe und es jetzt nachweislich schon ein

Jahr dauere. Was dann letztlich zutage gefördert wurde, sei ein Rest Wurzel gewesen, höchstens so groß wie ein Stecknadelkopf. Dennoch sei die Wunde sehr schlecht verheilt, wenn sie auch nicht mehr eiterte. Später sei ihr häufig schlecht geworden, sie habe sich schlapp und elend gefühlt, nur das Essen sei ihr trotzdem noch leichtgefallen, weil sie inzwischen derart daran gewöhnt gewesen sei, aber so habe es ja nicht bleiben können. Endlich sei jemand auf die Idee gekommen, ihre Blutwerte zu überprüfen. Von da an sei alles anders geworden.

Nicht nur, dass ihr Zuckerwert so hoch gewesen sei, dass sie quasi Sirup gepinkelt habe, auch ihr Cholesterinwert habe dazu Anlass gegeben, ihr mitzuteilen, sie solle *sofort* ins Krankenhaus kommen, aber *gaanz langsam*. Man habe sie aufgefordert, all das, was sie sich über die Jahre mühsam angefressen hatte – und zwar so lange, bis sie am Fressen Gefallen fand –, all das jetzt wieder abzunehmen. Sie habe kaum glauben können, dass das wirklich die Realität war. Plötzlich habe in ihrem Schlafzimmer statt Pralinen ein Tretrad gestanden, auf dem habe sie täglich zwei Stunden strampeln müssen. (Trotzdem ist sie nie wieder schlank geworden.) Anfänglich habe sie es noch mit Humor genommen, habe Süßspeisen mit Sorbit zubereitet und sich darüber amüsiert, wenn die Familie kurz darauf üble Blähungen bekam. Aber Diabetes wurde damals noch anders behandelt als heute: Man bekam einen strengen Ernährungsplan, die Broteinheit wurde das tagesbestimmende Maß – sie war wegen der Cholesterinproblematik sehr knapp kalkuliert und zwang zu ständiger Selbstgeißelung. Eigelb sei ihr verboten gewesen, generell tierische Fette, und natürlich Kohlenhydrate in jeder Form – eigentlich habe sie nur noch Gemüse mit Knäckebrot kauen können, fünf Scheiben am Tag, und wenn es Filinchen gab, durften es zur Abwechslung auch mal sechs Scheiben sein. Ein Fest. Dennoch sei es ihre Aufgabe geblieben, die Mahlzeiten für die Familie zuzubereiten, besser gesagt für ihren Mann – die Mädchen seien da schon aus dem Haus gewesen. Aber wenn sie zu Besuch gekommen seien, hätten alle bekocht werden müssen, Opa habe sich geweigert, auf irgendwas zu verzichten. Dann habe sie da am Tisch gesessen, Gott flüchtig für ihre Mahlzeit gedankt, versucht, den anderen nicht auf die Teller zu starren, angewidert auf übermäßige Kaugeräusche hingewiesen und artig in ihren nackten Kartoffeln herumgepickt. Sie habe ihrer Schwester im Westen geschrieben, wie schrecklich all diese Entbehrungen seien, keiner verstünde ihre Bürde, selbst in ungenutzten Räumen meine sie, den Geruch von Bratkartoffeln wahrzunehmen, es sei unbeschreiblich. Ihre Schwester habe geantwortet, sie solle sich keine Gedanken machen, der Geruch der Bratkartoffeln stamme nur von ihrem Gewissen. Oma habe sich einmal mehr nicht ernst genommen gefühlt, jedoch nicht darüber geklagt, denn zusammen mit Hannis Hohn sei ein Paket mit Lebens- und Genussmitteln eingetroffen, die speziell für Diabetiker konzipiert waren – bunte Packungen mit Fertigsoßen, Puddingpulver, Backmischungen, angereichert mit allerhand chemischen Bestandteilen, die Geschmack und Konsistenz verbotener Inhaltsstoffe ersetzten. Diese Art von Paketen sei fortan regelmäßig geschickt und mit jedem Jahr größer geworden. Oma habe sich daran gewöhnt, Parallelgerichte zuzubereiten, die immer besser aussahen, wenn auch nicht besser schmeckten als das Essen der anderen. Neugierige Probieranfragen habe sie heftig zurückgewiesen: Morr dät des ja net braung, morr sollt erschd emol orre Kroankid krieng, doann dät morr wissn, wie des wär. Nach etwa zehn Jahren habe ihr Mann dann tatsächlich Diabetes bekommen. Er habe sich aber kein Insulin spritzen müssen und es generell nicht so genau genommen mit all diesen Regeln, im Grunde habe er bei Tisch einfach so zugelangt wie zuvor. Es sei ihr deshalb auch weiterhin sehr schwergefallen, ihm etwas von ihrer Diabetikerfeinkost abzugeben – er habe ja auf kaum etwas verzichtet. Selbst nach der Wende, als man diese Sonderlebensmittel auch im Osten überall kaufen konnte, habe sie an ihrem Verhaltensmuster nichts mehr geändert. Sie sei inzwischen daran gewöhnt gewesen, missgünstig zu sein. Das Essen sei so lange ein so großes Thema gewesen, sie könne es gar nicht mehr anders sehen und wir neigten doch alle zu Drogen, wenn es uns schlechtgehe. Sie habe ja auch nie Zeit für richtige Hobbys gehabt, wie sollte sie jetzt noch damit anfangen, sich welche zu suchen. Es sei symptomatisch, dass sie keinen Sinn mehr in ihrer Selbstpflege sehe, sich in ihrer Stube verstecke und heimlich die Tonnen von Diabetikerschokolade verzehre, die sie bei Festivitäten von allen Seiten entschädigend geschenkt bekomme. Wahrscheinlich werde die in ganz Deutschland nur noch für sie allein hergestellt – inzwischen sei diese spezielle Diät ja völlig überholt. Aber wozu auf den letzten paar Metern ein gut laufendes System ändern, der Verzehr von Fruchtzuckerschokolade sei immerhin erprobt und erhalte Arbeitsplätze. Obwohl sie sie vermutlich gar nicht mehr schmecke, sie beiße nur in ihre Erinnerungen. Das alles sei irgendwie nachvollziehbar, aber es sei wirklich nicht leicht, damit umzugehen. Es sei wirklich nicht leicht.

×××

Die Internetverbindung ist ein Arschloch und Vaters Computer außerdem so veraltet, dass er eine etwaige Leistungsverbesserung wahrscheinlich überhaupt nicht verarbeiten könnte. Seit einer Stunde stecke ich in der staubigen Ecke in Vaters Kabuff, krümme ungesund meinen Rücken und erarbeite mir also mühselig Folgendes:

Cholesterin: Ein lebenswichtiger, körpereigener Stoff; erhöht unter anderem die Stabilität der Zellmembran; ist nicht wasserlöslich; wird über das Blut transportiert. Verschiedene Faktoren, etwa Omas Nierenunterfunktion, können zu einem erhöhten Cholesterinspiegel im Blut beitragen. Dieses Cholesterin lagert sich in Blutgefäßen ab und führt zu deren Verengung. Je enger die Blutgefäße, desto höher die Gefahr von Blutgerinnseln.

Blutgerinnsel: Pfropfen geronnenen Blutes; verstopfen entweder das Blutgefäß an ihrer Entstehungsstelle (Thrombose) oder werden letztlich vom Blutstrom mitgerissen und führen an anderer Stelle zu Verstopfungen. Mögliche Folgen: Schlaganfall, Infarkt.

Blutgefäße: Adern; bilden zusammen mit dem Herzen den Blutkreislauf; werden nach Funktion und Größe namentlich unterteilt; Bsp: Arterien, Venen.

Arterien: Schlagadern; transportieren sauerstoffreiches Blut vom Herzen weg, um den Körper damit zu versorgen.

Verstopfung der Arterie: schmerzhaft.

Oberschenkelarterie: Schlagader im Oberschenkel; zum Beispiel in Omas; im linken derzeit gefährlich verengt; mögliche Folgen bei Nichtbehandlung: Amputation des Beins.

Oma ist seit einer Woche im Krankenhaus, die verengte Stelle wurde dort mit einem Ballonkatheter geweitet, ein sogenannter «Stent» wurde platziert, um eine erneute Verengung zu verhindern. Man hat wie immer ihre medikamentöse Behandlung umgestellt – es ist absehbar, dass ihre Hausärztin diese Entwicklung verärgert rückgängig machen wird. Außerdem hat man ihr die Tabletten zur eigenverantwortlichen Einnahme mit den Mahlzeiten serviert, indem man sie auf den Nachttisch stellte, wo sie meist bis zur nächsten Mahlzeit stehen blieben, um dann – begleitet von Ermahnungen – durch die neue Ration ersetzt zu werden. Für sämtliche Wege, auch den zur Toilette, wurde sie in einen Rollstuhl gesetzt, den sie bestiegen hat wie einen Thron.

Vater schiebt sie energisch zum Auto, seine Stirn wirft tiefe Zornesfalten. Was das solle? Sie könne sehr wohl laufen, ihr Bein sei *nicht* amputiert worden – ob ihr das entgangen sei?

We'morr kroank wär, dät morr nei'n Rollstuhl geheern.

Wenn man akut krank sei vielleicht. Das sei sie aber nicht mehr.

Dor Doggdor hätt gesoochd, se kennt denn Rollstuhl mienehme, bis se en eichne hätt.

Der Doktor müsse ihr ja auch nicht den Hintern abwischen. Außerdem zweifle er generell an der Kompetenz dieses Mannes – jedes Mal, wenn sie aus dem Krankenhaus entlassen würde, ginge es ihr schlechter, weil er es nicht lassen könne, in der Medikation rumzupfuschen. Warum er die Hausärztin nicht einfach mal zum Golf herausfordere, wenn er sich unbedingt mit ihr messen wolle.

Wenn orr siech net im se kimmern wollt, sollt orr siech aam voa'n Oagger moachng.

Ha, natürlich!

Tante Lena komme heute bestimmt zu Besuch.

De Oannere wär aa scho loang nimmer doa geween.

Die Oannere arbeite für zwei, wie solle sie da noch Zeit für Besuche finden.

× ×

Mutti müsse mal austreten. Tante Lena steht unruhig im Türrahmen, ihr Bewegungsmodus erinnert mich stark an ein Huhn – ein sehr hübsches, gepflegtes Huhn freilich –, die Arme müssten nur auf dem Rücken verschränkt sein. Vater, gerade im Begriff, die Luft mit Harzer Käse zu verpesten, sieht sie entgeistert an: Dann solle sie ihr eben dabei helfen.

Ja, also … Tante Lena sieht mir nur fast in die Augen, trotzdem verstehe ich ihr Flehen.

Ob sie den Salat zu Ende machen könne? Die Blätter müssten noch gewaschen und geschnitten werden, das Dressing sei schon fertig. Tante Lena tritt tief nickend an die Spüle, ich gehe zu Oma ins Zimmer. Es riecht nach abgestandenen Süßstoffblähungen. Oma lauert mit Rollstuhl in der Mitte des Zimmers, nur zwei Schritte vom Süßigkeitenfach entfernt.

O. k., sie solle bitte mal aufstehen, ich würde ihr helfen, ins Bad zu kommen.

Wos? Nei 's Boad? Ze wos dee! Se hätt doch dohier denn Klostuhl in Zimmer, doo kennt se doch nauf.

Den Klostuhl?

Freiliich.

Ob sie das wirklich nötig habe?

Joae.

Moment, ich wolle das wenigstens probieren, sie solle sich mal bei mir einhaken, genau, und jetzt bitte mit der anderen Hand aufstützen, auf der Lehne, genau, und hochstemmen. Stemmen. Mit Kraft. O. k., sie habe also auch keine Kraft mehr in den Armen. Spitze. Dann würde ja der Wechsel auf den Toilettenstuhl ein Kinderspiel werden.

Ich ziehe meinen Arm aus ihrer Achsel, schiebe sie ins gute Zimmer, dicht vor den Stuhl, nehme den Deckel ab, lege ihre Hände auf die Armlehnen, trete hinter sie, lege meine Arme um ihre Körpermitte und ziehe sie hoch, bis sie steht. Gemessen am ersten Versuch, geht das wesentlich leichter, als zu erwarten war.

Sie müsse sich jetzt bitte kurz so abstützen. Ob sie das aushalte?

Joa.

Ich schiebe den Rollstuhl zur Seite, taste nach dem engen Bund ihrer Jogginghose, hebele den Gummi über ihre Hüften, ebenso den Schlüpfer, ein Altfrauenmodell aus ergrauter Baumwolle, das sich samt Inkontinenzeinlage nur schwer zwischen den Oberschenkeln herunterziehen lässt. Von ihr haben wir also diese Haut geerbt – die Frau ist Anfang achtzig und wiegt doppelt so viel, wie sie dürfte, alle verbliebenen Muskeln eingebettet in dickem Speckmantel, und trotzdem sind ihre Oberschenkel enorm fest und straff. Ob sie heimlich Gymnastik mache?

Wat?

Ihre Haut sei so fest wie die einer Vierzigjährigen. Zumindest komme es mir so vor – nicht, dass ich schon mal bewusst einer Vierzigjährigen an den Hintern gegriffen hätte, aber es könne sich nicht wesentlich anders anfühlen als bei ihr.

Das sei bestimmt das Wasser, flüstert Tante Lena unerwartet hinter mir, ihr Gesicht voll ängstlicher Entschlossenheit.

Hm?

Wassereinlagerungen. Deshalb habe sie wohl auch so ein rundes Gesicht.

Ach so. Na ja. Oma müsse sich jetzt umdrehen, ich würde ihr dabei unter einen Arm greifen, aber es würde nur klappen, wenn sie mitarbeite. O. k., genau, so. Ob sie richtig über der Öffnung sitze?

Joa.

Na, dann könne sie ja loslegen, und in ein paar Minuten würde ich mal nach ihr sehen.

Als ich noch dabei bin, den Raum zu verlassen, höre ich schon, wie sie presst.

Es sei interessant, lehne ich mich in den Türrahmen zur Küche, dass Oma anscheinend überhaupt kein Schamgefühl mehr habe.

Vater nickt ärgerlich, Tante Lena schweigt.

Dieses Phänomen sei mir ja schon mal begegnet, allerdings in einem anderen Zusammenhang. In ihrem Fall komme es mir vor, als habe sie das nur abgelegt, um uns alle zu ärgern.

Ob ich ihr das wirklich zutraute? Tante Lenas Bestürzung klingt irgendwie rhetorisch.

Er schon. Vater klappt energisch die Kühlschranktür zu.

Das Essen ist fertig, zwei geviertelte Knäckebrote mit fettarmen Belägen und der Salat, den Tante Lena aufwendig designt hat.

Der sei ja hübsch, finde ich.

Tante Lena lächelt stolz.

Da würde Oma sich aber freuen, kommentiert Vater. Tante Lena garniert den Schnittchenteller in seiner Hand mit zwei kleinen Petersilienzweigen, ohne ihn anzusehen. Er schnauft.

Ob sie zum Essen bleibe?

Also, Achim warte zwar mit dem Abendbrot auf sie, aber sie könne Oma schon noch ein bisschen Gesellschaft leisten.

Ob sie mit Oma allein sein wolle?

Ach, nein. Tante Lena steht neben der Wohnzimmertür und lässt mir den Vortritt.
Oma sitzt unverändert, das Zimmer, in dem sie gleich essen wird, riecht jetzt nach Kacke – ich öffne ein Fenster.

Der Stuhl stehe ihr. Sie sei die Königin der guten Stuben.
Tante Lena beobachtet beschämt, wie ich Oma nach oben dirigiere, ihr Papier in die Hand gebe, mit dem sie so unscheinbar an sich herumtupft, dass mir klarwird, warum Vater diese Aufgabe lieber selbst erledigt. Sie solle entschuldigen, kündige ich an und zwänge meine Finger zwischen ihre Pobacken, befürchtend, dass dreifach gefaltetes Papier dem Druck nicht standhält. Ich muss diesen Vorgang viermal wiederholen, bis keine schwarzen Spuren mehr zu sehen sind. Die Farbe überrascht mich – ich sehe Tante Lena fragend an.

Das sei der Krebs. Sie flüstert fast.
Oma, von mir umständlich angekleidet, dreht sich schwer in den Rollstuhl, sie keucht lauter als vorher.

Tante Lena solle bitte übernehmen.
Ich ziehe die Schüssel unter der Sitzfläche hervor, decke sie ab und gehe zur Toilette.

Die Kacke klebt fest am Plastik. Ich klopfe mit der flachen Hand auf den Boden, schlage die Schüssel gegen die Keramik, bis ein Teil herausfällt, den Rest muss ich irgendwie anders lösen. Wenn ich jetzt die Klobürste dafür nehme, setzt sich die Scheiße zwischen den Borsten fest. Ich lege Papier über den schwarzen Klumpen am Boden der Schüssel, wische mit der Bürste die Schüssel aus und wiederhole den Vorgang. Ich betätige die Spülung. Die

Schüssel ist noch nicht sauber. Ich krame einhändig den WC-Reiniger unter dem Waschbecken hervor, spritze großzügig die gelbe Seife auf die Schleifspuren, befeuchte die Bürste im Klo, schäume dann auf, ekle mich vor eventuellen Spritzern. Der Schaum läuft zäh in die Toilette, ich fülle am Waschbecken Wasser ein und kippe es ins Klo, bis das einlaufende Wasser keine Blasen mehr wirft. Ich wasche mir die Hände gründlicher als sonst. Und jetzt will ich sofort ein Glas Wein.

⨯

Ich könne mich jetzt unmöglich an diesen Tisch setzen und ihr dabei zusehen, wie sie Sachen in sich hineinfülle, die dann an anderer Stelle wie Pech aus ihr herauskämen.

Daran gewöhne man sich.

Bestimmt.

Also, nicht unbedingt daran, ihr beim Essen zuzusehen, aber an alles andere. Tatsächlich bekomme ihr Essen einen ähnlichen Stellenwert wie all dieses andere. Das sei aber nur unangenehm, wenn sie einen frage, ob man die Reste von ihrem Teller wolle.

Ach je.

Vater bastelt an etwas herum, das sich bei genauerem Hinsehen als altes Kofferradio entpuppt. Die Rückseite hat er abmontiert, das Innere ist überraschend übersichtlich, aber grünlich verkrustet.

Wie er das eigentlich aushalte, ohne Mama.

Er stelle sich oft vor, sie sei irgendwo im Haus und könne jeden Moment ins Kabuff kommen.

Und das mache seine Sehnsucht nach ihr nicht noch größer?

Es komme darauf an, wie sehr er daran glaube. Manchmal sei es leichter, an etwas zu denken, das sie zusammen erlebt hätten, und sich darüber zu freuen. Wie sie sich zum ersten Mal begegnet seien zum Beispiel. Ihr schallendes Gelächter in der Mensa. An seine unglaubliche Überraschung, als er begriffen habe, dass sie eine Frau sei. Das habe ihm sehr gefallen.

Dass sie wie ein Mann aussah?

Dass es ihr egal gewesen sei, ob man sie für einen hielt oder nicht. Er zieht an seiner Pfeife, spült mit einem Schluck Wein nach, lächelt eigentümlich zufrieden. Sie hätten einander oft Streiche gespielt, einmal habe er ihr die Brille zugeklebt, während sie schlief – sie öffne die Augen ja immer erst, wenn sie die Brille schon aufgesetzt habe. An diesem Morgen habe sie für einen kurzen Moment wirklich geglaubt, sie sei blind. Er sei von ihrem Aufschrei wach geworden und nie wieder so mühelos aus dem Bett gekommen.

Ich kenne die Geschichte, ich habe sie schon mindestens zehnmal gehört, sehr wahrscheinlich öfter.

Sie habe ihm dafür später ein Stück Plastikfolie über seinen Pinkeleimer gespannt. Das habe eine unglaubliche Sauerei gegeben. Später habe er ihre Brille manchmal versteckt, wenn sie ihm auf die Nerven gegangen sei. Nur um sie ein bisschen zu beschäftigen, nicht um sie wirklich zu ärgern.

Sie habe mir immer unterstellt, dass ich das gewesen sei.

Er habe sie immer so versteckt, dass ich es nicht gewesen sein konnte.

Das habe sie nicht davon abgehalten.

Deswegen habe er ja auch irgendwann wieder damit aufgehört. Aber er habe es schon ein bisschen bedauert. Jedenfalls versuche er generell, nicht unglücklich darüber zu sein, dass sie gerade nicht bei ihm sei, sondern sich darüber zu freuen, dass sie überhaupt existiere.

Ob ihm der Alkohol dabei behilflich sei?

Durchaus. Und der Hanf. Wie spät wir es denn jetzt hätten? Kurz vor acht schon – dann müssten wir uns jetzt aber mal um Omma kümmern. Die Dialyseschwester komme auch gleich.

× × ×

Die Kantine hat ein altes, braunes Herz aus Fett. Es wird nur unregelmäßig gereinigt, obwohl die Hygienebestimmungen eigentlich etwas anderes verlangen, und wenn man sich ihm unvorsichtig nähert, bespuckt es einen brennend, ohne Anlass oder Vorwarnung. Diese Beschreibung meint nicht mich – sie trifft auch nur geringfügig auf mich zu –, sondern eine der übelsten Erfindungen seit der Praktizierung des Milchbades: die Fritteuse. Ich hasse sie so wie alles, was aus ihr rauskommt, und jeden, der mich mit seiner Bestellung zwingt, etwas in sie hineinzutun.

Zumeist Currywurst und/oder Pommes. Manchmal Kartoffelpuffer, Frikadellen oder Schnitzel. Der Geruch verfolgt mich in meinen Träumen – tückische Szenarien, in denen sogar Salate heiß und fettig sind. Bevor ich anfing, hier zu arbeiten, mochte ich Pommes. Die kann ich jetzt nie wieder essen. Neulich erklärte ich einem erheblich übergewichtigen Sänger, der unter Entscheidungsnot litt – er wisse ja auch nicht, was solle er nur nehmen, vielleicht mal etwas *ganz* anderes –, ich könne ihm ja zur Abwechslung mal einen Schokoriegel frittieren. Seitdem darf ich die zehn Cent, die er von seinen drei Euro für die Currywurst zu zweineunzig zurückbekommt, nicht mehr behalten. Man sollte meinen, dass die Besucher einer Kulturhauskantine (Künstler und solche, die es gern wären; generell Personen, die man zur intellektuellen Elite Deutschlands zählen kann) mehr Wert auf eine gesunde Ernährung legen, vor allem mehr Wert auf eine nachhaltige, faire Ernährung. Aber alle Intelligenz und Bildung ändert nichts an den primitiven Gelüsten nach tierischem Fett mit Salz für so wenig Geld wie möglich. Am Tag meiner Kündigung, der nicht mehr fern ist, so viel ist sicher, werde ich jedem, der eine entsprechende Bestellung bei mir aufgibt, genüsslich die schmierigen Riesenpimmel zeigen, die vom Kantinenchef in preislich vorteilhaften Großpackungen herangeschafft werden. Ich werde erzählen, dass die Packung noch gar nicht *so* lange offen sei, und trotzdem habe sich schon diese erstaunliche, bakterielle Vielfalt angesiedelt, die geruchlich an einen ungepflegten Intimbereich erinnere. Mir sei bewusst, dass man sich immer darüber geärgert habe, dass die Currywurst von mir quasi schwarz serviert worden sei, aber man könne mir glauben, das sei so ziemlich das Netteste, was ich für alle Betroffenen hätte tun können. Mal abgesehen davon, dass die Farbe des sehr sparsam gewechselten Fritteusenfettes erheblichen Einfluss auf die Farbe der jeweiligen ‹Speise› hat – und wenn mir der spackige Typ mit der Brille noch *einmal* sagt, dass er die Pommes nicht isst, wenn sie so braun sind, dann kann er sie künftig gefroren kauen.

Die Belegschaft des Kulturhauses ist unzufrieden mit der Kantinenführung, das teilt sie mir mehrfach unumwunden mit. Beim vorherigen Inhaber habe man immer anschreiben dürfen und generell könne man in allen Künstlerkantinen dieses Landes anschreiben. Vor einem halben Jahr sei man zu einem Gastspiel in der chinesischen Provinz gewesen und selbst da habe man anschreiben dürfen; jawohl, man könne das praktisch als eine internationale Gepflogenheit bezeichnen. Es sei hart genug, von dem mageren Gehalt eines Kulturschaffenden leben zu müssen, während man permanent für ein Publikum arbeite, dessen dezidiertes Kunstverständnis einem jede Innovation verbiete, weil es sonst demonstrativ sein Abonnement kündige. Da wolle man gegen Ende des Monats nicht auch noch damit konfrontiert werden, dass man nicht mal mehr genug Geld habe, um sich in der *Kantine* ein belegtes Brötchen zu kaufen, geschweige denn eine Currywurst. Außerdem sei das Essensangebot generell zu dürftig. Immer, wenn man abends mal noch etwas Warmes essen wolle, könne man nur Currywurst und Co. bestellen. Letzteres wurde mir so eindringlich von einem Tontechniker dargelegt, als sei der Anspruch auf ein warmes Abendessen ein Menschenrecht. Weil mir diese Beschwerde jedoch äußerst gelegen kam, leitete ich sie mit höchster Priorität an meinen Chef weiter, welcher mir daraufhin zwei Bottiche mit Soßen und einen mit gekochten Nudeln bereitstellte, um dieses Menschenrecht bei Bedarf mittels Mikrowelle in Minutenschnelle befriedigen zu können. Nach einer Woche warf ich den Großteil des alternativen Speisenangebots in den Müll. Seitdem gibt es wieder nur Fritteusenfraß. Ich warte die ganze Zeit darauf, dass sich mal wieder einer darüber beschwert, damit ich hämisch meine Nudelanekdote auspacken kann. Macht aber keiner.

Wenn ich nicht gerade die Aufschnittmaschine von Wurstresten säubere, um ein paar Scheiben Käse nachzuschneiden (damit mir der eine überzeugte Vegetarier mit dem Nagelpilz an der linken Hand nicht wieder vorwerfen kann, ich würde ihn nicht ernst nehmen), oder das Lied von der Seeräuber-Jenny summe, während ich unhandliche Gläser poliere, kritzele ich den Notizblock mit ausladenden Gesten voll, die der eine oder andere Kreative vollführt, wenn er seinen Kollegen in der Raucherkabine für mich unhörbare Anekdoten erzählt. Interessant ist der Kontrast zu ihrem Einzelverhalten. Wie sie in sich gekehrt an den Tischen sitzen, bis jemand vorbeikommt, dem sie sich zeigen können. Jemand, dem sie zutrauen, dass er ein Gespür für ihr Talent hat. Also nicht ich. Es ist ungleich schwieriger, sie unbemerkt zu zeichnen, wenn sie gerade nicht damit beschäftigt sind, eine Begebenheit zu inszenieren oder eben sich selbst. Aber wenn sich die Gelegenheit bietet, nutze ich sie und bewahre die Skizzen auf. Die anderen landen am Ende des Tages im Müll, zusammen mit den Resten der Currywürste und Pommes. Wenn ich gerade kein Geld habe, werfe ich ja nie etwas zu essen weg. Aber was weiß ich schon über die Boheme.

⨯ ⨯

Die Katze liegt mit angelegten Pfoten im Fußende der Badewanne und blickt aus großen Smaragden stolz zu mir herauf.

Ob ich mich kurz zu ihr setzen dürfe?

Käthe lächelt lang mit ihren Lidern, ich lächle zurück. Dann setze ich mich müde auf den Klodeckel und drehe mir eine Zigarette: Ehrlich gesagt, wolle ich mit jedem Tag weniger heimkommen – das Haus sei nur von außen ein bisschen schön. Wie die Familie überhaupt all die Jahre hier habe leben können, ohne sich mit den Gardinen zu erdrosseln. Ich wisse nicht, wie lange ich das noch aushalten könne. Im Sommer sei das leichter gewesen, aber jetzt so mit den kürzeren Tagen ... Und immer dieser Regen. Es regne nur dann nicht, wenn keiner hinsehe. Vaters Kabuff sei eine Räucherkammer. Und mein Zimmer erzähle trotz aller Umgestaltungsversuche noch immer vom Geschmack einer Frau, der zeit ihres Lebens leider niemand gesagt habe, dass sie diesbezüglich eher talentfrei sei. Ich könne hier nirgendwo sein, ohne permanent daran erinnert zu werden, dass ich eigentlich lieber woanders wäre.

Käthe richtet sich ernst auf, platziert ihre Vorderpfoten präzise mittig zu ihrer Brust, betrachtet mich eindringlich, und ich bin sicher, dass sie mir damit irgendwas sagen will.

Na ja, ich würde dann jetzt mal zu Oma gehen. Ich drücke meine Zigarette aus. Käthe beginnt, sich zu putzen.

Franka? Vaters Halbschlafstimme aus dem Kabuff.

Ja, er solle weiterschlafen.

Die Haustüren sind nicht abgeschlossen. Nachts klemmen wir ja immer einen Pfahl unter die Türklinke, damit etwaige Einbrecher sie nicht runterdrücken können. Aber während der Mittagsruhe kann praktisch jeder Irre reinkommen und die Yuccapalme aus dem Flur klauen. Die Stille würde ihn vielleicht davon abhalten. So eine ganz öde Lautarmut, nur gelegentlich durchbrochen vom Surren des Gefrierschranks, der da in der Ecke neben der Küchentür steht. Eine Stille, als lauere etwas mit langen Fingern irgendwo. Oder als sei jemand tot. Der letzte Gedanke macht mir den Hals eng, und für einen Moment fürchte ich mich vor dem, was sich hinter der Wohnzimmertür verbirgt. Ab und zu überkommt mich so was: Horrorfilmassoziationen. Einfach so, ohne wirklichen Anlass. Ich gehe auf einen Dachboden, um Wäsche aufzuhängen, und noch während ich die Treppe hochsteige, sehe ich schon jemanden auf der anderen Seite der Tür baumeln. Das Bild verschwindet erst, wenn ich die Tür geöffnet habe. Manchmal ist mein Gehirn ein Arschloch. Ich drücke langsam die Klinke zum Wohnzimmer runter, der Riegel erzeugt immer so ein schweres Geräusch einer anderen Zeit. Das ewige Klacken der katzengoldenen Uhr begrüßt mich. Die Dunkelheit geschlossener Fensterläden, nur erhellt von einer mickrig gelben Glühbirne. Zögerlich schiebe ich einen Fuß vor den anderen auf dem abgetretenen Teppich, bis ich Oma auf ihrem Kackstuhl erblicke und sofort weiß, dass sie schläft. Ich bin ein bisschen enttäuscht. Dann sehe ich das Motiv. Und schleiche viel schneller raus, als ich reingekommen bin.

×

Oma ist schon auf dem Papier, die Hose in groben Strichen um ihre Fußgelenke, nur ihr Gesichtsausdruck ist detailliert. Eben bin ich dabei, die umstehende Hässlichkeit zu skizzieren, als sie langsam wach wird und fragt, wer dee do wär??

Ich, entgegne ich. Ich sei gerade erst reingekommen, sie sei anscheinend eingeschlafen. Ich wisse nicht, wie lange sie hier schon sitze, aber ob sie fertig sei?

Naa, se dät glaam itze noch net.

Dann würde ich noch ein bisschen warten, auch, damit sie nicht wieder einschlafe.

Ob dor Moa se vorrgessn hätt?

Vielleicht. Ich sei von der Arbeit direkt zu ihr ins Zimmer gekommen, ich wisse also nicht, ob er eventuell gerade aus ernsten Gründen verhindert sei.

Iech dät aarwiddn?

Ja, das wisse sie doch.

Naa. Wuhaar sollt se des dee wissn?

Ich hätte es ihr erzählt.

Wenn dee?

Mehrmals. Das letzte Mal, als ich den neuen Job angenommen hätte.

Wu iech dee aarwiddn dät?

In der Kantine vom Kulturhaus.

Denn goannsn Dooch?

Nur zwei- bis dreimal die Woche, offiziell sechs Stunden, aber eigentlich seien es immer mehr. Entweder sei ich zu langsam oder die anderen, die angeblich immer alles in der vorgegebenen Zeit schafften, seien zu nachlässig. Wahrscheinlich sei ich zu langsam, schraffiere ich hörbar den Teppichboden.

Wos iech dee grood moachng dät?

Ich würde das Dialysegerät zeichnen.

Ze wos dee des?

Wisse ich auch nicht, es ergebe sich gerade so. Eigentlich würde ich ja gerne mal in ihren alten Fotoalben blättern. Mir seien neulich ein paar Geschichten eingefallen, die sie mir früher erzählt habe, und ich hätte Lust, noch mal die Bilder aus dieser Zeit sehen. Aber sie sitze ja genau vor der Vitrine, also sei es gerade kein so günstiger Moment.

Wos'n forr Gschichtn?

Ob sie sich daran erinnere, wie sie sich in Opa verliebt habe?

Naa.

Mhm. Aber sie sei doch, daran erinnere sie sich ja sicher, an den Scheinwerfern gewesen. Das müsse etwa ab 1944 gewesen sein, ob sie das noch wisse. Ihr sei nicht klar gewesen, warum ausgerechnet sie eingezogen wurde –

keine sonst aus ihrem Bekanntenkreis habe diesen Befehl erhalten. Vermutlich habe es an ihren kirchlichen Aktivitäten gelegen, aber vielleicht ja auch daran, dass ihre Familie nie in die NSDAP eingetreten sei. Die Scheinwerfer jedenfalls, monströse Strahler, mit denen man den Himmel ausgeleuchtet habe, um feindliche Flugzeuge für den Abschuss sichtbar zu machen, seien bei Fliegeralarm von mehreren Frauen gleichzeitig bedient worden, die einen Eid geschworen wie jeder andere Soldat und bis zum wie auch immer gearteten Ende die Stellung zu halten hatten. Nacht für Nacht hätten sie in ihren Uniformen geschlafen, seien bei jedem Alarm aus den Betten gesprungen, um ihren Dienst zu verrichten. Hätten nur selten gewagt, Prognosen darüber anzustellen, ob der Kampf nun verloren sei oder nicht – wem habe man denn vertrauen können. Aber wenn der Krieg nach Deutschland zurückkehre, wenn die Alliierten Stück für Stück *das Reich* eroberten und letztlich der Kampf um die Hauptstadt entbrenne, dann könne man noch so laut schweigen, es ändere nichts an der Niederlage.

Es habe einen Offizier gegeben, der das ähnlich gesehen habe. Er habe die Einheit *seine Damen* genannt, einmal nur habe er sich fast versprochen und die Anrede mit M begonnen – grundsätzlich befehligte er freundlich, aber förmlich. Er habe sie an einem Abend im Frühjahr im Speisesaal zusammenkommen lassen, eine Mannschaft jugendlicher Frauen um die zwanzig, jung genug, um seine Töchter zu sein. Er habe dann etwas zu leise von den vorhersehbaren Entwicklungen gesprochen, es sei nicht mal eine Frage der Zeit. Er habe kummervolle Blicke in dieses und jenes Gesicht geworfen. Dann habe er doch noch das Wort mit M gesagt: Mädels. Die Mädels sollten nach Hause gehen. Solange noch Gelegenheit dazu sei.

Es habe einen Moment gedauert, bis sie begriffen hätten, was er ihnen da vorschlug.

Oma hätte dort zwei Freundinnen gehabt, vermutlich der übliche Verbund seltsamer Randfiguren. Sie hätten eilig die Uniformmäntel umgenäht und beschlossen, die Flucht gemeinsam anzutreten, zumindest eine große Strecke des Weges. Nein, hätten sie ernst erklärt, sie bräuchten keine Männer, sie würden sich auf keinerlei Hilfsangebote einlassen, zu dritt seien sie sich genug.

Es habe gegolten, nur das Nötigste mitzunehmen, ideelle Werte seien dem nachgeordnet gewesen. Oma habe dennoch nicht auf ihre Tagebücher verzichten wollen. Freundin Nummer eins habe das bei Shakespeares Gesammelten Werken genauso gesehen; Freundin Nummer zwei habe zu ihrem Rucksack einen Lederkoffer getragen, der gänzlich mit Wolle gefüllt gewesen sei. Es habe nicht lange gedauert, bis die Letzteren beiden begonnen hätten, an ihrem Pakt zu zweifeln. Zweimal hätten sie trotzdem freundliche Annäherungsversuche von männlichen Mitwanderern zurückgewiesen oder sich vielmehr nicht getraut, Oma zu widersprechen, die sehr energisch jede Kontaktaufnahme vereitelt habe.

An einem Bach habe Freundin Nummer zwei ihren Koffer geöffnet und ein Knäuel nach dem anderen in den Lauf geworfen. Das Wasser sei so seicht gewesen, dass die Wolle größtenteils zwischen den blanken Steinen liegen blieb. Das leere Gepäckstück habe sie noch eine Weile mit sich herumgetragen, übellaunig und verärgert über den Starrsinn der napoleonischen Anführerin.

Als sie am dritten Tag ihrer Wanderung ein Dorf zur Übernachtung aufgesucht hätten, seien sie dort auf einer zentralen Freifläche drei jungen Männern in die Arme gelaufen, ausgezehrt, aber gut gelaunt und ebenso demonstrativ in Zivil wie alle anderen Flüchtlinge. Es sei ihnen auf wundersame Weise gelungen, ein Tier nicht überlieferter Art heranzuschaffen, zu schlachten und über einem Feuer am Spieß zu braten. Das Tier muss groß genug gewesen sein, um es mit drei jungen Frauen teilen zu können. Die Männer sollen sich darüber schnell einig gewesen sein und hätten die Frauen herangewinkt, welche zufällig nicht nur fußlahm, sondern durchaus auch sehr hungrig gewesen seien. Und das Fleisch habe so gut gerochen.

Oma, geübt im Verzicht und Bestehen von Prüfungen, habe der Einladung dennoch nicht nachgeben wollen. Ihre Freundinnen hingegen hätten wohl schon vorher beschlossen, Omas Anforderungen zu übergehen, hätten sich also nach knappen Überredungsversuchen ohne sie in den Kreis um die Feuerstelle begeben und seien sehr freundlich bewirtet worden. Das sei ärgerlich gewesen. Eine ausgleichende Handlung habe hergemusst, wie ein Verlegenheitsputzen – Oma habe sich ein wenig umgesehen und am Rand des Platzes die Schaukel entdeckt.

Opa soll einmal erzählt haben, sie habe einen Rock getragen, der aufreizend geflattert habe, als sie sich höher und höher schwang. Er habe über die Entfernung hinweg seinen Augen kaum getraut. Auch, nachdem er sich erhoben hatte und zu ihr gegangen war, habe sie nicht damit aufgehört, sie habe stur an ihm vorbeigesehen und er sei sicher gewesen, sie wisse, was sie da tue.

Oma hingegen habe in ihrer Erzählung darauf bestanden, einfach nur geschaukelt zu haben, nur geschaukelt. In Anbetracht ihrer strengen Keuschheit würde ich ja dazu neigen, ihr zu glauben, aber das ändere nichts daran, dass Opa von diesem Moment an etwas in ihr sah, das vielleicht niemals jemand außer ihm in ihr gesehen habe. Er habe sich geduldig an das Gestänge der Schaukel gelehnt, ihr offen lächelnd zugesehen – ein Lächeln, von dem er aus Erfahrung wusste, dass man sich ihm nur schwer entziehen konnte – und habe so lange gewartet, bis es ihr albern erschienen sein musste, mit alldem weiterzumachen. Sie habe angehalten, er habe seine Einladung bekräftigt und vielleicht sei sie ja geschmeichelt gewesen von seinem Bemühen und habe endlich eingewilligt.

Von da an seien sie zu sechst weitermarschiert, allerdings habe sich trotz des Moments an der Schaukel eine paarweise Aufteilung ergeben, die sich schon während Omas Abwesenheit zu entwickeln begonnen hatte. Opa habe demnach den Rucksack voller Shakespeare getragen, an seiner Seite die stolze Besitzerin. Der narbige Kerl mit dem verletzten Arm habe verständnisvoll über den Jammer seiner Begleiterin genickt, die nicht darüber hinweggekommen sei, all die Wolle *und* auch noch den guten Koffer weggeworfen zu haben. Und neben Oma sei ein ungeschickter Jüngling gelaufen, der so viel Wert auf seine Frisur gelegt habe, dass er ein Haarnetz trug. Oma habe jede Konversation vermieden.

Die kalten Nächte hätten alle Seite an Seite in der ein oder anderen Scheune mit Hunderten anderen Flüchtlingen verbracht. Es habe kaum Decken gegeben, man habe sich deshalb eng aneinandergedrängt und sei dann in der Dunkelheit meist paarweise übereinander hergefallen vor Gier nach Leben – wer habe schon gewusst, wie lange man noch eines besaß. Auch Omas Freundinnen hätten ein ums andere Mal leise geseufzt. Der Hand des Haarnetzknaben, die er unsicher auf ihre legte, habe sie sich dennoch entzogen und sich wenig Mühe gegeben, so zu tun, als ob sie schliefe.

Dieser Misserfolg sei den andern nicht entgangen. Angeblich soll Opa dem Jüngling in einem günstigen Moment erklärt haben, wenn er in der kommenden Nacht wieder erfolglos bleibe, würde er selbst sein Glück bei ihr versuchen – Oma sei dabei freilich ungefragt geblieben. Der Haarnetzknabe habe den Ernst der Lage verstanden und sich in der nächsten Scheune noch dichter an sie gedrückt, sie habe seinen feuchten Atem im Nacken gespürt. Dann habe er ihren Namen so jämmerlich geflüstert, dass sie nicht nur bedrängt, sondern verärgert gewesen sei, sich kraftvoll aufgerichtet habe in der Hoffnung, ihr Ellenbogen träfe irgendeines seiner Körperteile, am liebsten sein Gesicht.

Sie sei nach draußen gelaufen, die Nacht sei sternenklar gewesen und von der Frühlingswärme des Tages nichts mehr übrig. Sie habe sich auf eine nahe Bank gesetzt, ihre Arme um sich geschlungen und ungläubig dem Stöhnen gelauscht, das aus hundert Kehlen bis nach draußen gedrungen sei. Als der Bauer, dem die Scheune gehörte, sich mit einer Pfeife zu ihr setzte, ein sittsamer Abstand zwischen ihnen beiden, den Blick wie sie zu den Sternen gerichtet, und kopfschüttelnd fragte, was da drinnen nur los sei, habe sie ebenso kopfschüttelnd erwidert, se däts aa net vorrstehe. Mehr Worte hätten sie nicht gewechselt.

Am anderen Morgen habe sich der Haarnetzknabe krank gefühlt. Seine Kameraden hätten ihn deshalb mit ein paar harmlosen Witzen aufgezogen, gleichwohl aber verstanden, dass er nicht weitergehen könne, und dabei keine Sekunde mit dem Gedanken gespielt, ihn zurückzulassen. Sie würden zu dritt auf dem Gehöft des Narbigen ankommen, um dort das Ende des Krieges abzuwarten, und wenn sie den Jüngling bis in den Schwarzwald tragen mussten.

Die drei Gefährtinnen hingegen hätten ins Vogtland gewollt – schon kurz nach Beginn der gemeinsamen Wanderung hätten die sechs festgestellt, dass ihre Wege sich an der Elbe trennen würden. Genau genommen am anderen Ufer der Elbe, aber wozu habe man aufschieben sollen, was ohnehin bevorgestanden habe. Sie würden nach links gehen, hätten die Frauen entschieden, um einen Weg auf die gegenüberliegende Seite zu finden. Die Männer wollten so bald wie möglich die andere Richtung versuchen. Es habe keine Brücken mehr gegeben, die Überreste unbrauchbar; zum Schwimmen sei es noch zu kalt gewesen. Man habe sich größtenteils herzlich verabschiedet, dem Haarnetzknaben habe Oma zumindest dieses eine Mal die Hand recht fest gedrückt, Opas Umarmung hingegen etwas kühl erwidert.

Dann seien sie gelaufen und hätten ihr Gepäck nun wieder alleine tragen müssen – endlich seien die Klagen über den Verlust des Koffers ausgeblieben.

Nach nur wenigen Stunden Fußmarsch hätten sie ein schwimmendes Objekt im Fluss entdeckt. (Einen Ponton, hat Oma immer ernst artikuliert, wenn sie davon erzählte, als sei das Wort stets fester Bestandteil ihres Vokabulars gewesen.) Der Ponton (ein eckiger, luftgefüllter Metallkörper, welcher zu Wasser variabel einsetzbar, jedoch grundsätzlich nicht selbständig fahrtauglich ist) hätte sich an der Böschung verkeilt und sei groß genug gewesen, um eine erhebliche Anzahl von Menschen ans andere Ufer zu befördern. Wenn man denn über genügend Kraft verfügte, um ihn stakend durch die Strömung zu bewegen. Letzteres hätten sich die drei jungen Frauen nicht zugetraut. Sie seien allerdings schon lange genug unterwegs gewesen, um zu ahnen, dass sich eine bessere Möglichkeit über den Fluss so schnell nicht finden würde, vermutlich nicht mal eine schlechtere. Wenn man jetzt aber zurückliefe, um die drei Kameraden zu holen, wäre es gut möglich gewesen, dass der Ponton bei ihrer Rückkehr nicht mehr da war, zumindest nicht auf ihrer Seite des Flusses. Wenn man zu zweit ginge und nur eine zur Verteidigung des Fundes zurückbliebe, wäre diese leicht zu überwältigen gewesen. In jeder Hinsicht. Allerdings habe man auch nicht behaupten können, dass mehrere Stunden Fußweg ohne Begleitung völlig ungefährlich waren. Ganz zu schweigen von der körperlichen Anstrengung. Und immer, wenn irgendwo spürbar Bomben gefallen seien, habe man sich gewünscht, es wäre jemand da, an den man sich klammern könnte, ganz gleich, ob einem das Schutz geboten habe oder nicht.

Die Damen also hätten keine Streichhölzer gezogen, so viel sei überliefert. Vielmehr habe Oma sich wohl ihres ewig kurzen Streichholzes entsonnen. (Das sie wie Jesus zeit ihres Lebens wer weiß wo trug, nur um jetzt letztlich darüber zu verbittern, dass es ihr keiner abnehmen will wie einen Staffelstab.)

Den Weg habe sie ohne nennenswerte Ereignisse zurückgelegt, den drei Soldaten von dem Fund berichtet – der Haarnetzknabe habe stumm mit trüben Blicken geworfen – und sie sehr schnell davon überzeugen können, ihr zum Ponton zu folgen. Allerdings nicht augenblicklich, der Kranke sei zu schwach zum Laufen gewesen, man habe ihm die Nacht noch Ruhe gönnen wollen. Jedoch sei es bereits dunkel geworden und als Kavalier habe Opa sie nicht alleine gehen lassen dürfen oder wollen.

Sicher sei das ein aufregender Moment gewesen. Auch wenn Oma vermutlich so getan habe, als sei es keiner. Und dann seien sie gelaufen, endlich allein, all diese Kilometer, Opa habe sein Talent für aufmerksame Fragen genutzt und Oma sich wahrscheinlich in seiner Aufmerksamkeit gefallen – und sei doch gleichzeitig der Ansicht gewesen, die werde ihr erheblich spät zuteil. Vielleicht habe Opa versucht, den Weg durch gemessene Schritte ein wenig in die Länge zu ziehen. Und auf dem letzten Kilometer, auf den sie hingewiesen habe, weil sie im Dunkel die Umrisse von irgendwas erkannt hatte – lass es eine abgebrannte Scheune gewesen sein –, habe Opa gefunden, es sei an der Zeit, habe sie plötzlich von der Seite umgriffen und entschlossen auf den Mund geküsst. Und als hätte sie darauf gewartet, habe sie ihm dafür die flache Hand ins Gesicht geschlagen, noch ehe er die Lippen wieder geschlossen haben konnte. All sein Charme habe rein gar nichts daran geändert, dass sie nicht die Erste gewesen war.

Den Rest des Wejes könne se nun wohl alleene jehn, soll er sehr nüchtern erklärt haben und sie habe nicht widersprochen.

Als die drei Männer dann am späten Morgen den Fundort erreicht hätten - der Haarnetzknabe habe ihr zugefiebert und sie sei unsicher gewesen, ob das von seiner Krankheit rührte -, seien sie dort nicht nur von den drei Frauen erwartet worden, sondern von einer Horde anderer Flüchtlinge, die ebenso über die Elbe gewollt hätten und nicht alle auf einmal auf dem Ponton Platz finden konnten. Nur mit Mühe sei es bislang gelungen, die Stärksten davon abzuhalten, die Schwächsten zurückzulassen. Irgendjemand würde den Ponton zurückbringen müssen, hieß es, um die zweite Fuhre überzusetzen. Aber selbstverständlich, habe man geantwortet. Zurückbringen. Über die *Elbe.* Vor lauter Freude, ohne abgeschossen zu werden hinübergelangt zu sein, würde man sich mit seinen Hungerkräften sicher kaum davon abhalten können. Und die Strömung sehe sicher nur so stark aus.

Wenn sich nur drei oder vier fänden, die es gemeinsam täten, sei es leicht zu schaffen, soll Opa sich in diesem Augenblick zu Wort gemeldet haben. Er stelle sich freiwillig zur Verfügung, er verspreche, er komme zurück. Ob sonst noch jemand dazu bereit sei.

Einige Umstehende sollen Schmuckstücke aus den

Tiefen ihres Körpers zutage befördert haben, die sie bereit sein wollten, als Lohn zu zahlen; einer habe seine Schuhe geboten. Schließlich hätten zwei Männer eingewilligt, Opa zu helfen. Keiner von beiden habe sein Gepäck zurückgelassen, und als das andere Ufer erreicht war, sei auch ersichtlich geworden, weshalb. Ebenso wie der gebotene Schmuck wortlos wieder in den Körperöffnungen verschwunden sei, hätten sich die beiden angeblichen Helfer verdrückt, und Opa sei allein auf dem Ponton zurückgeblieben. Die Wartenden auf der anderen Seite hätten ihm zusehen müssen, wie er den schweren Schwimmkörper in einer überlangen Diagonalen zurückgeführt habe, alleine sei er noch langsamer vorangekommen, man sei am Ufer bestimmt fünfzig Meter mit der Strömung mitgelaufen, ehe das Metall die Böschung berührt habe.

Natürlich sei Oma beeindruckt gewesen. Schon in dem Moment, als er, ohne zu zögern, sein kurzes Streichholz ausgepackt habe, hätte sie ihm verziehen, dass er sie zu spät geküsst hatte. Und als er den Ponton nur mit diesem kurzen Streichholz zurück über die Elbe gebracht hatte, habe sie ihm verziehen, was auch immer es sonst noch zu verzeihen gab.

Aber als sie dann gemeinsam auf dem Fluss gewesen seien – es habe eine Reihe stakender Helfer gegeben, dennoch habe er nicht geruht, habe sich mit zähen Kräften gegen die raue Stange gestemmt, sich die Hände daran wund gerieben; und wieder seien ihm ja Güter als Gegenleistung versprochen gewesen, die er selbst dann nicht genommen hätte, wenn man sie ihm anschließend wirklich hätte geben wollen –, als der Ponton genau auf der Mitte des Stroms getrieben sei, habe es plötzlich einen Bombenangriff gegeben.

Es sei nicht ganz klar gewesen, wer oder was angegriffen wurde, aber die Einschläge seien so nah gewesen, dass sich alle auf den Bauch geworfen und die Hände über dem Kopf zusammengeschlagen hätten, wie man das eben tue, wenn man nicht wisse, wohin man flüchten solle. Und Oma, die wohl auch auf dem Bauch gelegen, aber die dennoch andauernde Fortbewegung wahrgenommen habe, habe den Kopf unter ihren Armen hervorgehoben, nach oben gesehen und ihren zukünftigen Mann erblickt, der noch immer gestanden habe, ganz allein in dem lodernden Donner, und weiter gestakt habe, weiter gestakt habe.

In diesem Moment habe sie ihm immer alles verzeihen wollen, was es je zu verzeihen geben würde. Aber immer sei so ein großes Wort.

×××

Käthe ist weg. Zumindest physisch. Seit mehreren Stunden suchen wir das Haus nach ihr ab; versuchen, uns an ihren Schreien zu orientieren, hören sie aber in allen Räumen gleich laut, zumindest in denen, die an das Belüftungssystem angeschlossen sind. Zwischenzeitlich raunte Vater mir zu, er glaube, Oma mache heimlich diese Geräusche, um uns zu ärgern.

Drogeninduzierte Paranoia, bemerkte ich freundlich. So eine Handlung erfordere doch Humor und den habe sie nicht mehr – das sei eine der Eigenschaften, die man verliere, wenn man an Altersbosheit erkranke.

Vater war erst überzeugt, nachdem er mehrere Male, ohne anzuklopfen, das Wohnzimmer betreten hatte, wo er Oma jedes Mal in derselben Position vorfand: unweit des Lüftungsschachts, aber doch zu weit, um mal eben ein paar Geräusche hineinmaunzen zu können.

Des Viech dät scho widder affdaung, pampte sie ihn bei diesen Gelegenheiten an, morr solltn uns net su oastelln.

Inzwischen haben wir das Haus fast komplett durchkämmt. Angefangen unter dem Dachfirst bei den Fledermäusen, über mein Zimmer, wo sich nicht nur in den abgetrennten Kammern der Dachschrägen ungeahnte Schätze fanden – Stoffreste in Mustern und Farben, von denen ich gehofft hatte, dass es sie gar nicht gibt; Tüten über Tüten mit ostigem Geschenkpapier und dazugehörigen Bändern –, sondern hinter einem niedrigen Schränkchen aus den 70er Jahren auch eine Geheimkammer, deren Existenz mir bezeichnungsgemäß bislang nicht bekannt gewesen war. Darin staubig und stapelweise Omas Tagebücher und gesammelte Briefe wie alte Biologie-Präparate – ergraute Innereien aus Papier. Aber keine Katze. Wir haben natürlich auch in und unter alle Schränke gesehen, in die Spielzeugkammer im Wohnzimmer, wir haben den Ofen kontrolliert, sogar die Wäschekörbe. Bleibt nur noch der Keller, aber so viele Möglichkeiten gibt es hier auch nicht. Vater leuchtet mit seiner Taschenlampe in alle Winkel und unter die Regale. Ich kontrolliere den Fliegenschrank. Wühle ein bisschen in der Kartoffelkiste.

Hier sei es am lautesten. Vater richtet den Lichtkegel auf die Wand. Nicht generell am lautesten, in den anderen Räumen war Käthes Rufen durchaus besser zu hören – im Keller klingt es gedämpfter. Aber hier gibt es ja auch keinen Lüftungsschacht.

Das hier sei die Wand zum Schornstein.
Er klopft mit dem Griff der Taschenlampe gegen die Backsteine und maunzt.

Von innen klagt es ausführlich zurück.

Scheiße.

Vater nickt betroffen: Wir müssten die Wand aufbrechen.

Oma würde ausrasten.

Wir hätten keine Wahl.

WAT?!

Ja, sorry, ich fänds auch nicht toll, aber es ginge nicht anders.

De Woand affschloong weeng denn Viech?!

Käthe, sie heiße Käthe.

Naa! Des dät goar net infrooch kumme!!

Also, um ehrlich zu sein, würde ich sie nicht um ihre Erlaubnis bitten. Ich hätte sie nur darüber in Kenntnis setzen wollen, damit sie sich nicht über die Geräusche wundere.

Wie morr uns des dee fierstelln dätn?!!

Eigentlich ziemlich einfach: Wir würden versuchen, den Mörtel zwischen den Ziegelsteinen rauszuhacken, und dann einzelne Steine herausnehmen, bis die Katze durch die Öffnung passe. Der Mörtel sei schon recht alt und bröckelig – wenn alles gutginge, könnten wir die Steine anschließend wiederverwenden, um das Loch zuzumauern.

Vater betritt das Wohnzimmer und winkt motiviert mit Hammer und Meißel: Ob wir loslegen wollten?

Sie kennt ja dohier vorreggng, oaber des Viech dät'morr hofiern!!

Mutti. Vater bemüht sich um einen höflichen Ton. Wenn *sie* in den Schornstein fiele, würden wir sie auch daraus befreien.

Ich berste. Oma nicht. Vater versucht, sich sein Grinsen zu verkneifen, bis ihm einfällt, dass er das gar nicht muss.

Als ich die Katze durch die Öffnung hebe, ist sie schwarz bis ins Maul. Sie schmiegt sich eng an mich, rußt mich ziemlich voll und schnurrt sehr verstopft.

Käthe! Mein Mädchen, meine Kleine! So was passiere ihr doch sonst nicht!

Vater streichelt ihr den staubigen Kopf: Ich würde sie wohl waschen müssen, der Ruß sitze sogar in ihren Augen. Ich trage sie in die Waschküche, höre bruchstückhafte Boshaftigkeiten aus Omas Zimmer, frieher, doo hättn se suwos gessn ... Doachhoos ... de Grossmudder ... goanns fandasdisch zubereit. Ich rufe fröhlich, dass wir da nachher noch mal drüber reden würden, und drehe einhändig den Wasserhahn der Badewanne auf. Als ich vermute, ungefähr die Körpertemperatur der Katze eingestellt zu haben, drehe ich den Regler auf Handbrause.

Ich würde sie jetzt in die Wanne setzen, lege ich alle Liebe in meine Stimme und streichle ihr vom Kopf über den Rücken bis zum Schwanz. Ich würde sehr vorsichtig sein und auf sie aufpassen, sie könne mir vertrauen. Käthe wird noch nicht unruhig, als ich mich mit ihr über die Wanne beuge – sie liebt die weiße Emaille. Manchmal sitzt sie bestimmt eine ganze Stunde aufrecht darin und wirft Vorbeilaufenden zufriedene Blicke zu. Aber als ihre Pfoten jetzt die Wasserlache berühren, die sich begonnen hat zu bilden, sieht sie mich über alle Maßen entsetzt an.

Ich würde sie jetzt abbrausen. Ich unterdrücke die Furcht in meiner Stimme, so gut es geht. Als ich die Handbrause hochhebe und das Wasser in ihre Richtung strahlt, springt sie mir mit langen Krallen wieder an die Brust und klettert über die Schulter auf meinen Rücken. Beim Versuch, sie blind herunterzuklauben, zerreißt sie mir das Hemd und die Haut. Vater steht plötzlich neben mir, löst die Katze mühsam von meinem Rücken – sobald die dritte Pfote gelöst ist, krallt sie sich mit der ersten wieder fest – und übergibt sie nach kurzem Streicheln an mich.

Ich schließe meine Arme so liebevoll wie möglich um sie, steige in die Wanne und setze mich hin, die Katze an meinem Oberkörper wie ein Kind. Vater nimmt mit ruhigen Gesten die Brause und hält sie mit kurzen Pausen über Käthe. Ich wusste nicht, dass sie solche Geräusche machen kann. Als sie völlig durchnässt ist, hört sie auf, sich zu wehren. Ich wasche ihr unter dem laufenden Wasser mit langsamen Handbewegungen den Kohlestaub aus dem Fell, ich versuche, es sich wie ein Streicheln anfühlen zu lassen. Käthe zittert und schreit. Als wir fertig sind, bin ich rußverschmiert, meine Kleidung klebt an mir, und sie leckt sich unentwegt den Angstspeichel vom Maul. Vater legt ein Badetuch um uns beide, ich steige aus der Wanne, tropfe alles voll, trage sie in mein Zimmer und setze mich mit ihr auf den Stuhl am Fenster. Ich summe leise und so hoch wie möglich, um sie zu beruhigen, aber sie hört nicht auf, zu zittern und von mir wegzuwollen. Ich lockere meinen Griff. Käthe springt umgehend auf den Boden, plötzlich ein erbärmlich mageres Stacheltier, schüttelt bei jedem Schritt eine Pfote und versteckt sich eilig unter dem Bett.

×

So. Ich setze mich an den Esstisch, schlage das Skizzenbuch auf, beginne, ostentativ meinen Bleistift zu spitzen, und betrachte fachmännisch ihr böses Gesicht.

Sie sei also der Ansicht, sie bekomme zu wenig Aufmerksamkeit. Ich hielte das ja eher für ungerechtfertigt, aber da sie eben so überaus charmant gewesen sei, hätte ich spontan ungeheure Lust bekommen, ein bisschen mit ihr zu plaudern. Sie habe ja schon immer ein großes Herz für Tiere gehabt, nicht wahr. Gerade in den ersten Jahren hier seien die ihr näher gewesen als jeder Mensch. Sie habe die Ziegen vor Einsamkeit so oft umarmt, dass sie irgendwann nicht mehr das Fell wahrgenommen habe. Und einer der Karnickelböcke sei ein ganz grobes Tier gewesen, habe seine Weiber immer so zerbissen, dass sie die Wunden mit Arnika behandelt hätte. Später habe sie ihnen zwischen dem Ausmisten die vollen Bäuche gestreichelt, sie legten sich schon vertraulich auf die Seite, sobald Oma nur den Riegel der Box zurückzog. Einmal seien in zwei Tagen alle Jungen gekommen, rosa mit durchscheinenden Adern, sie habe gefunden, die sähen aus wie kleine Menschen. Sie habe sie angesehen und sich schon in diesem Moment auf ihre ersten Erkundungsgänge durch die Box gefreut; auf die zarten, enganliegenden Ohren, die sich langsam wie Schmetterlingsflügel entfalteten. In der Nacht des zweiten Tages sei dann aber die Temperatur auf minus zehn Grad gefallen und am Morgen hätten alle Neugeborenen steif in ihren Nestern gelegen. Sie habe es schon gewusst, als sie in die Nähe der Boxen gekommen sei und die hohen Kinderstimmen ausgeblieben waren. Und während sie die toten Leiber in ihre weiße Schürze sammelte, habe sie geweint.

Und ob sie sich noch daran erinnere, wie Opa eines Tages die Katze vom Angeln mitbrachte – ein ungepflegtes Tier, das er mit kleinen Fischen vom Baum gelockt hatte und das ihm dann ängstlich hinterhergelaufen war, immer auf der Hut vor dem nächsten Tritt oder Schlag von wer weiß wem. Und diese Katze habe sie nur kurz angesehen und sei ihr dann vom ersten Tag an gefolgt, habe sich immer in ihrer Nähe aufgehalten und sie bei der Arbeit beobachtet, als verstünde sie, was Oma tat. Sie habe sie Susi genannt. Manchmal habe sie ihr etwas erzählt und Susi habe geantwortet. Beide hätten nicht genau gewusst, was der jeweils andere sagte, aber trotzdem habe sie das Gefühl gehabt, sie verstünden einander.

Omas Gesichtszüge erweichen langsam. Das verfälscht die Studie. Ich blättere um und setze neu an.

Irgendwann sei Susi krank geworden, mit jeder Woche schwächer, habe ihre Hinterbeine nicht mehr bewegen, nichts mehr fressen können und Oma habe sie gepflegt, habe ihr Milch ins Maul geträufelt, Susi habe nur Oma erlaubt, das zu tun. Dann sei sie in den Garten gegangen, um Unkraut zu jäten, und als sie wieder aufgesehen habe, habe sich die Katze nur mit den Vorderpfoten mühsam um die Ecke gezogen, die Krallen auf dem Stein, als würde man Knochen aneinanderreiben. Ob sie das noch wisse? Was sie denn hier mache?, habe sie die Katze gefragt, es sei ihr einfach nichts Besseres eingefallen, und die Katze habe sich bis in den Schatten gezogen, sei dort liegen geblieben und habe leise geweint. Als sie schließlich gestorben sei – es habe dann nicht mehr lange gedauert, aber der Moment selbst sei lang und qualvoll gewesen –, habe die Katze in ihren Armen gelegen, sie habe ihr hilflos vorgesungen, aber das habe nicht mal sie selbst getröstet. Sie hätte das Tier erlösen können, aber sie hatte solche Angst davor, jemanden zu töten, den sie so liebt. Sie habe danach nur noch denken können, so etwas wolle sie nicht wieder, nie wieder wolle sie das. Sie habe das so oft gedacht, bis sie es geglaubt habe, und sie habe es so sehr geglaubt, dass es wahr geworden sei.

Vielleicht, sage ich leise, hätte sie das besser verkraften können, wenn vorher nicht noch die Sache mit dem Hund gewesen wäre – so viele Wunden in so kurzer Zeit, sie habe sich wahrscheinlich nicht anders zu helfen gewusst.

Sie sieht nicht mehr aus wie die Person in meinem Buch. Ihr Kopf hängt tief, und ihre Schultern sind so gebeugt wie zum Sprung. Ein schlaffer Sprung, einer, bei dem es einem egal ist, wie man unten ankommt. Ich beginne von vorn.

Als Opa krank geworden sei, ich flüstere fast und muss mich zwingen, deutlicher zu sprechen, eines Morgens sei Blut auf dem Kissen und seiner Wange gewesen, die ganze Nacht habe er gehustet, wie auch schon all die Wochen zuvor, trocken zwar, aber dennoch – sie sei bereits so gewöhnt daran gewesen, dass sie einfach weitergeschlafen habe. Opa habe sich gelegentlich so matt wie fiebrig gefühlt und sich zum Essen zwingen müssen, aber sie habe gedacht, es sei irgendwas Unbedeutendes, habe ihm Tee gemacht und Dampfbäder – den alten Arzt, der dem blinden Kind später die Augen gesundgesprochen hätte, obwohl sie es nicht waren, den hätten sie erst gar nicht gefragt. Und dann sei das Blut da gewesen, trocken an seinem Mundwinkel und braun auf dem geblümten Stoff. Sie sei aufgewacht und das Erste, was sie pochend gedacht habe, sei das gewesen: TBC. Sie hätten sich ja alle das Bett geteilt, morgens sei die Kleine manchmal dazugekrochen und habe seine Finger gezählt. Das sei auch gerade die Zeit gewesen, in der sie gedacht habe, sie verlasse ihn. Sie habe ja keine Freunde gefunden; ihre Schwägerin habe sich immer, wenn sie zu Besuch kam, aufgeführt, als gehöre ihr das Haus; ihr Schwiegervater habe ihnen aus reiner Bosheit jede Zweisamkeit verleidet und die sei doch das einzig Tröstliche gewesen in diesem Haus, in dieser Arbeitersiedlung, mit all diesen vulgären Menschen, die ihren Mann täglich zum Trinken verleiteten und nur dann fragten, wie es ihr gehe, wenn sie etwas von ihr brauchten. Sie packe jetzt ihre Sachen und das Kind, habe sie in diesen Tagen gedacht, ehe das Blut kam, ihr Mann ins Krankenhaus fuhr und gleich dortbleiben musste. Ihre Schwiegermutter sei ja an TBC gestorben, man habe also zur Sicherheit nicht nur die Ehefrau und das Kind untersucht, sondern ebenso den Schwiegervater nachgeholt. Man habe ihn etwas später entlassen als sie und einen kurzen Moment habe sie ihre Herrschaft im Haus genossen. Aber einen Tag später sei der Alte wieder da gewesen, bester Gesundheit, habe provokant im Wohnzimmer geraucht, zwei Köpfe größer als sie und böse wie eh. Sie sei dann viel in der Küche gewesen, habe versucht, die Kleine von ihm fernzuhalten, die sich aber immer wieder zu ihm schlich – er habe nur Oma nicht gemocht. Zwei Wochen habe sie wieder überlegt, nächtelang vorm Kleiderschrank gestanden, den Koffer geöffnet auf dem Bett. Ihre Schwester habe ihr eine Bleibe angeboten, sie hätte wieder als Kindergärtnerin arbeiten können

– eine Arbeit, die nie wirklich Arbeit für sie gewesen sei –, sie und die Kleine hätten in einem Bett schlafen können, die nächsten paar Jahre wäre das noch gegangen, irgendwann wäre vielleicht genügend Geld da gewesen für eine eigene spärliche Wohnung.

Bis es schließlich hieß, ihr Mann komme wieder heim. Er müsse sich weiterhin schonen. Er brauche jede Hilfe, die er kriegen könne. Da habe sie noch einen kurzen Moment gehadert. Aber dann habe sie ihre Entscheidung getroffen, sei entschlossen ins Wohnzimmer gestürmt, habe dem Alten die Pfeife aus dem Maul gerissen, sei über den Hof in den Garten gerannt. Er schreiend hinterher, sie habe sich sehr beeilen müssen – es sei zwar nicht seine einzige Pfeife gewesen, aber sein letzter Tabak. Sie habe die Pfeife über den Zaun geworfen und sei durch die Kartoffeln in einem Bogen zum Haus zurückgerannt, habe das Kind von der Schaukel gezogen, die Haustür hinter sich verschlossen, es sei um Sekunden gegangen. Ihr Schwiegervater habe gegen die Tür geschlagen, Eimer und Werkzeuge geworfen, Schlampe habe er sie beschimpft, er würde ihr die Fresse einschlaren, sie solle rauskommen, sie, rauskommen! Sie habe hinter der Tür gestanden und gerufen, Franz dät morng widderkumme, der dät n wos dorrzehln. Un se dät n itze net reiloassn, doo kennt orr schreie un doom, wie orr wolld. Das Kind in der rauchigen Stube habe sich unter dem Tisch versteckt und sie habe nicht lüften können, weil die Fenster so niedrig gewesen seien. Erst in der Nacht sei es irgendwann still auf dem Hof geworden.

Mein Mund ist trocken vom Reden, und Oma sieht

auch schon ganz verdorrt aus. Ob sie etwas trinken wolle, einen Schluck kalten Tee?

Sie nickt.

Ich schenke aus dem Milchtopf Pfefferminztee in ihre kleine rote Plastiktasse, aus der ich als Kind immer getrunken habe. Den Tee kocht Vater jeden Morgen für sie. 1,5 Liter müsse sie täglich mindestens trinken – er lässt diesbezüglich nicht mit sich verhandeln. Er füllt ihre Tasse nach, wann immer er sie leer vorfindet, wirft dabei einen strengen Blick auf die Skala an der Topfinnenseite und setzt Oma über den aktuellen Stand in Kenntnis. Die Emaille im Topf ist nach all den Gebrauchsjahren so dunkel verfärbt, dass man die Markierungen kaum noch erkennen kann. Ich setze mich zu ihr auf die Sessellehne und halte die Tasse an ihren Mund. Sie legt ihre Hände darum und trinkt mit lauten Schlucken. Es sieht so ungeübt aus, wie bei einem Kleinkind. Als sie ausgetrunken hat, fülle ich die Tasse erneut – ich will den Moment nicht aufbrechen, um mir eine eigene zu holen. Ich mache die Spur ihres Mundes am Tassenrand aus und trinke von der gegenüberliegenden Seite.

Am nächsten Tag dann, einem Sonntag, sei ihr Mann endlich wiedergekommen, noch magerer als zuvor, habe vorsichtig einen Fuß vor den anderen gesetzt, als würde er etwas auf seinen Schultern balancieren, vielleicht seine Scham. Er hätte ja nicht gewollt, dass sie arbeite, er hätte ihr nicht erlaubt, dass sie Geld verdiene – seine Frau brauche nicht arbeiten, die habe ja auch im Haushalt genügend zu tun, hätte er immer wieder betont und keine Diskussion zugelassen. Und dann habe er auf der Bank im

Hof gesessen und erzählt, was er alles nicht mehr dürfe, wer weiß wie lange. Arbeiten habe dazugehört, weder so noch so; in einem Bett hätten sie nicht mehr schlafen dürfen und wenn sie es doch täten, dann mit den Händen über der Decke, die Gesichter voneinander abgewandt. Sie habe an ihrer weißen Schürze gezupft, den Blick auf seine schönen Hände gesenkt und gesagt, das ginge nicht, das hielte sie nicht aus. Und er könne ja zumindest die Ziegen hüten, das sei nicht anstrengend. Sie habe ihn dick angezogen, so dick, dass er nicht mehr mager ausgesehen habe, er habe seine Baskenmütze wie ein Barett getragen und den Hütestock unablässig in seinen knochigen Fingern gedreht. Morgens sei er kleinschrittig auf die Weiden gegangen und sie habe den Spaten genommen, der Garten sei schon damals so groß gewesen und der Alte habe sich nur um den Stall gekümmert. Er habe auch kein Wort mehr mit ihr gesprochen. Am Zaun habe gelegentlich der ungepflegte Nachbar mit dem dicken Blutschwamm im Gesicht gestanden und sie angestarrt. Wenn sie sich Schweiß und Haare aus der Stirn wischte, hätten sich manchmal ihre Blicke getroffen und er hätte immer aufs Neue erklärt, seine Frau würde so was ja nicht machen müssen. Irgendwann habe sie hinter zusammengebissenen Zähnen hervorgestoßen, dass seine Frau offenbar vom Glück gesegnet sei, ach, wie sie ihr das von ganzem Herzen gönne.

Dann sei Opa eines Tages von der Weide gekommen und habe den blauen Hund mitgebracht. Das Fell habe nur in der Sonne so geschillert. Er hätte an der Straße gesessen, könne auch gut mit den Ziegen und Opa hätte gedacht, man könne ihn mästen. Er habe den Hund gestreichelt und der habe gelächelt. Ebenso gewinnend wie Opa es zu tun pflegte und auch in diesem Moment tat, aber doch so unbedarft, wie es nur Hunde können. Der Arzt habe ja bei seiner Entlassung Fett verordnet, Fett so viel er essen könne. Aber woher denn bitte? Die Ziegenmilch sei für das Kind gewesen, die Hühner hätten Eier gelegt, Kaninchen seien in der Regel verkauft worden und fett wurden die ja auch nicht. Noch ein Maul, habe sie gesagt und sich besorgt gefragt, wie sie das stopfen sollten. Aber der Hund habe Eierschalen gefressen, Kerzen- und Seifenreste, er habe die löchrigen Schuhe vom Alten bekommen – die hätten zwei Tage gereicht. Opa habe die Ziegen zum See geführt, geangelt, während sie weideten, und dem Hund die Katzenfische gegeben. Die großen habe er nach Hause gebracht und auch die Abfälle habe ihre Katze noch mit dem Hund teilen müssen. Er habe sogar ihr Erbrochenes gefressen. Und dann habe er gelernt, das Kind zu fangen, wenn Oma es rief. Er habe es am Rocksaum geschnappt und zu Oma gezogen, zur Belohnung hätten sie ihm die Kehle gekrault, bis er sang. Nachts habe er vor der Haustür geschlafen, nach ein paar Tagen seien sie morgens nicht mehr über ihn gestolpert. Er habe ihr den Korb mit den Gartengeräten getragen. Er habe die ganze Zeit gelächelt.

Nach ein paar Wochen habe ihm der Alte die Flanken getätschelt. Hänsel, habe er gesagt, Hänsel sei schon schön rund jeworden. Da habe der Hund einen Namen gehabt.

Sie sei ins Haus gegangen und habe von diesem Moment an versucht, den Hund nicht mehr anzuschauen. Er sei ihr auf dem Hof zwischen die Beine gelaufen, damit sie ihn streichelte. Franzl, habe sie immer wieder geflüstert, Franzl, 's wär wohl boall oa dor Zeid. Morgen, habe er irgendwann geantwortet. Er wolle noch mal mit ihm auf die Weide gehen. Es sei ein guter Hund. Als er am nächsten Tag zurückgekommen sei, hatte sie ihm das Messer geschliffen, es habe im Stall auf dem Hackklotz gelegen. Später habe er ihr erzählt, dass der Hund ihn angesehen habe, wie man einen Freund ansieht; er habe gelächelt; er habe keine Angst gehabt. Opa, das Messer hinter dem Rücken in der Hand, die Hose samt Gürtel nur noch auf den Hüftknochen, habe bei jedem Atemzug seine Lunge gespürt. Der Hund habe mit wedelndem Schwanz auf die zärtlichen Hände an seiner Kehle gewartet.

Dann habe Opa die Stalltür aufgerissen und geschrien, das Messer auf dem Boden, in seiner Hand der Besen. Er habe damit nach dem Tier geschlagen, das wollte nicht mal aufhören zu lächeln, als es jaulte, dem Besen auswich und an Opa hochsprang. Immer weiter rückwärts zum Hoftor habe er es getrieben und geschrien, es solle machen, dass es wegkomme, weg, weg, es solle verschwinden, es solle abhauen. Drinnen habe sie am Herd gestanden, Brotsuppe für das Kind gekocht und sich auf die Lippen gebissen, um nicht zu weinen. Der Hund habe noch lange vorm Tor gestanden, mit einem ganz anderen Gesang – traurig und überlaut bis ins Dunkel –, dass Opa ihn noch die Straße bis zum Wald habe hinauftreiben müssen. Als er zurückgekommen sei, habe er sich ins Bett fallen lassen und nur vor Erschöpfung eingeschlafen können. Am nächsten Tag sei er zu fiebrig gewesen, um aufzustehen.

Das Fieber sei nicht wieder runtergegangen und der Alte habe die Ziegen nicht auf die Weide führen wollen. Wenner den Hund jeschlachtet hätte, habe er zu Opa gesagt, könnta dit jetz selba. Er habe sie dabei keines Blickes gewürdigt. Sie habe fast gebettelt, aber nur fast.

Dann habe sie schließlich ein Kaninchen geschlachtet, damit der Mann wieder zu Kräften käme. Zwei Stunden hätten die Knochen in der Schale auf der Anrichte gestanden, bis ihr klargeworden sei, dass der Hund nicht mehr da war. Ehe sie Opa habe füttern dürfen, habe sie ihm schwören müssen, dass sie ihm gerade Kaninchen zu essen gebe.

Die Zeichnung ist fertig, ihre Schultern zucken, sie hält sich an den Händen.

Den Hund hätten sie nie wieder gesehen.

Ihr Kopf zuckt im Takt ihrer Schultern, aber nur kurz, vielleicht ist es doch ein Nicken. Ich klappe das Buch zu und will sie gerade allein lassen, als sie plötzlich ihre belegte Stimme anstrengt.

Se hätt emol, des wär Joahr schbeeder geween, in Schloofzimmer uum doorch n Liffdungsschoacht geheert, wie Franz miet sein Freind geredd hätt. Se hättn Bior gekuddld gehoadd un se wollt wissn, ob se ewos vorroodn dätn, moanchemol dät morr des ja, we'morr gekuddld hätt, gell. Orr hätt de Gschicht voa denn Hund dorrzehld un voa orr. Wie se net in en oannern Bett schloofm wolln hätt un wie se ne ieberredd hätt, se ze streichln un ze kissn.

Des wär orr uu-oagenehm geween, beinoah hätt se siech doorch denn Schoacht vorroodn, hätt beinoah gesoochd, dess orr itze ruich sei solld, dess des kann ewos oagehe dät. Oaber grood in denn Aangblick wär orr ruich worrn un se hätt scho widder noogehe wolln, wie orr gesoochd hätt, dess se doozemol gebliem wär, obwuhl er su kroank geween wär un 's aa net su ausgesehe hätt, wie wenn orr widder gsund wärrn un aa neer aans voa sein Vorrsprechn eileesn dät, dess se doo drotzdenn gebliem wär, des dät orr orr huuch oarechne.

Jemandem etwas hoch anrechnen ... das klinge irgendwie, als würde immer alles, was man tue, exakt gegeneinander aufgewogen werden. Aber gut, vielleicht sei das eben einfach ihre Sprache.

× ×

Oma war sparsam. Ihre Tagebücher sind häufig Werbegeschenke, gerne auch veraltete Kalender, bei denen sie die Jahreszahl korrigierte und die Wochentage wegstrich. Die Seiten lösen sich teilweise aus der Verleimung beim Umblättern. Oft wies sie bei der ein oder anderen Familienstreitigkeit auf die Existenz dieser Bücher hin – se kennt ja emol de Affzeichnunge huuln, doo dät oalls drinnestehe –, als sei die bloße Tatsache, dass sie etwas notiert hatte, der Beweis dafür, dass es tatsächlich so gewesen war. Jetzt, beim Durchforsten ihrer intimen Gedanken, zeigt sich, dass ihre Aufzeichnungen bei weitem nicht so detailliert sind, wie sie immer angedroht hat. Tatsächlich sind ihre Tagebücher eher Haushaltsbücher, stark dominiert von Eintragungen über Einkäufe, Geldausgaben und seltener -einnahmen, Krankheitsbeschwerden (unter ihren Gebrechen die Mahlzeit des Tages), Regelblutungen (auch die ihrer Töchter) und Vermerke über Opas Alkoholpegel. ‹Vati blau› findet sich jede Woche mindestens ein Mal, meistens öfter; später reicht ihr das Kürzel ‹Vb›. Je nach Größe der vorgegebenen Tagesfelder gibt es Listen von Geburtstags- und Weihnachtsgeschenken, entweder beim entsprechenden Datum oder auf einer separaten Seite am Ende des Buchs – ein Fest definiert sich in jedem Fall durch die Geschenke und das Essen. Ebenso Aufzählungen von Kondolenzbekundungen, die längsten zu Opas Tod, nebst der jeweiligen Äußerungsform (Karte, Anruf, Besuch) und den Namen aller Gäste, die zwar kamen, um ihr Beileid auszusprechen, aber nach und nach ausblieben – es waren ja eigentlich immer nur seine gewesen. Er hatte Freunde, sie hatte Listen. Dazu kommen anfänglich manchmal noch ausführlichere, später knappe Notizen über besondere Geschehnisse wie Streitereien (‹Ich habe niemanden, mit dem ich mich aussprechen kann›), der Tod eines Tieres (‹ein Jammer›), Ärgernisse, Besuche, etwas eingehender ärgerliche Besuche, zum Beispiel die von Tante Hella. Ach ja, Hella. Die Frau, deren Ausstrahlung so weit reichte, dass selbst ich sie mag, obwohl ich sie nie getroffen habe.

Hella stand am Bahnhof, als ihr Bruder endlich seine perfekte Ehefrau nach Hause brachte, und war schon geraume Zeit vorher so angeödet von den Lobpreisungen gewesen, dass es ihr unmöglich war, etwas anderes als das für diese Person zu empfinden. Sie umarmte meinen Opa stürmisch und reichte Oma flüchtig die Hand, machte ihren Status deutlich, indem sie sich bei ihrem Bruder unterhakte; dessen Frau freilich an seinem anderen Arm ging, jedoch nicht umhinkam zu bemerken, dass das Schritttempo jetzt wesentlich durch Hella bestimmt wurde. Sicher hätte ihr das etwas ausgemacht, wenn sie nicht gerade intensiv mit einer anderen Problematik beschäftigt gewesen wäre, welche sich unter anderem daraus ergab, dass die Reise aufgrund diverser Umleitungen recht lang gewesen war, was sich wiederum ungünstig mit Omas Abneigung gegen öffentliche Toiletten im Allgemeinen und Zugtoiletten im Besonderen vertrug. Welche sich dann, als sie endlich so weit gewesen war, diese Abneigung zu überwinden, auch noch als verstopft herausgestellt hatte.

Jedenfalls war ein Ersatz dringend erwünscht, es war jedoch nicht leicht, in Hellas Geplapper über das Wetter und Soldaten vorsichtig die Frage nach einer entsprechenden Möglichkeit einzuschleusen, möglichst nahe, möglichst noch ehe man das Bahnhofsgelände verließ. Und als es ihr endlich gelungen war, man strebte gerade auf die Pforte des Hauptgebäudes zu, nutzte Hella die Gelegenheit, um der Dame im feinen, von der Reise zerknitterten Mantel öffentlich zu demonstrieren, wie viel Wert sie auf deren gute Manieren legte:

Sie müsse kackng, wa?

Die Bahnhofshalle hatte einen klaren Hall. Dennoch musste Oma die Frage bejahen und versuchte trotz aller

Scham, ihr keine Bosheit zu unterstellen, sondern beschloss anzunehmen, dass dies wohl die landläufige Sprechart sei. Es dauerte übrigens auch nicht lange, bis sie glaubte, Gelegenheit zu haben, ihr neu erlangtes Wissen anwenden zu können, und in irgendeiner öffentlichen Situation vornehm erklärte, sie müs-se mal *kacken*. Das Schweigen darauf unaushaltbar laut – noch Jahre später träumte sie davon.

Dabei hatte sich ihre Vermutung durchaus gut mit dem Erreichen der Arbeitersiedlung vertragen, von deren sogearteter Existenz Oma bis zu diesem Zeitpunkt nichts wusste. Ebenso mit der Ankunft im dortigen, neuen Heim – außen wie innen so armselig, dass es fast keinen Unterschied machte, ob man die Truthähne im Hof oder Haus hielt. Weswegen der Schwiegervater beschlossen haben musste, sie in die warme Stube zu holen, damit sie bei der Kälte nicht erfrören. Dort saßen sie auf der Gardinenstange, das Fensterbrett voller Scheiße, und schrien böse, als mein magerer Opa umständlich die entsprechende Tür öffnete, seine Braut noch immer auf dem Arm. Diese Realität konnte er nie wiedergutmachen.

Die Realität aber saß nicht nur in der Stube und qualmte dort mit billigen Stumpen alles voll; die Maulwinkel immer nach unten gezogen, als gelte es aufzupassen, dass das Gebiss nicht rausfiel; die Füße beschuht auf dem Tisch und überhaupt so ungepflegt, dass man es trotz des Qualms roch. Sie war nicht nur roh gezimmert und karg eingerichtet, vor allem nachdem Hella den Tod ihrer Mutter zum Anlass genommen hatte, deren Habseligkeiten zu sichten und ihr Erbe aus dem Haus zu tragen, als hätte sie gerade eingekauft. Niemand hatte sie davon abgehalten. Die Realität hatte nicht nur lediglich drei Zimmer für demnächst vier Personen, von denen eines ob seiner Größe eigentlich gar kein richtiges Zimmer war, mit einer Tür zum nächsten, die man nicht abschließen konnte, das nächste zudem ein Durchgangszimmer, während das dritte selbstverständlich vom Schwiegervater in Beschlag genommen worden war. Außerdem waren die Wände so dünn, dass sie hörten, wie der Alte sich im Nachbarzimmer auffällig räusperte, wenn sie gerade mal vergessen hatten, leise zu sein. Wollte das junge Paar also mal alleine sein, kletterte es über die Leiter im Hof auf den Heuboden, kam dann aber gelegentlich nicht wieder herunter, weil der Schwiegervater die Leiter wegstellte, wenn sie nicht auf sein Rufen antworten konnten.

Die Realität war außerdem noch ein gehässiges Luder, das seiner Schwägerin genüsslich von den Liebschaften seines Bruders erzählte – all diese Mädchen, die am Zaun gestanden hatten, als die Braut nach Hause gebracht worden war, angekündigt wie der Heilige Gral, obwohl sie eher aussah wie ein gewöhnliches Kompottschälchen – dieses Luder, das zu allem Übel genau wie sein Bruder von jedem gemocht wurde, in besonderem Maße jedoch von den Männern: Hella.

Hella, eine hohe, schmalhüftige Person mit dunkelblonden Naturlocken und gepflegtem, wenn auch einfachem Äußeren, machte einen Sport daraus, ihren Neid auf Omas Herkunft mit Herablassung zu kaschieren. Madame, nickte sie ihr ausgestellt zu, wenn sie auf den Hof kam. Madame hätten sich heute aba wieda fein jemacht.

Oma strich sich dann unsicher die gestärkte, weiße Schürze glatt, die Haare aus dem Gesicht, antwortete nicht wirklich und wenn, dann nur ein paar Brocken ihres umständlichen Hochdeutschs, in der Hoffnung, Hella werde bald wieder gehen, wenn sie keine Beachtung bekomme. Hella pflückte die Bohnen im Garten, um deren Pflege sie sich nicht gekümmert hatte, in ihren aufgehaltenen Rock, die langen, schlanken Oberschenkel leuchteten weiß, wenn sie sich endlich wieder auf den Rückweg machte, einen kleinen Strauß Bohnenkraut in der Hand und grußlos.

Sicher nahm ihr das nicht nur Oma übel, diese Freizügigkeit, mit der sie um sich warf und allen anwohnenden Männern vor Augen hielt, wie sehr ihre eigenen Frauen doch aus dem Leim gegangen waren oder gingen oder, schlimmer noch, nie im Leim gewesen waren. Zwar war das Schönheitsideal damals eigentlich ein anderes, aber Hella war eben Hella und belehrte alle eines Besseren.

Dennoch freundete man sich gern mit ihr an – wenn sie einen mochte, ließ es sich gut aushalten in ihrer Gesellschaft. Vor allem, wenn die Soldaten aus den nahen Kasernen kamen. Wütend hungrige Männer, die keiner aufhalten konnte, außer der Offizier, der, wie damals üblich, in einem Privathaushalt untergebracht war, genau in der Mitte zwischen Hellas Haus und dem ihres Bruders. Sein Name war Sergej. Der Name von Hellas Ehemann war Klaus, aber das tat nichts zur Sache, denn Klaus war noch nicht aus dem Krieg zurückgekehrt, Sergej hingegen war nicht nur anwesend, sondern notwendig. Hella schrie seinen Namen wie einen Schlachtruf, wenn Soldaten den Hof betraten, schrie den Namen, bis die Soldaten wegrannten oder Sergej gerannt kam.

Oma nahm erst die Hand vom Mund, wenn die Gefahr gebannt war, strich sich konzentriert die Schürze und die Haare glatt, um Hella nicht ins Gesicht und dort deren stolzes Grinsen sehen zu müssen, das sie schon viel zu gut kannte: Hella schloss ihr Schlafzimmerfenster nicht, wenn Sergej sie besuchte, schrie seinen Namen dann kaum anders, noch drei Häuser weiter konnte man das hören. Und jedes Mal trug sie bei nächster Gelegenheit ihr Grinsen spazieren, und Oma verstand nicht, worauf man da stolz sein mochte.

Irgendwann war sie dann in zu anderen Umständen, um noch grinsen zu können. Dafür fand sich die übliche, wenn auch unschöne Lösung. Und als sie Jahre später noch immer kein Kind von Klaus bekommen hatte, ahnte sie zumindest, dass es an ihr eigentlich nicht liegen könne.

Wie sich im Zuge dieser Überlegung nach einer ärztlichen Untersuchung herausstellte, hatte Klaus als Junge bei einem Fußballunfall eine Hodenverletzung erlitten, die seine Zeugungsfähigkeit auf null reduzierte. Das war schlimm für ihn. Er, ein Mann der alten Schule, der es auch nach mehreren Jahren Ehe peinlich vermied, in Anwesenheit seiner viel jüngeren Ehefrau zu furzen. Welche wiederum vom Vater und Bruder etwas gänzlich anderes gewöhnt und von seiner Verschämtheit demnach ausgesprochen belustigt war. Vor allem in den Wintermonaten, wenn die saisonale Küche Kohl in inzwischen längst vergessenen Facetten auf den Speiseplan brachte, lauerte sie täglich darauf, dass dieser Mann es *nur ein Mal* nicht schaffte, rechtzeitig das Zimmer zu verlassen, um all seine Gase loszuwerden, Herrjott nochma. Und an einem Januarmorgen endlich, als sie vor ihm wach wurde, sich unter der Decke anschlich und ihn wach kitzelte, so wie er sonst sie wach kitzelte, spannte er wohl so erschrocken den ein oder anderen Muskel an, dass sein Furz unter der Decke richtiggehend geknallt haben soll. Woraufhin Hella in lauten Jubel ausgebrochen sein will.

Dieser Mann also galt nun als zeugungsunfähig.

Es dauerte eine Weile, bis sie ihn davon überzeugen konnte, dass es eigentlich keine Rolle spielte, wer das Kind tatsächlich gemacht hatte. Hauptsache sei doch, dass sie eins hätten. Und sei das nicht eigentlich fast ein bisschen besser als der normale Weg, weil man sich so aussuchen könne, was man lieber wolle. Also suchten sie sich einen Sohn aus und nannten ihn Fred.

Fred erfuhr mit zehn Jahren von seiner Mutter, dass er adoptiert war, und fragte als Reaktion nur traurig, ob er jetzt nicht mehr ihr Sohn sein dürfe. Worauf Hella ihn in den Arm nahm, sein Gesicht mit feuchten Mutterküssen bedeckte und ihm erklärte, er werde immer ihr Sohn sein, er sei et von Anfang an jewesen.

Fred war übrigens ein sehr ängstliches Kind. Er fürchtete sich unter anderem vor der Dunkelheit, vor Hunden, Schornsteinfegern, Zahnärzten, dem Mond. Genauer gesagt vor dem Gesicht im Mond. Keiner außer Fred konnte es erkennen, aber für ihn war es real, hing jede Nacht am Himmel und beglotzte gierig alles, was man tat, wenn man sich nicht irgendwo versteckte. Ebenso wie der Zahnarzt, der strenge Blicke in jeden Winkel seines Mundes warf, mit dicken Fingern darin herumpopelte, dabei den Kiefer des Jungen sehr fest hielt, seinen Kopf ein ums andere Mal wie an einem Henkel hin und her drehte und Laute von sich gab, die man so wenig positiv deuten konnte, dass der Junge irgendwann nur noch panisch zubeißen wollte. Und vermutlich weil Hella seinen Ängsten begegnete, indem sie ihn zu genereller Wehrhaftigkeit ermutigte, so wie sie ihn in allem bekräftigte, was in irgendeiner Weise das Überwinden von Hemmungen zum Ziel hatte, sollen Freds Zahnabdrücke auf den Fingern des Arztes dann unübersehbar und blutunterlaufen gewesen sein. Von da an hatten sie einen recht langen Weg zu einem anderen Zahnarzt. Vor dem hatte der Junge zwar auch Angst, aber der war kollegial gewarnt worden, und außerdem bestach Hella ihn vorsorglich mit allerlei Genussmitteln. Zumindest wurde er von Fred nie gebissen.

Hellas Erziehungsmethoden sollen über die Jahre erfolgreich gewesen sein. Ihr Sohn experimentierte mit Wagemut und vertraute ihr ohne Furcht vor Bestrafung seine Streiche an, von denen sie stolz in der Nachbarschaft berichtete, als seien es gute Zensuren. Er habe sich mit'm Klassenkamaraden uff'n Dachboden vonna Schule jeschlichen und dort oben hätten beide 'm Hausmeista je een großen Haufen hintalassen, erzählte sie hysterisch lachend, um kurz danach auf den nächsten Hof zu laufen, die Geschichte dort erneut zu erzählen und in ebenjenes Gelächter auszubrechen.

Hella hatte dementsprechend einen guten Ruf bei den Kindern der Umgebung – auch hier zeichnete sich eine Konkurrenz zwischen ihr und Oma ab: Oma, die mit ihren pädagogisch wertvollen Kinderfesten, ihren lustigen Spielen mit hintergründig moralischen Inhalten durchaus beliebt war. Hella hingegen, die einem in ihrer Küche neue Schimpfwörter beibrachte, um einem dann, wenn man sie endlich richtig aussprechen konnte, trocken zu erklären, dass man dit aba nich von ihr habe, wa. Die verriet, wenn sie irgendwo in der Öffentlichkeit furze, dann sehe sie sich immer sehr aufmerksam um und schaue mit strenger Abscheu in die Gesichter der Anwesenden. Hella, die also ganz anders beliebt war. Fred hatte wohl auch aus diesem Grund viele Freunde, die gerne kamen und lange blieben. Vor allem Petra, meine Mutter, die zeit ihres Lebens in ihren fünf Jahre älteren Cousin verknallt war, bis sie ihn geistig überholt hatte. Sooft es ging, hielt sie sich in seiner Nähe auf, und Hella lud sie ein ums andere Mal ein, noch ein bisschen länger zu bleiben, nur noch 'n bisken Petruschka, sie erlaube ihr ditte, die Mutti dürfe denn nich schümfen. Und die Mutti, die vor Wut fast zerkochte, während sie wartete, dass ihre Tochter zum Essen kam, so wie alle um Punkt zwölf zum Essen zu kommen hatten, verlangte von ihrem Mann immer wieder, dass er Hella verbiete, das Kind vom Heimkommen abzuhalten. Aber der winkte nur lachend ab: Hella sei eben Hella.

Oma war der festen Überzeugung, die Magen-Darm-Probleme, die Hella lange Zeit plagten und jedes Jahr pünktlich zu Ostern so akut wurden, dass sie ins Krankenhaus musste (nein, sie werde wohl nicht zum Osterfeuer kommen können, so leid es ihr tue, sie habe andere Pläne), seien die Sündenschuld, die sie zu tragen hatte für ihr lottriges Leben. Und wenn man nach Omas Meinung gefragt hätte, wäre diese Strafe noch zu gering ausgefallen. Die zahlreichen Operationen, die Hella über sich ergehen lassen musste, waren allerdings schon wesentlich mehr nach ihrem Geschmack. Mag sein, dass sie Hella deshalb schließlich doch einen Besuch abstattete, als es ihr rapide schlechter ging und keiner wusste, weshalb. Da saß sie also am Krankenbett ihrer Feindin und bemühte sich um hochdeutsche Konversation.

Magdalena mache ihr Sorgen, erzählte sie ernst. Sie sei jetzt in dem Alter, in dem die Männer sich nach ihr umdrehten, und sie habe das Mädchen ein ums andere Mal dabei beobachtet, wie sie sich in diesen Blicken gesonnt habe. Sie wolle nichts *fra-ter-li-sieren,* aber sie befürchte, dass sie die falschen Entscheidungen treffe. Wie könne man denn wissen, ob sie noch auf dem rechten Weg sei, es gebe doch so viele Versuchungen – man könne ja schlecht bei allen dabei sein. Es war eigentlich eine rhetorische Frage. Aber Hella, vielleicht milde gestimmt von den Schmerzmitteln oder gar dem unerwarteten Besuch der Schwägerin, beschloss, dieses eine Mal ihr Nähkästchen zu öffnen: Solange Magdalena nich daruff achte, welche Untawäsche se trare, brauche sich Oma keene Sorjen machen.

Kurz darauf starb sie, an Wundbrand, wie ein junger Arzt Fred nach hartnäckigen Erkundungen gestand, und Oma hatte Opa schon so lange nicht mehr weinen sehen, dass sie die Notiz mit gleich zwei Ausrufezeichen versah (‹Vati geweint!!›).

Viele haben an ihrem Grab geweint. Zwischen ihnen Oma mit teilnahmsvollem Gesicht, die zu diesem Anlass ihr bestes, schwarzes Kleid trug und wahrscheinlich mit Genugtuung an die Beerdigung des Schwiegervaters dachte, als Hella für einen Moment ihre Würde verloren und öffentlich über zweierlei geheult hatte: Dit sei die Beerdijung ihres Vaters und seine Schwiejatochta trare bessre Kleida als sie selba. Wenn sie später über Hella sprach, wirkte sie jedenfalls immer sehr gelassen auf mich.

×××

Wir wissen nicht, wo sie die Schokolade versteckt, und vor allem ist bislang ungeklärt, woher sie all den Fresskram bekommt, dessen Besitz und Verzehr Vater ihr unterstellt. Vielleicht hat sie ein Abo. Bei Gott. Oder dem Teufel. Vielleicht ist ihr Gott unser Teufel. Aber wir glauben ja nicht an so was, also muss es eine andere Quelle geben. Rein rechnerisch dürften die paar Feiertage im Jahr nicht ausreichen, um ihr Arsenal mit den Opfergaben aufzufüllen, die ihr die Verwandt- und Bekanntschaft zu diesem Anlass auf den sogenannten Gabentisch häuft, weil das die bequemste Art der Abbitte ist. Diesen Tisch allerdings verwaltet sie wie eine Klofrau ihren Kleingeldteller. Im einen Moment liegen ein paar knistrig verpackte Schachteln darauf, und wenn man den Raum kurz verlässt, sind bei der Rückkehr nur noch die freundlichen Grußkarten und der ein oder andere Blumenstrauß da. Es ist also nicht genau abzuschätzen, wie viele Süßigkeiten sie tatsächlich bekommt bzw. besitzt bzw. täglich konsumiert. Vor allem aber stellt sich immer wieder die Frage, *wo genau* sie sich bis zum Zeitpunkt ihres Verzehrs befinden – abgesehen natürlich von den Alibifressalien in der Minibar (dem offiziellen Süßigkeitenfach), dessen Inhalt sich kaum je verändert. Jedenfalls weist ihr Blutzuckerspiegel darauf hin, dass Oma uns nach Strich und Faden bescheißt, und ich möchte anmerken, dass mir das in Anbetracht ihrer Situation einiges an Respekt abnötigt. Aus den täglichen Mahlzeiten, die wir ihr zuteilen müssen wie Kriegsrationen, lässt sich ein Sollzuckerwert ihres Blutes ermitteln, und den überschreitet sie meistens beträchtlich. Daraus ergeben sich immer wieder Konflikte, unter anderem jetzt gerade: Vater hält den Urinteststreifen an zwei Fingern ausgestellt in die Höhe und stellt fest:

Ihr Blutzuckerspiegel. Sei. Zu. Hoch.

Joa, se dät itze aa net wissn, voa wos.

Das ist zwar wenig einfallsreich, aber im Zweifelsfall ist Leugnen immer eine gute Taktik – wenn man seine Version der Geschehnisse nur oft genug bekräftigt, wird sie für einen selbst so sehr zur Realität, dass sich die eigene Position mit massiver Halsstarrigkeit verteidigen lässt. Das Gegenüber kann dann auf der gegenteiligen Behauptung beharren, so wie Vater es in diesem Moment versucht – Doch! Sie wisse genau, warum! –, aber das trägt auch nur zur Festigung der neu erschaffenen Realität bei, weil es einen dazu veranlasst, diese erneut verbal zu manifestieren. Auf ebendiese Weise verändern sich unsere Erinnerungen im Laufe der Zeit: Wir erzählen sie wieder und wieder, schmücken sie jedes Mal hier und da ein wenig aus, überschreiben damit die alte Version und landen letztlich bei einer idealisierten Heldengeschichte, die wir so oft erzählt haben, dass sie wahr ist. Das kann ungeheuer praktisch sein, vor allem, wenn man sich dieses Sachverhalts bewusst ist. Obwohl, wenn man ihn sich zu sehr bewusst macht, verliert der Zauber vermutlich an Kraft ... Was man jedenfalls in solchen Situationen unbedingt vermeiden sollte: Zweifel an der eigenen Glaubwürdigkeit. – De Schokloade wär orr Leem. Mh, Fehler, Oma, Fehler.

Aha. Wie schön für sie. Also, er habe ja auch ein Leben und das werde dank ihrer Fettleibigkeit mit jedem Tag unangenehmer. Und das liege nicht nur an ihrer Fresserei, sie sei zudem auch noch faul, sogar zu faul, um auf die Toilette zu gehen!

Se dät scho wissn, wienooch orr siech bekloong dät: Orr dät ja neer de Schissl net ausleern wolln!

Richtig, er wolle ihre Schüssel nicht ausleeren! Niemand wolle die Scheißeschüssel von irgendwem anders ausleeren! Man tue es trotzdem, wenn es notwendig sei! Aber es sei ja gar nicht notwendig! Sei es nie gewesen! Ob sie keinen Stolz habe?! Ob sie sich nicht schäme??!

Wenn dor Franz itze noch leem dät, wirrd morr net su miet orr reedn!

Franz sei sogar nach seiner Herz-OP zur Toilette gegangen, obwohl der Arzt es ihm verboten habe! Es sei schade, dass man sich nicht aussuchen könne, wen man pflegen müsse!

Erwähnte ich schon, dass mein Vater zuweilen jähzornig

ist? Meistens fällt ihm dann unmittelbar, nachdem er etwas echt Fieses gesagt hat, ein, dass er jetzt besser gehen sollte. So wie türenknallend in diesem Moment. Man sollte ihm dann allerdings besser nichts hinterherrufen – Orr wär e bleeder Hund! –, weil ihn keine Zimmertür oder -wand davon abhalten wird, doch noch eine Beleidigung rauszuhauen. – Sie sei eine fette, faule Sau! – So zum Beispiel. Ach, jeh.
Ich wische Staub und versuche, so unbeteiligt wie möglich mit der Materie zu verschmelzen.

Wenn dor Franz itze noch doo wär, hätts des net geem.
Ich bin enttarnt.

Oaber su wär des aam we'morr oallt wärrn dät. Doo dätn se ann aff dor Noos rimdoansn un itze zegoar behabbdn, morr wär goar net kroank.

Ob sie Opa wirklich brauche, um ihre Interessen zu vertreten?

Wos?

Sie habe sich doch immer ganz gut selbst verteidigen können. (Obacht: Wir probieren etwas aus.) Sie sei doch generell taff genug, um sich um sich selbst zu kümmern. Das sei sie schon immer gewesen. Sie solle nur mal daran denken, wie sie Hella immer Paroli geboten habe. Oder ihrem Schwiegervater, dem Schweinehund. Der habe dann sogar in der Nachbarschaft erzählt, dass sie Haare auf den Zähnen habe. Und Opa sei beileibe auch kein Engel gewesen. Sie habe seine Hilfe erstens gar nicht so oft beansprucht, wie sie jetzt behaupte, und außerdem habe es genügend Situationen gegeben, in denen sie ihm zeigen musste, mit wem er es zu tun hat. Ob sie das ver-

gessen habe? Die vielen Betriebsfeste, auf denen er mit anderen Frauen tanzte und von ihr erwartete, währenddessen am Tisch sitzen zu bleiben wie ein Hund? Ob sie sich das etwa habe gefallen lassen?
Jetzt schnell den Raum verlassen, ehe sie widersprechen kann.

Vater sitzt im Hühnerstall, die Pfeife im Mundwinkel, und zerbröselt einen Scheit morsches Holz zwischen seinem hornigen Daumen.

Und, ob se sich ufjereecht habe?

Wenn der Franz noch leben dät, wirrd es so was net geem.

Jaja, das sage sie immer. Er schnauft. Jetzt würden sie wieder vier Tage nicht miteinander sprechen und genau dann, wenn er sicher sei, dass sie sich endlich entschuldigen würde, vergäße sie, dass sie sich überhaupt gestritten hätten, und er bleibe auf seinem Ärger sitzen. Es sei zum junge Hunde kriegen.

×

Nein, Opa war kein Engel, sondern wie Hella das Produkt eines Mannes, der zeit seines Lebens nach unten lächelte, und einer Frau, der es trotz dieser Rohheit gelang, sich bis zu ihrem Tod zumindest ihre Güte zu bewahren. Wenn auch alles andere sichtbar verhärmte. Die wenigen Fotos, die existieren, sind traurige Beweisstücke und erübrigen jedes Wort. Bis auf die Frage, wie es überhaupt zu dieser

Verbindung kommen konnte, aber die haben beide Kinder wohl nie gestellt. Wie es Opa außerdem unter diesen Umständen gelingen konnte, jenes Lächeln zu entwickeln, das ihm immer wieder Türen und Herzen öffnete, ist ebenso verwunderlich. Ein Lächeln, bei dem man so viel Zahnfleisch wie Zähne sah, was wohl nur deshalb nicht beängstigend wirkte, weil er ein eher kleines Gebiss hatte. Es war wohl zu großen Teilen dieses Lächeln, das Oma damals an der Schaukel davon überzeugte, seiner Einladung zum Essen zu folgen; das sie dazu veranlasste, sich am anderen Ufer der Elbe, nachdem sie ihm ihre Adresse gegeben hatte, von ihm küssen zu lassen, diesmal ohne Gegenwehr, obwohl sie nach eigener Aussage sicher war, ihn nie wiederzusehen. Dieses Lächeln, mit dem er sie begrüßte, als er nach relativ kurzem Briefwechsel beschlossen hatte, sie zu besuchen (unermesslich das stolze Flackern in ihrer Brust, als er dann tatsächlich vor ihr stand); mit dem er ihr ein halbes Jahr später seinen Heiratsantrag machte; und letztlich wird er es wohl auch benutzt haben, um sie zu vorehelichem Sex zu überreden – was einiges heißen will, wenn man bedenkt, wie züchtig Oma bis zu diesem Zeitpunkt jeder Versuchung widerstanden hatte. Jedenfalls war die Hochzeit im Dezember, und im Juni kam Magdalena zur Welt. Als ihre Töchter das rausfanden, trug es nicht unbedingt zu dem von Oma eingeforderten Respekt bei, aber das nur am Rand. Opa also, Sohn eines Kommunisten, der ebenso wie sein Vater aus genau diesem Grund regelmäßig in Schlägereien verwickelt war, aus denen er selten als Sieger hervorging. Sohn eines Mannes, der am Stammtisch verkündete, der Hitler sei jenauso 'n

Vabrecha wie alle andan, und der, als sein Vater kurz darauf blutig geprügelt ins Wohnzimmer wankte, von diesem nur knapp informiert wurde, wenna jemals in so 'n braunet Hemd nach Hause kommen sollte, denn Gnade ihn Jott. Dabei glaubten sie gar nicht an Gott. Opa also musste trotzdem genau wie alle anderen in den Krieg ziehen, und vielleicht hatte die ideologische Zugehörigkeit ja Einfluss darauf, wo man wie eingesetzt wurde. Und vielleicht war die vorderste Front in Russland ja reserviert für all jene, die zuvor lieber kein braunes Hemd getragen hatten. Opa jedenfalls befand sich genau dort im Schützengraben, zusammen mit seinem besten Freund, der zufällig auch kein Parteimitglied gewesen war, und hatte solche Angst zu sterben, dass er sich gleich beim ersten Kampfeinsatz in die Hosen schiss. Und als die Angst langsam nachließ, wie sie das manchmal tut, wenn man einer Situation nur lange genug ausgesetzt ist, blieb doch die Scheiße in seiner Hose und quälte ihn mit dem Gedanken, nicht zu wissen, wann und ob er überhaupt Zeit haben würde, sich zu reinigen; ob er so sterben würde und das Letzte, was er hinterließe, wäre der Gestank seiner Fäkalien. Und als wären diese Gedanken nicht schon schlimm genug, platzte in seine Überlegungen eine Granate, weit genug entfernt, um ihn selbst nicht ernstlich zu verletzen, aber nah genug, um die Bauchdecke seines besten Freundes zu zerfetzen, und Opa ließ sein Gewehr fallen, um zu versuchen, die Gedärme seines Freundes in ihn zurückzustopfen, bis der endlich nicht mehr schrie, sondern leblos in Opas Armen lag, beide stinkend nach Scheiße und Blut.

Diese Geschichte soll er meiner Mutter einmal mit belegter Stimme erzählt haben, als sie sich zusammen betranken, während Oma bereits übellaunig im Bett lag und schon vor Stunden ‹V.+P. blau› in ihrem Kalender notiert hatte. Vielleicht hat er sie da zum allerersten Mal überhaupt erzählt, danach auf jeden Fall nie wieder. Viel wichtiger aber ist die Frage, wie es ihm gelingen konnte, an diesem Ereignis nicht zu zerbrechen, und die Antwort ist vermutlich: Resilienz. Nicht die erlernte, sondern die angeborene, das naturgegebene Talent. Es gibt diese glücklichen Menschen, denen es ohne Übung gelingt, sich von schlimmen Ereignissen emotional zu distanzieren, um den Fortgang ihres Lebens nicht davon bestimmen zu lassen. Solche Leute überstehen das KZ und schaffen es ohne große Mühen, dankbar zu sein für ihr Leben. Sie verlieren Kinder und freuen sich trotzdem über die Elternschaft anderer. Sie werden immer wieder von ihrem Mann geschlagen, dennoch verhärtet ihr Herz niemals. Opa muss diese Fähigkeit wohl von seiner Mutter geerbt haben, ebenso wie die zu lieben. Und wenn sein Vater auch Kind einer so harten Erziehung gewesen sein muss, dass er schon in jungen Jahren Mundwinkel bis zum Kinn hatte, so hatte er doch immerhin eine Vorstellung von Moral, Gerechtigkeit und Anstand. Dass er keine andere Methode kannte, als sie seinen Kindern einzuprügeln, steht auf einem anderen Blatt. Aber was dabei rauskam, war jedenfalls Opa, der Mann mit dem kurzen Streichholz. Welches er allerdings im Gegensatz zu Oma nicht wie ein Abzeichen am Revers trug. Der Mann, der im Kriegsgefangenenlager den täglichen Kampf um den Laib Brot, den man ihnen in die Zelle warf, damit beendete, dass er sich bereit erklärte, das Brot so gerecht wie möglich für alle zu teilen und immer nur das zu nehmen, was als Letztes übrig blieb. Überflüssig zu erwähnen, dass er immer das kleinste Stück bekam. Der Mann, der den Ponton dreimal über die Elbe brachte und stehen blieb, als alle anderen lagen. So einer konnte doch nicht die schlechteste Wahl sein, muss Oma gedacht haben und fragte nicht genauer nach, als er von seinem Haus erzählte; fragte nicht nach der Anzahl der Zimmer oder der Lage. Nahm sein Essverhalten am Tisch ihrer Familie als Indiz dafür, dass er es nicht gewohnt war, sparen zu müssen, und bat ihn auf Drängen ihrer Mutter nur ungern und unter vier Augen darum, seinen Teller ein wenig maßvoller aufzufüllen. Woraufhin er sich übermäßig geschämt haben soll. Und dann brachte er sie nach D.

Das Einzige, was sie dort ein wenig tröstete, war vermutlich, dass zumindest er ihr gut gefiel. Dass er statt all der örtlichen Anwärterinnen lieber sie geheiratet hatte. Dass er, wenn auch dank jahrelanger Übung, ein zärtlicher Liebhaber war, der ihrem anfänglichen Ekel vor seiner Erregung mit lehrendem Verständnis begegnet war, bis sie ihn sehr schnell überwand. Das ist immerhin etwas – ein schöner Mann, guter Sex. Wenn alles andere schrecklich ist, kann man das wenigstens wegvögeln. Sofern man dazu kommt. Was schwierig ist, wenn man zu viert auf engstem Raum lebt. Dann weicht man auf Dach- und Heuböden aus; geht Pilze sammeln und kommt mit leerem Korb wieder, dafür aber mit zerkratzten Unterschenkeln und Mückenstichen an Stellen, an denen man sich nur unauffällig kratzen will. Irgendwann stirbt endlich der Schwiegervater, aber man muss trotzdem leise sein, wegen des Kindes. Und wenn einem das mal nicht gelingt, betet man, dass es nicht wach geworden ist. Dann kommt das zweite Kind, und man baut den Dachboden zum Schlafzimmer aus, aber in die Vorfreude auf ein bisschen mehr Zweisamkeit platzt die Erkenntnis, dass das neue Ofenheizsystem das ganze Haus zu einem Abhörapparat macht, in dem man sich gegenseitig überwachen *muss* – nein, man hat keine Wahl.

Unabhängig davon allerdings soll an dieser Stelle nicht unerwähnt bleiben, dass Oma nach dem zweiten Kind begann, mit einer spermienabtötenden Salbe zu verhüten, welche sie sich mittels eines Applikators einführte. Anschließend wälzte sie sich zur besseren Einwirkung eine halbe Stunde auf dem Bett hin und her und war also schon außer Atem, als ihr Mann nach bemessener Zeit die Treppe erklomm. (Da dieser Vorgang nur wenig erotisch ist, wurde Opas Anwesenheit dabei generell vermieden.) Um ihn aber darüber in Kenntnis zu setzen, dass er von nun an auf die Uhr zu schauen habe, kündigte sie den Beginn ihrer Paarungsvorbereitungen an, indem sie nach getaner Hausarbeit gedehnt rief, sie ginge jetztt hooch, Frranz. Selbst also, wenn es ihnen gelang, beim wie auch immer gearteten Wälzen keine Geräusche zu verursachen, was allein in Anbetracht des Bettes unmöglich gewesen sein muss, selbst dann wussten die Kinder (spätestens nach der Lektüre *des Buches*), was ihre Eltern jetzt taten, sie kannten ja den Balzruf ihrer Mutter genau. Vor allem meine Mutter ärgerte diese Heimlichtuerei – die sexuelle Revolution war eine der wenigen Entwicklungen, die auch im Osten nicht verspätet eintrat; man hatte ja sonst keine Freiheiten. Dennoch, der Sex mit dem schönen Mann war jahrelang die Entschädigung für alles, wie zum Beispiel der Tatsache, dass er nicht nur ständig mit anderen Frauen flirtete, sondern auch bei jeder Betriebsfeier mit allen tanzte, sogar mit den Hässlichen. Und ehe er das tat, lud er Oma an einem Tischchen ab, wo sie maßvoll an ihrer Bowle nippen und zusehen sollte, wie ihr Mann, dem zu Gefallen sie sich herausgeputzt hatte, eine nach der anderen auf die Tanzfläche holte und zuweilen noch auf ein Getränk an die Bar führte. Bei einem dieser Anlässe wurde sie dann mal von einem Fremden zum Tanzen aufgefordert. Sie kam gerade von der Toilette, hatte sich kritisch im Spiegel betrachtet und war zu der Erkenntnis gekommen, sie sehe doch eigentlich wirklich recht hübsch aus heute. Der Mann, der sie aufforderte, gefiel ihr nicht sehr, aber sie fand es nett, dass sich jemand um sie bemühte. Außerdem hoffte sie, Opa würde diesen Rivalen vielleicht zum Anlass nehmen, sich endlich ihr zuzuwenden. Der vermeintliche Rivale tanzte drei Lieder lang mit ihr, während derer sie nicht mal hätte sagen können, wo Opa sich gerade befand. Dann fragte er sie höflich, ob er jetzt wieder mit seiner Frau tanzen dürfe. Da hat sich Oma wieder an ihren Tisch gesetzt und ungefähr eine Stunde lang fromm geschämt. Dann war ihr Glas leer, und sie bekam Durst. Weil Durst nun ein elementares Bedürfnis ist, das sie nicht alleine befriedigen konnte, denn damals schickte es sich nicht, als Dame alleine an die Bar zu gehen, heiligte der Zweck ihrer Ansicht nach die Mittel, und sie fragte den nächststehenden Herren sittsam, ob er sie bitte an die Bar führen könne. Die Haltung des Herren dazu ist nicht überliefert, nur, dass er der Bitte nachkam. Er bestellte ihr auf Nachfrage ein weiteres Glas Bowle, welche sie mit ein, zwei Zutaten sicher um einiges zu verbessern gewusst hätte. Noch ehe sie das eben servierte Getränk an die Lippen geführt hatte, drehte sich jedoch ein nebenstehender Mann im schwarzen Anzug – welcher wahrscheinlich genauso aussah wie alle anderen schwarzen Anzüge in diesem Saal – zu ihr um, und sie sah plötzlich in das zornige Gesicht ihres Gatten, der ihr mit gepresster Stimme zu verstehen gab, dass sie *verschwinden* solle. Mit ebenjenem Wort. Die Geschichte hat sie oft erzählt. Das finale ‹Verr-schwinn-de› betonte sie immer gleich böse und hart. Wenn Opa zufällig gerade anwesend war, lächelte er das weg.

Dass sie in dieser Nacht noch Versöhnungssex hatten, ist eher unwahrscheinlich. Aber eine der folgenden Gelegenheiten wird dann wohl alles wieder ins Lot gebracht haben, so wie sie immer alles ins Lot brachte.

Das änderte sich allerdings, als man die Herzkrankheit meines Opas feststellte, welche die Einnahme eines Medikaments zur Folge hatte, dem man nachsagte, dass es bei übermäßiger Erregung zu Infarkten führen könne. Inzwischen ist diese Annahme widerlegt. Aber damals bedeutete sie das Aus für Opas Geheimwaffe und den Beginn Omas chronischer Unzufriedenheit. Jaja, des sei die Sündenschuld, erklärte sie immer wieder überlaut, auch ihren Töchtern – obwohl die nie zuvor in derartige Themen involviert gewesen waren –, und die Erbitterung darüber war sogar so groß, dass sie selbst mir noch davon erzählte, als ich endlich alt genug dafür war. Des komme von der Lottrigkeit, der Herr tät des bestrafen, wemma schon vor der Ehe poussieren tät. Wobei ‹poussieren› doch ein zu freundliches Wort war.

Von dieser Zeit an hatte Opa jedenfalls nur noch sein Lächeln, um Oma milde zu stimmen, wenn er aus der Kneipe kommend mal wieder stundenlang durch D. gewankt war – Konfekt durfte sie da ja schon nicht mehr essen. Einmal soll man ihn die ganze Nacht Arm in Arm mit seinem Saufkumpanen beobachtet haben, wie sie einander immer wieder nach Hause brachten, lauthals Lieder singend, deren Texte man nicht verstand. Und jedes Mal, wenn sie beim Haus des einen ankamen, erklärte der dem anderen, sie seien doch Freunde, richtige Freunde, und seinen Freund lasse man nicht alleine nach Hause gehen, nicht wahr, seinen Freund begleite man bis vor die Tür. Wenn jemand zu dieser Zeit ein Telefon besessen hätte, wäre vermutlich die Polizei gerufen worden. Aber die Einzigen, die tatsächlich eins besaßen, waren Oma und Opa selbst. Und sie war natürlich zu loyal, um ihren Mann zu verpfeifen. Aber am nächsten Tag sprach sie kein Wort mit ihm, sosehr er sie auch lächelnd mit Koseworten zu erweichen versuchte. Ihm blieb keine andere Möglichkeit, als vorzuschlagen, er könne das Medikament ja einmal vergessen. Aber das war wohl die einzige Ausnahme, bis zu dem Tag, an dem er sein Lächeln verlor.

Das ist vielleicht eine etwas missverständliche Formulierung – sie klingt wie ein kitschiger Unfall. Dabei war es eher eine pragmatische Entscheidung: Opa beschloss eines Tages, er wolle keinen Ärger mehr mit seinen Zähnen haben. Er sei es leid, immer wieder zum Arzt in die Stadt zu müssen, er habe keine Zeit für solche Scherereien, die doch alle letztlich nur darauf hinausliefen, dass seinem künstlichen Gebiss Jahr für Jahr ein weiterer Zahn hinzugefügt würde. Die Sache gehöre jetzt ein für alle Mal erledigt. Ich weiß nicht, was man einem Arzt sagen, zahlen oder androhen muss, damit er einem zwei Reihen unvollständiger, aber doch noch gesunder Zähne zieht – alternativ könnte man sich ja dann auch vorsorglich die Fingernägel ziehen lassen, die unzuverlässigen, kleinen Dinger –, aber der Arzt tat, wie ihm befohlen, und fertigte Opa ein neues Komplettgebiss an. An dem Tag, als er mit Mitte vierzig zahnlos nach Hause kam, mit zusammengepresstem Mund, um eine Sauerei zu vermeiden, aber doch augenscheinlich guter Dinge, glaubte Oma, es könne noch alles gut werden. Zwei Wochen lief er mit zu großen Lippen herum, bis die Wunden abgeheilt waren. In dieser Zeit fiel es allen ein bisschen schwer, ihn ernst zu nehmen. Dann bekam er sein Gebiss – Neu! Jetzt noch besser! Sie werden nie wieder etwas anderes wollen! –, das vom Arzt aus unerfindlichen Gründen hier und da noch ein bisschen optimiert worden war, vor allem stimmten die Proportionen nicht mehr, das Verhältnis der Zähne zum Zahnfleisch hatte sich auffallend zugunsten der Zähne verändert. Und er bekam also sein Gebiss, brachte es stolz nach Hause und leitete seinen Triumph mit einem völlig symmetrischen Lächeln ein. Das Oma niemals als das seine anerkannte. Niemals. Immer wieder sprach sie davon, der Schlag habe sie getroffen, sie sei noch Jahre später manchmal zusammengezuckt, wenn er sie unverhofft angelächelt habe und plötzlich ein anderer gewesen sei.

Man könnte jetzt zu seinen Gunsten einwerfen, dass er ja nicht habe wissen können, dass das die Konsequenz sei. Aber tatsächlich war es ihm egal. Wenn ihm der Arzt gesagt hätte: Herr Raben, bei allem Respekt, ich halte das für eine bescheuerte Idee, aber ich tue, was Sie wollen, wenn Sie mir versichern, dass es Ihnen nichts ausmacht, dass Sie danach nicht mehr lächeln werden wie Sie selbst. Dann hätte Opa geantwortet: Aber sicher. Außerdem wäre es bestimmt möglich gewesen, noch etwas an diesem Gebiss zu verändern, ja nötigenfalls ein neues anfertigen zu lassen. Klar wäre das in gewisser Hinsicht rausgeschmissenes Geld gewesen, jedoch immerhin Geld, das sie besaßen, um es rauszuschmeißen. Aber diese Möglichkeit wurde nicht mal diskutiert, vielleicht ja auch deshalb, weil sich niemand sonst kritisch äußerte.

Ausgleichend war das wohl die Zeit, in der er begann, in unregelmäßigen Abständen sein Medikament zu vergessen. Nicht oft natürlich, lass es alle drei Monate gewesen sein – das ist immerhin oft genug, um es tatsächlich ein Sexualleben nennen zu können. Auch wenn allein der Begriff natürlich nicht reicht, um auf sexuelle Ausgeglichenheit zu schließen. Oma erzählte, sie habe immer darauf geachtet, dass es dunkel war, und selbst dann habe sie ihn manchmal gebeten, nicht zu lächeln.

Ich glaube ja, sie gewöhnte sich an, ihre sexuelle Unterforderung zu kompensieren, indem sie nach Möglichkeit über Sex sprach. Das begann eigentlich eher zufällig, als meine Mutter bereits zum ersten Mal verlobt war und einige Fragen zu der ein oder anderen Stellung hatte. Vielleicht war sie gar nicht wirklich an einer Antwort interessiert, sondern wollte nur ein bisschen mit Omas Prüderie spielen. Mein Gott, was sie für Fragen stelle, soll Oma erschüttert ausgerufen haben. Und meine Mutter will entgegnet haben, wen sie denn sonst fragen solle. Jedenfalls, sie wisse ja nicht, ob das allen so gehe, aber sie komme sich total blöd vor, wenn sie auf wie-auch-immer-er-hieß liege. Liegen? Soll Oma darauf ausgerufen haben. Wieso denn liegen - sie müsse sitzen! Damit war ein Damm gebrochen, der nie wieder errichtet wurde. Und vielleicht war es das erste Mal, dass die beiden Frauen einander wirklich etwas zu sagen hatten. Oma schwelgte in Erinnerungen - wenn Opa zum Höhepunkt komme, flüstere er immer, dass er sie gernhabe, so gernhabe. Und meine Mutter verstand endlich die Bedeutung der Karte, die er Oma jedes Jahr zum Hochzeitstag schrieb, mit immer denselben Worten, über die sie früher verschämt gekichert hatte und am Ende nur noch wehmütig lächelte: Ich hab dich noch immer gern. Das war alles, was blieb - diese Karte. Und an die Stelle all der anderen Merkmale einer Liebe traten im Lauf der Jahre die Tage, an denen Opa ins Haus seiner erstgeborenen Tochter flüchtete und zur Begrüßung darum bat, dass man ihm einen Schnaps gebe, um das böse, alte Weib zu vergessen; die Tage, an denen er Bier trinkend in der Waschküche saß und erklärte, es könne gar nicht sein, dass er stinke, er habe sich doch erst vorgestern gewaschen; der eine Nachmittag, als er mit seinen Kumpanen am Zaun stand, während Oma gerade von einer Nachbarin kam, auf der noch immer unbefestigten Straße ausrutschte und die Männer in Gelächter ausbrachen, statt ihr aufzuhelfen. In diesem Moment hat sie sicher nicht mehr an den Ponton gedacht.

×××

Hier, sie habe ihr Abendbrot wieder nicht gegessen. Ich stelle einen nahezu unberührten Teller mit Schnittchen auf den Tisch. Sie habe die Tabletten mit Mühe und Not hintergewürgt, dann sei nichts mehr gegangen. Ich hätte ihr gesagt, sie solle wenigstens was kauen, damit ein paar Nährstoffe über den Speichel in ihren Körper gelangten. Habe sie auch gemacht. Aber selbst davon sei ihr schlecht geworden und sie habe den Klumpen geräuschvoll in ihre Serviette gewürgt.

Er nehme ihr das nicht ab! Vater zieht ärgerlich an seiner Pfeife, trinkt einen Schluck Wein, zieht wieder an seiner Pfeife. Sie sei eine schlechte Schauspielerin – immer, wenn sie etwas vortäusche, seien all ihre Gesten verlangsamt und ausgestellt, damit man auch ja alles mitbekomme. Das sei so durchschaubar, dass es ihn noch viel mehr ärgere, als ohnehin schon. Der Arzt habe auch nichts gefunden. Und trotz der Tatsache, dass sie jetzt immer weniger zu sich nehme, als sie laut Berechnung müsste, sei ihr Blutzuckerspiegel völlig in Ordnung – so ein Zufall. Als er sie vorhin darauf aufmerksam gemacht habe, sei sie auffällig schweigsam geblieben. Und wenn sie jetzt nicht mal mehr ihren eigenen Speichel schlucken könne, müsse sie ja die ganze Zeit am Würgen sein! Die Schnittchen könne ich übrigens allein essen. Er wisse genau, dass sie das Zerkaute immer an den Tellerrand lege. Aber netter Versuch. Vielleicht wolle es ja die Katze.

Wo die eigentlich stecke?

In der Badewanne?

Nein. Da werde sie vermutlich nie mehr sitzen. Ich sei sehr traurig darüber. Ich lege mein Skizzenbuch auf dem Tisch ab und beginne, mir eine Zigarette zu drehen.

Was wir denn da hätten, zieht er das Buch neugierig zu sich heran.

Meine schlechten Gedanken.

Interessant. Er blättert. Ob sie davon wisse?

Eher nicht.

Das sei ganz schön fies.

Wenigstens sei ich ehrlich.

Na ja, nicht ganz. Er hält mir eine aufgeschlagene Seite hin: Im Querschnitt Oma, sitzend, ihre gequälten Innereien großzügig beschriftet, darauf ein angeschwollener Kopf, angefüllt mit trüben Windungen, deren Benennungen sich überschneiden, ineinanderfließen, sich im Weg stehen.

Den Darm hätte ich verleumdet. Sein Finger tippt mahnend auf eng begrenztes Gekröse. Ihrer sei nämlich sogar länger als allgemein üblich. Das habe man bei der Darmspiegelung festgestellt. Man habe die Untersuchung abbrechen und ein Endoskop mit Überlänge anfordern müssen.

Ja, der Darm sei mir wirklich nicht besonders gelungen. Vielleicht würde ich da noch mal rangehen. Mal sehen.

Ob ich sie ihr irgendwann zeigen wolle, blättert er sich fasziniert durch mein Buch des Grauens.

Sie könne doch nichts mehr sehen.

Er kichert: Da fehle noch eine Rollatorszene.

Den Rollator benutze sie ja nicht mehr.

Och, es sei ohnehin an der Zeit, dass sie wieder ihr Training aufnehme – Bewegungstherapie. Zur Not müsse man ihr das eben ärztlich verordnen lassen. Solche Anweisungen hätten immer noch ein ziemliches Gewicht bei ihr. Er greift nach einer 1,5-Liter-Colaflasche, setzt sie vornübergebeugt an den Mund und hält sein Sturmfeuerzeug an den Rauchkopf voller Gras, der an der Seite aus der Flasche ragt. Er zieht den Rauch in den Flaschenkörper, bis er voll ist, nimmt den Finger vom Kickloch und inhaliert tief.

Wieso er nicht seine schöne Glasbong benutze?

Na ja, es sei egal, wie gut man die sauber mache, sie schmecke trotzdem immer nach diesen ekligen Rauchrückständen. Dieses Schmand-Weg helfe dagegen auch nicht. Er habe sie sogar ausgekocht, aber das habe genauso wenig gebracht. Deshalb bohre er jetzt immer ein Loch in so eine Cola-Flasche, stecke da den Kopf von der Bong rein und wenn die Flaschenwand sich braun verfärbt habe, kaufe er sich eine neue.

Und die alte?

Werfe er weg.

Er mache sie nicht vorher sauber?

Nö. Ob ich jemanden wüsste, der sich über die Glasbong freuen würde? Bei ihm stehe sie ja nur noch rum.

Nee. Aber wenn man sie irgendwo an einen belebten Platz stelle, würde sie bestimmt bald einer mitnehmen.

In D.?

Gerade in D.

Aah, jetzt sei er herrlich bekifft. Herrlich.

Es sei kurz vor acht.

Oh je. Dann müsse man sich ja um Oma kümmern. Achach. Er seufzt, schiebt die Unterlippe vor und sieht mich aus sehr kleinen Augen sehr bettelnd an.

×××

Ich sei wieder zu Hause! Mein Tag sei scheiße gewesen! 28 Currywürste! 28! (Ein Blick in jedes Badezimmer.) Und dann sei mein Chef zur Kontrolle gekommen und habe mich gefragt, ob ich mich an den Lebensmitteln bedienen würde – die Einnahmen stimmten nicht mit den Ausgaben überein! (Beide Räume sind leer.) Ich hätte darauf geantwortet, ich würde den Fraß, den er hier anbietet, nicht mal geschenkt nehmen. (Und die Katze ... sitzt? Nein.) Unglücklicherweise habe da gerade jemand am Tresen gestanden. Ich bräuchte jetzt also einen neuen Job! Hallo? Vater?

Vater steht über Oma gebeugt, als ich das Wohnzimmer betrete, und flößt ihr gerade Cola ein. Das sieht ziemlich gewalttätig aus – sie krampft unter seinen

Händen, als würde sie sich wehren, und er hat Mühe, den Flaschenhals an ihre Lippen zu halten. Großaufnahme: Gesicht angeschwollen, Haut leichenblass, gespenstisch verzerrte Mimik.

Ob sie nicht artig gewesen sei?

Habe sich unterzuckert.

Mit Absicht?

Habe sich so lange eingeredet, dass ihr schlecht sei, bis sie sich übergeben habe. Ich solle ihm doch bitte ein Stück Traubenzucker aus der Minibar geben.

Ob ich nicht lieber den Notarzt rufen solle?

Bis der hier sei, habe er sie schneller selbst zurückgeholt.

Wie denn? Ich gebe ihm den Traubenzucker.

Sie könne das noch lutschen. Egal wie bewusstlos sie sei, er wisse auch nicht, warum, aber sobald sie etwas in ihrem Mund habe, setze dieser Reflex ein.

Es ist offensichtlich nicht leicht, ihr den Zucker zwischen die Zähne zu schieben, ebenso wenig wie es leicht ist, ihrer Pantomime zuzusehen – tatsächlich macht sie kaum Geräusche, obwohl sie ihre Muskeln wahrscheinlich gerade intensiver benutzt als in den letzten zwei Tagen. Es sieht aus, als hätte sie einen epileptischen Anfall.

Ob ich wirklich nicht den Notarzt rufen solle?

Eine Minute noch – er kenne das schon. Außerdem rege sie sich immer furchtbar auf, wenn er den Notdienst rufe, weil sie schreckliche Angst davor habe, dass der sie ins Krankenhaus bringe.

Hm. Ob er wirklich glaube, sie habe das mit Absicht gemacht?

Ja. Aber jetzt sei ja gleich alles wieder gut, nicht wahr, Mutti? Mutti?

We'morr se deeschloofmloassn dät?

Ah, da sei sie ja wieder. Ob sie ihn hören könne? Ob sie die Hand heben könne?

Also, wenn sie reden könne.

Jaja, seien doch nur Floskeln. Stimmts, Mutti? Er wisse, dass sie ihn hören könne, sie solle mal was dazu sagen.

Wienooch morr se dee itze net hättn schloofm loassn?

Was?

Warum wir sie nicht schlafen lassen hätten. Für immer.

Was??!!

Ach, Mutti. Ob sie eine Ahnung habe, wie das aussehe? Sie so liegen zu lassen habe überhaupt nichts mit schlafen zu tun.

Oaber se dät's doch net meh marng.

Aber wir, Oma, wir würdens merken! Mensch, sie sei doch keine Katze, über die man noch mal drüberfährt, damits schneller geht.

Se kennt nimmer, schüttelt sie matt ihren Kopf.

Er verstehe das, Kleene, es sei alles hart und er dät aa net miet orr dauschn wolln, wechselt er komplizenhaft in ihren Dialekt, aber se misst aa emol e bissl an uns denkng. Des hätt se zwoar orr goannses Leem loang scho gemoachd, aber doodormiet kennt morr net aafoach affheern – su wär des in enner Gemeinschaft. Morr kenntn doch nix dorrfor, dess is orr schlacht gehe dät. Er streichelt ihr die kurzen Locken platt und wischt mit dem kleinen Finger Schaum aus ihren Mundwinkeln.

Morr wisstn ja net wie des wär. Wie des wär. Morr solldn itze mol in orr Oallder kumme.

Bei allem Respekt, Oma, wenn sie so weitermache, ginge das bei uns schneller als bei ihr.
Er feixt, sie nicht. Hab ich auch nicht mit gerechnet.

Sie müsse jetzt noch was Kleines essen. Was sie denn von einem Keks halte?

Se wisst's net.

Also ein Keks. Ob ich mal einen holen könne?
Früher wurden Kekse immer im Küchenschrank aufbewahrt und dünsteten dort, trotz allerlei Dosen und Gläsern, wie alles andere über Jahrzehnte ihr Aroma aus. Sodass die Lebensmittel, die aus diesem Schrank kamen, immer nach dem Gesamtinhalt des Schrankes schmeckten. Tatsächlich stehen darin noch immer zwei Dosen, deren beschriftete Heftpflaster auf einen Keksinhalt schließen lassen. In der ersten sind eine Menge kleiner, schwarzer Käfer auf und unter und zwischen den Keksen. In der zweiten auch, aber weniger als in der ersten. Ich denke nur ganz kurz nach. Dann rufe ich, dass es keine Kekse mehr gebe.

Dann solle ich ein Knäckebrot mit Margarine und Marmelade machen. Mit normaler Marmelade, nicht das Diabetikerzeug.
Das Knäckebrot liegt im Brotkasten und enthält keine Käfer, dafür den Geruch von vierzig Jahren Brot und Brötchen – der Kasten aus altoranger Plastik der siebziger Jahre, die ja bei uns erst in den Achtzigern stattfanden. Ich mache das Brot und überlege, wie ich ihnen das mit den Käfern beibringe oder ob ich besser einfach so tue,

als wüsste ich von nichts. Ohnehin benutzen wir diesen Schrank eigentlich nicht wirklich, er steht da nur aus Gewohnheit.

Er schiebt ihr ein Häppchen in ihren Mund. So, noch einen Schluck Tee hinterher, da müsse sie fast gar nicht kauen. Und noch ein Häppchen. Und jetzt würden wir erst mal abwarten, ob sie das bei sich behalte.

Ich müsse ihnen was sagen.

Wasn?

In dem Küchenschrank seien Käfer.

Ich würde wohl Motten meinen.

Nein, Mensch, ich könne doch Käfer von Motten unterscheiden! Es seien kleine, schwarze Käfer.

Wo?

In den Keksen. In der Dose, aus der, wenn ich mich nicht irrte, immer der Zivi gegessen habe, seien anscheinend die meisten.

Ha!

Aber das sei ja auch schon 'ne ganze Weile her, vielleicht seien die da noch nicht drin gewesen. Sie seien ja auch nicht zu übersehen und er habe ja doch immer mal welche gegessen. Ich stelle mir spontan einen sehr unglücklichen Zivi vor, der sich so lange Omas Geschichten anhören musste, bis er aus Verzweiflung anfing, Käfer von Keksen zu fummeln.

Wos des Maadl gesoochd hätt?

Ich hätte gesagt, dass in ihrem Lebensmittelschrank Käfer seien.

Wos?

Käfer. Ach, es sei ja auch egal, was solle sie mit dieser Info schon anfangen, ich würde das Ding einfach ausräumen.

Ach, das sei nett von mir. Vater stellt den Teller auf dem Tisch ab, tupft Oma Marmelade aus dem Gesicht, als er sich erhebt, knacken seine Knie. Es klingt schmerzhaft.

×

Systematisch vom Standort der Keksdosen ausgehend, lüfte ich Deckel zu umgenutzten Kakao-, Kaffee- und Konfektdosen – der gutsortierte Küchenschrank einer Hausfrau von vor dreißig Jahren. Einer Zeit, als man noch nichts wegwarf, Wirtschaftswunder hin oder her. Leider hat ihr Mann geangelt, und sie hat ihm immer das alte Brot für die Fischköder aufgehoben – früher gab es dafür einen ganzen Eimer in der Waschküche. Heute, über zehn Jahre nach seinem Tod, ist immerhin nur noch eine antike Nesquik-Dose damit gefüllt, auf dem Deckel ein beschriftetes Heftpflaster: Trockenbrot. Vielleicht wollte sie ja auch Suppe daraus kochen, wer weiß. Auf jeden Fall: Die gelbe Plastikdose mit dem grinsenden Wohlstandskind vorne drauf, die ist der randvolle Herd. Ich schreie so laut, dass die Katze vom Küchenstuhl flieht.

Ich solle mich nicht so haben, ruft Vater aus dem Kabuff.

Er könne es gleich selbst machen, Freundchen!

Vom schlimmen Brotdosen-Fach aus streut sich das Vorkommen der Käfer nach oben und unten in die restlichen vier Fächer. Glücklicherweise stehen dort viele Gläser mit Schraubverschluss: Hagebutten, Birkenblätter, Brennnesseln, Apfelschalen, Wacholder, Melisse, Salbei, Lindenblüten, Himbeer- und Brombeerblätter, Sellerieblätter und -knollen. Zu trinken als Tee oder so, für Nieren, Augen, Blase, Leber, Selbstsucht, nein, Gelbsucht, Gicht, Gallensteine, Diabetes, Warzen, Hämorrhoiden, Harn, Asthma, Flechten und was nicht noch alles. Steht jeweils dabei – die Etiketten sind mindestens zwanzig Jahre alt, gute Ratschläge der Radiogesundheitssendung, jahrelang aß Oma zehenweise Knoblauch zum Abendbrot, und Tomaten enthalten übrigens einen Wirkstoff, der gut gegen Krebs sein soll.

Oma? Sie liegt im Sessel wie reingegossen, und ich bin unsicher, ob ich sie derzeit überhaupt mit solchen Themen belasten kann. Sie habe da Tee von vor zig Jahren eingelagert, ich sei nicht sicher, ob der überhaupt noch ätherische Öle enthalte. Ob wir den nicht mal entsorgen wollten?

Asse ... wenn des su Soachng wärn, die morr affkochng kennt ... doann misst iech des net waggschmeißn ... des dät se siech emol affkochng ... un noocherd de Kaafer uum ooschebfm.

Die Käfer abschöpfen ... ehrlich, Oma, der Krieg sei vorbei, sie könnte jetzt echt mal was wegwerfen. Sie habe da Gefrierbeutel im Schrank, die sie schon vor zehn Jahren abgewaschen hätte. Irgendwie sei das ja toll, Stichwort Nachhaltigkeit und so, aber irgendwie gehe das auch echt zu weit.

De Gefrierbeidl wärn noch guud, die kennt morr nochemol gebraung.

Klar, könne man. Sogar die mit Loch seien sicher noch für irgendwas zu gebrauchen. Aber die hätten da einen eigenen Korb im Schrank, der überquelle. Und den auszupacken sei wie bei einer Litfaßsäule mit ganz vielen Schichten. Die untersten seien so alt, dass der Aufdruck abgewaschen sei – sie wolle mir doch nicht ernsthaft erzählen, dass sie die von ihrem Wohnzimmer aus noch mal zu benutzen gedenke. Die stammten wahrscheinlich noch aus der Zeit, als sie ihre Kinder gezwungen habe, ihr dabei zu helfen, die Dinger zu polieren. Das sei übrigens einer der Albträume meiner Mutter – wie sie immer gerufen habe, sie wolle sich ein bisschen mit ihr unterhalten, und das habe sie immer nur dann getan, wenn es darum ging, die Tüten abzutrocknen. Tüten Oma. *Tüten.*

Wenn iech 'ne Schroank net ausraime wolld, misst iech des neer soong, noocherd dät se en oannern froong.

Oma, es ginge nicht darum, dass ich das nicht machen wolle. Ich bezweifelte nur, dass es sinnvoll sei, diesen mumifizierten Kram da aufzubewahren. Ich bezweifelte sogar, dass sie wisse, was da alles drin sei.

Des dät se scho wissn.

Was denn mit dem Käse sei?

Wos'n forr Kaas?

Dieser komische, parmesanartige Reibehartkäse, so ein kegelförmiges Ding, das immer im Westpaket gekommen sei, dieser spezielle, wahrscheinlich kurz vor der Wende. Er sei grün.

Der misst su sei.

×××

Franka! Bea umarmt mich stürmisch und haut dabei den Griff ihres Familienregenschirms gegen meinen Hinterkopf. Es ist echte Freude, gegen die wehrt man sich nicht. Ich lege meine Hände rücklings auf ihre Schultern, klemme sie so in meinen Armen ein, dass sie drei Sekunden stillhalten muss, und atme ihren Cousinenduft – klassische Mischung aus Kaugummi, Nivea, Schweiß und Zigaretten. Vater verdrückt sich mit einem höflichen Winken wortlos zwischen die Beete und gibt vor, etwas sehr Wichtiges zu tun zu haben. Anne und Theo schlurfen Hand in Hand über die Steinplatten, ihre Gummistiefel in Pink und Blau, dazu die passenden Regenmäntel.

Ähm, Bea?

Hm?

Ob ihr der unbewölkte Himmel aufgefallen sei? Tatsächlich ist es einer dieser Herbsttage, an denen man denken könnte, es gäbe keinen Winter.

Ach so, ja, Anne habe vorhin immer wieder jesacht, dass et rejnen solle – et klinge so süß, wenn sie Rejen sare –

Anne? Das Kind ist gerade im Begriff, Käthe gegen den Strich zu streicheln, welche deshalb ärgerlich mit dem Schwanz peitscht. Theo versucht, ihn zu fangen.

Anne! Sie solle mal Rejen saren!

Anne richtet ihren leicht irren Blick auf den Mund ihrer Mutter, wahrscheinlich um sicher zu sein, dass er geschlossen bleibt. Nach etwa drei Sekunden sagt sie ernst: Rejen.

Bea freut sich wie blöd: Süß, oder?

Voll. Aber es regne doch gar nicht.

Jaja, aber sie habe jedacht, wenn schon kein Rejen, denn doch wenigstens so nah dran wie möglich. Und vielleicht ziehe es sich ja doch noch zu, nich wahr, Anne?

Anne nickt. Theo registriert das aufmerksam und ahmt es dann nach.

So, jetzt sollten sie mal juten Tach saren.

Anne und Theo geben mir nacheinander konzentriert die Hand, erst sie, dann er. Sie hält ihn an ihrer Linken, lässt also seine Rechte los, damit er sie korrekt nachahmen kann. Was er auch tut. Anschließend schiebt er sie wieder eilig in ihre. Sie schlurfen an den Rand der Beete und winken meinem Vater unmotiviert zu, wie Kinder eben etwas tun, wenn sie eine Anweisung ausführen, deren Sinn sich ihnen noch nicht erschlossen hat. Als sie bei Oma an der Hollywoodschaukel ankommen, werden sie mit deren Kindergartenlächeln begrüßt und erblühen sofort. Sie umarmen Oma gleichzeitig, einen Moment scheint mir, sie habe ihre Augen einen Spaltbreit geöffnet. Außerdem hat sie so einen Ton drauf, den andere Menschen manchmal benutzen, wenn sie mit Hunden sprechen; – ja, bist du ein Feiner, ein Feiner bist du; so was eben – Theo reagiert auf diesen Ton entsprechend wie ein Haustier und gibt hohe, quietschende Laute von sich. Anne ist vielleicht schon ein bisschen zu alt dafür und deswegen etwas verhaltener, aber trotzdem lächelt sie gelöst. Bea setzt sich neben Oma auf die Schaukel, wartet nur einen kurzen Moment, was aber bei Bea schon etwas heißen will, und gibt ihr dann einen hörbaren Kuss auf die Wange. Oma lässt sich davon kaum ablenken. Das, was sie aktuell tut, nennt sie ‹rumdaddeln›, wenn ich mich nicht täusche. Also so was wie rumalbern auf sehr kleinkindlichem Niveau. Bea lehnt sich fröhlich zurück und sieht den dreien zu.

Vielleicht erinnert es sie ja an die alten Zeiten, als Oma und sie noch beste Freunde waren. Das hat bei den beiden ungewöhnlich lange gehalten, wahrscheinlich deshalb, weil Bea schon als Kind auffällig hyper war, auf eine Art, die dazu führte, dass ihr Gehirn manchmal die falschen Entscheidungen traf. Wenn sie zum Beispiel ein beladenes Tablett trug, von dem während des Tragens etwas runterfiel, dann ließ sie das ganze Tablett fallen, um das verlorene Ding aufzuheben. So ein Handeln führt zu Missverständnissen – man unterstellte Bea entweder eine gewisse Blödheit, oder man warf ihr vor, sie würde sich nicht genügend konzentrieren. Letzteres war tatsächlich zutreffend, allerdings nicht, weil Bea zu faul war. Vielmehr hat ihr Gehirn wohl weniger Zeit als das anderer Menschen, um zu entscheiden, welche Nervenbahn welcher Botenstoff stimulieren sollte, um das ideale Ergebnis zu erzielen. Ungefähr so, als befände man sich mit 300 Sachen auf der Autobahn und müsse spontan entscheiden, ob man jetzt die Abzweigung nach Hannover oder nach Kassel nehmen soll. Und ehe man eine konzentrierte Überlegung anstellen kann, ist man schon in Kassel angekommen, wo einem streng erklärt wird, dass Hannover echt besser gewesen wäre. Und man schämt sich ganz doll dafür, dass man nicht selber auf die Idee gekommen ist, aber beim nächsten Mal, wenn man sich wieder auf der Autobahn befindet, wie immer mit 300 und das Gaspedal kennt leider auch nur diese eine Einstellung, möchte man *wirklich* gerne alles richtig machen. Aber die Erinnerung an die Scham vom letzten Mal setzt einen derartig unter Druck, dass man im entscheidenden Moment einfach nicht mehr weiß, ob jetzt Hannover oder Kassel richtig ist, und dann steht man wieder in Kassel, und alle in Hannover schütteln den Kopf und sagen, man sei entweder blöd oder gebe sich nicht genügend Mühe. Alle außer Oma, die ja wie erwähnt schon immer dazu neigte, das Gegenteil von dem zu tun, was andere für richtig hielten. So was verbindet natürlich.

Ich glaube nicht, dass Oma die Problematik durchschaute, aber sie hatte Mitleid. Darin ist sie echt gut, selbst heute noch. Als ich mich neulich in der Küche so sehr gestoßen habe, dass sich an meinem Kopf ein kleines bisschen Blut fand, war ich für einen Moment so erschrocken, dass ich im Eifer des Schocks zu Oma ins Wohnzimmer stolperte, um ihr mitzuteilen, was mir gerade geschehen sei; sie zu bitten, sich das mal anzusehen, und mich, noch ehe ich Letzteres aussprach, zu erinnern, dass das natürlich eine blöde Idee war. Aber da hatte ich Ersteres schon in kindlichem Modus formuliert, und ihre Reaktion war tatsächlich Anteilnahme: Oach, Maadl, stammelte sie hilflos und bedauernd, se kennt doch itze goar nix moachng.

Jedenfalls wurde Bea in einer Zeit groß, in der man noch nicht die Chemiekeule ausgepackt hat, wenn ein Kind mal nicht wie gewollt funktionierte. Damals hat man lieber mit gnadenlosem Drill gearbeitet. In manchen Fällen soll das durchaus erfolgreich gewesen sein. Bea indes wollte wie alle Kinder unbedingt liebgehabt werden und gab sich darum wirklich Mühe, den Ansprüchen der Erwachsenen zu genügen, weil sie ja nicht wusste, dass diese Erwachsenen alle im Irrtum waren. Die Einzige, die aus tiefem Mitleid kaum Erwartungen an sie stellte, war Oma. Ganz anders als bei ihren eigenen Kindern (und später bei mir) zwar, aber deshalb war Bea eben oft bei ihr, saß in der Küche und machte ihre Hausaufgaben in Omas Windschatten. Dabei kam eines Tages ein Aufsatz zum Thema «Was ich mir wünsche» heraus, in dem sie ernst schrieb, das, was sie sich am meisten wünsche, sei, dass sie sich mehr Mühe geben und in der Schule besser aufpassen würde. Dass sie ordentlicher sein würde und klüger. Ihre Mutti wünsche sich das auch. Sie sage ihr immer, dass sie sich mehr anstrengen müsse, andere Kinder könnten das auch. Und sie wolle ja gerne wie die anderen Kinder sein, damit ihre Mutti sie liebhabe.

Laut Omas Aussage erledigte sie diese Aufgabe völlig alleine, während Oma Marmelade einkochte. Sie schrieb den Aufsatz unaufgefordert dreimal ab, bis sie ihre Schönschrift schön genug fand. Außerdem unterstrich sie Subjekt, Prädikat und Objekt in verschiedenen Farben, obwohl das gar nicht Teil der Aufgabe gewesen war. Dieser Aufsatz veränderte vieles. Man könnte sagen, er war Beas Befreiungsschlag, weil er alle ihr nahestehenden Autoritäten derart beschämte, dass sie Bea endlich die Geduld zukommen ließen, die sie brauchte. Oma hat diese Entwicklung nachhaltig begleitet, und vermutlich ist Bea deshalb von uns allen diejenige, deren Gefühle für Oma man am ehesten als Liebe bezeichnen kann.

Oh, sie habe 'ne Idee! Beas Stimme rutscht vor Aufregung eine Oktave höher. Sie stößt sich so eilig von der Schaukel, dass Oma erschrocken schwankt, und strebt noch im Sprung auf den Gartenschlauch zu. Sie dreht den Hahn auf, das Wasser strömt gurgelnd aus dem Schlauch, während sie zur Gießkanne läuft und dann beginnt, diese zu füllen. Sie führt Anne und Theo kichernd in die Mitte des Hofs, relativ weit entfernt von der Hollywoodschaukel, spannt den Regenschirm auf und instruiert die beiden, wie sie ihn zu halten haben. Unter dem Schirm wirken sie noch kleiner – bei Wind würde ich mir Sorgen machen. Bea hat indes einen Stuhl rangezogen, stellt sich mit der Kanne darauf und beginnt, sie über dem Schirm auszuleeren. Das Wasser spritzt in einem recht großen Umkreis – Käthe flieht. Es dauert trotzdem einen Moment, bis Anne versteht, was gerade vorgeht. Dann fängt sie an, sich laut zu freuen. Theo, der dabei zu ihr aufsieht, freut sich über Anne. Beide winken sie Oma, und Oma winkt zurück. Vater richtet sich zwischen den Beeten auf und lächelt. Aus dem Gartenschlauch läuft noch das Wasser. Ehe ich es abdrehe, fülle ich Bea die Kanne auf.

✕✕

Anne und Theo hätten niedlich ausgesehen in ihren Regensachen, nicht wahr? Wie aus einem Katalog.

Joae? Oma antwortet in ihrem gedehnten Ich-stelle-mich-blöd-Ton. Der funktioniert sehr gut, wenn man zum Beispiel Stasimitarbeiter ist und nicht weiß, mit wem man es zu tun hat. Ich muss mich sehr zusammenreißen, diese spitznippelige Warze an ihrem Mund, die sich bei allem Oralem aufdringlich mitbewegt, nicht größer zu zeichnen, als sie tatsächlich ist.

Also, jetzt würden wir mal über Kinder reden.

Wos?

Kinder. Sei ja ein weites Feld – genügend Gesprächsstoff für die nächsten drei Abendessen.
Oma setzt zögerlich ihre Nahrungsaufnahme in Gang, ihre Haltung verrät Interesse.

Wie das noch gleich gewesen sei? Sie habe doch in dem Jahr zwischen RAD und Scheinwerfern eine, wie habe man das genannt … Blitzausbildung?, eine Blitzausbildung zur Kindergärtnerin gemacht, nicht wahr. Der Kindergarten sei in einem kirchlichen Gebäude untergebracht gewesen, eine von vielen Notlösungen. Als sie angefangen habe, dort zu arbeiten, hätte man sich nur im Erdgeschoss aufhalten dürfen, der Keller sei absolut

tabu gewesen, aber niemand habe gewusst, weshalb. Es sei Winter gewesen, es habe jeden Tag dünne Kohlsuppe gegeben, die Kinder hätten trotzdem immer die Teller leer gekratzt. Das sei die Zeit gewesen, in der man bereits Katzen und Tauben gegessen habe, als kenne man es nicht anders. Man habe den Kindern Geschichten von Nutztieren erzählt und wenn man ihnen die Bilder dazu zeigte, sei man bemüht gewesen, auf den Unterschied zu Fabelwesen hinzuweisen. Man könne diese Tiere essen. Sie gäben Milch. Sie legten Eier. Dieses hier lebe im Wald und werde manchmal von Jägern gejagt, man nenne es Reh. Eines Tages seien sie an einer Wiese vorbeigelaufen, auf der eine Ziege einsam weidete, und die Kinder hätten voller Freude darauf gezeigt, mühsam nach dem Begriff gesucht, bis eines schließlich hervorgestoßen habe ‹Ein Reh!› und die anderen stolz in den Ruf einstimmten.
Ob sie eigentlich schon in diesem Jahr den Schokoladenpudding gemacht hätten? Oder sei das nach dem Krieg gewesen?

Se däts net wissn.

Aber sie wisse, was ich meine, oder?

Dät se net.

Na, zu einem Weihnachten hätten sie doch mal Schokoladenpudding gekocht. Sie erinnere sich wirklich nicht? Es sei wahrscheinlich auch so eine Notversion gewesen, mit viel Wasser und wenig Ei, aber immerhin hätten sie richtige Schokolade gehabt, es sei kaum zu glauben gewesen. Und es sei natürlich nicht viel Pudding dabei herausgekommen, aber genug, um jedem Kind bei der Weihnachtsfeier ein kleines Schälchen mit einer noch kleineren Portion auf den Platz stellen zu können, während die Eltern am Rand standen und sich große Mühe gaben, keinen Appetit zu haben. Heute gebe es etwas ganz Feines, habe man den Kindern erklärt, ehe man sie in den geschmückten Raum führte. Das Christkind habe eine Überraschung für sie alle gebracht, weil sie so brav gewesen seien, und wenn sie sich jetzt alle an der Hand nähmen, dann würde man zusammen ein schönes Weihnachtslied anstimmen und dann könne man zusammen hineingehen, um nachzusehen, was das für eine Überraschung sei. Damals sei das Erzeugen einer festlichen Stimmung wohl noch ausreichender Höhepunkt einer Feier gewesen. Der Raum habe im Kerzenschein gestrahlt, die Tafel sei mit Tannenzweigen und -zapfen und Strohsternen geschmückt gewesen, ganz klassische Deko eben, und die Kinder seien Hand in Hand singend in den Raum gelaufen, die Reihe sei um die Tafel geführt worden, bis jedes Kind hinter seinem Stuhl stand. Es sei zu Ende gesungen worden, ehe sie sich setzen durften, man habe Tee eingeschenkt und guten Appetit gewünscht und darauf gewartet, dass die Kinder probierten. Aber die Kinder hätten nicht probieren wollen. Sie hätten die Schälchen argwöhnisch betrachtet, und wenn sie gefragt worden seien, warum sie nicht probierten, hätten sie nur verschämt die Köpfe geschüttelt. Bis sich eines schließlich getraut habe, etwas zu sagen. Tante Maria, habe es sehr artig begonnen und hörbar auf seine Aussprache geachtet, Tante Maria, A-A würden sie nicht essen. Hätten sie dann auch wirklich nicht.

Oma feixt und nickt.

Man hätte versucht, ihnen zu erklären, was das für eine Speise sei, ja was überhaupt eine Süßspeise sei, und wie besonders beliebt Schokolade bei Kindern in der Regel wäre. Aber sie hätten sich nicht überreden lassen, hätten Tee getrunken und Brot gegessen, bis die anwesenden Eltern schließlich die Schälchen unter sich aufteilten und die ungläubigen Blicke der Kinder möglichst übersahen. Ob sie auch einen Pudding gegessen habe?

Des wisst se nimmer.

Dann habe sie wahrscheinlich keinen gegessen. Obwohl mir das eigenartig erscheine. Aber sei das jetzt während oder nach dem Krieg gewesen?

Sie lutscht ihren Salat vom Löffel und zuckt mit den Achseln.

Na ja, wie auch immer. Als der Krieg noch im Gang war, habe sie eines Tages während des Mittagsschlafs jedenfalls mal eine leise Runde durch den Saal gedreht, um prüfende Blicke in die Gesichter der Kinder zu werfen. Das letzte Kind in der Reihe habe mit seiner Liege sehr nah an der Wand gestanden und der Kopf sei in ebendiese Richtung gedreht gewesen, sie habe sich deshalb in den Spalt zwischen Wand und Liege beugen müssen. Da habe sie plötzlich an den Rohren in der Ecke etwas entdeckt, das sie einen Moment lang für eine Spielerei gehalten habe, ein strahlenförmiges Muster, ausgehend von den Rohren, vielleicht von dem Kind mit irgendwelchen Bröseln gelegt, weil es nicht schlafen konnte. Sie habe es nicht anders einordnen können, bis sie sich näher heranbeugte. Dann habe sie erkannt, dass die Brösel sich bewegten. Und dann habe sie verstanden, dass sie auf Maden starrte.

Oma hält in der Bewegung inne, und mir wird bewusst, dass es kontraproduktiv ist, diesen Teil der Geschichte zu diesem Zeitpunkt zu erzählen. Ähm, also, jetzt wüsste ich selber nicht mehr, wie es weitergeht. Ob sie es noch wisse?

Sie zögert so lange, dass ich fürchte, gleich wird sie ‹ja› antworten, aber zu meiner Erleichterung entscheidet sie sich für ein Kopfschütteln. Das wäre unappetitlich geworden. Die Maden waren an den Rohrleitungen hoch gekrochen, man hatte den Boden drum herum nicht abgedichtet – vielleicht musste das ja auch so sein. Oma schlich sich trotz des Verbots in den Keller, durchschritt die ein oder andere Tür und wunderte sich, wieso die nicht abgeschlossen waren, wenn es doch so Wichtiges zu verbergen gab. Und wünschte sich eigentlich bei jeder weiteren Tür, dass sie diesmal verschlossen wäre. Der Keller war trocken, dennoch roch es modrig, je tiefer sie hineinging. Und natürlich wusste sie schon längst, was sie finden würde, dennoch blieb ihr die Luft im Hals stecken, als sie es dann endlich fand: tote Soldaten. Nicht nur ein paar, sondern so viele, dass sie übereinanderlagen. Man hatte sie dort wahrscheinlich im Winter aus der Not heraus gelagert, weil die Erde zu tief gefroren war, um jemanden begraben zu können. Vielleicht war es ganz plötzlich wärmer geworden, und man hatte es versäumt, sofort zu reagieren. Vielleicht waren es auch zu viele Soldaten, um sofort reagieren zu können. Vielleicht wollte man sie nicht an den Kindern vorbeitragen. Oder es lag an dem Ofen, der von oben über die Rohrleitungen ein madenfreundliches Klima in mindestens einer Ecke des

Kellers erzeugt haben musste, während draußen noch alles zu Stein gefroren war. Was auch immer warum auch immer geschehen war: Oma konnte niemanden danach fragen, denn sie hätte ja gar nicht im Keller sein dürfen. Sie war ganz allein mit diesen Bildern, sie konnte sie nie mehr auslöschen. Immer wenn sie die schlafenden Kinder ansah, erschienen vor ihrem inneren Auge die toten Soldaten eine Etage weiter unten – das Leben und der Tod so unmittelbar beieinander, dass es sich unrecht anfühlte.

Ob es ihr geschmeckt habe?

's wär orr e weng schlacht.

Mir auch.

x x x

Vater lümmelt auf der Plastikgartenliege und spielt Maultrommel, sein Lieblingsinstrument (dicht gefolgt von der Okarina – einer runden Tonflöte mit vier oder fünf Löchern, die er alle paar Jahre abstaubt, um vier oder fünf Minuten darauf zu spielen). Oma baumelt steif auf der Hollywoodschaukel und bemüht sich, den Rollator zu ignorieren, vor allem dann, wenn sie mit den Knien dagegenstößt. Unzufrieden zuppelt sie an der dicken Westpaket-Wollstrumpfhose, die auch nach fünfundzwanzig Jahren noch immer nicht den Geist aufgegeben hat, aber sperrige Falten in ihren Kniekehlen wirft und so kratzig ist, dass ich es auf drei Meter Entfernung erkennen kann. Omas Mund ist vor Ärger kaum zu sehen. Einmal hat sie bereits versucht, etwas zu beklagen, aber das wurde von der Maultrommel einfach weggeboingt. Das Nachbarskind tritt indes an den Zaun und stimmt mit ein, singt aber leider ein völlig anderes Lied – wahrscheinlich den Evergreen ‹Als ich sehr zufrieden am Zaun stand›, aber es könnte auch ‹Ich habe meinen Schuh sehr lieb› sein; die Lieder klingen alle zum Verwechseln ähnlich. Vater kontert mit doppelter Geschwindigkeit und Lautstärke. Eigentlich wollte ich gerade auf die Toilette gehen, steuere aber spontan einen dezenten Rhythmus mit dem Bleistift an meiner Teetasse bei. Kurz darauf wird der von Vaters Latsch übertönt, mit dem er einen derben Takt auf die Steinplatten zu klatschen beginnt. Ich wechsele von der Teetasse zum Gartentisch, das Nachbarskind quiekt inzwischen konstant. Vater setzt die Maultrommel kurz ab, um einen Schluck Tee zu trinken, die Rhythmen unterbrechen wir nicht. Hyper, Hyper, sage ich sachlich. Die Maultrommel setzt wieder ein. Es macht ein bisschen Spaß. Oma stemmt sich am Rollator hoch und tritt den Fluchtweg Richtung Gartentor an. Wenn man kurz vor dem Tor rechts abbiegt, gelangt man in den Blumengarten vorm Haus. Dort kann man es sich auf der Sitzfläche des Rollators bequem machen und an die Hauswand gelehnt in die Abendsonne blinzeln, abgeschirmt vom Lärm der eigenen Familie. Wir wollen doch nur ihr Bestes. Als sie endlich um die Ecke biegt, lege ich den Stift weg und flitze ins Haus.

Die Badezimmertür steht einen Spaltbreit offen, Käthe sitzt mit angezogenen Füßen davor und starrt ins dunkle Innere. Na, ich dürfe doch kurz, ja? Die Türkante gleitet nur ein, zwei Zentimeter an ihrem Gesicht vorbei, sie zuckt nicht zurück. Ich gehe ins Bad, lasse die Tür offen, ziehe mir Opas Jogginghose und einen von Muttis alten Kinderschlüpfern runter – die gute DDR-Qualität aus irgendeinem Polyamid-Gemisch, mit ein bisschen Geduld bis zu zwei Größen überdehnbar –, pullere gefühlte fünf Liter und suche Käthes traurigen Blick.

Objektiv betrachtet habe sich an der Badewanne nichts verändert. Sie dürfe sich nicht an einem schlechten Moment festkrallen – damit tue sie sich selbst keinen Gefallen. Das alles sei doch nur aus der Not heraus geschehen. Käthe richtet sich auf, sieht mich ernst an und versteht offenbar, dass es um etwas geht. Ich könne ihr versichern, dass ihr keine Gefahr drohe. Ich könne es ihr sogar vormachen. So. Ob sie verstehe? Es sei völlig trocken hier drin. Das hier sei der Wasserhahn, aus dem komme das Wasser nur, wenn man den Hebel nach oben drücke, was aktuell offensichtlich nicht der Fall sei. Und wenn sie selbst in die Badewanne springe, dann würde sie den Hebel wohl auch kaum … Sie solle doch einfach mal herkommen und sich die Sache ansehen. Hm? Nur mal ansehen. Na los.

Käthe lächelt.

Ich steige aus der Wanne, gehe vor ihr in die Hocke: Sie vertraue mir doch, nicht wahr, streichle ich ihre Wange, und Käthe schmiegt ihr Gesicht in meine Hand. Ich nehme sie auf den Arm, drücke meine Nase in ihr warmes Mädchenfell, gurre ihr liebe Worte zu, bewege mich langsam zum Wannenrand, und Käthe ist ruhig an meiner Brust, ihre Vorderpfoten liegen auf meiner Schulter.

Da, beuge ich mich mit dem Oberkörper über den Rand. Sie solle doch mal schauen, die Wanne sei leer und trocken. Kein Grund, nicht hineinzuklettern. Wir würden das jetzt einfach mal gemeinsam machen, hebe ich vorsichtig ein Knie, und in dem Moment fährt sie ihre Krallen aus. Wirklich, es sei ganz leicht. Sie brauche keine Angst zu haben, ich würde nur mit ihr hineinsteigen und gleich wieder heraus.

Käthe findet, bei mir piepe es wohl, sie wehrt sich zumindest entsprechend. Und ich finde, sie sollte es doch zumindest mal versuchen, und schließe meine Arme fest um sie. Ich würde auf sie achtgeben, das sei ein Versprechen. Käthe hackt ihre Krallen in meinen Rücken und zerrt sich Pfote für Pfote aus meiner Umklammerung, bis ich nur noch ihren Hinterleib festhalte, um ihre Flucht zu verhindern. Ich setze mich in die kalte Emaille. Dann lasse ich los. Mit einem Satz stößt sie sich von mir ab, hechtet aus der Wanne, knallt gegen die Türkante und stürzt panisch aus dem Bad. Meine Stimme hält sie nicht auf. Ich bleibe in der Wanne zurück. Es ist ja eigentlich kein schöner Ort.

XX

Sie solle sich nicht so anstellen, Himmelherrgott noch mal!! Himmelherrgott fällt in die gleiche Kategorie wie der Hund, der in der Pfanne verrückt wird. Immer wenn Vater das sagt, hat er ein so zorniges Gesicht, dass an Lachen gar nicht zu denken ist. Man sieht es wahrscheinlich auch mit geschlossenen Augen.

Se kennt doch itze aa nix dorrfor.

Sie könne so einiges, vor allem viel mehr, als sie zugebe. Wenn sie wollte, könnte sie sogar mit eigenen Augen sehen, dass ihr Blutzuckerspiegel - oh Wunder - schon wieder viel höher sei, als ihr offizielles Essverhalten vermuten lasse.

Oma sitzt mit eingezogenem Kopf am Tisch. Ich setze mich auf das Sofa neben ihren Stuhl und sehe Vater an, bis er geht.

So, sage ich. Kinder, die Zweite.

Wos?

Kinder. Sie sei ja auch mal eins gewesen. Ein ziemlich beliebtes sogar, wenn ich mich nicht irrte. Also, vielleicht nicht bei allen, aber bei einigen. Sie habe eine persönliche Schwäche für Randfiguren gehabt, vermutlich deshalb, weil sie selbst eine gewesen sei - wenn man mal die Konkurrenz in der eigenen Familie berücksichtige. Also Hanni, nicht wahr. Das Püppchen mit den niedlichsten Grübchen der Welt. Keiner habe sich ihrem Lächeln entziehen können, das zu allem Unglück auch noch ehrlich war. Aber es ist ja auch keine Kunst, ein fröhliches Mädchen zu werden, wenn man ständig überall von allen liebgehabt wird. Eine viel größere Leistung sei es, anständig zu sein, ohne dass einem immer jemand Zucker in den Arsch blase.

Oma wendet mir ihr Gesicht zu.

Hanni habe sich wahrscheinlich nie Gedanken darüber gemacht, wie man jemanden kennenlernt und ob. Sie habe nur einen Raum betreten müssen und von einem Moment auf den anderen so viele Freunde wie Finger gehabt, ohne ein Wort gesagt zu haben. Oma hingegen habe da eine Strategie entwickelt, nicht wahr. Sie habe sich grundsätzlich in einem Raum nach denjenigen umgesehen, die mit keinem sprachen, aber den Eindruck machten, als würden sie gern. Sie habe dabei nicht darauf geachtet, wie sie aussahen, welche Kleidung sie trugen, das alles habe für sie keine Rolle gespielt. Sicher, Hanni habe das auch nicht getan, Hanni sei durchaus ein lieber Mensch gewesen, aber bei Hanni sei das, im Gegensatz zu Oma, keine bewusste Entscheidung gewesen. Für Hanni sei alles ein Glücksspiel gewesen, das sie immer gewann. Und deshalb habe sie auch keine Vorstellung davon gehabt, wie es ist zu verlieren. Hier sei übrigens ihre Nährlösung. Ich führe ihre Hand vorsichtig in die entsprechende Richtung und lasse los, als ihre Finger das Glas berühren. Dabei habe Hanni eigentlich keine besonderen Talente gehabt. Musste sie ja auch nicht, sie war ja überdurchschnittlich hübsch. Oma hingegen habe alle möglichen Arten von Handarbeit beherrscht, sei hilfsbereit und fleißig gewesen, außerdem gut in der Schule und habe zu allem Überfluss auch noch so gut Fußball spielen können, dass die Jungs der Umgebung sie als einziges Mädchen immer wieder aufgefordert hätten mitzuspielen.

In diesem Zusammenhang muss es dann mal zu einem etwas unangenehmeren Ereignis gekommen sein, als Oma so dringend austreten musste, dass sie es nicht mehr nach Hause geschafft hätte, und sich zu diesem Zweck in die nahe gelegenen Büsche schlug. Am Spielfeld saß immer und hatte auch diesmal ein Mädchen gesessen, dessen Brüder so zahlreich waren, dass sie fast eine komplette Mannschaft stellten. Als Oma sich kurz vom Spielfeld Richtung Büsche schlich, damit nicht zu sehr auffiel, was sie tat, sprang das Mädchen plötzlich auf und folgte ihr. Das war einen Moment lang sehr unangenehm, wie sie da voreinander zwischen den Zweigen standen und sich stumm ansahen, sie kannten nicht mal die Namen der jeweils anderen. Se solld net ellaane, hätt Mudder gesoochd, erklärte das Mädchen schließlich. Das war noch unangenehmer: dass die wusste, was Oma vorhatte. Wenn die es wusste, dann wussten es alle, wussten, was die Mädchen jetzt zusammen taten, zwei nackte Unterleiber nebeneinander, aus denen was rauskommt. Dennoch hat Oma genickt, beide bogen Zweige zur Seite, bis sie weit genug aus dem Blickfeld der anderen waren, fummelten dann jeweils unter ihren Röcken, Oma nach ihrem Baumwollschlüpfer, die andere brauchte etwas länger, fummelte umständlicher – das war auch unangenehm, neben der zu hocken, wie die sich da unten – wos se dee doo noch moachng dät, will Oma also gefragt haben. Und das Mädchen soll sehr konzentriert erklärt haben, se sollt neer e mol woarrdn, se misst noch de Sicherhedsnoodl affmoachng. Und Oma begriff, dass das Mädchen ein Unterhemd trug, lang genug, um es zwischen den Beinen mit einer Sicherheitsnadel zusammenzuheften. Einen Schlüpfer trug es nicht. Es hatte eben wirklich viele Geschwister. Freunde sind sie trotzdem nicht geworden.

Oma tastet auf ihrem Platzdeckchen herum, ich lege den Radiergummi zur Seite und schiebe ihr vorsichtig einen kleinen Löffel unter die Finger. Auf ihrem Teller stehe ein Schälchen mit Salat. Hanni jedenfalls sei einzig darin gut gewesen, die Talente anderer für sich nutzbar zu machen. Eines Tages sei sie deshalb zu Oma gekommen und habe ihr von einem Volksaufruf erzählt. Man solle Briefe zu den Soldaten an die Front schicken, um sie in den Nöten des Kampfes aufzumuntern. Der Aufruf sei so formuliert gewesen, dass zu vermuten war, er richte sich hauptsächlich an alleinstehende Frauen. Allerdings sei Oma zu diesem Zeitpunkt nicht alleinstehend, sondern mit einem jungen Mann namens Heinz verlobt gewesen, den sie vor ihrer Kindergartenzeit beim Arbeitsdienst kennengelernt hatte. Ihr sei also sofort klar gewesen, dass ihre Schwester ihr zu eigenen Zwecken von diesem Aufruf berichtete. Ob se net, soll Hanni allen Liebreiz strömen lassen haben, denn aan oder oannern Brief schreim wollt? Se kennt des doch su guud, des miet denn Schreim. Un' s wär doch forr de Soldoatn. Oma habe an Heinz gedacht, der ihr mehrmals geschrieben hatte, wie kostbar ihm ihre Briefe waren, sie seien sein einziger Lichtblick, er lese sie immer wieder vor dem Einschlafen, manche könne er schon auswendig und sage sie sich auf, wenn er vor Angst nicht mehr weiterwisse. Sie habe gedacht, vielleicht sei das wirklich eine gute Tat, und habe die Briefe für Hanni geschrieben. Auf deren Drängen nicht nur an einen, sondern gleich an drei Soldaten. Und erst, als sie auf die Antworten reagieren musste, sei ihr bewusst geworden, welche Auswirkungen ihr Handeln hatte. Denn die jungen Männer hätten sich in die Fotografie zu den Briefen verliebt, die Fotografie der strahlenden Fünfzehnjährigen, die vermeintlich so klug und reif schrieb. Die Sache sei ihnen so ernst gewesen, dass sie, einer nach dem anderen, ihren Fronturlaub und die dazugehörigen Besuche angekündigt hätten. Und Hanni habe diese Besucher natürlich empfangen, sie habe das alles sehr unterhaltsam gefunden und die gemeinsamen Spaziergänge hauptsächlich gekonnt mit ihren Grübchen bestritten, während Oma als Anstandsdame ein paar Schritte weiter hinten habe mitlaufen müssen und sich unterdessen immer wieder gefragt habe, wie um Himmels willen sie aus dieser Sache wieder herauskommen sollten. Letztlich seien zwei der drei Anwärter gefallen und sie habe sich Mühe geben müssen, dafür nicht dankbar zu sein. Den Überlebenden jedoch habe Hanni tatsächlich geheiratet, sie habe ja auch keine andere Wahl gehabt, nicht wahr. Und wenn ich mich nicht irrte, soll dieser Fritz ein lausiger Liebhaber gewesen sein. Keine Ahnung, von wem ich das wisse, aber es erscheine mir ehrlich gesagt wie eine gerechte Strafe. Ohne jetzt gehässig sein zu wollen.

Oma nickt. Das Salatschälchen ist halb leer.

Wie es ihr gehe?

Se kennt nimmer. 's wär orr aa goanns iebl. Sie spuckt Speichel in ihre Serviette. Es wirkt irgendwie motiviert.

Na, mal sehen, vielleicht fühle sie sich in ein paar Minuten wieder besser. Ich spitze meinen Bleistift. Jedenfalls sei sie ja, als das mit den Briefen war, schon kein Kind mehr gewesen. Als Kind habe sie ja ganz andere Sachen gemacht, nicht wahr.

Wos dee?

Na, sie habe da doch eine Freundin gehabt – Gerda,

wenn ich mich nicht irrte. Also, sie seien keine kleinen Kinder mehr gewesen, vielleicht so zwölf oder dreizehn, dieses Alter auf jeden Fall, in dem man spätestens anfängt, sich zu fragen, wie einen die anderen finden. Es sei gerade Mode gewesen, sich die Haare kurz zu schneiden, und Gerda habe diese Mode gerne mitmachen wollen. Sie sei ungewöhnlich groß gewesen, das habe ihr eine gewisse Imposanz verliehen und sie habe gedacht, diese Frisur in Kombination mit ihrer Größe würde sie älter machen – das wünsche man sich in diesem Alter ja noch. Allerdings habe die Nachfrage bei ihrem Vater – einem strengen Mann ohne Sinn für Humor – nicht zu einer Erlaubnis geführt.

Oma hat eine leicht kauernde Haltung eingenommen und bewegt angestrengt ihren Kehlkopf. Ich bin trotzdem ziemlich sicher, dass sie mir zuhört – sie gibt keinen Ton von sich.

Oma habe ihr deshalb vorgeschlagen, ein Haarnetz zu tragen, und tatsächlich habe dieses Netz den von Gerda erhofften Effekt gehabt. Zumindest sei es ihnen so vorgekommen, und sie hätten die Wirkung erproben wollen. Die erwählten Versuchspersonen seien in dem Fall die Soldaten gewesen, deren Kasernen sich außerhalb der Kleinstadt L. befanden. Merkwürdig, was einem in gewissen Lebensphasen wichtig sei, nicht wahr. Da reiche eine neue Frisur aus, um einen ewig langen Weg zurückzulegen, und das nur zu dem Zweck, sich irgendjemandem zu zeigen. Sie seien mit den Rädern dorthin gefahren, aber kurz vor dem Ziel hätten sie sich plötzlich nicht mehr getraut. Das sei ja ein Standard bei solchen

Spielen – man habe eine diffuse Idee von etwas, beginne dann damit und merke gegen Ende, dass die konkrete Pointe irgendwie fragwürdig sei. In dem Fall: die Ankunft bei den Kasernen. Was sie denn da hätten tun sollen, nicht wahr? Sich an einen Baum lehnen und warten, dass jemand vorbeikommt? Und dann? Man spüre ja instinktiv, wenn das Spiel eine gefährliche Richtung einschlage. Sie hätten sich also vor den letzten paar Metern gescheut. Seien stehen geblieben und hätten sich beraten – ein einmal begonnenes Spiel breche man nicht einfach ab. Man improvisiere es um, Kindern gelinge das mühelos. Sie hätten die Räder im Gebüsch versteckt und sich durch den Wald von hinten an die Kasernen herangeschlichen. Plötzlich sei es gar nicht mehr darum gegangen, gesehen zu werden. Sie hätten sich durchs Geäst geschlagen, es sei kaum möglich gewesen, Geräusche zu vermeiden. Und dann hätten sie ein paar Meter entfernt zwei Soldaten ausgemacht.

Oma würgt trocken. Ich kippe den Rest des Salats auf ihren Teller und reiche ihr fürsorglich das leere Schälchen. Das sei vielleicht besser als ihre Serviette. Wenn sie es mit beiden Händen halte, könne sie sicher auch gut hineinzielen. Ähm, jedenfalls hätten sie und Gerda nicht erkennen können, was genau die Männer da taten, es sei nur zu sehen gewesen, dass sie sich irgendwann erhoben hätten und davongegangen seien. Sie hätten noch einen Moment gewartet und sich dann so schnell wie möglich an die Stelle gepirscht, an der die Soldaten sich aufgehalten hatten. Der Lohn für ihre Mühen sei die Entdeckung der Kasernen-Toiletten gewesen: eine ausgehobene Grube im Waldboden mit darübergelegtem Baumstamm, auf den man sich zu setzen pflegte. Man habe das Donnerbalken genannt. Schlimmer noch als der Geruch sei der Gesang der Fliegen gewesen.

Oma drückt den Rand des Salatschälchens angestrengt an ihr Kinn, und ich bilde mir ein, dass sich ihre Lider unter den hervorquellenden Augäpfeln weiter nach außen wölben als sonst.

Sie hätten nur kurz an der Grube gestanden und sich kichernd geekelt, dann seien schon die nächsten Soldaten im Anmarsch gewesen und sie hätten gerade noch genug Zeit gehabt, um sich unbemerkt im Geäst zu verstecken. Sie hätten freien Blick auf die nackten Ärsche gehabt und auf alles, was damit in Verbindung stand.

Der erste Klumpen landet im Schälchen. Er hat die Form ihrer Speiseröhre. Sie keucht.

Sie hätten die Köpfe nicht weggedreht – vielleicht aus Angst, ein Geräusch zu erzeugen –, sondern nur die Augen schließen können. Aber ihre Augen seien offen geblieben. Sie hätten sich die Hände auf ihre Münder gepresst, obwohl ihnen gar nicht zum Lachen zumute gewesen sei.

Ich fühle mich schmutzig, während ich das erzähle, aber lege verständnisvoll meine Hand zwischen ihre Schulterblätter. Unter dem Speck erahne ich ihre angespannten Muskeln.

Auf dem Rückweg hätten sie nicht über das Gesehene gesprochen. Nicht aus Scham. Es seien einfach keine Worte dafür da gewesen. Sie hätten sich vielleicht absprechen können, ob und wie sie das für sich behielten, aber beiden sei klar gewesen, dass es niemanden gab, dem man davon erzählen konnte. Zumindest damals.

Klumpen Nummer zwei landet im Schälchen.

Die neue Frisur hätten sie jedenfalls schon völlig vergessen gehabt. Sie sei ihnen erst wieder eingefallen, als sie auf Gerdas Hof angekommen seien. Und zwar in dem Moment, als Gerdas Vater mit weit ausgeholter Hand auf sie zugeeilt kam, etwas brüllend, das sie nicht verstanden habe. Oma habe dennoch in Sekunden erfasst, dass die Ursache seiner Wut ein Missverständnis sein musste. Sie habe sich ihm in den Weg gestellt, sei aber so klein gewesen, dass es nichts genutzt habe – Gerdas Vater hätte seiner Tochter über ihren Kopf hinweg mühelos ins Gesicht schlagen können –, deshalb habe sie sich an seinen Arm gehängt und geschrien, es sei nur ein Haarnetz, ein Haarnetz! Sie hätte vorher noch nie eine Autorität angeschrien, geschweige denn derartigen Widerstand geleistet. Sie habe sich vor dem Zorn in seinen Augen gefürchtet, aber sei seinem Blick dennoch nicht ausgewichen.

Sie hat das Schälchen auf den Tisch geschoben, sitzt erschöpft vornübergebeugt und atmet schwer.

Das sei Freundschaft, ich lege meine Hand auf ihren Rücken. Das sei Liebe.

×××

Vaios ist sechzig Kilometer vor B. in D. gestrandet. Mir ist unklar, warum er seinen Laden hier eröffnet hat. Die Bewohner D.s haben weder genügend Kaufkraft für seine Bio-Feinkost noch das nötige Bewusstsein. Seine diesbezügliche Unzufriedenheit umgibt ihn wie ein schlechter Geruch.

Die wussten ja nichts von irgendwas, diese Leuten. Die wollte, dass das Eigelb orange ist, weil dann wurden sie denken, es sei gesunder. Und dann fragten sie immer nach alles, was sie sehen. Zeigten sie auf Oliven mit Lavendel und fragten: Sei das Lavendel? Wenn sie mit jemanden ins Bett gehen, fragten sie dann auch: Sei das Mann? Sei das Frau?

Vaios spricht fließend falsch und lässt sich grundsätzlich nicht verbessern. Er wird nicht ärgerlicher, als er ohnehin schon ist, wenn man es doch tut; er ignoriert die jeweiligen Versuche einfach. Möglicherweise ist das seine Art von Protest, allerdings bin ich unsicher, wogegen und vor allem wozu. Sehr schnell ging mir das allerdings so sehr auf die Nerven, dass ich in Auseinandersetzungen ab und zu Begriffe verwende, die ich seinem Wortschatz nicht zutraue, um mich ein bisschen zu rächen.

Der Laden jedenfalls ist eine Kombination aus Bistro und Feinkostgeschäft. Er bietet genügend Platz für einen Sitzbereich mit vier kleinen, runden Tischen, ein großes Weinregal sowie jeweils einer Theke für warme und kalte Feinkost. Letztere wird teilweise in gewaltigen Muschelschalen präsentiert, deren Einfuhr in Deutschland nicht erlaubt ist, da diese spezielle Muschelart vom Aussterben bedroht ist. (Wenn mich jemand darauf anspricht, sollte ich sagen, ich wisste von nichts, oder die waren Plastik oder irgendwas mir einfielte.) Eine Wendeltreppe führt in die Kellerküche, die in zahlreichen Edelstahlkühlschränken mehr Lebensmittel verbirgt, als wir verkaufen können, da Vaios immer zur Abbauzeit auf den Markt geht und den Händlern für einen Spottpreis ihre Restbestände abkauft. Anschließend verstaut er sie eilig in den Kühlschränken, häufig ohne vorher die bereits bestehenden Inhalte zu überprüfen. Auf der seltenen Suche nach einer bestimmten Zutat zur Herstellung eines bestimmten Gerichts, das etwa einmal am Tag ein mutiger Gast bestellt, stößt man deshalb teilweise auf Gemüse, dessen genaue Bezeichnung nicht mehr möglich ist.

Das sei gefährlich, erkläre ich Vaios. Wenn die Hygiene zur Kontrolle komme, sei er total am Arsch.

Was ich damit sagen wollte? Was das Problem war? Wollte ich, dass er Ärger hatte?

Hä? Wieso denn?

Na, ich sprichte immer von den Veterenärie, immer die Veterinärie. War ich denn eine von den?

Keine Ahnung, warum er die Hygiene Veterinärie nennt. Aber egal wie oft ich Hygiene sage und sicher bin, dass er genau weiß, was ich damit meine – er beharrt trotzdem auf seiner Bezeichnung.

Nein, ich sei keine von denen, ich sei auf seiner Seite. Trotzdem müsse man die Kühlschränke keimfrei halten, sonst gebe es bald keine Seite mehr, auf der ich stehen wolle. Deswegen sei doch hier alles aus Edelstahl: damit man es problemlos sauber halten könne.

Dann machte, machte sauber. Bitte, machte. Er verdreht gereizt die Augen und wedelt mit einer Hand überallhin, stellt sich dann vor seine Schüssel mit grünen Oliven und befüllt sie per Hand mit Mandeln.

Das Erste, was ich tun will, ist, die verdorbenen Lebensmittel auszusortieren. Ich beginne sofort.

Was ich denn da machte?!

Diese Kräutertöpfe seien nicht gegossen worden. Vermutlich, weil niemand auf die Idee komme nachzusehen, ob im Kühlschrank eventuell Pflanzen stünden. Jedenfalls seien sie deshalb zwar schön kühl, aber verdorrt, man könne sie nicht mehr als frisch bezeichnen.

Ja, das war nicht zu andern, aber man brauchten das Aroma! Ich sehe ihn entgeistert an.

Für Pesto!

Alles klar ... Ich stelle die Töpfe zurück in den Kühlschrank, greife nach einem Eisbergsalat in Folie, dessen äußere Blätter braun und matschig sind: Was dann damit sei? Brauche er davon auch das Aroma?

Vaios nimmt den Salatkopf in beide Hände, prüft ihn mit leichtem Druck wie einen Ball. Dann gibt er ihn mir nickend zurück: Der seid noch gut, der hatte noch Zeit zu faulen.

Vater bereitet gerade Omas Standardteller vor, als ich die Küche betrete. Perlen vor die Säue, murrt er schon, als ich noch seinen Stoppelbart küsse. Man könne genauso gut Häppchen aus Gips machen, die man ihr dann jeden

Tag erneut vorsetze. Sie trinke ihre Nährlösung, nehme ihre Tabletten, werfe einen gequälten Blick auf die vier Schnittchen und behaupte, se dät nimmer kenne.

Warum sie eigentlich, wenn sie doch schon die ganze Zeit nichts esse, nicht massiv abgenommen habe?

Weil die Dialyseflüssigkeit Kalorien enthalte. Es gehe aber nicht nur um Kalorien. Es gehe auch um Nährstoffe – Mineralien, Vitamine. Und um Teilnahme. Es gehe um Teilnahme.

An was?

Am Leben!

Vielleicht wolle sie ja was von den Antipasti, die ich mitgebracht hätte?

Vaios ist der Ansicht, ich sei noch in der Einarbeitungsphase, deshalb bezahlt er mich nur in Naturalien. Er hat übrigens auch ein spezielles Schürzensystem entwickelt, bei dem die unterschiedliche Farbgebung und die Art der Knotung den jeweiligen Status der Mitarbeiter angibt. Überflüssig zu erwähnen, dass ich mich in der Rangfolge ganz unten befinde. Unsinnigerweise bin ich seine einzige Mitarbeiterin – vermutlich deshalb, weil er so ein knorriger Misthund ist.

Vater sieht mich zweifelnd an: Er sei nicht sicher, ob sie überhaupt wisse, was Antipasti ist.

Oma, rufe ich ins Wohnzimmer. Schon mal was von Antipasti gehört?

Wos?

Antipasti. Ich stehe in der Tür. Ob sie so was essen wolle.

Wos des wär?

Eingelegtes Gemüse und so was, ähnlich wie saure

Gurken, aber in Öl und anders gewürzt. Wir hätten zum Beispiel gefüllte Oliven da.

Olivn? Joa, Olivn hätt se scho mol gessn. Oaber se dät itze net wissn, ob se des schluggng kennt.

Das würden wir dann ja sehen.

×

Die Oliven liegen ölig auf ihrem Teller neben den Schnittchen und glitschen ihr einige Male weg, ehe sie eine mit den Fingern zu fassen kriegt.

Die wärn oaber racht gruuß.

Ja. Und sie seien auch gefüllt.

Asse wärn kaane Staa dinne?

Nee, sie könne richtig zubeißen.

Sie schiebt sich die Olive zögerlich in ihren Mund und hat sichtbar Probleme, sie zu kauen.

Ob sie zu groß sei?

Sie nickt und spuckt sie wieder in ihre hohle Hand.

Ich könne sie ihr halbieren.

Ohne zu zögern, reicht sie mir ihre angespeichelte Olive. Ich zerteile, sie versucht es erneut, schiebt sich eine Hälfte in den Mund und leistet Zerkleinerungsarbeit die wenig nach Kauen, eher nach Lutschen aussieht.

Vater stellt ihre Nährlösung an den üblichen Platz neben den Teller, hält in der Bewegung einen Moment inne und beobachtet belustigt ihre oralen Anstrengungen. Bei der zweiten Hälfte hat sie den Dreh dann raus. Während

Vater ihr Dialysegerät einschaltet und das Bett vorbereitet, vertilgt sie alle Olivenhälften, nicht jedoch, ohne das ein oder andere Mal zu würgen.

Wos dee doo dinne wär?

Die Füllung? Das sei Knoblauch. Pro Olive eine Zehe.

Wat?! Do wird se ja noocherd foorchboar stinkng, se hätt doch scho fimmf Stick gessn!

Egal, das rieche doch keiner. Außer vielleicht die Dialyseschwester. Aber die werde schließlich bezahlt.

Außerdem könne sie ruhig öfter mal wieder Knoblauch zum Abendbrot essen, erklärt Vater im Hinausgehen. Früher habe sie jeden Abend eine Zehe gegessen. Das habe ihr sehr gutgetan.

Joa. Des hätt se gemargd.

×

Waschen müssen wir sie nach wie vor im Bad. Nur zu diesem Zweck ist sie ohne Diskussionen bereit, das Wohnzimmer zu verlassen, allerdings unter umständlicher Verwendung des Rollators nebst diverser Geräusche, die sehr an ein baufälliges Gebäude erinnern. Verschiedene Momente erfordern dabei den vollen Körpereinsatz der ihr behilflichen Person, besondere Anforderungen werden vor allem an die Schulter- und Rückenmuskulatur sowie die entsprechenden Knochen gestellt. Der betreffende Bereich an Vaters Körper verdient in diesem Zusammenhang gesonderte Aufmerksamkeit, denn er verursacht ihm seit einiger Zeit Schmerzen, vor allem während und nach den zahlreichen Hilfestellungen, die Oma einfordert.

Lange könne das so nicht mehr weitergehen, erklärt er, während wir sie gemeinsam ins Bett verfrachten – sein Rücken bringe ihn demnächst wahrscheinlich um. Und von seinen Knien wolle er gar nicht mehr reden – die täten ihm schon so lange weh, dass er fast nicht mehr wisse, wie es vorher gewesen sei.

Während Vater Oma die Füße eincremt, blättere ich in der Fernsehzeitung nach einer geeigneten Fernsehsendung. Mariannes und Michaels Musikantenstadl, lese ich vor, hier stünde was von einem Lied mit hundertfünfzig Strophen, das solle anscheinend ein Rekord werden.

Dialyseschwester Stefanie betritt das Zimmer, schon während sie klopft, und beginnt ohne Umschweife mit Omas Ankoppelung an die Maschine. Die Begrüßung quetschen wir irgendwo dazwischen, und für eine kumpelhafte Erkundigung ist auch noch Zeit: Ob Oma denn heute ein wenig draußen jewesen sei?

Joa. Miet n Rolloader. (Zehn Meter in einer Viertelstunde.)

Ich konzentriere mich auf die Fernbedienung, suche nach dem richtigen Sender und stoße schnell auf Marianne, die gerade herzlich willkommen heißt. Ihre Kleidung ist zünftig, sie trägt auch die passenden Schuhe. Neben ihr steht ein Mensch in ganz ähnlichem Design, aber männlich, der die ganze Zeit lächelt und nickt, bis er endlich seinen Text aufsagen darf.

Ob ich ihr beschreiben solle, was zu sehen ist?

Joa, des kennt iech scho moachng.

Also, die Bühne sei herbstlich geschmückt, links gäb es eine Art Streichelzoo mit ausgestopften Nutztieren und drei Dekokindern, aber die seien wohl echt. Jedenfalls würde ständig eins winken. Also, nicht immer dasselbe. Wenn eins aufhöre, fange ein anderes an. Abgesehen davon seien halt überall so farbenfrohe Sachen aufgestellt und angehängt, Körbe voller Äpfel und Kürbisse, Laub, gelbes Heu, die typischen Herbstelemente eben. Und der Hintergrund sei ein gemaltes Gehöft, nur die Tür zum Bauernhaus sei tatsächlich der Bühnenaufgang. Ob sie bequem liege?

Besser dät's wuhl net gehe.

Nicht?

Ob morr des Kobbfdeil villeichd e weng hecher moachng kennt?

Nein, Frau Raben, das ginge doch nicht. Immer wenn sie ein Stück aufgerichtet würde, klemme sich dadurch später der Dialyseschlauch ab.

Sie liegt so flach, dass ihr Kopf fast völlig in den Kissen versinkt; das Bettzeug bezogen mit weißem Damast, das darin eingewebte Maiglöckchenmuster wie ein jugendlicher Kranz um ihr Gesicht. Das ist die Hochzeitsbettwäsche, Mitgift ihrer Eltern. Die würden wir jetzt nicht mehr schonen, habe ich neulich erst gesagt und den steifen Stapel vom Dachboden auf zwei Händen nach unten getragen; die sei doch kein Leichentuch, verdammt. Die Decke hat Vater ihr bis unters Kinn gezogen und dort festgeklemmt, damit sie am geöffneten Fenster nicht friert.

Also, sehen könne sie so aber nix – na ja, könne sie ja ohnehin nicht.

Eben, sagt Vater entschlossen.

So, sagt die Schwester, das seis schon gewesen, sie fliege dann mal wieder ab. Letzteres sagt sie immer. Am Anfang fand ich das ein bisschen albern. Inzwischen geht es mir auf die Nerven. Aber immerhin ist sie dann wirklich immer sofort weg.

Das erste Lied wird angestimmt und die üblichen Motive besungen – sche isses, joa, tanz mer, heit is a ganz besondrer Toag usw. –, die Kamera schwenkt ins Publikum und zeigt schunkelnde Menschen. Mir ist sofort wieder klar, warum ich so selten fernsehe.

Ob sie hier zufällig irgendwo Schnaps habe?

Wos?

Schnaps. Bräuchte ich jetzt dringend. Ob sie auch einen wolle?

Naa.

Ich stöbere in der Minibar und finde hinter zellophanverpackten Präsenten tatsächlich eine angebrochene Flasche Obstler. Sogar Gläser sind da. Ich schenke mir großzügig ein, drehe mich zu ihr und hebe das Glas.

Auf ihr Wohl.

Oma liegt da wie aufgebahrt und macht nicht den Eindruck, als hätte sie Spaß. Aber wann macht sie das je.

Marianne stupst Michael mit dem Ellbogen an und erklärt kumpelhaft in die Kamera, wie man einen Rekord aufstellt – da könne man jetzt spontan mal bei zusehen und los ginge es.

Die zu zeichnende Szene: Oma, aufgebahrt; zugezogene Vorhänge aus hässlichem Textil; der wenig erhellende Fernseher; der Kackstuhl in Reichweite; ein Nachttisch voller Medikamente; das blinkende Dialysegerät; an zwei gegenüberliegenden Wänden je eine Vitrine mit Kram, den niemand braucht, und Büchern, die keiner mehr liest. Die Vitrinen sollte ich vielleicht weglassen.

Der Rekordversuch erzählt derweil musikalisch die Chronik eines Ortes, den niemand kennt – jaja, so wars da, jaaa, so wars da noch. Neben der schlichten Melodie ist der Refrain spätestens ab Strophe fünf unerträglich. Ich schenke mir noch einen Obstler ein. Aber das reicht nicht.

Sie solle mich bitte kurz entschuldigen, ich bräuchte eine Zigarette.

Im Hof sitzt die Katze und beobachtet die Dunkelheit. Ich hocke mich neben sie und versuche zu sehen, was sie sieht.

×

Ich kehre erst bei Strophe 29 zurück – jaja, so wars da, jaaa … Des dät joa kaa Mensch aushoaldn!

Da habe sie recht. Ob ich ausschalten solle?

Joae!

Der Raum verändert sich, wenn man den Fernseher ausschaltet, ebenso wie die Stille dann eine andere ist als sonst. Ich beginne auf einer neuen Seite, die Mine in meinem Druckbleistift hat sich irgendwie verklemmt, ich klopfe mit dem Stift aufs Papier.

Ob iech itze widder mooln dät?

Zeichnen. Malen sei mit Farbe.

Un des dät iech net moachng?

Selten. Ich sei meist zu ungeduldig dafür.

Un wos dät iech doo zeichne?

Alles Mögliche. Möbel. Den Blick aus dem Fenster. Das Essen auf ihrem Teller. Sie.

Oma schweigt. Es klingt stolz.

Pedra hätt oageruffm.

Wann?

Heit nohmiddich.

Was Wichtiges?

Naa. Se dät jede Woch emol oaruffm.

Zum Plaudern?

Joa. Se dät doann immer dorrzehln, wos se itze widder gefunne hätt be'n Endrimbln. Un heit wär's ewos goanns besunners geween.

Ah ja?

Se hätt de Wohning voa e oalldn Moa ausgeraimd. Der wär wuhl oa Gräbs gestoorm oder su. Jeenfoalls hätt orr gewesst , dess orr steerm dät. Mei Mudder hätt dorrzehld, dess se in sein Schloofzimmer su e Geräd gefunne hätt. Asse, iech wisst itze scho, su e Geräd aam, miet de'morr siech su de Weibsn hätt vihrstelln kenne.

Uh, eine Gummimuschi.

's wär goanns schwoarrz geween, fei wie Laader, oaber des wär wuhl net echd geween. Un morr hätt des su oaschoalldn kenne, un noocherd hätts siech uum gedrehd un undn immer zoammgezuung.

Das klingt dann doch wesentlich komplizierter als eine Gummimuschi.

Un mei Mudder hätt gemaand, des se net vorrstehe

kennt, dess e Moa, der wass, dess orr steerm muss, su e Ding net salber waggschmeißt, eh 's ze speed is. Suwos will doch kaaner finne, hätt se gesoochd.

Ich muss lachen, und Oma kichert wie eine ganz dicke Taube.

Ob alles in Ordnung sei? Vater steckt nur den Kopf durch den Türspalt und sieht überrascht aus.

Nu gloar.

✕✕

Ich lege mein Ohr an das kalte Gitter des Lüftungsschachts. Ihr Schnarchen klingt so laut, als wäre ich mit ihr in einem Raum. Es ist sehr gleichmäßig. Vielleicht ist sie zumindest im Schlaf zufrieden. Ich stelle mir vor, dass sie hier auch manchmal gesessen und mich belauscht hat, so wie alle anderen vor mir. Meine Oma ist eine Lauscherin. Sie hat das nie verheimlicht, im Gegenteil, sie hat die so erlangten Informationen in Beweisführungen mit einer Entrüstung vorgetragen, die jeden Vorwurf an sie unangemessen erscheinen ließ.

Wenn ich als Kind in der Kammer unter der Treppe allein war – in der ja immer die jüngsten Mitglieder der Familie kauern mussten, wie auf der untersten Stufe einer Rangleiter –, wenn ich also allein war und vor Angst wach lag in der Dunkelheit, die größer war als der Raum – ich konnte so oft sagen, wie ich wollte, dass ich mich davor mehr fürchtete als vor allem anderen –, der Dunkelheit, die sie künstlich erzeugten, indem sie die Fensterläden schlossen, vielleicht weil sie vergessen hatten, wie real Ängste für Kinder sind. Vielleicht genossen sie es aber auch, das weiterzugeben, was sie selber als Kinder erfahren hatten – da war dieser harte Zug um den Mund meiner Mutter, wenn sie mir erklärte, die Fensterläden müssten geschlossen bleiben, um zu verhindern, dass Einbrecher hereinkämen. Als wären Einbrecher nicht imstande, die Läden von außen zu öffnen, so wie sie ja auch von außen geschlossen wurden. Dieser harte Zug, der aussah wie eine böse Zufriedenheit. Wenn ich mich deshalb flüsternd in meiner Sprache mit mir unterhielt – abe ahnden woka de undu –, die ich nur entwickelt hatte, weil meine Eltern sich manchmal vor meinen Ohren in Russisch unterhielten, um zu verhindern, dass ich verstand, worum es ging. Dann zischte Oma so gefährlich durch den Schacht, als stünde sie neben meinem Bett, ich sol-le jetzt stiell seinn. Wahrscheinlich hat sie vorher noch gelauscht, ob sie Geständnisse hört, die Sünden einer Achtjährigen. Und erst, als es sicher nichts zu erfahren und erst recht nichts niedlich zu finden gab, musste ich still sein, still. Vielleicht war ich einfach gar kein richtiges Kind.

Die Katze sitzt auf dem Fensterbrett und beobachtet Gespenster; vielleicht kommt sie ja heute Nacht endlich wieder zu mir ins Bett. Es ist Vollmond, der Himmel klar, das Zimmer unter dem Dach mild erleuchtet. Das Licht reicht nicht aus, um Omas Handschrift entziffern zu können, ich knipse die Nachttischlampe an. Ich habe ihre Bücher und Hefte chronologisch geordnet, die Aufzeichnungen beginnen erst mit der Ankunft in D., obwohl sie immer betont hat, sie habe schon als «Maadl» Tagebuch geführt. Es lässt sich jetzt also nicht überprüfen, ob sie vorher eine andere war. Ob die Ankunft vielleicht ein so tiefgehender Schock war, dass sie ihr kurzes Streichholz plötzlich als Strafe empfand, als ungerechte Bürde, die zu tragen sie nicht in der Lage war, aber trotzdem nicht ablegen wollte, weil sich das nicht gehöre. Ein Konflikt, über dem man ja durchaus verbittern kann. Es muss schlimm sein, wenn man die Sympathien der Mitmenschen gewohnt ist, oder wenn überhaupt, dann eine höfliche Ablehnung, die sich recht leicht ignorieren lässt, um dann von einem Moment auf den anderen offener Feindseligkeit ausgesetzt zu sein, weit über den Gartenzaun hinaus. Und egal, wie sehr sie sich anstrengte, weiterhin Gutes zu tun, es führte nicht dazu, dass man sie lieber mochte, was allerdings nicht hieß, dass man ihre Hilfe nicht annahm. Das könnte also die Zeit gewesen sein, in der sie anfing zu berechnen, was ihr zustand. Es wäre in diesem Zusammenhang tatsächlich nützlich zu wissen, ob sie vorher schon ihre Listen schrieb. Aber selbst wenn das nicht der Fall gewesen sein sollte, so hat sie doch vielleicht zumindest schon in solchen gedacht.

5. April 1949: mit Schw.v. gestritten, Vati böse.

Die Angewohnheit meiner Großeltern, sich gegenseitig Vati und Mutti zu nennen, war mir schon immer sehr unheimlich. Aber das nur nebenbei. Viel wichtiger ist, dass sich hier wieder sehr schön zeigt, wie informativ Omas Notizen tatsächlich sind. Die eben genannte ist ungefähr so sinnvoll wie die Angabe:

24. Dezember: Geschenke, alle ausgepackt.

Man könnte meinen, dass sie diese Notizen nur gemacht hat, um Indizien dafür zu hinterlassen, dass ihre Erzählungen alle wahr sind. Aber egal. Schw.v. jedenfalls ist Uropa – zur Erinnerung: der Mann, der immer nach unten lächelte.

Uropa war Alkoholiker, ebenso wie sein Vater vor ihm, sein Sohn nach ihm und jetzt meine Mutter. Man kann es eine Familientradition nennen. Alle betreffenden Personen hatten bzw. haben jedoch die Fähigkeit, von einem auf den anderen Tag aufhören zu können, wenn es wirklich nötig ist, ohne unter massiven Entzugserscheinungen zu leiden. Weshalb sie ihren Alkoholismus nicht als Problem ansahen oder -sehen, sondern eher als Spiel. Opa wettete einmal mit einem Freund, dass er ohne Probleme zwei Monate lang keinen Alkohol trinken könne. Der Einsatz war ein Kasten Bier. Opa gewann die Wette, ohne zu schummeln. Zumindest behauptet man das. Den Kasten Bier leerte er am Tag seines Sieges vollständig, gemeinsam mit dem betreffenden Freund.

Uropa schloss nie eine derartige Wette ab. Aber in Zeiten allgemeinen Notstands stellte er seine Verzichtfähigkeit auch so unter Beweis. Er nutzte diese nüchternen Phasen, um alternative Alkoholversorgungspläne zu entwickeln – im Klartext: Er baute eine Schnapsbrennerei. Das dauerte einige Zeit. Gerade einen Kupferkessel aufzutreiben, dürfte nicht einfach gewesen sein. Als die Anlage dann endlich stand und er sich zudem die theoretische Handhabe angeeignet hatte, war Magdalena bereits drei oder vier Jahre und damit alt genug, um als Komplizin angeheuert zu werden. Ehe das jetzt großes Entsetzen auslöst, will ich gleich anmerken, dass das Kind niemals den Schnaps trank.

Oma, als rechtschaffene Hausfrau, hortete kostbare Lebens- und Genussmittel für besondere Anlässe wie Geburtstage und dergleichen. Darin war sie so gut, dass man noch heute Konserven aus den sechziger Jahren im Keller findet. Nicht, dass es in den Sechzigern wirklich nötig gewesen wäre, Lebensmittel zu horten. Aber wenn man sich etliche Jahre so verhalten hat, dann wird das ja häufig zu einem Zwang, den man nicht mehr ablegen kann. Ebenso würde sie auch heute noch Alufolie mehrmals verwenden, wenn sie nicht beschlossen hätte, keinen Finger mehr krumm machen zu können. Jedenfalls war eine jener Kostbarkeiten, die es gegen Ende der vierziger Jahre unbedingt sorgsam zu beschützen galt: Zucker. Damit konnte man unter Umständen so wunderbare Dinge herstellen wie Kuchen, Plätzchen und Schnaps. An Letzterem war Oma ungefähr so interessiert wie an Fußpilz, sie kannte jedoch die gegenteilige Begeisterung ihres Schwiegervaters genau.

Es entbrannte also ein Zuckerzweikampf, welcher darin bestand, dass Oma von dem Haushaltsgeld, das Opa ihr zuteilte, kleine Mengen Zucker kaufte, wann immer es möglich war, den sie in einer Dose verwahrte, bis Uropa herausgefunden hatte, wo sich diese Dose befand. Ganz oben auf dem Küchenschrank nämlich, an die Wand gerückt, damit man sie von unten nicht sah. Aber Uropa entging Omas Geheimnistuerei nicht, wenn sie ein ums andere Mal die Klappleiter in die Küche trug, und schloss daraus, dass ein diffuses Oben als Versteck für eine diffuse Kostbarkeit dienen musste. An dieser Stelle kommt meine Tante ins Spiel, die gerade noch leicht genug war, um von dem alten Mann auf den Schultern getragen werden zu können. Von dort aus sah sie alles Obige genau und zeigte mit dem Finger auf das, was sich, abgesehen vom Staub, einzig in der Leere auf den Schränken befand. Uropa manövrierte sie so nahe wie möglich an den entsprechenden Gegenstand heran, sie reichte die Dose gemäß seiner Anweisung konzentriert an ihn weiter, er füllte eine kleinere Menge Zucker in eine Papiertüte ab und reichte die Dose an Magdalena zurück, die sie dann wieder auf dem Schrank platzierte. Es sei wichtig, flüsterte er jedes Mal, dasse se jenauso hinstelle, wie se se vorjefunden habe. Magdalena bejahte das oft, ohne jedoch wirklich zu wissen, wie die Dose eigentlich gestanden hatte. Anschließend ließ sich Uropa an seinem Gehstock in die Hocke hinab, und das Mädchen kletterte selbständig von seinem Rücken. Er nahm einen Becher aus dem Schrank, füllte ihn mit Wasser, reichte ihn ihr, und sie trank. Sie hätte Durst jehabt, nich wahr, fragte er jedes Mal. Magdalena nickte. Nun, jetz habe se ja wat jetrunken, nich wahr. Magdalena nickte wieder. Jetz solle se man wieda spielen jehen, aba nachher könne se ihn doch besuchen kommen. Magdalena nickte, ging zu ihren Spielsachen, und Uropa ging in sein Zimmer, um die Beute aufzuteilen. Wenn sie später zu ihm in seine verrauchte Bude geschlichen war, kletterte sie zu ihm auf den alten Sessel, der mit dem Rücken zur Tür stand. Uropa hielt ihr die Tüte auf, und sie steckte ihren angeleckten Finger so lange hinein, bis kein Krümel mehr zu erwischen war.

Oma allerdings bemerkte natürlich nach einer Weile, dass der Zucker nicht in jenem Maße mehr zu werden schien, in welchem sie ihn in die Dose füllte. Sie begann also, die Dose auf eine ganz bestimmte Art und Weise zu platzieren, und stellte sehr schnell fest, dass diese Platzierung sich veränderte. Als sie ihren Mann zur Rede stellte, fragte dieser derart entgeistert, was er denn bitte mit Zucker anfangen sollte, dass sie sofort überzeugt war, dass er es nicht gewesen sein konnte. Ihr Schwiegervater jedoch begrinste so bösartig ihren Vorwurf, dass sie sicher war, den Täter gefunden zu haben. Woher er denn habe wissen sollen, dass sie überhaupt Zucker verstecke, fragte er noch immer grinsend. Und mal abgesehen davon: Zucker verstecken im eigenen Haus – ob sie sich nicht albern vorkomme?

Von da an wurden die Verstecke immer besser, ebenso wie Uropas Suchtaktiken, für welche er Magdalena so unbekümmert missbrauchte, als sei er selber noch ein Kind.

Irgendwann soll es dann wohl mal einen schlagenden Beweis gegeben haben, bei welchem Oma die Tragweite der ganzen Angelegenheit bewusst wurde. Sie will aufgebracht zu ihrem Mann gelaufen sein und ihm von dem Diebstahl berichtet haben, des wär enne Uu-oard, de eichne Foammielje, in eichne Haus, un net neer, dess der Moa se doodormiet vorrheehnt hätt! Orr dät aa noch des Kind vorrdeerm, dät's zen Mausn oaschdiffddn – wos dee su aus denn Maadl wärrn solld?!

Opa soll das eingesehen und seinen Vater zur Rede gestellt haben, der zur Abwechslung nicht widersprochen, sondern ohne Umschweife zugegeben haben soll, den Zucker geklaut zu haben. Opas Aufforderung jedoch, das Diebesgut zurückzugeben, könne er nicht nachkommen, denn er habe inzwischen Schnaps damit jebrannt. Ich stelle mir vor, dass er das nicht ohne Stolz gesagt hat, vielleicht auch deshalb, weil er sich schon an den Früchten seiner Arbeit bedient hatte. Auf jeden Fall sollen diese Früchte ein solcher Fusel gewesen sein, dass ihn niemand trinken wollte außer dem Erzeuger selbst. Man hätte ihn natürlich wegschütten können, aber Verschwendung war für Oma ein derartiges Übel, dass sie nicht darauf bestand. Stattdessen verwehrte sie Uropa bei den nächsten feierlichen Anlässen die mit Zucker zubereiteten Genussmittel. Allerdings tat er so, als sei ihm das egal, weshalb es sich nicht wie ein Sieg für sie angefühlt haben wird.

Das größte Problem an Uropa, wie eigentlich an allen Rabens, war wohl für Oma, dass sie sich noch so sehr wie Arschlöcher benehmen konnten, es fanden sich trotzdem immer ausreichend Sympathisanten. Sie mussten sich keine große Mühe dafür geben, nicht mal Uropa, der wohl ein wesentlich größeres Arschloch als seine Kinder gewesen war. Wie soll man denn mit Menschen konkurrieren, deren Verhalten man für verwerflich hält. Am schlimmsten aber muss für sie die Freundschaft zwischen ihrem Schwiegervater und Magdalena gewesen sein – Kinder sind ja so leicht zu beeindrucken. Man schubst sie ein paarmal auf der Schaukel an, spielt mit ihnen den ein oder anderen Streich, schimpft nicht ganz so oft wie die Mutti, und schon ist man der Held aller Tage. Tatsächlich umfasste ihre Beziehung kaum mehr als das, aber immerhin das konnte er gut. Wenn Magdalena Freunde zum Spielen dahatte, die schaukeln wollten und es nicht schafften, sich gegenseitig so schwungvoll anzuschubsen, wie Uropa es konnte, riefen sie nach ihm, und er ließ seine Arbeit Arbeit sein, stellte sich zu ihnen und zog die Schaukel mit dem Gehstock so weit nach hinten, dass die Kinder waagerecht in der Luft hingen. Dann hakte er seinen Stock aus. Mehr brauchte er nicht zu tun: Sie liebten ihn.

Magdalena wusste nichts davon, dass Uropa ein harter Vater gewesen war. Ein Mann, der seine Kinder ab und zu vorsorglich geohrfeigt hatte. Der seinem Sohn die Haare mit einem Schergerät selber schor, um das Geld für den Friseur zu sparen. Ein Gerät, das nicht dafür gemacht war, Frisuren zu erzeugen, sondern Schafe ihrer Wolle zu entledigen. Es konnte nur auf zwei Längen eingestellt werden: kurz und kahl. Außerdem schnitt es nicht gerade, sondern bogenförmig. Damit entstanden elliptische Haarschnitte, die von Mal zu Mal schmaler wurden, bis Opa eines Tages nur noch einen etwa bananenbreiten Streifen auf dem Kopf hatte, den sein Vater ihm nach einigem Überlegen gnädig entfernte. Schon bevor Opa einen völlig kahlen Schädel hatte, sollen die Kinder seiner Umgebung ihm zugerufen haben, seine Glatze leuchte schon von ferne wie 'ne Omnibuslaterne. Diese Formulierung ermöglichte keine Steigerung, es wurde also nicht wirklich schlimmer.

Magdalena wusste nichts davon, dass Uropas Sparsamkeit gar nicht nötig gewesen wäre, wenn er nicht im Suff das Mehrfamilienhaus verspielt hätte, das er geerbt hatte. Es existiert noch ein Foto davon. Das klebt im Familienalbum neben einem namenlosen Kaninchen, und immer, wenn die entsprechende Seite aufgeschlagen wird, muss darauf hingewiesen werden, dass das das Haus sei, das Uropa verspielt habe. Keine Ahnung, wer mit dieser Tradition begonnen hat. In diesem Zusammenhang wird dann auch oft die Geschichte von den Krähen erzählt.

Die Krähen nämlich kamen jedes Jahr, fraßen die Saat von den Beeten, fielen in die Obstbäume ein, wenn die Zeit reif war, und wurden außerdem verdächtigt, Küken aus dem Gehege zu stehlen. Sie kackten auf die Vogelscheuchen; ließen sich zum Räubern immer an dem Ende des Gartens nieder, wo man gerade nicht Krach machte; bekrähten die Schreie, mit denen man auf sie zu- oder hinter ihnen herrannte, und manchmal klangen ihre Rufe wie Gelächter. Es dauerte nicht lange, bis Uropa sie tief und innig hasste.

Er stiftete Magdalena zum Steineschmeißen an, übte mit ihr den langen Arm, den es brauchte, um möglichst hoch und weit zu schleudern, aber als sie es endlich schaffte, zerschlug sie gleichsam das Tomatengewächshaus und bekam von Opa Wurfverbot.

Er setzte Magdalena in einen Obstbaum, überredete auch ihre Freunde dazu und stattete sie mit Kochtöpfen und Holzlöffeln aus, um immer dann mit dem Schlagen zu beginnen, wenn die Krähen sich auf den Ästen niederließen. Das funktionierte zwar, aber es gab wesentlich mehr Bäume als Kinder auf dem Grundstück. Außerdem verlangte Oma zu schnell ihre Töpfe zurück. Und wenn Opa von der Arbeit kam, mussten sowieso alle still sein.

Also beschloss Uropa eines Tages, er brauche ein Gewehr. Ohnehin sei das eine nützliche Anschaffung, man könne Katzen damit jagen und dumm kommen werde ihm so schnell dann auch keiner mehr. Man widersprach nicht, bedauerte jedoch später, nicht gefragt zu haben, wie er das bezahlen wolle, denn eines Tages war das Gewehr plötzlich da, aber dafür fehlte eine Ziege im Stall.

Das Gewehr war, um genau zu sein, eine Schrotflinte und in ausgesprochen gutem Zustand. Uropa tat sein Möglichstes, damit das auch so blieb. Er pflegte und reinigte es regelmäßig voller Besitzerstolz, obwohl er es kaum benutzte, denn die Krähen hatten sehr schnell verstanden, was das Ding konnte, nachdem er einmal in das schwarze Geflatter geschossen hatte. Von da an musste er nur auf den Hof treten, seine Flinte anlegen, und die Vögel flohen in den nächsten Garten. An manchen Tagen hatte er sogar das Gefühl, es reiche, die Waffe an einem gut einsehbaren Punkt im Hof aufzustellen.

So weit lief also alles gut, die Investition hatte sich schnell gelohnt, und alle waren zufrieden. Abgesehen natürlich von den Nachbarn. Vielleicht hatte es in diesem Zusammenhang Methode, dass man Uropa irgendwann zum Spielen einlud – nicht jene Art sozialen Ereignisses, wie wir sie heute mehrheitlich praktizieren, sondern jene, bei der es wirklich um etwas geht. Zumeist Geld. Und wenn man das nicht mehr hat, dann um Güter. In Uropas Fall das Gewehr. Es ist nicht bekannt, was er auf der Hand hatte, aber er verlor.

Und als hätten sie etwas davon gehört, dauerte es nicht lange, bis die Krähen von den mageren Nachbarsbäumen wieder abließen und ihn ebenfalls herausforderten, woraufhin er keine andere Möglichkeit sah, als zu bluffen. Ebenso energisch, wie er das Gewehr benutzt hatte, griff er sich einen Besen, vollführte all die üblichen Bewegungen, legte an, spannte die Hähne, zielte präzise und krümmte den Finger um den Abzug – aber die Krähen blieben sitzen. Und nach einer Weile gespannter Stille lachten sie ihn aus.

Aber wie auch immer: Magdalena kannte also nur diesen lustigen, alten Komplizen und hielt sich gern in seiner Nähe auf. Es gab selten Anlass zum Streit, um genau zu sein, ist nur eine Situation überliefert: der Tag, an dem Uropa sich einen neuen Hut kaufte. Damals trug man noch Hüte. Und der Kauf eines solchen Accessoires war durchaus ein Ereignis. Man ging ja nicht zu H&M und kaufte für fünf Mark ein Wegwerfprodukt imperialistischer Knechtschaft, sondern man ging ins Hutgeschäft und kaufte ein hochwertiges Regionalprodukt, das man die nächsten zehn oder zwanzig Jahre zu tragen gedachte. Weshalb es selbstverständlich war, dass ein derartiger Gegenstand ein kleines Vermögen kostete. Und wenn man dieses kleine Vermögen investiert hatte, war man zumeist in Hochstimmung – man hatte ja gerade die Früchte des eigenen Fleißes geerntet und konnte sie jetzt, wie zum Beispiel in Uropas Fall, für alle sichtbar auf dem Kopf herumtragen. Man konnte nach Hause kommen, den neuen Besitz stolz herumzeigen und sich darüber freuen, wie ehrfürchtig das Enkelkind den Hut streichelte, als sei er aus Gold.

An diesem Tag war Uropa also in Höchstlaune und beschloss, diese Energie zum Holzhacken zu nutzen – eine

Tätigkeit, für die er ohnehin eine Vorliebe hatte. Um genau zu sein, mochte er es wohl, wenn er in eine Art rhythmische Routine kam, die nach einer Weile einen meditativen Effekt gehabt haben dürfte. Er selber hätte das natürlich nie so formuliert. Aber Tante Lena erzählte mehr als ein Mal, wie gerne sie ihn dabei beobachtet hatte, wenn seine Bewegungen immer gleichmäßiger wurden, bis sich jeder Schlag, das Bücken nach einem neuen Stück Holz und das Aufstellen desselben auf eine präzise Länge eingependelt hatten. Das hatte einen hypnotischen Effekt auf sie, dem sie sich nicht zu entziehen vermochte. Weshalb sie nicht kommen sah, dass an diesem einen Tag einer der Holzscheite beim Spalten einen überraschend weiten Bogen beschrieb und mit einem unangenehmen Geräusch auf ihre Stirn traf. Uropa begriff das erst, als sie anfing zu schreien. Er hielt in der Bewegung inne, fragte sie, warum sie heule, und als sie es ihm quietschend erklärt hatte, musste er lachen. Nicht unbedingt die Reaktion, die sich ein weinendes Kind vom lieben Opa erhofft. Magdalena war so verärgert darüber, dass sie ausgestellt mit dem Fuß aufstampfte und mit spitzem Zeigefinger verkündete, sie gehe jetzt ins Haus und zerschneide zur Strafe seinen neuen Hut. Tante Lena macht diese Geste heute ja immer noch sehr schön vor. Vielleicht war das damals eigentlich eine Drohung, mit der sie nur erreichen wollte, dass er hinter ihr herlief und sie tröstete. Aber das tat er nicht. Und Magdalena, die nicht auf einer leeren Drohung sitzen bleiben wollte, fischte tatsächlich die Küchenschere aus der Schublade und schnitt so tief in die Hutkrempe, wie sie nur konnte. Mehrmals. Dann legte sie alles zurück an seinen Platz und fühlte sich für einen kurzen Moment besser. Anschließend bekam sie Angst und war den Rest des Tages sehr schweigsam. Als Uropa den beschädigten Hut dann endlich entdeckte, soll er gelacht haben. Sehr laut und sehr lange. Außerdem soll er ihn mit Stolz getragen und Bekannte bei passenden Gelegenheiten gefragt haben, ob sie schon seinen neuen Hut bemerkt hätten. Er soll ihn abgenommen, die Krempe gespreizt und erklärt haben, diese elejanten Schnitte habe übrijens seine Enkelin jemacht. Und dann soll er gegrinst haben, als sei dieser Streich nicht auf seine Kosten gegangen.

Wenn man Tante Lena nach seinem Tod fragt, erzählt sie nur von dem, was danach war. Tante Lena hat die segensreiche Gabe, sehr schlimme Erinnerungen verdrängen zu können. Sie denkt einfach nicht daran, wie sehr er geweint hat, als er von seinem Krebs erfuhr. Dieser Mann, der nicht mal an seine Frau eine Träne vergossen hatte. Sie arbeitet sich nicht mühsam an Erinnerungen ab, an den Schreien etwa, die tags wie nachts aus seinem Zimmer drangen, als die Krankheit eine derartige Übermacht erlangt hatte, dass kein Schmerzmittel länger als ein paar Minuten wirkte. Es spielt keine Rolle, dass Oma immer wieder auf Opa einredete, er möge doch bitte irgendetwas tun, sie halte diese Schreie nicht mehr aus, die Zähne täten ihr schon weh davon und er solle doch bitte auch an das Kind denken. Wie Opa daraufhin endlich den Arzt fragte, ob er seinem Vater denn wirklich nicht helfen könne, ob es nicht eine Möglichkeit gebe, ihm die Sache zu erleichtern. Und wie der Arzt darauf nickte, alleine Uropas Zimmer betrat und es nicht lange dauerte, bis die Schreie verstummten. Wie er dann wieder herauskam und erklärte, er habe ihm eine recht hohe Dosis Morphium gegeben. Er werde jetzt sehr lange schlafen.

Tante Lena erzählt, dass sie und ihre Freunde noch lange nach seinem Tod nach ihm riefen, wenn sie schaukeln wollten. Und jedes Mal, wenn sie das taten, holte einer von ihnen Uropas alte, blaue Arbeitskutte aus der Gerätekammer, nahm den Gehstock und stieß die anderen damit auf der Schaukel an.

×××

Wie's aarwiddn geween wär?

Meine Begeisterung halte sich in Grenzen.

Ob ewos boassierd wär?

Na ja, Vaios sei einfach ein Freak.

Wos?

Ein Freak sei so was wie ein Exzentriker. Die Umgangsformen solcher Menschen seien nur schwer vorherzusehen und häufig ziemlich fragwürdig. Ich hätte gedacht, ich würde damit umgehen können, aber langsam ginge er mir auf die Nerven. Andererseits sei es natürlich auch irgendwie spannend, mit jemandem zusammenzuarbeiten, der so unkonventionell sei. Wir würden uns ja duzen, das gefiele mir zum Beispiel. Und irgendwie verstünden wir uns auch. Aber Vaios sei schon über sechzig. Er habe sehr konkrete Vorstellungen von allem und jedes Mal, wenn ich anderer Ansicht sei als er, führe das zu anstrengenden Machtkämpfen, die sich über Tage hinzögen. Neulich habe er mir zum Beispiel vorgeworfen, ich würde mich nicht damenhaft genug verhalten. Er habe das nicht formulieren können, deshalb habe er mir vorgemacht, wie ich mich bewegen würde. Er sei zum Kühlschrank gegangen, habe sich eine Flasche Wasser genommen, sich breitbeinig hingestellt und die Flasche schwungvoll an den Mund gesetzt. Wie ein Kerl. Dann habe er mich überlegen angesehen, als hätte er mich irgendeiner Sache überführt. Ich sei aber der Ansicht, dass es ihn einen Scheiß angehe, ob ich mich wie ein Bauarbeiter bewegte oder wie eine Ballerina, das sei ja keine nötige Qualifikation, um Oliven per Hand zu befüllen, geschweige denn, um es mit diesem Kerl länger als einen Tag auszuhalten. Ich hätte also geantwortet, ich sei nicht seine Frau. Da habe er geschnauft, die Flasche in den Kühlschrank gestellt und sei kopfschüttelnd in die Küche gegangen. Ich hätte das schon fast vergessen gehabt, einfach deshalb, weil ich zu sehr damit beschäftigt sei, mich nach Möglichkeit nicht von seiner aufbrausenden Art tangieren zu lassen. Aber dann habe er mir heute aufgetragen staubzusaugen und befohlen, einen von diesen schmalen Aufsätzen für den Boden zu benutzen. Sie wisse schon, diese Aufsätze, die immer mitgeliefert würden, die man aber eigentlich nie benutze. Also, Vaios benutze sie. Besser gesagt, einen bestimmten, der eigentlich für ganz schmale Ecken und Kanten gedacht sei. Der sauge den Staub durch eine so kleine Öffnung, die aussehe, als sollten dort Münzen eingeworfen werden. Vaios habe ja im Essbereich eine Art Sisal verlegt oder zumindest irgendeinen natürlichen Bodenbelag, vielleicht sei es auch Hanf. Und er glaube allen Ernstes, dass dieser Belag unter dem breiten Standardsaugaufsatz leiden würde, weshalb ich diesen schmalen Kleingeldaufsatz nehmen und damit den Boden absaugen soll. Was natürlich nicht ohne direkten Kontakt zwischen Saugöffnung und Sisal möglich sei, vor allem deshalb, weil der Belag ja nicht eben, sondern geflochten sei und deshalb lauter Vertiefungen habe. Man müsse also mit dem supertollen Aufsatz ziemlich fest aufdrücken, um den Schmutz wirklich wegsaugen zu können. Damit schone man den Boden in keiner Weise. Man brauche nur viel, viel länger, um ihn zu reinigen. Ich hätte versucht, das Vaios zu erklären, aber er habe es nicht verstehen wollen. Klar, ich hätte einfach nachgeben und meinen Job machen können, aber es widerstrebe mir unheimlich, bescheuerte Tätigkeiten auszuführen, vor allem wenn ich wüsste, dass eigentlich auch wichtigere Sachen zu tun wären. Also hätte ich mit Vaios diskutiert und der sei dabei immer lauter geworden. Er habe teilweise Worte verwendet, die ich nicht verstand, wahrscheinlich seien sie griechisch gewesen, jedenfalls habe er sie derart ausgespuckt, dass ich das sehr bestimmte Gefühl gehabt hätte, es seien ganz sicher keine Komplimente. Also hätte ich ihm gesagt, dass er so nicht mit mir reden könne. Da habe er innegehalten, garstig gegrinst und geantwortet, ich sei nicht seine Frau.

Wos iech ne doo ge-oandword hätt?

Nichts. Ich hätte ihn noch ein bisschen angestarrt,

dann die Schürze abgebunden, meine Tasche geholt und sei einfach gegangen.

Afach so?

Ja.

Un dor Moa hätt miech net affgehoaldn?

Er sei kurz hinter mir hergelaufen und habe aufgebracht meinen Namen gesagt. Aber ich hätte nicht reagiert und da habe er sich wieder an seine Arbeit gemacht, ohne mich noch mal anzusehen. Eigentlich hätte ich damit wohl gekündigt, wenn ichs mir genau überlegte. Aber jetzt müsse sie mal anfangen zu essen, es sei höchste Zeit. Oder nee, es sei vielleicht besser, mit den Tabletten anzufangen.

Oma fummelt eine Tablette vom Teller und beginnt mit der allabendlichen Geißelung.

Wie ihr Tag denn so gewesen sei? Alles wie immer?

Heit wär de Tamarek oa 'n Haus vorrbeigoange. Oma steckt sich die Tablette in den Mund und versucht, sie mit Wasser hinunterzuspülen. Ihre Technik scheint nicht optimal zu sein. Aus ihrer Kehle dringen Geräusche, die danach klingen, als komme ihr das Wasser immer wieder hoch. Vermutlich kommt die Tablette jedes Mal mit. Es ist ein harter Kampf, aber Oma gewinnt letztlich.

De Tamarek wär frieher ofd ze Besuch geween. Oaber wie dor Franz duud woar, wär se immer saldner kumme. Un itze dät se oa 'n Haus vorrbeischleing.

Woher sie denn wisse, dass es Frau Tamarek gewesen sei?

Se dät genau oa 'n Schried heern kenne, wer vorrbeilaafm dät.

Oma steckt sich die zweite Tablette in den Mund und fängt schon an zu würgen, noch ehe sie zu schlucken begonnen hat.

Aber sei Frau Tamarek nicht schon lange tot?

Oma schüttelt mit dem Kopf. De Schwesder, stößt sie mühsam hervor.

Die Schwester sei tot?

Oma nickt.

Ob das die gewesen sei, die im Rollstuhl gesessen habe? Wie habe die noch gleich geheißen? Elfriede?

Oma nickt wieder und ertastet Tablette Nummer drei – die vorletzte.

Ob sie Elfriede nicht immer mit zum Baden genommen habe? An diesen See, der damals noch nicht umgekippt war … der Bagger, oder? Den Rollstuhl so weit wie möglich ans Ufer geschoben, habe Elfriede sich an ihre Schultern gehängt und Oma habe sie bis ins Wasser geschleift. Dabei sei Elfriede viel größer als sie gewesen. Und schwerer. Und dann noch mal die ganze Prozedur rückwärts. Unglaublich eigentlich.

Oma hat die Tablettentortur hinter sich gebracht und schiebt sich jetzt mit dem Löffel ein kleines Stück Bulette in den Mund. Sie kaut in Zeitlupe. Dann legt sie den Klumpen am Tellerrand ab. Von draußen dringt ein Geräusch durchs Fenster, sie dreht ihren Kopf in die entsprechende Richtung, aber es gibt nichts zu sehen. Durch das Fenster fällt graues Licht. Mag sein, dass das allein am dunklen Himmel liegt, aber vermutlich tragen die Gardinen ihren Teil dazu bei – fein gewobenes Plastik mit entbehrlichem Muster. Derjenige, der das erfunden

hat, gehört verhauen, und bei diesem Licht zu zeichnen macht mich aggressiv.
Ich schlängle mich zwischen Tisch und Sofa zum Lichtschalter.

Ob mei Koatz doohierdn wär?

Nee. Wieso?

Villeichd wolld iech se itze mol heerhuuln?
Für einen Moment bin ich zu perplex, um zu reagieren.

×

Käthe liegt bei Vater im Kabuff auf dem Sessel und schläft.

Na? Vater lächelt. Ob alles in Ordnung sei?

Jaja, Oma habe nur gerade die Katze ins Wohnzimmer eingeladen.

Er sieht mich erstaunt an.

Ich wisse auch nicht, was in sie gefahren sei.

Käthe, sage ich leise und streichle ihr Gesicht.

Käthe hebt ihren schlanken Kopf und lächelt schläfrig.

Ob sie Lust habe, mit ins Wohnzimmer zu kommen? Sie könne dort auch weiterschlafen.

Käthes Blick wird wacher. Sie betrachtet mich aufmerksam. Streckt sich. Gähnt. Sieht mich an.

Ob sie mitkommen wolle? Oma habe sie eingeladen.
Ich erhebe mich aus der Hocke, gehe zur Tür, lege die Hand an die Klinke und sehe sie an.

Käthe betrachtet die Klinke in meiner Hand, erhebt

sich dann, springt vom Sessel und kommt zur Tür. Wir verlassen das Zimmer nacheinander – erst ich, dann sie. Ehe ich die Tür schließe, winkt Vater uns nach. Ich winke zurück.

Käthe bleibt vor der geöffneten Wohnzimmertür sitzen und sieht mich unsicher an.

Das sei o. k., sie könne mit hineinkommen. Oma habe es erlaubt. Ich versuche, besonders vertraulich zu klingen.

Käthe zögert noch einen Moment, dann betritt sie langsam in etwas geduckter Haltung den Raum, nur ein paar Pfoten weit. Ich kann die Tür so noch nicht schließen. Sie sondiert den Raum auf etwaige Wurfgeschosse, beobachtet misstrauisch Omas Bewegungen. Dann erst läuft sie eilig quer durchs Wohnzimmer in die gute Stube unter Omas Krankenbett.

Das dauere jetzt einen Moment, sie müsse sich erst mal durch die Umgebung tasten.

Oma isst schweigend.

Ich schlängele mich wieder an meinen Platz, sehe, dass das Skizzenbuch geschlossen ist, und wundere mich nicht. Ich spüre Entsetzen, wie einen Schlag gegen die Kehle. Ich sehe Oma an, die unbeteiligt Zerkautes an ihrem Tellerrand aufreiht. Ich könnte sie natürlich fragen, ob sie sich die Bilder angesehen hat, aber ich fürchte mich zu sehr vor der Antwort und allen möglichen Konsequenzen. Es könnte ja auch sein, dass sie nicht ins Buch gesehen hat, aber durch meine Frage erst auf die Idee kommt. In meinem Hals, da, wo auch immer die Angst sitzt, pulsiert etwas und schwillt langsam an.

Die Katze sei sicher noch ein wenig schüchtern am Anfang. Aber wenn man Geduld habe, komme sie meist von allein.

Oma nimmt einen Schluck Tee aus ihrer Plastiktasse. Ihr Mund wirkt kleiner als sonst.

Ob alles in Ordnung sei? Sie sei so schweigsam.

Sie schiebt die Tasse steif auf den Tisch. Wenn se assn dät, wär se immer ruich. Ihr Ton ist bitter und hart.

Ich lehne mich zurück und versuche, das in meinem Hals runterzuschlucken, aber es geht nicht.

Das Schweigen ist laut. Ich zwänge mich wieder am Tisch vorbei, gehe zum Radio und schalte den Dudelsender ein, den sie so mag. Es dudelt.

Des dät se schdeern.

Das Radio?

Joa.

Ich hätte gedacht, sie höre das gern.

Sie antwortet nicht.

Ich schalte das Radio aus. Als ich mich wieder zu ihr drehe, sitzt Käthe neben ihrem Stuhl.

Käthe sei bei ihr. Sie sitze auf ihrer rechten Seite und sehe sie an.

Oma tastet nach ihrem Tellerrand, fummelt etwas zerkaute Bulette herunter und reicht sie in Käthes ungefähre Richtung weiter. Käthe beriecht sehr aufmerksam das Angebotene, pflückt dann kleine Brocken aus Omas Hand und kaut sie über dem Teppichboden zu Ende.

Als sie fertig ist, bettelt sie nicht um mehr.

Su, des wär's geween. Iech kennt itze ooraime un de Koatz mienehme.

Sie wolle nicht mal ihr Kompott versuchen?

Naa. Se wolld nix meh assn.

Ich nehme den fast vollen Teller, Besteck und Kompottschälchen, jongliere zur Tür und drücke die Klinke mit dem Ellbogen nach unten.

Iech solld des Buch net vorrgassn.

×

Ich setze mich neben Vaters Füße auf den Boden, fingere seine Pfeife vom Tisch und zünde sie an.

Wasn los sei?

Ich hätte Scheiße gebaut.

Wasn?

Oma habe die Bilder gesehen.

Uh. Wie das?

Ich hätte das Buch auf dem Tisch liegen lassen. Und während ich draußen gewesen sei, um die Katze zu holen, habe Oma es sich offenbar angesehen.

Wie ich darauf käme?

Sie sei plötzlich auffällig einsilbig und barsch gewesen, im Kontrast zu unserem Geplauder davor.

Un nu?

Fühlte ich mich ziemlich beschissen, um ehrlich zu sein.

Vater reicht mir seinen Weinbecher. Morgen habe sie das schon wieder vergessen.

Das sei irgendwie kein Trost.

WINTER

Als ich aufwache, ist es plötzlich grell und kalt, die Katze sitzt am Fenster, starrt ungläubig hinaus, und ohne auch nur aufzustehen, ist mir klar, dass es also geschneit hat. Jetzt wird Käthe nicht mehr rausgehen und vor Langeweile den ganzen Tag jammern, bis ich sie fast nicht mehr leiden kann; Oma können wir nicht mehr in den Hof verfrachten; und ich habe keine geeigneten Schuhe. Wir sind am Arsch.

Ich höre die Schneeschaufel über die Steinplatten schaben, aber der Himmel sieht aus, als würde es gleich wieder schneien, und ich ahne, dass Vater keinen Weg bahnen will, sondern die Gelegenheit nutzt, um ein Iglu zu bauen. Wie immer.

Käthe kriecht zu mir unter die Decke und schmiegt sich schnurrend in meine Arme. Wahrscheinlich hat sie schon vergessen, was sie eben entdeckt hat. Nachher wird sie rausgehen wollen und wieder geschockt sein, nur um es dann erneut zu vergessen – das kann sich im Minutentakt wiederholen, bis der Schnee weggetaut ist.

Ich streichle ihr Gesicht und küsse ihre Augenlider. Wir würden das schon irgendwie durchstehen.

×

Vaters Iglus sind im herkömmlichen Sinn eigentlich nicht als solche zu bezeichnen. Er türmt einfach den Schnee zu einem großen Berg auf, klopft ihn fest und höhlt ihn dann aus. Alles, was er dabei nach draußen wühlt, pappt er anschließend an die Wand. Nach diesem Prinzip lässt sich der Umfang optimal vergrößern, ebenso kann weiterer Schneefall eingearbeitet werden. In den meisten Wintern wird das Gebäude gerade groß genug für einen Hund oder ein Kleinkind. Oft genug war das früher ich, saß dick eingepackt in der kleinen Höhle und wartete darauf, dass irgendwas passiert. Was soll man denn auch spielen in einem Schneehaus? Manchmal steckte Vater unvermittelt seinen Kopf durch den Eingang und sagte Kuckuck. Dann war er wieder weg. Was für ein Spaß.

Aber in diesem Jahr liegt genügend Schnee für ein Familieniglu. Wenn Oma nicht lieb ist, schieben wir sie zur Abkühlung einfach da rein.

Vater trägt seine Chapka, diese russische Pelzmütze, die meines Wissens niemandem steht. Vor ein paar Jahren wollte ich sie mir trotzdem mal ausleihen, nur so zum Spaß, musste aber feststellen, dass es tatsächlich etwas gibt, das mein Vater nicht bereit ist, mit mir zu teilen. Er ekle sich vor dem Haartalg anderer Leute. Sogar vor dem seiner Tochter? Sogar vor dem. Bis zu diesem Tag hatte ich wirklich gedacht, zwischen uns gebe es keine Tabus.

Er hat bereits den gesamten Schnee des Grundstücks zusammengetragen und im Hof aufgehäuft. Die nackten Beete sehen ganz schrecklich öde aus. Eben macht er sich daran, den Haufen festzuklopfen. Die Grundform ist ungewöhnlich rechteckig.

Moin. Das sehe ja schon ganz gut aus. Ob er diesmal was anderes versuchen wolle? Vielleicht das Weiße Haus?

Er kichert. Ein Außenstehender würde es möglicherweise nicht als solches erkennen – Vaters Kichern klingt, als würde er unken.
Meine Frage hat er allerdings offenbar nicht als solche aufgefasst. Aber gut, war auch missverständlich formuliert. Ich trete von einem Fuß auf den anderen – meine Schuhe haben sehr dünne Sohlen. Und die Decke, die ich mir übergeworfen habe, ist aus einem so kratzigen Material, als wäre sie ursprünglich dafür konzipiert worden, einen Indianer zu quälen. Was wollte ich noch gleich hier draußen? Ah ja:

Wir hätten da diverse Probleme, versuche ich erneut, zu Vater durchzudringen.

Wasn? Seine Stimme ist ebenso enthusiastisch wie seine Baumaßnahmen.

Na ja, erstens hätte ich weder Winterkleidung noch -schuhe. Zweitens würde die Katze sich im Schnee nicht nach draußen begeben und wir hätten kein Katzenklo. Drittens, und das wäre gerade mein größtes Problem, würde bei diesem Wetter unsere Hauptattraktion für Oma wegfallen.

Er nickt und überlegt eine Weile. Geistesabwesend zieht er einen Handschuh aus und streichelt das Iglu.

Im letzten Winter sei eine Physiotherapeutin gekommen. Die habe mit Oma dann Kirschen gepflückt und solche Sachen.

Kirschen gepflückt?

Imaginär.

Okay. Kirschen pflücken also. Ich lege meine Hand neben seine und betaste die eisige Oberfläche. Ich würde mir mal seine Tageslichtlampe ausleihen. Und eine von seinen Entspannungs-CDs.

×

So, Oma. Ich schiebe sie in die Mitte des Wohnzimmers, richte die Tageslichtlampe auf ihr Gesicht und schalte den CD-Player ein. Die Sonne scheine. Es sei Sommer, ein herrlicher Tag. Die Vögel, die sie gerade höre, säßen alle in ihrem Garten. Im Pfirsichbaum am Hauseingang sei übrigens ein Nest. Die Kohlmeisenküken darin würden ihre Schnäbel eigentlich nie geschlossen halten, die Eltern kämen mit dem Füttern kaum hinterher. Sie seien so oft bei ihren Jungen, dass man den Eindruck bekommen könne, es seien mehr als zwei.

Wos?

Nicht hinterfragen, Oma, einfach vorstellen. Sie höre ja die Vögel, nicht wahr? Es seien viele, die meisten würde ich gar nicht kennen. Ob sie vielleicht einen an der Stimme erkenne? Hm? Da sei gerade einer ziemlich dicht an uns vorbeigeflogen. Der sei so grünlich gewesen.

E Griefink.

Ein Grünfink? Ah ja. Also, die Kirschen seien jedenfalls reif und wir müssten die jetzt ernten. Ich könnte da ihre Hilfe gebrauchen. Ob sie bitte die Schüssel halten könne.

Wos?

Sie könne die ja einfach auf ihren Schoß stellen. Na ja, also, so falle sie runter. Sie müsse sie schon mit beiden Händen festhalten. Der Rand sei hier. Das sei ihre alte Emailleschüssel, die große mit den Abplatzern am Boden. Nicht erschrecken – ich würde sie jetzt mal zum Baum fahren.

Ich schiebe Oma in einem engen Kreis herum, lasse mir Zeit, ab und zu ruckele ich ein bisschen am Rollstuhl.

Uh, es sei etwas holprig auf der Wiese, sorry. So – wir stehen wieder am Ausgangspunkt –, jetzt seien wir da. Einige Äste wären recht gut zu erreichen, ich würde die jetzt mal nach unten biegen. Sie müsse die Kirschen ertasten und sie dann pflücken. Also los. Der Ast sei knapp über ihrer Stirn, sie könne loslegen.

Un itze solld se su doa, wie wenn se bflickng dät?

Ja. Bitte. Möglichst schnell. Ich könne den Ast nicht ewig so halten, stoße ich hervor.

Oma hebt die Arme, die Hände auf Höhe ihres Kopfes, und grabbelt in der Luft herum.

Höher. Noch höher. Ja, genau da fange der Ast an. Noch ein bisschen weiter oben seien die Kirschen. Sie könne den Ast auch ein Stückchen zu sich ziehen, wenn sie wolle. Aber sie müsse gleichzeitig auch aufpassen, dass ihr die Schüssel nicht vom Schoß rutsche.

Oma fängt an, Pflückbewegungen zu machen.

Vorsicht, die Kirschen seien fast überreif. Und wenn sie sie nicht in die Schüssel lege, laufe ihr der Saft gleich an den Armen runter.

× ×

So, hier, Kirschklütersuppe. (Ah, Kirschklütersuppe! Ein vogtländisches Gericht aus Sauerkirschen, dessen essbare Menge sich an den schmerzenden Zähnen bemisst. Die «Klütern» sind Klumpen aus einem Quark-Teig. Am liebsten möchte man immer nur die Klütern essen.)

Ob doo noch e Gloos Kerrschn in' Keller geween wär?

Ja. Und sie solle bloß nicht nach dem Jahrgang fragen.

Des wär net schlimm, die kennt morr noch assn.

Na dann.

Oaber se kennt des wuhl itze net assn. Se hätt scho Oangsd vor denn Doabbleddn.

Sie könnt es ja wenigstens mal versuchen. Vielleicht den Saft löffeln und dazu eine Tablette schlucken.

Orr dät scho schlacht wärrn, wenn se neer droa denkng dät. Dor Moa dät aa immer miet orr rimzeedern, oaber se kennt doch itze warrglich net schluggng.

Na ja, manchmal klappe es ja noch. Ich verstünde, dass sie Angst habe, aber sie brauche nun mal diese Tabletten, und ganz ohne Nahrung ginge es leider auch nicht.

's dät goar nimmer gehe missn. Se dät des scho loang nimmer wolln.

Das sei durchaus ein Problem. Und eigentlich sei mir das auch schon lange klar. Aber wir steckten da in einem Dilemma: Wenn wir es nicht schaffen würden, sie zum Essen zu bewegen, müssten wir sie eigentlich ins Krankenhaus bringen. Denn wenn wir das nicht täten, könne man uns unterlassene Hilfeleistung vorwerfen. Das könne geahndet werden. Ich wisse nicht genau, wie, aber ich sei auch nicht besonders scharf darauf, es herauszufinden. Sie solle doch mal probieren. Bitte.

Seit ich sie nicht mehr zeichne, muss ich bei Tisch immer in Büchern blättern – derzeit in einem übelriechenden Atlas mit den Ländergrenzen von 1968 –, weil es mich wahnsinnig macht, ihr dabei zuzusehen, wie sie *fast* isst. Am Anfang habe ich sie deshalb ihre Mahlzeiten alleine verbringen lassen. Aber es hat nicht lange gedauert, bis der Teller halb leer war und sie später trotzdem unterzuckert war – seither habe ich die Befürchtung, dass sie das Essen dort verstecken könnte, wo vorher die Süßigkeiten waren. Nur, dass sie diesmal nicht vorhat, die Verstecke wieder zu leeren. Irgendwann werden wir in ungeahnten Nischen gammelige Pampe finden und dann mutmaßen können, was das gewesen ist, ehe es wohnzimmerlichen Zersetzungsprozessen ausgesetzt war.

Ob iech orr net emol ewos dorrzehln wolld?

Was denn?

Joa, villeichd ewos voa denn Griechn?

Vaios? Für Vaios würde ich doch schon lange nicht mehr arbeiten.

Wie loang dee?

Och, vielleicht zwei Wochen.

Un wos dät iech doo itze moachng?

Ehrlich gesagt, gingen mir langsam die Alternativen aus.

Iech wär doch e goanns patentes Maadl. Iech kennt doch oals Haushoaldshilf aarwiddn.

Hm. Das sei irgendwie nicht das, was ich mir vorstellte. Andererseits stellte ich mir ja eigentlich gerade gar nichts vor.

Oma löffelt den Saft aus der Suppe. Manchmal landet dabei eine Kirsche auf dem Löffel, die sie konzentriert zerlutscht.

Sicher sei das früher irgendwie einfacher gewesen. Da sei einem frühzeitig gesagt worden, was man machen solle, und dann habe man das eben gemacht. Heute hätten wir von Anfang an die freie Wahl und wüssten vor lauter Möglichkeiten gar nicht, wohin mit uns. Ich wolle das aber gar nicht bejammern, es sei nur eine Feststellung.

×

Als Oma mit sechzehn von der Schule ging, wurde sie nicht gefragt, ob sie ein Hauswirtschaftsjahr machen wolle. Vielmehr war die Sache schon organisiert und wurde ihr nur noch mitgeteilt – Familie Rau: ein Hof, ein Haus, eine kleine Tochter mit Sprachfehler und zwei Söhne an der Front. Die entsprechende Regelung sah vor, dass man sich an der Haushaltsführung beteiligte, dafür erhielt man freie Kost und Logis. Es lohnt sich eigentlich kaum, von dieser Zeit zu erzählen, denn bei Raus ging es Oma gut, und die spannenden Geschichten sind ja eher immer die, in denen irgendwas Schlimmes passiert, nicht wahr. Aber das einzig Schlimme an der besagten Episode war, dass Oma, nachdem sie sich daran gewöhnt hatte, in den Kreis der Familie aufgenommen worden zu sein; mit allen bei Tisch sitzen zu dürfen; von der Tochter heiß und innig geliebt zu werden; und vor allem nicht nur die Sonntage, sondern auch die Sonnabende frei zu haben, von Familie Rau wegbeordert wurde. Zu Frau Lang.

Wenn man einen wohlhabenden Mann heiratet, obwohl man ihn nicht leiden kann; einen Mann, den man so wenig ansehen und riechen mag, dass man nach der Empfängnis des ersten Kindes jeden weiteren körperlichen Kontakt verweigert; einen Mann, der früh so schwer erkrankt, dass man als getreue Ehefrau die Blüte seiner Jahre für die Pflege des Angetrauten aufwenden muss. Dann wird man Frau Lang.

Das ist eine Unterstellung, natürlich. Frau Lang hätte niemals mit Oma darüber gesprochen, dass sie ihren Mann abstoßend fand. Sie war viel zu sehr damit beschäftigt, unter Schränken, zwischen Dielen und hinter Kissen kleine Gegenstände zu platzieren, die man als Hausmädchen beim Putzen nach und nach finden musste, um mit jedem Fund auf die Probe gestellt zu werden: ein Knopf. Eine Nadel. Eine glänzend verpackte Praline. Ein kleines Geldstück.

Wenn man sie aber gar nicht erst fand, hatte man nicht

Glück gehabt, sondern schlecht geputzt – was ebenso schlimm war, wie zu stehlen. Frau Lang gönnte niemandem ein leichtes Leben.

Oma ließ sich nicht anmerken, wie sehr sie unter dieser Härte litt. Sie aß klaglos am Katzentisch Kartoffeln und Gemüse ohne Soße, während Frau Lang an der großen Tafel im Esszimmer einsam ein dreigängiges Menü verzehrte. Die Speisekammer hing voller Würste, deren Geruch sich über die Küche bis in den Flur ausbreitete – ein fettiger Duft, den man auf der Zunge mit sich herumtragen musste, bis man fast weinen wollte. Und wenn Oma in der Speisekammer wischte, achtete sie darauf, den Teller nicht zu verschieben, der unter der angeschnittenen Hartwurst auf dem Boden stand und das Öl auffing, das aus ihr heraustropfte, aus Furcht, man könne ihr unterstellen, sie habe sich daran bedient.

Sie versorgte den bettlägerigen Ehemann, der sich so sehr für seine Körperlichkeiten schämte, dass er ihr jeden Abend mit zittriger Hand heimlich eine in Goldpapier verpackte Praline zusteckte. Körperlichkeiten, die nicht alle mit seiner Erkrankung zusammenhingen.

Sie fand auch die Gegenstände, die Frau Lang nicht extra platziert hatte, und reihte alle der Größe nach auf dem Wohnzimmerbuffet auf.

Samstags kehrte sie die Straße vorm Haus oder ging auf den Friedhof, um das Unkraut auf dem Grab der Familie Lang zu jäten. Jene, die ihrem einzigen Sohn so viel Wohlstand hinterlassen hatte, dass er trotz seiner konkurrenzlosen Hässlichkeit eine Frau gefunden hatte, die bereit war, ihn zu heiraten. Eine Frau, die ihre Ehe damit zubrachte, ihre Reue über diese Entscheidung mit aller Härte zu unterdrücken. Eine Reue, die sich aber nicht aus dem Unterbewusstsein vertreiben, sondern Frau Lang in der Nacht schreiend aufwachen ließ, um sie anschließend schlaflos in den dunklen Diensträumen umhergeistern zu lassen, die sie tagsüber nur selten betrat. Und das, was sie schrie, konnte man bis in die Dienstmädchenkammer hören: Hedda. Oma hat nie verstanden, was es damit auf sich hatte. Das Mädchen kannte nur Bibelgeschichten, und in denen brachte sich am Ende keiner um. Frau Lang brachte sich auch nicht um – zumindest nicht, solange Oma bei ihr war: Frau Lang hatte einen Sohn. Vielleicht war er der einzige Mensch, für den sie – trotz aller Widersprüche – überhaupt Liebe empfinden konnte.

Auf einer Kommode in der Stube standen die Nachweise seiner vorbildlichen Entwicklung in handkolorierten Fotografien, darunter auch Bilder von Mutter und Sohn, auf denen Frau Lang lächelte. Als wäre sie im Moment der Aufnahme ein anderer Mensch gewesen. Als erschaffe sie auf ihrer Kommode eine Parallelwelt, die sie manchmal wie durch kleine Fenster betrachtete, um befriedigt feststellen zu können, dass es dort nur sie und ihr Kind gab. Vielleicht war sie in dieser Welt milde und gütig. Vielleicht dehnten sich die Grenzen derselben ja auch über die Fotografien hinaus überall dorthin aus, wo ihr Sohn sich befand – ein freundlicher, selbstbewusster junger Mann, der eines Tages zum Fronturlaub heimkehrte und als erste Amtshandlung das Hausmädchen aus der Küche an die Speisetafel holte, ihm eine Kelle Soße über die Kartoffeln gab und ein Stück Fleisch dazulegte. Frau Lang duldete das schweigend – von einem Lächeln konnte jedoch keine Rede sein. Und als der Urlaub beendet, der Sohn zurück an der Front war, setzte sich Oma ohne Aufforderung wieder in die Küche, und Frau Lang hielt sie nicht davon ab.

Dann kam der Tag, an dem die Würste aus der Speisekammer verschwanden. Natürlich nicht alle, lass es zwei oder drei gewesen sein. Oma hörte erst davon, als die Polizei das Haus betrat. Frau Lang empfing sie in der Stube und wurde zum Sachverhalt befragt, während Oma wie häufig auf Abruf neben der Tür in der Ecke stand. Sie erfuhr, dass Frau Lang die Würste täglich gezählt hatte – ja, tatsächlich hatte sie rastlose Inventuren aller Vorräte gemacht, nachts, wenn sie ihrem Unterbewusstsein entkommen wollte.

Nach möglichen Tätern befragt, erklärte sie, es befänden sich ganztägig drei Personen im Haushalt. Einer davon sei ihr bettlägeriger Mann. Die zweite sei sie. Die dritte sei die Haushaltshilfe, die sich dort neben der Tür aufhalte. Außerdem komme täglich eine Köchin ins Haus, die sie nachmittags verlasse, nachdem sie das Abendbrot vorbereitet habe.

Die Polizei erklärte, man müsse die Beteiligten separat befragen und würde mit der Haushaltshilfe beginnen. Schon während sie das sagten, wandten sie sich ihr zu, und Oma fühlte sich so unwohl unter ihren Blicken, dass sie fast bezweifelte, nichts verbrochen zu haben.

Für Maria, sagte Frau Lang da sehr sachlich, lege sie ihre Hand ins Feuer. Die sei es nicht gewesen. Die Polizisten nickten, aber man müsse sie trotzdem befragen, vielleicht habe sie etwas beobachtet.

Nachdem die Köchin entlassen und eine neue gefunden worden war (die leider dazu neigte, möglichst jedes Gericht mit Dill zuzubereiten), ging alles weiter wie gehabt – Vertrauen hin oder her. Bis der Brief eintraf.

Die Feldpostnummer war dieselbe wie immer, aber die Handschrift eine andere als sonst, der Absender ein Oberleutnant. Der Sohn des Hauses hatte nach Möglichkeit Faltkarten geschrieben, und wenn es nicht anders ging, normale Postkarten, die er mit so kleiner Schrift versah, dass Oma dachte, nur er allein könne sie lesen. All diese Unterschiede wurden ihr beim Anblick dieses Schreibens bewusst, sie befühlte das dünne Papier des Umschlags und betrachtete ihn so lange, bis sie zu wissen glaubte, was darin stand. Dann überlegte sie, wie man so etwas überbrachte. Vor allem an jemanden, mit dem man keine Herzlichkeiten pflegte. Sie beschloss, ihn – entgegen ihrer Gewohnheit, die Feldpost des Sohnes immer ganz oben auf den Stapel zu legen – teilnahmslos unter die Reichspost zu mischen. Nicht, dass sie kein Mitleid empfunden hätte. Sie wusste nur nicht, ob sie es zeigen durfte. Und selbst wenn sie es gedurft hätte, blieb immer noch die Frage nach dem ‹wie›. Sie stellte den kleinen Silberteller mit der Post auf den dreibeinigen Beistelltisch im Flur, dessen Intarsien so aufwendig gearbeitet waren, dass man nichts auf ihm platzieren durfte, außer diesem Teller. Dann setzte sie ihre Arbeit fort und war damit so beschäftigt, dass sie den Brief vergaß. Selbst, als sie beim Staubwischen wieder die Intarsien des Tischchens bewunderte – in sich verschlungene Ranken, die ausgesehen haben sollen wie lebendig –, dachte sie nicht daran. Erst, als Frau Lang kurze Zeit darauf begann, in ihrer Stube zu schreien, etwas von innen gegen die Tür warf, das sich später als die Teetasse herausstellte, die Oma ihr zuvor gebracht hatte, fiel er ihr wieder ein. Oma stand reglos im Flur, das Staubtuch in der Hand, und fürchtete sich, etwas Falsches zu tun.

Frau Lang schrie. Drei Tage lang tat sie kaum etwas anderes – sehr schnell aber schien es nichts mehr zu geben, was sie zerschlagen wollte. Selbst im Schlaf gab sie Geräusche von sich, die zu laut waren, um nur als Stöhnen bezeichnet werden zu können. Sie verließ dazu nicht das Zimmer. Auch nicht für all die anderen Dinge, die in der Regel nach einem speziellen Ort verlangen. Oma räumte die unberührten Speisen von der Tafel ab, die die Köchin mangels einer anderen Anweisung weiterhin zubereitete. Sie traute sich nicht, bei Frau Lang nach dem Rechten zu sehen – ihr vorsichtiges Klopfen, das sie zwischen die Schreie an die Flügeltür setzte, blieb unbeantwortet. Dem Kranken in seinem Bett wollte sie nicht sagen, was sie offiziell gar nicht wusste, aber ihr fiel auch keine sinnvolle Lüge ein. Es sei Feldpost gekommen, flüsterte sie trocken, aber es habe nicht der Name des Sohnes darauf gestanden. Herr Lang sah sie an, als müsse er das Gesagte noch mal in ihrem Gesicht nachlesen. Dann nickte er elend.

Ob sie einen Arzt rufen solle?

Er schüttelte den Kopf: In Zeiten wie diesen sei es besser, man behalte seine Krankheiten für sich. Sie solle bei den Nachbarn um Verständnis bitten.

Am dritten Tag waren Frau Langs Stimmbänder so überanstrengt, dass ihre Schreie nur mehr zorniges Fiepen waren, aus denen Oma ihren Namen herauszuhören meinte. Beim ersten Mal zweifelte sie noch daran. Sie hatte seit zwei Nächten kaum geschlafen und nicht mal die Tageslosung, die sie nach dem Aufwachen zu lesen pflegte, inhaltlich erfassen können. Nach dem vierten Mal erst drückte sie so langsam die Klinke herunter, dass Frau Lang bei Bedarf ausreichend Zeit gehabt hätte, etwas gegen die Tür zu werfen. Ebenso langsam schob sie sich in den Raum, verschränkte die Hände vorm Schoß und blickte zu Boden. Sie wollte nicht sehen, was es zu sehen gab – es roch nach Fäkalien. Sie stand so, bis Frau Lang tonlos erklärte, ihr Sohn sei tot. Auf eine Weise, als habe sie es nur der Vollständigkeit halber aussprechen wollen. Eine Weise, die keine Scham über den Zustand ihrer Stube erkennen ließ. Dann ging Oma ohne Aufforderung zögerlich zum Sessel, vorbei an den Scherben der Teetasse, setzte vorsichtig ihre Zehenspitzen zwischen die Trümmer der Parallelwelt, die großflächig verteilt waren, sah nicht auf und machte möglichst kleine Schritte, als gelte es, ein scheues Tier nicht zu verschrecken. Sie half ihrer Herrin aus dem Sessel, stützte sie auf dem Weg ins Bad und vermied jeden indiskreten Blick. Sie feuerte den Badeofen an und ließ sie allein, um ihr Unglück unaufgefordert aus den Polstern des Sessels zu schrubben, während die Trauernde es sich vom Leib wusch.

Schon vor diesem Ereignis hatte Oma dem Ende ihres Dienstjahres entgegengefiebert wie einem Feiertag. Sie stellte sich vor, wie sie der Frau einmal nur die Meinung sagte, ehe sie ihren Koffer in die Hand nehmen und zum Bahnhof gehen würde, weil die Herrin sogar zu geizig wäre, ihr ein kleines Geld für die Straßenbahn zu geben. Umso erschütterter war sie, als Frau Lang ihr eröffnete, dass sie sie in ihrem Dienst behalten wolle. Sie formulierte das in einem Ton, der keinen Widerspruch erwartete. Da begriff Oma, dass sie es mit einem Menschen zu tun hatte, der solche wie die geschilderten Intimitäten nicht zum Anlass nahm, sich jemandem verpflichtet zu fühlen, sondern der Ansicht war, sie seien ausreichender Beweis für eine Art von Zuneigung: ein hochmütiges Geschenk. Oma nickte nur und hielt den Kopf gesenkt, um ihr Entsetzen zu verbergen. Es kam ihr kurz in den Sinn zu erklären, dass sie lieber Sand kauen würde, als im Dienst dieser Frau zu bleiben.

Aber damals wusste sie noch nicht, wie man einen Konflikt austrägt, und scheute sich davor, es auf diese Weise zu erlernen.

Zur beschriebenen Zeit war der Krieg noch nicht so weit vorangeschritten, dass Frauen für den Kampf rekrutiert wurden, die Arbeitsmöglichkeiten für eine ungelernte Kraft waren demnach nicht sehr vielfältig. Zudem verringerte sich die Auswahl durch Omas dringendes Bedürfnis, in ihre Heimat zurückzukehren, entscheidend.

Folgende Möglichkeiten standen nach ihrer heimlichen Erkundigung zur Debatte, um sich Frau Langs Willen höflich zu entziehen:

1. Harry.

Ein strebsamer Hitlerjunge mit arischem Profil, der in den letzten Jahren in den Genuss von Omas Keuschheit gekommen war. Er war ein Jahr älter als sie und sprach schon lange von Heirat als Ausdruck einer sehr erwünschten Intimität. Vermutlich verwechselte er diesen Wunsch mit Liebe. Oma hingegen verwechselte da gar nichts: Harry war gepflegt, benahm sich anständig, wenn auch teilweise unter Mühen, kam aus gutem Hause und außerdem aus ihrer Heimatstadt – vier gute Gründe für eine Heirat. Die Tatsache, dass Harry gerade dabei war, in die SS einzutreten, störte sie eigentlich nicht. Im Gegenteil: Der obligatorische Besuch der Reichsbräuteschule (was für ein Wort), den alle angehenden SS-Ehefrauen zu absolvieren hatten, wäre ein guter Vorwand gewesen, um Frau Langs Haushalt zügig zu verlassen. Allerdings hatte die Sache zwei gewaltige Nachteile:

a) Oma träumte von einer Ausbildung zur Kindergärtnerin. Sie wünschte sich eigentlich nichts anderes, als diesen Beruf ausüben zu können, sich nur um die ganz Kleinen kümmern zu dürfen, die immer genau dann ihre Obhut verlassen würden, wenn sie anfingen, nicht mehr unschuldig zu sein. Als vorbildliche Ehefrau eines SS-Mannes jedoch bestünde die einzige Möglichkeit, in einem Kindergarten arbeiten zu können, darin, sich selber einen zu machen. Freilich ohne dabei all den anderen Altersstufen zu entgehen.

b) Als sie sich fast damit abgefunden hatte, ihre Erfüllung doch nur im Schoß einer eigenen Familie finden zu können, und mit Harry bereits briefliche Verhandlungen über sonstige Bedingungen führte, schrieb ihr dieser, sein Eintritt in die SS erfordere, dass sie bei einer Heirat ihre Haare blond färbe, damit zumindest *ein* Kriterium arischer Ästhetik erfüllt sei.

Damit war die Sache für Oma gestorben.

2. Die Munitionsfabrik.

Grundsätzlich war Oma von der Notwendigkeit eines Krieges nie überzeugt gewesen. Und egal, wie aggressiv sie in der Schule vermittelt bekam, dass Juden volksschädlich seien, sie fand die jüdische Putzfrau ihrer Tante immer sehr nett. Und dass man die Schwachen und Kranken beschützen müsse, stand in der Bibel.

Natürlich trat sie trotzdem in den BDM ein – man will ja keinen Ärger. Wenn sie auch später behauptete, sie wäre nie BDM-Mädel gewesen, und zwar so lange, bis sie es sich geglaubt hat. Aber im Grunde, fand sie, machte man da auch nichts anderes als in ihrer christlichen Gemeinde: Man feuerte sich gegenseitig zur Nächstenliebe an, sang sich mehrstimmig in einen Gemeinschaftsrausch und beschäftigte sich bei jeder Zusammenkunft mit dieser oder jener Glaubenslehre. Nur die Inhalte dieser Lehren passten nicht zueinander. Nicht, dass sie Argumente gegen Hitler formuliert hätte, aber im Vergleich mit ihrem gütigen Jesus schnitt der hysterische Schreihals einfach nicht so gut ab. Diese Ansicht brachte sie immer wieder in die Bedrängnis, sich terminlich zwischen der Begehung einer kirchlichen oder nationalsozialistischen Feierlichkeit entscheiden zu müssen – ein Balanceakt, für den sie lernte, auf Knopfdruck einen gepflegten Patriotismus vorzutäuschen, den sie immer dann erzeugte, wenn sie tränenreich erklärte, aaner misst doch forr'n Fiehrer betn, wenn orr's scho net salber moachng dät.

Ebendiesen gedachte sie einzusetzen, um Frau Lang weiszumachen, dess se uubedingt nei de Rissdung wollt! Se wolld doch orr Loannd underschditzn!
Freilich bei gleichzeitig bestehender Notwendigkeit, Geld zur Unterstützung ihrer Familie zu verdienen. Und ganz zufällig befände sich eine entsprechende Fabrik bei ihr zu Hause – sie könne also das Geld für die Unterkunft sparen.

Abgesehen davon, dass die Argumentation ein bisschen hinkte (denn wenn Frau Lang bei der Pflege ihres Ehemannes Unterstützung brauchte, weil der Sohn an der Front geblieben war, konnte man schließlich auch Omas Anwesenheit bei den Langs in gewisser Weise patriotisch nennen), hatte sie einen weiteren Nachteil: Es hieß, von den Chemikalien «in der Luft» bekomme man rote Haare, wenn man dort arbeite. Das Gerücht minimierte Omas Begeisterung für diese Idee beträchtlich.

3. Der Reichsarbeitsdienst, kurz RAD.

Der Dienst war verpflichtend für Frauen zwischen 17 und 25, die, grob gesagt, gerade nicht anderweitig eingespannt waren. In Propagandafilmen wurde er zwar als außerordentlich erfreulich dargestellt, man erzählte sich allerdings von militärischen Abläufen, die in Omas Ohren wenig nach Freude klangen. Sie war deshalb bislang durchaus interessiert daran gewesen, nicht ins entsprechende Raster zu fallen. Aber wenn nun mal alle anderen Möglichkeiten ausgeschöpft waren – was konnte schon schlimmer sein als Frau Lang. Viel lieber hätte sie natürlich sofort ihre Ausbildung zur Kindergärtnerin angefangen, aber im Kindergarten ihres Heimatortes wurde erst in einem Jahr ein solcher Platz frei. Also galt es, Zeit totzuschlagen. Ihre heimliche Anfrage beantwortete man zügig mit einem Einberufungsbescheid, den sie ihrer Herrin an einem Nachmittag zeigte und sich dabei bemühte, ein irgendwie zerknirschtes Gesicht zu machen. Das gelang ihr wohl nicht besonders gut. Frau Lang reichte ihr das Schreiben mit zusammengekniffenen Lippen zurück und behielt diese Mimik bis zu Omas Abschied bei.

×××

Die Unterzuckerungen sehen eigentlich immer gleich aus. Meist ändert sich nicht mal der Ort. Sie sitzt ja den Großteil des Tages in ihrem Sessel – das beeinflusst die Statistik maßgeblich. Auch nicht ihre Kleidung – die Jogginghosen sind kaum voneinander zu unterscheiden, und die von ihr getragenen Pullover haben alle einen Farbton, den man am ehesten mit «oll» beschreiben kann. Nicht, weil sie keine anderen hat, sondern weil Vater zielsicher immer genau diese Teile aus dem Schrank zieht. Manchmal sind noch ein paar Glitzersteine dran – der Beweis dafür, dass Tante Lena sie mit Liebe gekauft hat. Im Grunde sind diese Momente wie immer wiederkehrende Albträume, von denen man weiß, dass man nicht daraus aufwachen kann. Aber diesmal dauert es länger als sonst. Wenn wir jetzt einen Krankenwagen rufen, wird der allerdings auch erst ankommen, wenn die Eiszeit vorbei ist.

Vater schiebt ihr mit Mühe den Traubenzucker zwischen die Zähne. Es dauert einen Augenblick, bis sich Lutschbewegungen erahnen lassen.

Das werde langsam zu gefährlich.

Da hätte ich recht. Er könne auch eigentlich nicht mehr. Er trinke schon mittags das erste Glas Wein gegen die Schmerzen.

Im Rücken?

Auch.

Wienooch morr se dee net schloofm loassn hättn?

Weil sich ihre Vorstellung von *schlafen* nicht mit unserer decken würde.

Oaber se dät's doch net meh marng.

Das hätten wir doch schon alles geklärt. Wir hätten verstanden, dass sie sterben wolle, und wir wollten ihr das auch nicht vorenthalten, aber das, was sie da von uns verlange, sei nicht so einfach umzusetzen. Wenn sie jetzt sagen würde, dass ich die Luft anhalten solle, bis ich erstickte, dann könnte ich das zwar versuchen, aber spätestens kurz vor meinem Erstickungstod würde ich doch schnell noch mal atmen wollen. Ob sie das verstehe? Das sei ein Reflex, ebenso wie der, ihr helfen zu wollen, wenn es ihr sichtbar schlechtgehe. Und ich wisse nicht, was nötig sei, um diesen Reflex zu unterdrücken. Aber wenn ich ehrlich sei, könne ich mir kaum vorstellen, dass dabei nicht irgendwas in einem kaputtginge. Ob sie das mit ihrer Großmutter getan hätte? Ihr mal eben ein Kissen aufs Gesicht gedrückt?

Se hätt de Grossmudder miet gebfleechd, bis zen End. Se hättn siech immer oan orrn Bett oogewachsld, dess se net ellaane steerm misst.

Ja, hey, aber der Sinn der Sache sei ja nicht gewesen, sie mit ihrer Liebe zu Tode zu erdrücken, oder?

XX

Das viele Weiß macht den Garten warm und weich wie ein Wohnzimmer. Wir haben das Licht ausgemacht, stehen am Fenster und betrachten die helle Nacht. Käthe sitzt zwischen uns auf dem Fensterbrett, ich versuche, den Zigarettenqualm von ihr wegzublasen. Der Schnee spiegelt sich in ihren geweiteten Pupillen – immer beobachtet sie Dinge, die wir nicht sehen können. Weite, wilde Dinge ohne Namen, die sie wie Träume in ihren Augen fängt. Sie kann das stundenlang. Und wenn sie fertig ist, wendet sie sich so gefasst ab, als habe sie bis eben mit ihrem Blick die Zeit angehalten.

Oma werde das nächste Jahr wohl nicht mehr erleben.

Sie gebe sich auf jeden Fall die allergrößte Mühe.

Und nu? Er wendet mir sein Gesicht zu und sieht ganz traurig aus. Das liebe ich an ihm: dass er das zeigen kann.

Wir würden es ihr eben schön machen, so gut wir könnten.

Wie schön denn schön genug sei?

Wir kämen nicht drum rum, die Familie einzubeziehen.

Er schnauft unglücklich.

Es sei ja nicht für lange.

Und wozu?

Weihnachten. Zum Abschied und so. Das sei wichtig für sie. Eigentlich für alle. Dass man noch mal etwas Schönes zusammen erlebe.

Schönheit sei ja ausgesprochen relativ.

Ja, aber ohne ihn könne ich das nicht schaffen.

Er nickt noch unglücklicher.

Ich streichle seine stoppelige Wange: Ich würde jetzt noch mal nach ihr sehen.

Die Katze springt in einem langen Satz zur Tür und folgt mir ohne Einladung zum Wohnzimmer.

Ich stehe davor, die Hand auf der Klinke, sehe sie an und lege den Finger auf die Lippen.

Käthe miaut tonlos.

Wir schleichen hinein, sie beginnt ihre übliche Erkundung, ich gehe zu Omas Bett. Der Boden knarrt unter meinen Schritten.

Franka?

Ja. Etwas flackert in mir. Ich sei da.

Wer dee nuu bei orr schloofm dät?

Ich würde bei ihr bleiben, wenn sie das wolle. Vielleicht würde ich mich später aufs Sofa legen, aber dann seien wir zumindest nicht durch eine Tür getrennt.

Ich schiebe den Sessel an ihr Bett und verhänge die Stehlampe mit ihrer Strickjacke. Ob das so ginge mit dem Licht? Ob sie so schlafen könne?

Se däts vorrsuung.

Ich stöbere in der Vitrine nach irgendeinem Buch. Besonders zahlreich fledderige Liebesromane, dann ein, zwei Enzyklopädien und etliche Bücher über Ackerbau und Viehzucht: «Schafe - Eine Anleitung zur Züchtung, Haltung und Nutzung». Ein Buch aus der beliebten Reihe BfK - Bücher für Kleintierfreunde. Die Nutzung von Schafen. Das klingt genauso appetitlich wie das Wort «Humankapital». Ich ziehe ein Buch über Bodenbiologie heraus, leinengebundene Fachliteratur von 1965, aber wenigstens sind auch ein paar Bilder zum Ausmalen drin. Selbstversorgung erforderte, abgesehen von harter Arbeit, eben auch harte Bildung. Zumindest die harte Arbeit dürfte Oma nach dem Drill des 3. Reichs nicht mehr schwergefallen sein - Bürgerstochter hin oder her. Ich kauere mich unter das trübe Licht der Stehlampe, das Buch auf dem Schoß, und versuche, das Fachvokabular zu verstehen. Käthe springt auf die Armlehne des Sessels, begibt sich von dort aus zielsicher auf die aufgeschlagenen Seiten - wie Katzen das zu tun pflegen, wenn jemand seinen Blick auf Papier richtet -, faltet ihre Gliedmaßen so an ihren Körper, dass dieser nicht über die Grenzen der Buchfläche ragt, und lächelt mich zufrieden an. Eigentlich sind ja Katzen die Herrscher der Welt. Ihre Platzwahl resultiert vermutlich nicht aus dem Bedürfnis nach Aufmerksamkeit, sondern aus dem Versuch, unsere geistige Entwicklung zu boykottieren. Ich pupse kalkuliert. Aber der Geruch, den ich selber als ziemlich übel bezeichnen würde, scheint Käthe nichts auszumachen. Sie lächelt immer noch. Blöde Kuh. Die ausgetretenen Gase reagieren indes mit der Luft im Raum und entfalten ihr ganzes Potenzial, bestimmt über meinen nächsten Umkreis hinaus. Die Funktionsweise meines Verdauungstraktes ist eines der wunderbaren genetischen Geschenke meines Opas an mich – man nannte ihn ‹Gaser›. Dennoch regt sich Oma ebenso wenig wie die Katze, dabei schläft sie jetzt schon so lange allein, dass sie eigentlich auf äußerliche Reize sehr empfindlich reagieren müsste.

Das erste Mal in ihrem Leben, dass sie ein eigenes Zimmer gehabt habe, sei ja bei Frau Lang gewesen, flüstere ich fast. Nicht, dass das ihre Tortur großartig erleichtert habe. Im Gegenteil – es sei für sie so ungewohnt gewesen, dass sie mit ihrer neuen Errungenschaft gar nichts habe anfangen können. Das Einzige, an das sie sich gewöhnt habe, ohne es zu merken, sei die Stille gewesen. Das sei ihr schmerzlich bewusst geworden, als sie ihre erste Nacht im Reichsarbeitslager verbrachte. Sie habe in ihrem Doppelstockbett gelegen und nicht schlafen können, weil man in der Baracke jede Regung der anderen Mädchen hörte, vor allem die nervösen Selbstgespräche einer Person zwei Betten weiter, die diese fast jede Nacht im Schlaf mit sich zu führen pflegte.

Noch in der Dämmerung seien sie von einer Frau mit Trillerpfeife geweckt worden, die sich außerordentlich bemüht habe, ihre Anweisungen genauso zu schreien wie dieser ominöse Führer. Ein «guten Morgen» habe sich dabei vermissen lassen, aber selbst wenn er befohlen worden wäre, hätte das seine Qualität nicht verbessert. Maiden!, habe sie gebellt. Aufgestanden!

Sie seien barackenweise im Turnzeug zum Frühappell auf den Hof marschiert, wie auch später zu den Waschräumen und in den Speisesaal. Die Wahl der Kleidung sei ebenso diktiert worden wie die Gangart. Das Essen sei reichlich und gerecht verteilt gewesen, trotzdem habe sich Oma an diesem Morgen nach ihrem Katzentisch gesehnt. Sie habe es nicht bereut, Frau Lang verlassen zu haben. Aber es habe ihr dennoch nicht gefallen, dass plötzlich nichts mehr freiwillig geschehen durfte, nicht mal der Appetit.

Nach einer Weile habe sie sich natürlich daran gewöhnt, wie man sich ja an alles gewöhnen kann. Sie habe gelernt, zu den dafür vorgesehenen Zeiten Spaß zu haben, vor allem an den Abenden, an denen man gemeinsam sang («Gott segne die Arbeit und unser Beginnen, Gott segne den Führer und diese Zeit ...»), wenn auch der besungene Messias nicht ihrer war.

Sie habe die Felgen ihres Fahrrads so sehr poliert, dass sie bei fast jedem Appell dafür gelobt worden sei.

Sie habe sich hübsch gefunden in ihrer Arbeitstracht, das mohnrote Kopftuch habe so gut zu ihren dunklen Haaren gepasst, und wenn nötig habe sie anderen Maiden gezeigt, wie man seine Schürze mit Gallseife bearbeiten musste, damit *wirklich* jeder Fleck rausging.

Sie habe bei den Leibesübungen durch eine Zähigkeit geglänzt, die ihr keiner zugetraut habe, weil man sie ihr nicht ansah, und wenn eine menschliche Pyramide gebildet wurde, habe sie immer ganz oben gestanden und das Gefühl gehabt, das liege nicht nur daran, dass sie die Kleinste war.

Sie habe zur Weihnachtszeit jedem ein Plätzchen aus dem Päckchen abgegeben, das ihre Mutter ihr ausreichend gefüllt hatte, um großzügig sein zu können, weil ja der 24. Dezember auch ihr Geburtstag war. Und als ihr der kleine Rest, den sie für sich behalten hatte, von einer Unbekannten weggefressen worden war, sodass sie Heiligabend, als sie sich ein Plätzchen gönnen wollte, nur mehr ein paar verbliebene Krümel habe auflecken können, habe sie ihren Verdacht für sich behalten, weil sie dafür keine Beweise hatte und niemanden zu Unrecht beschuldigen wollte.

Und dann sei eines Tages eine junge Frau neu in ihre Baracke gekommen, die sich so manierlich benommen habe, dass jeder sofort wusste, aus welcher Art von Familie sie kam. Eine höfliche, zurückhaltende, zarte Person, die sich mit ihrem Hochdeutsch und der vornehmen, völlig aus der Mode geratenen Blässe nur schwer in die Gemeinschaft habe integrieren können. Ihr Name sei Dorothea gewesen. Außerdem habe sie noch ein «von» mit sich herumgetragen, mit dem sie aber nie angegeben habe.

Sie sei berühmt für ihre Unsportlichkeit und in herausragendem Maße unfähig zu jeglicher Art von körperlicher Arbeit gewesen. Nicht etwa aus Faulheit, sondern weil sie aus einer Familie kam, die es sich leisten konnte, nahezu jeden Handgriff von Bediensteten ausführen zu lassen. Dafür habe sie ihre Jugend mit Lernen zugebracht, habe seitenweise klassische Literatur in verschiedenen Sprachen auswendig rezitieren können. Literatur, von der Oma noch nie etwas gehört hatte, obgleich sie mit ihren zehn Jahren Schulbildung schon über dem Durchschnitt lag. Aber das habe der Neuen in dieser Situation überhaupt nichts genützt. Es sei ihr trotz aller Intelligenz immer wieder misslungen, die mit jeder Tätigkeit wechselnde Kleiderordnung einzuhalten, und Oma habe sie mehrmals eilig korrigiert, ehe sie die Baracke verließen. Man habe sie zur Landarbeit eingeteilt und schon nach zwei Tagen sei der Bauer, auf dessen Feldern sie helfen sollte, bei der Lagerleiterin vorstellig geworden und habe sich über die Unfähigkeit des Mädchens beschwert. Daraufhin sei sie während eines Appells gerügt worden, bis sie geweint habe. Sie habe versucht, die entsprechenden Geräusche zu unterdrücken, aber ihr Körper habe dabei so sehr gezuckt, dass sie im eigentlichen Sinn nicht mehr stillgestanden habe. Auch das habe ihr nicht zum Vorteil gereicht. Oma habe von ihrem Platz aus zusehen müssen und es kaum ausgehalten. Selbst in der Nacht sei sie ihrem Mitleid nicht entkommen, weil Dorothea stundenlang in ihr flaches Kissen geweint habe. Und obwohl Derartiges nicht erlaubt war, sei Oma heimlich zu ihr geschlichen, habe ihre Hand auf die der anderen gelegt, bis die ihr das Gesicht zugewandt habe. Die verheulten Augen seien im Dunkel kaum zu erkennen gewesen, aber Oma habe trotzdem geglaubt, den Blick zu verstehen, und ihr die Wange gestreichelt, bis sie ein bisschen gelächelt habe.

Dorothea sei vom Bauern wegbeordert und in einem Kindergarten eingesetzt worden. Oma habe sie nicht beneiden wollen. Es sei ihr vorgekommen wie eine Prüfung, die sie beschlossen habe zu bestehen. Ebenso wie die darauffolgende, bei der es wohl darum gehen musste, keine Schadenfreude zu empfinden, sondern hilfsbereit zu sein: Dorothea habe Läuse aus dem Kindergarten mitgebracht.

Die hätten sich auf ihrem Kopf so schnell vermehrt, dass ihr schwarzes Haar von einem Tag auf den anderen weiß von Nissen gewesen sein. Niemand habe sich ihr noch nähern wollen, das Läusemittel habe nicht gegen die Eier gewirkt und sehr schnell sei das Abschneiden ihrer Haare diskutiert worden, um die Ausbreitung des Problems einzugrenzen. Dorothea habe wieder geweint. Und Oma habe um Erlaubnis gebeten, ihr jedes Haar einzeln mit den Fingernägeln abziehen zu dürfen. Die Maidenführerin habe das für einen Scherz gehalten, aber es sei keiner gewesen. Sie habe in stundenlanger Feinarbeit Dorotheas Kopf bearbeitet. Dabei sei zum ersten Mal Zeit gewesen, sich vertraulich zu unterhalten, während die anderen ihrer straff organisierten Geselligkeit nachgegangen seien. Wieso sie denn, habe Oma vorsichtig gefragt, überhaupt hier sei. Eine wie sie hätte doch sicher andere Möglichkeiten gehabt.

Dorothea habe geflüstert. So leise, dass Oma es kaum verstanden habe. Sie habe von einem Zug erzählt, zwei Tage habe der am Rand des Bahnhofs auf den Gleisen gestanden und der ganze Ort sei zum Gaffen hingegangen, obwohl es verboten war, sich zu nähern. Man habe undeutliches Rufen gehört. Das habe am ersten Tag noch zornig geklungen, aber schon am zweiten Tag sei aller Zorn einem Flehen gewichen. Es seien Güterwaggons gewesen, die Luftluken zu klein, um von weitem Gesichter erkennen zu können, und sie wisse auch nicht, was für Menschen darin gewesen seien, Juden oder Kriegsgefangene oder wer weiß wen sie noch in Güterzügen durchs Land karrten. Aber als der Zug am Abend des zweiten Tages noch immer an Ort und Stelle gestanden habe, und das Einzige, was sich in regelmäßigen Abständen veränderte, sei die Position des jeweiligen Soldaten gewesen, der gerade Wache hielt, da habe sie gedacht, sie dürfe das nicht länger mit ansehen. Sie habe sich mehrmals angeschlichen und Lebensmittel rangetragen, so viel sie konnte. Der Wachmann sei immer um den Zug herumgelaufen, sie habe ihn beobachtet und die Sekunden gezählt, die er zum Ablaufen einer Seite brauchte, und genau diese Sekunden habe sie dann im Kopf rückwärts gezählt, während sie sich anschlich und das Essen durch die Luken reichte – sie sah nur die Hände, die danach griffen. Das habe so gut funktioniert, dass sie wohl leichtsinnig geworden sei und nicht mehr so genau darauf geachtet habe, wohin sie ihre Füße setzte. Sie habe irgendein Geräusch gemacht, das sie verraten habe, und der Soldat sei so schnell um den Zug gerannt, dass sie keine Chance gehabt habe zu entkommen. Ihr Vater habe sich dafür eingesetzt, dass sie nicht in ein Straflager komme. Sie habe Glück, dass sie jetzt hier sei und nirgendwo anders, es gebe schlimmere Maßnahmen als diese.

Als sie zu Ende erzählt hatte, sei Oma gerade mit der Hälfte der Haare fertig gewesen. Sie habe kichern müssen und einen kleinen Taschenspiegel vor das Gesicht ihrer neuen Freundin gehalten – der Scheitel sei die Grenze zwischen der greisen und der jugendlichen Dorothea gewesen.

×××

Franka!

Hallo.

Ob ich aus einem bestimmten Grund anriefe?

Danke, mir gehe es gut.

Ob etwas mit Hagen sei?

Doch, doch, es gehe mir wirklich gut.

Ob ich in Schwierigkeiten sei?

Mir gehe es gut, danke.

Warum ich denn dann anriefe?

Andere Mütter würden sich ja einfach freuen.

Ob ich wirklich sicher sei, dass ich mit *ihr* sprechen wolle?

Aber ja. Ob es ihr gutgehe?

Ach, das sei aber nett, dass ich fragte.

Sicher gehe es ihr den Umständen entsprechend gut.

Es gehe ihr den Umständen entsprechend gut.

Vater vermisse sie auch ganz furchtbar.

Warum er sie denn jetzt nicht anrufe?

Weil ich ihm die Vorbereitungen für Weihnachten nach Möglichkeit ersparen wolle.

Welche Vorbereitungen?

Oma gehe es nicht gut.

Seit wann man denn das vorbereiten müsse.

Haha, der sei gut gewesen.

Warum es ihr denn nicht gutgehe?

Weil sie es beschlossen habe.

Sie habe ja gleich gesagt, dass etwas mit Oma sei.

Habe sie das?

Gleich zu Anfang.

Müsse mir entgangen sein. Jedenfalls gehe es Oma, um

es mal zu konkretisieren, so schlecht, dass abzusehen sei, dass es ihr bald für immer gutgehen werde. Und deshalb hielte ich es für eine gute Idee, wenn wir noch mal zusammen Weihnachten feierten, zum Abschied sozusagen.

Sie hätte doch schon gesagt, dass sie kommen würde.

Ja, das sei mir bewusst. Aber es sei nicht konkret besprochen worden, an welchem Tag sie komme. Welche Uhrzeit. Wie lange sie bleiben würde. Sie sei nicht darüber in Kenntnis gesetzt worden, dass ich auch alle anderen einladen würde. Und ich hielte es für praktisch, schon vorher Aufgaben zu verteilen, damit jeder wisse, was er zu tun habe, und wir alle diese Feier nach Möglichkeit irgendwie ein wenig genießen könnten.

Alle anderen?

Die Sache mit den Geschenken sei schon ausgehandelt worden – wir würden Schrottwichteln.

Auch die Kinder?

Die Kinder seien das geringste Problem.

Ob die auch nur Schrott bekämen?

Kinder und Oma seien nicht zwingend von Geschenken befreit, alle anderen schon.

Na, das würde ja nicht schwierig werden. Lena schenke sowieso die Sonderangebote vom Grabbeltisch, und sie selbst besorge ihre Geschenke auch immer bei der letzten Haushaltsauflösung vor Weihnachten.

Schön, dass ihr Pragmatismus immer noch so leicht mit Humor zu verwechseln sei.

Wer denn eigentlich das Essen machen solle?

Das *Neunerlei* sei schon aufgeteilt: Jeder Haushalt mache drei Sorten Schnittchen.

Ob schon festgelegt sei, wer welchen Belag mache?

Nein. Ich hätte sie auch eigentlich nicht als eigenständigen Haushalt gezählt.

Dann übernehme sie Kasseler, Häckerle und Wiechebraten. Sonst könne man ja nicht sicher sein, was dabei herauskäme.

Ob sie die Schnittchen mit dem Zug mitbringen wolle?

Sie könne eventuell schon einen Tag eher kommen.

Oh. Ach so.

Ob mir das nicht recht sei?

Eigentlich nicht. Drei dominante Frauen auf einem Haufen. Aber Vater würde sich sicher freuen. Und Oma komme ja ein paar Tage vorher noch mal ins Krankenhaus, damit sich Vater vor dem Fest ein bisschen erholen könne. Wahrscheinlich würden wir sie erst Heiligabend nach Hause holen.

Wie sie das aufgefasst habe?

Sie wisse es noch nicht und ich würde ehrlich gesagt darüber nachdenken, ob wir es ihr nicht vielleicht erst dann sagen sollten, wenn sie schon dort sei.

Da würden sich die Schwestern aber freuen.

XXX

Die Schwestern sind so unterbesetzt wie immer und strahlen vor Begeisterung über Omas Anwesenheit so hell wie eine durchgebrannte Lichterkette. Die Freude ist ganz beiderseits.

Oma liegt in einer Zweierzelle. Ihre Zimmergenossin leidet, wie Oma bei einem höflichen Informationsaustausch erfahren hat, an einer noch undefinierten Krankheit, die sie aus dem Ausland mitgebracht hat. Die Symptome sind vielfältig und betreffen offenbar auch sehr intime Bereiche. Nein, sie wisse nicht, bei wem oder was sie sich angesteckt habe, erklärt mir die mittelalte Frau, ohne aufzuschauen, während sie in einer Fachzeitschrift für Geographie blättert. Sie habe auf ihrer letzten Forschungsreise nahezu täglich das Land gewechselt, es sei vorstellbar, dass in ihrem Körper Erreger aufeinandergetroffen waren, die zuvor keine Möglichkeit der Vereinigung gehabt hatten. Man wisse ja nie, was bei solchen Gelegenheiten entstehe – Mutationen seien auch nicht ihr Fachgebiet.

Aus Furcht vor einer Ansteckung vermeidet Oma inzwischen jedes Gespräch und versucht unauffällig, nur Luft zu atmen, die mit der Nachbarin noch nicht in Berührung gekommen ist. Letzteres äußert sich darin, dass Oma selbst dann noch ihr Gesicht in Richtung der Zimmertür hält, wenn die Position ihres Besuchs nicht im Bereich ihres vermeintlichen Blickwinkels liegt.

Sie persönlich wäre ja empört, bemerkt die Zimmergenossin sachlich, wenn man sie einer solchen Gefahr aussetzen würde. Sie habe auch schon mehrmals auf diesen Missstand hingewiesen. Aber die Schwestern und Ärzte schienen zu sehr damit beschäftigt zu sein, sich über ihre Arbeitsbedingungen zu ärgern. Ihre Kritik habe man schnippisch damit beantwortet, dass nicht jeder Patient ein Einzelzimmer bekommen könne, aber man könne sie gerne auf die Seuchenstation verlegen, falls ihr das lieber sei. Sie schüttelt ungläubig mit dem Kopf. Als ob sie die Verantwortung dafür trage einzuschätzen, welche Maßnahmen angemessen seien.

Mir ist nicht klar, ob Oma die Ausmaße der Situation begreift. Vermutlich sträubt sie sich gegen eine Ansteckung nur aus alter Gewohnheit. Eigentlich müsste es ja in ihrem Sinne sein, zu ihren bestehenden Leiden noch ein paar Krankheiten dazuzubekommen, zumal exotische. Gerade hier – in einem Krankenhaus – bekommt man ja nur dann Aufmerksamkeit, wenn es einem schlechter geht als allen anderen. Ich betrachte ihr zusammengekniffenes Gesicht. Seit sie hier ist, also seit drei Tagen, verweigert sie quasi das Essen. Ihre Medikamente nimmt sie nur unter strenger Aufsicht ein – das kleine Arsenal an Tabletten auf ihrem Nachtschrank gewährt die entsprechende Sicht auf mangelndes Engagement. Gestern hatte sie eine Art epileptischen Anfall. Das war neu. Man überstellte sie also in die Neurologie, wo sie eine ganze Stunde im Rollstuhl auf dem kalten Krankenhausflur gesessen haben will, bis sich jemand um sie kümmerte. Man machte ein EEG und diagnostizierte keine Auffälligkeiten, seit heute bekommt sie deshalb offiziell ein Antidepressivum.

Welches Antidepressivum sie bekomme?

Dät se net wissn.

So was dürfe sie ruhig mal hinterfragen. Und wenn man ihr plötzlich fünf Tabletten mehr reinknallen wolle als üblich, habe sie ein Recht darauf zu erfahren, warum. Wir hätten sie ja nicht hierhergebracht, damit es ihr schlechter gehe. Die Tabletten würde sie zwar eh nicht nehmen. Aber das sei übrigens genauso scheiße.

Des hätt' morr itze aam dorrvoa. Se hätt ja goar nimmer her wolln.

Aber Vater gehe es wirklich schlecht. Er habe starke Schmerzen, und alleine könne ich das mit ihr nicht bewältigen.

Was gelogen ist, um ehrlich zu sein. Ich könnte das theoretisch sehr wohl. Aber wenn ich zusätzlich zum Gesellschaftsdienst auch noch den kompletten Pflegedienst übernehmen müsste, wäre ich mit Omas Bitterkeit so schnell und vollends infiziert, dass ich zu Weihnachten allen heimlich auf ihre Schnittchen rotzen würde.

Es seien ja nur noch zwei Tage, dann sei Heiligabend und wir würden sie wieder nach Hause holen.

Nu, we'morr Glick hättn, dät se nooch'd scho nimmer leem.

Ihren Geburtstag würden wir schon noch mit ihr feiern wollen.

Doo kennt morr ja fruh sei, dess der ze Heilichoomd wär. Doo kennt morr des in ann Oowoasch oowiggln.

⨯

Die Autotür ist zugefroren, und selbst wenn ich sie aufbekäme, ist der Wagen inzwischen so eingeschneit, dass ich ihn ohne Schaufel nicht befreien kann. Im Radio spricht man seit ein paar Tagen vom Winter des Jahrhunderts, als würde man einem Langstreckenläufer zujubeln, der eben die ersten paar Kilometer in Bestzeit absolviert hat. Ich kämpfe mich durch den Schnee vom Parkplatz und halte nach einem Taxi Ausschau, aber das Einzige, was die weiße Straße raufschleicht, ist ein Krankenwagen. Mit Blaulicht. Die Räumungsfahrzeuge kommen einfach nicht hinterher mit der Arbeit. Der schmale Grat, den man auf den Fußwegen mit Salz bestreut hatte, ist inzwischen auch schon wieder unsichtbar. Der Schnee fällt so schnell, dass man beim Versuch eines Spaziergangs auf dem Krankenhausgelände nach der Hälfte des Weges mit seiner Gehhilfe nicht mehr vom Fleck kommt. Im Eingangsbereich lungern deshalb den ganzen Tag gehbehinderte Menschen herum und drücken wahlweise ihre Nasen oder Rollatoren an die Panoramafenster.

Theoretisch könnte ich den Nachhauseweg durch die Innenstadt nehmen und mir bei dieser Gelegenheit, entgegen meinem Beschluss, doch ein paar Winterstiefel kaufen. Aber praktischerweise liegt mein Portemonnaie im Auto, ebenso wie mein Handy. Und mein Schal. Dicke, saftige Schneeflocken fallen in meinen Kragen – wenigstens habe ich noch meine Mütze auf. Ich vergrabe die Hände in meinen Jackentaschen und kämpfe mich durch das Wetter. Detailaufnahme: meine Schuhe, die durch den Schnee stapfen. Stulpen über den Schuhen, in deren Maschen sich der Schnee festgesetzt hat und nun zusammen mit der Wolle einen stabilen Zylinder um die Fesseln bildet, der langsam, aber zuverlässig kleine Mengen Schmelzwasser über Strümpfe in Schuhe leitet und gleichzeitig das Leder aufweicht, bis man das Gefühl hat, man könnte ebenso gut barfuß laufen. Das Bild hat einen gelblichen Stich, denn der Himmel ist bereits dunkel, und der Schnee reflektiert das künstliche Licht der Straßenlaternen. Die Sohlen der Schuhe haben ein modernes Profil und wurden mit dem Leder verklebt, wie es heute üblich ist, damit man zügig neue Schuhe kaufen muss. Und jetzt überschneidet sich das Bild mit einem ähnlichen. Zwei Paar Schuhe, die übereinandergelegt laufen; das erste Paar Schuhe, das immer unscheinbarer wird, bis nur noch das zweite Paar Schuhe zu sehen ist. Das ist rahmengenäht, wie früher üblich, und reicht bis über die Knöchel. Das Licht ist natürlicher, denn es ist noch hell - ein Nachmittag im Winter 1941. Das erkennt man nicht am Bild, deshalb erwähne ich es. Die Schuhe sind schlicht, aber wintertauglich - man besitzt zwei Paar davon, die man abwechselnd trägt und häufig fettet, um das Leder zu schonen. Man bleibt immer wieder mit ihnen im Schnee stecken, denn der Schnee ist hoch und man selber recht klein. In einem Propagandafilm hat man gesehen, wie Soldaten in weißen, weiten Tarnanzügen auf Skiern durch Wälder gleiten. Man hat dabei nicht gedacht, dass sie wie Beduinen aussehen, weil man das Wort nicht kennt. Aber man hätte jetzt auch gerne Skier, mit denen man behände in den Frühling fahren würde. So aber muss man dorthin laufen, das Bild der Schuhe im Frühling legt sich über das Bild der Schuhe im Winter, bis nur noch die Frühlingsschuhe da sind, die eilig einen unbefestigten Weg entlanggehen und dann auf Fahrradpedalen gesetzt werden. Das Fahrrad nun, auf dem man an frischen Trieben vorbeistrampelt, man hat es eilig, sein

Ziel zu erreichen. Und dann schiebt sich wieder ein Bild über das andere, es ändert sich dabei nicht viel mehr als die Umgebung, und dann ist endlich Sommer. 1942. Ein eher durchschnittlicher Sommer, mit ein paar heißen Tagen bis in den September und Regen in anbaufreundlichen Abständen. Detailaufnahme: die Arbeitsstiefel, die zur Maidenkluft gehören. Man trägt die Stiefel auch, wenn die Füße vor Schweiß brennen, weil sich das so geziemt. Man befindet sich auf dem Feld, in G. Am Morgen wurde man von der Maidenführerin aus dem Bett zum Appell gebellt. Man hat auf Kommando mit gutem Appetit gefrühstückt, ist mit dem Fahrrad drei Kilometer bis zum Hof der Familie Soundso gefahren, hat eilig die Kuh gemolken, ist dann aufs Feld marschiert, weil man schon fast nicht mehr anders gehen kann, und reißt dort jetzt mit gebeugtem Rücken Melde aus, die man später nicht ans Vieh verfüttern, sondern selber essen wird. Obwohl es nicht die landläufig beliebte Sorte «Guter Heinrich» ist, sondern die andere, die ein wenig eitrig schmeckt, wenn man ihre Blätter kaut. Ein hintergründiger Geschmack, der sich beim Essen an eine schwer zugängliche Stelle des Rachens heftet, von dort die nächste Stunde in die Nase steigt und einem jede orale wie nasale Handlung verleidet. Man ist 18 Jahre alt und heißt Oma. Man isst, was auf den Tisch kommt, und auf den Tisch kommt alles, was nicht giftig ist. Der Sommer hat spät begonnen in diesem Jahr, die Ernte verspricht deshalb mäßig auszufallen. Zum Mittag wird also die Melde in Form eines salzarmen Salats zu Bratkartoffeln gereicht, dem man viel Essig beimengt, um den Geschmack zu kaschieren. Oma sitzt bei Tisch mit der Bauernfamilie und kaut etwas schneller als sonst, aber klaglos. Ihr gegenüber sitzt der jüngste Sohn des Hauses, gerade erst 18 geworden, und bewundert sie heimlich für ihre Tugendhaftigkeit. Sein Name ist Heinz. Heinz hat als einziger von drei Söhnen bislang noch keinen Einberufungsbefehl erhalten. Das wird sich bald ändern, aber bis dahin sei es ihm gegönnt, Oma anzuhimmeln und sich ein ums andere Mal zu fragen, wer ihn wann eigentlich der Lehrerstochter aus G. versprochen hat, die er mit dem Erreichen ihrer Volljährigkeit in zwei Jahren heiraten soll, und vor allem: warum. Nichts gegen die Lehrerstochter. Sie ist hübsch, nett, anständig und gesund. Aber Oma in ihrem kornblumenblauen Kleid und dem roten Kopftuch über den schwarzen Locken, die mit ihrer Engelsstimme leise Kirchenlieder singt, während sie der rheumatischen Muttersau des Hofs täglich die Schweinefüße massiert, bis deren wehleidiges Quieken endlich ausbleibt ... Heinz hat ihr unbemerkt dabei zugesehen und stumm nach einem Wort für dieses Bild gesucht. Da ihm bislang keines eingefallen ist, weitet er seine Beobachtung auch auf andere Lebensbereiche aus. Folgendes hat er dabei bereits herausgefunden: Oma lässt ihre Augen nach dem Tischgebet drei Sekunden länger geschlossen als alle anderen. Selbst als er einmal gezielt versucht hat, sie zu übertrumpfen, und langsam bis vier zählte, ehe er ihr seinen ersten Blick zuwarf, öffnete sie ihre Augen erst nach Sekunde fünfeinhalb. Sie schreckt nicht vor seiner hüftaufwärts halbseitig gelähmten Tante zurück, deren von unkontrollierbarem Speichelfluss begleitete Gebärden nur schwer erkennen lassen, dass ihr Verstand zur Gänze funktioniert. Sie sammelt unerschrocken Ungeziefer ein, ganz gleich, ob es sechs oder acht Beine hat, ebenso, wie sie sich nicht vor fäkalischen Arbeiten scheut, sondern nötigenfalls über Dienstschluss hinaus mit märtyrerhafter Miene die Mistgabel schwingt, bis die Sonne am Himmel so hinter ihrem Kopf steht, dass sie ihr jedes Mal, wenn Oma sich aufrichtet, einen Heiligenschein verleiht. So viel Tugend, dass man fast kotzen möchte, aber Heinz fühlt sich stattdessen angespornt, ihren Schwachpunkt zu finden, wie eine versteckte, feuchte Stelle, die man nur mit auserwählten Personen teilt.

Er eignet sich die Verantwortung dafür an, Oma die Aufgaben zu übermitteln, die sie an diesem oder jenem Tag auszuführen hat, um Gelegenheit zu haben, ihre Mimik zu beobachten, sobald sie von ihren Pflichten erfährt. Er tauscht ein ums andere Mal ihre Aufgaben heimlich gegen seine, um ein möglichst breites Spektrum an Berührungspunkten abzudecken, und entdeckt bei dem Wort ‹Keller› endlich ein Zucken in ihrem Gesicht, das sich ihm vorher noch nie gezeigt hat. Und es tut ihm leid, dass er sie in das unterirdische Gewölbe schicken muss, aber er kann sie nicht fragen, was genau ihr daran Angst macht, denn dann hätte er das Rätsel ja nicht alleine gelöst. Und er beobachtet aus seinem Versteck, wie sie sich verhalten mit einem Besen bewaffnet und auf Zehenspitzen langsam die Treppe hinuntertastet. Er hört, wie sie die knarzende Tür aufzerrt, und fragt sich schon, was er jetzt eigentlich erwartet, als sie plötzlich auf eine tierische Weise schreit, die er ihr gar nicht zugetraut hat. Und er rennt ihr hinterher, springt die Stufen in großen Sätzen hinunter und versucht im Halbdunkel, den Grund dafür ausfindig zu machen, der sie kreischend auf eine Obststiege getrieben hat, wo sie hysterisch mit dem Besen über ihre Füße kehrt und kehrt und kehrt, als könne sie nie wieder etwas anderes tun. Während sich in einer Ecke des Kellers, unweit der Kiste, so viele verstörte Mäuse vor einem Loch drängen, dass man sich fragen muss, ob sie raus- oder reinwollen. Und Heinz sieht Oma an, deren Schreie in ein wütendes Heulen umschlagen, die aber noch immer nicht aufhören kann, Mäuse von ihren Schuhen zu kehren, die sich schon gar nicht mehr daran festkrallen, wenn sie es überhaupt je getan haben. Er sieht sie an und begreift, dass dieser Moment kein Geschenk ist. Und er schämt sich entsetzlich. Und das Wort, das ihm endlich einfällt, weil er es sich gerade selber verdorben hat, ist ‹Bewunderung›. Und das nächste Wort, das ihm einfällt, ist ‹Liebe›. Und dann tritt er endlich zu ihr an die Kiste, nimmt ihr den Besen ab und hat das Gefühl, dass sie ihn zum ersten Mal wirklich ansieht. Trotzdem fühlt er sich nicht wie ein Held.

Konzentrieren wir uns auf das Wetter. Das Wetter ist nach wie vor mild. Und trocken. Trocken und mild bis warm. An manchen Tagen sind die Arbeitsstiefel etwas zu schwer, und man möchte sie immer noch ausziehen. Aber da man auf gedüngten Feldern steht, wobei die Bedeutung des Begriffs wörtlich zu nehmen ist, tut man dies nicht. Sicher auch aus Gründen des ‹Benimms›. ‹Benimm› war ja immer sehr wichtig für Oma, die ihre gute Stube sicher schon damals mit phantasievollen Fremdwörtern zu untermauern wusste. Zum Beispiel der entrüsteten Feststellung, etwas oder jemand sei ‹absolent›. Dieses Wort existiert nicht. Ich habe es überprüft. Aber lassen wir uns nicht ablenken: Das Wetter ist trocken und mild bis warm. Seit Heinz Omas feuchte Stelle aufgedeckt hat, fühlt er sich ihr verpflichtet und sie sich ihm verbunden. Man ist ausgesucht freundlich zueinander, man lächelt einander öfter an, man lässt sich mehr Zeit, ehe man den Blick voneinander abwendet. Bis Heinz sich endlich ein Herz fasst und Oma einlädt, ein Stück mit ihm spazieren zu gehen. Es ist ein besonders sonniger Tag. Heinz trägt ein gepflegtes weißes Hemd, seine Haut ist zart und weist keine Unreinheiten auf. Seine Haare: ordentlich frisiert. Sein Blick: treu. Er schirmt die Augen gegen die Sonne ab, um Omas Blick halten zu können, welcher der Sommerwind ein paar Haarsträhnen ins Gesicht weht, die sie verlegen mit lehmigen Fingern unter Kontrolle zu bringen sucht. Dabei hinterlässt sie Dreckspuren in ihrem Gesicht, und Heinz möchte gerne seine Hand ausstrecken und ihr liebevoll den Schmutz von der Wange wischen, aber er traut sich nicht. Und Oma weiß nicht, ob sie will, dass er sich traut. Aber zur Mittagsruhe, die man sonst gerne nutzt, um dem Körper Schlaf zu gönnen, den er nach harter Arbeit dankend annimmt, gehen sie tatsächlich gemeinsam spazieren, und Oma ist sich ziemlich sicher, dass sie das möchte. Man führt sittsame Gespräche, die mit höflichen Erkundigungen beginnen. Wie die Strukturen im Lager seien. Ob man Freundinnen gefunden habe. Ob man sich ein Zimmer teilen müsse. Eine Baracke? Ach. Ob man denn Ausgang habe. Er pflückt eine Kornblume vom Wegesrand und reicht sie ihr mit jungenhafter Zärtlichkeit.

Heinz ist kein Geschichtenerzähler, und er pflegt

auch keine ausschweifenden Hobbys, über die es sich zu sprechen lohnt. Heinz macht sich jedoch viele Gedanken über seine Mitmenschen, und er sehnt sich diesbezüglich nach einer Vertrauten. Denn wenn man immer allein ist mit seinen Gedanken, dann werden sie wirr, aber Heinz strebt nach emotionaler Klarheit. Natürlich formuliert er es anders. Er frage sich oft, ob sich andere auch den Kopf zerbrechen würden, so wie er es tue. Oma wiederum ist eine gute Zuhörerin, denn sie mag es, gebraucht zu werden, und ihre Ratschläge sind ebenso bescheiden wie fromm.

Bei diesem Spaziergang beschließt Heinz, dass er sie heiraten will. Er wird seinen Eltern diese Entscheidung noch am selben Abend mitteilen. Freilich weiß Oma nichts davon. Sie wird am nächsten Tag bemerken, dass die Bäuerin sie anders ansieht. Sie wird sich kurz fragen, ob sie in Verruf geraten sei. Aber mit Ausnahme des mütterlichen Blickes wird sich nichts ändern, und Oma wird sich zu Recht in Sicherheit wähnen.

Aber bleiben wir noch kurz bei diesem Moment, auf diesem Feldweg, wo das Sommerlicht mit den Blättern der jungen Birken spielt. Erfreuen wir uns kurz noch an der Idylle, unterstellen wir ihr keine Klebrigkeit. Mag sein, dass Oma sich an diesem Tag in Heinz verliebt. Aber vielleicht braucht sie dafür auch noch ein wenig länger. Sie ist jung, und der Begriff ‹Liebe› scheint ihr schwer einschätzbar. Sie schreibt wahrscheinlich am Abend etwas von ‹gernhaben› und ‹gut verstehen› in ihr Tagebuch. Sie erzählt Heinz von ihrem Wunsch, Kindergärtnerin zu werden, und Heinz verspricht ihr gefühlsselig, sie könne arbeiten. Was. Sie. Wolle. Sie glaubt ihm unbedacht, weil er sich selber glaubt.

Wenn sie in der folgenden Zeit mit dem Rad zur Arbeit fährt, fällt ihr das Treten leicht, obwohl der Mittagsschlaf nun regelmäßig ausfällt. Die Blätter der Bäume zeigen bald darauf die ersten leisen Verfärbungen, und ihr Dienstjahr wird in wenigen Wochen vorüber sein. An einem Nachmittag wird sie erfahren, dass Heinz einen Einberufungsbefehl erhalten hat. Sie wird darüber ebenso unerfreut sein wie seine Mutter, aber da in nächster Zeit ohnehin ihre Rückkehr in die Heimat bevorstand, welche als einzige Kontaktmöglichkeit einen regen Briefwechsel in Aussicht stellte, wird sich objektiv betrachtet nur die Adresse auf den Umschlägen ändern. Natürlich wird sie Heinz vermissen. Andererseits kann sie die Rückkehr in die Heimat kaum erwarten: Sie wird dort ihre langersehnte Ausbildung beginnen. Jeder Tag weniger mit Heinz ist immerhin ein Tag näher am Kindergarten, denkt sie schmerzlich und presst entschlossen die Lippen zusammen, während sie morgens mit dem Rad zum Hof strampelt – Detailaufnahme: die Arbeitsstiefel auf den Pedalen; eine Szene legt sich durchscheinend über die andere, und die Arbeitsstiefel verschwinden langsam, während gleichzeitig die Winterstiefel der Bürgerstochter sichtbar werden, die frühmorgens noch im Dunkeln durch den Schnee zur Arbeit stapfen. In zwei Wochen wird Weihnachten sein, und Oma ist sehr intensiv damit beschäftigt, in ihrer Ausbildung zur Kindergärtnerin zu glänzen wie ein Weihnachtsstern, während sie in ihrer Freizeit versucht, jedem Familienmitglied ein Geschenk zu basteln. Abends sitzt sie stolz am Volksempfänger und betet stumm um gute Nachrichten, ebenso, wie sie zwischen den regulären Briefen täglich nach Feldpost fischt. Heinz schreibt zuverlässig, sooft er kann, wenn möglich jeden zweiten Tag. Die Post kommt oft nicht ganz so zuverlässig an – mitunter hört Oma eine Woche lang nichts und erhält dann einen Haufen Briefe oder Faltkarten, deren Öffnung sie auf die kommenden Tage verteilt, um den Genuss zu verlängern. Und in der Vorweihnachtsfeldpost, die er außen mit einem tintenblauen Tannenzweig versehen hat, schlägt Heinz ihr vor, sie sollten eine Zeit vereinbaren, in der sie Heiligabend aneinander denken würden. Denn dann, so Heinz, seien sie zwar noch immer räumlich voneinander getrennt, aber doch im Moment vereint. Und Oma, die den Brief in der warmen Stube liest, der warmen Stube mit dem schönen Kachelofen, an den man sich am Abend anlehnt und dem Radio lauscht, ist tief gerührt und träumt von seiner Rückkehr.

Aber er wird nicht zurückkehren. An Heiligabend, nachdem sie mit ihrer Familie aus der Messe nach Hause gekommen ist – auf einem kleinen Tischchen neben dem Weihnachtsbaum ihre Geburtstagsgeschenke: eine winzige Schachtel Konfekt und zwei Schmuckkämme –, wird sie am Kachelofen sitzen, auf die Uhr sehen und auf die verabredete Zeit warten. Sie wird sich auf den nächsten Morgen freuen, wenn sie endlich allen ihre Geschenke geben kann, die sie in den letzten Wochen upcycelt hat, nur dass man das damals noch nicht Upcycling, sondern aus-der-Not-eine-Tugend-machen genannt hat. Um Punkt neun wird sie die Augen schließen und an ihn denken, sich sein Gesicht und sein Lächeln vorstellen und vielleicht auch den sittsamen Kuss, den er ihr zum Abschied gegeben hat. Zur gleichen Zeit wird Heinz auf seinem Wachtposten stehen, während die Kameraden unten zusammenkauern, dünne Kerzen brennen lassen und kleine Brocken Schokolade lutschen, von der sie ihm zum Trost auch ein Stück auf den Turm gebracht haben werden. Heinz hat sich die Taschenuhr von einem Kameraden erbeten. Ein Erbstück. Er hat es ihm nur zögernd überlassen. Heinz wird, in dem Moment, wo der große Zeiger der Uhr auf die Neun gleitet, die Augen schließen und an Oma denken. Er wird sich diese Minute Unaufmerksamkeit aus Liebe erlauben und nicht bemerken, wie die feindliche Kugel seinen Kopf trifft. Er wird nicht unglücklich sterben. Und Oma wird noch nach seinem Tod Post erhalten, die er noch vor seinem Tod schrieb. Sie wird erst im neuen Jahr unruhig werden. Sie wird ihrer zukünftigen Schwiegermutter schreiben, mit der sie generell einen freundlichen Briefwechsel pflegt, und um Nachricht bitten, ob es Heinz gutgehe. Und die Mutter von Heinz wird ihr antworten, dass soeben die Feldpost eingetroffen sei, mit den Beileidsbekundungen des Kompanieführers. Oma wird auch diesen Brief am Kachelofen lesen. Sie wird ihn nochmals und nochmals lesen, das Wort ‹gefallen› im Mund herumdrehen, bis sie es unpassend findet. Und erst dann wird sie anfangen zu weinen. Und wenn sie dann Jahre später, schon verheiratet und schwanger mit dem ersten Kind, erfahren wird, dass Heinz an Heiligabend starb, wird sie denken, dass Gott gnädig war, als er ihr damals diese Information vorenthielt.

Das alles kann man kitschige Tragik nennen, wenn man will. Aber es spielt eine Rolle.

Trotzdem soll es nicht das letzte Bild der Geschichte sein. Stellen wir uns vor, wie Oma am Tag nach der Todesbotschaft dennoch morgens aufsteht, ein paar Leibesübungen macht, sich wäscht und ihre Kindergärtnerinnentracht anzieht. Wie sie sich auf den Weg zur Arbeit macht, die Winterstiefel auf dem matschigen Feldweg, der eine Abkürzung zum Kindergarten ist. Betrachten wir ihren Schritt, der nicht schleppend, sondern energisch ist, trotzdem und jetzt erst recht, weil Oma jede Prüfung bestehen will. Die Spuren, die sie hinterlässt, sind tief. Und langsam blendet sich jetzt wieder ein anderes Paar Schuhe ein. Meine Schuhe, die sich durch den Schnee schleppen, wo sie einen Feldweg vermuten, in der Hoffnung, dass er eine Abkürzung ist. Ein paar hundert Meter entfernt erahne ich unser Haus zwischen anderen, aus dessen Schornstein kein Rauch aufsteigt. Und im Hof erkenne ich undeutlich eine Person, die sich auf einer Leiter winzig vor der Kuppe eines weißen Bergs abzeichnet.

×

Dampf steht feucht in dem kleinen Badezimmer, und Vater wirft entschlossen drei Hände voll Salbei in die Wanne. Nach einer Weile beginnt das Wasser, sich grünbraun zu färben und in der Nähe des Zulaufs würzigen Schaum zu werfen, wie man ihn auch von Eintöpfen kennt. Ich sitze auf dem Klodeckel, die Decke um meine Schultern wärmt mich nicht, ebenso wenig wie die Raumtemperatur. Vater drückt mir ein Senfglas in die Hand, dessen Boden zwei Fingerbreit mit flüssigem Bernstein bedeckt ist. Ich nippe ungelenk daran, während er die Wassertemperatur mit der Hand prüft, dann kurz entschlossen einen roten Thermometerfisch von der Wannenablage nimmt und ins Wasser wirft. Der Fisch, ein robustes DDR-Relikt aus meiner Kindheit, das mit Omas Infantilisierung wieder auf die Badewannenablage sortiert wurde.

Vater zieht mich an den Oberarmen hoch. Ich nippe an meinem Glas, weil es sich aufgrund der Wärmehaltung meiner Arme in Mundnähe befindet, während er mir die Hose und die Strumpfhose von den Beinen pellt. Er geht stöhnend in die Hocke, die Hände auf den Knien, dirigiert meinen Fuß nach oben, um mir den Strumpf abziehen zu können. Ich schwanke bedrohlich und lasse mich für den Ausstieg aus Hose und Schlüpfer mit der Schulter gegen die Wand fallen. Meine Beine sind fleckig blau und machen mir Angst.

Er schiebt mich zum Wannenrand, fischt das Thermometer aus dem Wasser, kontrolliert flüchtig die Temperatur und hilft mir beim Einstieg. Das Kribbeln in meinen Füßen bringt mich fast zum Weinen. Die Zipfel der Decke hängen im Wasser. Er nimmt mir das Glas und die Decke ab; mein Shirt zieht er mir erst aus, als ich schon sitze.

×

Wir müssten sie da rausholen. Ich reibe mich mit den Salbeiblättern ab, wie mit einem Schwamm.

Wieso? Vater sitzt auf dem Klodeckel und zieht gedankenverloren an seiner Pfeife.

Sie sei schon wieder ganz böse vor Unglück. Man habe dort keine Zeit für sie. Das Nötigste mache man natürlich – sie werde gewaschen, sie bekomme Essen. Das man wieder abräume, wenn die Essenszeit vorbei sei. Ich bezweifelte, dass jemand im Raum bliebe und beobachten könne, wie sie mit aller Wahrscheinlichkeit märtyrerhaft auf ihrem Tablett rumtaste. In der Hoffnung, jemand beobachte sie. Oder weil ihr der Gedanke so gefalle, später erzählen zu können, dass sich keiner um sie gekümmert habe. Ihre Zimmergenossin sei zu krank, um ihr helfen zu dürfen, und zu gebildet, um sich mit ihr unterhalten zu wollen. Der Fernseher laufe den ganzen Tag und man könne den Ton nur über Kopfhörer empfangen. Aber mit denen komme sie nicht zurecht.

Oder sie wolle nicht mit ihnen zurechtkommen. Er schnauft und zündet wieder seine Pfeife an. Seine Stirn liegt in Falten wie bei einer dieser überzüchteten Hunderassen, die sogar tief besorgte Welpen hervorbringt. Seine Knie täten ihm immer noch sehr weh.

Und ich würde es nach wie vor nicht den ganzen Tag in ihrer Gesellschaft aushalten.

Aber sie dort zu lassen, wäre unmenschlich.

Es sei wie eine Strafe für sie, die sie nicht verstehe.

Petra wolle doch kommen.

Um Gottes willen. Die müssten wir sofort wieder ausladen.

Was?! Vater tut übertrieben entrüstet, in seinem Blick eine leise Kränkung.

Er solle das bitte nicht falsch verstehen, aber der Apfel falle nicht weit vom Stamm.

Mutti sei ja nicht nur Omas Apfel.

Das stimme, aber madig sei sie auch.

Wie ich denn über meine Mutter reden würde!

Vielleicht könnten wir ja Tante Lena mit einspannen.

Lenchen sei keine Hilfe. Sie stelle sich absichtlich dumm bei der Pflege an, damit man ihr keine Verantwortung übertrage.

Er solle keine Bosheit unterstellen, wenn Dummheit als Erklärung genüge.

Den müsse er sich merken. Er feixt.

Das sei nur ein Sprichwort. Ich hätte damit nicht sagen wollen, dass Tante Lena dumm sei. Man könne das Wort «Dummheit» auch durch etwas anderes ersetzen. «Unfähigkeit» zum Beispiel.

Auch unfähige Menschen seien keine Hilfe.

Tante Lena könne gesellschaften, das liege ihr besser als uns. Wenn sie mir ein paar Stunden Rumhängen mit Oma ersparen würde, könnte ich ihm dafür ein paar Stunden Pflege abnehmen. Ich erhebe mich aus dem Wasser, Vater klemmt sich die Pfeife zwischen die Zähne, nimmt ein Badetuch von der Ablage unter dem Waschbecken, legt es mir um die Schultern, als ich aus der Wanne steige, und beginnt, mich trocken zu reiben. Er spielt einen schockierten Blick ins Wasser. Das sehe aus, als sei es überfällig gewesen!

Ich hätte seit mindestens einem halben Jahr nicht gebadet, nicke ich tief getroffen. Moment. Hätte ich ja wirklich nicht ... Außer im Sommer im See.

Wirklich?

Wirklich.

Ob ich mich selber so wenig leiden könne?

Aber nein, ich hätte mich ja am Waschbecken gewaschen. Fast jeden Tag.

Und geduscht?

Hätte ich auch. Einmal die Woche oder so. Aber ich würde ja nicht übermäßig schwitzen oder im Dreck wühlen. Also wozu sich den Schutzfilm von der Haut spülen. Und Wasser sparen sei doch eine Tugend.

Er brause sich morgens immer kurz ab, ohne Seife, nur ein zwei Minuten. Erst mit heißem, dann mit kaltem Wasser.

Eben, und er stinke ja auch nicht. Ob er sich noch an Opas Geruch erinnere? Wenn wir zu Besuch gekommen seien. Und er den Abend damit zugebracht hatte, auf uns zu warten und die Luft der Waschküche mit seinem Altmännerschweiß zu erfüllen. Wie ein riesiger, makabrer Duftbaum. Er wisse schon, so ein Scherzartikel – das wäre doch mal ein super Geschenk für verwitwete Frauen: ein Duftaufsteller in Form ihres Verstorbenen, mit Körpergeruch nach Wunsch: ‹Riech, wie es stinkt!›. Jetzt neu und nur für kurze Zeit: ‹Frisch gewaschen›!

Oder ‹Ich habe doch erst vor zwei Tagen gebadet!›. Vater lässt im Eifer des Gelächters einen fahren, sinkt infolgedessen auf den Klodeckel, die Hand auf dem Zwerchfell und stößt zwischen einzelnen Japsern mühsam ‹Blähungen› hervor, und ‹jetzt neu, auch mit Geräusch›.

Ich lasse mich auf dem Wannenrand nieder – das kann jetzt eine Weile dauern.

✕ ✕

Meine Mutter mochte mich nicht. Reden wir nicht über Liebe, darum geht es hier nicht. Es geht um Talente, die nicht immer vererbt werden, selbst, wenn man die Tochter von Tante Kindergarten persönlich ist. Es geht um kleine Mädchen und die Art, wie sie einen Film ansehen. Wie sie dabei eifrig erklären, *sie* wären die Blonde / die mit der Schleife / die in dem roten Kleid; weil sie die schön finden und gerne schön sein wollen, als gäbe es keine edleren Eigenschaften. Weil die benannte Person gerade im Mittelpunkt steht und sie auch gerne im Mittelpunkt stehen wollen. Wie sie die Beine übereinanderschlagen, ausgestellt und überheblich, weil sie das bei der einen oder anderen Gelegenheit beobachtet haben und finden, das sieht erwachsen aus. Es geht um kleine Kinder, darum, wie sie in Gegenwart Gleichaltriger plötzlich zu Idioten werden. Wie sie dann übermütig etwas kaputt machen, um ‹ihre Kräfte zu erproben›. Wie sie unerträglich geistlose Fäkalwitze machen, über die niemand lachen kann, außer ihnen selbst. Wie sie nicht aufhören, immer weiter und weiter diese Witze zu machen, obwohl man sie niemals dazu ermuntert hat und niemals ermuntern wird. Wie sie einem immer wieder zeigen wollen, was sie gerade gemacht haben oder machen – man solle mal gucken, sie hätten hier einen Stock; man solle mal gucken, sie hätten hier noch einen Stock; man solle jetzt gucken, sie schlügen jetzt mit dem Stock in die Luft und das sehe aus wie ein Schwert. Wie sie dann mit dem Stock steif herumfuchteln und vor lauter Wichtigkeit ganz angestrengte Gesichter haben. Wie sie etwas singen und einem dann mitteilen, dass und was sie gerade gesungen haben, und es dann noch mal singen, als hätte man es nicht schon beim ersten Mal kapiert. Wie sie einen immer wieder fragen, ob sie einem mal etwas sagen / erzählen / zeigen sollen, und wenn man ‹nein› sagt, tun sie einfach so, als hätte man ‹ja› gesagt. Wie sie von A nach B rennen, obwohl es keinen Grund dafür gibt, und dabei so laut trampeln, dass die Erschütterungen sichtbar sind. Wie sie feststellen, etwas sei hässlich, als sei ihr Geschmack nicht gerade erst dabei, sich zu entwickeln. Und zwar auf schmerzhaft sichtbare Weise. Wie sie eine formlose Blume nach der anderen malen und dafür die immer gleiche Begeisterung erwarten. Wie sie Aufmerksamkeit einfordern, als habe man für jede Art von banaler Existenz ein Zeigerecht. Wie sie einen blöd vor Glück angrinsen und die Verachtung ignorieren, die man ihnen mit Blicken zuwirft, weil man nicht sagen darf: «DAS INTERESSIERT MICH NICHT. DAS INTERESSIERT NIEMANDEN. LASS MICH IN RUHE.» So was darf man Kindern nämlich nicht sagen, weil man ihnen damit das Gefühl gibt, dass sie nichts wert sind. Man braucht dieses Tante-Kindergarten-Talent, um so etwas gar nicht erst zu denken. Denn die Wahrheit ist: Selbst wenn man es nicht sagt, merken sie es. Man muss sie nur lange genug verächtlich ansehen. Sie verstehen den Blick.

Er gräbt sich in sie rein, tief einmal rum ums Herz und das Hirn, bis er durch die Augen wieder austritt. Dann verachten sie einen für immer zurück. Aber unterwegs, auf dem Weg vom Herz zum Hirn, bleibt das Gefühl stecken. Das Gefühl, wertlos zu sein. Das bleibt dort, sie können es nicht zurückgeben. Niemand kann es wieder aus ihnen herausholen, auch nicht sie selbst. Egal wie innovativ ihr Humor ist. Egal wie formvollendet die Blumen sind, die sie malen. Das Gefühl hat sich eingenistet und muss ein Leben lang bekämpft werden.

×××

Guten Tag, wir würden unsre Omma heute wieder mit nach Hause nehmen.

Davon wisse sie ja janüscht. Die angesprochene Schwester blättert überrascht in ihren Unterlagen.

Das könne sie auch nicht, denn es sei eine spontane Entscheidung.

Ob dit mit'm Arzt abjesprochen sei?

Nein, aber wir würden jetzt alle Sachen zusammenpacken und in dieser Zeit könnte sie dem Arzt ja Bescheid geben, dass Oma entlassen werden wolle.

Die Schwester wirkt verärgert – wir bringen den Ablauf durcheinander: Der Arzt sei jerade inne Visite.

Umso besser, dann würde er ja früher oder später ohnehin vorbeikommen. Oder sei er schon bei Oma gewesen?

Dit wisse sie nich, aba sie werde ihn suchen un' denne darüba untarichten, dass wir Frau Raben heute mitnehmen wollten.

Das sei sehr freundlich, wir würden dann schon mal anfangen.

Ich spüre ihren entrüsteten Blick im Rücken, als wir den Flur entlang zu Omas Zelle gehen. An den Wänden professionelle Fotos von Schmetterlingen auf Blumen, ab und an auch ein anderes buntes Insekt. Glücklicherweise gibt es im Haus keine Ergotherapie. Vater zeigt auf einen Marienkäfer mit sechs Punkten: In ein paar Jahrzehnten würde dieses Foto nur noch ein Relikt sein. Ich nicke, er klopft an Omas Tür, wir treten ein, ohne hörbar dazu aufgefordert worden zu sein, ich trällere fröhlich ein ‹guten Morgen›.

Oma hat eine neue Mitinsassin, die Kopfhörer trägt und sehr konzentriert auf den Fernseher glotzt, während sie sich durch ein Arsenal von Weihnachtssüßigkeiten kaut, aktuell einen gefüllten Lebkuchen. Unsere Anwesenheit scheint sie nicht bemerkt zu haben, Vater grüßt trotzdem in ihre Richtung, vermutlich aus Gewohnheit. Oma dreht ihren Kopf in unsere Richtung, ihr Gesicht spiegelt kein Erkennen.

Moin, Mutti, wie es ihr denn gehe?

Oach, mir wärn des.

Korrekt. Ihr gehe es gut?

Nu. (Pause.) S dät wuhl gehe.

Ob sie heute schon mal ein bisschen gelaufen sei?

Freilich. Se wär ims goannse Haus rim geloffm.

Echt? Alleine?

Miet enner Schwesder.

Prima, dann ginge es ihr ja schon wieder prächtig. Wir würden sie jetzt mit nach Hause nehmen.

Joae?

Ja.

Vater zieht ermunternd an einem Zipfel ihrer Decke, bis sie die Arme hebt und er sie gänzlich aufdecken kann. Sie macht allerdings kaum Anstalten, sich aus dem Bett zu erheben. Ihr Nachthemd ist nach oben gerutscht und gibt den Blick auf eine Windel frei.

Ob sie ihr die zur Sicherheit angelegt hätten? Ich reiche ihr meinen Arm, um ihr die Bewegung aus dem Bett zu erleichtern.

Vermutlich eher aus Bequemlichkeit, schnaubt er. Mühsam schiebt sie ihre Waden über das Laken, die Füße über den Bettrand. Ihre Bewegungen erwecken den Eindruck, sie müsse noch einiges mehr an Masse bewegen als nur ihr Eigengewicht. Das Schieben ihres Unterleibs klingt schwer und irgendwie feucht. Vater senkt per Knopfdruck die Liegefläche, bis ihre Zehenspitzen den Fußboden berühren. Als sie endlich steht, liegt ihr Nachthemd noch faltig um ihre Taille, sein freier Fall gebremst von adipösen Hüften. Ihre Windel hängt wie ein voller Sack zwischen ihren Beinen herunter.

×

So. Hier wolle also jemand entlassen werden. Der Arzt betritt mit jener Selbstherrlichkeit den Raum, wie sie nur Ärzte in Krankenhäusern mit sich herumtragen. Im Rücken die Krankenhausgefolgschaft, die sich im weißen Glanz seines Kittels sonnt. Ob man sich das denn auch gut überlegt habe? Vielleicht sei man ja auch gar nicht gefragt worden.

Och, das sei recht eindeutig, man habe ja eigentlich gar nicht hergewollt. Und wenn man jetzt, nachdem man hier gelandet sei, plötzlich eine Windel brauche, obwohl man vorher noch recht gut habe auf Toilette gehen können ...

Nun ja, ein Zustand könne sich auch erst mal verschlechtern, lächelt der Arzt gönnerhaft.

Nun ja, schlecht um Omma kümmern könnten wir uns erst mal auch alleine, lächelt Vater gönnerhaft zurück.

Wir wollten keinen bösen Willen unterstellen, füge ich sachlich an. Wir wüssten ja, dass die Krankenhäuser unterbesetzt seien, gerade zu Weihnachten.

Nun, er wisse davon nichts, aber er würde die Schwester trotzdem veranlassen, die Entlassungspapiere fertig zu machen, wenn das wirklich der Patientenwunsch sei. Ob Frau Raben also tatsächlich auf eigene Verantwortung das Haus verlassen wolle? Er müsse nochmals darauf hinweisen, dass er dies aus ärztlicher Sicht nicht für angemessen halte. Ihr Zustand sei alles andere als gut. Sie brauche rund um die Uhr ärztliche Betreuung.

Das sei eine ziemlich miese Tour, bemerke ich nüchtern.

Es tue ihm leid, dass wir sie hergebracht hätten. Vaters Stimme flattert unterdrückt, sein Blick auf Omas geschlossenen Augen. Er bitte sie um Entschuldigung, es sei keine gute Idee gewesen. Wenn sie wolle, könne sie natürlich trotzdem hierbleiben. Aber er hoffe, sie würde jetzt mit uns mitkommen.

Frau Raben?

Se dät itze hamm wolln.

✕ ✕

Oma brachte aus dem Vogtland, neben guten Manieren und weißen Schürzen, ihre Weihnachtsbräuche mit, darunter das sogenannte ‹Neunerlei›. Eine Familientradition, die schon seit ungezählten Generationen herumgereicht wird und mit großem Erfolg die Bräuche angeheirateter Familien verdrängt. Das Neunerlei ist eine Abendspeise, die wortgemäß aus neun Schnittchen mit verschiedenen Belägen besteht, von denen man jeweils eines essen muss, um im nächsten Jahr Glück zu haben. Warum diese Tradition an Heiligabend und nicht zu Silvester gepflegt wird, konnte mir noch niemand erklären. Ganz früher aber, wusste Oma zu berichten, sei das Neunerlei ein Arme-Leute-Festmahl gewesen. Jeweils ein Schnittchen sei entweder mit Butter beschmiert gewesen oder mit Salz bestreut; mit Salz und Pfeffer bestreut; nur mit Pfeffer; mit Butter beschmiert und mit Salz bestreut; mit Butter und Pfeffer; mit Butter und Salz *und* Pfeffer; mit Zucker und zum krönenden Abschluss: mit Butter und Zucker. Mit steigendem Wohlstand jedoch wandelten sich die Beläge, neben Brot mit Butter gab es immer öfter Brot mit ‹Wiechebraten›, ‹Häckerle› oder Harzer Käse. Und mit noch größerem Wohlstand war Butter nur noch das Schmiermittel auf den Broten und kein eigenständiger Belag mehr. Als ich alt genug war, um die Tradition bewusst wahrzunehmen, hatte sich bereits die Gewohnheit etabliert, je drei gebutterte Schnittchen mit Käse, Fleisch und Fisch zu belegen, darunter standardmäßig Kasseler, Sülze, Wiechebraten und Häckerle. Die letzten beiden Begriffe bedürfen bei außerfamiliären Erzählungen in der Regel einer Definition:

Wiechebroodn: vogtländisch für ‹Wiegebraten›. Eine Art sehr stark gewürzter Hackbraten, andernorts auch als ‹falscher Hase› bekannt, etwa von der Form und Größe einer kleinen Aubergine, den man, wenn man sich an der familiären Zubereitungsweise orientiert, rundherum so lange braten muss, bis er vor lauter Knusprigkeit derart braun ist, dass er eigentlich schwarz aussieht. Diesen Braten schneidet man in Scheiben und legt davon je eine auf ein Schnittchen. Sein Name ist auf die Grundmasse zurückzuführen, aus der er ursprünglich bestand: knorplige Fleischreste aller Art, die man mit dem Wiegemesser zu einem formbaren Fleischteig zerkleinerte.

Häggerle: vogtländisch, in etwa ‹Gehacktes›. Allerdings meint der Begriff nicht die landläufige Masse aus Schwein oder Rind. Das traditionelle vogtländische Häckerle meiner Oma wird aus Salzhering und Butter hergestellt. Später kam noch Anchovispaste dazu. Der Hering wird dazu in viele sehr kleine Stückchen gehackt, was man eigentlich auch am besten mit dem Wiegemesser hinbekommt – weshalb sich zu Recht die Frage stellt, warum das Häckerle nicht Wiecherle heißt –, und anschließend mit Pfeffer, Anchovispaste und Butter verrührt, bis sich eine kleinklumpige Masse daraus ergibt, die aussieht, als wäre sie die Lieblingsspeise eines außerirdischen Wesens mit auffällig geformter Stirn. Meiner bescheidenen Kindermeinung nach schmeckte sie auch genauso. Weshalb ich jedes Jahr nur eine winzige Menge des entsprechenden Schnittchens zu mir nahm, um meinem Unglück zu entgehen. Aber wenn ich so an meine Pubertät zurückdenke.

Oma manscht blind mit der Gabel auf dem Häckerle-Teller herum und versucht, eine gleichmäßig bröcklige Masse herzustellen, während ich am Herd stehe und zentimeterweise den Wiechebraten schwärze. Noch während ich sie überredet habe, mit mir gemeinsam unseren Festtagsspeisenanteil herzustellen, bugsierte ich sie mit Vaters Hilfe in die Küche. Während ich sie des Weiteren noch dazu überredete, mir zumindest zu erklären, was ich zu tun hätte, stellte ich schon den Salzhering vor ihr auf den Küchentisch. Ich war davon ausgegangen, dass sie die Rezepte nach so vielen Zubereitungen im Kopf hätte, aber tatsächlich waren wir gezwungen, in ihrem handgeschriebenen Kochbuch nachzuschlagen. Um die Schrift entziffern zu können, musste sie zweihändig beide Augenlider nach oben ziehen, während ich das Buch vor ihr Gesicht hielt. Jetzt quetscht sie ungeschickt die Zutaten mit einer Gabel in die Butter und tunkt dabei immer wieder ihren Handballen in die popelpastellige Masse. Ich bin mir ziemlich sicher, dass sie das besser könnte. Als sie nämlich von ihrem grünen Star erfuhr, begann sie recht zügig, sich auf ihr Blindsein vorzubereiten. Nachdem sie sich damit abgefunden hatte, dass sie mit großer Wahrscheinlichkeit irgendwann tatsächlich erblinden würde. Allerdings war die Wahrscheinlichkeit nicht so zuverlässig wie erwartet. Und als nach zehnjährigem Ausziehen, Putzen und Broteschmieren im Dunkeln der erhoffte Nutzen des Trainings ebenso ausblieb wie die Besucher nach Opas Tod, beschloss Oma, einfach so blind zu werden. Wer braucht dafür schon einen grünen Star. Die Lupe, erklärte sie, reiche nicht mehr aus, um die Zeitung lesen zu können. Und nichts von dem, was sie angeblich geübt hatte, funktionierte noch alleine. Deshalb bekam sie dann bald den Zivi, ein monströses Lesegerät von der Größe eines Multifunktionsdruckers und Blindengeld. Letzteres erhielt sie für eine längere Zeit, ich weiß nicht genau, wie lange, aber wohl über zwei Jahre. Bis die entsprechende Behörde auf die Idee kam, Omas Blindenstatus zu überprüfen.

So was macht man wahrscheinlich nur in Deutschland – jemanden vorladen und nachsehen, ob er immer noch behindert ist. Vater lud sie in sein Auto, und sie fuhren irgendwohin, ziemlich weit wohl, es soll eine lange Weile gedauert haben, während der Oma ‹herrlich schweigsam› gewesen sein soll. Als sie aufgerufen wurde, bat man sie alleine ins Untersuchungszimmer. Die Gutachterin soll dort am Schreibtisch gesessen, etwas notiert und Oma aufgefordert haben, sich schon mal zu setzen. Oma soll dieser Aufforderung nachgekommen sein.

«Kann sich in unbekannten Räumen ohne Hilfe orientieren» soll die Gutachterin daraufhin ohne aufzusehen weiter notiert haben. Damit war die Untersuchung abgeschlossen, und Oma durfte sofort wieder gehen. Sicher ist sie nicht einfach gegangen, sondern unsicher bis zur Tür getippelt, um noch irgendwas zu retten. Trotzdem erhielt sie von diesem Tag an kein Blindengeld mehr.

Das klappe doch ganz hervorragend, lüge ich kumpelhaft in ihre Richtung und befleißige mich, zwei Gefrierbeutel abzuwaschen, um meine Kumpelhaftigkeit zu untermauern. Es sehe fast aus wie Häckerle. Ob sie schon gekostet habe?

Naa.

Könne sie ja mal machen. Vielleicht müsse noch irgendwas ran.

Oma führt mit zwei Händen umständlich die Gabel an ihren Mund, bleibt mit den Zinken an ihrer Oberlippenwarze hängen, schiebt sie dann millimeterweise nach unten, küsst ausdruckslos die Masse auf den Metallspitzen und wartet mit ebensolcher Mimik auf einen Geschmack.

Und?

Se dät itze net wissn, ob des schmackng dät.

Ich rühre mit einem kleinen Messer schnell noch mal um und probiere dann eine Spitze von dem Brei, in der Hoffnung, dass keine Heringsstückchen dabei sind.

Ich fände es ganz gut. Der Hering komme geschmacklich nicht so raus, es schmecke eher nach Anchovis.

Nu, ’s wär orr eggoal, se däts nimmer schmackng. Ihre Gleichgültigkeit ist durchscheinend und kaschiert eigentlich nichts.

Vielleicht müsse es einfach über Nacht durchziehen, wir könnten es ja erst mal in den Kühlschrank stellen. Der Wiechebraten sei jetzt auch dunkel genug. Vielleicht ein bisschen zu dunkel.

Su wär des, we'morr oalld wärrn dät. Su wär des.

Was sie meine? Ich fülle das Häckerle in ein Schälchen und stelle der schlafenden Katze den Teller zum Ablecken auf den Gefrierschrank. Ihr Kopf, der eben noch auf dem Gesicht lag, hebt sich abrupt. Mit geschlossenen Augen scannt sie ihr nächstes Umfeld. Ich drehe mich zu Oma und warte auf eine Antwort. Sie sitzt zusammengesunken am Tisch und starrt in sich hinein.

Su dät iech se emol mooln missn. Dess morr des noch emol oaschaue kennt, wie des wär. Ihre Stimme ist bitter, und ich verstehe nicht, weshalb gerade jetzt.

Es sei doch eigentlich ganz schön gewesen. Wir hätten etwas zusammen gemacht.

Joa, lacht sie kurz und hart. Joa.

Es gibt diese Momente, in denen man denkt, jetzt sofort wäre der richtige Augenblick, um diese oder jene Frage zu stellen, die man schon immer mal stellen wollte, sich aber nie zu fragen getraut hat. Diese Momente, in denen sich der zu Befragende schon so weit geöffnet hat, dass man die Antwort auf die ungestellte Frage ohnehin schon sehen kann, und man erkennt oder glaubt zu erkennen, dass es gar nicht darum geht, die Antwort zu erhalten, sondern darum, dass der andere die Frage gestellt bekommt.

Oma?

Joa.

Als sie damals nach der Flucht wieder zu Hause gewesen sei und Opa ihr schrieb, er würde sie heiraten. Als er dann nach L. kam, um sie zu holen und sofort im Kindergarten von der Arbeit abmeldete, ohne sie zu fragen. Und eigentlich, wenn man es genau nehme, könne sie doch noch gar nicht über den Tod ihres damaligen Verlobten hinweg gewesen sein.

Heinz.

Ja, Heinz. Die Wahrheit sei doch, dass sie Opa nicht geliebt habe, sie habe ihn nur bewundert. Am Anfang. Wieso sei sie denn dann mit ihm mitgegangen?

Oma richtet ihre geschlossenen Augen auf mich. Und ich verstehe ihren Blick, der auf mir ruht und den ich ebenso aushalten muss wie sie meine Frage und wie wir beide ihre Antwort: Sie wisse es nicht, sagt sie so müde, dass sie sogar ihren Dialekt vergisst. Sie wisse es nicht.

XX

Ich: Ahnungslos und ausgelaugt, betrete das Kabuff, um eine zu rauchen, und finde dort meine Mutter auf dem Schoß meines Vaters vor, wo sie sich an ihn drängt und tierische Geräusche macht. Keine wollüstigen; wir sind nicht Zeuge einer sexuellen Handlung. Dennoch befinden wir uns von einer Sekunde auf die andere in einer irgendwie anzüglichen Situation, weil meine Mutter ihr Wohlgefallen generell durch Laute äußert, die ihren geistigen wie auch körperlichen Zustand eingängiger vermitteln, als es einem als Unbeteiligtem lieb ist. Ungefähr so, als würde jemand durch vermehrte Lautgebung ununterbrochen sein physisches Heil signalisieren, während er isst. Ich weiß nicht, ob ich die Einzige bin, die das so wahrnimmt. Wie auch immer, da sitzt sie auf seinem Schoß, meine Mutter. Legt ihren Walkürenkopf an den Hals meines Vaters, der ihr den ausrasierten Nacken krault und sie so schön findet, dass sie unter seinen Händen ganz weich wird. Er ein eher zarter Mann, mit dieser massiven Frau, die an Körperbehaarung all das zu viel hat, was sein Körper vermissen lässt. Und ja: Ich bin das erkennbare Produkt einer absonderlichen Kombination und hatte dementsprechend eine überaus beglückende Pubertät.

Hallo.

Hallo, seufzt sie zurück, ohne mich anzusehen, als gelte es nicht mir.

Ich setze mich und drehe mir eine, während sie sich mit geschlossenen Augen eng verschlungen genießen. Er nennt sie leise Petra, Petra, seinen schönen Stein. Meine Mutter macht weiter ihre Geräusche, und ich finde dann doch, dass ich eigentlich gar nicht unbedingt rauchen muss.

×××

Morgen. Wir befinden uns nach wie vor in einer Schweigen-der-Lämmer-Kulisse, die dazu geeignet ist, jeden Feiertag in flauschiger Morbidität zu ersticken. Die Stelle, als Jodie Foster auf diesem Provinzhof versucht, etwas über das erste Opfer Frederika Bimmel rauszufinden, nur ohne Hühner. Tot ist hier derzeit noch niemand, aber das kann sich ja jeden Moment ändern; die Katze reibt sich traurig miauend an der Türkante; und wenn man lange genug sucht, findet man hinter irgendeiner tanzenden Schmuckkästchen-Ballerina Nacktfotos von jemandem, die man lieber nicht gefunden hätte. So ist das, und wir müssen es ungetrost Weihnachten nennen. Obwohl es sich nicht entsprechend anfühlt, weil der 24. Dezember in D. regulär mit Omas Geburtstag beginnt und einem jede Vorfreude verleidet. Ja, ich oute mich an dieser Stelle: Ich liebe das Fest und den ganzen Kerzenkram, den Baum, die Geschenke, das Essen – sofern meine Bedingungen an diese Komponenten erfüllt sind, was auf die aktuelle Situation leider nicht zutrifft. Noch viel schöner fände ich es, wenn es kommerziell nicht so maßgeblich missbraucht werden würde, aber das ist jetzt sicher keine überraschende Information. Jedenfalls wache ich auf, erinnere mich daran, dass heute Weihnachten ist, und will mich wie jedes Jahr ganz ohne christliche Ambitionen über die Existenz dieses Festes freuen, als mir einfällt, dass wir uns in D. befinden, wo Oma traditionell seit halb sieben auf der Lauer liegt, um jedem, der in ihren näheren Radius kommt, mit ihrer Geburtstagsbereitschaft zuzuwedeln. Leider erschöpft sich diese Bereitschaft im Wedeln. Man könnte ihr unter die Arme greifen und den Tag zu einer saugeilen Seniorenparty machen, die dann in ein rauschendes Weihnachtsfest mündet – eine dreitägige Orgie aus Gesängen, Geschenken und garnierten Schnittchen. Aber die Geschmäcker sind verschieden und müssen respektiert werden. Vor allem an Geburtstagen. Auch wenn das bedeutet, dass das Geburtstagskind den ganzen Tag nichts anderes machen will, als Gäste wie Jünger zu empfangen und huldvoll zu lächeln.

Käthe stützt ihre Vorderpfoten auf die Bettkante und formuliert eine unpräzise Aufforderung, die ich freundlich versuche wegzustreicheln. Aber das gute Tier entfernt sich nach ein paar Zärtlichkeiten vom Bett und setzt seine Aufforderung mit sirenenhafter Konsequenz fort. Nicht die Art von Sirene, der man hirnlos in die todbringende Strömung folgen möchte, sondern die Art, nach der man etwas schmeißt. Außer man hat sie lieb. Dann steht man halt auf und versucht rauszufinden, was zur Hölle sie will.

×

Ah, das Goldkind weile wieder unter ihnen!

Morgens halb zehn in Deutschland. Meine Mutter steht in der Küche und bereitet ihre Spezialität zu: Häme.

Ich würde ja genau zum richtigen Zeitpunkt kommen – der Kirchenchor sei eben eingetroffen und müsse bewirtet werden.

Bitte?

Er komme eigentlich nur zu den runden Geburtstagen der Chormitglieder, aber in Omas Fall mache man eine Ausnahme, sei ihr eben vertraulich erklärt worden.

Wieso denn?

Weil sie alt und einsam sei. Außerdem habe sie den Chor ein Lebtag zu feierlichen Anlässen mit Kalten Platten versorgt. Zumindest, als Opa noch gelebt habe.
Der Ausdruck «Kalte Platten», sei an dieser Stelle kurz erklärt, stammt aus einem Land vor unserer Zeit und meint im Grunde genommen Fingerfood.

Das werde sie nie vergessen: Alles habe stehen und liegen bleiben müssen, wenn Oma und ihre *Kalten Platten* in die Kirche gefahren werden mussten. Ob ich bitte mal das Tablett reintragen könne?

Ich sei gerade erst aufgestanden.

Ach, das mache doch nichts.

Meine Mutter ist definitiv die falsche Person, um Feingefühl für bestimmte Erscheinungsbilder zu erwarten. Ich wiederum bin die falsche Person, um derartige Schwächen auszugleichen. Deshalb nehme ich widerspruchslos das Tablett, balanciere es zur Wohnzimmertür, drücke die Klinke mit dem Ellenbogen runter, stoße die Tür mit dem Fuß auf und betrete genau in dem Moment das Wohnzimmer, als der Chor engelsgleich zu einem infernalischen Dreiklang anhebt. Alte Engel. Die mit der Vielfalt ungeschickter Dorfeleganz das Wohnzimmer in einem Halbkreis um Omas Sessel schmücken. Zahlreich genug, um mit ihren Stimmen eine Kirche zu beschallen. Allerdings befinden wir uns nicht in einer solchen, weshalb der erwähnte Klang meinen Auftritt durch seine Lautstärke erheblich dramatisiert: Ich bin nicht gewaschen! Ich habe mir nicht die Zähne geputzt! Meine Haare sind nicht gekämmt! Und mein Schlafanzug hat ein großes Loch unter der linken Achsel! Außerdem ist er gar kein richtiger Schlafanzug, sondern ein altes knappes Shirt mit ausgeleierten Leggins. Das klingt sehr unglaubwürdig, nicht wahr. Man könnte fast meinen, es ist ein schlimmer Traum. Ist aber kein Traum.

Ich stehe da mit dem Tablett in der Tür und denke, sie werden noch mal kurz aufhören zu singen, damit ich schnell meine Fracht abladen kann – dazu müssten sie Platz machen, denn sie stehen aufgereiht vorm Esstisch. Aber ein einmal entfachter Kirchenchor ist nicht mehr aufzuhalten, und Oma, die eben noch stolz gelächelt hat, starrt mich mit schmalen Sehschlitzen versteinert an, während ich das Tablett auf der Kommode neben der Tür abstütze und spontan so tue, als wäre ich interessiert an Chorälen.

Als das Lied endlich vorbei ist, entschuldige ich mich lächelnd bis zum Tisch vor, stelle das Tablett ab und schlängele mich dann zu Oma durch, um sie vor aller Augen zu beglückwünschen, wie man das als liebende Enkelin tut.

Ob iech ewos oa hätt?!!

Klar. Ich wisse doch, was sich gehöre.

×

Als der Chor gegangen ist, kommt Frau Mittag, die auch alt ist und sich auf ihrem Abstellgleis inzwischen schon sehr schön eingerichtet hat. Nicht, dass sie und Oma eng miteinander befreundet gewesen wären. Aber man lebt seit sechzig Jahren in derselben Siedlung; man hat die eigenen Kinder an denen der anderen gemessen; man hat sich über den Gartenzaun hinweg freundlich Klatsch anvertraut, um eine oberflächliche Verschworenheit zu erzeugen; man war auf der Beerdigung des Ehegatten der anderen. Außerdem hat man sich Haushaltsgegenstände geliehen.

Frau Mittags Taktik zur Begehung feierlicher Anlässe besteht aus dem Erzählen von Anekdoten der eigenen Vergangenheit, die sie mit geschmeidigen Übergängen aneinanderreiht, um keine Stille aufkommen zu lassen. Wenn man ihr Gebäck oder Getränke anbietet, nimmt sie die dankend in beide Hände wie Accessoires und schenkt ihnen von diesem Moment an keine weitere Beachtung.

Dazu kommt Omas Nachbarin, ungefähr im Alter meiner Mutter, deren erwachsener Sohn Fred zu Geburts- und Feiertagen von Oma noch immer Süßigkeiten geschenkt bekommt, die sie ihm an der Haustür überreicht, nachdem er einzig zu diesem Zweck geklingelt hat; und für deren regelmäßigen Erhalt er nichts weiter tun muss, als sich artig zu bedanken. Die Nachbarin heißt Annegret und ist ebenso wortgewandt wie Frau Mittag. Deshalb steigt sie sofort in deren Alleinunterhaltung ein und macht ein verbales Duett daraus, dem Oma zu meiner Verwunderung aufmerksam zuhört, offenbar ohne sich darüber zu ärgern, dass sie selbst nicht zu Wort kommt. Dann geht die Wohnzimmertür ein weiteres Mal auf, Frau Peters kommt herein, nickt höflich in die Runde, welche derzeit aus vier Personen besteht, von denen zwei sich durch den Neuankömmling in ihrem Redefluss nicht ansatzweise unterbrechen lassen. Frau Peters also schiebt sich wortlos in den Raum und überreicht Oma traditionell zwei rohe Eier aus ihrem eigenen Hühnerstall, umschließt bei der Übergabe Omas Hände mit ihren und zieht sich anschließend, ohne zu zögern, wieder zurück in den Flur, wo sie die Wohnzimmertür von außen schließt.

Wienooch se dee itze glei widder goange wär? wendet mir Oma ihr verwundertes Gesicht zu.

Vielleicht habe sie das Gefühl gehabt, sie störe gerade. Aber vermutlich fand sie einfach die Gelegenheit günstig, um sich gleich wieder vom Acker zu machen. Ich habe kurz den Impuls, ihr hinterherzurennen und sie zum Bleiben einzuladen. Aber eigentlich ist Frau Peters kein Mauerblümchen, und die Wahrscheinlichkeit, dass sie ihr Bleiberecht tatsächlich als zu gering eingeschätzt hat, erscheint mir nicht hoch.

Man muss dazu sagen, dass Oma keine Einladungen verschickt hat. Sie hat auch niemanden angerufen. Sie weiß genau, dass alle wissen, dass sie Geburtstag hat. Sie erwartet einfach, dass man kommt, um ihr zu gratulieren. Weihnachtsstress hin oder her. Ich persönlich empfinde das als einen ganz ekelhaften Brauch, aber vermutlich bin ich auch wirklich kein Maßstab. Am Gabentisch lässt sich derzeit jedenfalls ablesen, dass heute noch einige Pflichtbesuche anstehen – der Chor hat zusammengelegt und einen Präsentkorb gekauft, der so verschwenderisch in knistriger Klarsichtfolie verpackt und mit gelocktem Schleifenband versehen ist, dass man nicht erkennen kann, was sich darin befindet. Daneben liegen je zwei kleine bunte Schachteln, deren Form auf einen pralinenartigen Inhalt schließen lässt – das Standardgeschenk, das sie heute in mindestens zehnfacher Ausfertigung bekommen und nach alter Manier erst dann auspacken wird, wenn sie alleine ist. Bleibt zu hoffen, dass sie noch genügend Zeit hat, den ganzen Süßkram zu verstecken und zu gegebener Zeit heimlich aufzuessen, ehe sie stirbt. Mein Geschenk befindet sich nicht im dafür vorgesehenen Bereich, was wie fast jedes Jahr daran liegt, dass ich keins besorgt habe, weil ich damit überfordert bin, mir zwei Geschenke auf einmal für sie überlegen zu müssen. Früher habe ich dann oft erklärt, ich hätte eines für Weihnachten und Geburtstag zusammen. Dieses Jahr bin ich stattdessen auf die glorreiche Idee gekommen, den Kuchen entsprechend zu inszenieren. Mein *Geburtstagsgeschenk* steht also bereits auf der Kaffeetafel, ist mit Kerzen geschmückt, fettarm und für Diabetiker der alten Schule geeignet. Mein Weihnachtsgeschenk wiederum befindet sich noch in irgendeinem Geschäft und wartet nur darauf, gekauft zu werden. Ich bin selber schon ganz gespannt, was es ist.

Frau Mittag berichtet gerade von ihrem üppigen Plastikweihnachtsbaum, den ihre Kinder ihr geschenkt hätten, welcher der Beschreibung nach genauso einfallslos geschmückt ist wie unserer. Was in diesem Moment nur deshalb niemandem auffällt, weil sich unser Baum noch im Karton auf dem Dachboden befindet, wo er seit seiner Anschaffung, dem Weihnachten nach Opas Tod, das Jahr über aufbewahrt wird. Frau Mittag berichtet also gerade von ihrem Baum, als die Tür aufgeht und meine Eltern hereinkommen, voran meine Mutter mit prahlerischem Lächeln und einem Paket auf den Armen, so groß wie ein Kindersarg und weder bunt noch schleifig – meine Eltern pflegen auch zu Geburtstagen ihren Pragmatismus. Vater versucht ebenfalls zu lächeln, aber wenn man ihn kennt, sieht man ihm an, dass sich für diese Gefühlsregung eigentlich zu viele Menschen im Raum befinden. Mit steigender Besucherzahl wird dieser Sachverhalt sich immer schwerer vertuschen lassen, weshalb mein Vater den Großteil des Weihnachtsfestes nach Möglichkeit im Kabuff verbringen wird. Um dort alles zu konsumieren, was nur geht, damit er in den Momenten erzwungener Gemeinschaft möglichst wenig von der Gemeinschaft mitbekommt.

Das Geschenk hätte schon heute Morgen auf dem Geburtstagstisch stehen müssen, zumindest ist das so Brauch. Aber ich vermute, Vater hat bis zur letzten Sekunde daran getüftelt, und dann musste wohl noch irgendwas trocknen, um von der Blinden betastbar zu sein. Und jetzt ist es also so weit, meine Eltern bauen sich vor Oma auf, besser gesagt, meine Mutter baut meinen Vater vor Oma auf, bringt seine ausgestreckten Arme in die richtige Position und untermauert ihr Handeln mit dem obligatorischen ‹So›. Das hier sei ihr Geschenk, erklärt sie, während sie Omas Hände links und rechts an den Karton legt.

Omas Finger liegen ein bisschen schlaff auf der Pappe, ich weiß nicht, ob sie gerade ihre Hilflosigkeit vorführt oder wirklich nicht weiß, was sie tun soll.

Sie solle doch mal fühlen, ermuntere ich. Vielleicht gebe es eine Klappe oder so.

Vielleicht könne man den Karton ja auch anheben, ergänzt Vater.

Oma drückt ihre Hände kraftlos an die Seitenwände, ruckelt ein wenig herum, macht eine schwache Hebebewegung, und es zeigt sich, dass der Karton nur übergestülpt ist, wie eine Käseglocke. Das, was darunter zum Vorschein kommt, lässt uns alle verstummen, außer Oma, die ihre Augen geschlossen hält und einfach so nichts sagt. In der Erwartung, wir würden ihr gleich erklären, was sie gerade aufgedeckt hat. Aber da wir ehrfürchtig schweigen und staunen, fragt sie dann doch, wos dee des wär.

Sie könne ja mal raten, schlage ich leise vor, ohne den Blick abzuwenden.

Tja. Wie se dee des wissn sollt.

Na Mensch, Mutti, sie solle eben mal fühlen, Himmelherrgott! Meine Mutter grapscht unwirsch nach einer Figur aus dem Geschenkensemble und drückt sie in Omas Hand. Oma befühlt die Figur, verzögert benutzt sie dafür auch ihre zweite Hand, sie ertastet vier Beine und ein paar längerer Ohren.

's dät siech wie e Viech oafihln, e Bfeer villeichd.

Nah dran, bestätigt Vater.

Enne Kuh?

Nein! Meine Mutter nimmt ihr die Figur weg. Das sei ein Esel! Das hier, *das* sei die Kuh!

Ein Ochse, wenn wir es hier schon so genau nehmen würden.

Ach. Auf Omas Gesicht zeichnet sich eine freudige Erkenntnis ab.

Das hier sei das Jesuskind. Vater nimmt es vorsichtig aus der Krippe und legt es in Omas Hand wie eine Däumeline. Oma schließt die Finger um die Puppe aus Holz und öffnet sie dann wieder, sie nimmt die andere Hand dazu und betastet zärtlich den kleinen Körper. Der wär ja nacked. Ihr Zeigefinger massiert prüfend den winzigen, spitzen Penis.

Anfang 20. Jahrhundert vermutlich, erklärt Vater mit erstickter Stimme. Petra habe sie in einem verwahrlosten Messihaus gefunden. Bei der Reinigung sei die Hälfte der Bemalung mit runtergekommen, aber außer den Farben habe er eigentlich nichts weiter auffrischen müssen.

Josef sehe aus wie Che Guevara.

Wie wer?

Ein kubanischer Freiheitskämpfer.

Was? Che Guevara?!

Ich lege Josef in Omas freie Hand. Sie reicht mir das Jesuskind und will sich seinem Vater widmen, aber meine Mutter war schon als Pubertierende in Che Guevara verknallt und kann sich deshalb nicht davon abhalten, Oma die Figur aus der Hand reißen zu wollen.

Och, sie solle doch erst mal die Frau ihr Geschenk begutachten lassen!

Meine Mutter lässt Oma die Figur, aber dreht deren geöffnete Hand so zu sich, dass Josef von ihr bequem in Augenschein genommen werden kann. Ihr Gesicht ist nah an Omas, sie pikt Josef mit ihrem Zeigefinger und überprüft sein Profil. Er würde doch sowieso bald ihr gehören, erklärt sie vertraulich.

× ×

Regelmäßig zu Weihnachten wird Oma von Schuldgefühlen überfallen, die ein konkretes Ereignis ihrer Jugend betreffen. Ein Ereignis, das Oma alljährlich sühnt, indem sie es zu gegebenem Anlass immer und immer wieder erzählt – Omas ganz spezielles Weihnachtsmärchen:

Die Geschichte von den zwölf Geschenken. Details lässt sie dabei in der Regel unausgesprochen, weil sie die Begebenheit schon so oft erzählt hat, dass sie sich immerhin erinnert, wie oft sie sie schon erzählt hat. Deshalb sei der Inhalt an dieser Stelle in die nachfolgende Form gegossen:

Vor langer Zeit lebte einmal eine Bürgerstochter (im Hintergrund leise «Maria durch ein Dornwald ging», siebenstrophige Fassung). Die war sehr fromm und ein bisschen hübsch; sie war fleißig, freundlich und immer hilfsbereit, sodass man kaum anders konnte, als sie gernzuhaben. Sie lebte mit ihrer Familie in einer kleinen Stadt, wo jeder jeden kannte, und hätte zum Weihnachtsfest gerne alle lieben Menschen beschenkt.

Es begab sich aber zu jener Zeit, dass das Land von einem wahnsinnigen König regiert wurde, der seinen Irrsinn so lange im Land verbreiten ließ, bis die Männer fröhlich in den Krieg zogen und die Frauen mit Stolz zu Hause blieben, um neue Soldaten großzuziehen (Kyrie eleison). Der Krieg dauerte schon viele Jahre, und das Land wurde immer ärmer. Die Menschen aßen die Blätter von den Bäumen und streichelten keine Katzen mehr, damit es ihnen später nicht so schwerfiele, sie zu schlachten.

Die Bürgerstochter aber war so vom Advent beseelt, dass sie sich nichts sehnlicher wünschte, als einen Tag lang alle fröhlich zu sehen. Und so beschloss sie, ihre ganze Habe herzugeben, um jedem zu Weihnachten ein kleines Geschenk machen zu können. Sie stahl sich auf den Schwarzmarkt und tauschte dort ihre Brosche gegen Zucker und Butter, um allen Cousins und Cousinen eine Nascherei backen zu können. Sie trennte ihre Wollsocken auf und strickte dem Großvater ein paar Handschuhe daraus. Sie nähte der Schwester ein Halsband und bestickte es mit buntem Garn, das sie übers Jahr gesammelt hatte. Den Tanten und Onkeln schrieb sie Sinnsprüche auf Büttenpapier und verzierte sie mit filigranen Blumenranken. Den Füllfederhalter, mit dem sie die Sinnsprüche geschrieben und die Blumenranken gemalt hatte, tauschte sie ein gegen ein paar Hausschuhe für die alte Großmutter, deren Filzlatschen so durchgelaufen waren, dass sie mit den Fußsohlen am Boden festfror, wann immer sie irgendwo verweilte. Als die gute Bürgerstochter aber fast all ihren Besitz weggegeben hatte und nichts weiter als ihr gutes Hemdchen besaß, da fehlten ihr noch immer die Geschenke für Mutter und Vater. Aber sie fand niemanden, der ihr das Hemdchen gegen etwas eintauschen wollte, und so wusste sie nicht, wie sie beiden Eltern eine Freude machen konnte. Da dachte das Mädchen bei sich: Der Mutter, die die jüngere Schwester immer bevorzugt, will ich mein letztes Hemd geben, damit sie sieht, dass ich eine gute Tochter bin. Den Vater aber liebe ich mehr als alle anderen, das soll ihm Geschenk genug sein.

Als die Familie zur Heiligen Nacht aus der Christmette kam, versammelten sich in der guten Stube alle um den Weihnachtsbaum, zündeten die Kerzen an und wünschten sich fröhliche Weihnachten. Da holte die Bürgerstochter ihre zwölf Geschenke hervor, die sie sehr ordentlich in Zeitungspapier eingewickelt hatte, und überreichte sie nacheinander ihren Lieben. Ein jeder packte sein Geschenk aus und freute sich sehr: Die Großmutter lief in ihren neuen Pantoffeln durch die gute Stube und lobte die Festigkeit der Sohlen. Der Großvater schlüpfte in die neuen Handschuhe und wollte sie am liebsten sogleich beim Holzhacken ausprobieren. Die Cousins und Cousinen aßen ihre Naschereien und schwärmten von der Zartheit des Gebäcks. Die Schwester stand stolz vorm Garderobenspiegel und bewunderte sich mit ihrem neuen Schmuckstück. Die Onkel und Tanten lasen sich gegenseitig ihre Sinnsprüche vor und berieten, an welcher Wand sie aufgehängt werden sollten, damit alle sie sehen könnten. Die Mutter hielt ihr neues Hemd in den Händen und bewunderte die zarte Klöppelspitze, die von der Tochter in den Ausschnitt genäht worden war.

Der Vater aber saß wie stets etwas abseits, sah den anderen dabei zu, wie sie sich freuten, und erst als alle ihr Geschenk ausgepackt und darüber gejauchzt hatten, da fragte er traurig aus seiner Ecke:

«Und was krieg ich?»

Als die Bürgerstochter seine Stimme vernahm, wurde ihr plötzlich gewahr, dass sie falsch entschieden hatte, denn sie mochte ihm nicht vor aller Ohren sagen, dass sie ihn lieber hatte als alle anderen. Aber weil sie nun gar kein Geschenk für ihn bereithielt, musste er glauben, dass sie ihn weniger liebhatte. Aus lauter Verzweiflung sagte sie nichts, und auch alle anderen schwiegen betroffen, denn niemand außer ihr wusste ja, warum der Vater nicht beschert worden war (Kyrieleison).

Da gingen alle zu Bett und taten am nächsten Morgen, als sei nichts geschehen. Und wenn sie nicht gestorben sind, tun sie es heute noch. Die Bürgerstochter jedoch führte von diesem Tage an Buch über alle Geschenke, damit nie wieder jemand leer ausgehe. Ende.

Der vorletzte Satz stimmt natürlich nicht. Wahrscheinlich tut keiner der damals Anwesenden irgendwie, als ob, weil sich niemand daran erinnert, außer Oma. Was nicht nur daran liegt, dass der ein oder andere gestorben ist, sondern auch daran, dass man sich an die eigene Scham häufig wesentlich besser erinnert als Unbetroffene. Außerdem hatte Oma vor ihrer Demenz ein Gedächtnis wie ein Elefant, zumindest was Anekdoten betraf. Und das ist entgegen aller Wahrscheinlichkeit eine Fähigkeit, die nicht viele Familienmitglieder besitzen. Tatsächlich ist sie eine Art kassandrischer Fluch, nur eben auf die Vergangenheit bezogen. Ich besitze sie auch, deshalb weiß ich, wovon ich rede. Wann immer man eine von seinen detaillierten Erinnerungen auspackt, streiten alle ab, dass sie eine wirkliche Begebenheit sei. Aber ja! Ja, natürlich! Die Bienen! Ein ganzer Schwarm, nicht wahr? Das sei ganz gewiss geschehen! Es erinnere sich zwar niemand außer einem selbst daran, aber ganz sicher sei es so gewesen, erklären sie jovial und streicheln einem über den Kopf, als habe man da ein Geschwür drin. Aber mit dem Alter kommt offenbar endlich der Segen des Vergessens, also gibt es immerhin etwas, worauf ich mich freuen kann.

Zurück zum aktuellen Geschehen: Wir befinden uns an der einzigen Einkaufsgalerie der Stadt, welche als Beweis zu werten ist, dass wir uns tatsächlich in einer Stadt befinden. Ein Theater hätte es zwar auch getan, aber dafür haben sich keine Investoren gefunden. Heute Morgen wurden rechtzeitig die Straßen geräumt, damit alle Kaufkräftigen noch mal die Gelegenheit bekommen, ihr Geld zum Fenster rauszuhauen, bevor alle Geschäfte für drei Tage geschlossen bleiben, weil der 27. Dezember ein Sonntag ist. Im ganzen Land gibt es jetzt kein Streusalz mehr, die Menschen drängeln sich auf schmalen Pfaden an Schneeresten vorbei, unter dem Vordach der Galerie werden die Penner aus weihnachtlicher Nächstenliebe nicht verjagt, sitzen auf dem Lüftungsschacht und halten den Passanten leere Kaffeebecher hin. Mit einer kreativen Ausnahme in Form einer aufgehaltenen Weihnachtsmannmütze, unterstützt von einem selbstironischen Ho-HoHo. Letzteres kommt gut an. Den gleichen Typ meine ich im Sommer schon mal gesehen zu haben, als er Fußgänger fröhlich fragte, ob sie vielleicht ein paar Cent für seine zweite Million übrig hätten.

Ich schwimme mit dem Strom ins Konsumkabinett, auf der Jagd nach einem Geschenk für Oma. Die Schaufenster der Geschäfte sind verschwenderisch beschriftet, verkünden Weihnachtssales, ermuntern dazu, jetzt schon an den nächsten Sommer zu denken und zwei Bikinis zum Preis von einem zu kaufen. Sie suchen Outfitberater und präsentieren Artikel mit zweifelhafter Ästhetik so selbstbewusst, dass vor lauter Reizüberflutung jeder Zweifel mit ernsthaftem Interesse verwechselt werden muss.

Menschen begutachten Preisschilder, als sagten die etwas über die Notwendigkeit des Artikels aus, nehmen Gegenstände an sich, tragen sie zwei Regale weiter und lassen sie dort zugunsten eines noch niedrigpreisigeren Produktes liegen. Die Farbe der Saison ist «Fleischfarbe», wurde aber umbenannt in «nude», was letztlich das Gleiche bedeutet, aber nicht so eklig klingt. Niemand fragt, wer diese modische Entscheidung getroffen hat - wir sind zu dankbar dafür, dass sie uns jemand abnimmt. Die klassischen Kalendermotive sind derweil wie immer Katzen, Pferde und Hunde. Außerdem Blumen, Landleben und Sonnenuntergänge. Das Trendmotiv dieses Jahres: Erdmännchen. Letztes Jahr waren es Eulen. Wenn wir Glück haben, werden es nächstes Jahr vielleicht Wombats sein. «Aus Liebe zur Umwelt» wurden in einem Geschäft die kleinen Plastiktüten abgeschafft, die man sich an der Kasse immer gratis mitnehmen konnte. Und weil man gerade dabei ist, werden den Kunden auch gleich alle billigen Weihnachts-Dekoartikel zum halben Preis nachgeschmissen, damit der Müll nicht in der Tonne, sondern doch noch in unseren Wohnzimmern landet. Das ist die Realität, hier befinden wir uns, und ich versuche, nicht in die Kaufgesichter der anderen zu sehen, damit mein Menschenhass mich nicht überrennt; ich versuche, nicht die Auslagen der Geschäfte zu begutachten, aus Furcht, der Systematik zu erliegen und etwas zu kaufen, das ich nicht nur nicht brauche, sondern zu späterer Stunde, in der sicheren Ästhetik meiner Bleistiftwelt, als hässlich entlarven werde, weil die Kaufhausrealität wie einer dieser Spiegel funktioniert, die einen schlanker machen, als man eigentlich ist. Ich werde mitgerissen von diesem Gedränge aus Unbewusstsein; vorbeigeschleust an Schnäppchenland und Schuh-Eldorado. Ich habe Sehnsucht nach einem Gleichgesinnten und wage ein paar Blicke in entgegenkommende Gesichter, aber ich finde kein Verständnis, keine Auflehnung, keinen Überdruss. Niemand hier möchte ein Held sein.

Aus Verzweiflung schere ich aus in eine Apotheke, nehme mir einen kegelförmigen Becher Gratiswasser aus dem Spender, setze mich auf den Wartestuhl für fußlahme Kunden und starre den Weihnachtsbaum in der Mitte des Raumes an. Wer auch immer dafür verantwortlich ist - er hat ganze Arbeit geleistet. Die Apothekendeko glänzt durch schlichte Natürlichkeit, gepaart mit neckischer Produktpräsentation, soll heißen: Der Baum ist groß, echt und wurde hauptsächlich mit Gesundheitsprodukten geschmückt. Teilweise solchen, die das farblich auch hergeben, teilweise hat man mit ein paar Schleifenbändern nachgeholfen. Mehr gibt es nicht. Nur diesen Baum. Letztlich kommt es ja eigentlich auch nur darauf an: einen richtigen Baum. Mit Geruch. Mit haptischem Befriedigungspotenzial. Mit individuellem Format und Charakter. Den gab es früher auch immer. Sogar während des Krieges. Vielleicht keine Geschenke. Oder das Essen war das Geschenk. Aber es gab einen richtigen Baum. Es gab sogar staatlich verordnete Preislimitierungen, um das Fortbestehen dieses Brauchs zu fördern. Und wenn man trotzdem kein Geld hatte, dann stahl man eben einen. Und wenn man keinen Schmuck besaß, dann bastelte man welchen. Und jetzt sollen wir diese Plastikkrücke nehmen. Das wäre nachhaltig, ja. Aber es wäre auch nachhaltig, einen Kunstkranz auf Omas Grab zu legen, und das würde ich ja auch nicht tun. Wenn es darum geht, einer sterbenden Frau Zugang zu sentimentalen Traditionen zu ermöglichen, hört also sogar meine ökologische Korrektheit auf.

× ×

Als Erste kommt Bea mit Anhang: die Kinder verpackt wie Geschenke; Kai mit Weihnachtsmütze und einem Jutesack, der offensichtlich ein Tablett enthält – er trägt ihn auf beiden Händen. Bea selbst gibt sich die Ehre mit blonder Lockenperücke und goldenem Sternchenreif.

Gegrüßt und gesegnet sollen wir sein, trällert sie fröhlich und schlägt mit den Armen auf und ab, als sie ein paar Schritte in den Flur tippelt.

Oh. Sie habe eine Manie. Wie schön.

Jahaa! Und wir würden alle davon profitieren: Sie habe für jeden 'ne kleine Verkleidung dabei.

Wirklich?

Ja! Wat ick lieber sein wolle? Ein Rentier oder einer von den Heilijen Drei Königen?

Ein Rentier.

Bea kramt in ihrem Beutel, fischt einen Haarreif mit Plüschgeweih heraus und führt eine zeremonielle Spontankrönung durch. Geht auch mit Geweih.

Danke. Das sei zufällig genau das, was ich mir zu Weihnachten gewünscht hätte: gehörnt werden.

Die Haustür geht erneut auf, Theo und Anne stehen derweil sehr ungünstig, können dem Druck nicht standhalten und werden mit Wucht einige Zentimeter durch den Flur geschoben, bis sie mit den Gesichtern an der Rückseite ihres Vaters aufprallen – Anne exakt in Gesäßhöhe.

Ey, donnert der unechte Weihnachtsmann, dreht sich um und blickt in das Gesicht eines weiteren Weihnachtsmannes: Achim. Dessen rote Mütze um einiges billiger aussieht als Kais, der aber dennoch das stolze Lächeln eines Mannes trägt, der als Kind immer alleine gespielt hat. Hohoho, sagt Achim ungeschickt und tut, als sei er nicht verklemmt.

Haaallooo, flötet es gleichzeitig hinter ihm, Tante Lena schlängelt sich in einem samtigen Ganzkörperkondom an Achim vorbei, ist aber nicht verkleidet, sondern wie immer einfach so aufgepuppt. Ihre Jacke hat vermutlich nicht zum Kleid gepasst und musste deshalb im Auto bleiben. Dafür hält sie an zwei Fingern ein Paar farblich abgestimmte Hausschuhe bereit, deren flauschige Bommeln an den Schuhspitzen darauf hinweisen, dass sie extra zu diesem Anlass gekauft wurden. Des Weiteren hält auch sie ein Tablett in den Händen vor ihrer Brust, mit mehreren Schichten Klarsichtfolie unfallsicher verpackt. Allerdings kommt sie nicht dazu, die Pantoffeln auf den Boden zu stellen, denn mit ihrem Eintritt ist der Raum randvoll, und das Einzige, was man jetzt noch tun kann, ist die Tabletts über den Kopf halten, sich freundschaftlich aneinanderreiben und darauf warten, dass jemand die Situation gehässig kommentiert. Glücklicherweise steht meine Mutter zu genau diesem Zweck in der angrenzenden Küche bereit, lehnt sich mit verschränkten Armen in den Türrahmen und motzt, wenn wir hier jetzt alle fröhlich Wurzeln schlügen, würde der Abend auch nicht schneller vorbeigehen. Und weil die Tür zum Wohnzimmer die ganze Zeit offen steht, konnten das auch wirklich alle hören.

×

Im Gegensatz zum Weihnachtsbaum wurde Oma zentral im Wohnzimmer platziert, und Bea kommt ihrer unmissverständlichen Begrüßungsverpflichtung als Erste mit stürmischen Küssen nach. Schon mit dem Betreten des Raumes zeichnet sich in ihrer Mimik allerdings ihr manischer Elstertrieb ab, den sie aus Liebe zu Oma für die Dauer der Begrüßungsküsse zu kontrollieren in der Lage ist. (Nein, meine Cousine klaut nicht. Und wenn Elstern Geld hätten, würden sie das vermutlich auch nicht tun.) Anschließend bricht jedoch umgehend ihre Höflichkeitsmaske zusammen, und Bea wendet sich voll glühender Begeisterung dieser monströsen Traditionsdeko zu, um sie hemmungslos anzubeten:

Ooohahhhhhhhhhhhh, dit sei ja so 'n schöner Weihnachtsbaum!!! Theo und Anne sollten doch ma kieken! Leider hat der Baum bei Oma keine entsprechende Wirkung gezeigt. Dabei strahlt das Ding so bunt, dass sein Glanz auch durch Augenlider dringen kann. Ich fürchte, sie hat vergessen, dass es die letzten Jahre immer nur das Plastikgestrüpp mit den Plastikkugeln und dem Plastiklametta gab – farblich aufeinander abgestimmt in Rot und Gold; 70 Zentimeter hoch und ungefähr so stimmungsvoll wie eine 20-Watt-Birne.

Jau, das sei mein Geschenk für Oma. Vielleicht versteht sie den Sinn der Sache, wenn ich es nur oft genug erwähne.

Ich hätte den Baum ja lieber so geschmückt, dass er *mir* gefällt. Aber da ich aktuell nicht im Sterben liege, habe ich meine Bedürfnisse unterdrückt und Omas Baumschmuckarsenal nach alter Tradition komplett im Geäst verteilt. Eine eher nicht homogene Sammlung der letzten sieben Jahrzehnte, bestehend aus einigem ausgesprochen kostbaren, geschmackvollen Zierrat und etlichem bunten Plunder, unübertroffen dominiert von der goldfarbenen, schnörkelig bemalten, mundgeblasenen Baumspitze, die man dem Baum überlieferungsgemäß leider nicht nur dann überstülpen muss, wenn der zentrale obere Zweig kräpelig (dieses Wort habe ich mir möglicherweise gerade ausgedacht) ist, sondern immer. Weil sie eben da ist, die Spitze. Weil sie nämlich ein Zeichen für Wohlstand ist. Zumindest in dem Land vor unserer Zeit, in dem sie hergestellt wurde. Und da das inselhafte Fortbestehen dieses Landes ein nicht untypisches Indiz für Seniorenhaushalte ist, habe ich die goldene Spitze also auf den Baum gesteckt, ebenso wie ich das schwere silberne Westpaket-Lametta so verschwenderisch auf den Zweigen drapiert habe, dass sich zusammen mit den uneinheitlichen Baumbehängen und den zwei Lichterketten ein farbchaotischer Glitzerglimmerkegel ergibt, den man wahrscheinlich in keinem Film zeigen würde. Außer er würde im tiefen weihnachtlichen Osten spielen, wo man Lametta bügelte, um es alle Jahre wiederverwenden zu können, ebenso wie man Schokoladenbaumbehänge, die im Westpaket kamen, dem Beschmückungsarsenal unangefressen hinzufügte, weil man nicht verstand, dass sich unter dem Glanzpapier des dicken schweren Engelkopfes ein essbares Genussmittel befand. Und selbst, wenn man es verstand, aß man den Engel nicht, sondern bewahrte ihn auf. Weil er eben aus dem Westen kam, und weil alles, was aus dem Westen kam, mit größter Ehrfurcht sehr sparsam benutzt wurde, indem man es nach Möglichkeit nur halb benutzte oder besser gar nicht. Ich selber habe noch nach der Wende Bravo-Aufkleber ausgeschnitten und das Trägerpapier mit Leim an meinen Kleiderschrank geklebt, weil ich dachte, wenn sie mir dort irgendwann nicht mehr gefallen würden, könnte ich sie abziehen und noch mal richtig aufkleben – Sparsamkeit kann ja zu einem Zwang werden. Habe ich das schon mal erwähnt? Der führt dann dazu, dass man plötzlich stolzer Besitzer eines ganzen Schranks voller Gefriertüten ist, oder eines Hartkäses, der schon so lange grün ist, dass niemand mehr weiß, ob er jemals eine andere Farbe hatte. Ein Käse, der so alt ist, dass man ihn in besonders verzweifelten Momenten um Rat fragen möchte – Sprechen Sie mit dem Käse! Der Käse kennt die Wahrheit …

Sooo! Meine Mutter trägt die erste Platte mit Schnittchen in den Raum. Hier komme das Neunerlei. Wir könnten uns ruhig alle setzen, lächelt sie jovial und fletscht ihre großen falschen Zähne, die anderen zehn Platten schaffe sie auch alleine.

Ich eile in die Küche, nehme eine der verbliebenen *zwei* Platten sowie ein Schälchen mit billigen Oliven und stoße auf dem Rückweg fast mit Anne zusammen, die auch helfen möchte, wie alle Mädchen, solange sie dafür noch zu klein sind. Außerdem taucht mein Vater mit stark geröteten Augen aus dem Kabuff auf, vermutlich weil meine Mutter ihn kurz zuvor über seine Anwesenheitspflicht in Kenntnis gesetzt hat. Den Weg in die Küche legt er in seiner bewährten Aufwärmgangart zurück, die seinen Weg in den Boxring impliziert. Anne trägt stolz das Schälchen mit den Oliven vor sich her, Vater federt hinter mir ins Wohnzimmer, der Boden knarrt ein bisschen lauter als gewöhnlich unter seinen Füßen, und es ist nicht ganz klar, wem genau jetzt eigentlich die Ahs und Ohs gelten, die Tante Lena und Bea anstimmen.

Kai fischt zwei Käseschnittchen auf Theos Teller, worauf meine Mutter sofort ausgestellt die Tradition erklärt: Die Häppchen seien abgezählt, es gebe neun Sorten, und von jeder Sorte nur eins für jeden. Man müsse von allen neun eins essen, dann hätte man im nächsten Jahr Glück. Theo speichelt bereits seinen ersten Käsehappen ein, Kai nimmt sich derweil zweimal Sülze.

Ob er ihr nicht zugehört habe? Meine Mutter sieht Kai streng an.

Wat?

*Jede*r bekomme von *jeder* Sorte nur *ein* Schnitttchen.

Ach, wir wärn doch hier nich inne Armee. Kai beißt unbekümmert in seine Sülze, der Ärger zieht meiner

Mutter die Mundwinkel nach unten, was ihre Familienzugehörigkeit sehr schön veranschaulicht. Mein Vater kichert indes unterdrückt, weil er so breit ist wie Bob Marley persönlich, was zwar plakativ klingt, aber eigentlich eine Untertreibung darstellt.

Kais Erziehung war wesentlich anders als unsere. Nicht antiautoritär – das Wort gab es im Osten nicht. Nennen wir es verwöhnt, soll heißen: mit vorbehaltloser Liebe und dem Belohnungsprinzip. Also ohne Schläge. Es ist deshalb schwierig zu sagen, wo Kais Urvertrauen aufhört und sein Selbstvertrauen anfängt. Auf jeden Fall gibt es nicht selten Momente, in denen ich ihm aus lauter Neid eine knallen möchte. Und ich vermute, da bin ich nicht die Einzige.

Meine Mutter verteilt die verbliebenen Schnittchen energisch auf alle Teller, damit niemand mehr etwas nehmen kann, das ihm nicht zusteht. Kai lacht und beginnt umgehend, mit Theo Verhandlungen über diverse Schnittchen zu führen. Theo versteht den Ernst der Lage nicht, verlangt aber zweimal Räucherkäse für einmal Kasseler.

Dit jinge jetze nich mehr, lacht Kai. Er habe ja ooch nur eenma Räucherkäse und Tante Petra wolle keen Käse mehr rausrücken, wa. Ob Theo nich Lust uff sonne andere Käsestulle habe?

Theo schüttelt den Kopf.

Kai will sich gerade an seine Tochter wenden, als meine Mutter ihn schon anpampt, dass er gefälligst den Kindern nicht ihr Glück abschwatzen solle! Das könne ja wohl alles nicht wahr sein! Dabei sieht sie hilfesuchend zu Bea, aber Bea muss auch lachen und hält sich verzögert beide Hände vor den Mund, damit man das Zerkaute darin nicht mehr sieht. Um genau zu sein, unterdrücken fast alle glucksend ihre Belustigung, außer Achim, der als Einziger sehr intensiv damit beschäftigt ist, sein Neunerlei mit Messer und Gabel zu essen. Und außer Oma, deren Gesichtsmuskulatur schon kurze Zeit nach dem Eintreffen der Gäste in den Energiesparmodus einer Sterbenskranken gewechselt ist.

Oma sitzt am Kopf des Tisches. Ich habe ihr die Schnittchen in mundgerechte Happen geschnitten, aber da der Belag dicker ist als das Brot, wie das zu Weihnachten üblich ist, inklusive der daumendicken Butter, macht es ihr trotzdem Mühe, die kleinen Delikatess-Türme komplett in ihren morschen Mund zu schieben.

Na, dit sei doch aba schön, bemerkt Kai fröhlich und klopft, da er zu ihrer Rechten sitzt, Oma mit der flachen Hand kumpelhaft auf den Rücken. Dasse jetze zum Abschluss doch nochma die dick jeschmierten Stullen essen könne wie alle andan ooch, wa, Omma? Nich nur die dürren Diätbröckchen!

Mit Ausnahme der Kinder und Oma selbst bricht der Tisch an dieser Stelle auf unterschiedliche Weise in Gelächter aus, was konkret darin gipfelt, dass mein Vater seinen Mundinhalt auf die leer geräumten Platten prustet, worauf natürlich auch die Kinder anfangen zu lachen und meine Mutter Kai versöhnt ihr Weinsenfglas hinhält, an welches er klirrend sein Bier stößt. Anschließend sind wir ein bisschen peinlich berührt, wie wenn man über einen bösen Naziwitz gelacht hat, außer den Kindern, die noch ein bisschen weiterlachen, bis sie merken, dass es alleine nicht so viel Spaß macht.

Wie es denn allen so gehe?, bemühe ich mich enthusiastisch um harmlose Konversation. Es sei ja schon eine Weile her, dass man sich gesehen habe etc. etc.

Was dit heißen würde: ezeterra? Anne betont ihre Frage recht unkindlich. Mehrere Erwachsenenmünder antworten gleichzeitig passende Synonyme, Bea ergreift die Gelegenheit und redet gleich weiter, dass das Annes aktueller Zustand sei: Fragen zu stellen. Sie fände dit ja jut. Es sei beruhijend, wenn die Kinder die üblichen Entwicklungsphasen durchliefen, aber es sei teilweise leider ooch echt anstrengend. Sie habe sich ja so auf diese Warum-Fraren jefreut, als es noch nich so weit jewesen sei. Aber Anne würde teilweise wirklich schwierije Fraren stellen. Wo denn die Menschen herkommen würden, habe sie zum Beispiel neulich jefracht.

Sofort heben sich die Blicke erfahrener Eltern, die erklären wollen, wie man was am besten darauf antwortet.

Dit sei ja leicht, wiegelt Bea ab, ehe sie belehrt werden kann. Sie habe ihr dit schön erklärt, wa, Anne.

Anne nickt.

Sie habe ihr erklärt, dass alle Menschen von ihren Mamis und Pappis jemacht worden wären, und sie habe ihr ooch erklärt, wie sie das jemacht hätten. Und dass Anne und Theo auch so entstanden seien. Dann habe Anne jefracht, warum sie denn aber Theo jemacht hätten. Warum hätten sie denn nich die Nicole aus'm Kindajarten jemacht. Und Bea habe jeantwortet, dass man vorher nicht wissen könne, wen man da mache. Dit sei ja nicht wie mit nem Baukasten. Ach so, habe Anne darauf jeantwortet und nach kurzem Überlejen jefracht, wie et denn dann sei. Darauf sei Bea nüscht mehr einjefallen und sie habe ihr ein Eis jekooft.

Wieder gibt es gelachten Applaus, danach tritt die übliche *Stille nach dem Witz* ein, die man eigentlich nur mit einem weiteren Witz füllen kann. Aber ehe jemand dazu kommt, noch eine Anekdote auszupacken, erklärt Oma, se misst emoll ausdreedn.

Bam. Aus der Reihe «Dinge, deren Existenz wir lieber ausblenden würden» sehen wir heute: *Seniorische Fäkalbedürfnisse beim Weihnachtsessen.*

Vater will pflichtbewusst aufspringen – er, er kümmere sich, um Mutti, er ... –, hält sich aber, wie alle Kiffer, länger als nötig am Wollen auf. Meine Mutter will ihm loyal zuvorkommen, denn er unkt seit dem ersten Gelächter fortwährend in unregelmäßigen Abständen, auch wenn es dafür keinen Anlass gibt. Aber weil ich direkt neben Oma sitze und beiden irgendwie nicht zutraue, dass sie zum gegebenen Zeitpunkt die Richtigen für diesen Job sind, lege ich besitzergreifend meine Hand auf Omas und erkläre, dass ich das übernehmen würde. Ich ziehe den Rollstuhl umständlich vom Tisch weg, der Raum ist zu voll mit all diesen Gästen, überall sind Stuhlbeine im Weg und außerdem der monströse ausklappbare Sessel, in dem Oma den ganzen Tag entweder ihre Geburtstagsgefolgschaft empfangen oder geschlafen hat. Unterbrochen nur von Toilettengängen, für die sie sich tatsächlich in den dafür vorgesehenen Fliesenraum begeben hat, sofern sich Gäste im Wohnzimmer befanden. Diesem Sachverhalt folgend, schiebe ich sie in Richtung Wohnzimmertür, aber als ich die dann öffnen will, haucht sie matt, dess se des net kennt.

Doch, doch, das schaffe sie, sie habe es ja heute schon bewiesen.

Sie deutet ein trotziges Kopfschütteln an, ihre Stimme ist fester, als sie erklärt, se kennt des net, se wolld neer aff denn Dolleddnstuhl.

Das Geplapper am Tisch wird verhaltener, und ich ahne, dass gerade einige Stoßgebete zum Himmel geschickt werden, die Gott wahrscheinlich gegenwärtig nicht bedienen kann, weil er losstürzt, um sich Popcorn zu holen.

Ich wende den Rollstuhl, schiebe Oma ins angrenzende Zimmer, welches, um das hier noch mal in Erinnerung zu rufen, vom Wohnzimmer nicht durch eine Wand abgetrennt, sondern quasi eine Art Guckkasten ist. Wenn man gerade günstig sitzt, braucht man seinen Kopf nur nach links zu wenden und kann Oma bequem dabei zusehen, wie sie sich von mir die gute Hose aufknöpfen lässt, deren Attribut sich vor allem darauf bezieht, dass es derzeit die einzige Hose ist, die Oma wirklich passt. Oma hat sich also an den Armlehnen des Kackstuhls in eine irgendwie stehende Position gestemmt, ich fummele ihr die Hose auf, ziehe sie runter – die Hose sitzt so bequem, dass sie fast von alleine gleitet –, und als ich ihr auch den Schlüpfer runtergezogen habe, welcher qualitativ mit der Hose leider nicht mithalten kann, springt meine Mutter vom Tisch auf, rückt energisch ein paar Möbelstückchen beiseite, haut mit der Faust auf den Lichtschalter (oder war es doch nur die flache Hand?) des guten Zimmers und zieht mit roher Gewalt eine Ziehharmonikawand zu, deren Vorhandensein mir bis zu diesem Zeitpunkt nicht bewusst war. Nicht, dass ich sie nie gesehen hätte. Da waren immer diese beiden geriffelten Balken zu beiden Seiten des Guckkastens. Aber die waren da schon so lange, dass ich sie eigentlich nie wirklich wahrgenommen habe, also wahrgenommen im Sinne von ‹als Gebrauchsgegenstand erkannt›. Aber offensichtlich ging das nicht nur mir so, sonst hätte sie ja mal jemand *gebraucht*. In diesem Moment furzt Oma, und es wird deutlich, warum dieser Raumtrenner obsolet ist: Er hält keine Geräusche ab. Ja, vermutlich, wenn man es nur ausgiebig genug darauf anlegt, nicht mal Gerüche. Der Furz war jedenfalls im Wohnzimmer, welches man gegenwärtig getrost als Esszimmer bezeichnen kann, ebenso hörbar wie das darauffolgende Gekicher aus dem Esszimmer ungedämpft bis zu uns vordringt. Jemand verlangt, man solle doch mal Musik anmachen. Kurz darauf träumt Bing Crosby im Radio von einer weißen Weihnacht, und ich wünsche ihm für einen Moment die Pest an den Hals: Weiße Weihnacht am Arsch, mein Freund. Aber nur ein, zwei Sekunden lang, dann tut es mir gleich wieder leid. Dann tue ich mir selber leid, denn meine Sinne teilen mir mit, dass Oma zur Einleitung ihres eben auslaufenden Verdauungszyklus einen Ozelot gegessen hat, der zuvor in einem ihrer Schokoladenverstecke Gelegenheit hatte, sehr aufwendig zu verwesen. Ich sehe sie an und finde ihren Gesichtsausdruck ein bisschen zu befriedigt. Ich lasse mich auf die Bettkante sinken, ziehe die Beine an, lege meine Stirn auf die Knie und versuche, nicht betroffen zu sein. Da kann ja niemand was für. Gut, es stellt sich die eindringliche Frage, *wann* sie das gegessen hat, was sie eben wieder ausscheidet. Es stellt sich weiterhin die Frage, *warum* sie es ausgerechnet zu diesem Zeitpunkt gegessen hat, wo sie doch sonst in letzter Zeit eigentlich kaum mehr als ihre Tabletten schlucken konnte. Ich suche in ihrem Gesicht nach Antworten, aber der zufriedene Ausdruck ist verschwunden, stattdessen finde ich jetzt einige Anstrengung darin. Sie solle nicht drücken, sage ich matt, das mache es nicht leichter. Lieber total entspannen und warten, dass es von selber geht. Das wisse sie doch. Wir hätten ja Zeit.

Das ist eine ziemlich sinnlose Aufforderung. Wenn Oma sich entspannen könnte, wäre sie vermutlich schon längst tot. Der Geruch ihres Stuhlgangs beweist derweil eine beängstigend körperliche Persönlichkeit. Sein Name ist Knut, und er arbeitet in einem Leichenschauhaus. Ich kippe das Fenster an, obwohl das vermutlich nicht viel bringen wird. Möglicherweise wird man auf der anderen Seite der Ziehharmonika jetzt erst recht Wind von der Sache bekommen. Und wenn nicht, ist Knut bereits derart präsent, dass er sich nicht davon abhalten lassen wird, im Wohnzimmer Platz zu nehmen, sobald ich das Séparée wieder öffne.

Itze wär se fardich.

Ich nicke und habe nicht das Bedürfnis, ihr meine Geste ins Hörbare zu übersetzen. Sie fischt mit ihrer kleinen, aufgeschwemmten Hand nach meinem Arm. Als sie ihn zu fassen kriegt, klemme ich ihre Finger in meine Armbeuge und ziehe sie daran hoch. Aus dem Esszimmer höre ich derweil panische Laute: Knut scheint sich schon angekündigt zu haben, und wie zu erwarten war, stößt er damit auf wenig Begeisterung.

Ich schiebe den Deckel des Stuhls über Omas beachtliche Leistung, die allerdings doch weniger Volumen hat, als ihr Bouquet vermuten ließ. Jetzt, wo wir dieses Publikum haben, wird mir wieder bewusst, wie schlimm das eigentlich ist. Man kann so was ja von sich abspalten, wenn man dem täglich ausgesetzt ist. Man gewöhnt sich daran, wenn man muss. Man merkt nicht mehr, was es mit einem macht. Man fragt sich auch nicht mehr, ob man es verdient hat. Ich öffne den Sichtschutz und bemühe mich, nicht verschämt zu sein, aber ich glaube, es gelingt mir nicht. Ich schiebe Oma zurück Richtung Tisch, ihre Hände gefaltet in ihrem Schoß, in ihrem Gesicht keine Spur von irgendwas, das man als Bedauern interpretieren könnte. Knut ist jetzt auch voll da und setzt sich nach und nach bei allen auf den Schoß. Der Einzige, der etwas sagt, ist der Radiomoderator, und der wünscht allen Zuhörern einen schönen Heiligabend im Kreis der Familie. Anne fängt an zu heulen. Wahrscheinlich ohne zu wissen, weshalb. Aber das macht nichts, denn wir wissen es alle, und es ist gut, dass jemand stellvertretend für uns weint.

Kai sieht seine Tochter betroffen an, Bea nimmt sie tröstend in den Arm: Sie sei ja so 'ne Sensible, hm?

Meine Mutter erhebt sich mit einem Ruck und begibt sich in Omas Raum. Da könne sie nichts für, erläutert sie energisch, als hätte jemand gefragt, und ich erkenne am

Klang, dass sie die Fäkalienschüssel aus der Stuhlhalterung zieht. Der Darm höre auf zu arbeiten, wenn man sich nicht bewege. Da könne man so viel Leinsamen fressen, wie man wolle, stampft sie mit der Schüssel in den Flur. Es staue sich tagelang alles in einem auf, bis man den Darm dann mal versehentlich aufwecke. Und dann gnade einem Gott. Den letzten Satz ruft sie aus der Küche wie eine Drohung.
Dafür, dass wir offiziell nicht an Gott glauben, fällt mir auf, denken wir doch unverhältnismäßig häufig an ihn.

Nu, morr solldn erschd emol in orr Oallder kumme, doann dät morr scho sehe, wie des wär.

Nichts, sagt mein Vater plötzlich, schluckt sichtbar, und ich sehe förmlich, wie die dicke Ulkunke aus seinem Hals in den Strafraum gedrängt wird, nichts, sagt er noch mal sehr traurig, rechtfertige, dass man sich so gehen lasse.

Wenn man sterben wolle, sei es wahrscheinlich schwer, sich noch um sich selbst zu bemühen.

Es gehe aber nicht nur um einen selbst. Man trage, solang man lebe, Verantwortung für alle seine Mitmenschen. Jeder tue das. Und so, wie man Anspruch darauf habe, dass sich die anderen um einen kümmerten, habe man auch die Verpflichtung, den anderen so wenig wie möglich zur Last zu fallen. Nur so funktioniere eine Gemeinschaft.
Die Worte sind so schwer, dass Vater mit gesenktem Kopf spricht.

Na ja, in ein paar Jahrzehnten werde Sterbehilfe wahrscheinlich völlig normal sein. Bei der Rentenentwicklung. Meine Mutter schenkt sich unbekümmert Wein ein.

Se hätt su viel gedoa forr de oannern.

Oh, ja, flötet Tante Lena plötzlich. Anne zuckt zusammen. Beiläufig pickt ihre liebe Omi in den matschigen Oliven herum, die offenkundig nicht ihren ästhetischen Vorstellungen entsprechen. Ja, wir sollten nicht undankbar sein. Erst gestern habe sie noch zu Achim gesagt, nicht wahr, Achim, sie habe ihm doch von all den hübschen Kleidern erzählt, die Mutti immer für sie genäht habe. Nächtelang habe sie da mit krummem Rücken in ihrer Schranknähmaschine gesessen – so was würde man ja heute gar nicht mehr verkauft bekommen, was die Leute früher alles auf sich genommen hätten, um elektrische Geräte unsichtbar verstauen zu können, nicht wahr –, da habe sie in stundenlanger Arbeit diese schönen Kleider genäht, niemand habe wohl jemals so viele Vorhänge im Schrank gehabt wie Tante Lena selbst. Und wenn sie fertig gewesen seien, habe Mutti ihr die ungefragt übergezogen und dabei betont, die seien ja soo modern, und flott sehe sie darin aus, habe sie immer gesagt, flott, wenn Tante Lena vor ihr gestanden habe, im neuesten Schnittmuster aus dieser Frauenzeitschrift, die sie immer ... wie sei noch gleich der Name ... ‹Sibylle›?

‹Die Frau von Heute›.

Ach, genau, da waren die doch drin, oder? Diese, mein Gott, diese Schnitte, denen habe man ja auf dem Papier nie angesehen, wem sie standen und wem nicht. Aber wenn es dann einmal genäht war, das Kleid, dann durfte es ja nicht ungetragen bleiben. Auch wenn man darin ausgesehen habe wie eine hässliche Blumenvase. Oma sei ja niemals auf die Idee gekommen, Tante Lena vorher nach ihrer Meinung zu fragen. Sie habe das immer alleine entschieden, als sei ihre Tochter eine Anziehpuppe gewesen. Tante Lena giggelt und zuckt mit den Schultern. Eine Anziehpuppe. Der sie eben die Sachen anziehen konnte, die sie selbst gerne getragen hätte. Aber vielleicht ging es darum auch gar nicht. Vielleicht sei Tante Lena so eine Art laufendes Aushängeschild gewesen, das den Status der Familie durch die Siedlung zu tragen hatte. Diese lehmigen Pfade, und dann sie, wie sie mit ihren dünnen Gänsebeinen darin rumstöckelte. Man könne sich das heute kaum vorstellen, sie schüttelt ungläubig den Kopf und steckt sich endlich die fledderige Olive in den Mund, die sie schon seit der Erwähnung der Schranknähmaschine mit einem Zahnstocher malträtiert hat wie eine Voodoopuppe. Sie hätten ja fast jeden Monat ein Westpaket bekommen. Das sei wie ein Abo auf einen Lotteriegewinn gewesen, nur dass es keine Zeitung gegeben habe, die einen als glücklichen Gewinner ausschrieb. Niemand sei über ihren Wohlstand in Kenntnis gesetzt worden, aber dafür sei ja in fast jedem Paket etwas Teures drin gewesen, das man dem Kind habe an den Leib hängen können, um alle darüber zu informieren. Nein, hängen sei falsch! Pellen! Pellen sei das richtige Wort – Diese Sachen von den Cousinen seien ja immer so eng gewesen. *Sie* habe ja nicht geglaubt, dass das in Mode sei. Auch wenn Mutti immer behauptet habe, das trüge man jetzt so – auf den Fotos, die von den Cousinen immer mitgeschickt wurden, hätte das alles etwas luftiger gesessen. Sie sei ja selber schon sehr schlank gewesen damals, aber die Cousinen, das seien Feen gewesen. Und wenn sie diese Feensachen dann angezogen habe, dann habe sich darunter so sichtbar ihr BH abgezeichnet, dass sie genauso gut auch nur im BH hätte rumlaufen können. Aber alle Sittsamkeit habe da plötzlich keine Rolle mehr gespielt. Wenn es im Westen Mode gewesen wäre, nackt rumzulaufen – ha!

Aber die Sachen hätten wirklich eine super Qualität gehabt. Die könne man heute noch tragen.

Ja, das könne man tatsächlich – sie befänden sich nämlich alle noch auf dem Dachboden. Seit Jahrzehnten lägen die da und knitterten vor sich hin. Aber man dürfe bloß nicht auf die Idee kommen, irgendwas davon ungefragt zu benutzen, Mutti erkenne ihren Besitz auf zehn Meter Entfernung durch ihre geschlossenen Augen hindurch.

Na ja, wir sollten ihr da mal nichts unterstellen, das mit dem Sehen sei tagesformabhängig. Im Zweifelsfall reiche es, sie zu fragen, ob sie gerade etwas sehen könne – sie gebe da bereitwillig Auskunft. Neulich erst habe sie Fuchsspuren im Garten erkannt – er selber hätte ja auf Katze getippt, aber Mutti habe sich da nicht reinreden lassen: Fuchsspuren, eindeutig. Er freue sich dann immer für sie. Es sei bestimmt viel schöner, blind zu sein, wenn man noch etwas sehen könne.

Also, wenn Oma Blindenjeld bekomme, denn sei se ja wohl ooch blind.

Erst jetzt fällt mir auf, dass Bea nicht mehr lacht.

Sie bekomme ja kein Blindengeld mehr.

Natürlich bekomme sie Blindenjeld.

Nein. Vater lächelt mitleidig auf seinen Teller, deutet ein Kopfschütteln an und hebt links und rechts je zwei Symbolfinger: ‹Kann sich in fremden Räumen ohne Hilfe orientieren.› Wir könnten froh sein, dass man keine Rückzahlung angeordnet habe. Das sei aber auch ein fieser Trick gewesen: ‹Sie solle doch schon mal Platz nehmen.› Wenn einen jemand beiläufig zu so was auffordere, dann komme man doch nicht auf die Idee, dass das ein Test sei. Und da habe sie sich mächtig geärgert. Da sei sie gemein reingelegt worden, was? Sie habe sich so geärgert, dass sie ihm auf der Rückfahrt erzählt habe, was vorgefallen sei. Und dann hätten sie in der Einfahrt gestanden und er habe ihren Sicherheitsgurt für sie aufmachen müssen. Weil sie den nicht sehen konnte. Er schüttelt wieder mit dem Kopf, aber diesmal hört er nicht mehr auf.

Aba dit Lesejerät!

Ach, das benutze sie doch fast nie. Ein Vorlesegerät wäre viel sinnvoller gewesen.

Das habe sie doch gehabt. Sein Name sei Martin gewesen, aber es sei nie zum Vorlesen gekommen, weil sie es immer mit billigen Keksen gefüttert habe.

So, jetz sollten wa aba ma an wat andaret denken, man habe ja ooch schöne Sachen zusammen erlebt.

Ja. Meine Mutter nickt einsichtig. Bea habe recht. Man dürfe nicht immer nur an das Negative denken. Die Ausflüge zum Beispiel seien wirklich schön gewesen.

Ja, das sei wahr.

Nicht wahr?

Ja.

Mutti hätte immer diesen Picknickkorb fertig gemacht, mit dem Henkelmann voller Erbseneintopf.

Und der Thermoskanne!

Ach genau, die blaue. Zwei Liter Hagebuttentee für

alle. Es habe ja keiner Hagebutte gemocht. Da sei man schon ganz früh zum Pilzesammeln in den Wald gefahren. Immer in die festen Gebiete, Vati habe sogar eine Landkarte mit Markierungen gehabt. Wenn man da in dem Waldstück an der Straße gesucht habe und es sei ein Auto vorbeigekommen, dann habe es immer den Befehl zum Hinhocken gegeben. Mutti habe das sehr ernst genommen, sie habe die nahenden Autos schon von weitem gehört. Wenn man sich nicht schnell genug hingehockt habe, dann habe sie einen mit Gewalt nach unten gezerrt ...

Nie-mals die Pilzstellen verraten! Tante Lena wedelt damenhaft mit dem Zeigefinger und blickt streng in die Runde. Niemals jemandem zeigen, wo man sammelt!

Genau. Aber falls man doch entdeckt wird, *bloß* nicht so aussehen, als würde man nichts finden! Wennschon, dennschon. Mein Gott, wie oft habe sie sich in Brennnesseln gesetzt.

Na ja, bestimmt hätten die Autofahrer immer gedacht, sie pullerten gerade in den Wald.

Und *alles* sei akribisch eingesammelt worden, auch die madigen Pilze – da sei nichts weggeschnitten worden! Das habe man später alles in Salzwasser eingelegt, bis die Maden freiwillig herausgekommen seien. Oder auch nicht. Und erst wenn man stundenlang durch den Wald gehirscht war, um die Körbe vollzubekommen, habe man zum Auto zurückgehen dürfen, und dann habe es den Eintopf aus Blechnäpfen gegeben. Das Schaben von Aluminiumlöffeln auf Blech höre sie immer noch, wenn sie Erbsensuppe rieche.

Auf der Rückfahrt sei man immer über die Landstraßen gezuckelt, weil der Verkehr dort nicht so belebt gewesen sei, auch wenn man da viel langsamer habe fahren müssen, vorbei an den Wirtshäusern mit ihren bunten Eisfahnen und den fröhlichen Leuten in den Freisitzen ...

Und immer hätten sie gebettelt!

Immer hätten sie gebettelt. Dass sie ein Eis bekämen. Und Vati habe Mutti dann einen Seitenblick zugeworfen, aber die habe eisern auf der Haushaltskasse gesessen wie eine Glucke auf ihrem Ei.

Mutti und ihre tugendhafte Sparsamkeit. Jahrelang seien sie mit ihrem Talg am Leib herumgelaufen, weil man sich als vierköpfige Familie eine Badewanne geteilt habe und Mutti stets zu betonen pflegte, *sie* gehe zuerst in die Wanne, *sie* sei die Kleinste. Das Gesicht meiner Mutter verzieht sich urplötzlich zu einem Ausdruck boshafter Freude, sie holt tief Luft: Mit einem Eimer Wasser putzt sie das ganze Haus. Dann wäscht sie darin Wäsche und kocht Kaukau daraus. Tante Lena lacht gackernd und hält sich am Tisch fest. Vati habe das immer gesungen, wenn Mutti mit Eimer und Lappen durchs Haus gezogen sei. War *das* eine Dreckbrühe. Und Lappen aus aussortierten Kleidungsstücken ...

Dabei habe man damals schon das Wirtschaftswunder gehabt.

Mutti sei ja selber auch ganz wirtschaftsverwundert gewesen. Sie habe bei jedem Schritt geschwitzt. Und dabei immer betont, wie schwer sie arbeiten müsse. Ihr sei wahrscheinlich vor lauter Anstrengung gar nicht aufgefallen, dass sie fast alle ihre Arbeiten nur noch im Sitzen ...

aber na ja. Und der Tag an dem die blaue Thermoskanne kaputtging, da seien sie abends nämlich von einem Ausflug an den See zurückgekommen, sie selber habe ja nicht ins Wasser gedurft, weil sie angeblich eine Erkältung hatte, dabei sei das ihre Allergie gegen Beifuß gewesen – das verdammte Zeug habe auf dem Komposthaufen gewuchert. Sie habe immer wieder geschworen, dass es ihr nur zu Hause so schlechtgehe, aber sie habe trotzdem nicht mit den anderen zum See gedurft. Und dann seien sie eines Sonntags alle zusammen gefahren und sie hätte gedacht, diesmal würde sie es endlich sehen, aber Mutti habe ihr trotzdem nicht erlaubt, ins Wasser zu gehen. Sie habe den ganzen Tag symptomfrei am Ufer gelegen, während alle anderen im Wasser planschten. Oma sei einmal mit ihrer leuchtenden Gummibadekappe wie eine unbefestigte Boje von einem Ufer zum anderen getrieben und habe das schwimmen genannt. Und das sei dann der Familienausflug gewesen. Ein herrlicher Tag. Am Abend seien sie zurückgekommen, sie selber völlig verbrannt, und als erste Amtshandlung hätte Mutti sich in der Waschküche auf den dreibeinigen Hocker gewuchtet – und der habe *geächzt* - und dann habe sie ihre Tochter gebieterisch angewiesen, die Fensterläden zuzumachen. Da habe sie vor Wut die Thermoskanne auf den Boden geknallt – es sei gar nicht um die Kanne gegangen, eine Tür hätte es auch getan. Aber als die Kanne auf den Fliesenboden der Waschküche getroffen sei, da habe man das Glas im Inneren klirren hören. Und Mutti – bis zu diesem Moment sei sie ja noch ganz außer Atem gewesen von dem schrecklich anstrengenden Tag, aber dieses Klirren habe ihr frische

Kraft verliehen und sie sei nach oben geschnellt wie aufgezogen und habe ihr links und rechts eine geknallt – eine für den Ungehorsam und eine für die Kanne.

Eine Zwei-Liter-Thermoskanne!

In Blau!

Mit Henkel!

So was habe es danach nirgendwo mehr gegeben. Alu hätten sie dann nehmen müssen. 1 Liter, oder 1,5 – aber zwei Liter seien die nächsten vier Jahre nicht mehr produziert worden. Und mit Henkel gleich gar nicht.

Se wollt itze affstehe.

Aber nein, sie habe doch noch gar nicht aufgegessen. Sie solle mal erst schön ihren Teller leer machen.

's dät orr heit net schmackng.

Also das Essen schmecke *sehr gut*, höre ich mich plötzlich im Folterton meiner Kindheit sagen. Und meine Mutter grölt. Aber ja, artikuliert sie blökend, das Essen schmecke ganz *ex-qui-sit. Das sei ja ganz ewas Feines!*

Nana, wir wollten doch bitte beim Hochdeutsch bleiben: *etwas* Feines heiße das, berichtigt Tante Lena mit spitzen Lippen und macht einen geraden Rücken.

Natürlich, Verzeihung, *das Faeii-ne Es-sen*.

Und die *Faei-ne Spra-che* – etwas mehr *De-vo-ti-enz* bitte. Wir wären ja hier nicht bei den *Hotten-totten.* Es macht mir Spaß, das zu sagen.

Devotienz!!!! Vater schreit sein Gelächter Richtung Zimmerdecke und presst die Hand aufs Zwerchfell.

Und in diesem Moment setzt der Soundtrack in meinem Kopf ein: Ein Haufen klagender Streichinstrumente, und wir sind Hyänen, und wir singen dazu im Chor.

Ob sie sich noch erinnere, meine Mutter schnappt nach Luft und streckt Tante Lena eine aufgeregte Hand entgegen, wie Mutti in ihrer Kirchengemeinde diese neue Bekanntschaft gemacht habe, eine Familie mit fünf wohlerzogenen Kindern, die alle *ganz fein* gesprochen hätten. Ach, diese Kinder seien ja *so* artig gewesen, hätten immer *ganz* höflich gegrüßt, die Mädchen sogar mit *Knicks*. Und *ganz* tolle Schulnoten hätten sie gehabt und immer *ganz saubere Fingernägel*. Oma habe sie mehrmals eingeladen – die Engel würden sie heute wieder besuchen – sie hätte es so gerne gesehen, wenn die Feinheit dieser Kinder auf ihre Familie abgefärbt hätte, aber die seien so langweilig und dressiert gewesen, dass man mit ihnen nichts habe anstellen können. Niemand in der ganzen Siedlung habe mit denen befreundet sein wollen, aber Oma habe ihnen immer wieder den Kontakt aufgenötigt. Sie seien gezwungen gewesen, sich ganz ekelhafte Spiele auszudenken, damit die endlich nichts mehr mit ihnen zu tun haben wollten.

Der Kürbis! Tante Lena kreischt und hält sich entsetzt die Hand vor den Mund. Offenbar wurde sie gerade unvermittelt von einer Erinnerung überfallen. Meine Mutter streckt voller Stolz ihr Kinn vor und nickt.

Der Kürbis?

Das könne man jetzt eigentlich nicht erzählen, hier seien ja Kinder anwesend.

Ach, soo schlimm sei es nun auch wieder nicht gewesen.

Bea sieht aus, als schwanke sie verzweifelt zwischen ihrem gluckenhaften Schutzbedürfnis und ihrer chronischen Neugier.

Also, Frau Demmin sei doch so garstig gewesen.

Frau Demmin?

Die habe früher in Annegrets Haus gewohnt. Missgünstig bis ins Mark. Wenn sie einen dabei erwischt habe, wie man die Süßkirschen pflückte, die an den Ästen über ihren Zaun hinausragten, habe sie immer mit Fallobst geworfen. Na ja, und in diesem Jahr, als die Engel auftauchten, da habe sie einen riesigen Kürbis auf ihrem Komposthaufen gehabt. Sie habe in ihrer Freizeit am Zaun beim Kompost gestanden und darauf gewartet, dass jemand vorbeikomme, um damit prahlen zu können. Für andere Hobbys habe man damals keine Energie gehabt. Und zur gleichen Zeit sei ja gerade das Plumpsklo bei Hella voll gewesen und man habe ein neues Loch graben müssen. Klaus habe erklärt …

Klaus?

Freds Vater. Hellas Mann. Also, Klaus habe erklärt, das sei die richtige Aufgabe für Fred. Damit endlich ein Mann aus ihm werde. Und Fred sei zu ihnen gekommen, als die Engel gerade mal wieder zu Gast gewesen seien, und habe sie gefragt, ob sie nicht eine Idee hätten, was man mit einem ganzen Eimer voll Jauche anstellen könne.

Und Petra – acht Jahre alt sei sie da erst gewesen, acht Jahre, aber faustdick … das sei ja meistens furchtbar lästig gewesen, aber in dem Moment war ihr vorlauter Kopf Gold wert. Petra habe geantwortet, die müsse man in irgendwas umfüllen von jemandem, der es verdient hat. Und dann … wer habe es denn dann als Erster ausgesprochen?

Wisse sie auch nicht. Vermutlich hätten es aber alle gedacht. Na ja, alle außer den Engeln. Die hätten wohl am

Anfang gar nicht verstanden, worum es ging. Vielleicht hätten sie sogar gedacht, es gehe um eine gute Tat oder so. Jedenfalls hätten sie dann gewartet, bis es dunkel geworden sei. Fred habe den Eimer noch am Nachmittag irgendwo im Gebüsch versteckt, den ganzen Tag über hätten sie Angst gehabt, dass ihn jemand entdeckt, weil die Jauche so viele Fliegen anzog, dass man das Surren meterweit habe hören können. Nach dem Abendbrot hätten sie sich dann alle wieder draußen getroffen, Mutti habe ihnen das wohl erlaubt, weil sie glaubte, die Engel hätten einen guten Einfluss auf sie. Und dann seien sie bei der Hexe in den Garten geschlichen und die Engel hätten Wache stehen müssen, während Fred den Kürbis mit der Sägeklinge seines guten Taschenmessers ringsherum aufgeschnitten und die Jauche da reingefüllt habe. Das sei gar nicht so leicht gewesen, sie hätten ja gewollt, dass es eine Überraschung sei, deshalb durfte da nichts danebengehen. Und außerdem sei die Klinge eigentlich zu kurz gewesen für den großen Kürbis. Na, und dann hätten sie die Engel wieder eingesammelt und mit ihnen gemeinsam den Rest Jauche in den Wald gebracht.

Die Engel hätten die ganze Zeit nichts mehr gesagt.

Die seien dann auch beim Abschied sehr einsilbig gewesen. Und Mutti habe sich sehr gewundert. Als sie sie dann ein paar Tage später wieder eingeladen habe, seien sie endlich nicht mehr gekommen.

Mutti habe sie gefragt, ob es Streit gab, aber sie hätten sich einfach dumm gestellt. Und der Kürbis habe noch eine ganze Weile auf dem Kompost gelegen, bis die Hexe beschloss, ihn zu ernten.

Und dann?

Es sei das Gerücht umgegangen, sie habe den Kürbis gewaschen. Sonst hätte er ja wieder auf dem Kompost landen müssen, aber da sei er nicht zu entdecken gewesen.

Das habe sie noch nie jemandem erzählt.

Sie auch nicht.

Meine Mutter und meine Tante sehen triumphierend zu Oma, aber die hält den Kopf gesenkt und schweigt.

Und jetze sei der richtije Zeitpunkt dafüa jewesen? Bea zerrt uns schrill in die Realität zurück. Sie fände ditte allet janz schrecklich. Oma habe sich imma darum bemüht, 'n juter Mensch zu sein!

Nur weil man ein guter Mensch sein wolle, bedeute das ja nicht, dass es einem gelinge. Ich bin wirklich sehr sachlich, als ich das sage. Einmal habe sie mir eine einbeinige Puppe andrehen wollen – weiß der Teufel, wo sie die wieder ausgegraben hatte – dabei hätten alle meine anderen Spielsachen bekanntermaßen mindestens zwei Beine gehabt. Und als ich erklärte, ich wolle nicht mit der spielen, habe sie geantwortet, dass sie die dann eben in den Ofen stecken würde. Echt super jut für 'ne jelernte Kinderjärtnerin.

Also, Bea erhebt sich, und ich bin mir nicht sicher, welches Bedürfnis sie gerade unterdrückt. Dit sei 'n *total* netter Abend jewesen, aber et sei jetz doch schonn recht spät und die Kinda müssten ins Bett. Tatsächlich hat Theo die Augen geschlossen, und bei genauerem Hinsehen wird mir klar, dass er im Sitzen schläft. Anne hingegen starrt glasig vor sich hin, und ihr Mund steht schon so lange offen, dass er ganz trocken ist.

Und die Bescherung?

Ach, die hätten sie schon zu Hause jemacht, die Kinder seien so uffjerecht jewesen. Und ihre Wichteljeschenke würde sie einfach hierlassen.

Eingdlich wär se aa racht mied.

Na bitte, Oma sei müde. Vielleicht wäret dit Beste, sie jingen jetze alle nach Hause. Müsse Oma nich sowieso anne Dialyse?

Die hätten wir verschoben, die Ärztin habe das genehmigt. Sie habe gemeint, Vater wirft einen vorsichtigen Blick auf Oma, sie habe gemeint, es mache keinen großen Unterschied. Morgen früh halb sechs komme also die Schwester und schließe Oma an. Wir hätten gedacht, es sei schöner, wenn sie heute Abend mal länger aufbleiben könne.

×

Als ich in der fünften Klasse war, hatte ich Schwimmunterricht. Die ganze Klasse fuhr ohne Aufsicht mit der Straßenbahn drei Haltestellen zur Schwimmhalle, dann warteten wir davor, bis uns jemand hereinließ. Meist waren wir zu früh da und langweilten uns dann nie. Wir spielten die kopflosen Spiele unbeaufsichtigter Kinder, die häufig etwas mit Rennen zu tun haben, immer mit Geschrei und im Winter, wenn Schnee liegt, mit Schnee. Das klingt harmlos, aber Schnee birgt ein missbräuchliches Potenzial: Im einen Moment formt man einträchtig nebeneinander Bälle, und im nächsten Moment hat man einen im Gesicht. Einfach nur, weil es möglich ist. Diese Versuchung ist ansteckend. Als die besten Freunde Benjamin und Daniel damals ihre Bälle zu Eiskugeln pressten und Benjamin Daniel plötzlich von der Seite überfiel, schrie Daniel am Anfang vor Überraschung. Dann kamen ein paar andere Jungs dazu, die ebenfalls ihre Bälle testen wollten. Dann waren die Bälle getestet worden, Daniel lag am Boden, und sein Geschrei war durchmischt von Gelächter, fünf Jungs um ihn herum, die begannen, ihn einzuseifen, als würden sie ihn durchkitzeln. Daniel wehrte sich, und noch immer konnte man sein Geschrei mit Gelächter verwechseln, ebenso wie die Schlachtrufe der Jungen, die ihn umringten und abwechselnd auf den Boden drückten oder mit Schnee wuschen. Die Systematik entstand ohne Absprache. Von außen betrachtet konnte man es für Spaß halten, wenn man wollte, weil Geschrei ja kein ungewöhnlicher Indikator für Spaß ist. Und wir wollten es für Spaß halten – auch da gab es keine Absprache: Wir Übrigen stürzten uns zwischen die anderen, wir sprengten die Systematik, Systematik war überflüssig, sie wurde ersetzt durch Masse. Die Masse drückte Daniel zu Boden, die Masse beschaufelte ihn mit Schnee, sein Gesicht reichte nicht aus für das Spiel, wir stopften den Schnee sekundenlang überall dahin, wo genügend Volumen war – er hatte keinen Mund mehr zum Schreien. Und dann hörten wir plötzlich auf. Es war, als hätte uns alle gleichzeitig eine Erkenntnis getroffen. Es gab keinen Auslöser dafür, niemand hatte etwas gerufen oder getan, das Anlass zur Einsicht gab. Es passierte einfach. Wir ließen von ihm ab, stoben schweigend auseinander, sahen betreten irgendwohin, nur nicht in Gesichter. Daniel rappelte sich auf, klopfte den Schnee ab und aus, unterdrückte sein Schluchzen und sagte kein Wort. Dann ging die Tür zur Schwimmhalle auf, und wir rannten erleichtert hinein. Ließen das Spiel draußen und sprachen nie wieder darüber. Das war etwas anderes, natürlich: Wir alle mochten Daniel. Trotzdem stehe ich jetzt in der Küche, wasche Tüten ab und wünsche mir, dass jemand die Tür zur Schwimmhalle aufschließt. Aber dafür sind wir zu alt. Wir dürfen nicht mehr in die Schwimmhalle, wir müssen auf dem Platz davor bleiben und Oma aufhelfen. Wir können den Schnee nicht von ihr abklopfen, wir können nur hoffen, dass sie vergisst, dass er da ist.

Ich lege die letzte Tüte zur Seite, trockne mir die Hände am Geschirrtuch ab und gehe ins Wohnzimmer, wo mein Vater Oma eben in ihr Séparée schieben will. Etwas blockiert das Vorankommen des Rollstuhls, und er hält neben dem Weihnachtsbaum an, um die Ursache zu finden. Einer der Zweige streift Omas Gesicht, und sie tastet danach, befühlt die Nadeln und das Lametta.

×××

In der Dachbodenkammer rumpelt etwas. Die Katze liegt unter der Decke in meinem Arm, ihr Kopf um 180 Grad gedreht, sie starrt auf die Wand, als könne sie hindurchsehen. Langsam verorte ich mich in der Realität, die Erinnerungen an den gestrigen Tag kommen zurück, den ich nun, mit etwas Abstand betrachtet, offiziell als den schlimmsten Tag meiner bisherigen Existenz einstufen möchte. Wäre ich ein Baum, könnte man mich in ein paar Jahren fällen und in meinem Querschnitt einen Ring erkennen, der bis in alle Ewigkeit schamrot leuchten wird. Das hier, könnte man dann sagen und darauf zeigen, war der 25. Dezember. Frankas Oma hat einen ganzen Tag lang nicht mit ihr gesprochen, ebenso wenig wie mit den anderen beiden Verrätern. Die einzige Ausnahme bildete der rohe Hinweis, dass se orre Weihnoachdsgeschenke in denn Imschleeng under denn Baam finne dätn. Morr wär ja 'n Oomd zevihr nimmer dorrzu kumme. Es waren, wie jedes Jahr, 50 Euro darin, so wie es früher immer 50 DM gewesen waren – Oma hatte die Sache mit der Euroumstellung damals geistig nicht mehr verarbeiten können.

Etwas wird schleifend über den Boden gezogen. Käthe rappelt sich auf, springt lautlos aus dem Bett und wartet auf das nächste Zeichen. Als es erklingt – ein dumpfer Knall –, schleicht sie eilig zur Tür und zwängt sich durch den Spalt.

Na? Da habe aber jemand lange geschlafen.

Käthe antwortet irgendwas, das freundlich klingt. Meine Mutter niest. Die Schnappverschlüsse eines Koffers springen auf. Eine Plastiktüte wird aufgeschüttelt. Nach und nach werden Dinge hineingesteckt und ich an meiner Neugier aus dem Bett gezogen.

Meine Mutter hockt auf dem Boden zwischen Omas Sammlung. Das Räumen hat Staub aufgewirbelt, der im fahlen Licht der Dachluke tanzt. Sie sortiert Schuhe. Offenbar unterscheidet sie zwischen tragbar und nicht tragbar. Was nicht tragbar ist, landet in einem gelben Sack, alles andere wird vor dem Schrankkoffer aufgereiht.

Was sie damit vorhabe?

Spenden. Schuhe würden immer gebraucht. Die im gelben Sack könne man aber keinem mehr anbieten. Wenn ich irgendwas davon haben wolle, solle ich es sagen.

Omas Schuhe seien uns allen zu klein.

Hier seien ein paar alte Schlappen von Vati.

Bräuchte ich nicht, aber nett, dass sie frage. Ob es einen bestimmten Anlass dafür gebe? Habe gerade jemand vom Roten Kreuz geklingelt?

Ach, wo sie nun einmal da sei. Das müsse doch ohnehin gemacht werden. Warum nicht jetzt damit anfangen.

Na ja, es sei halt immer noch Weihnachten.

Jaja, das Essen stehe ja auch schon auf dem Herd, Papa kümmere sich darum.

Vater würde kochen?

Nee, sie habe vorgekocht, er würde das jetzt nur aufwärmen und die Klöße machen.

Ich zucke mit den Achseln. Was soll man dazu noch sagen. Wenn sie selber auf keine andere Idee kommt.

Ich schultere die Katze, wir steigen die Treppe hinab, der Geruch von Hasenbraten dringt durch die Dachbodentür, und mir wird ein bisschen übel davon, obwohl ich diesen Braten eigentlich furchtbar gerne esse.

Vater hat sich eine Schürze umgebunden, eben hebt er einen Deckel vom Topf, vom Wasserdampf beschlägt seine Brille. Warum er Mama denn nicht davon abhalte, da oben rumzuwühlen?

Abhalten? Er lacht. Wie ich mir das denn vorstellen würde. Er kippt Salz in das kochende Wasser. Ich könne ja ihre Brille verstecken, wenn ich den Mumm dazu hätte.

✕

Oma liegt bekleidet in ihrem Bett, und das Radio, ihr zuverlässigster Freund, erzählt kindgerecht von den Unterschieden deutscher Weihnachtsbräuche. In manchen Familien würde die Bescherung noch immer am Morgen des ersten Feiertages stattfinden. Heute, am zweiten Weihnachtsfeiertag, komme die Familie in anscheinend allen Nationen traditionell erneut zusammen, um weiterzufressen, als gäbe es kein Morgen. Letzteres formuliert der Moderator freilich positiver.

Ob morr de Bescherung itze scho gemoachd hättn?

In mir flackert es heiß vor Erleichterung: Ja, hätten wir. Mein Geschenk für sie sei der Weihnachtsbaum.

Sie nickt, des hätt se vorrstoanndn.

Ob er ihr gefalle?

Joa. Se kennt ne rieng. Des wär scho wos oanners wie su e Kunsdbaam.

Vom Dachboden kommt dumpfes Poltern. Es klingt, als sei etwas umgefallen.

Wos wär'n des geween?

Mama. Sie räume da oben auf.

Wos is doo affzeraime geem dät?

Keine Ahnung, vielleicht hätte ich versehentlich etwas in Unordnung gebracht, als ich den Baumschmuck rausgesucht hätte. Ob sie irgendwas brauche oder einen Wunsch habe? Tee vielleicht? Oder ein Stück Schokolade?

Sie bewegt das Kinn langsam von links nach rechts. 's dät ja glei denn Hoos geem.

Warum sie denn im Bett liege? Ob es ihr nicht gut gehe?

Oach, se hätt siech neer noch emol e weng hieleeng wolln. Se wär su moadd geween.

Ich rücke den Sessel an ihr Bett, setze mich hinein und stütze meine Füße an der Bettkante ab. Der Tag vor dem Fenster sieht irgendwie verwittert aus. Seit einer Woche ist der Himmel hellgrau bewölkt. Der Horizont erinnert an Marmor. Nicht, dass ich ihn gerade erkennen könnte, aber vom Dachfenster aus ging es gut.

De Demmin, hebt Oma unvermittelt an, die hätt ze Weihnoachdn immer Eigemoachdes vorrschankt. 's wär jeeds Joahr ewos oanners geween. Immer ewos, wos se salber oagebaud hätt. Des wär net leichd geween forr enne Ellaastehede, su en Huuf ze bewirrdschoafdn. 's dät viel Aarwid oafoalln, aa de schwern Soachng, un des misst morr oalls ellaane moachng, we'morr kann Moa hätt.

Woher sie das wisse? Ob sie befreundet gewesen seien?

Naa. Des wär net goange. De Demmin wär ze hoarrd geween, se hätt kaa Foammielje un kaane Freind gehoadd. Oaber ze Weihnoachdn, doo wär wuhl immer su e Resd Giede aus orr rausgedrunge, un den hätt se aam jeedn Noachboar in dor Siedlung miet e Gloos Eigemoachdn gezeichd.

Vor dem Fenster fängt es plötzlich an, weiß zu rieseln. Zwei Tage lang hat es nicht geschneit, aber eigentlich konnte man am Himmel ablesen, dass es jeden Moment wieder losgehen würde.

In den ann Joahr. In den Joahr, in den de Engle, gell … in den Joahr, doo hätts Kärbiskommbodd forr oalle geem. Omas Stimme ist so schwer, dass sie mir unter die Haut sickert.

Jede Foammilje e gruuß Gloos. Oalle hättn des kricht. Un 's hättn beschdimmd aa oalle gessn. Des Kommbodd voa dor Demmin. Des hätt immer guud geschmaggd.

Ich weiß gar nicht, was ich darauf sagen soll. Ich denke an den Geschmack von Kürbiskompott. Und beobachte mich dabei, wie ich mich kratze. Dann rumpelt es wieder über uns, Oma dreht ihren Kopf in Richtung des Geräuschs, und ich sehe die Panik in ihrem Gesicht.

Ob des immer noch de Pedra wär? Wos se dee doo noch moachng dät?

Ich könne sie ja mal fragen gehen. Ob sie das wolle?

Joa, sagt sie, und es klingt wie eine Bitte.

×

Mutti?

Meine Mutter wuchtet eine Korbkiste ins Licht, wirft den Deckel mit einem knarzenden Ruck auf, und der Staub in der Luft kommt bei ihrem Sichtungstempo offenbar gar nicht dazu, sich zu legen.

Wasn? Sie sieht in die Kiste voller alter Taschen. Essen fertig?

Nein. Also, doch, gleich. Aber abgesehen davon: Sie könne das nicht machen.

Natürlich könne sie das, spreizt sie rabiat eine Handtasche und überprüft deren Inneres. Ach, sieh an, hier seien ja noch zwanzig Ostmark. Sie hält mir den Schein hin wie eine Trophäe. Das sei ja wie mit Kais Erbe, was?

Kais Erbe bestand darin, die Wohnung seines Vaters zu entrümpeln. Der Mann hatte nichts auf dem Konto gehabt, seinen ganzen Besitz hortete er in seinen vier Wänden. Wenn es möglich gewesen wäre, hätte er vermutlich alles, was er für wertvoll hielt, unter sein Kopfkissen gelegt. Aber da das aus Platzgründen nicht möglich war, wählte er andere Verstecke. Kai wusste von der Existenz dieser Verstecke. Sein Vater, ein sehr alter Irrer, hatte manchmal im Wahn davon erzählt. Kai wusste auch, dass sein Vater ein Leben lang Lotto gespielt hatte. Was er allerdings nicht wusste, war, dass sein Vater auch einmal im Lotto gewonnen hatte. Als er die Wohnung ausräumte und nach den ominösen Verstecken suchte, rechnete er deshalb nicht damit, einen Sack voll Geld zu finden: 8400 Ostmark. Gebündelt und sortiert, ein wenig dunkel an den Rändern, als seien sie immer wieder mal durchblättert worden. Leider konnte Kai das Geld nicht umtauschen. Ich weiß nicht mehr genau, warum, aber ich glaube es lag daran, dass sein Vater es ihm nicht offiziell vererbt hatte. Aber es kann auch daran gelegen haben, dass er das Geld erst zehn Jahre nach der Wende fand. Ein paar seiner Freunde haben ihm dann aus Loyalität ein paar Scheine abgekauft und nostalgische Gründe vorgeschoben. Kai kam dadurch auf die Idee, die Scheine bei eBay zu versteigern. Das war zwar nicht das beste Geschäft seines Lebens, aber besser als gar kein Geschäft. Und dann, ein, zwei Jahre später, war er auf irgendeinem Stadtfest, dessen Attraktion ein Trabi war. Genau genommen DER Trabi. Der angeblich letzte Trabi, der vom Band gelaufen war. Der steht zwar meiner Information nach in irgendeinem Museum, aber in der Geschichte, die mir erzählt wurde, fand dieser Widerspruch keine Beachtung. Der angeblich letzte Trabi stand also im Zentrum des Festplatzes, seine Farbe trieb aus unterschiedlichen Gründen Tränen in die Augen, er hatte keinen Kratzer, man durfte sich reinsetzen, die Hupe betätigen und in Erinnerungen schwelgen. Männer wie Frauen standen davor und erzählten sich lachend, wie sie mit ihrer Volljährigkeit sofort den Führerschein gemacht hätten, nur um ein Auto beantragen zu dürfen. Die Wartezeit betrug ja im Schnitt zehn bis zwölf Jahre, da konnte man einiges ansparen. Und nicht nur einer berichtete von der erschütternden Erkenntnis nach der Wende, dass er diesen Trabi nach all der Wartezeit jetzt nicht mehr brauchen würde. Ganz ähnlich muss die Erschütterung für jeden Jungpionier gewesen sein, der kurz davorgestanden hatte, in den Rang der Thälmann-Pioniere aufzusteigen. Und dann kam es zum Höhepunkt des Festes, ein Mann griff zum Mikrophon und erklärte, heute, zur Feier des Tages, könne man diesen letzten Trabi zum Originalpreis von 5890 Mark erwerben, zahlbar natürlich nur in der Originalwährung. Alle Anwesenden sollen gelacht haben. Außer Kai. Dessen Ostmark-Depot belief sich inzwischen nur noch auf 5200. Der Trabi wurde übrigens nicht verkauft.

Meine Mutter kontrolliert jede einzelne Tasche und findet in etwa jeder vierten Geld, das sie déjàvuartig mit dem immer gleichen «Ha» hervorzieht, wie einen Beweis für irgendwas, das nur sie bewiesen sehen will.

Sie könne das nicht machen, sage ich noch mal, und diesmal gebe ich mir Mühe, sehr fest zu klingen.

Mutti habe das Haushaltsgeld immer in ihren Handtaschen vor Vati versteckt, damit der es nicht vertrinken konnte.

Ob sie mich gehört habe?

Wo das Problem sei? Sie sieht mich emotionslos an. Sie mache das ständig, das sei ihr Beruf.

Es sei ihr Beruf, den Haushalt Verstorbener aufzulösen. Aber Oma sei da unten noch relativ lebendig. Sie habe mich gerade gefragt, was hier oben vor sich gehe. Wenn ich ihr jetzt erzählen würde, dass ihre Tochter gerade dabei sei, schon mal das Loch für sie zu schaufeln, dann könnte ich ihr bei der Gelegenheit auch gleich das Herz mit einem Löffel rausschälen.

Na, ich solle mich da mal nicht so reinsteigern. Sie zuckt unbekümmert mit den Schultern. Mutti sei ziemlich hart im Nehmen.

Nein. Keine von uns sei so hart im Nehmen, wie wir vorgeben würden zu sein. Die Gründe dafür seien nachvollziehbar. Aber das könne so nicht mehr weitergehen, wir müssten jetzt damit aufhören, sonst würde es vielleicht niemals aufhören.

Meine Mutter zieht die Augenbrauen zusammen und sieht mich an, als würde sie etwas an mir entdecken, das ihr bisher verborgen geblieben ist.

Das Beste wäre vielleicht, sie würde jetzt einfach nach Hause fahren.

Sie hockt da und macht keine Anstalten, etwas zu sagen. Sie sieht nicht aus, als würde sie denken. Genau genommen sieht sie aus, als wolle sie, dass ich das für sie übernehme.

Wenn man den Tod eines Menschen kaum erwarten könne, sei es wahrscheinlich besser, wenn man ihn nicht miterlebe. Das sage ich nicht. Aber ich denke es, und vielleicht hört sie es deshalb trotzdem.

Vielleicht fände Oma es gut, wenn sie noch zum Essen bliebe.

Vielleicht. Wir würden es am besten darauf ankommen lassen.

×

Och, nö! Vater lässt sich in seinen abgeranzten Rauchersessel fallen und sieht schmerzhaft enttäuscht abwechselnd in mein Gesicht und das meiner Mutter. Das sehe er nicht ein! Er habe sich so auf sie gefreut!

Na ja, druckse ich. Sie sei ja vermutlich in absehbarer Zeit wieder hier.

Vater starrt kurz, drei, vier, fünf Sekunden, in denen seine Denkmaschine mühsam gegen die THC-Langsamkeit ankämpft, bis der Schalter sich umlegen lässt und er mich versteht.

Und wie würden wir das Oma beibringen wollen?

Lügend.

Ah, so. Ja. Er nickt. Das sei vermutlich das Beste. Kurz stelle ich mir vor, wie es wäre, Oma einzureden, Mama müsse leider spontan zurückfahren, es gebe einen unerwarteten Notfall in der Familie, ihre Mutter liege im Sterben. Es tue ihr ganz entsetzlich leid, aber. Das hätte etwas Lynch-haftes, vermutlich kann man daran auch sterben.

Und was genau würden wir ihr sagen?

Wir würden es aufs Wetter schieben.

Klassisch, befindet er, stemmt sich aus seinem Sessel und strebt Richtung Tür. Dann könnten wir ja jetzt essen.

×

Meine Mutter hat Oma auf ihrem Teller alles ganz klein geschnitten und vermengt, damit sie nicht versehentlich die puren Klöße lutschen muss. Es sieht unappetitlich aus, aber dafür kann sie mit dem Löffel essen. Was sie natürlich nicht wirklich tut. Sie stippt nur mit der Spitze in die Masse und steckt sie dann zum Schein zwischen ihre Lippen.

Ob es ihr schmecke?

Es schmecke *sehr* gut. Das Hochdeutsch in Kombination mit der speziellen Betonung des Wortes ‹sehr› macht deutlich, wie wichtig es ihr ist zu betonen, dass es wirklich gut schmeckt, ganz unabhängig davon, ob es *ihr* schmeckt. Das rührt mich, obwohl ich ihre Urteilskraft anzweifle. Aber vielleicht hat sie ja tatsächlich das Glück, zum Abschluss noch mal ihre Sinne zurückzugewinnen. Es soll ja auch nicht unüblich sein, dass Sterbende, die jahrelang nicht ansprechbar waren, plötzlich noch mal zu reden beginnen.

Sie müsse ihr was sagen, hebt meine Mutter nach einer Weile an, und ich meine herauszuhören, dass es ihr nicht besonders schwerfällt. Sie müsse jetzt gleich wieder zurück nach Hause fahren.

Itze? Wienooch dee des? Oma hört auf, ihren Alibilöffel zu bewegen.

Na ja, es habe wieder angefangen zu schneien und der Wetterbericht sage in den nächsten Tagen sehr viel Schnee voraus, es könne auch zu Stürmen kommen. Wenn sie heute nicht fahre, könne es sein, dass sie morgen nicht mehr wegkomme. Sie müsse aber am 28. arbeiten, das ließe sich leider nicht verschieben. Die Wohnung müsse Ende Dezember geräumt sein, damit nach Neujahr gleich die Handwerker reinkönnten. Deshalb müsse sie jetzt schon fahren. Wenn das Wetter es zulasse, wäre sie zu Silvester wieder hier.

Nujoa, wenn's itze net oanners gehe dät.

Ob noch jemand Wein wolle? Vater hat die Drei-Euro-Aldi-Festtagsflasche schon leicht gekippt und hält sie über Mamas Glas. Die nickt, und er schenkt der Reihe nach allen ein, auch Oma. Ich sehe ihn überrascht an.

Es habe ja keiner nein gesagt. Er zuckt mit den Achseln. Wahrscheinlich weil keiner nein sagen wollte, grinst er, hebt sein Glas, prostet in die Runde und trinkt. Dann küsst er meine Mutter impulsiv auf die Wange, stellt das

Glas ab und erklärt, also, wenn es jetzt schon so weit sei, dass seine Frau sich gleich wieder verdrücke, obwohl sie doch gerade erst angekommen sei, dann müsse er sich vielleicht mal eine Geliebte suchen.

Oma neigt sich kaum merklich zu meiner Mutter: Des dät orr doch goar nimmer schoaffm, raunt sie.

Sie schlafe jetzt. Ich setze mich auf die Werkbank und sehe dem Schnee vorm Fenster beim Fallen zu – das Hoflicht strahlt ihn gelb von der Seite an.

Ob es irgendwelche Probleme gegeben habe?

Nein. Im Gegenteil. Sie habe noch mal auf die Toilette gemusst und sich danach selber abgewischt. Ohne Aufforderung oder so.

Ob ich sie dafür gelobt hätte?

Ja.

Der Garten ist gleichmäßig zugedeckt, das Iglu wächst von allein. Käthe klettert auf die Pflanzenbank vor meinen Füßen und quetscht sich zwischen zwei Blumentöpfe. Es sieht ungemütlich aus. Vater hängt beseelt in seinem Sessel und blättert durch eine alte Enzyklopädie. Das ist ein typisches Bild meiner Kindheit: Mein Vater blättert in zentnerschweren Lexika. In meiner Erinnerung krieche ich zu ihm aufs Sofa, beäuge die aufgeschlagenen Seiten und versuche zu verstehen, was ihn so fasziniert. Und ich komme zu dem Schluss, dass es die Bilder sein müssen, die nadelfeinen Querschnitte von Lebewesen, Organe sauber angeordnet wie Straßen und Seen auf Landkarten; die übersichtliche Darstellung von Spinnennetzen, einzelne Bereiche benannt mit langen Worten, als handle es sich um menschliche Entwürfe. All die Punkte, die es braucht, um die Linien eines Schädels zu bilden; und die Detaildarstellungen von Mundwerkzeugen: Mandibeln, erklärte mir mein Vater. Ich kann höchstens acht gewesen sein. Mandibeln. Ich dachte immer, es ginge um die Strukturen. Die Punkte und Linien, mit denen man die Realität auf dem Papier fixieren und dann dort ansehen kann, so oft man will. Aber es ging um die Bezeichnung der Dinge, es ging um die Wahrheit und wie man sie bestimmt.

Wo die Menschen herkämen, habe ich ihn irgendwann gefragt, und er zog eins von vielen Büchern aus dem Regal, als hätte er nur darauf gewartet, dass ich ihn fragen würde. Und wir blätterten uns durchs Universum, durch die Atmosphäre, durch Magma und die Querschnitte der Erdkruste, wir gelangten ans Ende der millionenjahrelangen Leere und erreichten die Kleinstlebewesen, sahen ihnen ein paar Seiten lang dabei zu, wie sie groß wurden und dann ausstarben. Wir betrachteten die wenigen, die überlebten, und unter ihnen das eine, das irgendwann aufrecht ging. Das das Rad erfand und das Telefon und die Atombombe. Und an dieser Stelle hörte mein Vater auf, mir die Wahrheit zu erklären. Und er blätterte zurück zu den Querschnitten der Erde, zu den Kleinstlebewesen und allem anderen, das seinem Glauben nach kein Bewusstsein hat. Und ich verstand nicht, was ihn so traurig machte. Und weil ich es nicht verstand, fragte ich nicht.

Irgendwann fing ich an, meine eigenen Bilder zu zeichnen. Nadelfeine Querschnitte von Entwicklungsphasen, die Ohnmacht einer Vierzehnjährigen sauber angeordnet wie Straßen und Seen auf einer Landkarte; die übersichtliche Darstellung von Pubertätsdepressionen, einzelne Bereiche benannt mit langen Worten, als handele es sich um menschliche Entwürfe. All die Punkte, die es braucht, um die Linien eines Charakters zu bilden; und die Detaildarstellungen von Momenten: Realität, erklärte ich meinem Vater. Ich kann höchstens sechzehn gewesen sein. Realität. Er dachte immer, es ginge um die Strukturen. Die Punkte und Linien, mit denen ich mein Empfinden auf dem Papier fixieren und dann dort ansehen könnte, so oft ich wollte. Aber es ging um die Bezeichnung der Dinge, es ging um die Wahrheit und wie man sie bestimmt. Darum geht es immer.

Sie wisse, sagte meine Mutter vorhin unverhofft, zum Abschied, als wir einen Moment alleine am Gleis standen, dass ich meinen Vater mehr liebte als sie. Und ich sagte, ja. Aber ich glaubte auch, dass ich sie mehr liebte als sie Oma. Und sie sagte, ja. Dann nahm mein Vater zwei Stufen auf einmal die Treppe zum Bahnsteig hinauf, und ich dachte noch, dass es kein anderes Wir gibt als jenes, für das wir uns entscheiden. Aber als er bei uns stand, zögerte ich einen Moment, und dann legte er seinen Arm um sie, roch an ihrem Haar, und es war nicht mehr der richtige Moment für diesen Satz.

Vater kichert in meinem Rücken. Ich sehe ihn über

die Schulter an, bis er zu mir aufblickt. Dann nickt er und wendet sich wieder dem Text zu:

Fliegenpilze enthielten den psychoaktiven Wirkstoff Muscimol und könnten deshalb zu starken Vergiftungserscheinungen von Übelkeit und Erbrechen bis hin zum Tod führen. Er schüttelt feixend den Kopf.

Ibotensäure! Rufen wir gleichzeitig ungewollt laut. Wenn überhaupt … winkt er ab.

Käthe meckert und wirft mir einen konsternierten Blick zu. Mein Vater antwortet unbedacht in ihrer Sprache, ohne sich im Lesefluss stören zu lassen.

Mein Vater, der kluge Kater. Der sagte eines Tages zu mir: ‹Gehe nicht auf den hinteren Feldweg, ich habe dort schwarz-weiß gestreifte Mäuse gesehen. Sie planen gewiss Böses.› Weiter komme ich nicht. Ich drehe mich wieder zu ihm um, aber er sitzt so versunken über seinem Buch.

Vater hat mir diese Geschichte immer vor dem Schlafen erzählt, während meine Mutter in der Küche den Abwasch erledigte und chronisch unzufrieden war. Im Nachhinein ist das nachvollziehbar: Acht Stunden am Tag verstaubte sie gemeinsam mit den Exponaten in ihrem Museum, einzig beschäftigt durch die Horden von Schulklassen, die sie nach eigenen Angaben durch die Ausstellungsräume jagte, um sie schnellstmöglich wieder los zu sein. Dann kam sie nach Hause, und da war dann dieses andere Kind und wollte für sein Prinzessinnengetue anerkannt werden. Es hätte klauen, ja, ganze Häuser anzünden können – das wäre alles weniger schlimm gewesen als diese rosa Kinderkacke, die es aus der Grundschule mitbrachte, zusammen mit den dazugehörigen Freundinnen, die absichtlich lispelten, weil sie niedlich sein wollten. Meine Mutter hätte kotzen können. Hat sie vermutlich auch. Glücklicherweise gab es meinen Vater. Der hat die Kotze fröhlich weggewischt und vielleicht sogar noch irgendwas daraus gebastelt.

Heute würde man sagen, dass sie sich einfach einen anderen Job suchen solle. Aber so einfach war das damals nicht. Man konnte nicht einfach das arbeiten, was man wollte. Man konnte auch nicht einfach das studieren, was man wollte. Vor allem konnte man nicht einfach studieren. Man musste bestimmte Bedingungen dafür erfüllen, und selbst wenn man sie erfüllte, gab es nur eine begrenzte Anzahl an Studienplätzen. Natürlich waren die Plätze der wirklich interessanten Studiengänge Bückware, von deren Existenz man nur unter besonderen Voraussetzungen erfuhr. Und natürlich war die erste Wahl meiner Mutter eine solche Bückware: Architektur. Und natürlich fiel auch ihre zweite Wahl in diese Kategorie: Archäologie. Sicher hätte sie irgendwann, wenn sie lange genug gewartet hätte, einen solchen Studienplatz bekommen – mit Hartnäckigkeit erreichte man viel in der DDR. Aber das dauerte meinen Großeltern alles zu lange. Vor allem meinem Opa. Der ging zur entsprechenden Behörde und verlangte einen Studienplatz für sein Kind. Sofort. Schließlich sei er dafür damals extra inne Partei injetreten: damit der Werdejang seiner Kinda nich durch seinen volksuneijenen Maura-Betrieb behindat würde. Dabei hätta ja jar keene andere Wahl jehabt, als ’n selbständijes Untanehmen zu führn, sonst hätte ihn der Staat ja in Frührente jeschickt.

Schon gut, schon gut, sagte man, kein Problem: Lehramt. Und mein Opa erwiderte: Sehr jut. Ging nach Hause und teilte seiner Tochter die frohe Botschaft mit.

Kinder! Jauchzte Oma, während Entsetzen das Gesicht meiner Mutter lähmte. Diese Lähmung weitete sich auf ihr Sprachzentrum aus und hielt ungefähr eine Woche an. Bis Opa die stumme Botschaft endlich verstand und noch mal zur erwähnten Behörde ging.

Lehramt sei unjünstich, erklärte er.

Ach, das sei schade, antwortete man und lächelte gleichmütig.

Ob et nich wat andaret jebe?

Wieso etwas anderes? Lehrer sei doch ein respektabler Beruf. Zudem brauche man Lehrer in der DDR und er als Parteimitglied sei doch sicher auch daran interessiert, dass seine Tochter das Volk der Deutschen Demokratischen Republik nach besten Kräften unterstütze.

Ja, antwortete er. Natürlich sei er daran sehr interessiert. ‹Sehr› sei eijentlich gar keen Ausdruck dafür. Aba vielleicht jebet ja 'nen andaren Bereich, in dem seine Tochter dem Volk noch mehr nützen könne als im Lehramt. Dit sei ja 'ne jroße Vaantwortung, die man da trare. Man untarichte die Kinder ja nich nur, man erziehe se ja ooch.

Der Mann in der Behörde soll abwesend genickt und sich dem ein oder anderen Dokument zugewendet haben.

Ob er Kinder habe?

Jaja.

Wie alt die denn seien?

Der Jüngste werde im Herbst vier.

Aha. Na, dann könne er ja mit etwas Glück später in den Jenuss seiner Tochter komm. Die sei ’n prima Kerl. Bisskcn rabiat vielleicht. Und mit Jüngeren könne sie unjefähr so jut wie andare mit Viechzeuch. Wenns erlaubt wär, würde se sich die mit ’ne Kindaklatsche vom Hals halten.

Das Interesse des Mannes hinter dem Schreibtisch soll sich an diesem Punkt der Unterhaltung zumindest vom Papier auf das Gesicht meines Opas verlagert haben, wo es eine Weile schweigend verblieben sein soll.

Er sei ja Maurer, will mein Opa gesagt haben.

Mhm.

Er liebe seinen Beruf.

Mhm.

In seiner Freizeit jehe er manchmal zu Freunden und helfe ihnen, am Haus wat anzubaun. Einfach so. Aus pure Freude.

Mhm.

Er könne ja nich jenuch davon bekomm’. Ihm jingen nur leida langsam die Freunde aus.

Es sei, soll der andere konzentriert gesagt haben, ja oft nicht leicht, an Baumaterial zu kommen.

Na ja, wemma anner Quelle sitze. Wie et denn bei ihm sei? Ob er ooch ’n Haus habe?

Mhm. Das Dach sei nicht mehr zu gebrauchen. Es müsse neu gedeckt werden. Man versuche seit Monaten, an Ziegel zu kommen.

Ach, na sowat aba ooch: Er habe ja zufällich jerade welche üba. Die würden nur Platz wechnehmen. Er könne se jeschenkt ham.

Opa und der Beamte sollen sich lange prüfend angesehen haben. Architektur oder Archäologie, soll Opa dann freundlich gesagt haben. Oder irjendetwat, das dem möglichst nahekomme.

Und der Beamte antwortete nach kurzem Zögern: Kunstgeschichte. Mit Archäologie lande man am Ende auch nur in den Museen, da könne man genauso gut Kunstgeschichte studieren. Und damit war das Schicksal meiner Mutter besiegelt.

Opa trug das Ergebnis seiner Bemühungen stolz nach Hause und legte es meiner Mutter wie eine Beute vor die Füße.

Kunst! Soll Oma gejauchzt haben.

Geschichte, will meine Mutter knurrend verbessert haben. Und vor lauter Ärger über die Freude ihrer Mutter, dass das Kind sich mit den *schönen* Künsten befassen würde, wo es doch die vergangenen Jahre sein Bestes gegeben hatte, Schönheit zu boykottieren, vor lauter Ärger verschob sich die Wut meiner Mutter über die Unausweichlichkeit ihrer Situation vom eigentlich Schuldigen auf ihre Mutter. Und dort blieb sie.

Die Sache hatte nur ein Gutes. Das sagt man ja gerne mal, wenn irgendetwas ganz schrecklich falsch läuft: Jede Sache hat ihr Gutes. Und das klingt dann immer danach, als handle es sich dabei um einen von mehreren Aspekte, die doch den negativen Anteil zumindest ausgleichen. Aber diese Sache hatte nur *ein* Gutes: meinen Vater. Und auch wenn es anfänglich den Eindruck erweckte, als könne sie alles im Lot halten – die Liebe, diese überwältigende Mogelpackung –, so änderte es doch letztlich nichts daran, dass meine Mutter sich mit Dingen beschäftigen musste, die sie unangenehm an die fragwürdige Schöngeistigkeit ihrer Mutter erinnerten. Und als sie dann eine Stelle bekommen hatte, in einer Stadt, die möglichst weit weg von zu Hause lag, denn auch da konnte man ja nicht besonders wählerisch sein, traf sie fast der Schlag angesichts der Tatsache, dass das Hauptklientel des Museums Schulklassen waren. Als sie bei nächster Gelegenheit in D. davon erzählte, soll Oma gut gelaunt bemerkt haben, Gott habe Humor. So entstehen Gewaltphantasien.

Da war sie also in ihrem Museum gefangen, und daheim wartete dann auch noch das Kind – Ergebnis zermürbender Kompromissfindungen – und knechtete sie mit seinen Liebesansprüchen: ich. Dieses Kind, für das sie noch vor seiner Zeugung betete, dass es ein Junge werden würde. Aber es wurde kein Junge. Es wollte sich auch nicht wie einer anziehen lassen. Es spielte mit Puppen, es malte Filzstiftbilder mit rosa Schmetterlingen, Herzen, Prinzessinnen. Und hätte es Pferde malen können, wären auch die pink gewesen. Es tanzte vorm Spiegel, ja, es war ganz besessen von seinem Spiegelbild. Und dann kam es endlich in die Pubertät, aber da hing es alle Nachmittage vorm Fernseher und glotzte sich in die sozialen Gefüge erfundener Figuren rein, weil keiner mit ihm spielen wollte. Man konnte es nicht davon abhalten, kein Verbot und kein Schloss half. Es baute sich Lügen und Dietriche, bis man es aufgab, mit ihm zu kämpfen. Und wenn alle Seifenopern und Hollywoodschnulzen gesendet waren, dann stolzierte es affektiert durch die Wohnung und versuchte, die TV-Welt beim Abendbrot einzuschleusen, indem es sich bei jeder Gelegenheit mit albernen Serienzitaten schmückte. Es war unerträglich. Irgendwann fing es von selbst an, sich in dieser Fernsehrealität zu langweilen, und zog sich aus ihr in eine angenehm abweisende Pubertätsisolation zurück. Allerdings verschob es da vor allem seinen Tagesrhythmus und fraß sich von nun an durch die Filme des Nachtprogramms. Wären es doch bloß Horror und Sex gewesen. Aber es waren auch die Filme auf 3sat. Und dann fing es an zu zeichnen. Nicht nur mal hier und da ein Bildchen, nein, exzessive Krakeleien von anstrengender Intimität. All diese organischen Bilder, die zwar nicht mehr niedlich waren, aber doch auf eine deprimierende Weise schön. Und nachdem es sein Abitur mit so wenig Aufwand wie möglich bestanden hatte, lungerte es herum, nannte sich kokett Karriereverweigerin und kellnerte in einer Spelunke, in der das Bier so günstig war, dass dort der Bodensatz der Gesellschaft seine Tage und Nächte verbrachte, um möglichst nie wieder nüchtern zu werden. Diese Episode war eigentlich nicht ganz so schlimm wie die anderen. Rückblickend könnte man sagen, dass meine Mutter und ich uns immer dann näherkamen, wenn ich auf irgendeine Weise gegen Omas Etikette verstieß. Aber als das Kind endlich wusste, was es studieren wollte, war das: Kunst. Meine Mutter begriff nicht, woher das kam. Sie verstand die Bilder ihrer Tochter nicht, und sie wollte sie auch nicht verstehen. Sie empfand meine Entscheidung als Angriff auf ihre Persönlichkeit, und obwohl ich sie nicht nach ihrer Meinung gefragt hatte, setzte sie mich darüber in Kenntnis. Aber die Meinung meiner Mutter interessierte mich einen

Dreck. Ich musste es nicht aussprechen, um es zu sagen. Und als sie das verstand, erkannte sie wohl die Parallelen, die absurde Wiederholung der Geschichte. Und sie wechselte von einem Tag auf den anderen zu einer Politik der Enthaltung, wann immer es um meine Belange ging. Vermutlich weil es das war, was sie sich von ihrer Mutter gewünscht hätte. Man kann das wohl einen Waffenstillstand nennen. Immerhin.

Ob er Mama eigentlich das Zimmer gezeigt habe?

Vater hebt seinen Kopf abrupt und reißt die Augen auf: Nee! Das habe er völlig vergessen!

Na ja, nicht so schlimm. Sie sei ja bald wieder da.

Er nickt erleichtert und lässt seinen Kopf bei der Gelegenheit gleich gesenkt.

Es wird mir ein ewiges Rätsel bleiben, was genau das ist zwischen ihnen beiden, dieses Große, Gewaltige. Woher er die Geduld nimmt, sogar die Dinge an ihr zu lieben, die er nicht liebt. Welchen Zauberspruch er benutzt, um aus meiner Mutter eine Frau zu machen. Vor allem: eine, die sich gefällt. Und wie hält man es eigentlich all die Jahre unbeschadet mit jemandem aus, dessen maximales Feingefühl sich darin erschöpft, den Mund beim Kauen geschlossen zu halten?

Er wolle aber ihren Namen annehmen, antwortete er, als sie noch während des Studiums kurz angebunden um seine Hand anhielt, damit sie eine gemeinsame Wohnung bekämen. Gab es damals nämlich auch nicht einfach so. Die Ehe mit 18 war deshalb keine Seltenheit – lieber das als noch länger bei Mutti wohnen. Und selbst wenn man verheiratet war, konnte es sein, dass es keine annehmbaren Räumlichkeiten gab. Haufenweise renovierungsbedürftige Buden mit kaputten Fenstern, ja. Aber wer wollte da schon einziehen. Das, was man meinen Eltern zur Verfügung stellte, fiel übrigens auch in diese Kategorie. Aber glücklicherweise war Opa ja vom Fach und hatte Zugang zu allerlei Baumaterial. Fenstern zum Beispiel, die im Zuge der Planwirtschaft eigentlich irgendwem versprochen waren, der vermutlich schon sehr lange darauf wartete. Opa hat sie trotzdem in die Wohnung meiner Eltern eingebaut. Als irgendeine Behörde davon Wind bekam, lud man ihn vor und stellte ihn zur Rede. Aber er zuckte nur mit den Achseln und fragte, was die Jenossen jemacht hätten, wenns ihr Kind jewesen wär.

Mein Vater wollte jedenfalls ihren Namen annehmen. Und als die Heiratsurkunde unterschrieben war, nahm meine Mutter sein Gesicht in ihre Hände, küsste ihn mit Nachdruck und erklärte: So, jetzt sei er also ein Rabenkind.

× × ×

Wir erproben Sterbebegleitungsstrategien am noch lebenden Objekt: Ich habe versucht, Oma mit leckerem Zeug und Fernsehen zu füttern, aber irgendwie musste ich dabei an «Das Große Fressen» denken. Dann habe ich gedacht, ich könnte ihr vielleicht etwas vorlesen, und habe in der Vitrine nach einem passenden Buch gesucht. Irgendwas mit kürzeren Geschichten. Ein Märchenbuch hätte es getan, oder meinetwegen Reimlyrik. Aber in dem Schrank stehen wirklich nur Liebesromane und ein paar Sachbücher. Ich muss sie nicht fragen, um zu wissen, dass sie die alle gelesen hat. Außer den Sachbüchern. Das war früher der klassische Zeitvertreib unbefriedigter Frauen ab 15. Heute gibt es alternativ Point & Click Adventure und Ladenöffnungszeiten bis 22 Uhr. Ich habe mich durch die Buchrücken gelesen wie durch Pornotitel in einer Videothek und den absurdesten herausgezogen: «Ferienfahrt ins Glück». Kein dickes Buch, etwa 120 Seiten. Ich dachte, das könnte ich vielleicht noch schaffen, ihr komplett vorzulesen. Aber dann habe ich die erste Seite angetestet, und schon nach ein paar Sätzen war mir das Buch so peinlich, dass ich es wieder zurückstellen musste. Jetzt sitzen wir hier irgendwie abwartend beieinander, das Radio läuft dezent, ich blättere mich durch ‹600 Ratschläge für den Gemüsegarten› und höre Oma dabei zu, wie sie lebt. Mir ist klar, dass das eine der letzten Gelegenheiten ist, aber es ist trotzdem, um die Wahrheit zu sagen, kein Moment, den man noch mal genießen könnte. Ich wünschte, es wäre einer. Ich wünschte, ich hätte haufenweise liebevolle Gedanken an meine süße Omi, mit der ich mich immer so schön unterhalten konnte.

Als die Haustür auffliegt und die dicke Dialyseschwester in den Flur stampft, damit sie trotz der Schneekruste an ihren Schuhsohlen auf den Flurfliesen nicht ins Rutschen kommt, bin ich erleichtert, dass endlich etwas passiert. Ich habe die Wohnzimmertür extra offen gelassen, weil sich mir bei geschlossener Tür der Eindruck einer Grabkammer aufdrängte – Oma nahezu bewegungslos aufgebahrt zwischen all ihren Kostbarkeiten –, und irgendwie fühlte es sich an, als sei ich eine der Grabbeigaben.

Echt irre, dieser Schnee.

Wie war bloß ihr Name, verdammt.

Ob dit hier überhaupt noch Deutschland sei?

Die Schwester ist eine von der Sorte, die nach jedem Satz eine Pause macht und einen währenddessen erwartungsvoll ansieht.

Sie komme sich vor, als ob man se ohne ihr Wissen an 'n Nordpol vasetzt habe.

Haha, Nordpol. Ich fühle mich bedrängt.

Se sei mit Ach und Krach durchjekommen, wirklich. Zweemal sei se stecken jebliem. Eenmal habe se sich festjefahren. Se habe 'n Klappspaten in Koffaraum, ohne den fahre se nirjends mehr hin.

Tja, der Winter.

Dit sei doch keen normala Winta!

Nein, das sei er wohl nicht.

Dit sei 'n Starkwettaaeignis! *So* nenne man ditte nämich!

Okay. Aber ich fände es eigentlich auch irgendwie gemütlich.

Ha, jemütlich! Vor lauter Jemütlichkeit wisse se nich, ob set morjen nochma bis hierher schaffe.

Das wollten wir aber schwer hoffen, nicht wahr, Oma?

Joa , quält Oma sich einen schwachen Lacher ab.

Die Schwester tritt ans Bett, krempelt sich die Ärmel hoch und schiebt Oma zuerst ein Fieberthermometer unter die Achsel, bevor sie ihren Blutdruck misst.

Wie denn dit Weihnachtsfest jewesen sei? Ville Jeschenke? Lecka Jans?

Hase! Bei uns gebe es immer Hasenbraten zu Weihnachten! Ich hätte in meinem ganzen Leben noch keine Gans gegessen.

Ach? Dit habe se ja noch nie jehöat.

Vogtländische Tradition. Hase mit Saurer-Sahne-Soße, Rotkraut und Klößen.

Würklich?

Ja.

Des hättn se scho gessn, wie se noch e Schdebfl geween wär. Orr Leebdooch hätt's immer en Hoos ze Weihnoachdn geem.

Na, Frau Raben, denn solle se sich jetz ma 'n bissken anstreng', damit se 'n nächsten Hasenbraten ooch noch mitessen könne. Die Schwester kritzelt die Werte in die Tabelle. Ihr Gesichtsausdruck ist gefasst, und das Thema Weihnachten haben wir elegant abgehakt.

✕

Ob sie noch einen Tee wolle, ehe sie wieder los müsse?

Nee danke, lehnt sie sich gegen den Türrahmen der Küche, und ich kann zusehen, wie sie Anlauf nimmt: Dit würde nich mehr lange dauan.

Das wüssten wir.

Vielleicht sei et bessa, Oma ins Krankenhaus zu bring'. Dort könnte man se bessa überwachen. Außadem sei wirklich nich sicha, ob set morjen nochma bis hier raus schaffe.

Vielleicht. Aber es ginge hier noch um wie viele Tage? Drei? Vier?

Die Schwester will sich nicht zu einer Prognose hinreißen lassen.

Wozu ihr noch irgendwelche verlängernden Maßnahmen aufdrängen. Auch noch in einem Krankenhaus – um Gottes willen. Wenn man Pech habe, bleibe man vielleicht mit dem Krankenwagen im Schnee stecken – zu viel Aufregung für einen entspannten Tod.

Sie nickt. Wie et denn mir damit jehe?

Mir?

Sie sieht mich aufmerksam an.

Okay. Glaubte ich. Ehrlich gesagt hätte ich das Gefühl, so nah dran zu sein, dass ich gar nicht wirklich einschätzen könnte, wie es mir damit gehe.

Wo denn mein Vater sei? Vielleicht wäret schöna, wenn ick nich alleene bei ihr säße.

Er schlafe. Wir würden uns an ihrem Bett abwechseln. Ich hätte damit kein Problem. Aber ich hätte das Gefühl, es müsste ein besonderer Moment sein. Mir fiele nur nichts ein, womit ich ihn füllen könnte.

Ick könne ihr wat azählen.

Ich hätte ihr schon alles erzählt.

Ick könntet ihr ja nochma azählen. Sie lacht nicht.

Oma?

Joae? Ihre Antwort kommt verzögert.

Ich würde jetzt gerne zeichnen wollen, aber ich würde nicht sie zeichnen. Ob das für sie o. k. sei?

Iech kennt se ruich zeichne, des dät se net schdeern.

Aber. Die Bilder, die ich von ihr gemacht hätte, die hätten ihr doch nicht gefallen.

Wos? Wie iech dee doodrauf kumme dät? Sogar ihre Entrüstung ist kraftlos.

Na ja. Schön seien sie ja nicht gewesen.

Oach, wuhaar dee. Se hättn orr gewies gefoalln. Beschdimmd. Iech sollt miech emol net su oastelln.

Ist es richtig, das Vertrauen eines Menschen anzunehmen, wenn man selber nicht sicher ist, ob man es verdient hat? Ich lehne mich im Sessel zurück und betrachte sie in ihrem begehbaren Setzkasten – links das gute Teeservice, der Weinpokal, die Schnitzereien; zu ihren Füßen der Beweis ihrer schlichten Belesenheit. Die Sammlung eines Lebens hinter Glas und inmitten all dieser bürgerlichen Pracht sie selbst, die Falten des Kopfkissens wie eine Dornenkrone. Ich weiß nicht, ob man das so zeigen darf.

De Bescherung hätt morr oaber gemoachd?

Ja. Natürlich.

Un ’s hättn aa oalle ewos kricht?

Ja. Darf man jemanden anlügen, der im Sterben liegt? Wir haben das Schrottwichteln an Heiligabend nicht mehr gemacht. Die Stimmung war nicht nach Geschenken, Oma wollte ins Bett, und Vater war intensiv damit beschäftigt, sich auf die Zweisamkeit mit seiner Frau zu freuen. Und am nächsten Tag hat Oma uns dann alle so laut angeschwiegen. Wir hatten nicht den Eindruck, dass sie sich über Schrott freuen würde. Im Gegenzug haben wir unsere Umschläge auch nicht an uns genommen – sie liegen noch immer unter dem Baum neben den Wichtelpäckchen. Mama und Papa schenken sich auch schon seit Jahren nichts mehr zu Weihnachten, und dieses Jahr hat mein Vater sich tatsächlich mal daran gehalten.

Voaddl hätt doo in enner Eck gesessn. Oalle hättn orre Geschenke ausgeboaggd. Un orr hätt kaa Word gesoochd. Orr misst gedoachd hoom, se dät villeichd noch ewos huuln. Un wie orr nooch'd gefroochd hätt. Des dät se orr Leebdooch net vorrgassn. Wos orr dee krieng dät. Se hätt ne doch su gern gehoadd. Orr misst gedoachd hoom, se dät ne net gern hoom. Se hätt des net widderguudmoachng kenne. Se hätt 's vorrsuuung wolln, wie orr nooch'd kroank worrn wär un se noch emol sehe wolln hätt. Se hätt gewesst, dess orr steerm dät, se hätt oalls vorrsuchd, enne Reise-Orrlaubnis ze krieng, oaber die hättn se orr erschd itze geem, wu orr scho duud wär, dess se zor Beerdichung foahrn kennt ... Schneewittchen dät orr se immer nenne. Des wär immer su schee, wenn orr des soong dät.

Zeit, Raum und Chronologie spielen jetzt also keine Rolle mehr. Ich setze mich auf ihre Bettkante, nehme ihre Hand und streichle sie mit dem Daumen. Sie sieht schrecklich traurig aus. Ich lege meine andere Hand an ihre Wange. Sie zuckt erschrocken mit dem Kopf, reißt ihre Augen auf, soweit das möglich ist, ihre Pupillen sind trübe. Mir wird in diesem Moment klar, dass ich sie noch nie richtig gestreichelt habe.

De Pedra un Magdalena dätn doch wissn, wie gern se se hoom dät.
Ich bin nicht sicher, ob das eine Frage ist.

× × ×

Es ist stockdunkel draußen. Das ist eigenartig – wir schließen die Fensterläden seit ein paar Tagen nicht mehr, weil es immer so aufwendig ist, durch den Schnee zu steigen. Oma schläft angestrengt, ihr Atem klingt krank. Die Katze macht einen Laut. Sie liegt auf dem Ofen, obwohl er nicht warm ist. Ich trete ans Fenster, lege mein Gesicht an die Scheibe. Und starre auf Schnee. Eine Wand aus Schnee. Achtung: Dies ist ein Starkwetterereignis. So was kenne ich nur aus Filmen. Gut, es ist jetzt auch nicht so, als würden wir im ersten Stock wohnen. Aber wenn das hier alles von einem Tag auf den anderen wegschmelzen würde, gäbe das eine ordentliche Überschwemmung.

Meine Wasserflasche ist leer, ich schleiche Richtung Küche, um mir eine neue zu holen. Käthe landet mit einiger Lautstärke auf dem Wohnzimmerboden und folgt mir unaufgefordert.

Ich lege den Finger an die Lippen und sehe sie streng an. Sie macht große Augen, hält mir ihr puppiges Gesicht hin und miaut tonlos. Ich nehme sie auf dem Arm mit in die Küche und werfe einen Blick auf die Uhr über der Tür, während ich mich nach dem Wasserkasten bücke. Es ist sieben Uhr. Früh.

Vater wollte mich eigentlich nachts ablösen, aber vermutlich ist er selber nicht wach geworden.

Ich habe ein ganz eigenartig ungutes Gefühl, und für einen Moment fürchte ich mich vor dem, was sich hinter seiner Tür verbirgt. Einblendung: Mann Mitte 50; die Glasbong in den aufgerissenen Mund durch seinen Kopf gerammt; somit blutig an die Rückenlehne des Sofas genagelt – verdammt!! Klappe, Gehirn!

Vater liegt im Schein der Leselampe zusammengerollt auf seiner speckigen Couch und beginnt genau in dem Moment monströs zu schnarchen, als ich die Tür öffne. Es klingt, als hätte er einen Besenstiel im Hals und würde allein mit Atemluft versuchen, ihn loszuwerden. Bei solchen Leuten muss man sich wirklich fragen, warum die eigentlich nicht von sich selber wach werden. Ich lege meine Hand auf seine Schulter, im selben Moment klingelt das Telefon.

Raben?

Ha................. ambulante Fl.. .... (Knirschen) .... Straßen .... (Knistern) .... Jaragento... (Rauschen) .... Hände .... tun .... (Knirschen) .... Notdienst .... (Stille) .... jenüjend .... (Stille).

Hm? Vater sieht mich mit einem Auge an.

Das Ende sei nahe. Wir wären jetzt von der Außenwelt abgeschnitten und müssten bei Gelegenheit versuchen, einen Hilferuf in den Schnee zu graben. Falls jemand überlebt habe und nach weiteren Überlebenden suche, um die Menschheit durch Inzest wiederaufzubauen.

Ich stütze mich mit beiden Händen vornübergebeugt am Computertisch ab und spüre, wie Käthe sich auf meinem Rücken spontan anfängt, diverse Körperöffnungen zu lecken.

Ob die verrückte Katzentante zu viel getrunken habe?

Nee, dafür sei es noch zu früh am Tag, kurz nach sieben nämlich.

Sei doch nicht früh.

Sieben Uhr morgens.

Wat? Vater zieht skeptisch die Augenbrauen zusammen. Noch immer hält er ein Auge geschlossen.

Wir seien eingeschneit. Das Dunkle da vor den Fenstern, das sei der Schnee. Wenn wir die Tageslichtlampe anmachen würden, könne er es erkennen.

Mit einem Ruck schwingt er sich vom Sofa, seine Augen sind offen, er stolpert zum Fenster, vermutlich sind seine Beine noch nicht wach.

Tatsächlich. Er geht ein paar Schritte rückwärts, bis er an die Werkbank stößt. Ohne seinen Blick vom Fenster zu wenden, stemmt er sich auf die Tischplatte: Uff! Vor lauter Staunen hat sein Körper überhaupt keine Eigenspannung. Käthe springt von meinem Rücken auf die Werkbank, setzt sich neben ihn und versucht zu sehen, was er sieht.

Na, so unvorhersehbar sei es nun auch wieder nicht gewesen. Man habe schon vor über einer Woche den Winter des Jahrhunderts verkündet.

Ja, aber ob ich das geglaubt hätte?

Am Anfang nicht. Aber allerspätestens gestern sei es dann nicht mehr zu leugnen gewesen.

Er habe das irgendwie für einen Witz gehalten.

Na ja, bei allem Respekt, wirklich, aber wenn man den ganzen Tag breit sei, halte man irgendwie alles für einen Witz.

So schlimm sei es ja nun auch nicht.

Doch, seit Weihnachten überwiegend schon. Das Gute daran sei, dass er sich bei derartig andauerndem Konsum sehr bald daran gewöhnt haben werde, gesetzt den Fall, er steigere seine Dosis nicht ins Unermessliche. Dann sei er zwar noch lethargisch, aber wenigstens sei dann nicht mehr alles bloß noch lustig. Übrigens, wo er gerade ansprechbar sei: Oma liege im Sterben.

Ob ich böse auf ihn sei?

Nein. Aber ich fände es echt gut, wenn er sich ab sofort wieder mehr einbringen würde. Geil sei das nicht gerade, mit einer Sterbenden allein zu sein.

Er nickt und macht ein ganz knittriges Gesicht.

Außerdem müssten wir jetzt mal praktische Entscheidungen treffen: Die Schwester könne nicht kommen, zumindest glaubte ich das. Die Verbindung sei so schlecht gewesen, ich hätte nur Brocken verstanden. Oma würde also nicht professionell von der Dialyse abgestöpselt werden. Wollten wir das jetzt selbst in die Hand nehmen, oder sollten wir sie einfach angestöpselt lassen? Oder sollten wir versuchen, den Notdienst zu informieren?

Na, wenn der versuchen würde herzukommen, dann ginge das nur mit einem Helikopter. Und den Aufwand betreibe man nur, um sie ins Krankenhaus zu bringen.

Lohne sich das?

Tja, lohnen. Er zuckt mit den Schultern. Oma würde sterben, so oder so. Ob jetzt hier oder dort.

Ja, aber dürften wir das denn? Einfach entscheiden, dass ihr Leben nicht mühsam verlängert werden soll?

Na, wir müssten das ja nicht entscheiden. Sie müsse das entscheiden.

Und wenn sie jetzt entscheiden würde, dass sie einfach hierbleiben wolle, und nachher glaube uns das keiner?

Dann müssten wir eben behaupten, wir hätten versucht, Hilfe zu rufen, aber die Leitung sei tot gewesen. Wie hoch liege der Schnee eigentlich?

Hoch genug, um die Frage nicht mit einem Blick aus dem Fenster beantworten zu können.

Das Dach!

Prima Idee. Ich klopfe ihm auf die Schulter: Guter Mann. Weitermachen.

Abmarsch! Er nickt in Richtung der Tür, die Katze rennt uns voraus, wartet dann in der Küche auf Richtungsgebung und scheint über die Dachbodenweisung durchaus erfreut zu sein. Wir sind alle drei so neugierig, dass wir die Treppe nicht leise hochgehen können. Es fällt kein Tageslicht durch die Milchglastür, und einen Moment denke ich schockiert, dass der Schnee bis zum Dachgiebel liegt. Dann fällt mir ein, dass es draußen noch gar nicht richtig hell ist. Wir stoßen die Tür auf und stürzen zum Fenster, nur Käthe überprüft erst mal den Raum.

Der Schnee liegt ungefähr bis zur Deckenhöhe des Erdgeschosses. Allerdings kommt immer noch etwas dazu – vor dem Fenster fallen mittelgroße Flocken mit ordentlicher Dichte. Aus der weißen Fläche ragen halbe Häuser und sehen ein bisschen aus wie Hütten in Finnland oder so. Als ob ich wüsste, wie es in Finnland aussieht. Aber so was hier habe ich auch noch nie gesehen. An der Schneedecke auf den Dächern, scheint mir, kann man erkennen, wer hier die beste Wärmedämmung hat.

Hoffentlich höre das bald auf, damit man anfangen könne, sich Wege zu graben.

×

Guten Morgen. Das ist meine Katzenstimme. Ich bin halb über Oma gebeugt und streichle ihr Gesicht. Plötzlich ist es ganz leicht, lieb zu ihr zu sein. Sie zuckt ein bisschen unter meiner Hand weg, aber nicht so, als wolle sie grundsätzlich nicht berührt werden.

Verzeihung. Es tue mir leid, dass ich sie wecken müsse.

Deschwesder dät aa gleikumme.

Ja, also genau darüber wollten wir mit ihr sprechen. Vater setzt sich auf die andere Seite des Bettes. Es sei nämlich so: Wir seien eingeschneit. Und die Schwester könne deshalb nicht zu uns kommen. Wir könnten jetzt versuchen, Hilfe zu rufen. Es sei nicht ganz klar, was genau dann passieren würde, aber wenn etwas passieren würde, sähe das vermutlich so aus, dass man sich mit Mühe und Not hierher durchkämpfen müsste und dann würde man sie einpacken und in ein Krankenhaus bringen. Sie hätte jetzt also zu entscheiden, ob sie das wolle.

Enscheidn ...

Wolle sie hierbleiben, ohne medizinische Betreuung? Oder sollten wir versuchen, etwas zu unternehmen, damit sie unter ärztliche Aufsicht komme?

Se ... dät nochemolnaus missn?

Sie müsse gar nichts. Wir wollten sie nur nicht übergehen. Wir glaubten, sie würde lieber hier sein wollen. Ob das richtig sei? Vielleicht könne sie den Kopf bewegen, wenn ihr das Sprechen zu schwerfalle. Wolle sie hierbleiben? Ohne Arzt und ohne Schwester?

Sie nickt schwach.

Und da sei sie ganz sicher, ja?

Joa.

Okay. Dann würden wir es uns jetzt zu dritt gemütlich machen. Sie solle sich keine Gedanken machen, es sei alles in Ordnung.

Was sei jetzt mit diesem Schlauch? Würden wir den dranlassen?

Ach, es sei gar nicht so schwer, den abzumachen. Er habe oft genug dabei zugesehen. Es sei auch alles da, was wir bräuchten, kramt er aus einer Kiste ein Stück Plastik von der Größe eines kleinen Fingers. Viele Menschen würden sich selbst um ihre Dialyse kümmern, aber Oma habe das wegen ihrer Blindheit natürlich nicht mehr machen können. Und er selber habe nicht die Verantwortung dafür übernehmen wollen.

Wieso nicht?

Wenn irgendetwas passiert wäre, eine Bauchfellentzündung zum Beispiel, dann wäre er daran schuld gewesen. Und diesen Druck habe er sich ersparen wollen. Die Handdesinfektion ist abgeschlossen, er tauscht das Stück Plastik an Omas Schlauch aus, und das wars auch schon. Komplex seien nur die Hygiene-Bedingungen, die erfüllt sein müssten. Um mehr gehe es dabei eigentlich nicht. Er wirft das Stück Plastik in den dafür vorgesehenen Eimer.

Wir sollten, ehe wir es uns gemütlich machten, noch ein paar Vorkehrungen treffen, falls der Strom ausfalle. Nicht, dass wir dann im Dunkeln säßen.

×

Wir servieren das Frühstück kurzerhand am Bett. Oma liegt so weit aufgerichtet, dass ich ihr die Tasse an den Mund setzen kann, ohne ihren Kopf dazu anheben zu müssen. Ihr Bauch steckt unter der Servierplatte ihres ausziehbaren Nachttischchens fest; wenn sie sich bewegt, bewegt sich die Platte mit. Die Knäckebrothäppchen auf ihrem Teller liegen nur zu integrativen Dekorationszwecken da. Vater trinkt seinen Tee. Seit zehn Jahren frühstückt er fast nichts anderes.

Ob sie mal was von meinem Müsli probieren wolle?

Dätse net deerfm.

Es sei ohne Zucker.

Sie zögert, dann bewegt sie ihren Mund ungefähr einen Zentimeter in meine Richtung. Ich füttere sie vorsichtig mit meinem Getreidebrei. Sie nippt nur an der Löffelspitze, äußert sich aber nicht zum Geschmack. Keine Erfahrung, die sie vor ihrem Tod unbedingt noch mal machen musste.

Bea.

Was?

Wir müssten Bea Bescheid sagen.

Stimmt.

Ob er ihre Nummer habe?

Die müsse in Omas Telefonbuch stehen.

Das Telefonbuch liegt im Flur in der Schublade des Telefontischchens, da, wo es immer gelegen hat, auch wenn das Telefon selber inzwischen bei Oma im Wohnzimmer steht.

Hier, Krenz, das sei doch ihr Name oder?

Ja.

Vater nimmt den Hörer von der Gabel, der Finger schwebt über den extragroßen Senioren-Tasten.

2, 9, 7, 4, 4, 1.

Ich nehme den Hörer entgegen. Es tutet, wenn auch unregelmäßig. Wieso denn die Verbindung überhaupt so schlecht sei? Das liefe doch nicht per Funk. Am anderen Ende wird abgenommen.

Krenz?

Hi, hier Franka. Wie es bei ihnen denn so aussehe?

Aah, Franka! ... sehet aus! Sie würden jerade Marsh....... grillen und Theo verstreue Konf.... im janzen Haus. Ach, auch im Kühlschrank! ... super mache er dit, janz toll! Sie .... eijentlich alle zu .... dann eben doch jemütlich, wa? Wie et denn bei uns .... würde?

Na ja, das sei der Grund, warum ich anriefe. Während ich spreche, trifft mich die unangenehme Erkenntnis meiner Pietätlosigkeit. Oma, ähm, gehe es nicht so wahnsinnig gut, sie verstehe? Unter normalen Umständen würde ich Bea einladen, spontan vorbeizukommen. Aber ehe sie sich bis zu uns durchgegraben habe … Ob sie mit Oma sprechen wolle?

Ja, …dingt!

O. k., ich würde sie jetzt weiterreichen. Aber, nur damit sie Bescheid wisse: Oma könne nicht gut sprechen.

Oma greift nicht nach dem Hörer, sie legt nur ihre schlaffe Hand neben das Plastikgehäuse auf dem Kopfkissen und verhindert so, dass er vom Korkenzieherkabel wieder weggezogen wird. Sie solle sich nicht wundern, die Verbindung sei nicht gut, man verstehe teilweise nur die Hälfte.

Joae?

Ich bin froh, dass ich selbst gerade nicht dieses Gespräch führen muss, aber ich ahne, dass Bea einfach von denselben Dingen schnattert wie immer. Was Besseres kann man wahrscheinlich auch nicht tun. Und dann zum Abschluss noch mal sagen, dass man den anderen lieb hat.

Oma indes sagt sinngemäß nichts anderes als ‹Ja›. Bis zum abschließenden tschüss, dem noch mal zwei Jas angefügt werden, aber keine finale Liebesbekundung. Vielleicht ist Bea tatsächlich die Einzige, bei der das nicht nötig ist.

Vater nimmt den Hörer von ihrer Wange. Ob Oma alles verstanden habe?

Sedätitzegarnimmerwissn … werdeedesgeweenwär. Bea. Das sei Bea gewesen.

✕ ✕

Das Schlimme ist das Warten. Nicht, dass es mir nicht schnell genug gehen würde, darum geht es nicht. Sondern um die Missverständnisse, die durch Körperzeichen entstehen. Enge Sekunden, in denen ich denke, das sei es jetzt endgültig, das sei jetzt der Schlusssatz, das Finale, ein besonders lang seufzender Atmer, ein Hustenanfall ohne ersichtlichen Auslöser, ein Zucken sich entspannender Muskeln; Sekunden, in denen ich meine, das Danach erahnen zu können, und mich vor seinem Geschmack fürchte; in denen ich ihre Hand nehme, weil ich nicht will, dass sie ohne Berührung stirbt; Sekunden, die verstreichen und nach denen ich mir wie ein Idiot vorkomme. Das Radio spielt dazu Schlager, piept jede volle Stunde und gibt die aktuelle Schneehöchstmarke an. Egal in welcher Tonlage das Glück besungen wird, ich höre den Lipgloss durch die Lautsprecher; musikalische Präzision kann daran auch nichts ändern, denn abgesehen von ihrer Durchschaubarkeit erklingt sie überwiegend in Dur. Das macht mich unterschwellig aggressiv, und ich begreife, dass ich heimlich den Sender ändern muss, um den Sterbemoment nicht mit meinen negativen Emotionen zu überschatten.

Oma?

… Joa?

Woran sie gerade denke?

Ihr Körper zeigt nicht mehr an, wenn sie denkt. Normalerweise macht man das ja, zumindest als Reaktion auf Fragen oder Kommentare. Man legt die Stirn in Falten und neigt den Kopf, nimmt eine konzentriertere Körperhaltung ein, irgendwas in der Art. Ich weiß nicht mehr, was es bei ihr genau war, aber auf jeden Fall tut sie es schon seit einer ganzen Weile nicht mehr, so wie sie nach und nach ihren Körper generell immer weniger genutzt hat. Als würde sie die Maschine schrittweise runterfahren. Es ist deshalb schwer zu erahnen, ob sie Fragen eventuell nicht verstanden hat oder ob sie spontan eingeschlafen ist. Vater pumpt sich, ohne hinzusehen, aus der Thermoskanne Tee in die Tasse, auf seinem Schoß die GeoKompakt, der aufgeschlagene Artikel versehen mit Detailaufnahmen von Sternenhaufen aus fernen Galaxien. Ich zeichne ihn neben ihr, seine Anteilnahme bezeugt von seiner Anwesenheit.

Heinz, sagt sie da plötzlich.

Die schönen Momente mit ihm?

DeEldern … mietdäne wärseja … immerinKontaktbliem.

Ist es tatsächlich so, dass das ganze Leben noch mal vor einem abläuft? Alle schönen Momente, die Dinge, die man vielleicht vermissen würde, wenn man denn nach dem Tod noch ein Bewusstsein hätte.

Wie se nooch'd … vorrheiratgeween … wär … mietden Franz … dohättnsdeEldern … Heinz'Eldern … hättnsbsuchd. Sieunder Franz … doo-uum … aff … denHuuf. Swärn … doo … goannsfreindlich … willkummegehaaßnworrn. Oaer … ineruichnMomend … indorKich … dohättdeMudderse … beiseidgenomme. Unsehättorr … indeAangeguckt un gefroochd ‹So schnell, Maria? … So schnell?›

Was sie darauf geantwortet habe?

… Nix … Sehättdoodorrzu … nixgesoochd …

Vielleicht ist es ja auch so, dass man noch mal alles durchlebt, was man bereut. Sterben wie die Fahrt durch ein Gruselkabinett. Darf man das dann für immer hinter sich lassen, wenn man den Ausgang erreicht hat? Es ist schade, dass ich sie nicht interviewen kann, wie in diesen Aufzeichnungen aus den 50ern oder 60ern von Probanden, die unter Beobachtung Drogen genommen hatten.

«Also, sie haben ja bereits eine Reihe psychologischer Tests absolviert, und ich kann Ihnen versichern, dass Sie sehr stabil sind. Ich denke, es ist an der Zeit, dass Sie es sich jetzt in Ihrem Bett zum Sterben bequem machen, und wir werden nach einer Weile sehen, wie es Ihnen damit geht.» (Großaufnahme: entspannte Gesichtszüge) «Dies ist eine alte Frau. Schmerzfrei. Angstfrei. Sie ist 82 Jahre alt und liegt damit knapp über dem statistischen Sterbealter deutscher Frauen. Weltweit sterben pro Sekunde durchschnittlich 1,76 Menschen.» (Cut) «Was passiert gerade?» «Iech koa's Ihne … Iech koa's Ihne aa net emol e bissl dorrklärn. 's is fei hier, in denn goannsn Raum drinne. Kenn se des net fiehln?» «Wie fühlen Sie sich in Ihrem Inneren?» «Mei Inners? Iech hoo kaa Inners.»

Ach nein, das würde sie nicht sagen … Filmzitat hin oder her.

Oma hat ja tatsächlich mehr Drogenerfahrung, als ihr

bewusst ist. Meine Mutter hat ihr einmal ein komplettes Mittagessen mit der grünen Butter meines Vaters zubereitet – THC sei nachgewiesenermaßen gut gegen grünen Star. Sie soll dann nach einer Weile «sehr mied» geworden sein.

Wu orre Uhr un orr Schmuck wärn?! Schreckt sie überraschend hoch, wie aus einem schlechten Traum. Wobei dieses Hochschrecken sich natürlich nur im kargen Rahmen ihrer körperlichen Möglichkeiten bewegt.

Trage sie alles am Leib, die Uhr am Arm und die Kette um den Hals. Sie brauche sich keine Sorgen zu machen, sie sei nicht im Krankenhaus.

Sie nickt, ohne den Kopf zu bewegen, sinkt zurück in ihre Totenhaltung. Und von diesem Moment an verändert sich alles in nichts und umgekehrt. Es ist schwierig zu sagen, was genau das ist; etwas in ihrem Gesicht vielleicht; die wandlungsfähige Schlaffheit ihrer Hand; ihre Körperhaltung, die seltsam stehen bleibt, obwohl eigentlich nichts wirklich anders als vorher ist. Aber ich verstehe, dass sie stirbt. Jetzt. In diesem Moment. Passiert es wirklich. Während ich hier sitze. Es passiert jetzt. Es passiert jetzt wirklich. Und plötzlich tut es mir weh. Es fängt im Hals an und steigt bis in die Nasennebenhöhlen und von dort bis hinter die Augen wie eine kleine Explosion, und dann drückt es mir mit Gewalt die Tränen raus, und ich bin so überrascht von dem Schmerz, dass ich nach Luft schnappen muss. Ich setze mich auf ihre Bettkante und streichle sie. Vater kommt wortlos auf meine Seite des Bettes, stellt sich hinter mich und legt mir die Hände auf die Schultern.

Was ich an ihr möge, flüstere ich erstickt, was ich an ihr möge, sei ihr trockener Humor, sie solle doch in Zukunft bitte freigebiger damit sein. Und keine Buletten schmeckten so gut wie ihre. Ihre Sparsamkeit sei vorbildlich nachhaltig. Und ich fände es gut, dass sie zu sich stehe, auch wenn ihre Prämissen anders seien als meine. Ich japse zwischen den Worten und finde es ganz schlimm, dass ich mich nicht kontrollieren kann. Ich stelle mir vor, dass es schöner ist zu sterben, wenn die Menschen, die bei einem sind, einen entspannt verabschieden können. Ich denke, der letzte Lebensmoment sollte friedlich sein, und vielleicht fände sie es schön, wenn man ihr etwas vorsingen würde. Aber ich kann nur japsen. Vater streichelt meine Schultern, beugt sich vor und drückt ihre Hand: Maria. Sie solle es gut machen. Ich glaube, direkt danach ist sie weg. Und nur zwei Sekunden später fällt der Strom aus.

Die Stille im Dunkeln ist ein salziges Dessert und steckt eng im Hals. Man kann sie nicht zeichnen. Man kann sie nur aushalten; wünschen, sie habe eine Bedeutung. Wir zünden alle Kerzen an, das macht es nur wenig besser. Vater zupft optimierend an Omas Decke herum, streicht glättend über die Damastmaiglöckchen, und ich wünsche mir einen Moment lang, sie würde jetzt hübsch aussehen, weil sie es sich gewünscht hätte, wenn sie gewusst hätte, wie sie jetzt aussieht. Dann sticht der Gedanke hinter den Augen, und ich wende den Blick ab, gehe ein paar Schritte in den Raum und stehe dort orientierungslos rum. Vater sinkt wie nach getaner Arbeit in die Lederpolster des Sofas und holt seine Pfeife aus der

Brusttasche: Ob es mich stören würde, wenn er ein paar Züge nehme?

Ich glaubte nicht. Aber es sei gerade schwierig, etwas eindeutig zu empfinden. Ich weiß, dass er nickt.

Ich stehe immer noch in der Mitte des Wohnzimmers, wanke methodisch, die Dielen knarren dazu unter meinen Füßen, als wäre der Boden ein Musikinstrument. Dann zieht es mich unaufgeregt Richtung Flur, Käthe springt vom Ofen und folgt mir interessiert, meine Hauslatschen klappern auf den Ochsenblutfliesen, durch das kleine Sichtfenster der Haustür erahne ich den Schnee, und es wird vielleicht schwierig, sie wieder zu schließen, wenn sie denn einmal offen ist. Aber ich will jetzt kurz nicht vernünftig sein. Drücke die Klinke, und es bröckeln mir ein paar Zentimeter Schnee entgegen, ehe ich mich Gesicht voran in die weiße Wand drücke, bis wenigstens meine vordere Hälfte einen Moment Pause hat.

XX

Nach zwei Stunden Schweigen, unterbrochen nur von knappen, assoziativen Anstoßaufforderungen, aus denen sich schließen ließ, woran man gerade dachte, geht das Licht wieder an, und das Radio spielt ungefragt sehnsüchtige Weltmusik. Oder etwas, das eine ähnliche Bezeichnung verdient – jedenfalls mit Gesang in einer mir unbekannten Sprache, dazu ein agiles Akkordeon, ein handgeschlagenes Rhythmusinstrument, unterstützt vom Applausorchester und dessen schrillen Pfiffen; folkloristischer Pep – der HochkulturFunk lässt es zu Silvester mal richtig krachen. Vater erhebt sich seufzend, begibt sich zum Radio, bückt sich, dort angekommen, unter Ächzen und zieht den Telefonstecker aus der Buchse über der Fußleiste. Auf dem Rückweg dimmt er das Licht, die Kerzen lassen wir flackern, er leert sein Weinglas noch im Stehen und füllt sich nach, sobald er sitzt.

Wir haben nun jenen blauen Punkt erreicht, an dem er seine Einsilbigkeit vergisst:

Dies sei bei weitem das beste Silvester aller Zeiten.

Er meine das sicher nicht so boshaft, wie es klinge.

Na, Omas Tod spiele dabei natürlich eine untergeordnete Rolle. Er meine die Zeit seitdem. Niemand könne vorbeikommen, niemand könne anrufen. Es sei herrlich. Vor allem, dass sich an diesem Zustand vermutlich auch die kommenden 24 Stunden nichts ändern werde. Darauf erhebe er sein Glas.

Ich schenke mir schwergliedrig Schnaps ein und fummele nach den letzten Tabakkrümeln. Ob er eigentlich schon immer so soziophob gewesen sei?

Er sei doch nicht soziophob. Er sei einfach menschenfeindlich, erklärt er zärtlich und streichelt die Katze auf meinem Schoß.

Ach, das sei doch Humbug.

Nein.

Doch. Das sei eine ganz traurige Maske. Die er nur deshalb vor sich hertrage, weil er glaube, sie stehe ihm besser zu Gesicht als seine tiefsitzende Furcht.

Furcht! Was denn für Furcht! Auf seinem Gesicht zeichnet sich Ärger ab.

Wir müssten da jetzt nicht drüber reden – ich wolle ihm ja auch nicht sein perfektes Silvester versauen.

Sehr gut! Kippt er seinen Wein, schnalzt mit der Zunge und zündet seine Pfeife an.

Ob es nicht noch etwas zu tun gebe? Wir säßen jetzt hier und entweihten ihre Stube mit Qualm, das könne doch nicht alles sein.

Wir könnten sie waschen.

Waschen. Ja, das stimme, das sei bei aller Zärtlichkeit auch irgendwie ein gruseliger Gedanke, aber das mache man so, nicht wahr. Warum eigentlich?

Vater zuckt mit den Achseln: um dem anderen noch mal nah sein zu können. Um seine Schuld zu sühnen. So sei der Mensch. Er pflege Rituale aus egoistischen Gründen. Er wasche seine Toten. Er begrabe sie. Er schmause auf ihr Wohl. Und wenn alles gut laufe, hätten gerade bei dieser letzten Gelegenheit alle sehr viel zu lachen.

Das sei doch nichts Verwerfliches.

Nein, durchaus nicht. Leiden, speisen und lachen. Das alles eine die Gemeinschaft.

Dafür, dass er mit jedem Jahr immer stärker versuche, kein Teil einer Gemeinschaft zu sein, wisse er doch erstaunlich viel über ihre Funktionsweise.

Er habe es eben aufgegeben, darauf zu hoffen, dass die Theorie die Tatsachen ausgleiche.

Ob das wohl immer so sein werde?

Das Aufgeben?

Das Sterben.

Hm. Meine Mutter habe da ja Heiligabend schon eine Prognose abgegeben.

Die geschmacklose Bemerkung mit der Sterbehilfe?

Das sei wirklich geschmacklos gewesen, nickt er beschämt. Er habe in dem Moment nicht darauf reagieren können.

Wir hätten alle nicht darauf reagiert. Ich sei allerdings nicht sicher, ob das in jedem Fall etwas mit Können zu tun gehabt hätte.

Aber mal abgesehen vom Zeitpunkt der Bemerkung halte er den Gedanken gar nicht für so abwegig. Nicht, dass er das befürworte. Er halte es nur für möglich, dass sich in unserer Gesellschaft so eine Art Sterbe-Trend entwickeln würde. Vielleicht sogar tatsächlich einer, bei dem sich Sterben und Beerdigen miteinander vermischten.

Sterben als Event? Super Geschäftsidee eigentlich: «Schöner sterben». Leichenschmaus im Kreise der Hinterbliebenen, Abschiedsparty mit eingegliederter Bestattung, Sterben unterm Feuerwerk und standardisierte Partygeschenke für alle Gäste – aufklappbare, sargförmige Schlüsselanhänger mit Gruppenfoto auf der linken Seite, ein Porträt vom Verstorbenen auf der rechten. Wahlweise in Traurig, Schön oder Lustig. So was in der Art. Nicht zu vergessen die Medien, vor allem das Fernsehen.

Gebe es da nicht schon einen Film zu dem Thema – einen ziemlich alten mit Romy Schneider …

«Der gekaufte Tod».

Genau. Jemandem beim Sterben zusehen wollen, weil einfach niemand mehr sterbe. Aber das sei nur ein Aspekt von vielen. Ich dürfe das Altern nicht vergessen.

Der Körper funktioniere noch, aber der Verstand sei für die aktuelle Realität unbrauchbar. Vielleicht würde es irgendwann Auffanglager geben, ganze Stadtviertel, in denen man noch im Schritttempo mit dem Diesel zum Supermarkt fahren würde, während sich alle anderen ihre Lebensmittel in den Kühlschrank beamen ließen.

Es gäbe dann Schulausflüge dorthin, Kinder auf bunten Solar-Boards, die in einem verglasten Sicherheitstunnel zur Abschreckung durch diese Alten-Ghettos geführt würden. ‹Bitte besucht eine von den Beratungsstellen, wenn ihr noch Fragen habt.›

Wahrscheinlich könnte man überhaupt nur in diesen Vierteln noch mit Bargeld bezahlen.

Und es würde dort ein verbreiteter Zeitvertreib sein, beim Verfassungsschutz anzurufen, um sich eindringlich zu erkundigen, ob man auch wirklich abgehört werde – man komme sich so unwichtig vor.

Ab einem gewissen Alter würde da jeder pauschal angesiedelt werden, und das Einzige, was man dagegen tun könnte, wäre entweder zu sterben oder einen fünftausendseitigen Antrag auszufüllen.

Auf Papier! Das aber schon seit Jahren nicht mehr hergestellt würde! Man müsste zu diesem Zweck aufwendig Altpapier sammeln und dann *handrecyceln*.

Und die einzigen Orte, wo man das tun könnte, wären zufällig die Alten-Ghettos. Damit man sich schon mal eingewöhnen könnte, wenn der Antrag dann doch abgelehnt werden würde.

Und dann liefe man da durch die Straßen auf der Suche nach alten Zeitungen, hinter sich eine riesige Schlange alter Menschen mit Gehhilfe, die alle nicht fassen könnten, dass man noch seine echten Haare habe. ‹Nur ein Mal anfassen. Bitte, nur ein Mal!› Ach Gott, jetzt habe er sich mit Wein bespuckt – das sei aber kein gutes Zeichen, hm?

Vater hält mit einer Hand sein Gesicht fest, bis er wieder sprechen kann: Also, er würde es ja wie die Indianer machen und an einem schönen Tag sterben gehen. Er hoffe nur, dass er den richtigen Zeitpunkt nicht verpasse, erklärt er vergnügt.

Oh. Also, wenn das so sei – ob er mir versprechen könne, dass wir noch mal etwas Schönes zusammen machen würden, ehe er sterben ginge? Damit ich mich von ihm verabschieden könne?

Nee, das würde so nicht funktionieren. Wenn er jetzt ja sagte, würde ich von heute an bei jedem schönen Erlebnis, das wir zusammen hätten, fürchten, dass es das letzte gemeinsame sei. Und dann würde ich es nicht mehr genießen können.

Ach, Vater, Vater.

Ja.

Vater, mein kluger Kater, lehne ich mich an ihn, und er legt seinen Arm um mich. ‹Eines Tages, sagte mein Vater, der kluge Kater zu mir?›

‹Gehe nicht auf den hinteren Feldweg, ich habe dort schwarz-weiß gestreifte Mäuse gesehen, sie planen gewiss Böses!› Ausgestellt legt er einen Finger an sein Kinn: ‹Gab es denn überhaupt solche Mäuse?›

Ich kichere in seine Achsel.

‹Nach der Schule ging ich zum hinteren Feldweg. Ich blickte mich um, aber nichts geschah. Diesmal hatte mein

Vater, der kluge Kater, wohl doch unrecht gehabt. Ich wollte gerade gehen, da kamen plötzlich *ganz* viele schwarzweiß gestreifte Mäuse auf mich zu. Sie banden mir das Maul zu, damit ich nicht beißen konnte. Spannten mich vor einen Mäusewagen. Und setzten sich alle drauf! Und ich musste sie ziehen, in *gaanz kleinen* Schritten, weil sie mir die Hinterbeine zusammengebunden hatten! Schon ganz müde war ich, als es plötzlich laut fauchte. Das war mein Vater, der kluge Kater! Er fing die Mäuse ein und befreite mich. Dann brachten wir sie in den Katzenzoo. Sie kamen in einen Käfig mit der Aufschrift ‹Zebramäuse›.

Ob er sich die eigentlich selber ausgedacht hätte?

Nee, die habe ihm meine Mutter beigebracht.

Quatsch!

Natürlich. Sie hätte die in einem Bummi-Heft gefunden und mir immer vorgelesen, während er in M. war. Aber als er zurückgekommen sei, hätte ich nur noch von ihm ins Bett gebracht werden wollen und da habe er die einfach übernommen. Ob etwas nicht in Ordnung sei? Warum ich ihn denn so anstarren würde?

Ich kippe meinen Schnaps. Ich zünde mir eine Zigarette an. Er habe gerade mein Weltbild zerstört.

Neenee, lacht er. Er habe das bestimmt nur geradegerückt. Wie spät es jetzt eigentlich sei? Ach, noch nicht mal zehn ... Na los, dann würden wir uns jetzt ma um Omma kümmern.

×

Jetzt bist du gestorben. Jetzt lebst du nicht mehr. Jetzt bist du tot, meine kleine, traurige Großmutter. Jetzt liegst du hier aufgebahrt in deiner Aussteuerbettwäsche, die Maiglöckchen letztlich doch wie Grabbeigaben. Ich glaube, von allen Blumen hast du Maiglöckchen am meisten geliebt. Aber sicher weiß ich das nicht, ich habe dich nie gefragt. Du bist die einzige Großmutter, die ich je hatte. Vielleicht war ich doch zu wählerisch. Vielleicht habe ich mich zu wenig um dich bemüht. Dennoch waren wir am Ende wieder so etwas wie Freunde, nicht wahr. Ich habe deinen Geruch geträumt, ein paar Wochen oder Tage ist das erst her. Ich bin davon aufgewacht. Es war eigentlich kein schlechter Traum. Ich hätte dir gerne alles leichter gemacht, aber das war deine Aufgabe. Und nun hast du es endlich geschafft: Du musst jetzt nichts mehr. Und wenn du wirklich daran geglaubt hast, bist du im Himmel, oder zumindest fast – wir müssen dich wohl erst noch richtig gehen lassen. Hoffentlich hast du wirklich daran geglaubt. Ich habe dich nie gefragt, wie du dir den Himmel vorstellst. An die Hölle will ich gerade nicht denken. Deine Haut ist ja ganz fremd, ach, als gehört sie dir nicht mehr. Jetzt habe ich endlich einen Grund zu trauern. Einen Grund den man einfach benennen kann; einen, den jeder versteht und der vieles entschuldigt: Meine Name ist Franka Raben, ich habe meiner Großmutter beim Sterben zugesehen. Niemand weiß, was genau da alles dranhängt, aber fast jeder weiß, dass da etwas dranhängt. Entschuldigung, ich hatte keine Zeit, mich mit mir selbst zu befassen, meine Großmutter ist gestorben. Das muss jetzt natürlich ein Ende haben, etwas muss vorangehen – wir haben soeben eine neue Freiheit erlangt. Die Freiheit ist ein Geschenk. Wir wollen achtsam damit sein. Aber dennoch: Eben erst ist sie gestorben, meine Großmutter Maria Raben, geborene Meister; eine oft unglückliche Frau. Eine Frau, die vor lauter Unglück vergessen hatte, dass sie auch glücklich gewesen war. Ich wünschte, mein Mitleid hätte sich nicht so lange in meinem Verstand aufgehalten, sondern wäre schon eher in meinem Herz angelangt. Jetzt sitzt es da dick und fett, macht mir die Brust eng, und was nützt es da noch, Oma, was nützt es dir noch. Vielleicht musste ja erst ein Weg für das Mitleid geschaffen werden, ein Weg vom Verstand zum Herz. Vielleicht ging das nur auf diese Weise. Vielleicht wuchert er nicht gleich wieder zu, wenn ich ihn pflege. Vielleicht hilft uns das weiter. Vielleicht war das ein Opfer, das wir alle erbringen mussten, um die Choreographie unserer Familie zu ändern.

Jetzt waschen wir dich, wir salben dir die Füße – die Creme will und will einfach nicht einziehen. Wir schneiden dir die Nägel und ordnen deine Augenbrauen. Wir drehen dir die Haare auf Lockenwickler, so gut es geht, und hoffen, dass niemand die platte Stelle am Hinterkopf zu sehen bekommt. Wir pudern dein Gesicht und reiben dir sparsam ranziges Rouge auf die Wangen. Wir ziehen dir dein schönstes Nachthemd an und richten deinen Schmuck. Die goldene Kette, die deine Töchter aussuchten, damit Opa sie dir zum 60. Geburtstag schenken konnte – eine 30 cm lange Schlange aus dicken, gelben Gliedern, die sich schwer an deine tiefe Kehle schmiegt und sich nicht auf deiner Brust drapieren lässt, sooft ich auch gegen die Schwerkraft anfummle. Deine goldene

Uhr mit dem diamantverzierten Ziffernblatt. Dein erster Ehering – ein mattes Stück von ideellem Höchstwert, das du von deiner Großmutter bekamst. Der zweite Ehering, den dir dein Mann zur silbernen Hochzeit ansteckte. Warum du ihn denn überhaupt geheiratet hast, habe ich dich gefragt. Du wolltest das gefragt werden. Da liegst du jetzt mit deinen Schätzen und schläfst nie mehr. An deiner Seite links und rechts vom Bett zwei Totenwächter mit entrückten Blicken: Vater zündet seine Pfeife an. Die Luft ist schon seit Stunden schlecht, und ich werde dann auch bald etwas dazu sagen, versprochen. Ich öffne mein Skizzenbuch. Die Katze springt auf dein Bett und rollt sich am Fußende zusammen.

XX

Ob er das wirklich für eine gute Idee halte? Ich stehe am Fuß der Leiter zum Dachgiebel, oben müht sich Vater im schmalen Lichtkegel meiner Taschenlampe mit dem Dachfenster ab, Schnee bricht durch die Öffnung und trifft mich unvorbereitet im Gesicht.

Vielleicht nicht, hält er inne und sieht zögernd zu mir herab. Aber er habe doch extra die Raketen gekauft.

Und wenn wir vom Dach rutschten?

Dann würden wir ja nicht tief fallen.

Auch wieder wahr. In der Luke zeigt sich ein Stück sternenklarer Himmel. Vater schiebt sich zwei Sprossen weiter nach oben und seinen Oberkörper nach draußen, reißt die Schneekante entlang des Rahmens mit seinen Schultern und Armen ein, Schnee, der wieder nach unten und in meinen Halsausschnitt fällt, ehe ich ausweichen kann.

Ob ich mir weh getan hätte? Seine Bewegungen lassen erahnen, dass er mit den Händen das Dach freischaufelt.

Nein! Aber ich sei jetzt weniger gut gelaunt als noch vor einer Minute! Am Fuß der Leiter bildet sich ein weißer Teppich.

Das Trittbrett sei gleich neben der Luke, man könne es ganz leicht erreichen.

Aber das sei doch bestimmt vereist.

Ja, schon, aber es habe trotzdem noch Grip. Wir könnten die Flaschen in den Schnee stecken, ich solle sie ihm mal nach oben reichen, streckt er seine Hand durch die Öffnung nach unten und verharrt geduldig, bis ich ihr einen Flaschenhals nach dem anderen hineinlege. Durch die Luke knallt es plötzlich entfernt und salvenartig. Riebecks seien auch schon auf dem Dach – wir müssten uns beeilen!

Ja, Moment noch, ich wolle ihm erst noch den Korb reichen. Und hier, die Decken. Ich stemme mich nach oben, der Rahmen der Dachluke wie der Ring einer großen Springform, die Kante hinterlässt Abdrücke in meinen Händen. Vater hat eine Decke zusammengefaltet über das Trittbrett gebreitet, fummelt schon am Sektkorken, während ich noch neben ihm Platz nehme, und grunzt zustimmend, als ich uns beiden die zweite Decke überwerfe. Der Korken ploppt in einem Bogen vom Dach. Ich fische klirrend die Gläser aus dem Korb, den er schief im Schnee abgestellt hat. Riebecks haben wie jedes Jahr ihren gesamten Verstand gegen Raketenbatterien eingetauscht und feuern die jetzt mit geringstmöglicher Unterbrechung in den Himmel. Oben am Lehmweg hat sich Jens Siewand auf dem Giebel seines Daches positioniert und schwenkt fröhlich, aber ungeschickt eine mannshohe Flagge, die ein unbekanntes Wappen ziert – vermutlich eine Eigenkreation. Zwei Häuser weiter steht Kerstin Soundso im Dachfenster und versucht, den Nachbarn ihre Silvesterpfannkuchen zuzuwerfen. An der Außenwand zwei Fettflecken – Kerstin, 58 Jahre, grell gefärbte Dauerwelle, lacht anfallartig, das Zielen fällt ihr schwer. Vater und ich stoßen unsere Gläser gegeneinander.

Auf das Leben, sagt Vater. Es sei ja meistens recht schön. Man dürfe das nicht vergessen.

Auf das Leben und auf die Freiheit, nicke ich ihm zu.

Prost! Rufen Riebecks uns im Chor zu, während ihnen Raketen um die Ohren pfeifen, und winken wild, als wollten sie gerettet werden. Die komplette Familie auf dem Dach ihres Hauses. Neun Personen. Die brechen wahrscheinlich nur deshalb nicht ein, weil ihre Köpfe mit heißer Luft gefüllt sind.

Frohes Neues, prostet Vater offenherzig zurück.

Ob er die überhaupt leiden könne?

Och, aus dieser Entfernung finde er sie ganz nett.
Nach und nach klettern immer mehr Betrunkene auf ihre Dächer, errichten Böllerinseln und feiern den vermeintlichen Neubeginn mit bunten Explosionen.

Jetzt seien wir aber auch an der Reihe, streckt sich Vater nach den Flaschenhälsen und steckt je eine Rakete hinein, vier an der Zahl, alle verschieden, für jedes Familienmitglied eine. Was ich mir denn für das neue Jahr vornehmen würde? Er fischt ein Feuerzeug aus der Hemdtasche und hält es mir hin.

Ich hätte mir darüber in der letzten Zeit keine intensiven Gedanken gemacht. Das sei eigentlich ganz angenehm gewesen. Aber wenn er darauf bestehe, würde ich mir vornehmen, fortan nur das zu tun, was ich wirklich tun wolle.

Das sei ein großer Vorsatz, hält er ein weiteres Feuerzeug in der Hand, spielt nachdenklich am Rädchen und besinnt sich angestrengt. Er nehme sich vor ... er nehme sich vor, sein Zimmer auszumisten. Wenn er jetzt zu Petra zurückkehre, wolle er nicht wieder alles mitschleppen. Er sei nicht sicher, fügt er hinzu, welches unserer Vorhaben die größere Herausforderung darstelle.

Auf sein Kopfnicken beugen wir uns gemeinsam vor, zünden jeder zwei Zündschnüre an, lassen uns dann nach hinten sinken und sehen in den Himmel. Wieder rutscht mir Schnee in den Kragen. Ist mir aber diesmal egal.

Ich hatte nur eine Großmutter. Ich habe sie geliebt, als sie starb. Wir beerdigten sie an einem Januarmorgen, die Erde war gefroren, ihr Grab wie aus Stein. Mein Vater war nüchtern, während alle weinten; zeigte keine Reaktion, als die Pastorin ihn lobend in der Grabrede erwähnte; seine Hände gefaltet im Schoß, obwohl sie dort sonst nie lagen.

Den Leichenschmaus feierten wir im Garten, grillten Schweinefleisch in der Marinade nach Omas Rezept, wendeten es traditionell über der Glut, bis es gefährlich knusprig war, die dunkel gebrannte Kruste knirschte leise beim Kauen. Wir aßen stehend an der Feuertonne und tranken billigen Wein aus Omas guten Gläsern.

Noch während des Essens erzählten wir uns von ihr – unsere Vorstellung von Heimeligkeit sei ja kollektiv an den Geschmack von fast Verbranntem gekoppelt, Omas geheime Zutat sei eben keine Liebe gewesen, und wer eingeheiratet habe, sei vor der Hochzeit beim Grillen auf Tauglichkeit getestet worden. Nur Tante Lenas erster

Mann Gustav habe sich zwar nicht abschrecken lassen, aber dennoch immer dagegen gesträubt, mit angestrengtem Gesicht das Fleisch abgeschabt, bis es ganz kahl und fad aussah, den Teller auf den Knien voller leckerer Krümel, die er mit verkniffenem Gesicht zu einem geometrischen Häufchen zusammenschob und final mit dem Messerrücken über den Tellerrand auf den offenen Komposthaufen hinausjagte. Oma habe ihn heimlich in ihren Tagebüchern als Miesepeter bekichert. Aus Frömmigkeit habe sie das ‹Miese› allerdings weggelassen und ihn konsequent Peter genannt. Ich hätte Wochen gebraucht, um zu begreifen, dass das ihr Name für ihn gewesen sei. Meine Tante verschluckte sich bei gespielter Entrüstung an ihrer Rotweinschorle, öffnete dann die zweite Flasche Wein und gestand, sie vermisse die Späße ihrer Mutter. Vor allem ihre Aprilscherze seien immer so gut vorbereitet gewesen. Einmal habe sie einen Brief von der Cousine aus dem Westen erhalten, in dem sie eingeladen worden sei, in den Ferien nach drüben zu kommen. Sie habe ihr Glück kaum fassen können. Ihre Mutter habe sogar den Poststempel gefälscht. Und jedes Jahr, wenn meine Tante wieder hereingefallen war, habe sie blutige Rache geschworen und ihre Mutter habe ermunternd gekichert und angekündigt, das werde ihr wohl nicht gelingen. Und sie habe recht behalten. Aber Bea sei es einmal gelungen, verkündete meine Tante stolz. Meine Cousine drehte gerade eine farbenfrohe Frauenzeitschrift-Köstlichkeit am Spieß über dem Feuer und nickte eifrig. Wie denn? Sie habe Kai mit ins Boot jeholt. Sie sei jerade zum zweeten Ma schwanger jewesen und hätte schon Wochen vorher behauptet, Kai wünsche sich unbedingt einen Sohn. Und denn hätten se beide völlig deprimiert bei Oma uffe Hollywoodschaukel jesessen, mit hängenden Köpfen, weil et doch wieda 'n Mädchen sei, und Kai habe mehrmals traurich jesacht, er hätte doch mit dem Jungen Fußball spielen wollen. Sie hätten dit zu Hause extra jeübt. Und Oma habe sich zwischen sie jesetzt, habe ihnen je eine Hand uffjelecht und verständnisvoll, aber streng jeantwortet, mit den Mädchen könne man jenauso Fußball spielen. Und dann hätten sie die Sache uffjelöst. April, April!, rief der Mann meiner Cousine in diesem Moment mit nostalgischer Inbrunst in den Himmel, legte seiner Frau wie gewohnt eine Hand auf den Arsch, zog sie kumpelhaft an sich und schwelgte mit ihr in der Erinnerung. Wie Oma reagiert hätte, fragte ich noch, und Bea berichtete, sie habe sich wahnsinnig gefreut. Es sei lange her gewesen, dass es jemandem gelungen war, sie reinzulegen. Und wir stießen an auf die Freude am Schabernack; die Kinder streckten stumm ihre Plastikbecher nach oben, und meine Mutter füllte sie heimlich mit kleinen Schlucken Sekt.

Als wir die dritte Flasche Aldi-Wein leerten, lachten wir schon bis in die umliegenden Höfe über den Stasibeamten, den Oma an der Tür herzlich begrüßt haben will. Man müsse, soll er ihr erklärt haben, achtgeben aufeinander, in jeder Herde gäbe es schwarze Schafe, die es ausfindig zu machen gelte, um sie auf den rechten Weg zu führen. Ja? will Oma darauf sehr teilnahmsvoll geantwortet haben, so wie auf jede seiner Fragen, mit leicht verschobenem Blick und inhaltsloser Freundlichkeit, die nur den Schluss zulassen konnte, dass man mit einer Idiotin sprach. Der Stasibeamte soll sich höflich zurückgezogen haben, um an anderer Stelle die Tochter des Hauses anzuwerben (er oder ein anderer, was mache das für einen Unterschied): meine Tante. Die darauf Rat bei ihren Eltern suchte und zum erbetenen Termin mit der mütterlicherseits empfohlenen Strategie aufwartete. Sie freue sich ja, dass man sie um Hilfe bitte, habe sie mit sanfter Stimme und ebensolchem Lächeln erklärt. Sie habe auch gründlich darüber nachgedacht. Und weil sie sich so unsicher gewesen sei, ob sie für diese wichtige Aufgabe tauge, habe sie sich auch mit ihren Freunden beraten.

Mit ihren Freunden??

Jaja, sie habe alle engeren Freunde gefragt, ob sie ihr das zutrauen würden. Und die hätten gemeint, das sei nichts für sie. Der Ansicht sei der Stasibeamte dann durchaus auch gewesen, grinste meine Tante schief in die Runde, wie immer am finalen Punkt der Geschichte, und wir hoben unsere Gläser auf die Pointe, und auf Oma, der wir sie verdankten.

Na, gäkte Frau Fischer am Zaun stehend argwöhnisch zu uns hinüber, ob wa schön feiaten?

Aber ja, blökte meine Mutter zurück. Sie solle doch rüberkommen, es sei genug für alle da. Mein Vater zündete sich achselzuckend seine Pfeife an, Bea fragte, ob sie mal ziehen dürfe, und ich dachte an den Frühling und wie er beginnt.

VERZEICHNIS VOGTLÄNDISCHER WÖRTER (UND WENDUNGEN)

Vorbemerkungen:
Das vorliegende Verzeichnis beschränkt sich ausdrücklich auf Wörter und Wendungen, die in einem kleinen Gebiet des Vogtlandes heimisch sind. Die Aussprache (und mitunter auch die Bedeutung) der Stichwörter dieses Verzeichnisses kann sich von der in anderen vogtländischen Mundarten unterscheiden.

Auf Sonderzeichen für Laute, die sich in Aussprache und Klang von den hochdeutschen unterscheiden, wurde verzichtet. Solche Unterschiede werden am Beginn der betreffenden Verzeichnisabschnitte erläutert.

A

Der hochdeutsche Vokal «a» existiert im Vogtländischen nicht. Stattdessen werden im Vogtländischen zwei verschiedene a-Laute (beide jeweils in einer kurzen und einer langen Variante) verwendet, die sich beide klanglich deutlich vom hochdeutschen «a» unterscheiden.

Der vogtländische Vokal, der hier (und auch in allen folgenden Abschnitten – mit Ausnahme des Abschnittes unter OA) mit «A/a» bezeichnet wird, klingt deutlich heller als das hochdeutsche «a», weil die Vogtländer bei seiner Bildung den Mund weiter öffnen und die Zunge weiter nach hinten ziehen, als das beim hochdeutschen «a» geschieht.

Die kurze Variante dieses Vokals wird hier in der Regel durch doppelte Schreibung des nachfolgenden Konsonantbuchstabens bezeichnet (z.B. in «assn» > «essen»), die lange Variante durch Doppel-a (z.B. in «aa» > «auch» oder in «Maadl» > «Mädchen»). Ausnahmen werden explizit in eckigen Klammern angegeben.

Die Buchstabenkombinationen «au» und «ai» bezeichnen ebenso wie in hochdeutschen Texten Diphthonge, also jeweils zwei eng verbundene Vokale, die fließend ineinander übergehen. Die Aussprache dieser vogtländischen Diphthonge unterscheidet sich nicht oder kaum von der der hochdeutschen.

aa	auch
aam	eben
aarwiddn	arbeiten
aff, aff-	auf, auf-
affdaung	auftauchen
affschloong	aufschlagen
affstiehe	aufstehen
arrndn, gearrnd	ernten, geerntet
asse	also
assn, ass!, gessn	essen, iss!, gegessen
ausgraimd → ausraime	ausgeräumt → ausräumen

B

Baa	Bein, Beine
bedeim	betäuben
be'n	beim, bei den
bekloong	beklagen
behabbdn	behaupten
Berr, Berrne	Birne, Birnen
besunners	besonders
Bfeer	Pferd
bfleeng, gebfleechd	pflegen, gepflegt
bflickng	pflücken
bletzlich	plötzlich
Bloatz [kurzes oa]	Platz
bluuß	bloß
boall	bald
braung, gebraung	brauchen, gebrauchen
Briederle	Brüderchen

C

D

dät	täte
de [kurzer Vokal], des	die, das (bestimmter Artikel)
dee	denn
deier	teuer
denn, denne	den, dem, denen (Demonstrativpronomen)
deerfm	dürfen
dess	dass
Dier	Tür
dinne	darin, drinnen
doa [langer Vokal], duu!, dussd, dut, dunne, gedoa, dät, dätn	tun, tu!, tust, tut, (wir) tun, getan, täte, täten
Doachhoos [kurzes oa]	Dachhase (scherzhaft für Katze)
dohier oder doohier, auch: dohierdn, doohierdn	hier, hierhin
Domoadnbrie	Tomatensoße
doo, doo-	da, da-
Dooch	Tag
doodorrfor, auch: doodorrfier	dafür (Betonung auf da-)
doodormiet	damit (Betonung auf da-)
doom	toben
doorch	durch
doozemol	damals
dor	der
dorr-	er- oder da-
dorrfor	dafür (Betonung auf -für)
droa	daran

drotzdenn	trotzdem
druum	da oben (auf)
Druusd	Trost
duud	tot

E

e [kurz gespr.] oder enn, ne oder enne	ein, eine
Ebbfl	Apfel, Äpfel
edwoa (vogtl. ausgesprochenes hochdeutsches Wort, um das für Fremde unverständliche «ebbor» zu vermeiden)	etwa
Eigemoachdes [kurzes oa]	Eingekochtes (Obst u. ä.)
eileesn	einlösen
ellaane oder ellaa; Ellaastehede	allein; Alleinstehende
emol	einmal, mal
endrimbln	entrümpeln
eujoa	(eigentlich «oh ja») doch (z. B. in: Nein. – Doch!)
ewos	etwas

F

fei	Nicht ins Hochdeutsche übersetzbar. Dient zur Verstärkung der nachfolgenden Aussage.
finne, gefunne	finden, gefunden
Foammielje	Familie
foorchboar	furchtbar
forr	für

froong, frooch!, frooch, froochd, gefroochd	fragen, frag!, (ich) frage, (er, ihr) fragt, gefragt
fruh	froh

G

Gald [kurzer Vokal]	Geld
geem	geben
gelle oder gell	nicht wahr?
gemaand	gemeint
gemargd [langes a]	gemerkt
gesiffld s. siffln	getrunken
gestoorm	gestorben
Giede	Güte
glaam	glauben
Gloos	Glas
Gräbs	Krebs
grood	gerade
gruuß	groß
Gugg emol oah!	Schau mal an! Na, so etwas!

H

hamm	Heim, nach Hause
hecher	höher
heern, geheert	hören, gehört
hie, hie-	hin, hin-
hoarrd	hart
hoom, hoo!, hoassd, hood, hoamm, hedd, gehoadd, hätt, hättn	haben, hab!, hast, hat, (wir) haben, hatte, gehabt, hätte, hätten
Hoos	Hase
huuch, hecher	hoch, höher

Huuf	Hof
huuln	holen

I

iebl	übel
ieber-	über-
im, im-	um, um-
Imschlooch, Imschleech, in denn Imschleeng	Umschlag (Kuvert), Umschläge, in den Umschlägen
infrooch	in Frage
itze	jetzt

J

ja [kurzer Vokal]	unbetontes ja ohne bejahende Funktion, wie z. B. in «Ich weiß ja nicht …»
jeenfoalls	jedenfalls
joa [langer Vokal]	ja (bestätigende Antwort auf eine Frage)

K

kaa, kaane/r, kaans	Kein, keine/r, keines
kaafm	kaufen
kann	keinen, niemanden
Kärbiskommbodd	Kürbiskompott
kenne, koa, koassd, koa, kennt, kennt, kenntn	können, (ich) kann, (du) kannst, (er) kann (ihr) könnt, könnte, könnten

Kerrsch, Kerrschn	Kirsche, Kirschen
Kinner	Kinder
kissn	küssen
klaa, klaane/r, klaa's oder klaans	klein, kleine/r, kleines
Koatz [kurzes oa]	Katze
Kobbfdeil	Kopfteil
krieng; kricht	kriegen, bekommen; kriegt, gekriegt
Kroankid [kurzes oa]	Krankheit
kuddln, gekuddld	trinken, getrunken

L

Laader	Leder
laafm; gelaafm, auch: geloffm	laufen; gelaufen
leem, auch: laam	leben
Loannd	Land
Loasst	Last

M

Maadl	Mädchen
mausn	stehlen
marng [langer Vokal]	merken, spüren
meh	mehr
mienehme	mitnehmen
mir	Wir, mir (wenn es den Satzakzent trägt)
Moa	Mann
morr	Man, wir (unbetont), mir (unbetont)
Muddl	Mutti, Muttchen

N

naa	nein
nauf	auf, hinauf
naus	hinaus
nähm	neben
ne [kurzer Vokal]	ihm, ihn
neer	nur
Nei (nei dor Stoodt gehe)	hinein, in (in die Stadt gehen)
nei, neie, neier, neies	neu
net [kurzer Vokal]	nicht
Noachd [kurzer Vokal]	Nacht
nohmiddich	nachmittag
noo	hinunter
nooch	nach
noocherd oder nooch'd	nachher, dann, danach
noogehe	hinuntergehen
nu [kurzer Vokal]	nun, na
nuu	nun, jetzt

OA

Die Buchstabenkombination «oa» bezeichnet in den vogtländischen Textpassagen nicht zwei Vokale, sondern einen einzigen Vokal, nämlich einen dumpf klingenden a-Laut, der zwischen dem hochdeutschen offenen «o» (z. B. in «offen») und dem hochdeutschen «a» (z. B. in «Mann») liegt. (Um sich den Klang dieses Lautes vorzustellen, kann man sich an dem Laut orientieren, den ein Vertreter einer der sächsischen Mundarten – z. B. aus der Leipziger oder Dresdner Gegend – hervorbringt, wenn er meint, ein «a» auszusprechen.)

Der «oa»-Laut existiert in einer kurzen und einer langen Variante.

Die kurze Variante wird hier in der Regel durch doppelte Schreibung des nachfolgenden Konsonantbuchstabens bezeichnet (z. B. in «goanns» > «ganz»). Folgt dem «oa» hingegen kein Doppelkonsonant, so wird der Vokal in der Regel lang gesprochen (z. B. in «oaber» > «aber» oder in «doa» > «tun»). Ausnahmen werden hinter dem betreffenden Stichwort explizit in eckigen Klammern angegeben (z. B. in «Doachhoos» [kurzes oa] > «scherzhaft für Katze»).

oa, oa-	an (auch im Sinne von angezogen), an-
oaber	aber
oach [kurzes oa]	ach
Oagger	Acker
oahne	ohne
oaschdiffdn	anstiften, verleiten
oahschloong	anschlagen
Oallder	(das) Alter
oalle, oalln	alle, allen
oalls, auch: oallis oder oalles	alles
oanners, auch: oannersch, oannerschd	anders
oaruffm	anrufen
Oarzd	Arzt
oaschaue	anschauen
oastelln	(sich) anstellen

O

offm	offen
oo- oder oh-	ab- (Vorsilbe bei Verben und von diesen abgeleiteten Substantiven sowie bei Adverbien)
Oomd, oomds; Oombruudzeit	Abend, abends; Abendbrotzeit
Oowoasch	Abwasch
orr; orre, orrs, orrn	er/ ihr; ihre, ihres, ihren
orrlaum	erlauben
Orrnährungsreechln	Ernährungsregeln

P/Q

R

racht	recht
raime	räumen
reiloassn	hereinlassen
rieng	riechen
rim [kurzer Vokal]; rim-	herum; rum-
rimzeedern	(herum)schimpfen
Rissdung	Rüstung
Rolloader	Rollator
ruich	ruhig, still

S

's (verkürztes es, is, des)	es, ist, das
salber	selber, selbst
saldn, saldner	selten, seltener
schbeed oder speed	spät
schdeern oder steern	stören
Schdebfl [kurzer Vokal]	kleines Kind («Stöppsel»)
schdihe oder stihe	stehen
schie, schiene/r, schiens oder schie's	schön, schöne/r, schönes
Schissl	Schüssel
schlacht [kurzes a]	schlecht
schloofm	schlafen
schmackng	schmecken
schoaffm	schaffen
Schragg	Schreck
Schried	Schritt
siffln	süffeln, (Alkohol) trinken

soong, sooch!, sooch, soochd, gesoochd	sagen, sag!, (ich) sage, (er, ihr) sagt, gesagt
Staa	Stein, Steine
steehne oder schdeene; geschdeend	stöhnen; gestöhnt
steerm, gestoorm	sterben, gestorben

T

U

un [kurzer Vokal]	und
underschditzn [kurzes u]	unterstützen
uu-	un-
uum	oben

V

vihr-	vor-
vihrgezuung	vorgezogen (im Sinne von bevorzugt)
voa	von
Voaddl	Vati, Väterchen
vorr-	vor-, ver-
vorrbeischleing	vorbeischleichen
vorrdeerm	verderben
vorreggng	verrecken
vorrheehne, vorrheehnt	verhöhnen, verhöhnt
vorroodn	verraten
vorrsuung	versuchen
vurdn	vorhin

W

wagg	weg
wallche (selten, stattdessen meist «wos forr»)	welche
warrglich	wirklich
we'	wenn (verkürzt vor anlautendem m)
weeng	wegen
Weibsn	Frauen
weng [kurzer Vokal]	wenig, ein bisschen
e klaa weng, weng weng	ein kleines bisschen, etwas (zu) wenig
wienooch	warum, weshalb, wieso
Wihding	Schmerz(en)
wih, wihdoa	weh, weh tun
woach [kurzer Vokal], woachng	wach, wachen
worrn	(ge)worden
wu, wu-	wo, wo-
wuhl	wohl

X/Y

Z

ze, zen, zorr [kurzes e]	zu, zum, zur
zevihr [kurzes e]	zuvor
zegoar [kurzes e]	sogar
zoamm	zusammen
zoammgezuung	zusammengezogen
zorr	zur

DANK

Dank an Dr. Heinrich Schneider, Philologe, für seine komplexe Überarbeitung des Vogtländischen sowie die Erstellung des Wörterverzeichnisses.

Dank an Familie und Freunde für ihre bedingungslose Unterstützung, ihr Vertrauen in und ihren Glauben an mich. Ebenso an alle anderen, die mir in Wort und Tat halfen, meiner Arbeit überhaupt nachgehen zu können. Ohne sie gäbe es weder mich noch dieses Buch.

Dank an meinen Agenten, der mich jahrelang begleitet und zur Weiterarbeit ermutigt hat, ohne je nach meiner Unterschrift auf einem Vertragsblatt zu fragen.

Mareike Schneider,
geboren 1981, lebt in Leipzig. Sie studierte Kreatives Schreiben und Kulturwissenschaften in Hildesheim. 2014 wurde sie beim Open Mike mit einem Preis ausgezeichnet.

MIX
Papier aus verantwortungsvollen Quellen
FSC® C083411

Das für dieses Buch verwendete Papier ist FSC®-zertifiziert.